伍百年 著
方滿錦 編註

逸廬詩詞文集鈔註釋

第貳冊

癸卯年槐月
萬卷樓刊本

伍百年 著
方滿錦 編註

逸廬吟草 上

癸卯年槐月
萬卷樓刊本

第貳冊　逸廬吟草　上

伍百年　著
方滿錦　編註

五律

五言排律……一六一

七律……一七三

序詩

陳眠雲

習律稱多士[註一]，清才獨羨君[註二]。辯雄驚四座[註三]，筆健掃千軍[註四]。詩酒盟今雨[註五]，江春悵暮雲[註六]。相期崇令德[註七]，努力策功勳[註八]。

編按：此首五律，是文士陳眠雲先生題贈伍百年先生的詩作，原詩置於詩集之開卷頁，顯見二人交誼之深。詩中首四句稱譽伍氏亦法亦儒，以辯才無礙，筆鋒犀利而聞名法界，故言「辯雄驚四座，筆健掃千軍」。伍氏早年享譽法界，有「法壇怪傑」之稱。頸聯「詩酒盟今雨」，指二人雖是新交，但十分投契，以詩酒結緣；下句「江春悵暮雲」，語帶感慨，時勢有近黃昏之憂。尾聯互勉「崇令德」、「策功勳」，寄意立德、立功。此詩點出伍氏不凡才華及抱負，可謂知言。

註釋

註一　習律稱多士：習律，學習法律。稱多士，多士，賢士，敬重習律的人，都是賢士。《詩經・大雅・文王》：「濟濟多士，文王以寧。」

註　二　清才獨羨君：清才，品行高潔，才能卓越。宋・劉義慶《世說新語・賞譽》：「太傅府有三才，劉慶孫長才，潘陽仲大才，裴景聲清才。」獨羨君，獨羨，唯一仰慕；君，你。

註　三　辯雄驚四座：辯雄，即雄辯，論辯強而有力。唐・杜甫〈飲中八仙歌〉：「焦遂五斗方卓然，高談雄辯驚四筵。」

註　四　筆健掃千軍：筆健，筆力雄健。掃千軍，橫掃千軍。

註　五　盟今雨：盟，結盟。今雨，新交朋友。典出杜甫〈秋述〉小序：「尋常車馬之客，舊雨來，今雨不來。」

註　六　悵暮雲：悵，惆悵。暮雲，黃昏的雲。

註　七　相期崇令德：相期，互相期待。崇令德，崇，崇尚、推崇；令德，道德高尚。

註　八　策功勳：策，激勵、促進、謀取。功勳，功績，指立功而言。

自序

王跡熄而《詩》亡[註一]，風雅衰[註二]，微言絕[註三]，宣聖[註四]詩采三百[註五]，蔽以一言[註六]，曰：「思無邪。」[註七]紫陽[註八]釋之曰：「凡詩之言，善者[註九]可以感發[註一〇]人之善心，惡者[註一一]可以懲創人之逸志[註一二]，其用[註一三]歸於使人得其情性之正[註一四]而已。」旨哉言歟[註一五]。

夷考[註一六]詩三百篇，大抵古聖賢發憤[註一七]之所爲作也，以風雅頌爲經[註一八]，以賦比興爲緯[註一九]。經序四始[註二〇]，紀家邦風俗，政教得失，以明興廢之由，緯列五際[註二一]，推卯酉午亥，革政革命[註二二]，以窮治亂循環之理，其道宏矣。

自是以降[註二三]，變聲遞起[註二四]，踵之以楚騷[註二五]，繼之以古體，其後漢魏晉唐宋元明清以來，遂多律絕詞賦歌曲樂府之類。其體愈變[註二六]，其格愈卑[註二七]，而詩之旨，轉晦且微[註二八]矣。是故生當盛治，則有和風麗日之吟，遭遇亂離，則多憂國傷時之感。其否泰[註二九]苦樂之境雖殊，而其所以爲詩一也。

迨歐風東襲[註三〇]，戔戔[註三一]之輩，不視爲廢物，即詆[註三二]爲腐化，而自命爲開明偉大之倫，亦以爲纖巧小技，無關宏旨[註三三]，忍使五千年文化所萃[註三四]之精華，日汨[註三五]於寥落之域，詩之道，幾乎息矣。

余生也晚，不及見古人，復生不逢辰，侘傺[註三六]其遇，奚足[註三七]以言風雅。第[註三八]深慨夫丁茲[註三九]末世，物慾競誘[註四〇]，民德[註四一]消沉，惴惴焉[註四二]恐斯文之將隕，思有以尋墜緒[註四三]而踵前型，挽頹風而存國粹，明知貽笑大雅，狂鳴付諸雕蟲，或者博集同聲，俚句偏能引玉[註四四]，率成吟草，非敢炫奇[註四五]。所望當世清流，詞壇耆宿，憫其心之苦，遇之嗇[註四六]，以其道而教之，固所願也。

逸生伍百年

註釋

註一　王跡熄而《詩》亡：王，周室、聖王、天子。跡，同蹟，形跡、事蹟、禮樂制度等。熄，消失、停止。王跡熄而詩亡，指周室衰亡，四方諸侯獻詩以歌功頌德或天子命人採詩四方以瞭解民情的制度消失。《孟子・離婁下》：「王者之跡熄而詩亡，詩亡然後春秋作。」《漢書・藝文志》：「故古有采詩之官，王者所以觀風俗，知得失，自考正也。」

註二　風雅衰：風雅，指《詩經》的〈國風〉、〈小雅〉、〈大雅〉；泛指詩文。衰，衰亡、沒落。

註三　微言絕：微言，言辭含蓄，內蘊哲理。絕，消失。《漢書・藝文志》：「昔仲尼沒而微言絕，七十子喪而大義乖。」

註　四　宣聖：指孔子。東漢漢平帝元始元年，追謚孔子為褒成宣尼公，故後世尊孔子為聖人，詩文則多稱宣聖。

註　五　詩采三百：《詩經》別稱詩、詩三百，其篇數慣言三百零五或三百。朱熹《集注》：「《詩》三百十一篇，言三百者，舉大數也。」采，收集。

註　六　蔽以一言：蔽，概括。用一句話概括來說。

註　七　思無邪：無邪，思想純正，坦蕩，無歪念，所謂樂而不淫，哀而不傷等是。

註　八　紫陽：宋．朱熹別稱紫陽先生。朱熹嘗建武夷精舍於福建，該書院又稱紫陽書院，朱熹講課於此，有紫陽先生之稱。

註　九　善者：指優秀詩作。

註一〇　感發：感動啟發。

註一一　惡者：指意識不良之作。朱熹對《詩經》部分內容有詩淫之說，如「〈桑中〉、〈溱洧〉之類，皆是淫奔之人所作，非詩人作此以譏刺其人也」。凡此類之詩共計二十三篇，詳見黃忠慎《朱子詩經學新探》。

註一二　懲創人之逸志：懲創，懲罰、警戒。逸志，有二義，一為超逸脫俗之志；另一指行為放任不端。

註一三　用：功用，作用。

註一四　性情之正：性情，稟性和情志。正，正直、正確。

註一五　旨哉言歟：斯言多美好啊！旨，美好之意。哉，讚嘆辭。歟，具助疑問、感歎、反詰等語氣。

註一六　夷考：考察。

註一七　發憤：努力奮鬥。

註一八　風雅頌為經：風雅頌是《詩經》的內容分類。《詩．大序》：「故詩有六義焉：一曰風，二曰賦，三曰比，四曰興，五曰雅，六曰頌。」經，經與緯的概念是，經為道，緯為術，謀事成功，宜道術並行。《晉書．隱逸傳．宋纖》：「隱居於酒泉南山，明究經緯，弟子受業三千餘人。」

註一九　賦比興為緯：賦比興是《詩經》的寫作技巧。緯，可理解為「術」。宋．楊簡《石魚偶記》：「夫士大夫幼而學，壯而行，其胸中固自有經緯。」

註二〇　經序四始：經序，指《詩．大序》。四始，頗多釋義，始者，開始，指風、小雅、大雅、頌的首篇。《史記．孔子世家》指出：「《關雎》之亂以為風始，《鹿鳴》為小雅始，《文王》為大雅始，《清廟》為頌始。《詩經．大序》：「一國之事，繫一人之本，謂之風。言天下之事，形四方之風，謂之雅。雅者，正也，言王政之所由廢興也。政有小大，故有小雅焉，有大雅焉。頌者，美盛德之形容，以其成功告於神明者也。是謂四始，詩之至也。」

註二一　緯列五際：緯，即緯學，相對經學而言，緯與讖常互稱，稱緯讖學，盛行於漢。五際：五，指五行生克盛衰；際，會合、交際、交接、交替。緯讖學把天人感應，陰陽五行之說硬套用於《詩經》的義理上，以解釋朝代的興替盛衰，此說牽強。

註二二　推卯酉午亥，革政革命：推，探究、類推。卯酉午亥，屬於地支，地支用以紀時，一日有十二支，依次為子丑寅卯辰巳午未辛酉戌亥。地支合天干，稱干支紀年，天干有十，即甲乙丙丁戊己庚辛壬癸。所謂干支紀年，指天干配地支，用作推算年份，如甲子年、甲丑年，如此類推，六十年為一甲子，亦即一周期。卯酉午亥，革政革命，是指卯、酉、午、亥這四個年代出現政治變革。《後漢書．郎顗襄楷列傳下》：「《詩．氾歷樞》曰：『卯酉為革政，午亥為革命，神在天門，出入候聽。』」

註二三　以降：以後、以來。

註二四　變聲遞起：變聲，指詩的體式格調產生變化。遞起，更迭、交替；起，產生。

註二五　楚騷：指戰國楚．屈原所作的《離騷》，另一義《楚辭》的泛稱。《楚辭》體式稱騷體，或稱楚辭體。

註二六　其體愈變：體，體裁、體式。變，變化。

註二七　其格愈卑：格，格調。卑，卑下。

註二八　轉晦且微：晦，晦澀，不明顯。微，卑微。

註二九　否泰：否，壞。泰，好、順利。否泰，逆與順。否與泰，卦名，否卦為惡，為逆；泰卦為吉，為順。泛用於世事盛衰，人生順逆。

註三〇　迨歐風東襲：迨，及至到、等到。歐風，歐洲風氣。東襲，東來侵襲。

註三一　戔戔：微小卑下。

註三二　詆：詆毀、毀謗。

註三三　宏旨：重要大綱、大政方針。

註三四　萃：聚集。

註三五　日汩：日漸沉沒。

註三六　侘傺：失志而精神恍惚、失意貌。《楚辭．屈原．離騷》：「忳鬱邑余侘傺兮，吾獨窮困乎此時也。」

註三七　奚足：豈敢。

註三八　第：同第，次第、等級，此處解作「但」、「儘管」。

註三九　丁茲：恰逢。

註四〇　物慾競誘：物質的慾念，作出強力的誘惑。

註四一　民德：人民道德，以四維八綱為本。《論語．學而》：「慎終追遠，民德歸厚矣。」

註四二　惴惴焉：惴惴，恐懼、擔心。焉，感嘆助語詞。

註四三　墜緒：行將滅絕的學說或皇統。唐．韓愈〈進學解〉：「尋墜緒之茫茫，獨旁搜而遠紹。」

註四四　俚句偏能引玉：俚句，方言俗語。引玉，引出高論或高見，或引出更美好的東西，即拋磚引玉之意。

註四五　炫奇：炫耀奇特。

註四六　遇之嗇：相逢勿吝嗇。

五絕

哀中日戰禍

擾擾干戈動註一，悠悠歲月長。生靈註二無量數，遺骨滿沙場。

賞析：本首戰亂詩，沉痛地訴說戰爭慘況。日寇侵華，始於一九三一年九月十八日，史稱九一八事變，結束於一九四五年八月十五日，前後十四年之久。所謂八年抗戰，乃指一九三七年七月七日發生盧溝橋事變起，我國軍民全面抗日開始，直至日本投降，前後八年，故有八年抗戰之說。日寇侵華，悠悠十四載，血痕斑斑，無數生靈慘遭塗炭，我國軍民傷亡逹三千五百萬人以上，故言「生靈無量數，遺骨滿沙場」。本詩深沉哀痛，揭示戰爭可怕！

註釋

註　一　擾擾干戈動：擾，亂也。擾擾，動亂、動盪。干戈動，干，指盾；戈，指戟。干戈動，指戰爭。《禮記．檀弓》：「能執干戈以衛社稷。」

註二 生靈：泛指一切生命，包括人類、禽畜、魚蟲、草木等。《北史・四夷傳序》：「萬物之內生靈寡而禽獸多。」

傷時四首

其一

鼓角[註一]聲聲急，將軍去未還。城頭陡[註二]易幟[註三]，淚眼看江山。

賞析：四首傷時戰亂詩，顯示出作者關心民瘼，愛國情懷不斷，以詩抒情，詩成意猶未盡，鬱情難展，續抒胸臆，共成四首。這是一首戰亂抒懷詩。詩中首二句言戰鼓與號角齊鳴，戰事開打，將軍馳赴前線未返。末二句悲戰事失利，城池淪陷，城頭易幟，軍民在所難免飽受蹂躪，故詩人「淚眼看江山」，其情堪悲！本詩沉鬱頓挫，悲痛蒼涼，尤其「城頭陡易幟，淚眼看江山」，悽酸斷魂，卒不忍讀。

其二

寒風凋草木，焦土暖松筠註四。晚節經霜後註五，孤操似逸民註六。

賞析：這是一首戰亂抒懷詩。詩中首二句寫戰火過後景象，景中以松筠自許。末二句自傲身處亂世，好比松筠，堅守氣節，過著逸民生活。本詩比興言志，令人敬仰！

其三

白雲徒擾擾註七，紅日空悠悠。不解人間苦，狂歌天地愁註八。

賞析：這是一首寫景抒懷詩。本詩首二句描寫白雲及紅日之神態，因景寄意，諷在上位者，對下層人間疾苦，毫不理解。末句的「狂歌」，實際上指百姓「狂哭」，哭訴戰亂慘況，嗚咽悽厲，天地同悲。本詩悲痛傷懷，結句「狂歌天地愁」，有地慘天愁，呼天搶地之悲！

其四

四時經肅殺[註九]，不久便生春。是否亂離[註一〇]後，劫餘萬象新？

賞析：這是一首寫景抒懷詩。詩中首二句借四時時序輪替出現，可否應用於戰爭與和平的輪替。詩人憂心忡忡，一面期盼戰事早日結束，一面憂心戰後復元問題，故有「不久便生春」，「劫餘萬象新」之憂。本詩風格白描自然，情意眞摯，充滿期盼！

註釋

註一　鼓角：戰鼓和號角，用以報時、召集、發令等。《後漢書．公孫瓚傳》：「袁氏之攻，狀若鬼神，梯衝舞吾樓上，鼓角鳴於地中，日窮月急，不遑啟處。」

註二　陡：頓時、突然。南宋．汪莘〈憶秦娥〉：「村南北，夜來陡覺霜風急。」

註三　易幟：易，更換。幟，旗幟，代表國家或軍隊的徽號。易幟，指更換新的政治權力。《史記．淮陰侯列傳》：「趙見我走，必空壁逐我，若疾入趙壁，拔趙幟，立漢赤幟。」

註四　焦土暖松筠：焦土，指房舍田地及莊稼遭受戰火焚燒。唐．杜牧《阿房宮賦》：「楚人一炬，可憐焦土。」筠，竹的別稱。暖松筠，松筠在戰火中燃燒，寓意氣節風骨受戰火洗禮而展現堅貞精神。

註五　晚節經霜後：晚節，晚年的氣節。經霜，經過霜雪的寒凍考驗。《左傳．成公十五年》：「聖達節，次守節，下失節。」

註六　孤操似逸民：高尚的氣節或節操。宋．宋祁《宋景文公筆記．左志》：「行年六十有四，孤操完履。」逸民，節行超逸，遁世隱居的人。《論語．微子》：「逸民：伯夷、叔齊、虞仲、夷逸、朱張、柳下惠、少連。」何晏集解：「逸民者，節行超逸也。」

註七　擾擾：紛亂，零亂。

註八　狂歌天地愁：災民哭訴戰亂慘況。唐．李華〈弔古戰場文〉：「天地為愁，草木悽悲。」

註九　四時經肅殺：四時，春、夏、秋、冬四季，其特色是春暖、夏熱、秋燥、冬寒，此乃大自然四時推移規律。肅殺，乃秋冬節氣表現，樹木凋零葉落，寒氣迫人。引生下句，「不久便生春」，指秋冬之後，便是春天，萬物欣欣向榮，充滿生機。

註一〇　亂離：指戰亂而四散逃亡。《詩經．小雅．四月》：「亂離瘼矣，爰其適歸。」

日落潮生一葉舟

西山殘日落，東海晚潮生。柳絮牽帆影，漁舟載濤行。

賞析：這是一首寫景抒情詩。詩中首二句寫黃昏景色，詞用「西山殘日」及「東海潮生」。末二句續描寫「絮牽帆影」，「舟載濤行」的景色。詩中雖不言情，但卻有情。可謂詩中有畫，畫中有情，詩、畫、情並見。此外，此詩以詩句命題，氣格不凡。

苦憶金閨[註一]萬里愁

征夫戍萬里[註二]，秋夜笛聲揚。吹出〈關山月〉[註三]，離人思故鄉。

賞析：這是一首戍邊懷鄉詩。詩中首二句訴說戰士遠戍萬里，夜聞秋笛。末二句言笛聲吹奏〈關山月〉，此曲幽怨斷腸，最易觸動鄉愁。此詩意境深沉落寞，情感眞摯，鄉愁滿懷！

註釋

註一　金閨：指閨閣。唐・王昌齡〈從軍行〉之一：「更吹羌笛關山月，無那金閨萬里愁。」

註二　征夫戍萬里：征夫，出征的士兵。戍，防守。萬里，指遙遠邊關。

註三　關山月：曲名。曲意傷別離。唐・李白有〈關山月〉之作：「明月出天山，蒼茫雲海間。長風幾萬里，吹度玉門關。漢下白登道，胡窺青海灣。由來征戰地，不見有人還。戍客望邊邑（一作色），思歸多苦顏。高樓當此夜，嘆息未應閒。」

秋隄晚眺

晚晴風淅瀝[註一]，黃葉落江濱。遙見煙波動，秋聲[註二]入耳頻。

賞析：是詩寫景抒情。情在「煙波動」，泛起鄉愁，如唐・崔顥〈登黃鶴樓〉：「日暮鄉關何處是，煙波江上使人愁。」末句「秋聲入耳頻」，意在秋聲作不平之鳴，難怪歐陽修〈秋聲賦〉有言「如助余之嘆息」！本詩悽清有致，哲理深邃。

註釋

註一　淅瀝：輕微的風雨聲或葉落聲，其聲沙沙作響。宋·方回〈西齋秋感二十首〉詩：「木落雨淅瀝。」

註二　秋聲：秋天自然界之聲，如風聲、落葉聲、蟲魚聲等。北周·庾信〈周譙國公夫人步陸孤氏墓志銘〉：「樹樹秋聲，山山寒色。」唐·白居易〈早秋獨夜〉詩：「井梧涼葉動，鄰杵秋聲發。」

七絕

悼敵前殉難將士及哀其遺婦

強敵憑陵奮請纓註一，拚將血肉作長城註二。可憐閨裏征人婦註三，猶向軍衙註四問死生。

賞析：這是一首征婦詩。外敵侵境，良人請纓報國，壯烈犧牲，故言「血肉作長城」。戰時關係，軍情訊息中斷，閨中思婦，日夕牽掛，不知夫婿殉國，「猶向軍衙問死生」，讀之令人掩卷長嘆！此詩聲聲怨恨，字字悽酸，可與唐・張籍〈征婦怨〉同調，其詩云：「九月匈奴殺邊將，漢軍全沒遼水上。萬里無人收白骨，家家城下招魂葬。婦人依倚子與夫，同居貧賤心亦舒。夫死戰場子在腹，妾身雖存如晝燭。」

註釋

註一　強敵憑陵奮請纓：陵，同凌，侵犯、欺侮、仗勢欺人。《左傳・襄公二十五年》：「今陳忘周之大德，蔑我大惠，棄我姻親，介恃楚眾，以憑陵敝邑。」唐・高適〈燕歌行〉：「山川蕭條極邊土，胡騎憑陵雜風雨。」請纓，纓，長繩。請纓，即自告奮勇，請求發給長纓縛敵。《漢書・終軍傳》：「南粵與漢和親，乃遣軍（終軍）使南越，說其王，欲令入朝，比內諸侯。軍（終軍）自請：『願受長纓，必羈南越王而致之闕下。』」

註　二　拚：指不顧一切。長城，指萬里長城。句意謂將血肉之軀築成長城，以保衛國家。意本田漢詞聶耳曲之「起來，不願做奴隸的人們，把我們的血肉，築成我們新的長城」。

註　三　征人婦：出征士兵的妻子。

註　四　軍衙：辦理軍務的衙署。

避亂四首

其一

轟傳強敵註一襲危城，奪路註二狂奔雜哭聲。祖業家園從此別，倉皇四散亂離情。

賞析：避亂四首屬於戰爭喪亂詩。四首詩題材寫實，揭露日寇侵華的社會慘況，令人心酸！本詩首二句寫實地揭露戰爭慘狀，老百姓面對日軍轟城，四處逃命，其情況是「奪路狂奔雜哭聲」。末二句言離棄家園，倉皇逃命四散，空餘「亂離情」。本詩沉痛斷魂，白描寫實，揭露災民逃命慘況。

其二

離家憔悴走他方，舉目蕭條自悚惶註三。顧得衣時更顧食，長安不易居停藏註四。

賞析：這是一首戰爭喪亂詩。詩中首二句記述離鄉逃難，途中所見蕭條景物，慘況駭人。末二句直言缺衣、捱餓、無地可棲，其情可悲！本詩沉痛傷懷，哀情滿腹，直書災情苦況，聞者神傷！

其三

別時容易返時難，蒿目註五山河淚不乾。四海無家遺有恨，教人腸斷五更寒註六。

賞析：這是一首戰爭喪亂詩。詩中首二句記述詩人身遭戰禍，離別家園，未知何日得返。此際「蒿目山河」，狼煙遍野，到處聽聞啼哭，不禁黯然神傷，熱淚盈眶。末二句言災民「四海無家」，流離道路，飢寒交侵，教人腸斷。本詩沉痛哀絕，和淚成詩，易起共鳴。

其四

西風撩動故鄉愁，搖落天涯一角慶註七。怕見新聞消息惡，又傳昨夜失徐州註八。

賞析：這是一首戰爭喪亂詩。詩中首二句訴說落泊天涯，時值秋天，肅殺秋風，撩動遊子故鄉情。末二句言詩人懼聽壞消息，豈料又傳聞兵家必爭要地徐州失守，國家前途令人擔心！本詩沉鬱悲痛，神傷魂斷。上述四首詩，句句寫實，反映戰爭實況，並爲國家吶喊，爲百姓哀鳴，情同杜甫喪亂詩諸作。

註釋

註　一　轟傳強敵：轟傳，盛傳。強敵，指日寇。

註　二　奪路：爭奪道路。

註　三　悚惶：驚慌惶恐。

註　四　居停藏：居停，居住下來。藏，指藏身。

註　五　蒿目：極目遠望。《莊子・駢拇》：「今世之仁人，蒿目而憂世之患。」

註　六　五更寒：五更，指清晨三時至五時的時段。寒，隱喻內心寒慄。李煜〈浪淘沙〉有句：「羅衾不耐五更寒。」

註　七　廔：廔同樓，或指屋脊。

註　八　徐州：古稱彭城，位於江蘇省西北，地理環境重要，有「五省通衢」之稱。

日寇南京屠城

豪門先遁失名城，異己三軍一夜傾註一。卅萬子遺任屠戮註二，沙蟲猿鶴苦生靈註三。

賞析：這是一首史詩。是詩揭露日寇侵華，南京大屠殺的史實，可作史詩看待。詩中首句言國難當頭，敵犯國都，「豪門先遁」，及諷政府遷都重慶，反映史實。次句「異己三軍」指非嫡系軍隊負責守城，結果「一夜傾」。末二句哀悼南京大屠殺，逾三十萬百姓蒙難，生靈飽遭塗炭。本詩沉痛悲涼，意境悽苦，教人斷魂！

註釋

註一　巽己三軍一夜傾：巽己三軍，指唐生智非蔣介石嫡系，曾三次反蔣。一九三七年，日軍侵華，經八一三事變後，上海淪陷，日軍旋進犯首都南京，政府急忙先遷成都，國軍將領唐生智臨危受命，率師死守南京，正當敵我攻防猛烈之際，蔣介石忽下令撤退，守軍無所適從，結果兵敗如山倒，守軍一夜之間傾覆。

註二　孑遺任屠戮：孑遺，殘存者、遺民。《詩・大雅・雲漢》：「周餘黎民，靡有孑遺。」任屠戮，任意殺害。

註三　沙蟲猿鶴苦生靈：猿鶴沙蟲，指軍民死於戰禍。晉・葛洪《抱朴子》：「周穆王南征，一軍盡化，君子為猿為鶴，小人為蟲為沙。」後人凡遇兵燹之禍，每喻為猿鶴沙蟲之劫。苦生靈，苦，痛苦；生靈，泛指一切生命。

倒懸待解

兵燹[註一]頻年亂未休，蒼生[註二]有恨恨悠悠。孑遺奄奄沙蟲裏[註三]，延佇義師又一秋[註四]。

賞析：首二句訴說兵禍經年，生靈塗炭，百姓身心嚴重創傷。末二句述百姓飽受戰火蹂躪，奄奄一息，義師何在？誰解倒懸？語極沉痛！本詩沉痛蒼涼，悲恨交織，無限哀情！

註釋

註一　兵燹：兵災所造成的焚燒與破壞。燹，音蘇。《宋史．神宗本紀二》：「岷州界經鬼章兵燹者賜錢，脅從來歸者釋其罪。」

註二　蒼生：一切生靈、老百姓。

註三　子遺奄奄沙蟲裡：子遺，殘存者、遺民。《詩．大雅．雲漢》：「周餘黎民，靡有子遺。」奄奄，氣息微弱將絕。沙蟲，指死於戰亂的百姓。晉．葛洪《抱朴子》：「周穆王南征，一軍盡化，君子為猿為鶴，小人為蟲為沙。」後人凡遇兵燹之禍，每喻為猿鶴沙蟲之劫。

註四　延竚義師又一秋：延竚，久立、引頸懸望。義師，為正義而戰的軍隊。又一秋，又一年。

哀水災二首

其一

警耗註一頻傳報水災，窮黎註二陷溺忍徘徊。大人註三別有非常事，曾約蛾眉註四午夜來。

賞析：這是一首感時詩。詩中除哀痛災情慘況外，更揭露所謂大人高官，於災情嚴重，老百姓急需救援之際，置諸不理，仍然夜夜笙歌，縱情聲色，故言「大人別有非常事，曾約蛾眉午夜來。」「非常事」，指尋歡作樂之事，「蛾眉」者，女子也。本詩揭露時弊，辭藻樸實，描寫細膩，據實比興。

其二

到處悲聲豈忍聞，傷時不覺淚紛紛。蒼生疾苦知多少，漫野哀鴻註五待餔般註六。

賞析：這是一首感時詩。詩中首二句寫實，揭露「到處悲聲」的災民慘況，聞者「淚紛紛」，動人肺腑。末二句「蒼生疾苦」、「漫野哀鴻」，詩人爲災民發出吶喊，請求援救！此詩字字血淚，句句傷懷！

註釋

註一　警耗：警報。

註二　窮黎：貧窮的老百姓。

註三　大人：指位高權重者。

註四　蛾眉：指美人。

註五　漫野哀鴻：漫野，遍野、到處；哀鴻，哀鳴的鴻雁。喻遍地流離失所的老百姓，飽遭戰火蹂躪，發出痛苦的呻吟聲。

註六　待餔殷：待餔，等待給予食物。殷，非常急切。

書憤

豪言誓死保危城，賺得群倫熱烈情。口血未乾註一先自遁，蒼生不負負蒼生註二。

賞析：這是一首感時書憤詩。中日戰爭進行得如火如荼之際，某軍政大員摩拳擦掌，義憤填膺，公開誇下海口，誓死守城，贏得群情熱烈鼓掌。但結果並非如此，日敵來犯，其人已聞風失蹤，辜負蒼生百姓期望。詩人憤慨其人，因而有作。詩中雖未點名道姓，但有關大員事後受到軍事懲罰。本詩悲憤陳情，意氣沉痛！

註釋

註　一　口血未乾：古代諸侯訂立盟約，雙方要以牲口如牛或羊的血塗在嘴上表示誠信。本詞諷訂立盟約不久，口血未乾就毀約。《左傳・襄公九年》：「與大國盟，口血未乾而背之，可乎？」

註　二　負蒼生：辜負老百姓。

憂患餘生未許休

漫遊十載作勞人，只爲浮名誤此身。欲隱已無乾淨土，待收殘局了前因。

賞析：這是一首抒懷詩。亂世時代，詩人離鄉別井，十載奔波四方，立志有所作爲，奈何浮名誤身。詩中第三句「欲隱已無乾淨土」，寓意國土淪敵，欲隱不能隱。末句「待收殘局了前因」，是指仍需堅持抗敵，不負抗日初衷。本詩遣詞樸實，寄意深沉。

江門途見難民慘狀感賦

淡煙疏雨近黃昏，路上行人帶淚痕。聞道羊城淪浩劫，孑遺註一憔悴走江門。

賞析：這是一首感時傷世詩。日寇侵華，大軍從大亞灣登陸進發，直撲廣州，並配合戰機狂炸，遍地烽火，居民四散逃命，奔投廣州鄰近鄉鎮，江門是其一。時詩人身處江門，目睹老百姓走難，狼狽恐慌，顏容憔悴不堪，觸景而作。本詩白描寫實，反映災民逃命實況，令人搖首！

註釋

註一　孑遺，殘存者、遺民。《詩．大雅．雲漢》：「周餘黎民，靡有孑遺。」

舟次霧阻停泊虎門入夜復航二首

其一

遮天霧幕阻行舟，擊楫註一彌思鎮濁流。防海應知要塞在，憑舷遠眺不勝愁。

賞析：這是一首觸景傷懷詩。詩中首二句指出，詩人乘舟夜航，煙霧蔽天，濁浪横流，觸景傷情，頓生東晉祖逖擊楫斷流之志。詩中第三句，諷刺政府海防失策，讓日寇有機會突破海防，從大亞灣登陸，進犯華南。詩末句，詩人憑舷遠望，觸景傷懷，頓生鄉愁，正如唐・崔顥〈黄鶴樓詩〉：「日暮鄉關何處是，煙波江上使人愁。」本詩觸景傷情，悲壯蒼涼。詩人一生憂國憂民，承傳古代儒家齊家治國平天下思想。故此其人生觀離不開國家民族，其愛國情懷躍現紙上，迥異於風花雪月之作。

其二

蒼茫夜色掩江村，破浪凌風渡虎門。豈欲乘桴浮海去註一，遙憐遍地膭啼痕註二。

賞析：這是一首敘事傷懷詩。詩中首二句的暮色蒼茫、破浪凌風，皆寫景之句。末二句言當前蒼生遍地啼痕，急待志士救援，雖然世亂，大道不行，也不能乘桴歸隱遠去，有違救世初衷。本詩觸景言志，心情忐忑不安，詩懷悲壯！

渡海歸舟景入詩

倒影繁星漾碧波，彩雲擁月渡銀河。迎賓虹管排儀仗，風送濤聲是凱歌。

賞析：這是一首寫景詩。是詩寫渡海歸舟，觸景生情而有作。詩中首二句寫倒影、繁星、碧波、彩雲擁月、銀河，給人的印象是星光燦爛，一片朝氣。末二句寫虹管壯觀，風送濤聲，氣魄雄壯，有如凱歌，令人振奮！本詩比興成句，寄意深遠，別有懷抱！

註釋

註一　擊楫：擊船槳。《晉書・祖逖列傳》載祖逖：「仍將本流徙部曲百餘家渡江，中流擊楫而誓曰：『祖逖不能清中原而復濟者，有如大江！』辭色壯烈，眾皆慨歎。屯於江陰，起冶鑄兵器，得二千餘人而後進。」

註二　乘桴浮海：桴，木筏。《論語・公冶長》：「孔子曰：『道不行，乘桴浮於海，從我者，其由與？』」

註三　啼痕：指老百姓的淚痕。

無題二首

其一

兄爲其易我爲難，一語遂淪萬劫間。風雨忽來天欲曙，梅花山註一下不容安。

賞析：這是一首詠史詩。首句「兄爲其易我爲難」，傳聞蔣汪二人曾有此對話。「兄」，指蔣介石；「我」，指汪精衛。何謂「易」，何謂「難」，見人見智。次句「一語」，指詩的首句「兄爲其易我爲難」。蔣汪二人政見不合，汪投日，組南京僞國民政府，有傳美其名「曲線救國」，結果獲漢奸之名，萬劫不復。末二句言汪精衛往日本治療腰痛舊患，結果死於日本，靈柩歸葬南京梅花山，遙對中山陵。梅花山即紫金山，又稱鍾山，乃風水寶地，名人葬於此有孫權、朱元璋、孫中山等。日本投降後，汪墓於天曉時分被蔣介石使人炸燬，故有「不容安」之語。汪墓被炸夷爲平地，築有小亭及兩邊休憩長廊，周圍遍植花草樹木，改爲園林。本詩婉約寄意，比興成句。

其二

大南[註一]亡命認孤忠，高朗[註三]樓頭血染紅。誰解冤禽塡恨海[註四]，副車代僵[註五]鬼猶雄？

賞析：這是一首詠史詩。首二句詠汪精衛亡命越南，遭政治暗殺，地點在越南高朗街民宅。第三句詠精衛鳥有冤禽之稱，銜石塡海，其志可嘉，但徒勞無功。汪精衛自比精衛鳥，故以精衛爲名。末句言殺手誤中副車，曾仲鳴無辜做了汪的替死鬼。本詩揭露史實，文字描白。

註釋

註 一 梅花山：位於南京紫金山，山上遍植梅花，相傳東吳大帝孫權葬於此，此地原名孫陵崗、吳王墳。梅花山正南面對明孝陵，西南面為中山陵。

註 二 大南：越南古稱大南國。

註 三 高朗：越南街名之一。

註 四 誰解冤禽填恨海：冤禽，指精衛鳥，又名帝女鳥、誓鳥、志鳥。典故出自精衛填海，寓意雖有其志而不可成事實。《山海經．北山經》：「發鳩之山，其上多柘木，有鳥焉，其狀如烏，文首，白喙，赤足，名曰：『精衛』，其鳴自詨。是炎帝之少女，名曰女娃。女娃游於東海，溺而不返，故為精衛，常銜西山之木石，以堙（音因，填塞）於東海。漳水出焉，東流注於河。」

註　五　副車代僵：副車，天子從車。《史記．留侯世家》：「秦皇帝東游，良（張良）與客狙擊秦皇帝博浪沙中，誤中副車。」代僵，代死，典出「李代桃僵」，僵，死亡。喻代人受過。《宋書．樂志三》：「桃生露井上，李樹生桃旁，蟲來齧桃根，李樹代桃僵。樹木身相待，兄弟還相忘。」

月夜讀經感賦

皓魄光飛浴列星[註一]，清波滌慮誦黃庭[註二]。悟來萬古蜉蝣意[註三]，惟有千秋德是馨[註四]。

賞析：這是一首詠物抒懷詩。本詩起句描寫月輝可愛，滌空塵慮，次言讀養生《黃庭經》。三句感慨人生無常，末句省悟修德才是「馨」，才可永恆！本詩清新婉約，哲理高尚。

註釋

註一　皓魄光飛浴列星：皓魄光飛，月亮光輝四射。浴列星，照耀列星。蘇軾〈開西湖〉：「天上列星當亦喜，月明時下浴金波」。

註二　清波滌慮誦黃庭：清波滌慮，指月輝可愛，洗滌塵慮。唐・李白〈望月有懷〉：「寒月搖清波，流光入窗戶。」黃庭，即《黃庭經》，道教經典之一，其學在修練精、氣、神等養生功夫。黃庭另一義指晉・王羲之書法的《黃庭經》法貼。

註三　蜉蝣，短壽昆蟲，朝生暮死，句意警悟生命無常，不須執著得失，得失瞬即消逝。

註四　惟有千秋德是馨：千秋，千秋萬代，寓意長時間。德是馨，馨，馨香。此言品德是最為馨香珍貴。

出京 車中口占

一輪明月伴車行，瞬即飆馳註一萬里程。疊疊關山奔眼底註二，涼風吹動客中情。

賞析：這是一首寫景抒情詩。是詩以白描手法，記述車行途中景色，對象以明月、關山、涼風爲主，雖白描而見動感，尤其是第三句「疊疊關山奔眼底」，詩眼「奔」字，用得十分生動有力，使整首詩都活起來。結句「客中情」，寄意深遠無限！本詩風格豪放，結句見惆悵！

註釋

註 一 飆馳：迅速奔馳。

註 二 奔眼底：奔入眼中。

春寒夜雨臥看書

料峭[註一]寒風淹暮春，小樓夜雨苦吟身。書橫枕畔燈明滅[註二]，執卷悠然夢古人。

賞析：這是一首抒懷詩。是詩對景抒懷，首二句，描寫暮春寒風，「小樓夜雨」。第三句接寫「燈明滅」，意景悽清。此際，詩人書橫枕畔，陶醉於學海中，自得其樂。末句，言以書爲伴，於夢中以古人爲友。詩人的生活品味，乃傳統士人遺風。本詩情景交融，婉約蒼涼！

註釋

註一　料峭：形容風力寒冷尖利。

註二　燈明滅：指電力失常，燈光乍明乍滅。

寄懷二首 疊前韻

其一

朝上誰爲溫太眞[註一]，公卿[註二]自惜亂離身。昔云殉地稱全節[註三]，今對名山亦枉人[註四]。

賞析：這是一首即事感懷詩。詩中首二句，詩人憤慨國難之際，未見溫嶠這類忠臣，反見滿朝奸佞，苟且貪生，自私利己，「自惜亂離身」。第三句指出，古代儒臣以氣節爲生命之本，國亡殉國，或不事新朝以存氣節。末句言國難當前，啼痕處處，面對名山勝景，也無心眷戀。本詩感時諷刺，語意或隱或顯，結句感慨低迴！

其二

學能由博復歸眞註五，歷劫磨成不壞身。養氣註六藏鋒註七終必達，天將大任降斯人註八。

賞析：這是一首言志詩。詩中指出，知識份子治學由博歸眞，重視磨練身心，使之堅強，並且培養浩然之氣，切忌鋒芒外露而招忌，待人謙遜內斂。末句所言的「大任」，是指保護國家民族而言。本詩文字樸實，詩旨具教化作用。

註釋

註　一　溫太真：原名溫嶠，東晉開國名臣，討伐權臣王敦及蘇峻有功。其人歷史評價崇高，忠孝兩全，文武兼備。梁・劉勰《文心雕龍・才略》說：「溫太真之筆記，循理而清通，亦筆端之良工也。」東晉・陶侃譽他「忠誠著於聖世，勛義感於人神」（《晉書・溫嶠傳》）。唐・房玄齡稱他「宣力王室，揚名本朝，負荷受遺，繼之全節」（房玄齡《晉書》）。

註　二　公卿：古代高官等級，分三公九卿，屬於政府領導層。

註　三　昔云殉地稱全節：殉地，為國土而死。全節，保存氣節。全節另一義是地名，又稱「全鳩里」，在今河南閿鄉縣東，漢武帝子劉據，謚戾，含冤自經（上吊）死處。北周・庾信〈哀江南賦〉：「始則地名全節，終則山稱枉人。」

註四　枉人：即枉人山，别稱上陽山，在今河南浚縣西北，紂殺比干於此。枉人，語帶相關，亦可理解枉勞人，枉為人。

註五　真：指簡約自然。

註六　養氣：養正氣。《孟子．公孫丑上》：「我知言，我善養吾浩然之氣。」

註七　藏鋒：鋒，鋒芒，喻深藏才華不外露。唐．劉肅《大唐新語．聰敏》：「公詞翰若此，何忍藏鋒，以成鄙夫之過。」

註八　天將大任降斯人：大任，指治國平天下之任務。《孟子．告子下》：「天將降大任於斯人也。必先苦其心志，勞其筋骨，餓其體膚，空乏其身，行拂亂其所為。」

晨起讀騷臨池

初開曙色豁註一天青，鵲噪枝頭夢乍醒。頓覺胸中春意滿，楚騷讀罷寫黃庭註二。

賞析：這是一首寫景抒懷詩。詩中首二句描述曙色初開，青天一片，「鵲噪枝頭」而驚夢。末二句描寫「鵲噪」而感春意鬧，心情喜悅，繼而誦讀《楚辭》及臨貼《黃庭經》以抒雅懷。作者乃傳統知識份子，讀楚騷知其人關懷家國；寫黃庭知其人安身立命，著意於法度。本詩清新雋逸，描寫深刻生動。

註釋

註一　豁：開也。

註二　楚騷讀罷寫黃庭：楚騷，指《楚辭》。黃庭，指王羲之《黃庭經》書貼，又名《換鵝貼》，為寫字法貼。

雜感

浮生難得百年身，曾在雲間露一鱗註一。出則爲霖註二潛則隱，蒼生何處覓斯人。

賞析：這是一首感懷詩。詩中首二句，詩人訴說浮生灑脫，曾在雲間偶「露一鱗」，指顯露微光即收斂。第三句言志，出則霖雨蒼生，退則潛藏歸隱。末句「覓斯人」，乃自負之語。本詩比興成句，重點在「出」與「隱」，出則「爲霖」，旨在爲「蒼生」；

「隱」則寄情山水，吟弄風月。傳統知識份子，其抱負通常「達則兼善天下，窮則獨善其身」。

註釋

註一　露一鱗：顯露一鱗半爪，未窺全豹。《清史稿．文苑列傳一，趙執信列傳》：「又以士禎（王士楨）論詩，比之神龍不見首尾，雲中所露一鱗一爪而已。」

註二　出則為霖：出，在朝。《論語．子罕》：「出則事公卿，入則事父兄。」為霖，霖，指甘霖，可沐浴蒼生。《尚書．商書．說命上》：「若濟巨川，用汝作舟楫，若歲大旱，用汝作霖雨。」

清明僑居感賦二首

其一

半生厭倦老風塵註一，夢豁黃粱註二悟夙因註三。月滿疏窗註四香一瓣註五，幽居註六唯與道相親註七。

賞析：這是一首感時抒懷詩。詩人趁著清明節日，抒發離鄉別井的情懷，因而有作。詩中述說回首半生，風塵僕僕，奔波勞碌，有如黃粱一夢，諸事皆空。人在海外，清明祭祖，以誠爲重，敬意在心，故此清香一瓣已足。末句幽居復歸自然，與道相親，才是眞正的人生。本詩平淡有致，句意脫俗。

其二

雄心[註八]漸與晚潮平，逝水流年[註九]暗自驚，劫後有家歸未得，依然客裏過清明。

賞析：這是一首感時抒懷詩。在詩中，詩人透露年輕時代的雄心壯志，隨著歲月的流逝，漸趨平淡。末二句指出時局動盪，關山阻隔，遊子流落天涯，有家歸不得，雖是清明日，也不能返里拜祭，其情可悲！本詩辭藻平淡，句意蒼桑感慨。

註釋

註一　老風塵：老，老練，經驗豐富。老風塵，寓意在人海四處奔波勞碌，江湖飄泊多年。

註二　夢豁黃粱：夢豁，即夢醒。黃粱，黃米，夢豁黃粱，典出唐代傳奇小說《枕中記》黃粱一夢，寓意人生的富貴榮華，功名利祿，以及一切美好事物，有如夢幻，夢醒一切皆空。唐・

沈既濟《枕中記》，載士子盧生赴京考試不第，鬱鬱不樂，垂頭喪氣回鄉，在客店遇一道士，盧生大吐生命苦水，並語出富貴欲望，覺倦，道士以一瓷枕薦其頭，盧生馬上入夢，夢見功名富貴，嬌妻美艷，官場得意，步步高陞，兒孫滿堂，年活八十才得病，終於久治不癒而亡，斷氣時驚醒。道人仍在身旁，客店主人仍在燒飯未熟。此時的他，頓悟人生一切如夢幻，無需執著。

註　三　夙因：早因，前世因緣，早前根源。

註　四　疏窗：指古代窗格不密的窗子。

註　五　香一瓣：即一炷香。心香一瓣，寓意敬肅之心，如同焚香敬奉。

註　六　幽居：隱居也。蘇東坡詩：「年來漸識幽居味，思與高人對榻論。」

註　七　道相親：指親愛大自然。唐．裴迪〈竹里館〉：「來過竹里館，日與道相親，出入唯山鳥，幽深無世人。」

註　八　雄心：即壯志，指抱負遠大。

註　九　逝水流年：義同似水流年，寓意時光有如流水，一去不返。

思鄉

蟹肥酒熟菊花香，把酒臨風註一思故鄉。醉後渾忘無限恨，醒來又轉九回腸註二。

賞析：這是一首即事感懷詩。詩中道出遊子漂泊他鄉心情，時在蟹肥季節，持蟹對菊，把酒臨風，本應賞心樂事，但時維九月，登高在即，乍起每逢佳節倍思親之念，飲水思源，故以詩抒懷。詩中首句詠物，其後三句不離思鄉，結句「醒來又轉九回腸」，其情眞摯。本詩詠物懷鄉，婉約蒼桑，感慨萬千！

註釋

註一　把酒臨風：即舉杯迎風，文人常見的雅興。范仲淹〈岳陽樓記〉：「登斯樓也，則有心曠神怡，寵辱皆忘，把酒臨風，其喜洋洋者矣。」

註二　九回腸：形容極度哀傷，心緒焦慮不安，憂思迴環往復。漢．司馬遷〈報任安書〉：「是以腸一日而九回，居則忽忽若有所忘，出則不知所往。每念斯恥，汗未嘗不發背沾衣也。」梁．簡文帝〈應令〉詩：「望邦畿兮千里曠，悲遙夜兮九回腸。」

還鄉省墓

十年漂泊憶江門註一，回首鄉關欲斷魂。遙望里閭註二慚潦倒，終難卻步為親恩。

賞析：這是一首即事感懷詩。詩人生逢亂世，漂泊他鄉十年，有家歸不得，泛起思鄉之情，「回首鄉關欲斷魂」，其內心痛苦，非筆墨所能形容。第三句，訴說遙望故鄉，自愧生活「潦倒」，在外不甚得志，這受時局動盪影響所致。末句言還鄉省墓以報親恩，此事不能卻步。本詩直抒胸臆，愁懷力透紙背，以情見勝！

註釋

註一　江門：別稱四邑、五邑，廣東省轄地級市，名人輩出，著名僑鄉。

註二　里閭：鄉里。

虯松註一

拏空枝老若虯龍註二，勢欲凌霄達九重註三。畢竟優遊林下好，春華難及歲寒松註四。

賞析：這是一首詠物寄意詩。詩中首二句訴說以寒松自許，雖老猶堅強不屈，其勢若虯龍，可拏空登天。末二句言時勢不利，優遊林泉，不慕春花爭妍鬥麗，雖歲寒孤獨，仍傲然兀立如寒松，堅守氣節。

註釋

註一　虯松：樹幹蟠曲的松樹。

註二　拏空枝老若虯龍：拏空，凌空，抓向天空。虯龍，小龍也，借喻盤曲的樹枝。虯龍另一解釋是無角龍。《楚辭．天問》：「焉有虯龍，負熊以遊？」王逸註：「有角曰龍，無角曰虯。言寧有無角之龍，負熊獸以遊戲者乎？」

註三　九重：即九重天，或稱九霄，古人以九為最大數，九重天者，喻天之最高層。

註四　春華，指春花，外表燦爛美艷。歲寒松，歲寒，指冬季最寒冷之時，松樹挺拔不落，喻君子有道，經得起時勢壓迫。《論語．子罕》：「歲寒，然後知松柏之後凋也。」

題水仙

凌波[註一]玉立挺幽姿，雅韻清香伴讀宜。根柢本來泉石上，出山不改在山時。

賞析：這是一首詠物詩。首二句詠水仙花具有玉立幽香，雅韻清香的特色。第三句言水仙花可平凡地寄生於泉石上，末句讚揚水仙花離開山石，移種在民居，其幽香品質並無改變。詩中末句，意蘊深邃，寓意處於亂世時代，雖奔走南北，飄泊四方，依然不易其志，守節自持。本詩清新婉約，詩旨深遠。

註釋

註一　凌波：水仙花。

竹下蘭花開

香爲王者足稱雄註一，饒有人間國士風註二。慕德只親君子竹註三，素心恥與俗註四炫紅。

賞析：這是一首詠物言志詩。詩人酷愛蘭花，書齋命名芝蘭室，文集稱芝蘭室詩文稿，故里居所花園遍植蘭花。詩中首二句，詩人以蘭花比喻國士，前者爲香之王者，後者爲國之棟樑，卓見比喻恰當。詩中第三句以竹比喻君子，末句詩人以蘭自許。蘭雖生於隱谷之中，不感孤獨，而其芳更香，直言恥與世俗衛道者炫耀己長。本詩造句清新，典故湯貼得體。

註釋

註一　香為王者足稱雄：香，蘭香也。《孔子家語．在厄》：「且芝蘭生於深林，不以無人而不芳，君子修道立德，不謂窮困而改節。」漢．蔡邕〈琴操〉：「孔子自衛反魯，過隱谷之中，見薌蘭獨茂，喟然嘆曰，夫蘭為王者香，今乃獨茂，與眾草為伍，譬猶賢者不逢時，與鄙夫為倫也。」

註二　國士風：國士，指國家才德兼備的傑出人才。風，風骨、風采。漢．司馬遷〈報任少卿書〉：「其素所畜（蓄）積也，僕以為有國士之風。」

註三　竹：別稱君子竹，因其耐寒挺立，心虛貞節，德比君子，故稱君子竹。

註四　俗：世俗，庸俗。

十二美人圖分詠十二首有序

民國十八年某鉅公聘江蘇名畫家寫十二美人圖，懸重賞徵詩十二首，每圖題七絕一章，各詩由江太史霞公評閱，冠軍獎三千金。余倖獲此獎，時余執律師業，收入頗豐，悉舉獎金以作慈善，亦文壇之佳話也。

其一　西施[註一]苧蘿浣紗

漫云[註二]絕色傾城國[註三]，不有蛾眉[註四]枉臥薪[註五]。回溯當年存越事[註六]，沼吳[註七]原是浣紗人[註八]。

賞析：這是一首詠史詩。中國歷史上，十二美人分處各時代，其個人品質、特長、機遇、下場、歷史評價各異，史家另有評定。西施姿色傾城傾國，迷惑吳王夫差，使其縱情聲色，荒廢朝政，以配合越王勾踐志切復國大計。勾踐臥薪嚐膽，十年生聚，十年教訓，終成復國大業。假使沒有西施之助，勾踐雖然臥薪以苦練心志，也是徒然。故詩中第二句「不有蛾眉枉臥薪」，其理固然！詩中末二句言，越國之所以復國，打敗吳王夫差，浣紗美女應居首功。西施弱質女流，出身寒微，只是一名平凡的浣紗女子，也體會亡國之痛，在機緣下助越王勾踐復國，充分展現其愛國情操，不讓鬚眉，令人敬仰！西施助勾踐復國，啓悟後世，愛國不分男女，人皆有責。本詩描寫細膩，活用典故。

耳畔悽聲盡楚歌註一〇，大王豪氣頓消磨註一一。龍泉舞動嬌無力註一二，腸斷虞兮奈若何註一三！

賞析：這是一首詠史詩。全詩語句悽酸動人，主角是虞姬與楚霸王。首句描述營帳中氣氛，傳來陣陣楚歌，悽聲盈耳，次句慨嘆項王慌恐失態，豪氣消磨貽盡。末二句描述楚霸王別姬場面。虞姬悽然舞動龍泉寶劍，並引歌起舞，項羽情懷悲壯，乘著醉意，寫下千古名唱〈垓下歌〉。末句「腸斷虞兮奈若何」，脫胎自〈垓下歌〉「虞兮虞兮奈若何！」本詩風格悲壯，文字刻劃細膩，意境生動。虞姬愛情專一，清．詩人何浦〈虞美人〉有句曰：「八千子弟同歸漢，不負君恩是楚腰。」楚腰者，指虞姬。八千子弟原屬項羽麾下，兵敗投敵，相對虞姬爲君王殉情殉國，寧不汗顏？虞姬受到後世關注，很多歷史名劇、電影、小說，都以虞姬爲主題。

其三　卓文君註一四當爐賣酒

紅粉提壺今實繁註一五，當年羞煞卓王孫註一六。文君早解新生活，司馬何慚犢鼻褌註一七。

賞析：這是一首詠史詩。是詩標榜愛情無分階級及貴賤貧富，只要夫妻生活能同甘共苦，便已足夠。同時，工作無分貴賤，適者生存。詩中首句讚揚卓文君以富家女身分，下嫁寒士司馬相如（約前一七九～前一一八），生活清苦，以提壺賣酒維持生計。「提壺」工作，也是自食其力，無虧德行。文君給後世女子帶來謀生鼓勵，是很好的生活教育。次句諷卓王孫門戶之見。末二句言文君與相如爲生活共同奮鬥，文君賣酒，相如穿市井短褲幹活，亦自得其樂。文君與相如的艱苦生活，刷新了讀書人的「士大夫」階級觀念。本詩清新白描，活化典故。

其四　王昭君註一八出塞和戎

丹青詐狡不圖眞註一九，總爲和戎誤此身註二〇。若使天威加塞外，肯教國色著胡塵註二一。

賞析：這是一首詠史詩。昭君出塞的故事家傳戶曉，爲後世津津樂道。故事的主角王昭君，犧牲自己，爲國和親，進行婚姻外交。昭君被選中出塞，揭露朝廷貪腐黑暗，畫師毛延壽只是朝上小人物，卻貪腐嚴重，遑論其他高官大員。詩中首句指出毛延壽欺君犯上，繪畫昭君畫像故意「不圖眞」，理由是昭君沒有行賄送禮。次句中，詩人批判「和戎」政策，爲昭君遠適異邦抱不平。末二句詩人進一步抨擊漢王若能天威遠播，四夷焉敢造次？昭君及其他漢女就無須離別親友，遠嫁胡邦。本詩夾敘夾議，論見具卓識。

其五　趙飛燕註一三漢宮春舞

芳心難繫繫裙纓註一三，妙舞翩翩掌上擎。不使無方持后履註一四，已隨仙去御風行註一五。

賞析：這是一首詠史詩。首句言漢成帝偕趙飛燕遊太液池，飛燕體輕，險被強風吹入池，成帝以翠纓繫結飛燕之裙，遊倦乃返。其後飛燕穢德彰聞，受冷落，故言「芳心難繫」。次句述趙飛燕體態輕盈善舞，身輕如燕，能掌上舞：「妙舞翩翩掌上擎」，乃詩歌上常用的誇張筆法。詩中末二句續描述趙飛燕體輕，險生意外，事件見載《趙飛燕外傳》，其大意：一日，成帝與趙飛燕作樂於太液池，強風突至，飛燕體輕，帝恐，即命嬖臣馮無方牽實飛燕裙子，否則隨風仙去。按：趙飛燕雖獲君王寵愛，但捲入宮廷鬥爭，自殺而終，乃悲劇人物！本詩筆意縱橫，思想力豐富，造句誇張。按：唐代詩仙李白（七〇一～七六二）將漢后趙飛燕與唐后楊玉環一併入詩，其〈清平調〉：「一枝紅艷露凝香，雲雨巫山枉斷腸。借問漢宮誰得似，可憐飛燕倚新妝。」二后一瘦一肥，各具美態，「燕瘦環肥」一詞，遂流傳後世。宋．蘇軾〈孫莘老求墨妙亭詩〉：「短長肥瘦各有態，玉環飛燕誰敢憎。」後世詩人題詠趙飛燕，歷朝皆見。

其六　貂蟬註二六鳳儀亭訴苦

天下英雄沸戰塵註二七，如何不及女兒身。只憑片語數行淚，能使賊兒誅賊臣註二八。

賞析：這是一首詠史詩。是詩言東漢末年，董卓作亂，天下諸侯及曹操、劉備等都曾動兵誅卓，但不成功，反而由美女貂蟬雖一介女流，手無寸鐵，僅以「數行淚」，離間三姓家奴戰將呂布及亂臣董卓不和，取得成功。董、呂二人原屬義父義子，共同點是好色，垂涎「蔽月」之貌的貂蟬，結果貂蟬予以離間，呂布成功誅殺董卓，而有勇無謀的呂布，在建安二年，兵敗下邳，投降曹操而遭處死。董、呂二人之死，貂蟬雖無戰功，「只憑片語數行淚，能使賊兒誅賊臣」，維護朝政綱紀，應記一功。本詩論史，卓見特識，別有心得。

其七　張麗華[註二九]臨春曉妝

臨春早起理新妝[註三〇]，雲鬢修長髮澤光[註三一]。試向菱花[註三二]窺倩影，嫦娥宛在月中藏。

賞析：這是一首詠史詩。是詩四句分別描述張麗華的美態如：春早曉妝、長髮澤光、菱花倩影、月中嫦娥。張麗華獲南朝陳後主寵愛，並參朝政，加上陳後主縱情聲色，無心政務國防，以致亡國，後世爲君者，借此爲鑑。一代美人，最終受斬刑，其個人下場，非預料所及，洵可嘆也！本詩描寫細膩，刻劃入微，並且比喻誇張大膽，與俗不同。

其八　楊玉環[註三三]華清池出浴

凝脂洗罷膩留泉[註三四]，出水芙蕖洛水仙[註三五]。如此風姿洵絕代[註三六]，六宮佳麗見猶憐[註三七]。

賞析：這是一首詠史詩。詩中首句描述楊貴妃洗浴華清池。其句意取自唐・白居易〈長恨歌〉：「春寒賜浴華清池，溫泉水滑洗凝脂。」次句描述楊貴妃媲美三國時代洛水神仙甄洛。末二句讚揚楊玉環絕代風姿，六宮佳麗無顏色，此詩句蛻變於〈長恨歌〉：

「六宮粉黛無顏色。」楊玉環雖然三千寵愛在一身，但下場卻獲賜死於馬嵬坡，其不幸命運與趙飛燕同。本詩清麗典雅，造句用典而不俗。

其九　崔鶯鶯註三八西廂待月

徙倚註三九花間待月明，微風掠樹暗心驚。凝眸佇立人還渺註四〇，滿腹相思未了情。

賞析：這是一首詠史詩。是詩情景交融，描寫細膩，把待月西廂的花與月，風與樹，心情流露，凝眸候人的神態，都一一刻劃出來。結句「滿腹相思未了情」，帶來蕩氣迴腸的感覺。崔鶯鶯乃《西廂記》傳奇小說人物，劇情結局是有情人終成眷屬，崔鶯鶯與張生共諧連理終場。本詩描寫細膩生動，婉約多情。

其十　梁紅玉註四一擊鼓退金兵

艨艟註四二驀地註四三作雷鳴，卻是夫人擊鼓聲。娘子也知軍國事，相夫註四四殺敵儘成名。

賞析：這是一首詠史詩。梁紅玉擊鼓退金兵，家傳戶曉，爲女中豪傑，幗國英雄也。此詩記敘黃天蕩一役，梁紅玉爲激勵士氣，親擊戰鼓，其聲如雷鳴，軍心大振，士氣如虹，金兵敗退，史稱「黃天蕩大捷」，從此金兵不敢渡江南下。詩中讚揚梁紅玉知軍國大事，及能相夫殺敵，爲後世女子教育提供很好的教材。本詩筆意高昂，風格豪放！

其十一　陳圓圓註四五歌筵進酒

從來尤物註四六惹人憐，賊陷京師掠色先。對酒不知多少恨，江山遺恨在圓圓。

賞析：這是一首詠史詩。此詩詠陳圓圓身世遭遇，雖然「惹人憐」，但生不逢辰，頗多波折。次句言李自成兵破北京，城內兵荒馬亂，叛兵奸淫擄掠，殺人放火，慘狀不忍睹，陳圓圓也遭叛兵擄去。末句「江山遺恨」，乃哀悼明亡之語。山海關邊防守將吳三桂聞陳圓圓被擄，心痛不已，憤恨交加，爲營救愛姬心切，竟投降於清，開城引清兵入關，截殺叛軍。在吳三桂努力下，卒尋獲陳圓圓。而李自成其後也兵敗被殺。加速大明江山之亡，吳三桂是一個關鍵人物，而陳圓圓也是相關人物。明末詩人吳偉業針對吳三桂有詩詠曰：「慟哭六軍俱縞素，衝冠一怒爲紅顏。」末句傳頌至今。本詩沉痛悲涼，結句「江山遺恨在圓圓」，感慨動人。

其十二 香妃[註四七]春郊試獵

春風襲襲逐芳塵，馳獵郊原踏綠茵。落雁[註四八]卻涎妃子艷，肌香倍比花香珍。

賞析：這是一首詠史詩。詩中首二句描述出身遊牧民族的香妃，春郊試獵，策馬綠茵草原，香氣隨風播揚，意境清新浪漫。第三句，詩人把香妃試獵之美，對比昭君騎馬出塞之美，一喜一悲，形成強烈對比，可謂創見。結句「肌香倍比花香珍」，以肌香勝花香來讚賞香妃之美。香妃乃乾隆愛妃，入宮後「秉心克慎，奉職爲勤」，上和下睦，不涉朝政，並得乾隆題詠詩作，顯見其地位，故得善終，其陵墓至今屬國家文物保護單位。

本詩清雅有致，創意豐富！

註釋

註一 西施：春秋時越國美女，本名施夷光，出身貧寒，貌美，世稱西施或西子，與王昭君、貂蟬、楊玉環，並稱中國四大美女，以她為首。她曾受越王之託，以美色迷惑吳王夫差，使其荒廢朝政，沉溺酒色，以利越王勾踐進行復國大業，功成，傳與范蠡泛舟五湖，不知所踪。

註　二　漫云：別說，不用講。

註　三　傾城國：傾，覆滅。漢．李延年詩：「北方有佳人，絕世而獨立，一顧傾人城，再顧傾人國。寧不知傾城與傾國，佳人難再得。」

註　四　娥眉：美人。

註　五　枉臥薪：枉，白費、徒然。臥薪，以薪為床，喻刻苦自勵，典出「臥薪嘗膽」。《史記．越王勾踐世家》：「越王勾踐返國，乃苦身焦思，置膽於坐，坐臥即仰膽，飲食亦嘗膽也。」

註　六　存越事：指越國不亡之事。當年吳越交戰，吳王夫差大兵圍困越王勾踐於會稽山上，滅越一事，幾乎唾手可得，但卻一念之差，接受勾踐投降，結果放虎歸山。勾踐經十年生聚，十年教訓，秘密整軍經武，並以美人計配合復國大業，結果成功。

註　七　沼吳：即滅吳為沼澤地。《左傳．哀公元年》：「越十年生聚，而十年教訓，二十年之外，吳其為沼乎！」

註　八　浣紗人：洗衣人。指西施，嘗於會稽苧蘿山浣紗。

註　九　虞姬：西楚霸王寵姬，能舞擅歌，有虞美人之稱。秦亡，楚漢相爭，項羽兵困垓下，兵少糧盡，夜聞四面楚歌，大驚，知大勢已去，在營帳設宴訣別虞姬，酌酒悲歌，唱出千古著名的〈垓下歌〉，詞曰：「力拔山兮氣蓋世，時不利兮騅不逝，騅不逝兮可奈何，虞兮虞兮奈若何？」歌詞悲壯蒼涼，情思繾綣悱惻。隨侍在側的虞姬，毫然拔劍起舞，引歌和之曰：「漢兵已略地，四方楚歌聲；大王意氣盡，賤妾何聊生。」此歌史稱〈和垓下歌〉或〈復垓下歌〉。酒後虞姬自刎，項羽突圍中伏，逃至烏江，引劍自刎。流傳後世的著名戲劇「霸王別姬」就是以虞姬帳中舞劍為題材。

註一〇　楚歌：楚人之歌，或喻作悲歌。《史記．高祖本紀》：「項羽卒聞漢軍之楚歌，以為漢盡得楚地，項羽乃敗而走，是以兵大敗。」

註一一　消磨：磨滅。虞姬〈和垓下歌〉：「大王意氣盡。」

註一二　龍泉舞動嬌無力：龍泉，指龍泉寶劍。嬌無力，虞姬力弱，寓意有心無力。

註一三　腸斷虞兮奈若何：寓意非常悲傷。《文選．江淹．別賦》：「是以行子腸斷，百感淒惻。」虞兮，虞姬呀！奈若何，即無可奈何。項羽〈垓下歌〉：「力拔山兮氣蓋世，時不利兮騅不逝。騅不逝兮可奈何，虞兮虞兮奈若何！」

註一四　卓文君：西漢蜀郡臨邛人，出身富裕，冶鐵富商卓王孫之女，姿色嬌美，精音律，擅琴，有文名，是中國四大才女之一。《西京雜記》卷二：「文君姣好，眉色如望遠山，臉際常若芙蓉，肌膚柔滑如脂。」

註一五　紅粉提壺今實繁：紅粉，美女。提壺，提著酒壺。實繁，實在繁多。意謂餐飲業以女侍應提壺款接賓客，在今天實在繁多普遍，不足為奇。

註一六　卓王孫：卓文君之父，冶礦商人，全國首富，聞愛女文君及女婿在臨邛賣酒，羞之。

註一七　司馬何慚犢鼻褌：司馬，指司馬相如（約前一七九～前一一八年）。犢鼻褌，齊腳短褲，市井幹活者的服裝。漢．司馬遷《史記．司馬相如列傳》：「相如與（卓文君）俱之臨邛，盡賣其車騎，買一酒舍酤酒，而令文君當壚。相如身自著犢鼻，與保傭雜作，滌器於市中。」

註一八　王昭君：名嬙，昭君乃其字，西漢漢元帝時美女，有落雁之容，為中國四大美人之一。王昭君出身於南郡秭歸縣一戶平民之家，家境平凡。時漢元帝選妃入宮，王被選上。當時被選上宮女須由畫工毛延壽繪像送呈皇帝挑選。毛延壽遂成重金賄賂對象，昭君恥為之，結果其真像被毛延壽在畫像面孔上多加一點以掩其美，遂落選，不獲漢帝之寵。時匈奴王呼韓邪親到長安覲見漢元帝以示投誠歸順，並請賜婚，王昭君被選中。臨行前，昭君告別元帝之際，帝見之驚為天人，後悔不已，礙於信約，不便悔約，事後毛延壽被誅。昭君千里迢迢遠嫁匈奴，建立家庭，生活美滿，並受匈奴人歡迎，她也把中原文化傳給匈奴。死後，匈奴人為她築墓紀念，並奉為神仙膜拜。

註一九　丹青詐狡不圖真：丹青，丹，丹砂；青，青雘。丹青是畫畫顏料用品。詐狡，詐騙狡猾。不圖真，王嬙因不賂畫工毛延壽，致不圖真容以掩其美。

註二〇　和戎：漢族與四夷外族建立姻親關係以求和平。和戎的出現，總屬武備不修之誤也，否則何至以色事人耶！

註二一　胡塵：胡地塵沙，指外族地方。北周．庾信〈王昭君〉詩：「朝辭漢闕去，夕見胡塵飛。」

註二二　趙飛燕：出身平民之家，父為官府家奴，出生後被棄，三天後竟能仍活，復帶回家撫養，長大成為美女，美貌奪人，擅歌舞，體態輕盈如飛燕，故有飛燕之名。後為漢成帝召入宮，獲帝專寵二十年，封為后。飛燕有妹名昭儀也為帝所愛，姐妹二人享盡榮華富貴，權傾朝野。不過，二人牽涉政爭，先後自殺而亡。

註二三　芳心難繫繫裙纓：裙纓，帝后趙飛燕身輕，漢帝恐后隨風去，以翠纓結后裙，宮中謂之「裙纓」，典出漢成帝偕趙飛燕遊太液池之事。晉．王嘉《拾遺記．前漢下》：「帝常以三秋閒曰，與飛燕戲於太液池……每輕風時至，飛燕殆欲隨風入水。帝以翠纓結飛燕之裙，遊倦乃返。飛燕後漸見疏，常怨曰：『妾微賤，何復得預纓裙之遊？』」飛燕見疏，寓意芳心不能繫帝。繫裙纓，指帝與飛燕戲於太液池之事。

註二四　不使無方持后履：不使，不指使，另一義不順從。無方，即馮無方，帝之嬖臣。后履，后，指趙飛燕；履，鞋也。漢．伶玄《趙飛燕外傳》：「成帝於太液池作千人任舟，號合宮之舟。后歌舞《歸風》、《送遠》之曲，侍郎馮無方吹笙以倚后歌。中流歌酣風大起。后揚袖曰：『仙乎！仙乎！去故而就新，寧忘懷乎？』帝令無方持后裙。風止，裙為之縐。他日，宮姝幸者，或襞裙為縐，號「留仙裙」。

註二五　御風行：乘風而行。《莊子．逍遙遊》：「夫列子禦風而行，泠然善也。」

註二六　貂蟬：中國四大美人之一，其美「蔽月」。正史並無貂蟬其人，《三國志．呂布傳》僅載：「卓常使布守中閤，布與卓侍婢私通，恐事發覺，心不自安。」《三國志》雖有載呂布與董卓侍婢私通一事，但並無說明侍婢名字是貂蟬。故此，有關貂蟬的事蹟，都是來自《三國演義》。故事傳說漢獻帝時，司徒王允有一侍女，年方二八，美貌動人，王允收為義女以對付逆臣董卓，而卓有一義子名呂布。董、呂二人皆好色之徒，王用連環計，先將貂蟬許嫁呂布，後獻與董卓。呂布不疑有詐，夜會貂蟬於太師府後花園鳳儀亭，二人見面訴說衷情之際，為董卓突至撞破，卓大怒，舉戟擲呂。其後董卓謀反，為呂布所殺。

註二七　天下英雄沸戰塵：天下英雄，《三國演義》有載曹瞞與劉備煮酒論英雄，操曰：「天下英雄惟使君與操耳！」沸戰塵，沸，動盪，掀起。戰塵，戰爭。

註二八　能使賊兒誅賊臣：賊兒，指呂布。賊臣，指董卓。此句言貂蟬離間呂布而誅董卓。

註二九　張麗華：張麗華（五五九～五八九），揚州人，幼家貧，獲選入宮為侍女，得南朝太子陳叔寶瞥見，驚為天人，納為寵妃，生二子。陳叔寶登位後，更封為貴妃。張麗華貌容絕世，姿色妖艷，艷名遐爾，特聰慧，有辯才，強記憶，通音律，能文擅舞，〈玉樹後庭花〉及〈臨春樂〉是她愛唱的名曲。該兩曲乃陳後主編寫，被後世諷為亡國之音。此外，張麗華懂權謀心計，參朝政，甚得陳後主欣賞。陳後主沉迷女色與享樂，荒廢政務，國勢日弱。隋文帝派大軍圍城，攻入皇殿，宮嬪衛士四散，陳後主與張麗華、孔貴嬪三人躲入御苑宮井避亂，後被隋軍發現拉起，三人仍擁抱一起，終受斬刑。三人被拉起時，宮井沾有唇脂，後世稱胭脂井。

註三〇　臨春早起理新妝：陳後主於光昭殿前築臨春、結綺、望仙三閣，後主自居臨春閣，張貴妃居結綺閣，龔、孔二貴嬪居望仙閣，並復道交相往來。理新妝，打扮梳妝。

註三一　雲鬢修長髮澤光：此言張麗華髮鬢泛光之美。《陳書‧張貴妃傳》：「髮長七尺，鬢黑如漆，光可鑒人，特聰慧，有神彩，進止閑華，容色端麗，每瞻視眄睞，光彩溢目，照映左右。嘗於閣上靚妝，臨於軒檻，宮中遙望，飄若神仙。」

註三二　菱花：指菱花鏡，泛指鏡子。

註三三　楊玉環：為中國四大美人之一。唐代，蒲州永樂（今山西永濟）人，出身官宦。初為唐玄宗第十八子李瑁妃子，後奉旨出家為尼，道號太真，還俗後改適玄宗，冊為貴妃，楊貴妃之名因此而來。楊貴妃天生麗質，膚如凝脂，不施脂粉，有「羞花」之貌，體態豐盈，懂音律，能歌能舞，尤擅琵琶。玄宗嘗親譜《霓裳羽衣曲》，召見玉環，並令樂工演奏新曲，又賜玉環金釵鈿合，並言：「朕得貴妃，如得至寶也。」貴妃獲寵可見一斑。楊貴妃嘗沐溫泉於華清池，詩人白居易名作〈長恨歌〉有句：「春寒賜浴華清池，溫泉水滑洗凝脂。侍兒扶起嬌無力，始是新承恩澤時。」華清池與楊貴妃便成為千古佳話。可惜，隨著時代的發展，唐室衰弱，發生安史之亂，玄宗與楊貴妃離宮逃命，擬逃往蜀中（四川成都），兵至馬嵬坡，隨軍將士嘩變，亂刀殺死國舅楊國忠，並認為安史之亂因楊貴妃而起，紅顏禍水，要求處死楊貴妃以謝天下。玄宗無奈予以賜死，〈長恨歌〉有詩曰：「六軍不發無奈何，宛轉娥眉馬前死。」

註三四　凝脂洗罷膩留泉：凝脂，凝固油脂。膩留泉，肥膩油脂留在水中，指貴妃浴後水有油脂。唐・白居易〈長恨歌〉：「溫泉水滑洗凝脂。」

註三五　出水芙蕖洛水仙：芙蕖，荷花。洛水仙，三國美女甄洛，名宓，魏文帝曹丕皇后，魏明帝曹叡生母。甄洛即劇曲傳奇人物洛水神仙。

註三六　洵絕代：洵，實在。絕代，冠絕當代。

註三七　六宮佳麗見猶憐：六宮，妃嬪居所。六宮分東西，東六宮有景陽宮、承乾宮、鍾粹宮、景仁宮、永和宮、延禧宮。西六宮有永壽宮、翊坤宮、儲秀宮、咸福宮、長春宮、啟祥宮（太極殿）。憐，憐愛。

註三八　崔鶯鶯：傳奇小說虛構人物，始見於唐・元稹《鶯鶯傳》傳奇小說。金・董解元據《鶯鶯傳》改編為《西廂記諸宮調》，別稱《董西廂》。元代雜劇作家王實甫又據《西廂記諸宮調》內容改編成《西廂記》。是書文辭優美，人物與情節生動感人，富文學性。崔鶯鶯的形像遂深入民間，成為家傳戶曉的人物。崔鶯鶯乃相國千金，河北博陵人，才貌德出眾，擅女紅刺繡，書畫琴棋無一不精。崔鶯鶯父早死，家道中落，崔父生前答允鄭尚書，將鶯鶯許配給其子鄭恆，以得親上加親之誼，鶯鶯稱鄭恆為表哥。一日鶯鶯在侍婢紅娘陪同出外，邂逅書生張君瑞於蒲東普救寺。二人一見鍾情，正當相逢恨晚之際，叛將孫飛虎率兵圍寺，強索鶯鶯為押寨夫人。崔母聞訊惶慄不已，許諾張生如能救鶯鶯脫險，答允二人婚事。張生得蒲地友人白馬將軍之助，解決厄難。豈料崔母反口，諸多刁難，明言「不招白衣女婿」。張生過去多次應舉失敗，名落孫山，因此「書劍飄零，游於四方」。在愛情的魔力下，張生赴京再試，結果高中。高中之後，鄭恆放謠言張生已另娶，崔母再次食言，張生幾經波折，劇情發展至鄭恆意外撞樹而死，張崔終諧連理。「待月西廂」一幕劇情，是崔鶯鶯月夜私會張生的情節，最為人津津樂道的，是崔鶯鶯透過紅娘傳遞給張的情詩〈明月三五夜〉：「待月西廂下，迎風戶半開。拂牆花影動，疑是玉人來。」

註三九　徙倚：徘徊。

註四〇　凝眸佇立人還渺：凝眸，定眼注視。佇立，即久立。渺，渺茫。

註四一　梁紅玉：出生於北宋崇寧元年（一一〇二），淮安楚州北辰芳（今蘇州淮安楚州區淮城鎮新城村）人。正史僅載「梁氏」，「紅玉」乃野史記載。梁紅玉乃武將之後，少隨父兄習武，天生神力，能挽強弓，每發必中，通翰墨，知兵法。她是宋大將韓世宗側室，夫婦二人忠君愛國，力保宋室，平定謀反叛將苗傅及劉正彥的兵變，史稱「餘杭之難」或「苗劉之變」。

高宗幸保社稷，全賴韓氏夫婦。帝除封韓世宗為少保外，並賜賞「忠勇」二字，又賜賞紅玉俸祿，此為歷史上女姓享俸祿的第一人。建炎四年，韓世宗和紅玉奉命鎮守長江黃天蕩。是處東西面為水域地區，金兵十萬水師大舉來犯，聲勢浩大，宋師僅得八千疲兵，實力非常懸殊。紅玉巧布兵略，預設埋伏，以擊鼓為號，出奇不意，突襲金兵，鼓聲一起，火箭萬發，射向金兵戰船，一時間半天透紅，殺聲震天。金兵戰船處處火光烘烘，陣勢大亂，倉皇逃命，死傷無數。韓世忠亦乘艨艟指揮水師截擊金兵，大敗金兵。黃天蕩一役，宋軍大獲全勝，金人從此亦不敢渡江伐宋，此役戰事，史稱「黃天蕩大捷」，宋室半壁江山得以暫保。梁紅玉為激勵士氣，冒著流矢危險，「親執桴鼓」以振士氣，擊退元帥金兀朮，事後獲帝封「楊國夫人」。梁氏歿後，百姓在其出生地築廟紀念其英勇事蹟，俗稱「七奶奶廟」。一九八二年，地方政府復在原址建「梁紅玉祠」以紀念這位巾幗英雄。

註四二　艨艟：戰船。

註四三　驀地：忽然。

註四四　相夫：輔助丈夫。

註四五　陳圓圓：陳圓圓（一六二三～一六九五），本姓邢，名沅，字圓圓，又字畹芬，浙江金華人，父為市井貨郎，母早歿，由陳姓姨母養育。圓圓自幼冰雪聰明，艷名冠絕鄉里，後被賣給陳姓戲班，遂改陳姓，住蘇州桃花塢。及長，為吳中名優，有「江南八艷」之稱。其人「容辭閒雅，額秀頤豐」，聲色超群，獨步天下，有「聲甲天下之聲，色甲天下之色」之譽，「觀者為之魂斷」。明末清初四公子冒辟疆曾與陳圓圓有一段情，說她「慧心紈質，淡秀天然，平生所見，則獨有陳圓圓爾」，又讚賞其聲藝「如雲出岫，如珠大盤，令人欲仙欲死」。崇禎十四年（一六四一）揚州都督田弘遇，乃崇禎帝的田貴妃父親，一日道過蘇州，「漁獵聲妓，遂挾沅（陳圓圓）以歸」。（見胡介祉《茨村咏史新樂府》）不久，田貴妃身故，田弘遇失去靠山，權勢日弱，乃逢迎掌握重兵的吳三桂，並邀三桂到府作客，「出群姬調絲竹，皆殊秀。一淡妝者，統諸美而先眾音，情艷意嬌」，又刻意安排陳圓圓侍酒。吳三桂一見美女，不覺神移心蕩，乃請田弘遇割愛，帶回吳府。時軍情緊急，吳三桂回防山海關抗清入關，圓圓則留住北京吳府。崇禎十七年（一六六四），李自成謀反，叛軍攻陷北京，京城兵荒馬亂，陳圓圓被李自成手下擄去。吳三桂聞訊，大怒十分，情急救紅顏，遂開城引兵入關，搜救陳圓圓，結果圓圓獲救。滿清入關後，崇禎煤山自盡，明亡。對於吳三桂引清兵入關的事蹟，清初三大家之一吳偉業（梅村）有詩〈圓圓曲〉誌其事，其名句是「慟哭六軍俱縞素，衝冠一怒為紅顏」，尤其是末句最為膾炙人口。滿清入關後，吳三桂有功於清，封為平西王，掌控雲貴三十年，終因謀反被平。關於陳圓圓之死，野史有載陳圓圓隨吳三桂去雲南後，隨歲月而年老色衰，漸被冷落，削髮為尼，後聞吳謀反事敗，投池自殺作為生命終結，令人欷歔！

註四六　尤物：絕色美女。

註四七　香妃：香妃即容妃（一七三四～一七八八），和卓氏，原名伊帕爾汗，維吾爾族人，出身貴族，回部臺吉和札賚女，隨身喜佩香囊，香氣陣陣，故有香妃之名。乾隆二十二年（一七五七）新疆回部族作亂，清廷派兵平亂，二年後，亂事結束，香妃之兄涂爾都協助朝廷平亂有功受賞為「一等臺吉」（副輔國公）。涂爾都送其妹伊帕爾罕氏（香妃）入宮，建立聯姻關係。香妃入宮初為乾隆貴人，其表現「秉心克慎，奉職為勤」，而且和睦後宮上下，深得乾隆寵愛，很快升為貴妃。乾隆出遊外地，例如拜孔廟，登泰山，謁盛京，她都隨駕同行。乾隆二十七年，乾隆曾有為香妃作詩：「淑氣漸和凝，高樓拾級登。北杓已東轉，西宇向南憑。」（乾隆註：〔寶月〕樓臨長安街，街南俾移來西域回部居之，室宇即肖其制。）香妃出身草原，死年五十五，其陵墓在喀什市東郊，屬國家重點文物保護單位。

註四八　落雁：典出中國四大美人「昭君出塞」。昭君手抱琵琶，騎馬出塞外，辭別故土，依依不捨，彈撥琵琶遣愁，琴音悲切嘹亮，天上雁兒瞥見昭君風采，只顧欣賞難得一見的美人容貌，忘記振翼，結果墮下地面。這兒以香妃並比昭君之美。

與楊咽冰[註一]先生珠江舟行四詠乙亥春景與秋景各二首

春景　其一

芊芊[註二]芳草綠平川，遠樹微茫插遠天。春水一江帆影亂，野花迎棹[註三]向人憐。

賞析：這是一首寫景詩。是詩生動地描述春江泛棹景色。首二句寫芳草、平川、遠樹、遠天。第三句寫春江帆影，末句「野花迎棹向人憐」，語帶傷情，慨嘆人生飄零，聚散匆匆。本詩清新自然，景物交融。

其二

黃鳥啼時春已闌[註四]，扁舟載酒惜花殘。遠山如黛[註五]波如鏡，宜入瀟湘[註六]畫裏看。

賞析：這是一首寫景詩。是詩寫晚春泛舟景色。首二句以黃鳥啼春及扁舟載酒，以花殘帶出晚春氣色。末二句寫珠江山景、水色，媲美瀟水與湘江。本詩描寫細膩，情景如畫。

秋景　其一

舸[註七]搖秋水碧如天，兩岸蘋花[註八]落日邊。只有楓江秋色好，賣魚沽酒盡漁船。

賞析：這是一首寫景詩。寫秋日黃昏，泛舟珠江所見的秋景。首二句寫秋水、碧天、兩岸、蘋花、落日。末二句寫楓江秋色，接寫船家賣魚沽酒的買賣情況。本詩清新平淡，情景活現。

其二

輕雲澹澹水悠悠，野鶴沙鷗浴蓼洲。楊柳煙斜臨古渡，小橋深處一漁舟。

賞析：這是一首寫景詩。是詩借寫秋景，透露有遠離塵囂，不爲世網所羈，退隱山林或泛舟五湖之念。首二句寫秋景雲澹水悠，野鶴沙鷗，戲浴蓼州。末二句寫柳輕煙、古渡、小橋、一漁舟。本詩平淡有致，詩旨別有懷抱，似有遯隱之意。

註釋

註一　楊咽冰：楊賡笙（一八六九～一九五五），號咽冰，江西人，年十八中秀才，革命元老，受知於孫中山，嘗參與討袁、北伐、抗日之役，一生為國辛勞，建樹良多，善詩文，作品收集在《伏櫪軒五種詩抄》。

註二　芊芊：草木茂盛貌。

註三　棹：小舟。

註四　闌：將盡、晚。

註五　黛：秀美之眉。

註六　瀟湘：瀟水與湘江，均在湖南境內。瀟水深而清，湘江，湖南省最大河流。

註七　舸：舟船。

註八　蘋花：浮萍，夏秋開小白花。

登西湖南高峰[註一]

山河不改古猶今，日入遼西儼陸沉[註二]。夕照浪巒[註三]無限恨，殘陽留得血痕深。

賞析：這是一首借景傷懷詩。詩人熱愛祖國，關懷民生疾苦。日本戰敗投降，詩人登山遠眺，眼見夕陽西下，不勝感觸，聯想到日人雖然投降，但所帶來的後遺傷痛，卻十分嚴重，末句「殘陽留得血痕深」，語意沉痛，令人感動！本詩蒼涼悲痛，哀傷無限！

註釋

註一　南高峰：西湖十景之雙峰插雲，雙峰是指南高峰及北高峰。

註二　日入遼西儼陸沉：日入遼西，借太陽西下，帶來大地黑暗。寓意日人入侵中國西北部。儼陸沉，儼，儼然，好像貌；陸沉，指國土淪陷。

註三　浪巒：山巒起伏如浪。

雨後閒步

階前苔滑雨初晴，荷蓋擎珠[註一]水結晶。

十丈軟紅〔伍註〕前輩戲語「西湖風月，不如京華軟紅香土。」[註二]塵不起，山谿魚躍駭泉鳴。

賞析：這是一首寫景詩。是詩描述雨後風景，有如一幅圖畫。四句詩各有景物特色。首句詠雨後初晴的景物如階苔、滑雨。次句描寫荷葉擎珠，珠如結晶。末二句言身處繁華之地，並無凡塵俗味，只見山谿魚躍，山泉鳴號。本詩平淡有致，描寫細膩，景物交融，如在畫圖。

註釋

註一　擎珠：擎，承受，舉起。珠，水珠。

註二　十丈軟紅：形容都市繁華。宋·蘇軾〈次韻蔣穎叔錢穆父從駕景陵宮〉詩：「半白不羞垂領髮，軟紅猶戀屬車塵。」

題贈國醫國安先生

蒼生疾苦遍神洲，國手遑知藥誤投。太息黃魂[註一]呼不起，救亡誰爲展嘉猷[註二]。

賞析：這是一首酬贈詩。國安生先生亦醫亦將，退伍後業醫。詩中首句悲痛神州多難，國病民苦，悲憤塡膺。次句諷刺醫國者，醫國無方，藥石亂投，國命堪虞！末二句言大難當前，國魂未醒，誰能救亡？語意極爲沉痛！本詩蒼涼悲鬱，動人肺腑！

註釋

註一　黃魂：漢民族精神。

註二　嘉猷：治國良策。

悼故人

悼呂

招魂子夜[註一]慟西臺[註二]，風雨瀟瀟[註三]氣暗摧[註四]！吟罷凄然傷往事，夢魂曾逐故鄉來。

賞析：這是一首悼亡詩。詩中首二句傾訴子夜難眠，悼念故人，時在秋風秋雨之夜。詩中景悽、情悽，人更悽。末二句詩人自傷往事悽然，飄零異地，鄉情濃厚，夢魂返鄉也牽掛故人，友情、鄉情並融，情感眞摯，性情中人也。本詩別恨依依，情意委婉，悽涼斷魂。

註釋

註一　招魂子夜：招魂，人死後的一種招喚靈魂的拜祭儀式。此種傳統風俗其源甚古，屈原《楚辭》載有〈招魂〉一章可以為證，招魂儀式在半夜舉行。

註二　慟西臺：慟，哀痛大哭，即慟哭。西臺，宋末，文天祥抗元兵敗，蒙害於西臺（浙江富春山）。八年後，文天祥舊部謝翱與友人登臺痛哭拜祭，並作輓辭〈登西臺慟哭記〉以抒發亡國之痛及對文天祥崇敬之情。宋・辛棄疾〈懷人詩〉：「西臺痛哭謝唏發，智井沉書鄭億翁。」

註三　風雨瀟瀟：細雨綿綿。《詩經・鄭風・風雨》：「風雨瀟瀟，雞鳴膠膠。」

註四　摧：摧殘、摧折、摧毀。《晉書・甘卓傳》：「將軍之舉武昌，若摧枯拉朽。」

悼故人 悼廬

側身四望已無家，搖落江湄註一對月華；雪夜梅魂註二猶冷艷，憐君命薄不如花。

賞析：這是一首悼亡詩。詩中首句自悲家亡，次句對景懷人，景是江川「搖落」之景，隱喻江山搖落氣息。末二句對景懷人，感慨紅顏命薄。全詩流露出詩人生逢亂世，面對家亡、國危、人亡，其情可悲！

註釋

註　一　江湄：江岸。漢．劉向《列仙傳．江妃贊》：「靈妃艷逸，時見江湄。」

註　二　梅魂：具梅花精神的芳魂。元．張養浩〈客中除夕〉詩：「香返梅魂春一脈，愁叢燈影夜千端。」

悼蘭

沅有芷兮澧有蘭[註一]，芷蘭葉落復根寒[註二]。誰教野卉滋空谷[註三]，掩卻芳菲不忍看[註四]。

賞析：這是一首悼蘭花詩。起句套用自屈原《九歌．湘夫人》：「沅有芷兮澧有蘭，思公子兮未敢言。」次句訴說根寒葉落，其情堪悲。末二句言君子如空谷幽蘭，不爲人知，最後默然一生，不勝欷歔，隱喻君子未遇。此詩比興寄意，哀而不傷。

註釋

註　一　沅有芷兮澧有蘭：沅有芷兮，沅，水名，在湖南西部，流注洞庭湖。芷，香草名；兮，贊嘆助語詞。澧有蘭，澧，水名，蘭，香花之一，花中君子，生於幽谷。「沅有芷兮澧有蘭」，出自屈原〈九歌・湘夫人〉：「沅有芷兮澧有蘭，思公子兮未敢言。」

註二　芷蘭葉落復根寒：復根寒，復，又也；根寒，不可再生，寓意枯萎。

註三　誰教野卉滋空谷：野卉，指幽蘭；滋，滋長；空谷，人跡罕見的山谷。

註四　掩卻芳菲不忍看：掩卻，掩蓋、掩沒。芳菲，香草，寓意君子。

次韻奉答關俠農先生詩二首

其一

群芳掇入百花詩註一，玉局才情白石詞註二。元有漢卿今有俠註三，君家健筆兩傳奇註四。

〔伍註〕君之百花詩，清麗可喜，其序文云：「昔所為詩詞，率皆悲壯激昂，葉恭綽謂其剛而不柔。但今誦其所作，已由蘇玉局之鐵板琵琶，轉而為姜白石之暗香疏影矣。關漢卿為元曲第一流作家，君踵其後，其為詩壇健將歟！」

賞析：這是一首酬贈詩。詩中首二句推許關俠農〈百花詩〉，其才情可與東坡及姜白石相比。末二句更以元曲家關漢卿作喻今之詩人關俠農。本詩豪放縱橫，辭藻精煉。

其二

滄海歸來嘆道微註五，南天訪舊故人稀註六！嚶鳴註七莫恨知音少，空谷應聲註八喜共依。

賞析：這是一首酬贈詩。是詩嘆正道衰微，故人稀少，而今喜遇知音，故言「嚶鳴知音」、「空谷應聲」，同氣相應，委實難得。本詩婉約低徊，悲喜並見！

註釋

註一　群芳掇入百花詩：群芳，各種芳香美麗的花草。掇，拾取、採摘。

註二　玉局才情白石詞：玉局，成都道觀名。蘇軾（一〇三七～一一〇一）曾任玉局觀提舉，後人以「玉局」稱蘇軾。白石詞，指宋詞家姜白石，又名姜夔（一一五四～一二二一）。

註三　元有漢卿今有俠：漢卿，元代曲家關漢卿（約一二三四～約一三〇〇）。俠，指詩人關俠農。

註四　君家健筆兩傳奇：稱譽關氏家族出了兩位文學健筆人才，即關漢卿及關俠農。

註五　滄海歸來嘆道微：滄海歸來，寓意久經人海歷練回來。嘆道微，嗟嘆人間正道衰微。道，理也，義廣，萬物皆有其道。

註六　故人稀：朋友稀少。

註　七　嚶鳴：鳥相和鳴，寓意朋友志同道合。《詩・小雅・伐木》：「嚶其鳴矣，求其友聲。」

註　八　空谷應聲：指在虛空的山谷，喊出聲音，即有回應聲。南朝・梁武帝〈淨業賦〉：「若空谷之應聲，似遊形之有影。」

附關俠農先生原作　二首

其一

相國文章學士詩註一，嘗看妙筆序新詞註二。秋光滿紙珠光迸註三，益見黃花晚節奇註四。

其二

江湖落拓註五一身微，滿謂知音世所希。鈍石竟將和璧許註六，桃花潭水足依依註七。

註釋

註　一　相國文章學士詩：相國，伍子胥仕吳，位居相國。學士，李白當稱李學士，譽伍百年先生具李白詩才。

註　二　序新詞：寫新詞。

註　三　秋光滿紙珠光迸：秋光滿紙，此言文章寫得好，洋溢光澤。珠光迸，珠玉文章，字字珠璣，迸發文章光采。迸，迸發、向外四射。

註　四　益見黃花晚節奇：益見，更見。黃花，耐霜寒的黃菊。晚節奇，晚年氣節高尚。

註　五　落拓：行跡放任，豪放不羈；也可解作失意、不得志。

註　六　鈍石竟將和璧許：鈍石，平凡石頭。和璧，和氏璧，價值連城。許，稱許。全句寓意，自謙乃平凡輩，蒙得視如和氏璧看待。

註　七　桃花潭水足依依：此言交情深如千尺潭水，典出唐・李白〈贈汪倫〉：「桃花潭水深千尺，不及汪倫送我情。」

詩答臺北李同善先生

神交千里忽來鴻註一，聲氣應求道亦同。學士家風能不墜註二，無爲道在有爲中註三。

賞析：這是一首酬答詩。臺北儒醫李同善先生慕名來書，故首句言「神交千里忽來鴻」，二人都是杏林中人，有同道之誼，見次句所言「聲氣應求道亦同」。末二句讚揚李氏名人，稱譽同善先生之詩承傳詩仙李白，道學承傳始祖李耳。本詩比興成句，化用典故而不著痕跡，末句「無爲道在有爲中」，源出道家哲理，爲本詩壓軸之句。

註釋

註一　忽來鴻：忽然接獲來信。

註二　學士家風能不墜：學士，指李白（七〇一～七六二）也，曾任翰林學士，人稱李學士。臺北詩人李善同，儒醫也，為李白後人，亦能詩，故言「家風能不墜」。

註三　無為道在有為中：此言李氏遠祖老子李耳。老子為道家之祖，其學在順其自然而「無為」，成果卻在有為中。

題贈少雄先生

黃金歲月疾如梭註一，國難頻年尚枕戈註二。投筆少日班定遠註三，雄心奮發莫蹉跎。

賞析：這是一首酬贈詩。詩中首二句言歲月如梭，國難當頭，戰事尚在進行中。末二句祈以班超爲榜樣，投筆提戈，建立功勳，並勉勵爲國珍重，奮發雄心與壯志，切勿蹉跎歲月。本詩感情眞摯，風格豪放，激勵人心，爲國爭先奮發！

註釋

註一　疾如梭：梭，指織布梭線的工具。

註二　枕戈：戈，古兵器，長柄橫刃的平頭戟。枕戈，以戈為枕，隨時拿兵器出擊。

註三　投筆少日班定遠：投筆少日，少年棄文從軍。據《後漢書．班超傳》載班超早年嘗為校書郎，家貧，久勞苦，輟業投筆嘆曰：「大丈夫無他志略，猶當效傅介子，張騫立功異域，以取封侯，安能久事筆硯間乎！」班定遠，即班超，史家班固之子，東漢名將，封定遠侯，世稱班定遠。

寄懷二首

其一

鏡花非幻也非眞，樹有菩提即有身。[註一]色本是空空是色，相原無我亦無人[註二]。

賞析：這是一首哲理禪詩。詩人對於佛教的鏡花眞幻、菩提樹、色空、四相，點而不破，各有領悟，自得其道。本詩禪味十足，引人尋味！

其二　疊前韻

三教一體在求眞註三，去僞存誠葆厥身註四。廣大精微唯一道註五，包羅萬象貫天人註六。

賞析：這是一首哲理禪詩。上詩首二句指出儒、釋、道三教雖各有義理，但本源則一。求學能去僞存眞則可保其純潔本性。末二句指出道博大精深，涵蓋萬物天人。本詩哲理宏博，凸顯中國文化精萃，以儒、釋、道爲核心，萬古不泯！

註釋

註一　樹有菩提即有身：六祖佛云：「菩提本無樹。」如菩提有樹，則人即有身，菩提無樹，人身何有，則此身亦非我也。

註二　相原無我亦無人：此句詩亦見載近人羅元貞《五臺詩卷》贈五臺詩僧雪相法師。佛教的「相」，指物質的形相或狀態之意。有相，是有形相之意，無相乃相對有相而言。《金剛經》名言：「無我相、無人相、無眾生相、無壽者相。」《六祖檀經》：「外離一切相，是名無相，能離於相，則法體清淨，此是以無相為體。」《金剛經》：「凡所有相，皆是虛妄，若見諸相非相，則見如來。」

註　三　三教一體在求真：三教，指儒、釋、道；一體，一家，同一本源。在求真，在追求真理與客觀規律。

註　四　葆厥身：保其身。

註　五　廣大精微唯一道：精微，精深微妙。《禮記．中庸》：「致廣大而盡精微，極高明而道中庸。」唯一道，只有一個道理、方法、理論，可指中庸之道。

註　六　包羅萬象貫天人：包羅萬象，包羅，包括；萬象，一切物象。貫天人，貫通天道與人事。

皓魄穿林照半牀

古木參天隙漏光，穿林月色照禪牀，道心早已澄如鏡[註一]，偶借餘輝現寶相[註二]。

賞析：這是一首借景抒懷的禪詩。詩中首二句寫景，地點在佛刹，周圍古木參天，四野無人，祇見月光穿林，映照禪房。第三句言一心依佛，道心平靜如鏡，不爲塵世所擾；

末句寶相，即莊嚴佛像，偶見月色來照。本詩禪味濃厚，哲理啓人心性。

註釋

註一　道心早已澄如鏡：道心，可指至真、至善、至美之心。朱子認為道心是「天理」、「天命之性」；澄如鏡，指內心世界坦蕩磊落，光明如鏡。

註二　寶相：謂佛像莊嚴也。北齊文學家邢邵〈文襄皇帝金像銘〉：「神儀內瑩，寶相外宣。」

夢裏悟禪三首

其一

此身來自九華天註一，遊戲人間伍百年。夢豁欲從方外去註二，蒼生未許我逃禪註三。

賞析：這是一首抒懷的禪詩。從詩題中，得知詩人修禪用功，連做夢也在修禪。本詩首二句筆意誇張，顯露詩人抱負不凡，以家國爲志。末二句指出詩人具佛佗濟世慈悲精神，以拯救蒼生百姓爲己任，故言「蒼生未許我逃禪」。

其二

一自諸天墜軟紅[註四]，半生常在亂離中。果眞多難能興國[註五]，願爲眾生[註六]作鬼雄[註七]。

賞析：這是一首借景抒懷的禪詩。本詩首二句自負爲有來歷之客，訴說半生亂離。末二句言關心國家苦難，憐憫人民苦難，期盼多難興邦，末句心聲是身死也要作「鬼雄」以挽救蒼生，令人欽佩！本詩蒼涼沉鬱，胸懷奇志！

其三

混混乾坤滾滾塵，茫茫泉壤[註八]鬼爲人。惟聞佛可無生滅[註九]，色悟空時[註一〇]幻悟眞[註一一]。

賞析：這是一首借景抒懷的禪詩。本詩句句談禪，詩人點出對佛法生滅、色空、幻眞的修持。詩中辭藻描白，義理精闢，細密空靈！

註釋

註一　九華天：即九重天，乃天之最高處。《楚辭．離騷》：「指九天以為正兮，夫唯靈脩之故也。」王逸注：「九天謂中央八方也。」漢．揚雄《太玄．太玄數》：「九天：一為中天，二為羨天，三為從天，四為更天，五為睟天，六為廓天，七為減天，八為沉天，九為成天。」《呂氏春秋．有始》謂天有九野：「中央曰鈞天，東方曰蒼天，東北曰變天，北方曰玄天，西北曰幽天，西方曰顥天，西南曰朱天，南方曰炎天，東南曰陽天。」

註　二　夢豁欲從方外去：夢豁，夢醒。方外，世俗之外。《世說新語．任誕》：「阮（阮籍）方外之人，故不崇禮制，我輩俗中人，故以儀軌自居。」

註　三　蒼生未許我逃禪：蒼生，指百姓，人民。逃禪，遁世參禪。此句意隱喻蒼生痛苦待拯，不容出世逃避。

註　四　一自諸天墜軟紅：一自，自從。諸天，佛教語，指護法眾天神，後泛指天界、天空、上天。墮軟紅，指墮入紅塵世界。此句言自從降生到紅塵世界以來。

註　五　多難能興國：典出「多難興邦」。《左傳．昭四年》：「或多難以固其國，啟其疆土；或無難以喪其國，失其守宇宙。」

註　六　眾生：一切生命，包括動物、植物生命。佛教指一切有情識作用的生物。《禮記．祭義》：「眾生必死，死必歸土。」

註七　鬼雄：鬼中英雄。《楚辭．九歌．國殤》：「身既死兮神似靈，子魂魄兮為鬼雄。」

註八　泉壤：地下，指墓穴。晉．潘岳《寡婦賦》：「上瞻兮遺像，下臨兮泉壤。」

註九　生滅：佛教語，依因緣和合而有曰生，依因緣分散而無曰滅。有生有滅，是有為法，不生不滅，是無為法。凡事有緣起，便有緣滅。人生的生滅，離不開成、住、壞、空四階段。

註一〇　色悟空時：色，佛教把有形有相的物質稱「色」，其產生是因緣而生，本質是空的，故色即是空。色的本身是空幻不實，無根無形。「空」，佛教認為非有，非存在。《般若波羅蜜多心經》：「色不異空，空不異色；色即是空，空即是色。受、想、行、識，亦復如是。」悟，覺悟、醒悟、悟解。

註一一　幻悟真：幻是虛幻，不真實。佛教諸法皆由因緣和合而生，由因緣離散而滅，眼前一切事像皆無實體性，故可稱之為「幻」。悟，覺悟、醒悟、悟解。真，真實不假。佛教釋真為不生不滅，假是幻相，有生有滅。

見佛性

浮生無事不成空，今古繁華轉瞬中。悟澈眞如[註一]求解脱，任他蠻觸自爭雄[註二]。

賞析：這是一首禪理詩。首句言「空」，乃佛家熱門命題。次句「繁華轉瞬」，也是朝向「空」。第三句「眞如」，表面釋義是眞實如此，其深層意義據《法集經》謂：「眞如者，名爲空，彼空不生不滅。」末句「任他蠻觸自爭雄」，爭雄所得，最後關頭，也是空。本詩洋溢禪味，發人深省！

註釋

註　一　真如：佛教術語，解說頗多。真，真實不虛；如，如常不變，合真實與如常，叫作真如。又：真是真相，如是如此，真相如此，故名真如。《法集經》謂：「真如者，名為空，彼空不生不滅。」又：「真如者，非實非虛，非真非妄，非有非無，非是非非，非生非滅，非增非減，非垢非淨，非大非小，非子非母，非方非圓，……。」

註　二　任他蠻觸自爭雄：蠻觸，指蝸牛頭上兩角互打，寓意兩國本身力量弱少，還作互爭之鬥。蠻觸爭雄，典出《莊子．則陽》：「有國於蝸之左角者，曰觸氏；有國於蝸之右角者，曰蠻氏。時相與爭地而戰，伏屍數萬，逐北，旬有五日而後反。」

廬山海會寺應詩僧優曇上人命作

五百諸天拜冕旒註一，上方風雨下方流註二。內中註三多少珠簾在，掛滿層城十二樓。

賞析：這是一首寫景詩。詩人遊覽江西廬山海會寺，結緣詩僧優曇上人，並應上人之命而作。詩人以佛教為題材，首句詠五百金剛拜見玉帝。次句詠山寺風景及泉流。末二句描寫海會寺建築宏大，珠簾掛滿十二樓，美侖美奐，有如宮殿。本詩四句洋溢佛門氣息，意象豪邁，筆氣縱橫。

註釋

註一　五百諸天拜冕旒：五百諸天，指佛教五百金剛力士；諸天，天界守護神。拜冕旒，拜，下拜；冕，冠帽；旒，指天子冠冕前後的懸垂珠玉飾物，指玉皇大帝。按：天子十二琉，諸侯九、上大夫七，下大夫五。

註二　上方風雨下方流：上方風雨，上方，佛寺、住持僧居住的內室；風雨，佛寺屹立風雨中。下方流，山下泉流。廬山以瀑布及泉流為著名。

註三　內中：皇宮的內室。海會寺建築宏大，美侖美奐，有如內中。《漢書・武帝紀》：「甘泉宮內中産芝，九莖蓮葉。」

集吳梅村[註一]句二首

其一 自感 丙子有作

自信平生懶是眞[註二]，淒涼詩卷乞閒身[註三]。長安冠蓋知多少[註四]，獨倚蓬窗暗愴神[註五]。

賞析：這是一首感懷詩。詩人身處於政治動盪的三十年代，謀生不易，文人生活最淒涼。詩中首二句言「懶是眞」及「乞閒身」，寓意無職可就。第三句「長安冠蓋」，指政府高層大員。末句「獨倚蓬窗暗愴神」，詩人透露仕途失意，這跟其人潔身自愛，天生傲骨有關。編按：丙子年（一九三六）中國發生兩廣事變及西安事變。本詩蒼涼神傷，有志未伸，悲鬱沉痛！

其二 傷時

一老狂歌天地秋[註六]，子孫容易失神州[註七]。但虞莊蹻爭南郡[註八]，曾照降旛出石頭[註九]。

賞析：這是一首傷時詩。詩中首句，詩人面對血淚山河，黎民苦難，前路荊棘載途，舉目天愁地慘，故悲「天地秋」，次句諷子孫守土失責，致令國土淪陷。第三句言詩人憂慮地方軍閥就地稱王。末句「降旛」寓意易幟，指南京失守。石頭，南京別稱石頭城。本詩沉痛神傷，悲憤塡膺！

註釋

註一　吳梅村：吳梅村（一六〇九～一六七二），字駿公，號梅村，江蘇太倉人，崇禎四年進士，與錢謙益、龔鼎孶稱「江左三大家」，為婁東詩派開創者，長於七言歌行，初學長慶體，後自成新吟，稱「梅村體」。清康熙帝評其詩：「秋水精神香雪句，西昆幽思杜陵愁。」

註二　自信平生懶是真：句出清．吳梅村〈自信〉。

註三　淒涼詩卷乞閒身：句出清．吳梅村〈將至京師寄當事諸老　其二〉。

註四　長安冠蓋知多少：句出清．吳梅村〈自信〉。冠蓋，冠，冠帽。蓋，車駕，泛指官吏。《史記．魏公子列傳》：「平原君使者冠蓋相屬於魏。」

註五　獨倚蓬窗暗愴神：句出清．吳梅村〈新河夜泊〉。蓬窗，簡陋窗戶。

註六　一老狂歌天地秋：句出清．吳梅村〈壽申少師農青門〉。歌，指悲歌。天地秋，秋，寓意愁，國家蒙難，百姓淒苦。

註　七　子孫容易失神州：句出清．吳梅村〈臺城〉。

註　八　但虞莊蹻爭南郡：句出清．吳梅村〈壽申少師農青門〉。虞，憂慮。莊蹻（？～公元前二五六年），戰國時楚將，奉命出軍巴郡和黔中郡以西地區，占領滇地，後來秦伐楚，莊無法回楚，留在滇就地稱王，建立楚國。南郡，秦稱江陵縣（今湖北荊州）。

註　九　曾照降旛出石頭：句出清．吳梅村〈臺城〉。降旛，投降旗幟。石頭，指南京。南京，簡稱寧，別稱頗多，如：建康、建業、稜陵、石頭城等。

感時　集陸放翁句

其一

風雨何曾敗月明註一，國家圖籙合中興註二。王師北定中原日註三，笙鶴飄然過洛城註四。

賞析：這是一首感時詩，是集陸游詩而成。本詩首句「風雨何曾敗月明」，風雨，屬災難，隱喻外敵，月明屬光明，寓意國魂光明，高高在上，不受世下風雨影響，接後詩人心聲在「中興」祖國，「北定中原」。末句「過洛城」，寓意抗日戰爭勝利，可欣然還都。詩人半生離亂，時代背景與陸游無異，都是生逢亂世，外族入侵，烽煙四起，佞臣當道，民生痛苦，百姓流離失所的年代。詩人酷愛陸游詩作，並集其句成詩以見情懷，即「借他人酒杯，澆自己塊壘。」

其二

一笴他年下百城註五，山如翠浪盡東傾註六。蒼天可恃何曾老註七，再到蓬萊註八路欲平。

賞析：此首感時詩，集陸游詩而成。本詩起句氣勢凌厲，一笴下百城，激昂地喊出從敵人手中收復失地。次句「山如翠浪盡東傾」，描述山的磅礴氣勢。「傾」字乃詩眼，氣魄宏大而生動。第三句「老」字，雖熟而不覺其俗，蛻變於蒼天不老一詞，末句詩意一轉，有歸隱之意，故言「再到蓬萊」。本詩蒼涼豪放，情志激昂！

註釋

註一　風雨何曾敗月明：句出陸游〈宿上清宮〉。陸游自註：「是夕山下風雨，絕頂月明達曉。」

敗，敗壞、輸給。此言山下風雨，山頂月明，各有現象。

註　二　國家圖籙合中興：句出陸游〈嘆息〉。國家，指皇帝。圖籙，指圖讖符命之書，亦稱圖錄，乃古帝王奉天命管治天下的文書憑證，文字多為隱語、預言。《後漢書．方術傳序》：「故王梁、孫咸名應圖籙，越登槐鼎之任。」李賢注：「光武以赤伏符文，拜梁為大司空，又以讖文拜孫咸為大司馬。」圖籙內容語多穿鑿不實。中興，由衰落而至重新興盛，稱中興。《詩經．大雅．烝民．序》：「任賢使能，周室中興焉。」南朝梁．鍾嶸〈詩品序〉：「太康中，三張二陸、兩潘一左，勃爾復興，踵武前王，風流未沫，亦文章之中興也。」

註　三　王師北定中原日：句出陸游〈示兒〉。王師，即帝王之師。《詩．周頌．酌》：「於鑠王師，……拒逆王師。」定中原，定，平定；中原，又稱河洛、中州、中土，是華夏文化發源地之一。中原居四夷之中，漢族視為天下中心，代表中國，代表華夏。

註　四　笙鶴飄然過洛城：句出陸游〈登上清小閣〉。笙鶴，仙鶴，供仙人駕之鶴。飄然，輕飄飄，悠悠然，狀輕鬆。洛城，即洛陽，簡稱洛，別稱洛邑、洛京。漢．劉向《列仙傳》：「周靈王太子晉（王子喬），好吹笙，作鳳鳴，游伊洛間，道士浮丘公接上嵩山，三十餘年後乘白鶴駐緱氏山頂，舉手謝時人仙去。」

註　五　一笴他年下百城：句出陸游〈萬里橋江上習射〉。笴，箭杆；下，攻下。

註　六　山如翠浪盡東傾：句出陸游〈登上清小閣〉。山如翠浪，指高低起伏的翠綠山巒。盡東傾，傾，傾倒，傾向，指山浪向東傾流，含大江東流之意。

註　七　蒼天可恃何曾老：句出陸游〈西樓夕望〉。可恃，可依靠。何曾老，指蒼天不老。

註　八　再到蓬萊路欲平：句出陸游〈自上清延慶歸過丈人觀少留〉。蓬萊，仙山之一，泛指仙境。古代神話傳說渤海有三座仙山，分別是蓬萊、方丈、瀛洲。

書懷集陸放翁句二首

其一

孤臣萬里客江干註一，久矣雲衢斂羽翰註二。歸去自佳留亦樂註三，江邊明月夜投竿註四。

賞析：書懷二首，集放翁詩句而成。本詩首句訴說客居萬里，流浪江湖，有他鄉作故鄉之念，不再漂泊。次句以飛鳥自喻，高飛已久，漸感疲憊，斂羽休息。第三句言時局動漫，四處烽火，個人前途去與留皆可，一動不如一靜，故言「斂羽翰」，「留亦樂」，末句言月夜江邊垂釣，恬靜寫意。本詩蒼涼恬靜，幽思無限！

其二

百年彊半欲何之註五，虛負名山采藥期註六。烈士壯心雖未減註七，明年東去隱峨眉註八。

賞析：這是一首感時抒懷詩，集放翁詩句而成。詩中顯示詩人內心十分苦悶與矛盾，年已半百，徘徊在「出」與「處」的抉擇。詩的第二句透露「虛負名山」，寓意欲隱不能隱。第三句坦言烈士壯心未滅，顯然未忘救世救民之志。末句「明年東去隱峨眉」，乃回應第二句「虛負名山」之語。《論語・泰伯》嘗言：「天下有道則見，無道則隱」，可作本詩註腳。本詩意蘊蒼涼高逸，情見返璞歸眞。

註釋

註　一　孤臣萬里客江干：句出陸游〈病起書懷〉。江干，江邊、江岸。

註　二　久矣雲衢斂羽翰：句出陸游〈閒中偶題其二〉。久矣，很久的意思。衢，道路。雲衢，雲中之路，指高空。斂，收斂。羽翰，翅膀。

註　三　歸去自佳留亦樂：句出陸游〈幽居晚興〉。此言去留皆樂。

註　四　江邊明月夜投竿：句出陸游〈閒中偶題其二〉。投竿，投下釣竿垂釣。

註　五　百年彊半欲何之：句出陸游〈感秋〉。百年彊半，即強半，大半也，寓意年紀半百。欲何之，之，往、到。欲何之，想往哪兒。

註　六　虛負名山采藥期：句出〈歲暮感懷〉。虛負，辜負。采藥期，採藥季節和時機。

註　七　烈士壯心雖未滅：句出陸游〈睡起書事〉。烈士壯心，指壯懷與壯志。漢．曹操〈龜壽詩〉：「烈士暮年，壯心不已。」

註　八　明年東去隱峨眉：句出陸游〈和范待制秋日書懷〉。隱峨眉，歸隱峨眉山。峨眉山在四川，乃中國佛教四大名山之一。

答遷居二首 集唐句

其一

新賜魚書墨未乾註一，（劉禹錫）鑾鄉今有漢衣冠註二。（許渾）

孤高堪弄桓伊笛註三，（杜牧），北望長吟澧有蘭註四。（劉禹錫）

賞析：這是一首集唐句詩。詩人遷居，集唐人詩句以回應文友祝賀。其一首句言感謝雁書，句中「墨未乾」是言收件即讀，以示尊重。次句言雖遷居蠻鄉異域，猶未忘故國而易其志，強調猶穿「漢衣冠」。第三句詩人孤高自傲如桓伊。末句北望神州，不勝感觸，以澧蘭自許。本詩盡顯詩人愛國情懷，遷居不忘家國，令人敬仰！

其二

強移棲息一枝安註五，（杜甫）暮到河源日未闌註六。（萬楚）

眞訣自從茅士得註七，（李白）陽春一曲和皆難註八。（岑參）

賞析：這是一首集唐句詩。本詩首句言遷居心情是「強移」。次句「暮到河源日未闌」，指出移居偏遠，家在黃河源頭，出門外返，日暮才抵家門。第三句續言地居偏遠可修道。末句言同道者少，陽春白雪，知音稀少。本詩比興成句，創意突出。

註釋

註一　新賜魚書墨未乾：句出唐．劉禹錫〈早春對雪奉寄澧州元郎中〉。魚書，書信，典出《樂府詩集．飲馬長城窟行》：「客從遠方來，遺我雙鯉魚。呼兒烹鯉魚，中有尺素書。」

註二　蠻鄉今有漢衣冠：句出唐．許渾〈朝臺送客有懷〉。蠻鄉，蠻人住的鄉下地方。

註三　孤高堪弄桓伊笛：句出唐．杜牧〈寄題甘露寺北軒〉。桓伊笛，桓伊，東晉譙國銍縣（今安徽宿境縣內）人，字叔夏，善吹笛，淝水之戰立有大功。《晉書．桓宣列傳（族子）桓伊》：「伊性謙素，雖有大功，而始終不替。善音樂，盡一時之妙，為江左第一。有蔡邕柯亭笛，常自吹之。王徽之赴召京師，泊舟青溪側。素不與徽之相識。伊於岸上過，船中客稱伊小字曰：『此桓野王也。』徽之便令人謂伊曰：『聞君善吹笛，試為我一奏。』伊是時已貴顯，素聞徽之名，便下車，踞胡床，為作三調，弄畢，便上車去，客主不交一言。」

註四　北望長吟澧有蘭：句出唐．劉禹錫〈早春對雪奉寄澧州元郎中〉。澧有蘭，典出《楚辭．九歌．湘夫人》：「沅有芷兮澧有蘭。」王逸注：「言沅水之中有盛茂之芷，澧水之內有芬芳之蘭，異於眾草。」沅水（沅江）、澧水，是湖南著名江水。

註五　強移棲息一枝安：句出唐．杜甫〈宿府〉。強移，勉強移居。一枝安，莊子〈逍遙遊〉：

「鴟鵂巢於深林，不過一枝。」意在幕府中有一職差事以安身。

註　六　暮到河源日未闌：句出唐．萬楚〈驄馬〉。暮到河源，日暮時分到達黃河源頭。日未闌，未入夜。

註　七　真訣自從茅士得：句出唐．李白〈送賀監歸四明應制〉。真訣，指道士的真言咒訣。茅士，茅山道士。

註　八　陽春一曲和皆難：句出唐．岑參〈賀賈至舍人早朝大明宮〉。典出「陽春白雪」，戰國楚宋玉《對楚王問》：「客有歌於郢中者，其始曰：《下里》《巴人》，國中屬而和者數千人。……其為《陽春》《白雪》，國中屬而和者不過數十人。」《陽春》與《白雪》皆高尚樂章，故和者少，所謂「曲高和寡」正是此意，引申寓意情操高尚的人，與他互動者少。

書齋出趣

參天古木蔭羣芳註一，修竹敲簷護草堂。一士座中書萬卷，瓶花解語硯生香。

賞析：這是一首寫景詩。詩中首二句寫景，書齋環境清幽，有古木參天，「羣芳」，並有「修竹敲簷」。末二句續寫書齋景物，描述書生與書，瓶花與硯香。本詩清新淡雅，遣詞用字傳神。

註釋

註 一 羣芳：各種花卉。

詩曉畦兒並示堯兒二首

其一

造物弄人亦大奇[註一]，聰明如許抑何癡[註二]？浮生轉眼都成幻，得失渾同一局棋[註三]。

賞析：這是一首示兒詩，旨在訓勉子女處世。詩中首句指出人生在世，命運無常，無法掌握未來。次句先讚賞其聰明，及提醒日後行事要謹慎精明。第三句指出生命短暫，轉眼成空。末句訓勉子女生命歷程如下棋，每著小心，不容有錯，錯則失敗，帶來痛苦。本詩白描成句，字淺義深，旨在訓勉後輩認識人生及處世之道。通過是詩，可知儒士家庭的庭訓。

其二

幾人壯歲茂椿萱[註四]？如錦前程應自尊[註五]！留得健全身手在，世間無處不桃源[註六]。

賞析：這是一首示兒詩。詩中首句言子女在壯年，而父母身體健康，無須子女照顧，此乃福氣。次句言錦繡前程在望，宜珍惜掌握。第三、四句訓勉子女保重身體，身手健全。這樣，無論身處何地，都是桃源福地。本詩文詞淺白，意味深長，對子女訓勉得體，充分流露長者慈愛！

註釋

註　一　造物弄人亦大奇：造物弄人，造物，即造化、命運；弄人，作弄別人。命運帶來順逆、悲歡離合，但無法掌握。奇，非尋常、出人意料、詭變莫測。

註　二　聰明如許抑何癡：如許，如此。抑何癡，抑，然而、但是；何癡，為何不理性。

註　三　得失渾同一局棋：渾同，等同。一局棋，寓意著著小心，下錯一著，就帶來失敗。

註　四　幾人壯歲茂椿萱：壯歲，壯年。茂椿萱，茂，健康、茂盛；椿萱，父母。

註　五　如錦前程應自尊：如錦前程，指美好前程。自尊，自愛、自重、珍惜。

註　六　桃源：寧靜與快樂的地方。

夢豁感賦有序

遭逢離亂，屢閱滄桑，國勢阽危，民生慘苦，觸處攖心，形諸夢寐，蟄居潛修，不欲造因生念，而四相未空，六塵易染，逾所見聞，尤多感慨。人非太上，孰能忘情，賦此以期自解。

眾生苦樂諸般相[註一]，又是悲歡夢一場。安得忘情同太上[註二]，不教煩惱斷人腸。

賞析：這是一首禪理詩。詩中首句破題以釋家慈悲精神，憫憐眾生苦樂，「諸般相」猶見禪味。次句言世事無常，悲歡如夢幻，不斷浮現，一場又一場。末二句，感慨眾生多苦惱，期盼修持自我，達至太上忘情境界，擺脫苦惱。是詩唏噓感慨，易起共鳴。

註釋

註　一　眾生苦樂諸般相：眾生，泛指一切生命。諸般相，指各式各樣的形貌。

註　二　太上：至高無上，可理解為道、為聖人。

五律

兵禍水災

變亂無時已註一，蒸民血染沙註二。穿墉猖鼠雀註三，沉陸混龍蛇註四。

赤地空千里註五，黃流淹萬家註六。烽煙猶未熄註七，誰復問桑麻註八。

賞析：這是一首感時傷世詩。首聯寫百姓慘受戰爭摧殘，血染沙場。頷聯指出朝上鼠雀害人，龍蛇混雜。頸聯慨嘆兵禍帶來赤地千里，黃河水災淹沒萬家房舍，災民痛失家園，流離失所。尾聯慨嘆戰火遍野，不能莊稼，無人談論耕作事。本詩沉鬱頓挫，悲痛蒼涼，聲情動人，詩筆細膩，刻劃入微地反映兵禍及水災給老百姓帶來無情的傷害。此外，本詩對仗工整。

註釋

註一　無時已：已，停止。無時已，指時間上未曾停止過。

註二　蒸民血染沙：蒸民，民眾、百姓。《詩．大雅．烝民》：「天生烝民，有物有則。」蒸，同烝。血染沙，言血染沙場。

註　三　穿墉猖鼠雀：墉，高牆。猖，猖狂。鼠雀，喻強暴者。此句典出成語「雀角鼠牙」。《詩經・召南・行露》：「誰謂雀無角，何以穿我屋？……誰謂鼠無牙，何以穿我墉？」

註　四　沉陸混龍蛇：沉陸，指國土淪陷。辛棄疾〈水龍吟・甲辰歲壽韓南澗尚書宋代〉：「長安父老，新亭風景，可憐依舊。夷甫諸人，神州沉陸，幾曾回首。」混龍蛇，好人壞人混雜一起。《敦煌變文集・伍子胥變文》：「皂帛難分，龍蛇混雜。」

註　五　赤地空千里：赤地，荒蕪之地，多數是戰爭或天災引致。空千里，空置荒廢之地有千里之多，形容荒地面積遼闊。

註　六　黃流淹萬家：黃流，指黃河水患。淹萬家，指水災淹蓋萬戶。所謂萬家，形容數量大，並非實數。

註　七　烽煙猶未熄：言戰爭未停息。

註　八　誰復問桑麻：桑麻，桑樹、麻樹，二者都是農耕事務。《管子・牧民》：「藏於不竭之府者，養桑麻、育六畜也。」又晉・陶潛《歸園田居》詩之二：「相見無雜言，但道桑麻長。」

亂離

時日侵華北，余避亂濠江，聞西江水災，感而賦此。

蠻觸[註一]爭方烈，沙蟲[註二]劫未休。東夷侵北闕[註三]，南畝淹西流[註四]。
荒卻園三徑[註五]，空遺月一樓[註六]。思鄉情耿耿[註七]，去國恨悠悠[註八]。

賞析：這是一首感時傷世詩。首聯諷權貴蠻觸相爭，不顧百姓災劫。頷聯言國家外患內憂，外有日寇侵犯華北邊地，內有西江水災淹沒田隴。頸聯詩人慨嘆流離四方，家園荒廢，孤樓月照。尾聯言懷鄉去國之情，不能自已，故言「情耿耿」，「恨悠悠」。全詩蒼涼悲痛，情致動人，對仗工整。

註釋

註　一　蠻觸：寓言載蝸牛頭上兩觸鬚，左者名觸角，右者名蠻角，常為小事紛爭。《莊子・則陽》：「有國於蝸之左角者，曰觸氏；有國於蝸之右角者，曰蠻氏。時相與爭地而戰，伏屍數萬，逐北，旬有五日而後反。」

註　二　沙蟲：沙蟲，指死於戰亂的百姓。晉・葛洪《抱朴子》：「周穆王南征，一軍盡化，君子為猿為鶴，小人為蟲為沙。」

註　三　東夷侵北闕：東夷，四夷之一，寓意日本。所謂四夷，即東夷、南蠻，西戎、北狄。四夷乃中國境外四方外族，常有入侵中原野心。北闕，指朝廷、宮禁，寓意華北地區。

註　四　南畝淹西流：南畝，即田畝。淹西流，西江水災，淹沒田畝。

註　五　荒卻園三徑：荒卻，荒棄卻步。園三徑，指家園，或喻歸隱。陶淵明〈歸去來辭〉：「三徑就荒，松菊猶存。」

註　六　空遺月一樓：空遺，空餘。月一樓，孤月照樓，形容景況淒清。

註　七　情耿耿：心事重重，不能釋放。

註　八　恨悠悠：恨，情也。恨悠悠，情牽掛念，持續不斷。

弔戰區二首

其一

浩劫瀰中土註一，連年未息兵註二。市廛註三停貨運，田野輟註四農耕。

老弱無恆產註五，壯丁盡遠征。工場爲馬廄註六，學府變軍營。

賞析：這是一首敘事詩。是詩首聯敘述日寇侵華，連年戰爭，歷時凡十四年。頷聯指出戰爭帶來商貿停頓，農業停頓。頸聯反映老弱百姓，家無恆產，而壯丁則赴戰場抗敵。尾聯指出日軍強占民產，把工廠改爲馬廄，學校改爲軍營。是詩逐一羅列日寇罪行，指控日寇侵華，帶給人民極度痛苦和悽慘。本詩白描記事，反映現實，可作史詩看。

其二

鐵盡鐘鎔彈[註七]，人飢草作糧。頹垣[註八]印血跡，腐水當瓊漿[註九]。
廢壘王孫宅[註一〇]，殘扉[註一一]士女牀。瘡痍遺滿目[註一二]，餘燼[註一三]逐斜陽。

賞析：這是一首敘事詩。是詩反映史實，首聯揭露戰爭期間，物資嚴重短缺，寺鐘鎔彈，人飢吃草。頷聯述平民百姓慘遭殺戮，血染頹垣。此外，水源嚴重欠缺，以污水解渴。頸聯續寫戰爭慘況，王孫大宅成廢壘，士女以殘破的門扉作床板。尾聯續反映戰爭慘況，遍地瘡痍滿目，在斜陽下，餘燼縷縷，十分傷感。是詩蒼涼悲痛，手法白描，用詞淺白，如實反映戰爭慘況，可作史詩看。

註釋

註一　彌中土：彌，滿也、遍布；中土，中原、中國。

註二　息兵：停止戰爭。

註三　市廛：市中店鋪。

註四　輟：停止。《三國志・陸遜傳》：「臣聞志行萬里者，不中道而輟足。」

註五　恆產：固有產業，如房屋、農田、土地等不動產。

註六　馬廄：馬房。

註七　鐘，指寺鐘；鎔，通熔。報載抗日戰爭期間，兵工廠鐵器用盡，「鎔寺鐘製子彈」。

註八　頹垣：倒塌的牆壁。

註九　腐水當瓊漿：腐水，污水。瓊漿，美酒、甘美漿汁。反映出戰時老百姓缺水嚴重，慘況可知。

註一〇　王孫宅：官家大宅。

註一一　殘扉：破爛木門。

註一二　瘡痍遺滿目：瘡痍，災禍後的慘狀，指戰爭或自然災害後，到處殘破不堪，百姓哀號，慘不忍睹。遺，留下。滿目，入眼所見。

註一三　餘燼：戰火後餘下的灰燼。

感時 守將縱敵而陷廣州，亦有怯戰而棄大良，賦此以當筆誅。

九日亡羊石註一，一朝棄鳳城註二。伊誰爲禍首，直道有公評。
縱敵莫稱德，偷生更不平。春秋也責帥註三，何以釋羣情。

〔伍註〕日寇侵粵，駐防惠州部隊販私失責，致縱敵深入。順德縣宰，藉出巡而棄鳳城。粵疆大吏，咎實難辭，哀我子遺，寧能緘默？賦此以聲其罪，其亦末世之微言歟。

賞析：這是一首即事感時詩。是詩述日寇由大亞灣登陸北上，大良守將怯戰棄城，促使廣州失陷。首聯述日寇北上犯粵，守將棄大良城，廣州淪陷。頷聯批判城陷禍首。頸聯明指失職守將縱敵和偷生怕死，違反軍紀。尾聯強調城陷統帥問責，史有明訓，否則難以平服民憤。本詩沉痛悲憤，痛斥失職者貽害國家民族，是詩反映史實，可作史詩看。

註釋

註一　羊石：廣州，別稱羊石、羊城、五羊城、穗城。

註二　鳳城：順德大良。

註　三　春秋也責帥：《春秋》，指《左氏春秋傳》，又別稱《左傳》，書中屢有指出戰爭失敗，主帥問責，軍法處分。例如：《左傳·僖公二十八年》載晉、楚在城濮之戰，楚軍敗，楚成王賜死統帥子玉。兵敗統帥問責，成為後世治兵軍紀。《三國志·蜀書·諸葛亮傳》載〈街亭自貶疏〉：「臣明不知人，恤事多闇，《春秋》責帥，臣職是當。請自貶三等，以督厥咎。」「春秋責帥」，也見唐·駱賓王為姚州道大總管李義〈祭趙郎將文〉：「亭候多虞，故有負於明代；春秋責帥，豈無愧於幽途？」

丙子雅集留春有序 丙子閏三月

暮春月杪註一，古人多送春之作。然而惜春有心，留春無術。傷美人之遲暮註二，徒愴註三屈大夫註四之懷，若過客註五之光陰，彌增李學士註六之感。僕註七也，清狂猶昔註八，書劍飄零註九，歎逝水之年華，依然故我。念前途之歲月，知者伊誰註一〇？恰逢辰閏註一一之時，雅集留春之會，因時紀事，對景寄懷，興之所至，情難自已註一二。後之覽者，其將有感於斯乎。

送春春未去，春也解徘徊。借爾註一三東風便，憐他暮景催註一四。

駐顏辰遇閏註一五，續命夏遲來註一六。更喜重脩禊註一七，蘭亭遜此回註一八。〔伍註〕王右軍之蘭亭序，祇於脩禊節，為曲水流觴之會耳。吾人別有懷抱，因重脩禊而為留春之雅集，實比蘭亭而較有意義，後來居上，信不誣也。

賞析：這是一首敘事詩。首聯、頷聯傷春，頸聯指出閏春三月，影響夏日端午遲來，此乃天道，尾聯「更喜」，似有所得，並言是回雅集，意義直追古人，更勝羲之蘭亭脩禊。是詩起筆送春，其實傷春，結句論比古今脩禊意義，今人勝古人，蓋時代背景及雅士懷抱不同所致之也。頷聯及頸聯對仗靈活工整。本詩婉約含蓄，結句詩旨深邃！

註釋

註 一 月杪：月尾。

註 二 美人之遲暮：遲暮，晚年。屈原《離騷》：「惟草木之零落兮，恐美人之遲暮。」

註 三 徒愴：只是哀愴。

註 四 屈大夫：屈原曾任三閭大夫，故稱屈大夫。

註 五 過客：指路過的人。《韓非子・五蠹》：「穰歲之秋，疏客必食。非疏骨肉，愛過客也，多少之實異也。」

註 六 李學士：李白（七〇一～七六二）曾任翰林學士，故稱李學士。

註　七　僕：自謙稱己。

註　八　清狂猶昔：清狂，放逸不羈。猶昔，仍像昔日。

註　九　書劍飄零：古代文人失意於文武功名，只得帶著書劍，游學四方，到處飄泊。

註一〇　知者伊誰：知，明白、瞭解。伊誰，指何人。意謂明白我者何人？

註一一　辰閏：辰，十二地支辰月為三月。閏，非正式、餘數。閏月，中國曆法，每二至三年，增添一個月。辰閏，閏三月。

註一二　情難自己：言自己不能控制自己的感情。

註一三　借爾：爾，你。借爾，借你。

註一四　暮景催：暮景，指晚年，生命的晚景。摧，摧促。

註一五　駐顏辰遇閏：駐顏，保持容顏不衰老，青春常在。辰遇閏，辰，三月為辰月。遇閏，遇上閏月，即閏三月。

註一六　續命夏遲來：續命，指續命縷，是古代端午節避邪飾物。舊俗端午節以彩絲繫臂，謂可以避災延壽，故名續命縷，亦作續命絲。《宋史．禮志十五》：「降聖節前一日，以金縷延壽帶、金塗銀結續命縷、緋彩羅延壽帶、彩絲續命縷分賜百官，節日戴以入。」夏遲來，閏三月關係，端午隨夏天延遲到來。

註一七　修禊：指祓除不潔。農曆三月上巳日，古人臨水洗濯，藉以祓除不祥。晉．王羲之〈三月三日蘭亭詩序〉：「暮春之初，會於會稽山陰之蘭亭，修禊事也。」

註一八　蘭亭遜此回：遜，遜色。此言昔日王羲之的《蘭亭雅集》遜色於是次雅集。

甲申元旦詠日

陰霾註一纔散盡，紅日起東山。正氣凌千仞註二，光芒射九寰註三。綠波呈彩色，翠岫映斑斕註四。萬物含春意，蒼生一破顏註五。

賞析：這是一首寫景寄意詩。首聯寫景，陰霾與紅日對偶，寓意惡氣隨冬盡，瑞氣趁春臨。頷聯正氣對偶光芒，二者充沛乾坤。頸聯綠波對偶翠岫，此言水色與山光皆可愛悅目。尾聯點題，元旦之日，萬物欣榮，蒼生展顏。是詩比興寄意，結構有序，層次分明，白描而不俗，對仗工整。

註釋

註　一　陰霾：天氣陰沉晦暗。

註　二　千仞：古制一仞八尺，千仞，言極高也。《莊子．秋水》：「千里之遠不足以舉其大，千仞之高不足以極其深。」

註　三　九寰：九霄雲外，或可指九州大地。

註　四　斑斕：絢麗燦爛。

註　五　破顏：即開顏露出笑容。

春日有懷

壯心原不已[註一]，還擊唾壺歌[註二]。欲搗黃龍去[註三]，其如[註四]白髮何。

登樓懷國土[註五]，瀕海慎風波[註六]。晚節經霜後[註七]，春來萬籟和[註八]。

賞析：這是一首抒懷詩。此詩寫於白髮之年，仍壯心不已，擊唾壺以示豪情，並盼有日直搗黃龍，打敗日寇，收復故土。頸聯對句「瀕海慎風波」，提示警惕政海風高浪急，人事鬥爭激烈。尾聯自負「晚節經霜」，能受考驗，並盼春臨大地，萬象和平發展。本詩悲壯蒼涼，情志慷慨，從詩中，詩人展現堅貞志節，關心民瘼及愛國熱情！

註釋

註　一　壯心原不已：壯心，壯志雄心。不已，不停止、不衰減。三國．魏．曹操〈步出夏門行．龜雖壽〉：「老驥伏櫪，志在千里，烈士暮年，壯心不已。」

註　二　擊唾壺歌：形容情志激昂或悲憤，典出「唾壺擊缺」。宋．劉義慶《世說新語》：「王處仲（王敦）每酒後輒詠：「老驥伏櫪，志在千里。烈士暮年，壯心不已。以如意打唾壺，壺口盡缺。」

註　三　欲搗黃龍：搗，搗亂、攻破。黃龍，地名，在今吉林省農安縣，乃金人要城。典出「直搗黃龍」，形容一舉直破敵人老巢，徹底消滅敵人。

註　四　其如：無奈、奈何。

註　五　登樓懷國土：典出「王粲登樓」。東漢．王粲在荊州依附劉表，意不自得，且痛家國喪亂，乃作〈登樓賦〉抒懷，借寫眼前景物，抒發鬱憤之情。寓意士不得志，懷思國土淪亡。

註　六　瀕海慎風波：瀕海，臨海，海，指政海。慎風波，指當心波濤風浪的危險。劉長卿〈江州重別薛六柳八二員外〉詩：「今日龍鍾人共老，愧君猶遣慎風波。」

註 七　晚節經霜後：晚節，晚年的氣節操守。霜，霜雪，寓意艱難困苦。

註 八　萬籟和：萬籟，自然界的萬物聲音。和，平和、和順、協調。

書懷

太白浮生夢註一，酒消萬古塵註二。方回歧路岔註三，又舍故園春註四。

屈子猶懷楚註五，魯連豈帝秦註六。般憂終啓聖註七，聞道在歸眞註八。

賞析：這是一首抒懷詩。是詩題材廣闊，首聯談人生如夢，酒消愁慮。頷聯上句述說奔勞四方，踟躕歧路又岔路，有家歸不得；下句言只好捨離美好家園。頸聯上句述說屈原飄泊異地，仍懷念楚君；下句言魯仲連不肯事秦。尾聯悟出人生高尚哲理，返璞歸眞。是詩詩境宏闊，意蘊深邃，對仗工整。言爲心聲，可知其人也。

註釋

註 一　太白浮生夢：唐．李白〈春夜宴從弟桃花園序〉：「而浮生若夢，為歡幾何？」浮生夢，浮生如夢，夢醒即消。

註　二　萬古塵：喻意無窮盡的塵慮、俗慮、愁慮。唐・李白〈擬古十二首〉詩：「天地一逆旅，同悲萬古塵。」

註　三　方回歧路岔：方回，剛回。歧路岔，歧路，主幹道分出來的小路；岔，主路分出的小路。

註　四　又舍故園春：舍，捨棄、離開。故園春，家鄉、家園；春，美好。

註　五　屈子猶懷楚：屈子，屈原。楚，楚國。西漢・司馬遷《史記・屈原賈生列傳》：「屈平既嫉之，雖放流，眷顧楚國，繫心懷王，不忘欲反，冀幸君之一悟，俗之一改也。其存君興國而欲反覆之，一篇之中，三致志焉。」

註　六　魯連豈帝秦：魯連，即魯仲連，戰國齊人，著名說客，絕意做官，有「義不帝秦」的名論，相關成語「魯連滔海」。《史記・魯仲連鄒陽列傳》：「彼秦者，棄禮義而上首功之國也，權使其士，虜使其民。彼即肆然而為帝，過而遂政於天下，則連有蹈東海而死耳，吾不忍為之民也。」

註　七　殷憂終啟聖：殷憂，殷，深切；憂，憂慮、思慮。終，終於。啟聖，啟，啟發、激發；聖，最高智慧。晉・劉琨〈勸進表〉：「或多難以固邦國，或殷憂以啟聖明。」又《新唐書・

張廷珪傳〉：「古有多難興國，殷憂啟聖。蓋事危，則志銳；情苦，則慮深。故能轉禍為福也。」

註　八　聞道在歸真：聞道，聞、明白、聽聞；道，道理，哲理。《論語．里仁》：「朝聞道，夕死可矣。」歸真，回復本來狀態，佛家解作死亡。《釋氏要覽．送終．初亡》：「釋氏死謂涅槃、圓寂、歸真、歸寂、滅度、遷化、順世，皆一義也。」

客途鄉思口占

未豁浮生夢[註一]，猶為逆旅人[註二]。心驚亡國恨，魂逐故園春[註三]。
淚積青衫舊[註四]，憂叢白髮新[註五]。倒懸猶待解[註六]，遑惜亂離身[註七]。

賞析：這是一首感懷傷世詩。首聯言壯志未酬，卻遭世亂，成爲漂泊四方的遊子。頷聯哀痛國亡家破。頸聯悲悼國難而淚濕青衫，又長期憂心國事而見頭白。尾聯指志士抗日報國以解百姓倒懸，不貪生怕死，不惜「亂離身」。本詩蒼涼悲痛，句意感人！作者憂國傷時，志士仁人也。

註釋

註　一　未豁浮生夢：未豁，未捨棄。浮生夢，生命的夢想。

註　二　猶為逆旅人：猶為，仍然是。逆旅人，逆旅、旅舍。逆旅人，指旅舍過客。

註　三　魂逐故園春：魂逐，魂，夢魂；逐，跟隨、追隨。故園春，故鄉春光。

註　四　淚積青衫舊：青衫，青服，指九品小官，其服青，另一義指未有功名者。唐・白居易〈琵琶引〉：「座中泣下誰最多？江州司馬青衫濕！」

註　五　憂叢白髮新：叢，聚也。憂叢，言憂心重重。新，新增。句意謂憂心重重，白髮新增不少。

註　六　倒懸猶待解：倒懸，倒掛，身驅被倒掛，十分危急。待解，等待解開、解救。《孟子・公孫丑上》：「當今之時，萬乘之國行仁政，民之悅之，猶解倒懸也。」

註　七　遑惜亂離身：遑惜，怎會可惜。亂離身，亂世身軀。《詩經・小雅・四月》：「亂離瘼矣，爰其適歸。」

述懷二首

其一

運紀將三變註一，藏鋒待一鳴註二。龍泉如出匣註三，龜玉重連城註四。
門下三千客註五，胸中十萬兵註六。愛民猶赤子註七，問世爲蒼生註八。

賞析：這是一首比興言志詩。是詩體會才人生逢亂世，懷才不遇的心情。首聯指出天運轉變規律有三，即三十年一小變，百年一中變，五百年一大變，人在運紀中，要順天運，深藏潛能，候時機一鳴驚人。頷聯以龍泉寶劍及龜玉珍器自比。頸聯乃自負之語，孟嘗君縱有門客三千，也比不上一個胸懷十萬兵的能士。「胸中十萬兵」一句，套用其師梁啓超先生〈讀陸放翁集〉句：「辜負胸中十萬兵，百無聊賴以詩鳴。」尾聯言志士愛民如子，入世旨在救民。是詩顯示詩人抱負不凡。本詩比興成句，筆力豪雄，化裁典故爲新詞，對仗工整。

其二

出岫雲更白註九，含煙柳愈青註一〇。檻泉方觱沸註一一，游刃發新硎註一二。
鴻鵠歌西漢註一三，鯤魚舍北溟註一四。鵬翔九萬里註一五，椿植八千齡註一六。

賞析：這是一首比興言志詩。首聯寫「出岫雲」，「含煙柳」，以景寄興。頷聯首句「檻泉」、「觱沸」，進一步寫景寄意，次句「游刃」、「新硎」，興寄懷才候遇。頸聯懷古喻今，志壯情豪。尾聯言鵬飛萬里以行志，使蒼生健康長壽。是詩氣魄宏大，因物言志，比興深邃，旨趣因人領悟。四聯對仗工整，興寄不凡。

註釋

註一　運紀將三變：運，天運，即天體的運行，亦可指天命或氣數。紀，規律、綱紀，如天紀。運紀因時而變。《史記・天官書》：「天運三十歲一小變，百年中變，五百年大變，三大變一紀」。

註二　藏鋒待一鳴：藏鋒：藏掩鋒芒。待一鳴，等待一飛沖天、一鳴驚人。《史記・滑稽列傳》：「齊威王答淳于髡曰：『此鳥不飛則已，一飛沖天。不鳴則已，一鳴驚人。』」

註三　龍泉如出匣：龍泉，寶劍名。匣，指劍匣。《太平寰宇志》：「龍泉縣南五里水可淬劍，昔人就水淬之劍化龍去，故名龍泉。」

註　四　龜玉重連城：龜玉，龜甲及玉器。連城，價值連城。《論語．季氏》：「虎兕出於柙，龜玉毀於櫝中，是誰之過與？」按：虎兕（音巳），老虎及雌犀牛；柙，牢籠；櫝，木匣。與，句末助詞，表示疑問、反詰、感嘆，同歟。

註　五　三千客：三千人。《史記．孟嘗君列傳》：「孟嘗君時相齊，封萬戶於薛。其食客三千人。邑入不足以奉客。」

註　六　胸中十萬兵：形容其人有智謀兵略，如胸中兵甲有十萬之多。宋．楊萬里〈送廣帥秩美之丹陽〉：「北門臥護要耆英，小試胸中十萬兵。」清．梁啟超〈讀陸放翁集〉：「辜負胸中萬兵，百無聊賴以詩鳴。誰憐愛國千行淚，說到胡塵意不平。」

註　七　赤子：初生嬰兒。

註　八　問世為蒼生：問世，應世，投入世俗社會。蒼生，百姓。

註　九　出岫雲更白：出岫，出山。白，寓意自然。陶淵明〈歸去來兮辭〉：「雲無心而出岫，鳥倦飛而知還。」

註一〇　含煙柳愈青：此句意景象時在春天，柳樹含煙，青五行屬春，其色青，此乃正色，故春柳之色更青翠碧綠。

註一一　檻泉方觱沸：檻，借為濫。檻泉，泉水泛濫四流。觱沸，泉水湧出貌。觱，音必。

註一二　游刃發新硎：游刃，游，運用；刃，刀，言運刀自如，技藝精練。《莊子．養生主》：「恢恢乎其於游刃必有餘地矣。」發新硎，發，磨；新，剛剛；硎，磨刀石，言刀子剛剛磨過，鋒利非常。《莊子．養生主》：「今臣之刀十九年矣，所解數千牛矣，而刀刃若新發於硎。」

註一三　鴻鵠歌西漢：〈鴻鵠歌〉的作者是漢高祖劉邦，歌詞曰：「鴻鵠高飛，一舉千里。羽翮已就，橫絕四海。橫絕四海，當可奈何？雖有矰繳，尚安所施。」

註一四　鯤魚舍北溟：鯤魚，巨魚。舍，居住。北溟，海名。〈莊子．逍遙游〉：「北冥有魚，其名為鯤。鯤之大，不知其幾千里也。化而為鳥，其名為鵬。鵬之背，不知其幾千里也。……鵬之徙於南冥也，水擊三千，摶扶搖而上者九萬里，去以六月息者也。」「北溟魚」寓意志向或前程遠大。明代釋德清《莊子內篇注》：「北溟，即北海，以曠遠非世人所見之地，以喻玄冥大道。海中之鯤，以喻大道體中養成大聖之胚胎，喻如大鯤，非北海之大不能養成也。」溟，可作冥。

註一五　鵬翔九萬里：鵬，鳥中最大者，傳為鯤變化而成，屬神鳥。翔，飛翔。《莊子．逍遙游》：

「鵬之陡於南冥也，水擊三千里，摶扶搖而上者九萬里。」

註一六　椿植八千齡：椿，樹名，象徵長壽、康健、威猛。椿齡，祝人長壽之詞。《莊子・逍遙遊》：「上古有大椿者，以八千歲為春，以八千歲為秋。」

東山一夢

隱遯東山麓註一，尋幽陟翠微註二。撥雲凌絕頂註三，鳴鶴帶斜暉註四。
蓄勢翀霄去註五，乘風奮翮飛。扶搖九萬里註六，物我兩忘機註七。

賞析：這是一首抒懷言志詩。首聯述說「隱遯東山」、「尋幽陟翠」。頷聯首句登山攬勝，次句寫鳴鶴夕景。頸聯寫鶴志翀霄，「乘風奮翮」。尾聯鶴志奇高，能飛萬里，優遊自在，物我忘機。詩人志氣崇高，以白鶴自喻。本詩寄意潛藏不露，逸志奇高，意氣舒卷自如，境界遠大，詩情縱橫，對仗工整。

註釋

註　一　隱遯東山麓：隱遯，歸隱。麓，山腳。東山麓，東山山腳。唐・柳宗元〈零陵三亭記〉：

「零陵縣東有山麓，泉出石中，沮洳汙塗。」

註二　陟翠微：陟，登也。翠微，青翠的山。李白〈下終南山過斛斯山人宿置酒〉：「暮從碧山下，山月隨人歸。卻顧所來徑，蒼蒼橫翠微。」

註三　凌絕頂：凌，登上。絕頂，最高頂峰。杜甫〈望岳〉詩：「會當凌絕頂，一覽眾山小。」

註四　斜暉：夕陽光暉。

註五　蓄勢翀霄去：蓄勢，儲蓄好力量，等待出擊，指作好準備。翀霄去，指直飛上天空去。

註六　扶搖九萬里：扶搖，盤旋而上。九萬里，形容距離遙遠。

註七　物我兩忘機：物我，景物與我。忘機，道家語，消除機巧之心。指淡薄清靜，忘卻世俗煩惱。唐・李白〈下終南山過斛斯山人宿置酒〉：「我醉君復樂，陶然共忘機。」

抒懷二首

其一

違難離鄉井[註一]，故園付劫灰[註二]。毀家同卜式[註三]，避祿儼之推[註四]。

道阻緣魔擾[註五]，蘭芳被雨摧[註六]。清流逢濁世[註七]，不若賦歸來[註八]。

賞析：這是一首感世傷懷詩。首聯言日寇侵華，詩人離鄉別井，故里房產付於戰火。頷聯首句參加抗日，盡捐家財以紓國難財困，此行爲仿西漢前賢卜式捐家財抗匈奴，次句對於自己的爲國捐獻，不敢言功，義同介之推登山避祿。頸聯言小人當塗，阻礙正道發展，激於義憤，進行檢舉，可惜擊佞不成，受到報復，故有「蘭芳被雨摧」之害。尾聯慨嘆世途險惡，高潔之士，不甘爲濁流所沾，賦歸而去。是詩比興成句，詩懷沉鬱，反映時代悲哀，句句寫實，讀之令人惋惜！

其二

禮失求諸野註九，心危道亦微註一〇。竄身香澥上註一一，舉目故人稀。
遍地烽煙起，漫天雨雪飛。相期南國侶註一二，同采西山薇註一三。

賞析：這是一首感世傷懷詩。是詩首聯言亂世時代，禮崩樂壞，正道沉淪。頷聯避難香海，人地生疏。頸聯言中原遍地烽煙，雨雪漫天。尾聯期與故人不問世事，隱居西山避禍，采薇自給，寧可清貧。是詩反映戰爭期間，世情險惡，士人逃避兵禍，隱居自保。

本詩詩境悽酸，詞意動人，全詩四聯，對仗工整。

註釋

註　一　違難離鄉井：違難，避難。鄉井，家鄉。唐．崔峒〈酬李補闕雨中寄贈〉：「白髮還鄉井，微官有子孫。」

註　二　故園付劫灰：故園，家園。劫灰，災難後的灰燼殘跡。唐．韓偓〈寄禪師〉：「劫灰聚散鐵輜墨，日御賓士藺栗紅。」

註　三　毀家同卜式：毀家，指捐獻家財以紓國難。西漢武帝時，卜式損獻一半家產以紓國難。卜式，河南人，以牧羊致富。時朝廷與匈奴交戰，財政黜竭。卜式上書，願輸獻家財一半以助邊患，又出資賑濟災民，朝廷拜為左中郎，賜爵左庶長，並受到朝廷褒揚以作典範，後拜為齊王太傅，又轉任為丞相，也曾充任御史大夫，因不懂典章制度，調充為太子太傅，最後善終。《左傳．莊公三十年》：「斗穀於菟為令尹，自毀其家以紓楚國之難。」

註　四　避祿儼之推：避祿，辭官。儼，好像。之推，即介子推（？～前六三六），春秋時代晉國人，隨晉公子重耳出奔，歷盡艱辛十九年，忠心耿耿，輔助重耳返國登位，自己卻淡泊功名，避祿不居，歸隱山林，其高尚情操，後世敬重。

註　五　道阻緣魔擾：道阻，道路險阻。緣，緣因、理由。魔擾，邪魔打擾。

註　六　蘭芳被雨摧：蘭芳，蘭花的芳香，寓意君子、賢人。雨，指小人。摧，摧殘。

註　七　清流逢濁世：清流，清澈的流水，寓意情操高潔的君子，或喻政治清明。《三國志．魏志．桓階陳群等傳評》：「陳群動仗名義，有清流雅望。」又宋．歐陽修《朋黨論》：「唐之晚年，漸起朋黨之論，及昭宗時，盡殺朝之名士，或投之黃河，曰：『此輩清流，可投濁流。』而唐遂亡矣。」濁世，亂世。《史記．卷七六．平原君虞卿傳》：「平原君，翩翩濁世之佳公子也，然未睹大體。」《文選．東方朔．非有先生論》：「接輿避世，箕子被髮佯狂，此二子者皆避濁世以全其身者也。」濁世，亦解作塵世，《法華經．卷四》：「世尊自當知：濁世惡比丘，不知佛方便，隨宜所說法。」

註　八　賦歸來：喻辭官歸隱。晉．陶潛為彭澤令，不願「為五斗米折腰」，辭官歸隱，並賦〈歸去來辭〉：「歸去來兮，田園將蕪，胡不歸？」

註　九　禮失求諸野：禮失，指禮樂文化散失於都邑。諸，於也。野，指民間或村野地方。《漢書．藝文志》載仲尼之言：「禮失而求諸野，方今去聖久遠，道術缺廢，無所更索，彼九家者，不猶愈於野乎？若能修六藝之術，而觀此九家之言，舍短取長，則可以通萬方之略矣。」

註一〇　心危道亦微：心危，指人心險惡，變化莫測。道亦微，指道心也精細微妙。《尚書・大禹謨》：「人心惟危，道心惟微。」

註一一　竄身香瀨上：竄身，藏身。香瀨，即香港。

註一二　南國侶：華南地區朋輩。

註一三　同采西山薇：采，同採。西山，即首陽山。薇，即蕨也。采薇寓意隱居，以蕨薇作食，恥吃俸祿，以見氣節。《史記・伯夷列傳》：「武王已平殷亂，天下宗周，而伯夷、叔齊恥之，義不食周粟，隱於首陽山，采薇而食之。及餓且死，作歌，其辭曰：『登彼西山兮，采其薇矣。以暴易暴兮，不知其非矣。神農、虞、夏忽焉沒兮，我安適歸矣？於嗟徂兮，命之哀矣！』遂餓死於首陽山。」

書懷

漫遊南嶽麓註一，歸臥西湖邊。四壁陳圖籍註二，十年著簡編註三。

名爲身外物，利則我無緣。日與書常伴，箇中別有天註四。

賞析：這是一首寫景言志詩。首聯漫遊南嶽麓，歸臥西湖，顯然有歸隱之意。頷聯言讀書及著述度日。頸聯言看破名利。尾聯再言讀書過日，別有天地。是詩清新雅逸，對仗工整，展現詩人高尚人格，不受名利所羈，以讀書及寫作爲樂。

註釋

註一　南嶽麓：南嶽，即衡山，五嶽之一，佛道聖地。麓，山腳。

註二　陳圖籍：陳列圖書。

註三　十年著簡編：意謂用去十年時間撰寫書籍。晉．葛洪《抱朴子．鈞世》：「且古書之多隱，未必昔人故欲難曉……經荒歷亂，埋藏積久，簡編朽絕，亡失者多。」

註四　別有天：另有境界。

思親節註一

哀此思親節，潸然註二淚滿襟。劬勞恩罔極註三，慈愛感彌深。

長抱終天恨註四，空懷寸草心註五。音容雖已緲註六，魂夢亦追尋。

賞析：這是一首緬懷親恩詩。是詩首聯佳節思親，潸然下淚。頷聯緬懷親恩慈愛，昊天罔極。頸聯愧咎親恩未報，終身抱恨，欲報無從，空餘寸心。尾聯續寫緬懷慈恩，音容常繞魂夢。是詩情感真摯，文字淺易，詩意斷腸，哀思動人！

註釋

註一　思親節：即農曆三月三日清明節。

註二　潸然：形容哀傷流淚。

註三　劬勞恩罔極：劬勞，父母撫育子女的辛勞。《詩・小雅・蓼莪》：「哀父母，生我劬勞。」恩罔極，恩，恩德；罔極，無窮盡，指父母養育之恩是無窮盡的。《詩經・小雅・蓼莪》：「父兮生我，母兮鞠我，拊我畜我，長我育我，顧我復我，出入腹我。欲報之德，昊天罔極。」

註四　終天恨：終身抱恨。

註五　寸草心：心，心意。寸草心，喻微小心意。唐・孟郊〈遊子吟〉詩：「誰言寸草心，報得三春暉。」

註六　緲：隱約、縹緲、遠去。

題留侯[註一] 二首

其一

祖龍經一擊[註二]，屠狗定三秦[註三]。大勇終能忍[註四]，英雄自有眞[註五]。
書傳圯上老[註六]，計奠漢宗親[註七]。氣象稱儒者[註八]，歌詞動楚人[註九]。

賞析：這是一首詠史詩。是詩詠漢初三傑之一張良的生平行誼，其人有謀聖之稱。秦王滅韓，張良矢志爲韓報仇。首聯起句詠張良策劃博浪沙行刺秦王事件，可惜刺客一擊誤中副車，次句述屠狗輩樊噲助劉邦起義成功。頷聯讚譽張良大勇及眞誠行爲。頸聯述張良在圯上遇高人傳授兵法，成爲漢室開國功臣。尾聯表揚張良具謀略，楚漢交戰末期，計出四面楚歌，擾亂項羽軍心。是首詠張良詩，活化典故，而不感陳腐，得脫胎換骨法之神髓。

其二

丈夫志爲國，何事覓封侯。既遂平生願[註一〇]，難爲片刻留。

追尋黃石蹟註一一，將與赤松遊註一二。訪道歸山去註一三，功名付水流註一四。

賞析：這是一首詠史詩。是詩讚揚張良功成身退，免招後禍。首聯指出張良立志爲韓國報仇，功成獲封侯但不熱衷，故言「何事」。頷聯述張良功成身退，片刻難留，不戀權位。頸聯記張良以尋恩師黃石老人及隨赤松子遊爲借口，遠離官場。尾聯稱賞張良看破功名，視功名如水流，訪道歸山。本詩辭藻精煉，用典貼意，鉤沉史實，論述客觀，眼光獨到。

註釋

註一　留侯：張良，字子房，封留侯。

註二　祖龍經一擊：祖龍，指秦始皇。一擊，張良，韓人，先祖為韓相，其後秦滅韓，矢志為韓國報仇，重金聘勇士在博浪沙以大鐵錐擊殺秦始皇，可惜誤中副車。

註三　屠狗定三秦：屠狗，指殺狗販賣者，隨漢高祖起義成功的樊噲，雖出身低下，但有打天下之志。《史記・樊噲列傳》：「舞陽侯樊噲者，沛人也，以屠狗為事。」定三秦，定，平定；三秦，陝西別稱，省會西安。

註　四　大勇終能忍：大勇，超乎尋常勇敢。《孟子．公孫丑上》：「子好勇夫？吾嘗聞大勇於夫子矣，雖褐寬博，吾不惴焉；自反而縮，雖千萬人，吾往矣。」忍，忍耐、忍受。

註　五　英雄自有真：真，真誠，不虛。此句詩套用自清．萬邦榮〈偶感詩〉：「失敗何足論，英雄自有真。」

註　六　書傳圯上老：書傳，書，指《太公兵法》；傳，傳授。圯（音移），橋也；老，老人，指黃石公（懷才隱士）。張良「圯上敬履」，獲黃石公傳授兵書，事見《史記．留侯世家》：「留侯張良者，其先韓人也。……良嘗閒從容步游下邳圯上，有一老父，衣褐，至良所，直墮其履圯下，顧謂良曰：『孺子，下取履！』良愕然，欲毆之，為其老，強忍，下取履。父曰：『履我！』良業為取履，因長跪履之。父以足受，笑而去。」後來老人授傳兵書予張良，造就張良成為西漢開國功臣。

註　七　計奠漢宗親：計奠，計謀奠定。漢宗親，漢朝劉姓宗族親戚關係。張良計請四位德高望重的隱士商山四皓，下山為太子盈作太傅，劉邦喜甚，立盈為太子。

註　八　氣象稱儒者：氣象，舉止。宋儒程伊川稱「子房（張良）有儒者氣象」。北宋官方教材《武經七略》也載「子房（張良）有儒者氣象」。

註　九　歌詞動楚人：歌詞，指楚歌的曲詞。動楚人，感動楚國人民。楚漢相爭，垓下之役，項羽兵敗被困，子房仿楚歌以惑楚兵，發出「四面楚歌」，項王夜聞漢軍四面皆楚歌，乃大驚曰：「漢皆已得楚乎。」

註一〇　平生願：張良平生志願就是亡秦以為韓國報仇。

註一一　黃石蹟：黃石，指圯上老人黃石公。蹟，事蹟。

註一二　將與赤松遊：赤松遊，赤松，即赤松子，仙人也。赤松遊，指隨赤松子入山修道。《史記・留侯世家》載名臣張良助劉邦取得天下後，功成身退，對漢高祖劉邦說：「願棄人間事，欲從赤松子遊耳。」

註一三　歸山去：歸隱去。

註一四　功名付水流：意謂把功名視作流水而去，放棄不要。

四十一　初度自壽

十月十四日席上口占

不惑經周歲註一，知非竢九年註二。梅開嶺上日註三，桂影月中天註四。論道無生滅註五，成功有後先。隨緣安所遇，對酒樂陶然註六。

〔伍註〕是日親友讌余於陶然亭，「歸來明月正當頭」，「十月先開嶺上梅」，古人預為余詠也。佛言「不生不滅」，矧誕時，為父憂母難之日，親恩更足念，愧未成名以報親，為至憾耳。然人之成敗有數，亦惟有隨遇而安，及時行樂，以期臻於道而止於善耳。

賞析：這是一首抒懷詩。是詩首聯點題，頷聯寫景。頸聯具禪味，故有「無生滅」之語。尾聯更強調「隨緣」，隨遇而安，以酒助興。本詩清新自然，平淡中蘊含禪理，詩旨在「隨緣」二字。

註釋

註一　不惑經周歲：不惑，四十歲。《論語．為政》子曰：「三十而立，四十而不惑，五十而知天命，六十而耳順，七十而從心所欲，不逾矩。」周歲，一歲。不惑經周歲，即合共歲數四十一。

註二　知非竢九年：指知命之年，即五十歲。竢，等待。時年四十一歲，待九年才到五十歲知命之年。

註三　梅開嶺上日：嶺，指大庾嶺，又稱梅嶺，位於江西。大庾嶺氣候早暖，農曆十月可見梅花盛開。唐．樊晃（約七〇〇～約七七三）〈南中感懷〉詩：「四時不變江頭草，十月先開嶺上梅。」

註四　桂影月中天：桂影，月中桂樹影子，農曆十五為月望，其前夜十四，圓月仍掛中天。

註　五　論道無生滅：道，指佛理。無生滅，佛教認為生滅如一，無所謂生，無所謂滅，眾生緣起緣滅，要放開執著。

註　六　陶然：欣然、喜悅。晉・陶潛〈時運〉詩：「揮茲一觴，陶然自樂。」

應召飛滬乘「空中霸王」號 機中口占

奮翮凌千仞註一，浮雲足下過。胸中羅宇宙註二，眼底收山河。
報國寧容註三逸，憂時感喟多。乘槎註四思隱遯，其奈蒼生何？

賞析：這是一首敘事抒懷詩。詩中首聯點題乘機，其句如「浮雲足下過」。頷聯言抱負，志在收拾山河。頸聯表達報國及憂時情懷。尾聯進一步表示不會乘槎隱遯，否則蒼生誰去拯救？是詩展現詩人抱負志氣宏大，胸羅宇宙，報國憂時，以霖雨蒼生爲志，非一般書生可比。本詩慷慨豪情，尾聯語意凝重！

註釋

註　一　奮翮凌千仞：奮翮，奮翅高飛。凌，凌空，飛上天空。仞，一仞八尺，千仞，形容非常高。

註 二 胸中羅宇宙：胸中羅列廣博的天下知識，也可指胸襟廣闊，抱負遠大。

註 三 寧容：寧，豈也，寧容，豈容許。

註 四 乘槎：乘木筏登天河去，不問凡間事。

姑蘇謁子胥公祠廟[註一]題壁

祖澤胥山遠[註二]，孫[註三]來正歲寒。承先三部曲[註四]，誤我一儒冠[註五]（註五）余服官時雖盡力為人民服務，惟事與願違，未臻齊民理想，卒因擊佞不遂而辭官，豈余歷代均與「佞」不兩立耶？。擊佞成家法[註六]，齊民不自安[註七]！亢宗慚未達[註八]，詩勉後人[註九]看。

賞析：這是一首懷古詩。是詩首聯點題及說明伍子胥與伍百年關係。頷聯訴說秉承祖宗以詩書禮爲家訓，但現實卻帶來儒冠誤我。頸聯申訴爲官謹遵祖訓，正直不阿，不畏強權，無懼擊佞臣，治民中正。尾聯自謙未能光宗耀祖，仍自勉自勵，詩勉後人。是詩正氣凜然，對仗工整。詩中顯露儒門家庭教育，以培養人格教育爲主。據知詩人爲宦廉正不阿，愛民如子，以民爲本，嘗擊佞不成，掛冠而去，退隱泉林，詩文度日。

註釋

註一　子胥公祠廟：伍子胥祠廟，自古有四，一在杭州胥山，二在蘇州太湖胥山，三在無錫西的胥山，四在浙江嘉興的胥山。《史記・伍子胥列傳》：「吳王聞之大怒，乃取子胥屍盛以鴟夷革，浮之江中。吳人憐之，為立祠於江上，因命曰胥山。」

註二　祖澤胥山遠：祖澤，祖宗恩澤。胥山遠，胥山在姑蘇，離粵省頗遠。

註三　孫：伍子胥乃伍氏祖宗，伍百年崇祖，故稱孫。

註四　承先三部曲：承先，承接先人伍子胥遺澤。三部曲，伍氏家訓以詩、書、禮三事勉後人。

註五　誤我一儒冠：儒，指讀書人。冠，帽子，古讀書人戴帽乃身分象徵。儒士重仁義，行誠信，愧逢迎，恥吹捧，結果贏得一身清苦。唐・杜甫《奉贈韋左丞丈二十二韻》：「紈袴不餓死，儒冠多誤身。」

註六　擊佞成家法：擊，打擊。佞，佞臣、奸臣。家法，家族或家教規條。

註七　齊民不自安：齊民，治理人民。《韓非子・八經》：「設法度以齊民，信賞罰以盡民能。」不自安，言治民恐有未善而內心不安。

註八　亢宗慚未達：亢宗，光耀宗族、光耀門庭、光宗耀祖。慚未達，慚愧未達到。

註　九　後人：子孫後裔。

春江月伴荔灣遊

載得珠江月，伴遊荔子灣註一。鳶註二飛碧海闊，人與白雲閒。
魚逐註三舷邊註四影，酒酡鏡裏顏註五。昌華尋往蹟註六，惆悵送春還。

賞析：這是一首寫景抒懷詩。首聯寫結伴夜遊珠江，頷聯寫景，鳶飛海闊，白雲閒遊。頸聯續寫舷影酡顏。尾聯懷古送春。是詩前三聯，語調樂觀，尾聯筆鋒一轉懷古，即見惆悵送春，顯見其人懷抱，有別俗儒。本詩詩筆細膩，情景合一，尾聯語見感慨！

註釋

註　一　荔子灣：即廣州荔枝灣，簡稱荔灣。相傳漢高祖派遣儒臣陸賈至廣州勸降南粵國王趙佗，並以西村為駐地，在駐地近溪灣處種植荔枝及開闢蓮塘，此為荔枝灣之由來。

註　二　鳶：老鷹。《詩．大雅．旱麓》：「鳶飛戾天，魚躍于淵。」

註　三　逐：跟隨、追隨。

註　四　舷邊：船邊。

註　五　酒酡鏡裏顏：酒酡，酒後臉色紅。鏡裏顏，指面顏照鏡。

註　六　昌華尋往蹟：昌華，指荔灣昌華苑，為南漢末代帝主劉鋹在廣州荔灣所建的御花園。往蹟，過去的事蹟。

澳門南園題壁

異土原吾土註一，離家寓酒家。一林如意竹，滿院吉祥花。

醉眼看明月，酡顏註二映晚霞。景佳堪入畫，句好孰籠紗註三。

賞析：這是一首寫景寄意詩。是詩寫於日寇侵華，從南北上，進犯廣東，詩人避難澳門。首聯言避兵澳門，破題即言「異土原吾土」，顯見其濃烈民族精神。頷聯寫景關於「如意竹」、及「吉祥花」，此乃期盼之語，詩人渴望戰爭結束，免使生靈塗炭。頸聯「醉眼」對比「酡顏」，雖然醉甚，面泛紅霞，仍「看明月」而懷鄉，可見其遊子心情。尾聯回應頷聯，描寫佳景如畫，可堪欣賞。是詩用詞淺易，寄意深遠，對仗工整。

註釋

註一　異土原吾土：澳門，原屬香山縣管轄。一八四九～一九九九，澳門淪為葡萄牙殖民地。一九九九年十二月二十日，回歸中國。東漢．王粲〈登樓賦〉：「雖信美而非吾土兮，曾何足以少留。」

註二　酡顏：酒後臉紅。唐．元稹〈酬樂天勸醉〉：「酡顏返童貌，安用成丹砂。」

註三　籠紗：紗製燈籠。

登宋王臺註一

澥島爐峰峙註二，龍城宋帝臺註三。空中飛將過註四，地下隱人註五來。

俛仰註六思潮湧，興亡費剪裁註七。飄颻檣櫓日註八，濁浪又相摧註九。

賞析：這是一首登臨懷古詩。是詩首聯點題，指出宋王臺地點，毗鄰啓德機場。頷聯寫飛將在天，對偶隱士在地，各行其志。頸聯寫俛仰天地，思潮湧起國家興亡盛事，不勝欷歔！尾聯寫景，唯見檣櫓飄颻，滄海茫茫，濁浪相摧，令遊子思緒茫然。本詩懷古傷今，蒼涼感慨！

註釋

註一　宋王臺：位於香港九龍城區土瓜灣北部，近海濱處有一碑石刻有宋王臺三大字，以紀念南宋末代皇帝宋端宗避元軍追殺，逃難至此。

註二　瀨島爐峰峙：瀨島，香港島。爐峰，指太平山，峰似香爐。峙，聳峙。

註三　龍城宋帝臺：龍城，指九龍城。宋帝臺，即宋王臺，毗鄰九龍城啟德機場。

註四　空中飛將過：飛將，西漢飛將李廣。寓意飛機橫空略過。

註五　隱人：隱士。漢．劉向《列仙傳．方回》：「方回者，堯時隱人也。」宋．蘇軾《方山子傳》：「方山子，光黃間隱人也。」

註六　俛仰：俛，低頭。仰，抬頭。

註七　剪裁：思量得失。

註八　飄颻檣櫓日：飄颻，一作飄搖，隨風飄動。《文選．曹植．雜詩六首之二》：「轉蓬離本根，飄颻隨長風。」檣櫓，指船隻。日，日子、時光。寓意漂泊過日。

註九　濁浪又相摧：濁浪，混濁的波浪。相摧，互相摧迫。

晚渡

落日依鄉樹註一，乘桴註二望國門。百年仍此水，億劫了無痕。
晚市浮燈亂註三，春人待渡喧註四。悠悠思不極註五，天海莽註六難論。

賞析：這是一首詠物詩。詩中首聯心情沉重，依依離鄉別國。頷聯感慨渡頭江水見證百年歷史發展，也見證無數劫難的發生，已隨江流一去不返。頸聯描寫渡頭夜市熱鬧情況。尾聯以鄉思悠悠，比喻海天遼闊。本詩題材寫實，意境生動，用詞新穎，聲情並見，對仗自然工整。

註釋

註一　落日依鄉樹：鄉樹，故鄉的樹。句意謂斜陽照故鄉。

註二　乘桴：乘木筏，寓意隱居。《論語・公冶長》：「子曰：『道不行，乘桴浮於海。從我者其由與？』」

註三　晚市浮燈亂：晚市，傍晚市集、晚間市人。浮燈亂，指燈光映照波浪。

註四　春人待渡喧：春人，遊春的人。待渡喧，意謂等待乘渡，人聲喧鬧。

註　五　不極：無盡、無窮。

註　六　莽：廣闊、深遠。

留別易水仁兄詩

赤埜連烽火註一，陰霾掩夕暉註二。中原正鹿逐註三，大陸驚鴻飛註四。
守土行籌策註五，登山欲采薇註六。晚來風雨惡註七，著意葆芳菲註八。

賞析：這是一首酬贈詩。首聯描述戰時狀態，烽火漫天，陰霾夕照，情景悲慘。頷聯首句指出政局板蕩，群雄中原逐鹿，次句自訴如驚鴻，逃避兵禍。頸聯指城將籌謀守土，而自己則登山歸隱，採薇自給。尾聯提醒故人江湖凶險，小心謀事，保重身體。是首酬贈詩，感情眞摯，內容涉及當前政治形勢，祝福故人保重！本詩布局縝密，比興成句，詩意委婉，結句「晚來風雨惡，著意葆芳菲」，可見二人情誼深厚！

註釋

註　一　赤埜連烽火：埜，同野，田野、原野。連，連續。烽火，戰爭。

註　二　陰霾掩夕暉：陰霾，天氣陰晦，昏暗。掩，掩蓋。夕暉，夕陽的餘光。唐．柳宗元〈夢歸賦〉：「白日邈其中出兮，陰霾披離以泮釋。」

註　三　鹿逐：逐，追逐。鹿，通「祿」，有祿位則有權力。鹿性機巧，善跑，古代貴族聯群捕捉以作獸獵活動。《史記．淮陰侯列傳》：「秦失其鹿，天下共逐之，於是高材疾足者先得焉。」裴駰《史記集解》引張晏曰：「鹿喻帝位也。」

註　四　大陸驚鴻飛：大陸，指廣闊的大地。驚鴻，驚惶的鴻雁。

註　五　守土行籌策：守土，保衛疆土。籌策，籌謀計策。《漢書．陳勝項籍傳》：「坐運籌策，公不如我。」

註　六　采薇：薇，野生豌豆。《史記．伯夷列傳》：「武王已平殷亂，天下宗周，而伯夷、叔齊恥之，義不食周粟，隱於首陽山，采薇而食之。」伯夷、叔齊隱居山野，義不仕周天子。

註　七　風雨惡：惡，嚴重，風雨嚴重。寓意形勢惡劣。

註　八　葆芳菲：葆，同保，保護、保重，也可解作隱藏。芳菲，芳花香草。詞意保重身體。

送軍行二首

其一

大軍爭奮發，傳驛註一未曾停。巨憝驚熏穴註二，幺麼立遁形註三。
依然江水碧，重睹岫雲青。野老碑留口註四，王師伐不廷註五。

賞析：這是一首唱酬詩。首聯言軍務緊急，傳驛馬不停蹄。頷聯言殺敵情況，頸聯寫景寄意，尾聯首句言軍旅綱紀嚴明，師去留口碑，並讚揚我軍功在衛國平夷。本詩慷慨豪情，正氣凜然，聲韻跌宕，對仗工整。

其二

昔日供簞食註六，倒懸慶復生註七。驪歌驚四野註八，虎嘯震孤城註九。
未有秋毫犯註一〇，難忘雨露註一一成。臨歧猶苦挽註一二，遍地謳歌註一三聲。

賞析：這是一首唱酬詩。首聯言軍旅生活清苦，有賴百姓支持，在將士用命下解救百姓於倒懸，故言「慶復生」。頷聯言軍民依依惜別，並讚揚大軍聲威如虎嘯，具懾服力。頸聯讚揚軍紀嚴明，士兵入城，未犯秋毫，贏得民眾愛戴。尾聯送行民眾，臨歧苦挽，驪歌處處，賺人熱淚。是詩讚揚軍紀嚴正，秋毫無犯，故受民眾擁戴。本詩造句沉鬱，詩意感人！

註釋

註一　傳驛：驛，古代傳遞公文的人，稱驛使；供驛使策騎的馬，稱驛馬；供驛使休息或換驛馬的地方，稱驛站；傳驛，是指驛使傳遞公文。

註二　巨憝竄熏穴：巨憝，巨奸。憝（音對）。《明史・徐問傳》：「王師每入，巨憝潛蹤。」蕭蛻〈徐園追祭宋遯初〉詩：「巨憝竊國柄，群材璧馬釣。」熏穴，指煙熏洞穴。

註三　么麼立遁形：么麼，屬貶詞，即小東西。遁形，隱藏身體。

註四　野老碑留口：野老，村野老人。碑留口，留下口碑。

註五　王師伐不廷：王師，天子之師。不廷，不按時朝貢，指不馴服的藩國。唐・元稹〈崔倰授尚書戶部侍郎制〉：「惟朕憲考，亟征不廷，熏剔幽妖，擒滅罪疾。」《新唐書・段秀實傳》：「今外有不廷之虜，內有梗命之臣，而禁兵寡少，卒有患難，何以待之？」

註　六　簞食：簞，古代盛飯圓形竹器。食，飯食，形容生活貧困。《論語．雍也》：「一簞食，一瓢飲，在陋巷，人不堪其憂，回也不改其樂。」

註　七　倒懸慶復生：倒懸，倒掛，身軀被倒掛，十分危急。慶，慶幸。復生，再生。

註　八　驪歌驚四野：驪歌，別離之歌。逸詩有〈驪駒〉篇云：「驪駒在門，僕夫具存；驪駒在路，僕夫整駕。」驚四野，驚動四方，言場面壯觀。

註　九　虎嘯震孤城：虎嘯，虎吼叫，喻英傑得時奮起，四方風從，如風虎相感。語本《易．乾》：「雲從龍，風從虎。」孔穎達疏：「虎是威猛之獸，風是震動之氣，此亦是同類相感。故虎嘯則谷風生，是風從虎也。」

註一〇　未有秋毫犯：秋毫，絲毫、極微細。未有秋毫犯，喻軍紀嚴明，對老百姓沒有絲毫侵犯。

註一一　雨露：雨和露，喻恩澤、恩惠。唐．高適〈送李少府貶峽中王少府貶長沙〉：「聖代即今多雨露，暫時分手莫躊躇。」

註一二　臨歧猶苦挽：歧，歧路，岔路也。臨歧，到達歧路，送別多在歧路處分手，臨別稱臨歧。猶苦挽，仍然不斷挽留勿去。

註一三　謳歌：歌頌，言辭讚美的歌唱。《楚辭．離騷》：「寧戚之謳歌兮，齊桓聞以該輔。」

遙祭故人二首有序

日前晝寢，夢見故人二位蒞舍，相告以詩爲言，暢敘闊契註一，爰於註二歲次戊申閏七月望日遙祭故人在天之靈，敬獻詩各一首。

其一

夢裏瞻風采，依然若昔時。英靈眞不昧註三，魂魄亦相隨。
未遂蒼生志，行吟憂憤詞。滿懷家國恨，留待入新詩。

賞析：這是一首悼亡詩。詩中首聯寫故人無端入夢，風采依然。頷聯寫故人精神永在，故言英靈不昧，魂魄相隨。頸聯述故人壯志未成，見於詩文滿紙憂憤。尾聯道出故人愛國情懷寄託於詩章。是詩遙祭故人在天之靈，可見情誼深厚，詩中婉約見悲情，令人感動，對仗亦工整。

其二

求士情如渴，諍言致絕裾註四。明知跳火海，赴義尚軒渠註五。

豪氣凌霄漢，佳評出里閭註六。魂兮歸樂土，猶莅註七故人居。

賞析：這是一首悼亡詩。詩中首聯追憶相交與絕裾原因。頷聯讚賞故人為朋友之義而甘願赴湯蹈火，並且展現軒渠笑悅之顏。頸聯稱賞故人豪氣干雲，聞名閭里，並受推崇。尾聯祝頌故人魂歸樂土，並感謝夢訪。是詩眞情流露，以義字貫穿全詩，雖有絕裾之舉，但不忘舊恩，永懷故人，因此結句有「猶莅故人居」之語，可見伍老也是義輩中人。

註釋

註一　闊契：聚散、離合，詞意指情意投合。三國・曹操〈短歌行〉：「契闊談讌，心念舊恩。」

註二　爰於：於是的意思。

註三　不昧：不湮滅。

註四　諍言致絕裾：諍言，規勸他人的正直言辭。致，引致；絕裾，扯斷衣裳，去意堅決。南朝・宋・劉義慶《世說新語・尤悔》：「溫公初受，劉司空使勸進，母崔氏固駐之，嶠絕裾而去。」

註五　軒渠：歡悅貌。南朝・宋・范曄《後漢書・方術傳下・薊子訓》：「兒識父母，軒渠笑悅，欲往就之。」

註　六　里閭：鄉里。

註　七　涖：涖臨。

書懷寄友口占

世情註一涼似水，治理亂於絲註二。拳石當潮立註三，孤舟逐浪馳註四。長程策蹇馬註五，短綆汲深池註六。此境方身歷，唯君或足知。

賞析：這是一首感世傷懷詩。首聯言世情冷，政治亂。頷聯寫景勵志，上句「拳石當潮立」，喻風骨不倒；下句「孤舟逐浪馳」，寓意乘風破浪，勇往直前。頸聯言身陷困境，有如策騎跛馬跑長途，或打水時繩短池深，困難重重！尾聯言上述困境，剛剛經歷，其情之苦，故人或許明白。是詩婉約含蓄，遣詞精煉，體會詩人雖然生活艱難，仍具風骨，奮發向前，可予效法。

註釋

註一　世情：世態人情。

註二　亂於絲：意謂棼亂如絲，處理困難。《左傳．隱公四年》：「臣聞以德和民，不聞以亂。以亂，猶治絲而棼之也。」

註三　拳石當潮立：拳石，小石狀形如拳。當潮立，迎對著潮水而屹立。

註四　逐流馳：跟隨海流奔馳。

註五　長程策蹇馬：長程，長遠的路程。策蹇馬，策，策駕；蹇馬，跛腳的馬。

註六　短綆汲深池：綆，水桶繩。汲，汲水。句意謂水桶繩短，池水深，汲水困難。喻能力不足，成事困難。《荀子．榮辱》：「短綆不可以汲深井之泉，知不幾者不可與及聖人之言。」

侯武先生八秩榮壽志慶

直聲鎮萬流註一，風義足千秋註二。夙慧勤而敏註三，壯行重以周註四。

諫垣著懋績註五，枌里樹嘉謨註六。蘭桂堪繩祖註七，渭濱隱釣遊註八。

賞析：這是一首祝壽賀詩。是詩首聯讚譽侯武先生正直敢言，柱砥萬流，其德風道義爲人敬重。頷聯稱譽其人聰慧勤敏，行事謹愼周密。頸聯讚譽其人功績顯著，可作故里典範。尾聯讚揚侯武先生蘭桂繩祖，隱居渭濱，釣魚爲樂，不問世事。本詩布局謀篇，層次分明，筆力猶勁，詩眼精到。

註釋

註　一　直聲鎮萬流：直聲，正直不諱的言論。鎮萬流，鎮，鎮服、安定；萬流，眾多支流，指眾多異議。

註　二　風義足千秋：風義，德風道義。足千秋，足可作千年模範。

註　三　夙慧勤而敏：夙慧，早生智慧。勤而敏，用功而靈敏。

註　四　壯行重以周：壯行，長大行為。重以周，處事嚴謹和周密。

註　五　諫垣著懋績：諫垣，諫官官署。著懋績，顯著功績。《晉書．王湛傳論》：「雖崇勛懋績，有闕於旂常，素德清規，足傳於汗簡矣。」

註　六　枌里樹嘉謨：枌里，枌，白楡樹；枌里，故里。樹嘉謨，樹立良好典範。。

註　七　蘭桂堪繩祖：蘭桂，子孫、君子。蘭與桂皆有異香。堪繩祖，堪，足以；繩祖，繼承祖宗業績，即克繩祖武。《詩・大雅・下武》：「昭茲來許，繩其祖武。」

註八　渭濱隱釣遊：渭濱，渭水之濱，姜尚垂釣處，後人以渭濱代稱姜尚。《韓非子・喻老》：「文王舉太公於渭濱者，貴之也。」隱釣遊，隱居以垂釣為遊樂。

五言排律

岡城[註一]西山天福里逸廬故園

卜築[註二]西山下，里爲天福閭[註三]。境幽塵不染，情逸氣和舒。
萬籟[註四]從吾靜，一生覺自如。敢云高士宅[註五]，疑是野人居[註六]。
翠浥[註七]千株竹，朱題[註八]四壁書。邀神天際外，醉月酒凌虛[註九]。
入夜無啼鳥，臨淵不羨魚[註一〇]。流清容洗硯，户扃[註一一]莫停車。
小隱浮名遠，深藏舊識疏[註一二]。閒雲嫌客擾，垂柳把煙鋤[註一三]。
孤抱饒邱壑[註一四]，雅懷寄逸廬。

賞析：這是一首詠物記事詩。是詩詠物記事，對象是逸人、逸居、逸景、逸情、逸思。
詩中文字精練，描寫入神，風格雅淡俊逸，讀罷有出塵避世之思，嚮往不已。

註釋

註　一　岡城，今之新會，古稱岡州。

註　二　卜築：擇地建築，一解作退隱。

註　三　閭：門，泛指鄉里。

註　四　萬籟：大自然萬物發出的聲響。

註　五　高士宅：志行高潔人士的居所、隱士居所。

註　六　野人居：村野人的居所。

註　七　翠浥：浥，濕潤，言竹樹濕潤泛綠。

註　八　朱題：朱筆題字。

註　九　凌虛：上達天空。三國．魏．曹植〈七啟〉：「華閣緣雲，飛陛凌虛，俯眺流星，仰觀八隅。」

註一〇　不羨魚：不想得到魚。《淮南子．說林訓》：「臨河而羨魚，不如歸家織網。」

註一一　戶扃：扃，門閂。戶扃，關閉門戶。

註一二　舊識疏：舊識，舊時相識朋友；疏，疏遠。唐．元稹〈春月〉：「四鄰非舊識，無以話中腸。」

註一三　垂柳把煙鋤：形容垂柳拂掃煙霧。

註一四　孤抱饒邱壑：孤抱，孤高抱負。饒邱壑，饒，安逸、富足；邱，同丘，深山；壑，深淵。邱壑，指隱者所居。句意謂抱負孤高者，安逸於山林生活。

幽居吟有序

世有治亂，基於大道之隆汙註一。國有興衰，繫於哲人之出處註二，而天道迴旋，生民預焉註三。故君子之處於困註四也，則羑里興文王之操註五，隆中起梁父之吟註六。迨註七俊傑之遇於時註八也，則李西平註九爲社稷註一〇而生，范希文以天下自任註一一，蓋氣運之推移註一二，與賢才之窮達註一三，莫不息息相關，昭昭弗爽註一四，厥有由也註一五！豈徒然哉？而其當顛沛侘傺註一六之危時，猶不廢風雅吟哦之韻事者，斯所以陶性靈，養浩氣，抒胸臆，寄襟懷，不以險夷改其操註一七，不以否泰註一八異其趣，境雖殊而情則一也。余以壬辰之秋，久歷亂離之苦，行則拂其所爲註一九，言則動輒得咎註二〇，知天機之未轉，非人力所能回，怵世劫之方殷註二一，惟明哲當自葆註二二。迺遯海澨註二三，遷松山註二四，東身幽居註二五，忘情世務註二六，扃户長吟註二七，聊以見志云爾註二八。

蒿目河山異註二九，萍蹤汐浪同註三〇。纔經三伏候註三一，儼作九秋蓬註三二。
駐馬松山麓註三三，潛龍草澤中註三四。未爲天下雨註三五，徒負大王風註三六。
口守三緘誡註三七，心存一貫通註三八。東身求補闕註三九，斂翮竢凌空註四〇。
厭亂天心豁註四一，除殘漢祚隆註四二。秦人方失鹿註四三，禹甸待飛鴻註四四。
東望洋無極註四五，南行道不窮註四六。卷舒註四七胥合義，奮發自爲雄註四八。

〔伍註〕此詩寫景，抒情蘊藉、寄託，兼有之矣。長句排律，須全對仗，而一氣呵成，不使辭害意，最難！

賞析：這是一首即事感懷詩。詩人遭逢世亂，到處漂泊有如「九秋蓬」。此際天機未至，仍須潛藏隱志，先行「補闕」、「斂翮」，伺機而行。秦人失鹿，天下風起雲湧，志者中原爭逐，吾道則南行，宏揚文化。無論顯與隱皆合義，能奮發向上，倍感自豪。是詩顯示詩人生處亂世，汲取聖賢訓誨，達則兼善天下，窮則獨善其身，潔身自愛，出處合義，如朱子南行其道，亦有其成。

註釋

註一　大道之隆汙：大道，大者，具最高最精之義；道，釋義廣，凡物皆有其道，如天地之道、政道、治道、詩道、詞道、醫道等，凡道皆有其理。隆汙，隆，昌隆；汙，同污，惡劣、腐敗。隆汙，寓意盛衰興替，語出《禮記．檀弓上》：「道隆則從而隆，道汙則從而汙。」鄭玄注：「汙，猶殺也。有隆有殺，進退如禮。」

註二　哲人之出處：哲人，聖明賢能的智者。《禮記．檀弓上》：「梁木其壞乎？哲人其萎乎？」出處，出仕與退隱。《易．繫辭上》：「君子之道，或出或處，或默或語。」

註　三　天道迴旋，生民預焉：天道，指大自然。迴旋，循環變幻。民生預焉，民眾生活都參與。預，通與，參與。

註　四　處於困：困，困難、失意、艱辛。

註　五　羑里興文王之操：羑里，古地名，河南湯陰縣北，為商紂王拘禁周文王之處。羑，音友。興，興起、流行。文王之操，即〈文王操〉，樂府琴曲名，作者周文王。《樂府詩集．琴曲歌辭．文王操》宋．郭茂倩題解〈琴操〉曰：「紂為無道，諸侯皆歸文王，其後有鳳凰銜書於郊，文王乃作此歌。」

註　六　隆中起梁父之吟：隆中，古文化名城，位於湖北襄陽之西。起，興起。梁父之吟，即〈梁父吟〉，又稱〈梁甫吟〉。梁甫，山名，在泰山下，死人葬此山，歌〈梁父吟〉，葬歌也。此歌為古代山東民謠，收入漢樂府詩。〈梁父吟〉作者為無名氏，內容記述春秋齊相晏嬰助齊景公剷除三名功高震主的重臣。〈梁父吟〉歌辭：「步出齊門外，遙望盪陰里。里中為三墓，累累正相似。問是誰家冢，田疆古冶子。力能排南山，文能絕地紀。一朝被讒言，二桃殺三士。誰能為此謀，國相齊晏子。」史載蜀相孔明酷愛吟唱〈梁父吟〉。《三國志．諸葛亮傳》：「亮躬耕隴畝，好為梁父吟。」

註　七　迨：等到、達到。

註　八　遇於時：遇，際遇、知遇。時，時機、時人。此言獲知遇於時人。

註　九　李西平：李西平（七二七～七九三），本名李晟，洮州臨潭（今甘肅臨潭）人，唐代中期名邊將，勇武非凡，有萬人敵之稱，屢破吐蕃，討伐河朔三鎮，平定朱泚之亂，克服京師，官拜三鎮節度使，封西平郡王。

註一〇　社稷：國家。

註一一　范希文以天下自任：范仲淹（九八九～一〇五二），字希文，宋名臣，政績卓著，以天下為己任，其名言「先天下之憂而憂，後天下之樂而樂」，對後世志士仁人，影響深遠。

註一二　氣運之推移：氣，指六氣，即風、寒、暑、濕、燥、火，六氣分配四季（五季），每季各有其氣，春氣屬風，夏氣屬暑，長夏屬濕，秋氣屬燥，冬氣屬寒。運，指五運，五運配五行，即木運、火運、土運、金運、水運。推移，指移動、輪替發展，如五運六氣輪流交替出現。

註一三　窮達：窮困與顯達。

註一四　昭昭弗爽：昭昭，明顯、清楚。弗，同不。弗爽，不差、沒有差錯。

註一五　厥有由也：可理解為有其理由。

註一六　顛沛侘傺：顛沛，窮困潦倒。侘傺，失意落魄。侘，音詫。傺，音澈。

註一七　不以險夷改其操：險，崎嶇。夷，平坦。險夷，亦可理解為逆景順景。操，操守。改其操，改變其操守。

註一八　否泰：易經卦名。否卦，主凶。《易經》，像天地不交，表惡運。泰卦，主吉。《易經》，像天地交泰。否泰，喻命途之好壞。

註一九　行則拂其所為：行，處事。拂，違背。句意謂處理違背意願之事。

註二〇　言則動輒得咎：言，語言。動輒得咎，動不動就得到罪責或過失。

註二一　怵世劫之方殷：怵，驚恐、害怕。世劫，人間災難。方殷，正當熾盛之時。

註二二　惟明哲當自葆：惟有明白道理以保存性命。葆，同保。

註二三　迺遯海澨：迺，同乃。迺遯海澨，乃隱遁海邊。

註二四　遷松山：遷上松山隱世。

註二五　束身幽居：約束自身過隱居生活。

註二六　忘情世務：忘情，不為情動、無動於衷。世務，塵世事務。

註二七　扃戶長吟：閉戶吟誦。

註二八　云爾：語末助詞，如此而已的意思。《論語．述而》：「發憤忘食，樂以忘憂，不知老之將至云爾。」

註二九　蒿目河山異：蒿目，極目遠望。《莊子．駢拇》：「今世之人，蒿目而憂世之患。」河山異，河山，國家；異，變。南朝．劉義慶《世說新語．言語》：「過江諸人，每至美日，輒相邀新亭，藉卉飲宴。周侯中坐而歎曰：『風景不殊，正自有山河之異！』相視流淚。唯王丞相，愀然變色曰：『當共戮力王室，克復神州，何至作楚囚相對？』」

註三〇　萍蹤汐浪同：萍蹤，行蹤如浮萍般四處漂泊。汐浪，汐，朝之潮水曰潮，晚潮曰汐。萍蹤汐浪，喻身世漂流不定，不能自主。

註三一　纔經三伏候：纔經，剛剛經過。三伏候，節候名稱，三伏候，即三伏天，其時段開始在立秋後第一個庚日（十天），是全年最熱的日子，故有「熱在三伏」之語。

註三二　儼作九秋蓬：儼作，好像。九秋，秋天；蓬，指蓬草，無根無莖，隨風飄飛。白居易〈望月有感〉：「時難年荒世業空，弟兄羈旅各西東。田園寥落干戈後，骨肉流離道路中。弔影分為千里雁，辭根散作九秋蓬。共看明月應垂淚，一夜鄉心五處同。」

註三三　駐馬松山麓：駐馬，停留。松山麓，松樹山的山腳。

註三四　潛龍草澤中：潛龍，典出「潛龍在田」，喻聖人在下位，隱而未顯。句意謂潛龍失時用，寄居草澤，喻賢才失時未用，暫居下位。

註三五　天下雨：雨澤蒼生。寓意霖雨沐蒼生為抱負，廣施恩澤。吳佩孚名聯：「得志當為天下雨，論交須有古人風。」《易經．乾卦》：「雲行雨施，天下平也。」

註三六　徒負大王風：徒負，辜負。大王風，帝王雄風。戰國．宋玉〈風賦〉：「有風颯然而至，王乃披襟而當之曰：『快哉此風，寡人所與庶人共者邪！』宋玉對曰：『此獨大王之風耳，庶人安得而共之？』」

註三七　三緘誡：三，並非三次，多次意思。緘，緘口，即封口。誡，誡律。寓意慎言，密封其口，此乃誡律。西漢．劉向《說苑》：「孔子之周，觀於太廟。右陛之前，有金人焉，三緘其口，而銘其背曰：『古之慎言人也。』」

註三八　一貫通：全盤理解，通曉明白，融會一起而貫通。孔子曰：「吾道一以貫之。」漢．董仲舒《春秋繁露．正貫》：「然後援天端，布流物，而貫通其理，則事變散其辭矣。」

註三九　束身求補闕：束身，約束自己，不使踰越。求補闕，闕，過失，要求自己補救過失。求闕，伍百年的故園書齋曰補闕齋，名仿清．曾文正之求闕齋也，以示「常存省過，學不自滿」

之意。

註四〇　斂翮竣凌空：斂翮，收攏羽翼。竣，退伏也。凌空，上天空。句意謂不展翼飛空。

註四一　厭亂天心豁：厭亂，厭惡戰亂。天心豁，天意、內心；豁，豁達、豁朗。

註四二　除殘漢祚隆：除殘，除去舊的殘餘勢力。漢祚，漢朝王位和國統。杜甫〈詠懷古蹟〉五首，其詠孔明有「運移漢祚終難復」之句。隆，興盛。

註四三　秦人方失鹿：秦人，指秦始皇。方失鹿，剛剛失去政權。鹿，通「祿」，有祿位則有權力。鹿性機巧，善跑，古代貴族聯群捕捉以作獸獵活動。逐鹿，喻政權爭奪。《史記．淮陰侯傳》：「秦失其鹿，天下共逐之，於是高材疾足者先得焉。」裴駰《史記集解》引張晏曰：「鹿喻帝位也。」

註四四　禹甸待飛鴻：夏禹時，中國劃分九州，稱「禹甸」，後世以之代稱中國。《詩經．小雅．信南山》：「信彼南山，維禹甸之。」飛鴻，鴻雁高飛，喻志大。《史記．陳涉世家》：「嗟乎！燕雀安知鴻鵠之志哉！」

註四五　東望洋無極：朝東望去海洋無盡頭，有望洋興嘆之感。《莊子．秋水篇》：「秋水時至，百川灌河……於是焉，河伯欣然自喜，以天下之美為盡在己。順流而東行，至於北海，東面而視，不見水端。於是焉，河伯始旋其面目，望洋向若而嘆。」

註四六　南行道不窮：寓意南傳的學問，可持續發展，沒有盡頭。北宋洛學家楊時，世稱龜山先生，承二程之學，傳入福建，開創理學的「道南系」。《宋史·楊時傳》載：「時（楊時）調官不赴，以師禮見顥於潁昌，相得甚歡。其歸也，顥目送之曰：『吾道南矣。』」道不窮，指學說理念無窮盡、無止境、不受困止、持續發展。《禮記·中庸》：「凡事豫則立，不豫則廢；言前定，則不跲；事前定，則不困；行前定，則不疚；道前定，則不窮。」《禮記·儒行》：「博學而不窮，篤行而不倦。」鄭玄注：「不窮，不止也。」

註四七　卷舒：卷，收也。舒，展也。喻顯與隱，進與退。韓愈與于襄陽書云：「卷舒不隨乎時，文武為其所用。」胥合義，胥，通須；合義，合乎正義。

註四八　奮發自為雄：奮發，即發奮，努力向上。南北朝·庾信〈哀江南賦〉：「申子奮發，勇氣咆勃。」自為雄，自豪成為傑出人才。

輓師長趙登禹註一 丁丑秋作

膽豪不愧常山趙註二，節烈更同信國文註三。果也見危能授命註四〔伍註〕自開戰至今，能見危授命，有幾人哉！，勇哉負創建奇勳註五。北平遽壞長城石註六，南苑翻成壯士墳註七。遙望燕雲歌薤露註八，鼓鼙聲急倍思君註九。〔伍註〕「聞鼓鼙而思將帥」，況今遍地烽煙，四處啼痕，而不戰退兵者，疊見，回思趙君，能不為之感慨繫之耶！

賞析：這是一首輓詩。詩中首聯上句稱頌趙師長「膽豪」如同一身是膽的趙子龍；下句表揚其節烈情操如同文天祥。頷聯讚揚趙師長臨危授命，英勇抗敵；下句進一步表揚其人負傷殺敵，仍能創奇功。頸聯述一九三七年七月七日，日寇在北京犯境，史稱蘆溝橋事變；下句述日寇動用二十師團，人數二萬多人進犯北京南苑兵營，我軍奮力頑抗，傷亡嚴重，趙師長也壯烈犧牲於此，故言「南苑翻成壯士墳」。本首輓詩首聯起句不平，尾聯沉痛呼應，句句壯烈，動人心魄！本詩辭藻新意迭出，如頷聯「果也」，對仗「勇哉」，巧妙天成，頸聯「北平遽壞長城石」，對仗「南苑翻成壯士墳」，也是天然妙對。

註釋

註　一　趙登禹：趙登禹（一八九八～一九三七年七月二十八日），字舜誠（一作舜臣），山東荷澤縣杜庄鄉趙樓村人，抗日烈士，年十六從軍，入馮玉祥部隊，中原大戰後，馮玉祥戰敗，其部隊被收編，任命為旅長，在對日戰爭中，壯烈犧牲，死年三十九。其抗日精神，受到國人敬仰。抗日戰爭勝利後，政府為表揚其功勳，設有趙禹登路及趙禹登大街以資紀念。二〇〇九年，更被政府評選為一百位新中國成立作出突出貢獻的英雄模範人物。

註　二　膽豪不愧常山趙：此言趙登禹的豪勇膽色不愧是趙子龍後人。趙雲（？～二二九），字子龍，三國蜀將，常山真定人，身高八尺，姿顏雄偉，智勇雙全，以膽色過人馳名。劉備有言：「子龍一身是膽也。」唐．賀遂良〈大唐平百濟國碑銘〉：「趙雲一身之膽，勇冠三軍。」清．黃彭年〈選將論〉：「趙雲以數十騎遇敵，開軍門偃旗息鼓，勇在膽也。」

註　三　節烈更同信國文：節烈，節義忠烈；信國文，即文天祥（一二三六～一二八三），南宋名臣，宋理宗狀元，封信國公，故稱文信國，或文信公，因曾住文山，又稱文文山。文天祥抗元兵敗被俘，寧死不屈，從容就義，死年四十七，謚忠烈。獄中遺作〈正氣歌〉傳頌千古。

註　四　果也見危能授命：果也，果然。見危能授命，指在危急關頭之際，能夠獻出生命。《論語．

憲問》：「見利思義，見危授命，久要不忘生之言，亦可以為成人矣。」

註　五　勇哉負創建奇勳：勇哉，勇敢啊！負創，言身體受傷。建奇勳，取得優秀功勳。查趙師長於喜峰口一役，曾裹傷立功。

註　六　北平遽壞長城石：遽壞，毀壞。長城石，指萬里長城的城石。寓意日寇越境入侵。

註　七　南苑翻成壯士墳：南苑，地名，別稱南海子，在北京城南二十里處，其面積很廣，覆蓋四環到六環。一九三七年，部隊二十九軍駐守南苑，是年七月二十八日晨六時，日軍動用二十師團，人數計二萬多人進攻南苑兵營。南苑守軍副軍長佟麟閣、師長趙登禹壯烈犧牲於此。翻成，變成；壯士墳，指軍長佟麟閣、師長趙登禹犧牲之處。佟、趙二君殉國於南苑，傷哉！

註　八　遙望燕雲歌薤露：燕雲，古代地理名詞，即燕雲十六州，今北京、天津海河以北、以及山西、河北北部。此處地勢險要，居高臨下，易守難攻，自古以來皆為我國抵禦外族入侵的重要戰略要地，後唐河東節度使石敬瑭反唐自立後晉，並與契丹結為父子，割讓燕雲十六州給契丹。自此燕雲十六州由外族統治，直至明代明太祖朱元璋命徐達、常遇春以「恢復中華」為號召，率師北伐成功，始收復燕雲十六州。薤露，古代送葬輓歌。歌辭曰：「薤上露，何易晞。露晞明朝更復落，人死一去何時歸。」此歌為兩漢作品，作者佚名，傳為田横死後，其門客哀悼其死而作此輓歌。

註　九　鼓鼙聲急倍思君：鼓鼙聲急，指戰鼓聲急。倍思君，更加倍想起你（趙登禹）。

輓副軍長佟麟閣註一 丁丑秋作

留得英聲便不磨註二，昔曾躍馬動金戈註三。頻年異績崇麟閣註四，此日同悲落鳳坡註五。
恨我未成新壁壘註六，憑誰收拾註七舊山河。傷心國步艱難註八日，大樹飄零可奈何註九。

賞析：這是一首輓詩。詩中首聯上句「留得英聲」以作點題；下句追憶佟將軍「躍馬動金戈」的英姿。頷聯上句指出佟將軍戰功輝煌，大名永存崇麟閣，垂範後世；下句緬懷佟將軍壯烈犧牲於平津戰役，悲劇如同劉備愛將龐統陣亡於落鳳坡。頸聯辭藻白描，對仗工整流暢。尾聯悲痛國難當前，更悲痛是「將軍一去，大樹飄零」，哀哉！哀哉！本輓詩沉痛悲壯，血淚成篇，動人肺腑，對仗巧成。

註釋

註　一　佟麟閣：佟麟閣（一八九二～一九三七），原名佟凌閣，字捷三，滿族，河北高陽人，先祖為清初官員，幼時為農家子弟，隨舅父習經史，酷愛書法，寫得一手好字，年十六，在衙門任繕寫員。二十歲入行伍，先後隸屬北京政府、國民軍、國民政府。一九三七年七月二十八日陣亡於抗日平津戰爭中，後獲政府追贈二級上將。

註　二　留得英聲便不磨：美名與盛業。《隋書・于宣敏傳》：「盛業洪基，同天地之長久；英聲茂實，齊日月之照臨。」不磨，不會磨滅。句意英名永存人間。

註　三　昔曾躍馬動金戈：昔曾躍馬，昔曾，往日曾經；躍馬，指策馬奔馳，縱橫稱雄。《北史・裴延儁傳》：「臣方躍馬吳會，冀功銘帝籍，豈一郡而已。」動金戈，戈，兵器、長戟，指提起長戟抗敵。句意謂佟將軍昔已戎馬立功。

註　四　頻年異績崇麟閣：頻年，連年、多年。異績，即茂績，功績卓越。崇麟閣，崇，推崇；麟閣，麒麟閣的省稱，古代名將名臣的畫像藏掛其上，以示表彰。麒麟閣是漢代閣名，在未央宮中。《三輔黃圖》：「天祿麒麟閣，蕭何造，以藏秘書，處賢才也。」此句論佟麟閣將軍往績，宜畫圖像於麒麟閣以崇其功。

註　五　此日同悲落鳳坡：落鳳坡，地名，在四川省德陽市羅江縣白馬關鎮龐統祠旁二公里。此處為劉備謀臣龐統中箭身亡處。劉備痛惜龐統之死，追謚為靖侯。龐統，字士元，號鳳雛，東漢謀士，人才也，與諸葛亮同出師門水鏡先生（司馬徽）並齊名，有云：「臥龍、鳳雛，二者得其一，可安天下。」

註　六　壁壘：兵營四周的牆壁，用作防禦和退守之用。《六韜・王翼》：「修溝壍，治壁壘，以備守禦。」

註　七　收拾：整理。《後漢書・徐防傳》：「收拾缺遺，建立明經。」

註　八　國步艱難：國家步伐在困難危急中。《舊五代史・唐書・蕭頃傳》：「時國步艱難，連帥倔強，率多奏請，欲立家廟於本鎮，頃上章論奏，乃止。」

註　九　大樹飄零可奈何：寓意國家棟樑已去，國土飽受侵犯，國運衰頹，正是無可奈何。句出〈哀江南賦〉：「將軍一去，大樹飄零。」《後漢書・馮異傳》：「每所止舍，諸將並坐論功，異常獨屏樹下，軍中號曰『大樹將軍』」。

勉守四行倉庫[註一]諸將士二首

其一

孤軍獨峙守危樓[註二]，一息猶存誓不休[註三]。勁節足寒胡虜膽[註四]，霜鋒[註五]待削敵人頭。

丈夫豈肯偷生去，寸地還思爲國留。與日偕亡註六真大勇，拚將熱血灑神州。

賞析：這是一首褒贈八百壯士詩。詩中首聯記述上海八一三事變，我守軍八百壯士死守四行倉庫阻敵前進；下句讚揚八百壯士誓死報國，戰意濃烈，故言「一息猶存誓不休」。頷聯敬服八百壯士雖軍備不足，但不屈不撓精神，足令敵寇喪膽；下句指出我守軍刀鋒，陣上待削日軍頭顱。頸聯上句言國家興亡，匹夫有責，國難當頭，大丈夫恥於偷生人世；下句言我中華兒女，守土有責，寸土都不能有失。尾聯上句敬仰八百壯士展現爲國犧牲的大勇精神，就算與日軍同歸於盡，也感自豪；下句敬佩八百壯士，拚命守土，血灑神州也是值得的。全詩慷慨激昂，盪氣迴腸，振奮人心，充份展現中華兒女的愛國精神。

其二

突圍含淚別孤城，上命難違且退兵。叱咤一呼衝敵陣，艱難百練進英營註七。

留身報國期來日，馳譽鄰邦仰令名註八。廢壘尚多聞野哭註九，願君珍重此餘生。

賞析：這是一首褒贈八百壯士詩。詩中首聯記述八百壯士血戰四行倉庫，在敵眾我寡下，經死守無效，奉上級命令保留實力，暫且撤離，眾將士含淚冒死突圍。頷聯描述八百壯士「叱咤一呼」，殺出重圍，幾經艱難始得進入英租界，奈何遭英軍攔截，被安排進入營地，出入受限。頸聯勉勵八百壯士留身有待，來日報國。八百壯士於四行倉庫以寡敵眾，震驚中外，馳譽鄰邦，舉國景仰。尾聯描述百姓拜祭死難亡魂，並祝願八百壯士珍重餘生。本詩白描成句，詞淺意深，旨在激勵士氣，振奮人心，表彰抗日英雄，喚醒國魂，為抗日精神寫下光輝一頁。

註釋

註一　四行倉庫：三十年代上海閘北最宏偉一座建築物，座落於靜安區中南部，門牌為光復路一號，樓高六層，占地零點三公頃，創建於一九三一年，是大陸銀行倉庫和北四行倉庫（金城銀行、中南銀行、大陸銀行、鹽業銀行）聯合而成，一般通稱四行倉庫。是座建築物材料為鋼筋混凝土，非常堅固，地處要津，易守難攻。一九三七年七月七日爆發蘆溝橋事變，日本掀起侵華序幕，我國軍民全面抗敵。同年八月十三日，日軍進犯上海，稱淞滬戰爭，中日兩方數十萬軍隊激戰兩個多月。十月底，我主力軍先撤，餘下少數國軍由謝晉元團長帶領，在四行倉庫力抗日軍前進。我軍雖然寡不敵眾，但仍奮力迎戰，與日軍血戰四晝夜，死守四行倉庫，擊退敵軍多次進犯，威震中外，守軍被譽為八百壯士，歷史留芳。四行倉庫是這場戰爭的背景，也因此而被世人認識。

註二　孤軍獨峙守危樓：孤軍，指八百壯士。獨峙，單獨峙立。守危樓，四行倉庫雖然堅固，但在日軍猛烈炮火久攻下，出現嚴重受損，故稱危樓。

註三　一息猶存誓不休：一息，一呼一吸稱一息。句意謂尚有一口氣都誓不停止。

註四　勁節足寒胡虜膽：勁節，指剛勁不屈的精神氣節。胡虜，指日軍。

註五　霜鋒：白光閃閃的銳利刀鋒。

註六　與日偕亡：偕亡，誓不共存，憤恨之極。《書．湯誓》：「有眾率怠，弗協，曰：『時日曷喪，予及汝偕亡。』」

註七　艱難百練進英營：百練，多次磨練。進英營，謝晉元部隊激戰四行倉庫，經一番死守，轟動全國，最後撤入租界，英軍予以攔截並繳械，全部進入英營，限制自由。

註八　令名：美好聲譽。《左傳．襄公二十四年》：「僑聞君子長國家者，非無賄之患，而無令名之難。」

註 九 野哭：形容荒野拜祭的哭泣聲。

哀金陵二首

其一

烽煙瀰漫石頭城[註一]，旬日倉皇陷帝京[註二]。玄武湖邊啼鳥哭[註三]，紫金山上野狐鳴[註四]。
龍蟠氣象徒資敵[註五]，人化沙蟲未息兵[註六]。借問國防成底事[註七]，居然拱手讓東瀛[註八]。

賞析：這是一首感時傷世詩。詩中首聯述日軍於八一三淞滬之戰攻占上海之後，旋即進犯首都南京。我軍苦戰死守十天左右，傷亡慘重，終爲敵寇得逞，南京淪陷。頷聯述玄武湖邊的鳥兒目睹戰爭的慘象，不禁哭泣起來，紫金山上的野狐也發出哀鳴，意味著戰爭的可怕，連自然界飛禽走獸也作出哭泣哀鳴。頸聯上句述「龍蟠氣象」的南京失守，助長日軍氣焰；城破日軍屠城，數十萬軍民慘死，戰火仍未停止，並持續升級。尾聯述南京失守，國府遷都重慶，不禁責問當局關於國防何以失敗至此境地，連首都重鎮都居然拱手讓日。全詩沉痛悲涼，寫盡國破家亡苦痛，禽鳥目睹戰火慘象，也發出哀鳴，令人感動。此外，尾聯揭露當權者衛國無能，連首都也保不住，何以保民？牽累老百姓喪命於日寇屠城之災，委實令人痛心！

其二

倖進龍門便自豪註九，權衡在手肆屠刀註一〇。任教碧血塗焦土註一一，那管狂風激怒濤註一二。
遍地降旛空馬革註一三，夾江垂柳弔鴻毛註一四。沙蟲猿鶴都同盡註一五，文物衣冠一浪淘註一六。

賞析：這是一首感時傷世詩。詩中首聯諷附炎者乘時得勢，倖攀高位，手擁生殺大權，肆意傷害別人。頷聯上句諷當朝權貴，於國難當前，只顧貪腐，不理會戰區情況，不作支援，任由戰士浴血沙場作出犧牲；下句責當權者漠視社會動盪不安，百姓生活艱辛痛苦。頸聯上句哀痛我軍戰敗，遍地降旛，出征戰士壯烈殉國，遺體經馬革裹屍而回；下句描述隔江垂柳，迎風搖擺，向爲國捐軀的戰士作出憑弔。他們雖生命輕於鴻毛，但爲國犧牲的意義卻重於泰山。尾聯悲悼眾生百姓，不分階級，都一起遇難；又痛心國家的文物典章，也受到衝擊和破壞，如在波濤中被沖走。是詩沉痛悲憤，悲者，無數軍民死於戰火，也悲文物典章燬於戰火；憤者，附炎群小於國難之際，恃勢凌人，任意屠殺無辜百姓。詩中辭藻新穎，意境寫實，洋溢憂國憂民情懷，得放翁神髓，對仗工整。

註釋

註　一　烽煙瀰漫石頭城：烽煙瀰漫，戰火滿佈。石頭城，南京別稱。

註　二　旬日倉皇陷帝京：旬日，十日。倉皇，倉促而慌張。陷帝京，陷，淪陷；帝京，首都。

註　三　玄武湖邊啼鳥哭：玄武湖，在南京市，歷史文化悠久，可上溯至先秦時期，是我國最大皇家園林湖泊，有「金陵明珠」之稱。啼鳥哭，鳥禽悲鳴，景況淒涼，國破慘象，連禽鳥也哀鳴。

註　四　紫金山上野狐鳴：紫金山，位於玄武湖區境內，又名蔣山、鍾山、神烈山，江南四大名山之一。山色絕佳，有「鍾靈毓秀」之美譽。野狐鳴，指野狐哀叫。禽獸悲鳴，尚知國土淪亡，其為人也，何如？

註　五　龍蟠氣象徒資敵：龍蟠氣象，南京東依寧鎮山脈，地勢險固，風景秀麗，其山川有龍蟠虎踞之氣象，歷史上有八個皇朝建都於此。徒資敵，敵，日寇。此句寓意日軍攻陷南京，助長其氣焰。

註　六　人化沙蟲未息兵：人化沙蟲，寓意百姓死於戰禍。晉．葛洪《抱朴子》：「周穆王南征，一軍盡化，君子為猿為鶴，小人為蟲為沙。」未息兵，言戰爭未停止。

註　七　成底事：屬何事？

註　八　居然拱手讓東瀛：拱手，指雙手奉上。東瀛，日本別稱。

註　九　倖進龍門便自豪：倖進，僥倖進入。龍門，指聲望高的府第。《後漢書．黨錮傳．李膺傳》：「士有被其容接者，名為登龍門。」自豪，光榮、驕傲。

註一〇　權衡在手肆屠刀：權衡在手，權力在手。肆屠刀，肆，放肆，任意；屠刀，宰殺牲畜的刀。肆屠刀，指任意傷害別人。

註一一　任教碧血塗焦土：任教，隨意任他。碧血，指為正義犧牲者，或烈士的血。塗焦土，塗滿在乾焦的土地。

註一二　那管狂風激怒濤：那管，怎會理會。狂風激怒濤，狂風激起洶湧的波濤。寓意時局動盪，百姓生活艱辛險惡。

註一三　遍地降旛空馬革：降旛，投降的旗幟。馬革，馬皮，用作裹屍之用，指為國英勇殺敵而犧牲的戰士，死後以馬革裹屍而還葬。《後漢書．馬援傳》：「方今匈奴、烏桓尚擾北邊，欲自請擊之。男兒要當死於邊野，以馬革裹屍還葬耳，何能臥床上在兒女子手中邪？」

註一四　夾江垂柳弔鴻毛：寓意兩岸垂柳搖擺，好像搖頭嘆息，憑弔那些視生命輕於鴻毛的犧牲者。

註一五　沙蟲猿鶴都同盡：猿鶴沙蟲，指軍民死於戰禍。晉．葛洪《抱朴子》：「周穆王南征，一軍盡化，君子為猿為鶴，小人為蟲為沙。」後人凡遇兵燹之禍，每喻為猿鶴沙蟲之劫。都同盡，盡，死亡。都同盡，即同歸於盡。

註一六　文物衣冠一浪淘：文物衣冠，寓意太平盛世，文化興盛，文人眾多。《隋書．百官志》：「於時三川定鼎，萬國朝宗，衣冠文物，足為壯觀。」一浪濤，指文物衣冠，典章制度被一浪接一浪的波濤沖毀。寓意國破，文物典章也遭摧毀，不勝欷歔。

敵機轟炸羊城感賦　一九三八年六月六日

烽火連天掩穗城[註一]，蓬門大廈一時傾[註二]。人禽木石悲同盡[註三]，猿鶴沙蟲劫未平[註四]。

梟獍爲心夷狄毒[註五]，瘡痍滿目鬼惶驚[註六]。外僑醫士[註七]曾遭虐，人道胡爲任獸行[註八]。

〔伍註〕敵機自五月念八（廿八）日起至六月十二日，連日轟炸羊城，尤以六月六日至十日為烈。中法韜美醫院亦被波及，法醫慘受池魚之殃，國際仍無實施制裁之決心，人道云乎哉。

賞析：這是一首戰亂感時詩。詩中首聯描述穗城遭受日機狂炸，平房與大樓傾倒。頷聯悲痛「人禽木石」及「猿鶴沙蟲」同遭厄運。頸聯上句斥日軍心腸狡毒如梟獍；下句描述羊城遭狂炸後，處處瘡痍滿目，就算鬼魔目睹慘象，都會驚惶起來。尾聯上句指出外僑醫生也遭虐待；下句斥日軍暴行，非人性所爲。詩中除譴責日寇外，並譏諷國際未有制裁侵略者。本詩沉痛悲憤，描寫細膩，寫實爲主，揭露日軍暴行，戰爭使「蓬門大廈」、「人禽木石」、「猿鶴沙蟲」等都同遭淪亡厄運，作者都能刻劃入微地表達出來，讀之令人心酸。

註釋

註一　穗城：廣州。

註二　蓬門大廈一時傾：蓬門，蓬草建的屋舍。大廈，高建的樓房。一時傾，一下子傾塌。

註三　人禽木石：人禽，人與家畜；木石，木材與石塊。悲同盡，悲痛同歸於盡。

註四　猿鶴沙蟲劫未平：猿鶴沙蟲，指軍民死於戰禍。晉．葛洪《抱朴子》：「周穆王南征，一軍盡化，君子為猿為鶴，小人為蟲為沙。」後人凡遇兵燹之禍，每喻為猿鶴沙蟲之劫。劫未平，戰爭劫難未停止。

註五　梟獍為心夷狡毒：梟獍為心，梟，古傳食母之禽；獍，古傳食父之獸；為心，指心性。此言不孝或忘恩負義之人。《魏書．劉昶蕭寶夤蕭正表傳論傳》：「寶夤背恩忘義，梟獍其心。此亦戎夷彫狡輕薄之常事也。」夷狡毒，夷，泛指夷人外族；狡毒，狡猾惡毒。

註六　瘡痍滿目鬼惶驚：瘡痍滿目，瘡痍，災禍後的慘狀，指戰爭或自然災害後，到處殘破不堪，百姓哀號，慘不忍睹；滿目，入眼所見。鬼惶驚，惶驚，惶恐驚懼。

註七　外僑醫士：外國醫生。

註八　任獸行：指禽獸放任妄行，非人性所為。

日軍九日陷穗有感

神州[註一]多難暗心驚，九日轟傳陷穗城[註二]。得士孰如孔北海[註三]，匡時誰是李西平[註四]。
前朝屢失防夷策[註五]，此地焉容藉寇兵[註六]。無限江山[註七]哀有恨，那堪回首望蓬瀛[註八]。

賞析：這是一首感時抒懷詩。詩中首聯上句述詩人憂心國難，下句披述日寇大軍犯穗，約九天攻陷廣州。頷聯上句稱譽孔融深得士人擁戴，寓意朝上乏人；下句諷問諸將，誰像唐邊將有「萬人敵」之稱的李西平，其人內則匡正時弊，外則擊退外敵，挽救危局。此句斥穗城守將無能。頸聯上句諷國防失策，下句責成將守土無能，致令日寇陷城。尾聯上句慨嘆大好河山，仍在苦難中；下句言眺望故國神州，不勝惆悵，「那堪回首」。本詩沉痛地訴說穗城淪陷，官將無能失職是主因。是詩比興寄意，悲憤沉痛，辭藻嫻熟，對仗工整。

註釋

註一　神州：即中國，另稱九州、赤縣神州、華夏、中原。

註二　九日轟傳陷穗城：轟傳，盛傳。陷穗城，一九三八年十月十二日，日軍強行在惠陽大亞灣登陸，進犯廣州，沿途各地軍民奮勇頑抗，礙於軍備不及，終為日軍得逞，廿三日廣州失守。

註三　得士孰如孔北海：得士，得到士人的心。孰如，那誰比得上。孔北海，孔融曾任北海相，時稱孔北海。《後漢書．鄭孔荀列傳》：「必寬容少忌，好士，喜誘益後進。及退閒職，賓客日盈其門。常歎曰：『坐上客恆滿，樽中酒不空，吾無憂矣。』」

註四　匡時誰是李西平：匡時，匡正時弊，挽救時局。李西平（七二七～七九三），本名李晟，洮州臨潭（今甘肅臨潭）人，唐代中期名著邊將，勇武非凡，有萬人敵之稱，屢破吐蕃，討伐河朔三鎮，平定朱泚之亂，克服京師，官拜三鎮節度使，封西平郡王。

註　五　防夷策：防範外族入侵策略。

註　六　此地焉容藉寇兵：焉容，怎能容。藉，助也。寇兵，敵人。漢・司馬遷《史記》：「藉寇兵而齎盜糧」。

註　七　江山：國家。《莊子・山木》：「彼其道遠而險，又有江山。我無舟車，奈何？」

註　八　蓬瀛：蓬萊及瀛洲，仙人所居，仙境地方；寓意中國神州。

哀廣州遺民

佈陣連營列鸛鵝註一，東來戰艦湧洪波註二。元戎幾見填精衛註三，士卒移防哭博羅註四
珠海風傳徒避舍註五，雲山失險竟投戈註六。可憐遺孑難飛遁註七，宰割由人沒奈何註八。

賞析：這是一首感時傷世詩。詩中首聯述日本海陸軍大舉來犯，在深圳大亞灣登陸，然後北上向廣州進發。頷聯上句述古今統帥從未見填平滄海以阻截敵方水軍來犯，寓意海

防薄弱；下句責「士卒移防」，調走駐守博羅部隊，致令博羅淪陷。頸聯上句述珠海地區居民，風聞日寇來犯，只有逃難；下句諷白雲山駐軍失守，拋下武器逃去。尾聯哀悼老百姓無路可逃，任由日寇宰割！本詩沉痛蒼涼，動人肺腑，造句新奇，如「元戎幾見填精衛」，可謂別出心裁，此外，詩句夾敘夾議，對仗工整自然。

註釋

註　一　佈陣連營列鸛鵝：佈陣連營，佈陣，作戰陣勢；連營，相連的軍營。列鸛鵝，列，排列；鸛、鵝，戰陣名稱。《左傳．昭公二十一年》：「丙戌，與華氏戰於赭丘。鄭翩願為鸛，其禦願為鵝。」杜預注：鸛、鵝皆陣名。後即以鵝鸛並舉，指軍陣。

註　二　東來戰艦湧洪波：東來戰艦，日敵戰艦東來。湧洪波，湧起巨大的波濤。曹操〈觀滄海〉：「秋風蕭瑟，洪波湧起。」

註　三　元戎幾見填精衛：元戎，統帥；幾見，何曾見。填精衛，填海的精衛鳥，喻填平滄海，免使敵艦從海路進犯。《山海經．北山經》：「發鳩之山，其上多柘木，有鳥焉，其狀如烏，文首白喙赤足，名曰精衛。其鳴自詨，是炎帝之少女，名曰女娃。女娃游於東海，溺而不返，故為精衛，常銜西山之木石，以堙於東海。」喻心懷冤憤，立志填海以雪恨，亦寓意志堅定，不懼艱苦。

註　四　士卒移防哭博羅：士卒移防，調動兵士離開防線。哭博羅，哭，是指哀痛國土失去。調兵失策，結果博羅淪陷。博羅，即廣東省惠州市博羅縣。

註　五　珠海風傳徒避舍：珠海風傳，珠海地區風聞流傳。徒避舍，只有逃離住居，指逃命走難。《呂氏春秋．處方》：「昭釐侯至，詰車令各避舍。」

註　六　雲山失險竟投戈：雲山，白雲山，寓意廣州。失險，失守。竟投戈，居然投下武器而離去。

註　七　可憐遺子難飛遁：遺子，殘存者，遺民。《詩．大雅．雲漢》：「周餘黎民，靡有子遺。」難飛遁，很難飛天遁地離開廣州。

註　八　宰割由人沒奈何：宰割由人，任人壓迫，欺凌。漢．賈誼〈過秦論〉：「因利乘便，宰割天下，分裂河山。」沒奈何，沒有解救辦法。

羊石浩劫省寓藏書都成灰燼詩以哀之

一炬紅羊亂未休[註一]，更憐劫火滿神州[註二]。伊誰誤國談清野[註三]，無數生靈墮濁流[註四]。

避地孰爲乾淨土[註五]，離家遺有故危樓[註六]。金元實錄詩存史[註七]，風起文光薄斗牛[註八]。

賞析：這是一首詠物感時詩。詩中首聯點題，訴說國運遇上紅羊凶年，即一九三七年國難之年，日寇侵華，烽火處處，民眾四奔逃命，災民號哭，土匪搶掠，日軍胡亂開槍殺人，社會亂象慘不忍睹，全國遍地戰火，令人惶恐驚慄。頷聯訴說實情關於日軍來犯，我方爲使敵軍不能就地取用資源，實施清野命令，盡燬一切物資，結果禍及無辜老百姓，他們的性命財產也受到重創，伊誰誤國誤民？有目共睹，不用明言。下句具體指出炸隄引水沖擊敵軍，結果敵軍受一時之挫，但無數生靈卻永遠淹沒在濁流中。頸聯上句指出隱居避世，都是爲尋求安樂太平之居；下句言離家隱居避世，故里只留下舊居一所。尾聯上句述百年先生有意仿金朝元遺山於國難之際，以詩存史，編寫金元實錄；下句盼筆下生風，作品光芒直迫斗牛二星。本詩沉痛蒼涼，詩旨深邃，發人深省，筆端帶感情，使人易起共鳴，尤其是「伊誰誤國談清野，無數生靈墮濁流」句，更令人悲憤！

註釋

註一　一炬紅羊亂未休：一炬，一把火、一場大火；紅羊：丙丁午未乃戰亂凶年，丙丁屬火，五行其色紅，未年地支屬羊，紅羊劫，言國難也。日軍來犯，烽火處處，民眾四奔逃命，災民號哭，土匪搶掠，日軍胡亂開槍殺人，社會亂象慘不忍睹。

註 二 更憐劫火滿神州：此言日軍侵華，戰火瀰漫全國各地。

註 三 伊誰誤國談清野：伊誰，何人。清野，敵軍來犯前，清走一切資源物資不為敵軍占用。《後漢書．鮮卑傳》：「元初二年秋，遼東鮮卑圍無慮縣，州郡合兵固保清野，鮮卑無所得。」李賢注：「清野謂收斂積聚，不令寇得之也。」

註 四 無數生靈墮濁流：生靈，泛指一切生命。濁流，混濁的水流。《後漢書．臧宮傳》：「斬首溺死者萬餘人，水為之濁流。」

註 五 避地孰為乾淨土：避地，避世隱居。《後漢書．郅惲傳》：（郅惲）後坐事左轉芒長，又免歸，避地教授，著書八篇。」李賢注：「避地，謂隱遁也。」避地，也可解作遷地以避災禍，宋．文天祥《指南後錄．東海集序》：「自喪亂後，友人挈家避地。」乾淨土，寧靜太平的地方。

註 六 故危樓：殘破的舊居所。

註 七 金元實錄詩存史：金元實錄，指金．元遺山編《中州集》，以詩存史，保留文化。

註 八 風起文光薄斗牛：風起文光，指文思如湧泉，下筆為文有風雲的氣勢，並具光采。西漢．崔箋〈御史箴〉：「簡上霜凝，筆端風起。」薄斗牛，薄，追近；斗牛，星宿名，即斗星、牛星。句意謂筆下詩文的光采與才情之高，直追天上斗牛二星。

穗垣[註一]陷後遇某公談身世傷國事感賦

圮廈寧容一柱擎[註二]，邦危遑計逐浮名[註三]。文章知己關天命[註四]，笠屐才人澹世情[註五]。

爲客恥彈馮氏鋏[註六]，羨公曾率岳家兵[註七]。感時別有傷心處，一夜無端失穗城[註八]。

賞析：這是一首感時傷世詩。詩中首聯上句比興寄意，寓意亂危之際，獨力難支；下句寓意國難時爲國效力，不會計較虛名。頷聯上句訴說文章知己難求；下句寓意人各有志，有人喜歡穿笠衣，蹬木屐，追求平澹生活。頸聯上句比興寄意，諷馮諼作客依人，彈鋏示才；下句稱譽對方嘗領兵保家衛國，功比岳飛。尾聯慨嘆國破家亡，將帥無能，日軍一夜攻陷廣州，令人悲憤！是詩比興成句，風流蘊藉，詩心深邃，點而不破，以存厚道，君子之爲也。

註釋

註一　穗垣：粵省城，即廣州市。

註二　圮廈寧容一柱擎：圮廈，坍塌的大廈；寧容，豈容、豈可以；一柱擎，一柱撐起。

註三　邦危遑計逐浮名：邦危，國家危難；遑計，怎會計較；逐浮名，追逐虛名。

註四　文章知己關天命：文章知己，詩文內涵與寄託為朋友所欣賞，可稱文章知己。關天命，在乎命運安排。

註五　笠屐才人澹世情：笠屐才人，頭戴簑笠，足蹬木屐的高士。澹世情，對世情顯得淡薄。

註六　為客恥彈馮氏鋏：為客，作客。恥彈，彈劍鋏感到羞恥。馮氏鋏，馮氏，戰國孟嘗君食客馮諼；鋏，劍把。馮諼彈鋏，予人感覺是貪得無厭。《戰國策．齊策四》：「齊人有馮諼者，貧乏不能自存，使人屬孟嘗君，願寄食門下。孟嘗君曰：『客何好？』曰：『客無好也。』曰：『客何能？』曰：『客無能也。』孟嘗君笑而受之曰：『諾。』左右以君賤之也，食以草具。居有頃，倚柱彈其劍，歌曰：『長鋏歸來乎！食無魚。』左右以告。孟嘗君曰：『食之，比門下之客。』居有頃，復彈其鋏，歌曰：『長鋏歸來乎！出無車。』左右皆笑之，以告。孟嘗君曰：『為之駕，比門下之車客。』於是乘其車，揭其劍，過其友曰：『孟嘗君客我。』後有頃，復彈其劍鋏，歌曰：『長鋏歸來乎！無以為家。』左右皆惡之，以為貪而不知足。孟嘗君問：『馮公有親乎？』對曰：『有老母。』孟嘗君使人給其食用，無使乏。於是馮諼不復歌。」

註七　羨公曾率岳家兵：羨公，羨，羨慕；公，尊稱對方。岳家兵，即岳家軍，為南宋岳飛所創，軍紀嚴明，勇猛擅戰，屢敗金人。金主帥元顏兀朮，嘗言：「撼山易，撼岳家軍難」。

註八　一夜無端失穗城：句意指一九三八年十月十二日，日軍從大亞灣登陸，向廣州推進，九天後，廣州失守。

聞岡城陷敵感賦

狼煙掩入古岡城註一，恨煞胡塵劍亦鳴註二。年始二毛逢喪亂註三，身經萬劫拚餘生註四。
西山日落呈先兆註五，東海潮掀浪不平註六。悵望南天金氣重註七，中原何處岳家兵註八。

賞析：這是一首感時抒懷詩。詩中首聯述日寇侵華，兵至新會，民眾奮勇抗敵，連牆上掛劍也作不平鳴。頷聯上句自訴生逢亂世，中年遇兵禍；下句言身經萬劫而得餘生。頸聯上句寫景，描述「西山日落」，期盼日軍也隨斜陽西下而淹沒，以使戰爭結束；下句描寫東海波浪不平，寓意我國抗日群情洶湧，戰意激昂澎湃。尾聯上句寓意秋氣肅殺，戰爭仍在進行中；下句敢問當前國軍，誰承傳岳家軍精神，嚴於軍紀，勇猛殺敵？！此詩沉痛悲壯，比興成句，旨意深遠，化裁典故利落，聲情激蕩，結句百讀不厭！

註釋

註一　狼煙掩入古岡城：狼煙，指戰爭烽火。古代邊戍臺遇有外敵入侵，即點起狼糞柴火，升煙通報，戰爭開始。古岡城，今之新會，古稱岡州。

註二　恨煞胡塵劍亦鳴：恨煞，怨恨到極點。胡塵，胡地塵沙揚起，胡騎入侵，泛指外敵侵犯中原。劍亦鳴，劍有劍靈，遇不平，則鳴，遇冷待也鳴。《太平御覽》卷三四三引《列士傳》：「楚王命莫邪鑄雙劍，止以雌進。劍在匣悲鳴，群臣曰：『劍有雌雄，鳴者雌，憶其雄。』」有時，壯志未展，劍也作不平鳴。秋瑾〈鷓鴣天・夜夜龍泉壁上鳴〉：「休言女子非英物，夜夜龍泉壁上鳴。」

註三　年始二毛逢喪亂：二毛，指頭髮二色，黑白並見，喻中年開始。逢喪亂，遇上戰亂。北周・庾信〈哀江南賦序〉：「信年始二毛，即逢喪亂。」

註四　身經萬劫拚餘生：身經萬劫，言飽受劫難。拚餘生，拚命保持餘下的生命。

註五　西山日落呈先兆：西山日落，指黃昏已至，黑暗將臨，日寇淹沒在黑暗中。呈先兆，呈現預兆。句意喻日寇敗亡之兆。

註六　東海潮掀浪不平：東海潮掀，言波濤洶湧，掀起浪潮，寓意東來外敵入侵。浪不平，國人心潮憤怒示不平。

註七　悵望南天金氣重：金氣重，五行應四時，秋應金，其氣肅殺。

註八　中原何處岳家兵：岳家兵，宋．岳飛部隊，以戰鬥勇猛，紀律嚴明著稱，屢敗金兵，軍號「凍死不拆屋，餓死不擄掠」。金國主帥完顏兀朮戰敗歎曰：「撼山易，撼岳家軍難。」

聞鄧龍光軍長[註一]初十克復江門喜賦

東來魔鬼襲南疆[註二]，陸遇龍泉劍吐光[註三]。新鶴三摧般碧草[註四]，江門一捷固金湯[註五]。

將軍有勇擒倭賊[註六]，醜虜無顏竄大良[註七]。盡掃胡塵安上國[註八]，終教劫火燬艅艎[註九]。

賞析：這是一首敘事詩。詩中首聯述日寇侵襲我國南部疆域，從大亞灣登陸北上，一路雖遇我軍抵抗，仍兵至新會江門，突遇守將鄧龍光（號劍泉）部隊英勇抵抗。頷聯述鄧將軍率領軍民在鶴山與新會多次痛擊日寇，殺其片甲不留，喋血遍野，故言「殷碧草」。此役我軍大捷，日寇不敢進犯，江門固若金湯。頸聯讚揚鄧將軍兵略神勇，擒獲不少敵寇。日軍慘敗江門之役，敗走順德大良。尾聯讚揚我軍民上下一心，掃盡外敵，把外敵船艦燬於戰火，安我國土。是詩豪放慷慨，氣勢磅礴，聲韻激昂，對仗工整，以詩存史，此其價值也。

註釋

註一　鄧龍光軍長：鄧龍光（一八九六～一九七九），別號劍泉，廣東茂名人，保定第六期步兵科畢業，廣東抗日四大名將。

註二　東來魔鬼襲南疆：東來魔鬼，指日寇。南疆，中國南方疆域。

註三　陡遇龍泉劍吐光：陡遇，突然遇上。龍泉劍吐光，取鄧龍光號劍泉之名字入詩成句，寓意鄧將軍威勢。

註四　新鶴三摧殷碧草：新鶴，新會鶴山，一九三九年三月二十八日，日軍從鶴山傑州登陸入侵新會，我軍民頑強抗敵。三摧，言多次飽受日軍摧殘。殷碧草；殷，赤黑色，寓意血染草木，生靈受害。

註五　江門一捷固金湯：一捷，捷，勝利，言擊敗敵寇取得勝利。固金湯，固，堅固；金湯，金城湯池，喻城池堅固，敵人不易攻陷。

註六　倭賊：指日軍。

註七　醜虜無顏竄大良：醜虜，醜惡的敵人。《詩經・大雅・常武》：「鋪敦淮濆，仍執醜虜。」無顏竄大良，竄，急促逃跑、竄逃；大良，廣東省順德區大良鎮。句意謂敵寇為我軍擊退，竄走大良鎮。

註八　盡掃胡塵安上國：盡掃胡塵，胡塵，境外異族人。寓意全面擊退敵寇。安上國，安，安定；上國，對祖國的敬稱。

註九　終教劫火燬艅艎：終教，最後致使。燬艅艎，燬，焚燬；艅艎，大型戰船。晉・郭璞〈江賦〉：「漂飛雲，運艅艎。」

避亂懷舊

漂泊生涯已惘然[註一]，更逢烽火漫胡天[註二]。求存遠別三千里，離亂虛過十四年。

舊雨凋零傷墜露註三，故園頹廢剩殘煙。興亡悵觸註四滄桑感，夢豁浮生悟入禪註五。

賞析：這是一首避亂抒懷詩。是詩首聯點題「避亂」，起句即言「漂泊生涯」，原因是日寇鐵蹄犯境入侵，故言「烽火漫胡天」。頷聯申訴避亂「三千里」，歷時「十四年」。頸聯點題「懷舊」，以「舊雨凋零」對偶「故園頹廢」，顯示孤清之苦。尾聯看破世情變幻，人生滄桑，頓悟禪理，一切皆空，浮生若夢，不必介懷。本詩沉鬱頓挫，詩境悽酸，亂離傷懷，不勝欷歔，詩人遠別家園三千里，逃避戰火十四年，故人零落，家園頹燬，讀之令人悲痛！

註釋

註一　惘然：心情迷茫，若有所失。

註二　漫胡天：漫，瀰漫。胡天，胡人的天空或地域。

註三　舊雨凋零傷墜露：舊雨，指朋友、故舊。凋零，身故離世，存者已少。傷墜露，觸景生情，見滴下的露水而哀傷朋友的身故。

註四　悵觸：感觸。

註五　夢豁浮生悟入禪：豁，豁達、舒展。悟入禪，悟，醒覺，因醒覺而入佛。

出山

亂離千里憶鄉關註一，出岫原知國步艱註二！到處烽煙猶逐鹿註三，當塗豺虎已無豻註四；
如焦心緒寧容亂註五？似水年華忍等閒註六！泉石情緣雲夢繞註七，蒼生不負負名山註八。

賞析：這是一首感時傷世詩。詩中首聯上句訴說於戰亂時期，離家千里；下句指出離家下山，才知道日寇入侵，國難當前，對於國家發展，舉步艱難。頷聯指出戰亂時期，到處烽火，內部仍在爭奪權位；下句諷當權者如豺狼老虎橫行霸道，視法律無物。頸聯述身處此惡劣環境，心緒焦亂；下句警惕自己年華逝水，宜積極奮發向上，不宜怠懶。尾聯上句惦記泉石生活，魂夢常繞；下句自言辜負名山之可愛，卻下山投入拯救蒼生工作。本詩感時傷世，語意沉痛，關心國家命運發展，對於權貴的惡行，也予以揭露，可見其人稟賦剛直。

註釋

註　一　亂離千里憶鄉關：亂離千里，哀痛漂泊遠方。憶鄉關，鄉關，故鄉。唐．崔顥〈黃鶴樓〉詩：「日暮鄉關何處是？煙波江上使人愁。」

註　二　出岫原知國步艱：出岫，出峰巒。晉．陶潛〈歸去來兮辭〉：「雲無心以出岫，鳥倦飛而知還。」國步艱，指國家外憂內患，前途崎嶇，舉步艱難。

註　三　到處烽煙猶逐鹿：烽煙，戰火。逐鹿，逐，追逐；鹿，通「祿」，有祿位則有權力。鹿性機巧，善跑，古代貴族聯群捕捉以作獸獵活動。逐鹿，喻政權爭奪。《史記．淮陰侯傳》：「秦失其鹿，天下共逐之，於是高材疾足者先得焉。」裴駰《史記集解》引張晏曰：「鹿喻帝位也。」

註　四　當塗豺虎已無犴：塗，道路。豺虎，豺狼老虎，喻凶狠殘暴的當權者或寇盜或異族入侵者。犴，一義解作黑野狗；無犴，無視法律。

註　五　如焦心緒寧容亂：如焦心緒，心情焦急。寧容亂，寧容，豈容、積聚；亂，煩亂。

註　六　似水年華忍等閒：似水年華，指時間如流水般逝去。忍等閒，忍耐是平常事。

註　七　泉石情緣魂夢繞：泉石情緣，即山水情緣，隱士所愛；魂夢繞，即魂牽夢繞。

註　八　蒼生不負負名山：不辜負老百姓所需，卻辜負名山之遊。

詠史

六經人禍火於秦註一，狐鼠縱橫劫又新註二。王跡熄時迷古道註三，文光滅處類盲人註四。
撐天鐵柱徒驚世註五，翻海銀濤沒問津註六。數典渾忘誰是祖註七，皇前指鹿問讒臣註八。

賞析：這是一首詠史詩。本詩首聯斥秦始皇焚書，奸吏滿朝，災劫名目繁多。頷聯惋惜禮樂古制泯滅，文教不興，造就文盲增加。頸聯句意比興深邃，「撐天鐵柱」對仗「翻海銀濤」，十分工穩。尾聯上句寓意勿忘本；下句指出讒臣趙高敗行。全詩比興深邃，辭藻平淡有致，對仗工穩。

註釋

註　一　六經人禍火於秦：六經即《詩》、《書》、《禮》、《樂》、《易》、《春秋》。火於秦，泛指秦始皇焚書坑儒事，另一看法是項羽入關，火燒阿房宮事。清．劉大櫆〈焚書辨〉：「項羽入關，……燒秦宮室，火三月不滅，而後唐、虞、三代之法制，古先聖人之微言，乃始蕩為灰燼，澌滅無餘。……書之焚，非李斯之罪，實項籍（羽）之罪也。」

註　二　狐鼠縱橫劫又新：狐鼠一詞，典出「社鼠城狐」。社鼠，指神社裡的鼠輩；城狐，指城牆上的狐狸，喻小人也，仗勢欺人。縱橫，指無約制，任意橫行。劫又新，災劫又重演。

註　三　王跡熄時迷古道：王跡熄，王跡，帝王事蹟，指帝王的禮樂制度；熄，泯滅、停止。王跡熄一詞典出《孟子·離婁下》：「王者之跡熄而《詩》亡，《詩》亡然後春秋作。」迷古道，迷，迷惘；古道，道統文化，如仁愛、信義、修齊、治平等。

註　四　文光滅處類盲人：文光，指絢麗的文采。文光滅處類盲人，寓意文化減弱，缺乏辨識力，任人擺佈，類似盲人。

註　五　撐天鐵柱徒驚世：撐天鐵柱，即鐵柱撐天，是虛假之事。徒驚世，空有虛假行動以驚嚇世俗。《朱子全書》卷九：「聖人只是常欲扶持這個道理，教他撐天拄地。」

註　六　翻海銀濤沒問津：翻海銀濤，指銀色的波濤在海中翻騰。津，渡也，沒問津，沒有人來探問船渡。晉·陶潛〈桃花源記〉：「南陽劉子驥，高尚士也，聞之欣然，親往未果，尋病終。後遂無問津者。」

註　七　數典渾忘誰是祖：典，典章、典制、典法。渾忘，糊塗地忘記。祖，祖業，忘祖意即忘本，典出「數典忘祖」。《左傳．昭公十五年》：「籍（籍談）父其無後乎？數典而忘其祖。」

註八　皇前指鹿問讒臣：皇前指鹿，典出趙高指鹿為馬。皇，指秦二世胡亥。讒臣，奸臣、佞臣、趙高。

世尚淫靡[註一]，人趨貪黷[註二]，所謂復興民族之謂何？賦此以當棒喝[註三]！

天下滔滔亂未休[註四]，更悲人慾又橫流[註五]。狂潮撼盪風雲急[註六]，薄俗澆漓蜂蝶媮[註七]。伐異黨同爭末利[註八]，鬥妍邀寵覓溫柔[註九]。可憐八德消沉甚[註一〇]，民族精神在口頭[註一一]。

賞析：這是一首感時傷世詩。詩中首聯指出時局動盪不安，社會亂象叢生，更悲人慾橫流。頷聯上句描述政治狂潮，有如風雲，劇變無常，撼動人心；下句言民風敗壞，人情冷漠，男女道德苟且。頸聯上句指出聯結同黨攻伐異己以爭奪利益；下句諷權貴爭相獻媚以獲恩寵，博取利益。尾聯感慨孫中山先生所提倡「忠孝仁愛信義和平」的八德民族精神，只掛在口頭，並無實踐。本詩感時傷世，語意沉痛，指出時局動盪，社會歪風猛烈，人倫道德敗壞，民族精神淪喪，詩人衛道，展望前途，憂心不已！

註釋

註　一　淫靡：荒淫頹廢。

註　二　貪黷：貪污。

註　三　棒喝：佛教慣用語。佛禪宗祖師接待來學者，常當頭一棒或大喝一聲，促其頓悟道理，消除執迷。

註　四　天下滔滔亂未休：天下滔滔，時局如海浪滔滔，不能穩定下來。亂未休，亂事未停止。

註　五　更悲人慾又橫流：人慾，人的慾念、慾望。橫流，放縱恣肆，行為越軌。

註　六　狂潮撼盪風雲急：狂潮，浪潮洶湧澎湃，場面聲勢浩大。撼盪，猛烈的震動。風雲急，泛指政治風雲變幻急驟。

註　七　薄俗澆漓蜂蝶媮：薄俗，習俗輕薄、壞風氣。《漢書．元帝紀》：「民漸薄俗，去禮義，觸刑法，豈不哀哉！」澆漓，人情冷淡。蜂蝶媮，蜂蝶，指男女；媮，同偷，苟且也。

註　八　伐異黨同爭末利：伐異黨同，即結合同黨勢力，攻擊異己。《後漢書．黨錮傳．序》：「自武帝以後，崇尚儒學，懷經協術，所在霧會，至有石渠分爭之論，黨同伐異之說，守文之徒，盛於時矣。」爭末利，末利，經營工商業所獲之利；爭末利，指爭取利益。《漢書・貢禹傳》：「故民棄本逐末，耕者不能半。貧民雖賜之田，猶賤賣以賈，窮則起為盜賊。何者？末利深而惑於錢也。」

註　九　鬥妍邀寵覓溫柔：鬥妍，互相逞美。邀寵，迎合權貴，博取寵愛。覓溫柔，溫柔，女色；也可理解為博取利益。

註一〇　可憐八德消沉甚：八德即忠、孝、仁、愛、信、義、和、平。上述八德，乃孫中山提倡的中國傳統道德文化。消沉甚，敗壞嚴重。

註一一　民族精神在口頭：民族精神，是民族文化的高尚表現，也是民族文化的靈魂。在口頭，即空口說白話，不去踐行。孫中山先生嘗謂「忠孝仁愛信義和平」八德為民族精神。

聞「庾嶺[註一]梅花變紅」有感

休將消息問飛鴻[註二]，嶺上梅開盡變紅[註三]。不是南方天雨血[註四]，非關東粵火光熊[註五]。
卻愁逆道瀰中土[註六]，惟把丹心告上穹[註七]。預兆先呈朱色現[註八]，國花無愧主人翁[註九]。

〔伍註〕花有恨尚知流血，人豈無良盡死心，彼公僕不知亡國有恨，有負主人翁多矣，對此梅花，能勿愧死？

賞析：這是一首詠物傷時詩。詩中首聯上句言冬季候鳥大雁不知大庾嶺十月嶺梅先開之事，下句點題「嶺上梅開盡變紅」。頷聯描述紅梅並非天下血雨，也非粵東大火而火光熊熊。頸聯指出嶺梅憂心道德倫理之歪風盛行，故以至誠之丹心向上天禱告其事。尾聯寓意梅花有情知義，對人間逆道尚知以血淚哀訴上蒼，無負國花之名。本詩詠物傷時，比興得體，詩旨有益世道人心，揭露人間歪風逆道，陳情懇切感人。

註釋

註一　庾嶺：庾嶺即大庾嶺，五嶺之一，位於江西與廣東交界，山上遍植梅花，故稱梅嶺。山上南北溫差極大，有時南枝已落，北枝剛開。山上南枝梅花早開，故有「十月先開嶺上梅」之語。

註二　休將消息問飛鴻：鴻，大雁，冬候鳥。

註三　嶺上梅開盡變紅：嶺，指大庾嶺，嶺上遍植梅花，紅梅數量相多，秋末初冬已開，遠望紅透滿山。

註四　不是南方天雨血：天雨血，古人相信凡間有妖，天降雨血以降妖。《呂氏春秋．慎大》：「吾國有妖，晝見星而平雨血，止吾國之妖也。」

註　五　非關東粵火光熊：東粵，廣東省東部地區，如汕頭市、潮州市、揭陽市、汕尾市等。

註　六　卻愁逆道瀰中土：逆道，違背事理，行為叛逆，違反天理。《晏子春秋・外篇下》：「且夫見色而忘義，處富貴而失倫，謂之逆道。」瀰中土，充滿；中土，中國、中原。

註　七　惟把丹心告上穹：丹心，指赤誠的心。告上穹，禱告上天。

註　八　預兆先呈朱色現：預兆，預先顯露跡象。朱色，紅梅之色。

註　九　國花無愧主人翁：國花，梅花。

感時

無限生靈溷戰塵註一，此時遑惜藐然身註二。白虹貫日成先兆註三，黃水橫流有裏因註四。

南國亡羊牢未補註五，中原逐鹿獸難馴註六。殘棋一著關興替註七，收拾從頭匪異人註八。

賞析：這是一首感時傷世詩。詩中首聯上句述戰爭可怕，無數生命捲入戰火；下句寓意國難當前，匹夫有責，投入救國行列，不會珍惜個人藐小身軀。頷聯上句引典「白虹貫日」，此乃不吉之兆，寓意國家震動，有大事發生；下句「黃水橫流」，指黃河泛濫，寓意國運不濟，外有外患，內則政治黑暗，歪風泛濫，百姓蒙難。頸聯上句哀嘆國政已亡羊，仍未勵精圖治，作出補牢之策；下句寓意中原逐鹿正熾熱。尾聯寓意國難之際，政治決定關乎國運民生安危，宜審慎安排，並且要親力親爲，不假手於人。本詩沉鬱頓挫，意境蒼悲，筆力縱橫，對仗工整自然，比興成句，詩旨別有懷抱，發人深省。

註釋

註一　無限生靈溷戰塵：生靈，生命。溷，音混，混入、混濁、混亂。戰塵，戰爭。

註二　此時遑惜藐然身：遑惜，怎會可惜。藐然身，指個人藐小的生命。

註三　白虹貫日成先兆：句意謂白色長虹穿日而過，是一種異常天象，古人寓意君主遇害，或人間有大事發生的預兆。《戰國策‧魏策四》：「聶政之刺韓傀也，白虹貫日。」

註四　黃水橫流有裏因：黃水橫流，即洪水泛濫，寓意國運不濟，歪風泛濫，道德淪喪。有裏因，有內因。

註五　南國亡羊牢未補：南國亡羊，典出「亡羊補牢，未為晚也」，故事發生地點在楚國，故稱南國亡羊。此典故寓意初期出現小錯，馬上作出更正防範，可免進一步蒙受損失。《戰國策‧楚策》：「見兔而顧犬，未為晚也；亡羊而補牢，未為遲也。」

註　六　中原逐鹿獸難馴：中原，指中國。逐鹿，逐，追逐；鹿，通「祿」，有祿位則有權力。鹿性機巧，善跑，古代貴族聯群捕捉以作獸獵活動。《史記・淮陰侯列傳》：「秦失其鹿，天下共逐之，於是高材疾足者先得焉。」裴駰《史記集解》引張晏曰：「鹿喻帝位也。」獸難馴，鹿機巧善奔，很難馴服。

註　七　殘棋一著關興替：殘棋一著，寓意殘局下棋，往往一著定勝敗，故此每著相當謹慎小心。關興替，關乎生死盛衰。

註　八　收拾從頭匪異人：收拾從頭，意謂重新整理發展目標。匪異人，匪，同非；異人，別人。匪異人，即不假手別人。左丘明《左傳・襄公二年》：「楚君以鄭故，親集矢於其目，非異人任，寡人也。」

避亂感時

亂離未忍辱家聲，漂泊難忘故國情。自惜羽毛寧避地註一，誰知璧玉卻連城註二。
蚪松錯節憐霜冷註三，滄海潛龍待月明註四。狼鼠扶搖爭直上註五，天涯到處有逢迎註六。

賞析：這是一首感時傷世詩。詩中首聯上句自訴身處亂世時代，不爲外物誘惑，以免有辱家聲；下句述雖然四處漂泊，仍然「難忘故國情」。頷聯上句述潔身自愛，謹守士人氣節，若不能行其志，寧可歸隱；下句璧玉連城，隱喻以璧玉自珍，謹慎行誼，忌有瑕玼。頸聯上句寓意以蒼松自比，不懼寒霜考驗；下句以「滄海潛龍」自喻，靜待月明時機。尾聯諷狼群鼠輩爲名利爭先向上爬，道德淪喪，吹拍奉承成風，隨處可見。是詩指出詩人乃儒家子弟，以霖雨天下爲志，以氣節自負，著重家聲與名節，雖飄泊遠方異地，仍不忘家國。詩中比興成句，句意深邃，辭藻平實，對仗工整。

註釋

註一　自惜羽毛寧避地：自惜羽毛，寓意珍惜聲譽，不作違道之事。寧避地，寧，寧可；避地，避世隱居。《後漢書·郅惲傳》：「（郅惲）後坐事左轉芒長，又免歸，避地教授，著書八篇。」李賢注：「避地，謂隱遁也。」避地，也可解作遷地以避災禍。宋·文天祥《指南後錄·東海集序》：「自喪亂後，友人挈家避地。」

註二　誰知璧玉卻連城：璧玉卻連城，寓意才幹如上品璧玉，價值連城。

註三　虯松錯節憐霜冷：虯松，彎曲的松樹枝幹。錯節，指樹幹交錯一起而成的節。憐霜冷，憐，愛也。松樹蒼勁，無懼風雨陰晴，天氣越冷，越耐寒，越表現得挺拔，寓意氣節不為惡劣環境所移。

註　四　滄海潛龍待月明：滄海，大海、東海；潛龍，喻賢才未遇。待月明，寓意仍候時機，內含潛龍勿用之意。

註　五　狼鼠扶搖爭直上：狼鼠，指狼群鼠輩。扶搖，盤旋而上的暴風。爭直上，諷小人爭名爭利。《莊子．逍遙遊》：「鵬之徙於南冥也，水擊三千里，摶扶搖而上者九萬里。」

註　六　天涯到處有逢迎：逢迎，奉承、阿諛。宋．羅大經《鶴林玉露》卷八：「檜（秦檜）父嘗為靜江府古縣令，守帥胡舜陟欲為檜父立祠於縣，以為逢迎計。」

爲戊戌維新註一不成感賦

不遇姬昌起尚父註二，卻教孺子步維新註三。頭顱枉擲悲君子註四，肝膽去留爲國人註五。

萬里關山芳躅遍註六，廿年風雪夢歸頻註七。高明鬼瞰終千古註八，無限蒼生淚滿巾註九。

賞析：這是一首詠史抒懷詩。詩中首聯點題，指出維新失敗是因缺乏人才，既無姬昌，也無尚父，孺子維新改革，未知量力，焉有不敗。頷聯上句言維新失敗，悲悼譚嗣同等六君子殉難；下句引用譚嗣同名句：「去留肝膽兩崑崙」以抒懷。頸聯上句詠康梁於戊戌政變事敗後，亡命海外，走遍「萬里關山」，下句寓意經年亡命天涯，故鄉風物頻入夢。尾聯哀痛六君子之死，乃鬼瞰高明，天妒英才，舉國哀悼。本詩沉鬱悲痛，造句遣詞精練，用典恰當，對仗工整。

註釋

註　一　戊戌維新：又稱戊戌變法、百日維新、康梁變法，是晚清一次重要的政治改革運動。是次改革，強調全盤西化，涉及層面包括政治、軍事、經濟、文化、教育等多方面。由於改革傷害慈禧太后及保守派官僚的利益，結果導致光緒帝被囚瀛臺，康有為及梁啟超分別亡命法國、日本，譚嗣同等六君子被殺，改革運動推行了一百零三天便告終。是次變法，喚醒國人思想，影響深遠，對日後的五四運動及辛亥革命播下種子。

註　二　不遇姬昌起尚父：姬昌，周文王姓姬名昌，周朝開國君主，一代明君。起尚父，起，起用；尚父，即姜尚。周文王起用姜子牙為太師，尊為師尚父。姜子牙（約前一一五六～約前一〇一七），姜姓呂氏，名尚，字子牙，號飛熊，為周朝開國元勛，是著名軍事家、政治家，有兵家鼻祖、武聖、百家宗師等美稱。此句康梁未遇姬昌，光緒不可與姬昌對等並論。

註　三　卻教孺子步維新：孺子，指光緒帝，其人有志無才，終為慈禧后所囚。維新，變革。《詩經・大雅・文王》：「周雖舊邦，其命維新。」

註　四　頭顱枉擲悲君子：頭顱枉擲，指生命白白犧牲。悲君子，維新失敗，悲痛譚嗣同等六君子殉難。六君子是：譚嗣同、楊深秀、劉光第、康廣仁、楊銳、林旭。

註　五　肝膽去留為國人：肝膽去留，去，指康梁亡命海外；留，指譚嗣同留下來跟清廷對著幹；肝膽，指去者與留者都肝膽相照。去留肝膽有另一理解是：去留，即生與死；肝膽，指生命。為國人，寓意生與死，去與留都是為國人。譚嗣同〈獄中題壁〉：「我自橫刀仰天笑，去留肝膽兩崑崙。」

註　六　萬里關山芳躅遍：萬里關山，路途遙遠，交通阻隔。芳躅遍，寓意康梁亡命海外，足跡走遍萬里關山。

註　七　廿年風雪夢歸頻：廿年風雪，寓意二十年的艱辛困境。夢歸頻，言故里入夢頻。

註　八　高明鬼瞰終千古：高明鬼瞰，即鬼瞰高明。高明，顯達富貴人家；瞰，從高處窺視。意謂鬼神從高處窺視顯達富貴人家，伺機行動。鬼，寓意慈禧及袁世凱等。漢・揚雄〈解嘲〉：

「高明之家，鬼瞰其室。」又《隋書・裴肅傳》：「竊見高熲以天挺良才，元勳佐命，陛下光寵，亦已優隆。但鬼瞰高明，世疵俊異，側目求其長短者，豈可勝道哉！」終千古，結局死亡，寓意譚嗣同等六君子殉難。譚嗣同遺詩〈獄中題壁〉：「望門投止思張儉，忍死須臾待杜根。我自橫刀仰天笑，去留肝膽兩崑崙。」是詩大氣磅礴，正氣凜然，洋溢民族精神。譚嗣同愛國情操，垂範千古。

註　九　無限蒼生淚滿巾：戊戌維新失敗，康梁亡命海外，六君子被殺，清政府腐敗到極點，民生痛苦不已，外國敵人虎視眈眈。所以，國人悲痛，淚沾滿巾。

哀江南

惜別江南又一春註一，那堪回首話前塵註二。湖山竟假狐爲穴註三，臺閣偏教鬼作鄰註四。雲散風流傷往事註五，天傾地陷悵迷津註六。相逢莫問梅消息註七，恨煞櫻花僭主人註八。

賞析：這是一首感時傷世詩。詩中首聯惜別江南又一年，對於往事，不願多談。頷聯慨嘆大好河山，竟然給狐狸據爲己有。下句寓意皇朝已滅，皇城荒廢，野蔓叢生，夜見

「鬼火」飄動。頸聯上句描述過去光榮歲月，已煙消雲散，回想往事堪悲；下句述時局動盪，治安不靖，民生痛苦，前路茫茫。尾聯言故人相逢莫問國事，以免難過，非常痛恨日本侵略我國土地，僭稱主人。詩中四聯、比興成句，寄意若隱若顯，詩旨深沉感慨，而且夾敘夾議，聲情並見，對仗工穩。

註釋

註一　又一春：又一年。

註二　話前塵：訴告往事。佛教稱色、聲、香、味、觸、法為六塵，認為當前境界由六塵構成，都屬虛幻，稱作前塵，後來泛稱往事為前塵。

註三　湖山竟假狐為穴：湖山，湖水與山川，泛指國家。竟假，竟，竟然；假，借助。狐為穴，狐，狐狸，泛指牛鬼蛇神、侵略者；為穴，為巢穴。句意謂國土淪喪，竟然給敵寇掠奪，據為巢穴。

註四　臺閣偏教鬼作鄰：臺閣，指尚書臺，輔助皇帝處理政務的官署，後泛稱中央政府各機關；臺閣也可解作亭臺樓閣。鬼作鄰，此言皇朝已滅，臺閣荒廢，空餘衛戍皇城而犧牲的鬼魂，此現象入夜尤陰森。

註　五　雲散風流傷往事：雲散風流，風流動，雲散開，喻事物或人物四散消失，不可復再。宋．王沂孫〈長亭怨．重過中庵故園〉詞：「自約賞花人，別後總，風流雲散。」

註　六　天傾地陷悵迷津：天傾地陷，乃自然界嚴重災害，萬物不長，生靈凶兆，寓意時局動盪，生產停頓，社會不安，治安不靖，民生凋弊。《淮南子．天文訓》：「昔者共工與顓頊爭為帝，怒而觸不周之山，天柱折，地維絕。天傾西北，故日月星辰移焉。地不滿東南，故水潦塵埃歸焉。」悵迷津，惆悵地迷失生活方向。

註　七　相逢莫問梅消息：梅消息，梅，國花也，喻國家大事，不堪一提。

註　八　恨煞櫻花僭主人：恨煞，憤恨到極點。櫻花，日本。僭主人，僭，越本分取得，諷日人僭作中國主人，結果日寇戰敗不得逞。

無題

沐猴亦作虎而冠註一，佻達貪狂妄自尊註二。徒恃爪牙頻肆毒註三，頓教閭里盡啼痕註四。

蛇心鼠竊跳梁甚註五，狗黨狐迷醉夢昏註六。廊廟常聞爭競夕註七，原來群畜奪肥豚註八。

賞析：這是一首感時諷刺詩。詩中首聯諷刺小人扮虎，裝腔作勢，欺壓弱小，並且輕佻無禮、貪贓狂躁、驕傲自大。頷聯上句責權貴仗勢不斷地傷害別人；下句哀憐鄰里家家戶戶受到迫害。頸聯上句斥小人心腸狠毒，性貪婪，專橫跋扈；下句續斥狗黨輩，性奸狡，行爲無法無天如醉酒失常。尾聯進一步指出，朝廷上爭權奪利，爭拗到天明，原來這群朝廷畜牲爲爭奪肥利，攻擊對方。是詩雄健縱橫，正氣洋溢，義正詞嚴，對地方惡霸及朝廷權奸大張撻伐，痛快淋漓，大快人心，使亂臣賊黨及土豪惡霸驚慄！是詩如討檄文，可堪玩味。

註釋

註　一　沐猴亦作虎而冠：沐猴，獮猴。作虎而冠，扮虎威勢又戴帽扮人，諷其虛有其表，裝腔作勢，作威作福。

註　二　佻達貪狂妄自尊：佻達貪狂，佻達，輕佻巧佞、無禮；貪狂，貪贓狂躁。妄自尊，尊，大也，狂妄自大。

註　三　徒恃爪牙頻肆毒：徒恃，只是仗著。爪牙，寓意權勢傷人如猛獸的巨爪與利牙。頻肆毒，經常地殘害或毒害別人。

註四　頓教閭里盡啼痕：頓教，頓然使到。閭里，鄉里、鄰居。盡啼痕，人人都帶淚呻吟。

註五　蛇心鼠竊跳梁甚：蛇心，心懷惡毒。鼠竊，鼠輩行為，性偷。跳梁，亦即跳踉、跳躍、跋扈、強橫；甚，非常。《莊子・逍遙遊》：「子獨不見狸狌乎？卑身而伏，以候敖者；東西跳梁，不辟高下。」

註六　狗黨狐迷醉夢昏：狗黨狐迷，狗黨，惡行之人混在一起；狐迷，狐狸性狡猾，擅欺詐迷惑他人。醉夢昏，昏，嚴重，酒醉嚴重，失去理性。醉夢昏，寓意行為失常態有如嚴重酒醉。

註七　廊廟常聞爭竟夕：廊廟，指朝廷。《國語・越語下》：「夫謀之廊廟，失之中原，其可夫？」爭竟夕，言爭論到通宵。

註八　原來群畜奪肥豚：群畜，一群畜牲；奪肥豚，爭奪肥肉。

秋望

遊目蒼茫錦繡原，江山如此逼黃昏[註一]。高岡萬木遭風妒[註二]，斷岸落花逐浪翩。

鴉噪寒林惟嘆鳳[註三]，龍爭鉅野[註四]剩啼猿。更看雁陣南飛急，一縷秋思入酒樽。

賞析：這是一首感時傷懷詩。詩中首聯寫景，起句寫原野美好中見蒼茫，伏筆下句時空在「逼黃昏」。頷聯上句寓意高才招忌；下句寓意失意漂泊。頸聯上句鵷鳳對照，前者受人注意，後者生不逢時，寂寞無聞；下句龍猿對照，前者爭雄，後者悲涼。尾聯觸景傷情，詩境深沉，情意依依不盡。本詩意境蒼涼，辭藻嫻熟，比興深邃，聲情欷歔動人，對仗巧妙天成。

註釋

註一 逼黃昏：近黃昏。

註二 高岡萬木遭風妒：妒，妒忌。寓意高岡上的林木遭強風吹襲。

註三 嘆鳳：其意是生不逢時：《論語・子罕》：「子曰『鳳鳥不至，河不出圖，吾已矣夫！』」

註四 鉅野：廣袤的原野。

農曆五月望日對月口占二首

其一

皓魄重圓照九州註一，金甌尚缺恨悠悠註二。又傳風鶴驚閭里註三，無限沙蟲逐水流註四。

禾黍歌殘漫野哭註五，星河影動未兵休註六。天心方醉賜鶉首註七，明月偏能惹客愁。

〔伍註〕月能圓而金甌尚缺，月無愁而對月生愁，視人之觀感而異耳。

賞析：這是一首詠物抒懷詩。詩中首聯點題望日對月，觸景生情，悵望圓月而傷國土未圓。頷聯上句述傳聞日寇入侵華南，鄰里驚恐，人心惶惶；下句揭露炸隄壩以水流阻擋敵軍前進，結果殃及無數老百姓的生命財產及生靈同遭洪水淹沒。頸聯上句悲悼亡國之痛，老百姓飽遭日軍打殺、奸淫擄掠等蹂躪，處處聞悲哭；下句描述戰爭仍在激烈進行中。尾聯上句訴說天道失常，引致戰爭，下句述遊子對望月而觸動客愁。詩中比興成句，沉痛蒼涼，血淚和詩，令人心酸！

其二

斥堠喧傳襲鄭州註八，洪濤淹敵水悠悠註九。危城北峙憑天險註一〇，殘日西沉入海流〔伍註〕日歸西沉，月即東昇，循環之理，今見月之昇，又逢水之淹，日沉必矣。註一一。

苦膽越王肩國任註一二〔伍註〕徒見天助，未竟全功，必也求人事之自力而後可，然吾人之負，亦重矣哉。，悲情子美憫民憂註一三〔伍註〕人心未死，對此深仇，寧肯輕休？。江山朗月來相照註一四〔伍註〕對月之重光，而聯想江山之重光。，一洗生靈鬼哭愁註一五。〔伍註〕如山河果有光復之望，則月之團圓，或為預兆，亦足解我憂國之愁也。

賞析：這是一首詠物抒懷詩。詩中首聯揭露日軍進犯鄭州，當權者下令炸黃河隄壩，企圖引發洪水阻日軍前進，結果造成無數生靈淹沒在洪流中。頷聯比興，上句詠鄭州「峙憑天險」之利，得保安全；下句寫景「殘日西沉」，寓意日軍滅亡。頸聯上句稱譽越王勾踐臥薪嚐膽，矢志復國；下句景仰詩聖杜甫憂民愛國。尾聯上句點題，「朗月」來照，大地祥和，一洗生靈及鬼哭之愁，預兆江山重光。本詩沉痛悲涼，字字血淚，盪氣迴腸，感人肺腑，憂國憂民之心，不減子美放翁。

註釋

註一　皓魄重圓照九州：皓魄，月亮。九州，指中國。

註二　金甌尚缺恨悠悠：金甌尚缺，國土尚未完整。恨悠悠，無窮的哀愁。

註三　又傳風鶴驚閭里：風鶴，戰爭消息、驚慌疑懼。閭里，鄰居、鄉里。時正盛傳敵侵華南之謠言。

註　四　無限沙蟲逐水流：沙蟲，指死於戰亂的百姓。晉・葛洪《抱朴子》：「周穆王南征，一軍盡化，君子為猿為鶴，小人為蟲為沙。」逐水流，隨水流。炸河隄以阻敵，引致洪水淹沒無數生靈。

註　五　禾黍歌殘漫野哭：禾黍歌殘，典出「禾黍之悲」，指國破家亡的悲傷，對故國懷念。《詩經・王風・黍離・序》：「周大夫行役於宗周，過故宗廟宮室，盡為禾黍。閔周室顛覆，彷徨不忍去，而作是詩也。」漫野哭，漫野，遍野。戰火關係，百姓慘受日軍蹂躪，處處哭聲。唐・杜甫〈閣夜〉：「野哭幾家聞戰伐？夷歌數處起漁樵！」

註　六　星河影動未兵休：星河影動，星河，星光銀河，古傳星河影動乃兵災之兆。唐・杜甫〈閣夜〉：「五更鼓角聲悲壯，三峽星河影動搖。」未兵休，即未休兵，仍在戰火中。

註　七　天心方醉賜鶉首：天心，天帝也。天帝方醉，典出「天帝醉秦」。古傳天帝與秦繆公暢飲而醉，秦繆公獲賞賜鶉首。鶉首，星次名，指朱鳥七宿中的井宿和鬼宿；秦地分野，所屬土地位置歸秦。南北朝・庾信〈哀江南賦〉：「以鶉首而賜秦，天何為而此醉。」《文選・張衡・西京賦》：「昔者天帝悅秦繆公而覲之，饗以鈞天廣樂，帝有醉焉，乃為金策，錫用此土，而翦諸鶉首。」賜鶉首，賜，賞賜；鶉首，十二星次之一。上古天上星宿地置，對應地上列國位置，鶉首為秦國分野，主秦地。《晉書．天文志》：「自東井十六度至柳八度為鶉首，於辰在未，秦之分野，屬雍州。」

註　八　斥堠喧傳襲鄭州：斥堠，行軍探子。喧傳，盛傳、哄傳。鄭州，位於河南省中部偏北，黃河下游，河南省會，古稱商都，歷史文化名城，是全國交通樞紐之一。

註　九　洪濤淹敵水悠悠：洪濤淹敵，日軍攻鄭州，守軍炸黃河，水淹敵軍，以阻日軍前進。

註一〇　危城北峙憑天險：北峙，朝北聳立。憑天險，憑，全賴；天險，指黃河因水淹而成天險。天然地理環境險要，有利於攻防。

註一一　殘日西沉入海流：寓意日軍如殘日西下，隨黃河水而去，永不復回，應唐詩「黃河入海流」。

註一二　苦膽越王肩國任：苦膽越王，指越王勾踐不忘復國之志，乃臥薪嚐膽自礪（按：有史載嚐膽則有，未言臥薪），終滅吳王夫差，完成報仇復國之志。《史記．越王勾踐世家》：「越王勾踐反國，乃苦身焦思，置膽於坐，坐臥即仰膽，飲食亦嚐膽也。」

註一三　悲情子美憫民憂：子美，乃詩聖杜甫的別字。杜甫悲天憫人，詩作寫實。

註一四　江山朗月來相照：此乃觸景求願之語，但願江山、明月、人物共團圓。

註一五　一洗生靈鬼哭愁：一洗，洗脫。生靈，泛指一切生物體。鬼哭愁，形容極度悲慘，連鬼也哭泣。

書懷

陸沉誰足拯神州[註一]，日暮偏逢路遠悠[註二]。欲挽狂瀾惟直道[註三]，那知滄海又橫流[註四]。

祁山六出原多事[註五]，禹室三過盍少休[註六]。國手應能紓國難[註七]，閒身未許惹閒愁[註八]。

賞析：這是一首感時抒懷詩。詩中首聯慨嘆國難之際，誰可救國？國運時機不利，前路崎嶇。頷聯上句指出當前形勢嚴峻，欲挽狂瀾於既倒，只有循正道，才可解決困難。下句「滄海又橫流」，意謂時局動盪，百姓不安。頸聯「祁山六出」，對仗「禹室三過」；「原多事」對「盍少休」，可謂工整貼意。尾聯寓意上醫治國，領袖有能則能解決國難問題；下句寓意無名位之身，仍可從事救國活動，故沒有閒愁。本詩沉痛蒼涼，愛國熱情，躍現紙上，典故不落俗套，氣骨縱橫，辭藻嫻熟，對仗工整精練。

註釋

註一　陸沉誰足拯神州：陸沉，喻國土沉淪。神州，即中國。

註二　日暮偏逢路遠悠：暗喻時地不利，前路艱難。

註三　欲挽狂瀾惟直道：狂瀾，喻社會動盪，有如洶湧波濤，形勢危急。欲挽狂瀾，指有志於解救危急局面。惟直道，只有勇敢面對，正道解決。

註四　那知滄海又橫流：橫流，泛濫，時局更為動盪不安。

註五　祁山六出原多事：祁山，地名，在甘肅省禮縣祁山。蜀相諸葛亮出兵攻打魏國屬地祁山，結果敗戰而回，諸葛亮也因此積勞成疾，並在出兵期間命喪五丈原。按：《三國演義》載孔明六出祁山，正史《漢書・三國志》則載二次。原多事，指孔明出兵祁山無功而回，實屬多此一舉。其失敗成因，司馬懿《晉書・宣帝紀》載：「亮慮多而決少，志大而不見機，多謀而少決，好兵而無權。」

註六　禹室三過盍少休：禹室三過，禹，大禹；室，家宅；三過，三次經過。此言大禹治水，三過家門而不入。盍，為何；少休，稍事休息。

註七　國手應能紓國難：國手，上醫治國，指領袖；紓國難；紓解國家危難。

註 八　閒身未許惹閒愁：閒身，指未有名位的身軀。閒愁，無意義的憂愁。

人別西湖景亦殘　疊前韻

南天對月憶杭州，一別湖光恨自悠。吟侶已從江北去註一〔伍註〕余在金陵，每携吟侶遊湖唱和，並把酒玩月，習以為常。自江南兵災，當年裘馬之豪，均從江北出走，昔時韻事，不可復得，懷人對月，能不感喟！而遊興蕭瑟，盛事難再，其與庾子山之哀江南，能無同乎？，遊興更付水東流。鼓鼙不解山靈惱註二，戎馬難爲野老休註三。畫裏眞眞嘆復失註四〔伍註〕余家藏西湖畫景，亦遭散失，可為浩嘆。，空思景物觸離愁註五。

賞析：這是一首寫景抒懷詩。詩中首聯點題並緬懷杭州月夜湖光。頷聯慨嘆吟侶北去，遊興東流不復返。頸聯上句指出戰爭帶來生靈塗炭，山神感到惱恨；下句述戰爭使隱居山上長者不悅。尾聯伍百年自注「余家藏西湖畫景，亦遭散失，可爲浩嘆」，對往昔人事和景物，回憶便觸起離愁。本詩沉痛悲郁，愁腸百結，感慨無奈，令人感動。

註釋

註 一　吟侶已從江北去：吟侶，詩友。江北，長江以北地區。

註二　鼓鼙不解山靈惱：鼓鼙，戰鼓。山靈，山神。《文選．班固．東都賦》：「山靈護野，屬御方神。」李善註：「山靈，山神也。」惱，惱恨、發怒。此句寓意戰爭帶來生靈受殃，觸惱山神。

註三　戎馬難為野老休：戎馬，戰爭。野老休，居於山上老人；休，喜悅、快樂。《詩經．小雅．菁菁》：「既見君子，我心則休。」寓意戰爭影響村野老人的歡樂。

註四　畫裏真真嘆復失：真真，名畫中女子名。唐．杜荀鶴《松窗雜記》：「唐進士趙顏於畫工處得一軟障，圖一婦人容色甚麗。顏謂畫工曰：『世無其人也，如可令生，余願納為妻。』畫工曰：『余神畫也，此亦有名，曰真真，呼其名百日，晝夜不歇，即必應之，應則以百家彩灰酒灌之，必活。』顏如其言，遂呼之百日……果活，步下言笑如常。」後因以「真真」，泛指美人。嘆復失，嗟嘆再次失掉。

註五　空思景物觸離愁：空思，空想。觸離愁，指觸景傷情，勾起別緒離愁。

傷心浩劫遍神州　三疊前韻

彈燬蘇徐又廣州註一，空防如此口悠悠註二。青山綠野遺紅粉註三，黑水黃河變赤流註四。

逸廬吟草　上

回首京華同歷劫註五，傷心國難幾時休註六。相逢灑盡新亭淚註七，縱酒難消萬古愁註八。

賞析：這是一首感時抒懷詩。詩中首聯上句：「彈燬蘇徐又廣州」，以爲點題「傷心浩劫遍神州」，此句斥敵寇侵華，兵分兩路，南北夾擊；下句諷國防失敗。頷聯言戰爭開打，兵荒馬亂，百姓爭相逃命，哀鴻遍野，青山綠野遺下大批婦孺；北方的黑水黃河，經中日戰爭爆發以來，血流成河。頸聯上句哀首都南京淪陷，遷都重慶；下句言戰爭未知何時結束。尾聯悲國土沉淪，風景不殊，舉目有山河之異，故人相逢，輒灑新亭之淚；下句描述愁恨太深，縱酒難消。本詩沉痛悲憤，字字血淚，句句悽酸，教人斷腸！

註釋

註一　彈燬蘇徐又廣州：彈燬，指炮彈燬壞。蘇徐，指蘇州、徐州。一九三七年日本侵華，是年七月七日發動蘆溝橋事變，開啟侵華序幕。十一月日軍占上海，繼而進犯蘇州，在此之前，一九三七年八月，日軍已多次空襲蘇州，我軍死守，傷亡慘烈。蘇州淪陷後，日軍旋攻徐州，徐州也死守失敗。一九三八年十月，日軍在惠州大亞灣登陸後，北上進犯，九天後廣州失守。

註二　空防如此口悠悠：空防如此，譏諷空防軍備薄弱。口悠悠，即口惠而不實，言詞空虛。

註三　青山綠野遺紅粉：紅粉，指女仕。句意可理解為戰火逃難，兵荒馬亂，遺下婦孺。

註四　黑水黃河變赤流：黑水，指黑龍江流域。黃河，中國第二長河。赤流，喻血流。日本侵華，北方犯難，屠殺百姓，血流成河。

註五　回首京華同歷劫：京華，首都南京。

註六　傷心國難幾時休：國難，國家危難。幾時休，何時停止。

註七　相逢灑盡新亭淚：新亭淚，新亭，古地名，在南京市南面。南朝・宋・劉義慶《世說新語・言語》：「過江諸人，每至美日，輒相邀新亭，藉卉飲宴。周侯中坐而嘆曰：『風景不殊，正自有山河之異！』皆相視流淚。唯王丞相愀然變色曰：『當共勠力王室，克復神州，何至作楚囚相對！』」

註八　縱酒難消萬古愁：縱酒，縱情飲酒。萬古愁，喻深遠的憂愁。

剩有雄心消未得　四疊前韻

亂離小隱古岡州[註一]，別久方知往事悠[註二]。十載光陰同逝水[註三]，千秋事業屬清流[註四]。

豈無捷足爭先赴[註五]，雖有雄心[註六]且暫休。卜築山居非自逸[註七]，未逢伯樂[註八]倍增愁。

賞析：這是一首言志抒懷詩。本詩首聯上句述日寇侵華，避兵故里；下句悯然自覺久別家園，往事依稀。頷聯欷歔匆匆歲月如流水，不覺離家十載；下句自負以「千秋事業」爲奮鬥目標。頸聯述說實踐人生抱負，並無捷足爭先之法，而是按部就班；下句言「雖有雄心」壯志，仍須配合時機進行。尾聯解釋隱居山上，並非追求安逸過活，而是伯樂未遇，時機未至，倍感懊惱。中國傳統知識分子，人生抱負是修身、齊家、治國、平天下；達則兼善天下，窮則獨善其身；邦有道，則仕，邦無道，則隱。伍百年先生承傳儒家道統文化精神，以「千秋事業」爲志業，但伯樂未遇，只能默默無奈！

註釋

註一　古岡州：今之新會，古稱岡州。

註二　往事悠：喻往事悠遠。

註三　同逝水：言時間有如流水，一去不返。

註四　千秋事業屬清流：千秋事業，例如立言、立功。清流，喻品性高潔的君子。

註五　豈無捷足爭先赴：捷足，快步，喻行事迅速。《前漢書・平話》：「秦朝失其天下，天下共逐，高材捷足者先得之。」爭先赴，言爭先達到目標。

註 六　雄心：壯志、抱負。

註 七　卜築山居非自逸：卜築山居，指歸隱。非自逸，並非尋求自我安逸。

註 八　未逢伯樂：伯樂，春秋秦穆公時代人，著名相馬師，以相馬立功於秦，深得秦穆公欣賞，封為「伯樂將軍」。傳世著作《伯樂相馬經》，是世上首部相馬著作。伯樂之名，據傳是天上管理馬匹的神仙。《晉書・天文志上》：「傳舍南河中五星曰造父，御官也。一曰司馬，或曰伯樂。」人間把善相馬及慧眼選材的人也借稱「伯樂」。

哀戰詞二首

其一

神州莽莽註一亂紛紛，鼙鼓註二鼕鼕日日聞。擾擾干戈驚陣陣註三，幢幢鬼影動群群註四。

纍纍白骨堆堆積，隊隊紅顏處處云註五。口口聲聲尋弟弟，嗚嗚咽咽哭君君註六。

賞析：這是一首戰亂詩。詩中首聯言日寇侵華，中原板蕩，笳聲戰鼓日日聽聞。頷聯描述人心惶恐不安，入夜氣氛陰森恐怖，如見鬼影幢幢。頸聯上句指出戰爭殘酷，「纍纍白骨堆堆積」；下句縷述民間慘劇，亂世時代，婦女爲生活所迫，或爲權勢人士所操控，故有「隊隊紅顏處處云」之句。尾聯訴說家人失散，「口口聲聲尋弟弟，嗚嗚咽咽哭君君」，呼天搶地尋親，聞者心酸。本詩是一首疊字詩，以寫實手法，揭露日寇侵華所帶來的人間慘劇。詩中語句沉痛悲鬱，字字血淚，不忍卒讀。上詩八句，疊字十八，而頷聯及頸聯的對仗又工巧妙成，七律之中，實屬罕見。

其二

茫茫塵海禍滔滔，滾滾狂潮夜夜號。是是非非終混混，生生死死亂糟糟。
悠悠史跡斑斑血，浩浩災場點點膏註七。暮暮朝朝長恨恨，風風雨雨鬼嘈嘈。

賞析：這是一首戰亂詩。上詩哀悼戰爭殘酷，塗炭生靈。亂世時代，「是是非非終混混」，寓意人性無是非可言；「生生死死亂糟糟」，寓意生命無保障可言；戰事無情，空餘長恨，「暮暮朝朝長恨恨，風風雨雨鬼嘈嘈」，誠可悲也。本詩白描寫實，描寫刻劃入微，血淚成詩，斷人肝腸。詩中疊字凡二十，其難度比上一首更高。上引〈哀戰詞〉二詩，疊字連連，復而不厭，頤而不亂，益增悲愴哀痛，「正是嗚咽淒斷說不出處」，乃一首血淚之作，動人肺腑。

註釋

註一　莽莽：渺遠無邊際。

註二　鼙鼓：戰鼓。

註三　擾擾干戈驚陣陣：擾擾，紛亂。干戈，戰爭。驚陣陣；陣陣，持續而略有間斷。驚陣陣，喻驚慌一會又一會。

註四　鬼影幢幢動群群：幢幢鬼影，幢幢，搖曳不定，恍來恍去。幢幢鬼影，言陰森恐怖，鬼影搖曳。動群群，指鬼影一群群恍動。

註五　隊隊紅顏處處云：隊隊紅顏，眾多仕女；處處云，云，有也。《荀子．法行》：「事已敗矣，乃重大息，其云益乎！」又：云，用於句末，可作無義，《史記．伯夷傳》：「余登箕山，其上蓋有許由冢云。」」

註六　哭君君：不斷哭叫郎君。

註七　點點膏：膏，膏火，火種。

感時

如畫江山委敵人註一，中原文物染胡塵註二。蠻夷問鼎強凌弱註三，傀儡登場僞混眞註四。

木屐來時魔鬼現註五，鐵蹄踏處血痕新註六。黃魂註七未死仇終雪，誤盡蒼生爲睦鄰註八。

賞析：這是一首感時抒懷詩。詩中首聯悲痛國家淪陷，國寶文物被掠。頷聯上句斥日寇以強凌弱，大軍侵犯中原，圖謀滅國；下句諷南京汪僞政府以僞亂眞。頸聯上句責日本爲東洋鬼子；下句揭露日軍殺害我同胞的血腥暴行。尾聯上句喚醒同胞，國魂未死，團結抗日，還我血債！下句諷對日主和的高官和權貴，責彼等誤盡蒼生。本詩悲憤沉鬱，對日寇作出血淚控訴，對汪僞政權及主和派作出強硬的撻伐，結句「誤盡蒼生爲睦鄰」，最爲精警。本詩比興成句，點而不破，不言汪日，句句責汪日，得詩貴含蓄之旨。

註釋

註一　如畫江山委敵人：如畫江山，言江山壯麗可愛。宋．蘇軾〈赤壁賦〉：「江山如畫，一時多少豪傑。」委敵人，委，給；敵人，日人。

註二　中原文物染胡塵：中原文物，指中國文化。染胡塵，雜染胡地塵沙，寓意外敵日本入侵，文物、文化受侵害。

註三　蠻夷問鼎強凌弱：蠻夷問鼎，蠻夷，指華夏地區以外的四夷，統稱蠻夷，即東夷、南蠻、西戎、北狄。《國語．楚語下》：「若夫譁囂之美，楚雖蠻夷，不能寶也。」問鼎，鼎乃國寶，夏禹鑄九鼎代表九州，擁有九鼎者為君。問鼎，寓意圖謀國鼎稱帝。《左傳．宣公三年》：「楚子伐陸渾之戎，遂至於雒，觀兵於周疆。定王使王孫滿勞楚子。楚子問鼎之大小輕重焉。」強凌弱，武力強大，欺負弱小。

註四　傀儡登場偽混真：傀儡登場，傀儡，指木偶公仔，受人操縱，沒有自主力，圖具外表。登場，出場。傀儡登場，諷汪精衛南京政權。偽混真，即假混作真。一九四〇年，汪精衛三月底在南京成立「中華民國國民政府」，簡稱「國民政府」或「南京國民政府」。時蔣介石已撤出南京，在重慶成立「重慶國民政府」，視為陪都。於是一個國家出現兩個「國民政府」，一時之間，真偽難明，故言偽混真。

註　五　木屐來時魔鬼現：木屐，指日人，日人愛穿木屐，嘲稱木屐兒。魔鬼現，日軍暴行。

註　六　鐵蹄踏處血痕新：鐵蹄踏處，日軍馬蹄所到之處。血痕新，控訴日軍殘害百姓，血漬斑斑。

註　七　黃魂：國魂，國家靈魂。

註　八　誤盡蒼生為睦鄰：日本侵華，朝野主和、主戰兩派激論。日本提出東亞共榮之說，主和派認同，並加入睦鄰之論，助長日本侵華氣焰，陷百姓於煉獄中。

二月十三恰逢風雨哀鴻[註一]棲身無地賦此哀之

漫天風雨撼陽春[註二]，大陸龍蛇混海濱[註三]。赤子驚匍將入井[註四]，蒼生歷劫苦爲人[註五]。

河山城廓雖依舊，壁壘旌旂幾易新[註六]。兵禍連年猶未解，斯民無地避狂秦[註七]。

賞析：這是一首感時抒懷詩。本詩首聯上句寫景，並點題「陽春」指出時令；下句言海濱之地，品流複雜，龍蛇集處。頷聯上句哀憐災民有難，頓起惻忍之心；下句慨嘆百姓身處亂世，浮生歷劫。頸聯感慨河山依舊，地方軍閥混戰，旌旂頻易，社會動盪不已。

尾聯言「兵禍連年」，百姓流離失所，無地安居。本詩時代背景是動亂的軍閥時代，南北軍閥割據地盆，你爭我奪，兵禍連年，做成社會動盪，老百姓流離失所。本詩悲天憫人，語意沉痛斷腸，哀憐老百姓生逢亂世之不幸，讀之令人長嘆！

註釋

註　一　哀鴻：流離失所災民。

註　二　撼陽春：撼，搖動。陽春，溫暖春天。

註　三　大陸龍蛇混海濱：龍蛇，言品流複雜，龍蛇混集，諸色人等。混海濱，混，混跡；海濱，海陸相連地帶。

註　四　赤子驚匍將入井：赤子，嬰兒。《孟子．離婁》：「大人者，不失其赤子之心者也。」驚匍，驚慌地趴行。將入井，快將跌落井。此句寓意，見人有危難，頓生惻忍之心，施以援救。《孟子．公孫丑》：「所以謂人皆有不忍人之心者：今人乍見孺子將入於井，皆有怵惕惻隱之心。」

註　五　蒼生歷劫苦為人：蒼生，指老百姓。歷劫，經歷各種災難。苦為人，指活著不易，做人相當苦痛。

註　六　壁壘旌旂幾易新：壁壘，軍營圍牆。旌旂，旂，同旗，指旗幟。《周禮．春官．司常》：

「凡軍事，建旂旗。」幾易新，幾番更換。

註　七　狂秦：指秦二世苛政。唐．李白〈桃源二首〉：「昔日狂秦事可嗟，直驅雞犬入桃花。」

蛇年元旦（生肖屬蛇，五行屬水）

水淹長蛇泛赤流註一，陸沉浩劫尚堪憂註二。沙蟲猿鶴驚同化註三，龍虎風雲註四爭自由。

洗髓換胎馴醜類註五，屠蘇煮酒賀新猷註六。回春妙手當醫國註七，澤被蒼生願始酬註八。

〔伍註〕詩中「爭自由」，原為「為自由」而改，「為」讀位音，句依格律平仄，宜用仄聲字，若依意義，不如爭字之有力，唐人常不肯以詞害意，寧拗平仄以就意義。詩雖八句，而縮龍成寸，實為長篇文章之縮寫，除聲律對仗，典雅敦厚貼切外，當須言中有物，廣博遠大為上選。

賞析：這是一首感時抒懷詩。癸巳年生肖屬蛇，五行屬水。詩中首聯上句點題蛇年屬水，水太過則成災，淹沒民房田舍，造成浩劫，損失不可估計，委實堪憂。頷聯上句哀痛生靈與百姓無辜死亡；下句寓意風從龍，雲從虎，二者肆意互爭與競逐。頸聯寓意洗心革面，徹底改革，使敵對者馴服。下句二次點題，民間元日飲屠蘇酒，世傳除疫，並賀新年。尾聯自負知醫，以醫國爲職志，能「澤被蒼生」乃其素願。上醫醫國一詞，語出唐．藥王孫思邈《千金要方》言：「上醫醫國，中醫治人，下醫治病。」查伍百年先生乃一代隱世名醫，晚年業醫，診所設於香港中環李寶椿大廈，活人無算。本詩感時抒懷，憂民憂國，承傳儒家修齊、治平道統觀念，尾聯「回春妙手當醫國，澤被蒼生願始酬」是本詩詩旨所在。本詩比興成句，意有所指，點而不破，可見其功底深厚。

註釋

註一　水淹長蛇泛赤流：長蛇，指蜿蜒曲折，有如長蛇的河川，水淹長蛇，是指川河泛濫。泛赤流，泛，泛濫；赤流，洪流。明．陳子昇〈感遇〉：「赤流溢通衢，陰雨出魑魅。」

註二　陸沉浩劫尚堪憂：陸沉浩劫，指洪水淹沒陸地，帶來巨大災難。尚堪憂，非常擔憂。

註三　沙蟲猿鶴驚同化：寓意軍民死於戰禍。晉．葛洪《抱朴子》：「周穆王南征，一軍盡化，君子化為猿鶴，小人化為沙蟲。」

註四　龍虎風雲：指各路英雄豪傑，際會得時。《易．乾》：「雲從龍，風從虎。」

註五　洗髓換胎馴醜類：洗髓換胎，道家語，洗髓，清洗骨髓；換胎，凡胎改換為聖胎，此言改革徹底。馴醜類，馴，馴服；醜類，壞人、惡人。《三國志．魏書．武帝志》：「致居官渡，大殲醜類。」

註六　屠蘇煮酒賀新猷：屠蘇煮酒，屠蘇，草名也，屠蘇酒，藥酒名，春歲飲屠蘇酒，有防瘟疫之功。唐人韓鄂《歲華紀麗．進屠蘇》：「俗說屠蘇乃草庵之名。昔有人居草庵之中，每歲除夜遺閭里一藥貼，令囊浸井中，至元日取水，置於酒樽，合家飲之，不病瘟疫。今人得其方而不知其人姓名，但曰屠蘇而已。」新猷，新謀略，指建功立業。

註七　回春妙手當醫國：回春妙手，回春，寓意康復；妙手，言醫生醫術高明，處方用藥效強。當醫國，唐藥王孫思邈有：「上醫醫國，中醫治人，下醫治病」之言。

註八　澤被蒼生願始酬：澤被蒼生，澤，恩澤；被，覆蓋；蒼生，生靈。澤被蒼生，言恩澤披蓋蒼生。願始酬，指心願得到實現。

感時

春寒料峭，霔雨連宵，景若天愁，心攖[註一]國難，喜逢日出，陰霾盡斂，感而賦此，以覘氣運[註二]。

霔雨霾春料峭寒[註三]，天河垂淚地痕斑[註四]。落紅碧血沾泥化[註五]，入黑青燐作魅看[註六]。

誰使商湯承國柄[註七]，我憐秦火燬儒冠[註八]。金烏復耀群陰斂[註九]，贏得蒼生盡破顏[註一〇]。

賞析：這是一首感時抒懷詩。詩中首聯寫景霪雨春寒，「天河垂淚」。頷聯描寫血紅的杜鵑落花從泥化；下句描寫入夜燐火飄浮似鬼魅。頸聯上句言誰人像商湯大德至仁，承授國柄；下句哀痛儒士遇難。尾聯點題，金烏即太陽，太陽復出耀明，群陰消失，霪雨春寒也消失，人民破顏喜悅。本詩沉痛悲涼，感情眞摯，易起共鳴！詩中比興句子，意有寄託；此外，辭藻描寫細膩，對仗工整，末句「金烏復耀群陰斂，贏得蒼生盡破顏」，乃本詩寄意所在，也可見作者關心民瘼，熱愛國家民族。

註釋

註一　心攖：憂心。

註二　覘氣運：覘，窺探。氣運，氣數命運的盛衰。

註三　霪雨霾春料峭寒：霪雨霾春，霪雨，連綿細雨；霾春，寓意春景灰暗。料峭寒，春天的微寒。

註四　天河垂淚地痕斑：天河垂淚，指天下雨。地痕斑，地上斑斑雨水痕跡。

註五　落紅碧血沾泥化：落紅碧血，鮮紅的落花。沾泥化，沾在泥土就會溶化。此句意蘊來自清·

龔定庵〈己亥雜詩〉：「落花不是無情物，化作春泥更護花。」

註　六　入黑青燐作魅看：入黑青燐，入黑，入夜；青燐，燐火（俗稱鬼火），其光青綠，晚上隨風流動似鬼影飄動，十分可怖。

註　七　誰使商湯承國柄：商湯，即成湯，子姓，名履，又名天乙，河南商丘人，為商朝開國君主。國柄，國家權柄。《管子・立政》：「大德不至仁，不可以授國柄。」寓意民盼掌國柄者，才德如商湯。

註　八　我憐秦火燬儒冠：我憐，我可惜；秦火燬儒冠，泛指秦始皇焚書坑儒事，另一義指項羽燒阿房宮事，致使三代法制、聖人微言化為灰燼。清・劉大櫆〈焚書辨〉：「項羽入關，……燒秦宮室，火三月不滅，而後唐、虞、三代之法制，古先聖人之微言，乃始蕩為灰燼，澌滅無餘。……書之焚，非李斯之罪，實項籍（羽）之罪也。」

註　九　金烏復耀群陰斂：金烏復耀，金烏，太陽的別稱，又稱赤烏，古神話傳說紅日中央，蹲著一三足烏鴉，其旁環繞金光閃煉的紅光。唐・韓愈〈李花贈張十一署〉：「金烏海底初飛來，朱輝散射青霞開。」復耀，再顯光輝。群陰斂，群陰，指星月；斂，收斂陰光。

註一〇　蒼生盡破顏：意謂黑暗日子過去，光明來臨，百姓開顏歡笑。

思親

生平無事足攖心註一，只念親恩浩瀚深註二，窀穸未安辜莫逭註三，音容已渺註四夢難尋。

十年自悔遺長策註五，此日當知惜寸陰註六。壯歲韶華註七還有幾，休教白髮玷儒林註八。

賞析：這是一首思親抒懷詩。詩中首聯表露生平攖心之事，是念親恩浩蕩而未報。頷聯上句後悔母墳未善後，罪責在己；下句述說雖常念母親慈容，但可惜夢魂未遇。頸聯上句自悔近十年未有所成，空餘人生初衷計劃；下句自勉自勵，珍惜寸陰時光。尾聯檢視壯歲時光無多，宜努力向上，以免到老學無所成，有愧儒林。全詩懷念親恩，感情坦率，真誠懺悔，並策勵自己，盼有成以報親恩！此詩白描成句，情感動人，易起共鳴。

註釋

註一　攖心：擾亂心神。

註二　瀚深：廣大遼闊。

註三　窀穸未安辜莫逭：窀穸，音榛夕，墓穴。《後漢書・劉陶傳》：「死者悲於窀穸，生者戚於朝野。」辜莫逭，辜，罪責、錯誤；莫，不可；逭，逃避。

註　四　已渺：已模糊不清。

註　五　遺長策：遺下生命長遠計策，即空餘抱負。

註　六　惜寸陰：珍惜時間。《晉書．陶侃傳》：「（陶侃）常語人曰：『大禹聖者，乃惜寸陰，至於眾人，當分陰，豈可逸遊荒醉，生無益於時，死無聞於後，是自棄也。』」

註　七　韶華：光陰。

註　八　休教白髮玷儒林：白髮，老年。玷儒林，玷，玷污、玷辱；儒林，學界。《三國志．魏書算高柔傳》：「遂使儒林之群，幽隱而不顯。」

夏涼午睡

草色青青入竹簾，風鳴樹舞畫堂檐註一。滿園奇卉炫紅淡，一枕遊仙夢黑甜註二。

午睡方酣聞客訪，新茶試罷把香註三添。留賓對飲幽篁註四裏，不識人間有附炎註五。

賞析：這是一首寫景抒懷詩。是詩首聯寫景，首句「草色青青」，次句「風鳴樹舞」，皆寫景也。頷聯首句續寫景「滿園奇卉」，次句以「一枕遊仙」形容酣睡。頸聯述難得遠客來訪，以新茶款待。尾聯記留賓開懷對飲，忘卻人間附炎。全詩造句清新，遣詞平淡，寫景爲主，結句「不識人間有附炎」，可見其人賦性孤高。

註釋

註　一　風鳴樹舞畫堂檐：風鳴樹舞，形容風吹樹枝搖擺如起舞，樹葉沙沙作響。畫堂檐，畫堂，泛指華麗的堂舍；檐，屋檐。

註　二　一枕遊仙夢黑甜：一枕遊仙，即遊仙枕，典出《開元天寶遺事・開元遊仙枕》：「龜茲國進奉枕一枚，其色瑪瑙，溫溫如玉，其製作甚樸素。若枕之，則十州三島，四海五湖，盡在夢中所見，帝因立名為遊仙枕。」夢黑甜，形容酣睡。

註　三　香：指焚香之用的香餅、香丸。

註　四　幽篁：幽深的竹林。屈原《楚辭・九歌・山鬼》：「余處幽篁兮終不見天，路險難兮獨後來。」

註　五　附炎：依附權勢。

病起登樓

睠懷註一國難又家憂，病起憑欄獨倚樓。遍地烽煙行不得，當塗荊棘進無由註二。聊將詩卷安生命，說到人情懶出頭。抱璞常虞懷璧罪註三，身能頑健復奚求註四。

賞析：這是一首抒懷詩。首聯寫國難家憂，雖抱恙而不忘家國，顯見其人愛國情懷濃烈。頷聯敘戰爭帶來遍地烽煙，荊棘當塗，交通受阻，行也不得。頸聯言讀書度日以安生命，不理世務，也不爲別人強行出頭，以防招禍。尾聯首句常恐抱璞惹妒，寓意懷才招妒，故言「抱璞常虞懷璧罪」，下句祈盼身體頑健。本詩命意高遠，沉痛悲涼，憂家國，懼讒言，思想困擾不安，滿懷無奈！

註釋

註一　睠懷：關懷。

註二　當塗荊棘進無由：塗，即途。當塗荊棘，途中長滿多刺的灌木。進無由，無法前進。

註三　抱璞常虞懷璧罪：抱璞，抱，藏有；璞，未雕琢的玉石。常虞，常常憂慮。懷璧罪：典出「匹夫無罪，懷璧其罪」。其義是老百姓本來無罪，但身懷寶玉卻獲罪。寓意懷才招妒或招害。《春秋左傳・桓公十年》：「初，虞叔有玉，虞公求旃。弗獻。既而悔之，曰：『周諺有之：匹夫無罪，懷璧其罪。吾焉用此，其以賈害也？』乃獻之。又求其寶劍。叔曰：『是無厭也。無厭，將及我。』遂伐虞公。故虞公出奔共池。」

註四　復奚求：奚，什麼，再有什麼要求呢？

知音稀

郢郎春雪寡知音[註一]，魚水君臣鑠古今[註二]。俠士青萍陶令酒[註三]，佳人紅粉伯牙琴[註四]。
孫陽眼底空羣馬[註五]，師厚心中衹一禽[註六]。傅説未逢安板築[註七]，高宗惟向夢中尋[註八]。

賞析：這是一首懷古抒懷詩。本詩首聯以「寡知音」，及「魚水君臣」作點題，帶出知音概念。頷聯續談知音典故，以「俠士青萍」，對偶「佳人紅粉」；「陶令酒」，對偶「伯牙琴」。頸聯續談知音典故，以「孫陽」相馬，對偶「師厚」愛鶴。尾聯上句感慨傅說懷才未遇之前，靜待時機，作安板建築工人；下句述殷王武丁（高宗）夢中尋賢，醒後派人迎請傅說輔政，從此國運昌隆，史稱「武丁中興」。全詩四聯，句句用典而不俗套，緊扣知音成詩，尾聯懷古傷今，借詠傳說而自傷身世，隱藏未遇之憾！

註釋

註　一　郢郎春雪寡知音：郢，春秋時楚都（今湖北省江陵縣紀南城）。郢郎，指在郢地歌者。春雪，指〈陽春〉及〈白雪〉二曲，屬於高格調歌曲。《昭明文選》宋玉〈對楚王問〉：「客有歌於郢中者，其始曰〈下里〉、〈巴人〉，國中屬而和者數千人；其為〈陽阿〉、〈薤露〉，國中屬而和者數百人；其為〈陽春〉、〈白雪〉，國中屬而和者不過數十人；引商刻羽，雜以流徵，國中屬而和者不過數人而已。是其曲彌高，其和彌寡。」唐．李周翰注：「〈下里〉、〈巴人〉，下曲名也；〈陽春〉、〈白雪〉，高曲名也。」寡知音，寡，少也，指懂得欣賞的人少。

註　二　魚水君臣鑠古今：魚水君臣，指君臣融洽。《三國志．蜀書．諸葛亮傳》：「諸葛亮隱於襄陽隆中，有王霸大略，劉先主聞其名，親駕顧之，凡三往，乃得見。亮因說先主以拒曹操，取荊州，據巴蜀之策。先主深納其言，情好日密，關羽、張飛不悅，先主解之曰：『孤之有孔明，猶魚之有水也，願諸君勿復言。』」鑠古今，鑠，光亮，指照耀古今。

註　三　俠士青萍陶令酒：俠士青萍，古代俠士即英雄，英雄配寶劍；青萍，指古代青萍寶劍。東漢・陳琳〈答東阿王鉛箋〉載：「君侯體高俗之材，秉青萍干將之器。」此劍在東漢已有，傳說該劍鋒利無比，能切金玉，斷毛髮。陶令酒，陶令，陶淵明（三六五～四二七），嘗當彭澤縣縣令，好飲酒，故稱陶令酒。陶潛〈五柳先生傳〉：「性嗜酒，家貧不能常得。親舊知其如此，或置酒而招之。造飲輒盡，期在必醉；既醉而退，曾不吝情去留。」

註　四　佳人紅粉伯牙琴：佳人，美女；紅粉，古代女性化裝用的胭脂鉛粉。愛美乃女子天性，佳人配紅粉益增其美。《古詩十九首・青青河畔草》：「娥娥紅粉妝，纖纖出素手。」宋・歐陽修〈浣溪沙〉詞：「紅粉佳人白玉杯，木蘭船穩棹歌催。」伯牙琴，伯牙，春秋時代名樂師，有知音鍾子期，二人交誼甚篤，伯牙善琴，子期善聽，伯牙視子期為知音。其後，子期身故，伯牙認為天下再無知音，遂碎琴不復再彈，寓意知音難遇。伯牙琴典出「伯牙碎琴」。戰國・列禦寇《列子・湯問》：「伯牙善鼓琴，鍾子期善聽。伯牙鼓琴，志在登高山，鍾子期曰：『善哉，峨峨兮若泰山。』志在流水，鐘子期曰：『善哉！洋洋兮若江河。』伯牙所念，鍾子期必得之。伯牙游於泰山之陰，卒逢暴雨，止於岩下，心悲，乃援琴而鼓之。初為霖雨之操，更造崩山之音，曲每奏，鍾子期輒窮其趣。伯牙乃舍琴而歎曰：『善哉！善哉！子之聽夫志，想像猶吾心也。吾於何逃聲哉？』」

註　五　孫陽眼底空群馬：孫陽（約前六八〇～前六一〇），世稱伯樂，著名相馬師，以相馬立功於秦，深得秦穆公欣賞，封為「伯樂將軍」。傳世著作《伯樂相馬經》，是世上首部相馬著作。伯樂之名，據傳是天上管理馬匹的神仙。《晉書．天文志上》：「傳舍南河中五星曰造父，禦官也。一曰司馬，或曰伯樂。」人間把善相馬及善選材的人也借稱「伯樂」。眼底，眼目中。空群馬，空，沒有，指群馬中沒有良馬。寓意「馬常有，千里馬不常有」。唐．韓愈〈送溫處士赴河陽軍序〉：「伯樂一過冀北之野，而馬群遂空。夫冀北馬多於天下，伯樂雖善知馬，安能空其群邪？解之者曰：『吾所謂空，非無馬也，無良馬也。伯樂知馬，遇其良，輒取之，群無留良焉。雖謂無馬，不為虛語矣。』」冀北乃產馬區，馬雖多，但良馬少，有則早就為伯樂選去，空餘一般平凡的馬。唐．韓愈〈雜說〉：「世有伯樂，然後有千里馬。千里馬常有，而伯樂不常有。」

註　六　師厚心中衹一禽：師厚，宋．張師厚，蜀人，號雲龍山人，隱居彭城之東，酷愛養鶴，築亭名放鶴，宋．蘇軾撰記，乃千古名作〈放鶴亭記〉。蘇、張二人交誼深厚，蘇有〈送蜀人張師厚赴殿試〉詩云：「雲龍山下試春衣，放鶴亭前送落暉。」

註　七　傅說未逢安板築：傅說，商朝人，始祖為虞國（今山西平陸）人，出身奴隸一族，為「胥靡」（囚犯），本無姓，名說，在傅岩（一作傅險）築城，為建築工人。未逢，未遇。安板築，安裝牆板建築。《孟子．告子下》：「舜發於畎畝之中，傅說舉於板築之間。」

註八　高宗惟向夢中尋：此句言商朝殷王武丁（高宗）夢得賢相傅說。高宗乃武丁死後的廟號。武丁是商朝第二十二任君主，即位後，有志於治國，惜無人才，三年不語，靜待時機。一日夢得人選，醒後令畫工畫出夢中人的容貌，派人四處訪尋，卒在傅岩找到「說」，並帶回面聖。武丁一見傅說，大悅，予以重用，並為丞相，為三公之一。武丁經傅說輔政後，國運昌隆，成為一代治世，史稱「武丁中興」。傅說的姓，乃武丁賜賞，成為傅氏的始祖。《史記．殷本紀》：「帝武丁即位，思復興殷，而未得其佐。三年不言，政事決定於冢宰，以觀國風。武丁夜夢得聖人，名曰『說』。以夢所見視群臣百吏，皆非也。於是乃使百工營求之野，得『說』於傅險中。是時『說』為胥靡，築於傅險。見於武丁，武丁曰是也。得而與之語，果聖人，舉以為相，殷國大治。故遂以傅險姓之，號曰傅說。」

解嘲

誰謂陳言不切眞註一，知音難免古時人。文章造命求諸己註二，道義承肩不帝秦註三。

寶劍未遑呼出鋏註四。鋒鋩姑斂息征塵註五。頭顱如許知何價，羨煞先生筆有神註六。

賞析：這是一首抒懷詩。本詩首聯慨嘆今人視古聖名言爲陳言，而己見則與古人合，故言「知音難免古時人」。頷聯上句述學問影響人生；下句稱譽君子守義，擇主而事。頸聯上句「寶劍未出鋏」，寓意潛藏未遇；下句「斂鋩息征塵」，寓意收斂光芒，忍讓可免紛爭。尾聯上句「頭顱何價」，生命何價；下句「筆有神」，乃時人陳無咎稱許之詞。本詩比興成句，詩旨含蓄，遣辭嫻熟，對仗工穩。讀此詩，知其人承傳古訓，守道行義，具才而謙厚，慈悲忍讓，詩筆凌厲有神。

註釋

註一　誰謂陳言不切真：陳言，言辭陳舊。不切真，指不符合實際。唐・韓愈〈答李翊書〉：「當其取於心而注於手也，惟陳言之務去，戛戛乎其難哉！」宋・蘇軾〈次韻仲殊雪中遊西湖〉詩二首之二：「乞得湯休奇絕句，始知鹽絮是陳言。」

註二　文章造命求諸己：掌握命運，尤其是文章乃經國之大業，其意識形態可影響命運。《道德經》：「君子有造命之學，命由我立，福自己求。禍福無門，唯人自招。」求諸己，即求之於自己。

註　三　道義承肩不帝秦：道義，指道德和正義。《史記・太史公自序》：「《書》以道事，《詩》以達意，《易》以道化，《春秋》以道義。」承肩，指承擔肩膊上責任。明忠臣楊繼盛臨刑不懼，牢壁題詩有句：「鐵肩擔道義，辣手著文章。」不帝秦，道義所在，不尊秦為帝，魯仲連其人也。魯仲連義不帝秦。《戰國策・趙策》及《史記・魯仲連鄒陽列傳》也詳載其事。

註　四　寶劍未遑呼出鋏：未遑，指時間未及。鋏，劍匣。此句寓意懷才未遇，典出「長鋏歸來」。《戰國策・齊策四》：「齊人有馮諼者，貧乏不能自存，使人屬孟嘗君，願寄食門下。孟嘗君曰：『客何好？』曰：『客無好也。』曰：『客何能？』曰：『客無能也。』孟嘗君笑而受之曰：『諾。』左右以君賤之也，食以草具。居有頃，倚柱彈其劍，歌曰：『長鋏歸來乎！食無魚。』左右以告。孟嘗君曰：『食之，比門下之客。』居有頃，復彈其鋏，歌曰：『長鋏歸來乎！出無車。』左右皆笑之，以告。孟嘗君曰：『為之駕，比門下之車客。』於是乘其車，揭其劍，過其友曰：『孟嘗君客我。』後有頃，復彈其劍鋏，歌曰：『長鋏歸來乎！無以為家。』左右皆惡之，以為貪而不知足。孟嘗君問：『馮公有親乎？』對曰：『有老母。』孟嘗君使人給其食用，無使乏。於是馮諼不復歌。」

註　五　鋒鋩姑斂息征塵：鋒鋩，寓意銳氣和才華。姑斂，姑且收斂。息征塵，息，止息；征塵，一指沙場戰塵，一指車馬長途跋涉的路塵。唐・王勃〈別人〉詩有句：「自然堪下淚，誰忍望征塵。」宋・陸游〈劍門道中遇微雨〉：「衣上征塵雜酒氣，遠遊無處不消魂。」

註　六　羡煞先生筆有神：羡煞，非常羡慕。筆有神，形容才思敏捷，下筆為文如有神助。浙江名士陳無咎嘗贈百年先生詩有「相逢未晚吾無憾，羡煞先生筆有神」之句。

太息才難遇亦難

從來國士本無雙[註一]，道大難行避野尨[註二]。諸葛量材逢馬謖[註三]，獨夫拒諫殺龍逄[註四]。
知人則哲言三復[註五]，報國徒辜血一腔[註六]。多少賢才同老屈[註七]，幾人名顯汨羅江[註八]。

賞析：這是一首懷古抒懷詩。詩中首聯指出國士從來難得難求，故天下無雙，但其前途卻受阻於朝上惡勢力，有如野尨攔路。頷聯上句惋惜以諸葛亮之賢，仍會誤用「言過其實」的馬謖；下句責獨夫夏桀拒絕大臣龍逄的進諫，並予以殺害。頸聯上句言哲人知人，並慎於言行；下句訴說辜負報國一腔熱血。尾聯感慨自古不少賢才如屈原，未爲時用，但有「幾人名顯汨羅江」？寓意古代懷才未遇者，有幾人垂名後世。本詩比興成句，用典豐富，意在言外，對仗工整，辭藻嫻熟，夾敘夾義，條理清晰。

註釋

註一　國士本無雙：指獨一無二的國家傑出人才。

註二　道大難行避野尨：道大難行，道，道路，抱負。野尨，龐大的多毛狗。尨，音忙。《詩・召南》：「無使尨也吠。」

註三　諸葛量材逢馬謖：諸葛，即諸葛亮（一八一～二三四），字孔明，三國蜀相，歷史上著名政治家、軍事家、文學家、發明家。隱居隆中，自比樂毅、管仲，得劉備三顧草廬而出山為相，屢建奇功，為劉備奠定三分天下的功臣，與曹魏、孫吳鼎足而立。量才，按才能任用。馬謖（一九〇～二二八），字幼常，襄陽宣城人，蜀將，侍中馬良之弟，初甚得軍師孔明器重，給予重任。不過，劉備臨終前，曾叮囑孔明謂馬謖「言過其實，不可重用」，可惜孔明未予留意。在北伐時期，諸葛亮力排眾議，任命馬謖為先鋒。在街亭一役，馬謖未按軍命行事，結果慘敗，孔明後悔「錯用馬謖矣」。為整軍紀，孔明不得不行軍法處理，含淚斬馬謖。

註四　獨夫拒諫殺龍逄：獨夫，指夏桀。拒諫，拒絕勸諫。殺龍逄，龍逄，即關龍逄，夏朝末年大臣，是歷史上第一位向皇帝進諫而遭殺害的朝臣。民初詩人，初元方〈關龍逄墓〉詩：「死諫開先第一人，千秋從此解批鱗，空言盛世能旌善，坯土何曾表直臣。」逄，音旁。

註　五　知人則哲言三復：知人則哲，哲，明智，能觀察別人的品行才識，可謂明智。言三復，言，說話；三復，三遍；意謂慎於言行。《論語．先進》：「南容三復白圭，孔子以其兄之子妻之。」

註　六　徒辜血一腔：徒辜，白白浪費。血一腔，指一腔熱血。

註　七　多少賢才同老屈：老屈，屈原。歷史上，君主昏庸，小人當道，忠臣被貶，屢見不鮮。按：屈原（約前三四三～約前二七八），字平，楚人，為楚三閭大夫。屈原早年為楚懷王近臣，甚得懷王信任。時佞臣當道，在政治上，他力主聯齊抗秦，但楚懷王聽信小人予以拒絕，結果楚懷王卒為秦昭王所誘騙，被監禁於秦牢至死。其後，楚頃襄王繼位，仍有意與秦媾好，屈原痛斥其害，觸怒楚王，結果被放逐，而秦師大軍也趁勢攻楚都郢，楚王被迫遷都。面對家國兩難，屈原含鬱投汨羅江自殺，卻留下很多不朽的愛國詩篇。歷史上才德兼備者為數頗多，但遺下大量寶貴的文化遺產者則少。

註　八　名顯汨羅江：名顯，揚名。汨羅江，在湖南省境。

還家感賦二首

其一

歸來松菊喜猶存註一，綠滿窗前月滿軒註二。別有一番新景象，儘堪重隱舊家園。
靜觀曠野鳶飛影註三，厭逐名場蝨處褌註四。室邇西山〔註伍〕蓬舍密邇西山薇可采註五，避秦權作武陵源註六。

賞析：這是一首還家抒懷詩。詩中首聯述歸來喜見三徑松菊，軒窗明月。頷聯述故園景象一新耳目，可作隱居之地。頸聯上句述隱居生活，可在曠野仰觀大雁橫飛的身影；下句指出名場追逐，其苦有如褲中藏蝨，十分不安。尾聯述室近西山，可採薇充飢，以此地爲武陵源，遠離世亂。是詩作者，其身世遭遇與淵明同，不願爲五斗米而向鄉里小兒折腰，從此遠離名場，重返故園隱居。本詩清新曠達，白描生動，詩旨清晰，對仗工整自然。

其二

亂時猶得聚家鄉，樂敘天倫共一堂。種竹栽花饒逸趣，敦詩說禮守書香註七。
誦經半夜因宵靜，擁被高眠避世狂註八。盜爲我貧咸卻步，貧而能樂亦何妨。

賞析：這是一首還家抒懷詩。詩中首聯點題還家，句見「樂敘天倫」。頷聯上句述平淡的閒適生活，饒有逸趣；下句自述出身在詩禮書香之家。頸聯上句述說於半夜爲眾生誦經；下句寓意隱世避狂。尾聯描述家貧無物，盜賊卻步，但安貧樂道，無愧家風。本詩白描成句，平淡有致，饒有逸氣，直抒胸臆，對仗工穩自然。

註釋

註　一　歸來松菊喜猶存：此句典出陶潛〈歸去來辭〉：「三徑就荒，松菊猶存。」

註　二　綠滿窗前月滿軒：綠滿窗前，言綠草生長到窗旁。月滿軒，月滿，月照滿；軒，指有窗的長廊或小屋。

註　三　靜觀曠野鳶飛影：靜觀曠野，空曠遼闊的原野。鳶飛影，鳶，麻鷹。

註　四　厭逐名場蝨處褌：厭逐名場，名場，聲名場所，如官場、科場。厭逐名場，厭惡在聲名場所追逐名位。蝨處褌，蝨，蝨蝨，可咬人吸血，致皮膚痕痛；處，躲藏、停留；褌，褲子。喻名場如蝨在褲，令人十分不安。《三國志．阮籍．大人先生傳》：「汝獨不見夫蝨之處於褌之中乎！深縫匿乎壞絮，自以為吉宅也。行不敢離縫際，動不敢出褌襠，自以為得繩墨也。飢則嚙人，自以為無窮食也。然炎斤火流，焦邑滅都，群蝨死於褌中而不能出。汝君子之處區之內，亦何異夫蝨之處褌中乎？」

註五　室邇西山薇可采：室邇西山，室，居所；邇，接近；西山，指首陽山，伯夷、叔齊恥食周粟隱居之處。薇可采，薇，薇草，供隱士吃的野菜。西山采薇，寓意隱居。

註六　避秦權作武陵源：避秦，逃避戰亂，避世隱居。陶淵明〈桃花源記〉：「先世避秦時亂，率妻子邑人，來此絕境，不復出焉。」權作，暫作、姑且。武陵源，湖南張家界風景名區，寓意桃花源。

註七　守書香：承傳家庭讀書風氣與傳統。

註八　避世狂：隱世避離社會狂亂風氣。

獨存勁節度寒歲

極目神州土半焦註一，烽煙萬里掩雲霄註二。浮華凡卉均先謝註三，勁節貞松獨後凋註四。
孤木惜難支圮廈註五，東膠豈易止狂潮註六。可憐蟲鶴都同盡註七，荊棘銅駝劫未消註八。

賞析：這是一首感時傷世詩。詩中首聯慨嘆一半國土淪陷，戰火激烈進行，烽煙萬里，不見天日。頷聯上句描述浮艷花木與平凡草卉經不起霜雪考驗，都已枯謝；下句言只有勁竹及貞松堅毅不屈，最後凋萎。此聯寓意處亂世時代，君子守節，不爲名利所惑。頸聯上句惋惜個人能力有限，獨木難支塌倒的大廈，下句言阿膠難以鎮止濁流。此聯寓意個人力微小，難以支撐大局及制止狂潮。尾聯上句悲悼沙蟲與猿鶴都同歸於盡，寓意悲悼軍民遇難；下句悲痛國難未消，並日趨嚴重。本詩悲涼沉痛，哀國哀民，愛國情懷躍現紙上，有如辛陸。

註釋

註一　極目神州土半焦：極目神州，極目，窮盡目力，眺望遠方；神州，中國。土半焦，言國土已有一半飽遭戰火蹂躪。

註二　烽煙萬里掩雲霄：烽煙萬里，言戰火漫天，燒遍萬里。掩雲霄，掩蓋天空。

註三　浮華凡卉均先謝：浮華凡卉，指浮艷華麗的花木；凡卉，平凡的花草。均先謝，都率先枯謝。

註四　勁節貞松獨後凋：勁節，竹節堅實不屈，喻人的節操堅定不移。唐・李嶠〈松〉詩：「歲寒終不改，勁節幸君知。」貞松，松樹堅貞耐寒，常青不凋，喻人的節操堅貞不渝。晉・戴逵〈貽仙城慧命禪師書〉：「紫蓋貞松，仍麾上辯；洪崖神井，即瑩高心。」

註五　孤木惜難支圮廈：孤木惜難，獨木可惜很難。支圮廈，支撐倒塌的大廈。句意謂獨力難以支撐倒塌的大廈。圮，音鄙。

註六　東膠豈易止狂潮：東膠，指阿膠。山東東阿縣有井，以其水煮膠，名阿膠，能止濁流。南北朝・庾信〈哀江南賦〉：「阿膠不能止黃河之濁。」黃河濁水，自古亦然，投膠止濁水變清，喻其志普濟天下，雖事難成也為之。

註七　可憐蟲鶴都同盡：蟲鶴，指沙蟲猿鶴，君子與小人，無一倖免，都死於戰禍。晉・葛洪《抱朴子》：「周穆王南征，一軍盡化，君子為猿為鶴，小人為沙為蟲。」

註八　荊棘銅駝劫未消：荊棘銅駝，荊棘，多刺灌木，泛指野草叢生；銅駝，銅製駱駝，古代置於宮殿門外，銅駝滿佈荊棘，寓意改朝換代，國土淪亡。《晉書．索靖傳》：「靖有先識遠量，知天下將亂，指洛陽宮門銅駝，歎曰：『會見汝在荊棘中耳？』」劫未消，災劫未停止。

悟道

彈指滄桑[註一]四十年，前塵如夢渺如煙[註二]。胸中剩有凌霄志[註三]，眼底曾無濁世賢[註四]。
未解逢迎安我拙[註五]，不求聞達倩誰憐[註六]。貧能樂道方爲貴[註七]，悟到忘情即是仙[註八]。

賞析：這是一首悟道抒懷詩。詩中首聯指出時間彈指四十年，滄桑往事如夢如煙。頷聯上句述胸懷抱負，壯志凌霄；下句「無濁世賢」，寓意亂世時代，救國賢才少見，相對趨炎附勢者眾。頸聯上句表明不屑攀附與逢迎；下句坦言「不求聞達」，無須央求別人。尾聯自勵安貧樂道，能夠忘情，能不執著，灑脫如神仙。本詩文字白描，詩旨清晰，夾敘夾議而筆鋒帶感情，讓人百讀不厭。言爲心聲，詩人稟賦「未解逢迎」、「不求聞達」、「貧能樂道」、「忘情即是仙」，此乃悟道有得之寫照。

註釋

註一　彈指滄桑：彈指，指時間一瞬間。唐・王維〈六祖能禪師碑銘〉：「飯食訖而敷坐，沐浴畢而更衣，彈指不流，水流燈焰，金身永謝，薪盡火滅。」滄桑，言世事人事變化無常，典出成語「滄海桑田」。晉・葛洪《神仙傳・麻姑》：「麻姑自說云，接待以來，已見東海三為桑田。」

註二　前塵如夢渺如煙：前塵如夢，即往事如夢。渺如煙，虛渺不清如煙。

註三　凌霄志：即凌雲之志，抱負遠大，志氣凌雲。《漢書・揚雄傳》：「往時武帝好神仙，相如上〈大人賦〉，欲以風，帝反縹縹有凌雲之志。」

註四　濁世賢：濁世，亂世、塵世。濁世賢，亂世賢德之士。西晉・張華〈游俠篇〉：「翩翩四公子，濁世稱賢名。龍虎相交爭，七國並抗衡。」

註五　未解逢迎安我拙：未解逢迎，未解，寓意不屑；逢迎，討好，即「拍馬屁」。《史記・荊軻傳》：「太子逢迎，卻行為導，跪而蔽席。」安我拙，接納我的笨拙。

註六　不求聞達倩誰憐：不求聞達，不追求顯貴及名聲。《文選・諸葛亮・出師表》：「苟全性命於亂世，不求聞達於諸侯。」寓意不求顯貴，就無需要央求別人憐憫。

註 七　貧能樂道方為貴：貧能樂道，雖然貧困，仍樂於堅守聖賢道理。《論語．學而》：「子貢曰：『貧而無諂，富而無驕，何如？』子曰：『可也。未若貧而樂，富而好禮者也。』」方為貴，才覺得可貴。

註 八　悟到忘情即是仙：忘情，超然物外，不為外界影響情志。《晉書．王戎傳》：「聖人忘情，最下不及於情。然則情之所鍾，正在我輩。」仙，可理解為超凡脫俗。杜甫〈覽鏡呈柏中丞〉：「起晚堪從事，行遲更覺仙。」

言志

煦若陽春氣似虹註一〔伍註〕治天下之道以和，春之能生萬物也亦以和。《禮記．聘義》：「氣如白虹，天也。」唐．孔穎達疏：「白虹，謂天之白氣。言玉之白氣似天白氣，故雲天也。」，達爲霖雨德猶風註二。中和法立安天下註三，五百年來命世雄註四。

鳳起蛟騰成繡虎註五，鳶飛魚躍豈雕蟲註六？險夷不動心常泰註七，稷學諸賢道大同註八。

賞析：這是一首言志抒懷詩。詩中首聯上句述其志願爲陽春，其氣如虹，布育天下；下句述其志爲霖雨及仁風，撫育蒼生。頷聯上句提出中和之道以治民；下句「五百年來命世雄」，寄意「五百年必有王者興」，以此自負，有志於挽救蒼生。頸聯上句述人才眾多，其突出者稱繡虎，如漢魏曹植也；下句「鳶飛魚躍」，言各有專長，並非雕蟲小技。尾聯上句寓意無論順與逆都不能移其志；下句述先秦稷學門派各異，其學共通點是大同。詩中志大言大，以「春氣似虹」、霖雨德風、中和立法、命世英雄、「道大同」，爲奮鬥目標，可見其志趣不凡。此詩豪邁奔放，才情橫溢，一腔熱血，追求大同，展露志士本色，不涉名利，誠可貴也。

註釋

註一　煦若陽春氣似虹：煦若陽春，煦，和暖、撫育；陽春，溫暖的春天。氣似虹，即虹氣，乃天地精氣，其質和，布育天下。

註二　達為霖雨德猶風：達，顯貴；霖雨，恩澤甘霖。德猶風，德，指君子之德；猶風，如風一樣，此風乃仁風，和育萬物。《論語・顏淵》：「君子之德風，小人之德草。草上之風，必偃。」

註三　中和法立安天下：中和，中國道統文化核心精神，其源遠溯三王五帝，經周公、文王、孔子繼承，為世人修身處世行事重要原則，至今歷久不衰。中者，不偏不倚，恰到好處；和，和氣、和平，向至優發展。法立，指中和治道的確立。

註 四　五百年來命世雄：此句典出《孟子．公孫丑下》，「彼一時，此一時也。五百年必有王者興，其間必有名世者。由周而來，七百有餘歲矣；以其時考之，則可矣。夫天未欲平治天下也；如欲平治天下，當今之世，捨我其誰也？」命世雄，稱譽著名於當世的治國人才。《漢書．楚元王列傳》：「聖人不出，其間必有命世者焉。」。

註 五　鳳起蛟騰成繡虎：鳳起蛟騰，龍鳳起舞，蛟龍騰躍，喻場面展現人才眾多，各展所長。成繡虎，指文采優美，才氣橫溢的人，泛指曹植。

註 六　鳶飛魚躍豈雕蟲：鳶，老鷹。老鷹飛翔於天，魚兒騰躍於水中，各因其天性而動，各得其所，各得其樂。《詩經．大雅．旱麓》：「鳶飛戾天，魚躍於淵。」豈鵰蟲，豈會是小技。

註 七　險夷不動心常泰：險夷不動，險，險阻、艱難；夷，平坦、平安。意謂無論得失成敗，都不為外物影響心情。《孟子．公孫丑》：「孟子曰：『否。我四十不動心。』」心常泰，泰，安、和。句意謂無論逆與順都不為所動，心境平和。

註 八　稷學諸賢道大同：稷學，稷下之學。春秋戰國時，齊桓公培育賢才，在國都臨淄建稷下（山東臨淄稷門附近）學宮，是我國高等學府之始。齊宣王時，更擴辦學宮，招致天下諸子賢才講學，儒家、法家、名家、兵家、農家、陰陽家各學者都會集於此，著書立說，自由論辯，推動學術思想發達。道大同，道，理想；大同，指天下為公。《禮記・禮運・大同篇》：

「大道之行也，天下為公，選賢與能，講信修睦。故人不獨親其親，不獨子其子，使老有所終，壯有所用，幼有所長，鰥、寡、孤、獨、廢疾者皆有所養，男有分，女有歸。貨惡其棄於地也，不必藏於己；力惡其不出於身也，不必為己。是故謀閉而不興，盜竊亂賊而不作，故外戶而不閉，是謂大同。」

春日眷懷家國友以教席招邀感而賦此

顛頷吟身更亂離註一，春光如許惹幽思註二。故園此日無消息註三，偃鼓休兵未有期註四。

悵望中原方逐鹿註五，竚聆上國報搴旗註六。飄零異地將安適註七，權向鷦巢假一枝註八。

賞析：這是一首感時抒懷詩。詩中首聯訴說遭逢喪亂，到處漂泊，憔悴吟身，春光無心眷戀，卻惹春愁幽思。頷聯訴說戰火關係，故鄉失聯，音訊全無，戰爭何時結束，全無跡象！頸聯指出中日開戰激烈，盼能早日聆聽戰勝敵國的捷報。尾聯訴說飄零異地，隨遇而安，有關教席，權且作一枝之棲就於願足矣！本詩雖以獲教席爲題，但詩句卻洋溢愛國熱忱，關心國事戰況，可見其人具濃烈的愛國情操。詩中辭藻平淡有致，寄意鮮明，對仗工整，聲情蕩氣迴腸。

註釋

註一 顑頷吟身更亂離：顑頷，亦作憔悴，形容顏容枯槁瘦弱。吟身，詩人。更亂離，更遇上戰亂和流離失所。

註二 春光如許惹幽思：如許，如此。幽思，藏在心底的思想感情。

註三 故園此日無消息：故園，故鄉。無消息，指戰亂斷音訊。

註四 偃鼓休兵未有期：偃鼓，停敲戰鼓；休兵，退兵，偃鼓休兵，寓意戰事結束。未有期，未有日期。

註五 悵望中原方逐鹿：逐鹿，逐，追逐；鹿，通「祿」，有祿位就有權力。鹿性機巧，善跑，古代貴族聯群捕捉以作獸獵活動。《史記．淮陰侯列傳》：「秦失其鹿，天下共逐之，於是高材疾足者先得焉。」裴駰《史記集解》引張晏曰：「鹿喻帝位也。」

註六 竚聆上國報搴旗：竚聆，肅立聆聽。上國，敬稱祖國。報搴旗，報，報導；搴旗，拔取敵方軍旗，寓意戰爭勝利。

註七　安適：安寧舒適。

註八　權向鷦巢假一枝：權向，暫向。鷦，雀鳥之一。假一枝，假，借也；一枝，一截樹枝就能棲息。流落異地，需求不多，但求一枝之棲。

己卯元旦濠江雜感

歲經肅殺喜逢春[註一]，異地風光景物新。爆竹一聲喧捷報[註二]，煙花正月祝良辰。

登徒競把纏頭擲[註三]，博戲爭贏注碼頻。綠女紅男青白髮[註四]，都忘原是亂離人[註五]。

賞析：這是一首感時抒懷詩。詩中首聯「喜逢春」、「異地風光」，乃點題之句。頷聯上句「捷報」，深層意義是「抗日捷報」；「祝良辰」，緊隨「捷報」，大放煙花以示慶祝。頸聯上句描述賭徒的賞賜情況；下句描述賭徒「賭注」。尾聯下句描述賭徒年紀與性別；下句「亂離人」，突顯愛國情懷，無論身處何方，都不忘家國。本詩洋溢愛國情懷，首聯、頷聯及結句都不忘家國。本詩另一點焦點描述賭場氣氛，諸多百樣，結句

「都忘原是亂離人」，最發人深省！

註釋

註一　歲經肅殺喜逢春：歲經肅殺，歲末經過秋冬嚴寒，草木凋零。寓意戰火漫天，遍地鴻哀。喜逢春，嚴寒過後，欣喜春天來臨。春，寄意春和、和平，象徵戰爭結束，和平降臨。

註二　爆竹一聲喧捷報：一聲爆竹，象徵抗日捷報之聲。

註三　登徒競把纏頭擲：登徒，好色之徒，寓意賭徒。纏頭，送給歌伎或妓女財物。擲，擲出。

註四　青白髮：黑髮人與白髮人，即年輕人與老人。

註五　亂離人：戰亂流離的人。

思家 己卯年二月初十寇陷江門

儷影[註一]來時共一舟，尊慈催返棹難留[註二]。鄉關烽火飛鴻梗[註三]，旅邸琴音動客愁[註四]。

兒女情牽分兩地，丈夫志切賦同仇[註五]。圍城警報聲聲急，耿耿焦思豁睡眸[註六]。

賞析：這是一首思家抒懷詩。己卯年詩人客居濠江，聞日寇陷江門，思鄉難眠，賦詩抒懷。詩中首聯上句述夫妻二人坐船抵澳，以避戰禍。不久，慈母催返，但無歸棹。頷聯上句指出戰時家鄉音信短絕；下句謂人在客途，每聞琴音即勾起鄉愁。頸聯述說惦念家中兒女；下聯憤日本侵華，全民敵愾同仇，共同抗日，詩人也志切抗日，以表達愛國熱忱。尾聯描述戰情激烈，日寇大舉圍城，形勢危急，心緒不寧，難以閉目入睡。本詩詩題雖是思家，但不忘國家興亡，匹夫有責的精神，故言「丈夫志切賦同仇」。詩中以情爲主體，涉及的「情」有儷影情、慈母情、子女情、愛國情。此外，本詩用字淺白，但情感豐富，聲情動人，詩旨鮮明，對仗工整自然，都是本詩特色。

註釋

註一　儷影：夫妻。

註二　尊慈催返棹難留：尊慈，對母親的敬稱。棹難留，棹，船，寓意船要啟航，不能停留。

註三　鄉關烽火飛鴻梗：鄉關烽火，故鄉出現戰事。飛鴻梗，飛鴻，書信；梗，阻塞，書信中斷。

註四　旅邸琴音動客愁：旅邸，旅館。動客愁，牽動起鄉愁。

註五　賦同仇：賦，書寫；同仇，共同的仇人。《詩經．秦風．無衣》：「修我戈矛，與子同仇。」

註　六　瞅瞅焦思豁睡眸：瞅瞅，心中掛懷不安。焦思，焦苦思慮。豁睡眸，豁，打開；睡眸，睡眼，寓意失眠。

己卯花朝註一濠江感賦

漂泊南濠註二恰遇春，花朝更巧值芳辰註三。雖逢綠野風雲急註四，猶幸蒼穹雨露均註五。對此梅花思故國註六，怪他櫻樹昧前身註七。東皇有日終回輦註八，中土註九依然是主人。

賞析：這是一首花朝抒懷詩。詩中首聯以「南濠」、「花朝」點題。頷聯上句寫景，描述「綠野風雲急」，隱喻時局緊張，政治動盪；下句續寫景，描述「蒼穹雨露均」，寓意天道公平，「雨露均」施。頸聯上句表達愛國情懷，梅花乃國花，客居異域而見之，不勝感觸！下句諷日本不知櫻樹根源來自中國。尾聯責日本要及早撤軍，停止侵略，中國才是華夏的主人。詩中比興成句，點而不破，辭藻平淡有致，對仗工整自然，而且正氣凜然，故結語有「中土依然是主人」之句。

註釋

註一　花朝：農曆二月十二日為百花生日，稱花朝。

註二　南濠：南濠，澳門之別稱。

註三　芳辰：春日美好時光。

註四　雖逢綠野風雲急：綠野，寓意民間。風雲急，指時局急劇變動。

註五　猶幸蒼穹雨露均：蒼穹，蒼天。雨露均，指雨露均霑，不分賢愚，眾生都蒙恩惠。

註六　對此梅花思故國：梅花，有國花之稱譽。

註七　昧前身：昧，隱瞞、昏暗不明。櫻花原產於喜馬拉雅山，途經中國傳入日本。我國櫻花品種凡五十多種。

註八　東皇有日終回輦：東皇，東洋皇軍，即日軍。終回輦，終，終於；輦，車架。句意是日軍有日終於撤退。

註九　中土：指中國。

一九三七年寒月避難澳門恰逢四十二初度賦詩遣恨

異鄉虛度好年華註一，白髮催人馬齒加註二。北塞風雲驚客夢註三，南濠土地屬誰家註四。

中原問鼎來胡騎註五，百粵啼痕似亂麻註六。蒿目江山無限恨註七，孤芳猶自儗梅花註八（伍註）恰逢十月，嶺梅先開，而梅花是吾國花也，。遭遇亂離，哀國亦自哀也。

賞析：這是一首客途抒懷詩。詩中首聯以「異鄉虛度」點題，悲歲月無情，白髮如馬齒徒加。頷聯上句述日本侵華，北方戰情激烈，魂夢縈繞，常常驚醒；下句訴說客居葡萄牙屬地澳門，感慨良多，回顧澳門歷史，原屬香山縣管轄，一八四九年淪爲葡萄牙殖民統治。頸聯痛恨日寇侵華，圖謀吞併中國，南方廣東沿海民眾飽遭炮火狂轟猛炸，傷亡慘重，到處烽火，災情慘不忍睹，人心惶惶，社會失控，其亂如麻。尾聯述蒿目國家未來，滿途荊棘，無限憂慮，此際雖淪落天涯，但仍堅守節操，以梅花自比。本詩沉痛悲涼，除悲悼歲月如流外，更憂國憂民，雖身處亂世，仍警惕自勵，堅守氣節，以梅花自比。

註釋

註一　虛度好年華：虛度，白白浪費；好年華，指青春歲月。

註二　白髮催人馬齒加：馬齒加，看馬齒知其年歲，馬齒越長，年歲越長。《穀梁傳》僖公二年：「荀息牽馬操璧而前曰：『璧則猶是也，而馬齒加長矣。』」

註三　北塞風雲驚客夢：北塞風雲，指日本侵華，北方邊境爆發戰爭。驚客夢，作客異鄉從夢中驚醒過來。

註四　南濠土地屬誰家：南濠，即澳門，原屬香山縣管轄。澳門從前盛產蠔，故又稱蠔江，其他別名頗多如濠鏡、海鏡、鏡湖，龍涯門、疏打埠、馬交。一八四九年～一九九九年澳門為葡萄牙殖民統治，一九九九年十二月二十日回歸中國。

註五　中原問鼎來胡騎：問鼎，鼎，鼎乃國寶，夏禹鑄九鼎代表九州，擁鼎者為君。寓意圖謀別國，覬覦帝位，搶奪政權。《左傳．宣公三年》：「楚子伐陸渾之戎，遂至於雒，觀兵於周疆。定王使王孫滿勞楚子。楚子問鼎之大小輕重焉。」胡騎，泛指胡人軍隊，寓意日軍。《漢書．袁紹傳》：「長戟百萬，胡騎千群。」

註六　百粵啼痕似亂麻：百粵，粵，古通越，百粵廣義泛指中國南方沿海地區，狹義指廣東。啼痕，指老百姓因戰火而流露的傷痛和淚痕。似亂麻，指社會問題，複雜繁多，其亂如麻。

註七　萬目江山無限恨：萬，望；萬目，即極目遠望。無限恨，無限哀痛。

註八　孤芳猶自儗梅花：孤芳，寓意個人高尚氣節。儗梅花，儗、比擬，比照；梅花，開花在群芳之先，耐寒堅毅，迎雪吐艷，凌寒飄香，鐵骨冰心，氣質脫俗。

四十三自壽二首

其一

由南而北北而南，虛度年華四十三。猶蘊雄心消未得，能明大體註一實何慚。

人生成敗眞如夢，時代變遷豈易談。漫說無聞不足畏註二，後來蔗境有餘甘。

賞析：這是一首自壽抒懷詩。詩中首聯點題，訴說奔走南北兩地，虛度四十三年。頷聯自勵猶抱雄心壯志，並明大體處世行事。頸聯自我開解「人生成敗眞如夢」，不用執著，尤其是時代變遷無常，更難預料。尾聯指出「漫說無聞不足畏」，寓意別對事業無成就者，採取不敬態度；尾聯「後來蔗境有餘甘」，寓意人生如蔗境，越來越甘。本詩自壽言志，顯示人生積極一面，如「猶蘊雄心消未得」、「後來蔗境有餘甘」。全詩白描，辭藻雖淺白而寄意深遠，乃本詩的特色。

其二

此心不動[註三]已三年，一事無成愧昔賢。論道尚爲門外漢，題詩只羨酒中仙。

梅開嶺上[註四]同初度，月滿人間後一天〔伍註〕十月十五，滿月人間，在余誕生後一天。。明日金甌圓似月[註五]，普天同慶兩團圓。

賞析：這是一首自壽抒懷詩。詩中首聯點題，並自愧年屆四十三，仍然事業無成。頷聯上句自謙「論道尚爲門外漢」，下句寓意鍾情詩酒。頸聯自我祝福前程「十月先開嶺上梅」，並期盼快將「月滿人間」，一家團聚。尾聯禱告明日爲望月，預兆戰爭結束，普天同慶，人月團圓。本詩辭藻描白，寄意深遠，藉生朝自壽，抒發愛國情懷，大別於俗品，展現傳統士人以家國爲重的情操。

註釋

註　一　大體：主要道理。

註　二　漫說無聞不足畏：漫說，別說。無聞不足畏，無聞，沒有成就或沒有聲名；不足畏，不需要對他敬畏。《論語・子罕》：「子曰：『四十、五十而聞無焉，斯亦不足畏也。』」

註　三　此心不動：《孟子・公孫丑》：「我四十不動心。」

註　四　梅開嶺上：江西大庾嶺，別稱梅嶺。大庾嶺氣候早暖，農曆十月可見梅花盛開。唐・樊晃〈南中感懷〉詩：「四時不變江頭草，十月先開嶺上梅。」

註　五　明日金甌圓似月：盼望明日國土完整，似團圓的月亮。

四十四初度感懷

生不逢辰卻遇辰註一，與梅初度小陽春註二。歲寒未減丹心熱註三，世變渾同白髮新註四。

孰爲蒼生安禹域註五，竟憑赤手掃胡塵註六。舉棋一著關興替註七，收拾從頭匪異人註八。

賞析：這是一首生朝抒懷詩。詩中首聯上句感慨「生不逢辰」，下句「小陽春」乃點題十月出生。頷聯上句言志報國，有「丹心熱」之語；下句悟世情常變常新，有如白髮日日新。頸聯下句慨嘆國難當前，誰可衛國安邦；下句寓意在弱勢下，誰可赤手驅走外敵。尾聯進言國家大事，關乎興替盛衰，宜謹而愼之，並且不假手於人，親力親爲。此詩生朝抒懷，其懷在丹心、在蒼生、在國家民族的興替，承傳儒家「修齊治平」思想。本詩氣度寬宏，境界高尚，遣詞用字新穎，不落俗套，對仗工整巧妙。

註釋

註一　生不逢辰卻遇辰：生不逢辰，即生不逢時，時運不濟，生命沒有遇上好時機。《大雅・桑柔》：「我生不辰，逢天僤怒。」卻遇辰，辰，生辰。

註二　與梅初度小陽春：與梅初度，此言大庾嶺與梅的典故。大庾嶺又稱梅嶺，位於江西，氣溫早暖，農曆十月可見梅花盛開。唐・樊晃〈南中感懷〉詩：「四時不變江頭草，十月先開嶺上梅。」小陽春，指十月小陽春，氣溫暖如初春。百年先生出生於農曆十月，故有「與梅初度小陽春」之語。

註三　丹心熱：忠誠之心非常熾熱。

註四　世變渾同白髮新：世變，世情變化。渾同，等同。白髮新，白髮每天變新。

註　五　安禹域：安，安定；禹域，夏禹土域，即中國。

註　六　竟憑赤手掃胡塵：赤手，空手。掃胡塵，胡塵，指胡兵凶焰，兵馬揚起塵沙，意謂驅趕胡人兵馬。北周．庾信〈王昭君〉詩：「朝辭漢闕去，夕見胡塵飛。」

註　七　舉棋一著關興替：一著，指一步棋。關興替，關乎盛衰與滅亡。

註　八　收拾從頭匪異人：收拾從頭，整理事情，從頭開始。匪異人，匪，同非、不是；異人，別人，即不假手別人。

乙酉五十初度有感

昨非未敢云今是，天命靡常註一豈易知。五秩春秋駒過隙註二，八年雨雪鬢成絲註三。

浮生寄跡眞同幻註四，達道忘情險亦夷註五。喜見止戈註六原子彈，黃龍破敵盡班師註七。

賞析：這是一首感時傷世詩。詩中首聯指出是非無常，天命無常。頷聯首句詩指出五十光陰如白駒過隙，瞬即逝去；下句指出八年抗戰，飽受煎熬，人易蒼老，「雪鬢成絲」。頸聯上句覺悟浮生踪跡的來去；下句言修道向善，自有福報，遇有險難，亦可化險為夷。尾聯喜見美國投下原子彈，日本宣佈投降，我軍直搗黃龍，抗日成功，凱旋而還。本詩雖是白描，但字淺而意深，哲理平淡中見眞諦，辭藻運用老練，對仗工整自然。

註釋

註一　天命靡常：靡常，沒有一定的變化規律。漢．班彪〈北征賦〉：「故時會之變化兮，非天命之靡常。」

註二　五秩春秋駒過隙：五秩，十年為一秩，五秩為五十年。駒過隙，駒，馬；隙，隙縫，典出「白駒過隙」，寓意時光飛快逝去，有如白馬飛馳過隙，瞬即不見。《莊子．知北遊》：「人生天地之間，若白駒之過隙，忽然而已。」

註三　八年雨雪鬢成絲：八年雨雪，指八年抗日，經歷戰火洗禮，有如飽受風霜雨雪的侵襲，艱苦備嘗。鬢成絲，頭髮斑白成銀絲。

註四　浮生寄跡真同幻：浮生，言生命虛浮，變化不定。寄跡，寄託自己蹤跡，即暫時寄居。真同幻，真，確實；同幻，如同幻象。《列子．周穆王》：「有生之氣，有形之狀，盡幻也。」

註五　達道忘情險亦夷：忘情，忘我境界，不為外物所動。險亦夷，化險為夷。夷，平安也。

註六　止戈：止戰。

註　七　黃龍破敵盡班師：黃龍地名，在今吉林省農安縣，乃金人要城。岳飛抗金，以直搗黃龍為志，並欲慶功痛飲於此。《宋史・岳飛傳》：「金將軍韓常欲以五萬眾內附。飛大喜，語其下曰：『直抵黃龍府，與諸君痛飲爾！』」班師，勝利回師。

五十二初度 丁亥農曆十月十四

彈指知非註一又二年，小春梅嶺註二月初圓。壯心未已歌鴻鵠註三，別恨何堪聽杜鵑註四。
劫後愈珍餘日貴註五，生平罔識附時賢註六。白沙支派陽明學註七，願接儒宗更問禪註八（伍註）是年邂逅高僧虛雲大德於香澥，相與問禪，大德云：「諸惡莫作，眾善奉行」，即是禪理，我云這也是儒家道理。。

賞析：這是一首生朝抒懷詩。詩中首聯點題，以「知非又二年」及「小春嶺梅」，指出五十二歲農曆十月十四日誕辰。頷聯自豪雄心勃發，有鴻鵠「一舉千里」之志；不會像杜鵑以啼泣訴別情。頸聯自勉珍惜劫後餘生的日子；並且自豪平生不懂得依附「時賢」，即「權貴」。尾聯表白志向，以承傳白沙學、陽明學、儒學、佛學爲職志。本詩意氣縱橫，聲情跌宕，辭藻簡樸，趁生朝之日，作詩遣懷言志，並且強調「生平罔識附時賢」，並以承傳儒家道統文化爲任。

註釋

註一　彈指知非：彈指，時間短暫；知非，指知非之年，即五十歲。《淮南子・原道訓》：「蘧伯玉年五十而有四十九年非。」

註二　小春梅嶺：小春，指十月小陽春。梅嶺，即大庾嶺，位於江西，山上氣溫早暖，農曆十月可見梅花盛開。唐・樊晃（約七〇〇～約七七三）〈南中感懷〉詩：「四時不變江頭草，十月先開嶺上梅。」

註三　壯心未已歌鴻鵠：壯心未已，壯志未停息。歌鴻鵠，鴻鵠，歌名，〈鴻鵠歌〉作者是漢高祖劉邦得意之作。歌詞曰：「鴻鵠高飛，一舉千里。羽翮已就，橫絕四海。橫絕四海，當可奈何？雖有矰繳，尚安所施。」

註四　聽杜鵑：杜鵑，鳥名，又名杜宇、子規，古傳為蜀帝杜宇之精魂所化，春末夏初晝夜啼鳴，其聲哀切。宋・鮑照〈擬行路難〉詩之六：「中有一鳥名杜鵑，言是古時蜀帝魂。其聲哀苦鳴不息，羽毛憔悴似人髡。」

註五　劫後愈珍餘日貴：劫後愈珍，劫後，指災劫之後；愈珍，愈會珍惜。餘日貴，餘下日子可貴。

註　六　生平罔識附時賢：罔識，不曉得。附時賢，依附當時得令的賢達或權貴。

註　七　白沙支派陽明學：白沙，指明大儒陳白沙。陳白沙原名陳獻章（一四二八～一五〇〇），乃伍百年先生同鄉先賢，俱為新會白沙里人。陳獻章為一代大儒，地位崇高，有「嶺南一人」、「嶺學儒宗」之譽。明代心學發展，陳白沙開其端，湛若水予以完善，王陽明集大成。陽明學，指王陽明之學，其承傳者為陳白沙。

註　八　願接儒宗更問禪：願接儒宗，指伍百年先生有志承傳儒家學說。更問禪，禪指佛學。

癸巳五旬有八初度是日也雨遇天晴詠七律二首以自壽

其一

卅年湖海老風塵註一（伍註）陳元龍湖海豪情。余自廿八歲即南北奔馳，風塵僕僕，卅年於茲矣。，百感翻從幻悟眞註二（伍註）余從百感紛集中，悟出「塵寰萬愛」，無一非幻，能從幻中求真理，才算覺悟。首次二句，結束過去，期悟真如。。世業已隨烽化燼註三（伍註）歷經變亂，世業已因烽火之劫而化灰燼，（承上聯，一切皆幻）白居易詩：時難年荒世業空；盧綸詩：舊業已隨征戰盡；杜甫詩：洛陽宮殿化為烽。（此句融化唐詩三典），書城難寄劫餘身註四（伍註）雖然讀破萬卷，坐擁書城，而劫餘之身，最難寄託。（第三四句承上開下，不盡感慨）。低徊往事情懷舊（伍註）第五句由感慨而生出，「情則懷其舊」，不失詩人敦厚之旨。，瞻眺長塗境欲新註五（伍註）此句「境則求其新」，不甘受環境支配。。彼岸待登航在望註六（伍註）悟道有得，待登彼岸而已望見慈航。（摩訶般若密多，是梵音，譯解：「大智慧到彼岸。」），眾生未許涉先津註七（伍註）慈航在望，問津有涘，但眾生苦惱，未許忘情，何忍涉津自渡，地藏王所以立宏願：「渡盡眾生，始肯成佛。」故佛本多情者以此。。

賞析：這是一首抒懷詩。本詩首聯感慨「卅年湖海」的滄桑經歷，諸般感受都能從虛幻中悟出眞理。頷聯上句哀嘆祖業燬於戰火；下句述身遭劫難，坐擁書城難以遣愁。頸聯緬懷往事，放眼將來，期盼前景有新發展。尾聯訴說本可登航遠去，不問塵世，但卻憫眾生苦惱，未宜泛舟五湖，應入世救民。本詩慷慨悲涼，歷盡滄桑，百感交集！是詩大旨在末句「眾生未許涉先津」，顯示詩人關懷家國，慈悲眾生爲人生奮鬥目標。

其二

太上忘情佛有情註八（伍註）此句承上結聯「佛本多情不忘眾生疾苦」之意，以期「餘生開一新境界」。，相無人我自通明註九（伍註）「既四大皆空，人我兩忘」，則自然靈明豁通，了無罣礙。。歲如流水慚虛度註一〇（伍註）有今是昨非之感，過去為俗慮所絆，不及早求道，嘆歲月之如流，（今年為癸水年，故云流水）惜光陰之虛度。，身擬寒梅遇此生註一一（伍註）此身以寒梅自比，擬作後凋之逸民，過此餘生了。（梅為國花，蘭為國香以此比擬。）。將以孤芳迎瑞雪註一二（伍註）既以梅比擬，則準備以孤芳迎瑞雪，（雪本冷酷）但梅不畏冷，而因冷反揚其芳菲，故古人有「不是經冬寒澈骨，那得梅花撲鼻香」之句，使冷酷之雪，變為「瑞雪豐年」之佳景。，忽焉晚景見新晴註一三（伍註）點是日雨過天晴之景。。陽春十月涵天地註一四（伍註）陽春，指小陽春十月也，（古有句：十月先開嶺上梅）點出誕辰月令。，默念彌陀四海平註一五〔伍註〕盼佛力慈悲，四海昇平。

賞析：這是一首抒懷詩。首聯上句稱譽天有好生之德，其德乃情也。而佛結緣眾生亦情也，故言佛有情；下句言人皆有相，相即執著、妄想、痴想，能無相，就能通達賢明向前發展，普施慈悲與愛。頷聯自省虛度此生，但仍潔身守道以寒梅自比。頸聯上句「將以孤芳迎瑞雪」，孤芳，寓意其人孤芳自傲，不隨俗流；迎瑞雪，乃點題生朝日期在農曆十月，是月大庾嶺已見瑞雪；下句承上句，瑞雪兆豐年，顯示人生晚景吉兆。尾聯述十月小陽春涵養天地萬物，默誦佛號為眾生祈福。本詩首尾呼應，起句已不平，生朝忌殺生，故太上好生，而佛亦慈悲戒殺。尾聯亦以默念彌陀呼應首聯「佛有情」。

註釋

註　一　卅年湖海老風塵：老風塵，指風塵僕僕多年。

註　二　百感翻從幻悟真：幻悟真，幻，虛幻、幻化。悟，覺醒、醒悟。真，不虛、自然。

註　三　世業已隨烽化燼：世業，家族相傳產業。烽化燼，烽，烽火、戰火；化燼，化成灰燼。

註　四　書城難寄劫餘身：劫餘身，即劫後餘生的身軀。句意謂劫後餘生，不能光靠坐擁書城看書度日。

註五　瞻眺長塗境欲新：瞻眺，往遠處看。長塗，即長途。境欲新，境界欲變新面貌。

註六　彼岸待登航在望：彼岸，對岸，所嚮往的境界，佛家有言，此岸有生有死之苦惱，彼岸超脫生死。《大智度論》十二：「以生死為此岸，涅槃為彼岸。」又《無量壽經》卷上：「一切善本皆彼岸，悉獲諸佛無量功德，知慧聖明，不可思議。」航，船舟。

註七　眾生未許涉先津：眾生，指老百姓。未許，未允許。涉先津，涉水率先登渡上船。寓意眾生待拯，不能登舟離去。

註八　太上忘情佛有情：太上忘情，太上，至高無上，可理解為道、為聖人；忘情，並非無情，是有情。南朝宋．劉義慶《世說新語．傷逝》：「太上忘情，並非無情，忘情是寂焉不動情，若遺忘之者。言者所以在意，得意而忘一言。」佛有情，佛結緣眾生，普渡眾生故有情。

註九　相無人我自通明：相無人我，所謂「相」，釋義頗多，可理解為「眾生痴愚妄想」、「概念」、「執著」。《金剛經》論相有四，即所謂四相：無我相、無人相、無眾生相、無壽者相。能無相，就能自我消融執著，就會帶來眾生平等的智慧及慈悲眾生的愛。自通明，自然通達賢明。《荀子．強國》：「求仁厚通明之君而託王焉。」

註一〇　歲如流水慚虛度：歲如流水，時間如流水般逝去而不返。慚，慚愧。虛度，白白浪費。唐．

元稹〈酬樂天三月三日見寄〉：「獨倚破簾閑悵望，可憐虛度好春朝。」

註一一　身儗寒梅遇此生：身儗寒梅，儗，通擬，比擬；寒梅，耐寒而香，歲後凋謝，此其特色。遇此生，此生遇上。

註一二　將以孤芳迎瑞雪：孤芳，獨有的芳香，寓意品格高潔絕俗。迎瑞雪，迎接吉祥的十月雪。

註一三　忽焉晚景見新晴：忽焉，形容快速；晚景，寓意晚年。見新晴，見新晴天，寓意晚年忽然見到新希望。

註一四　陽春十月涵天地：陽春十月，句意十月小陽春。涵天地，小陽春之氣，降臨涵育天地萬物。

註一五　默念彌陀四海平：彌陀，梵語，指佛號阿彌陀佛，意為無量光佛，無量壽佛。

七十七自壽

滄海歸來三十春註一〔伍註〕余從政至四十八歲。，立言未濟愧先民註二〔伍註〕余閉門著述，慚立言「未濟」（見《易經》），無補時艱。愧先民，先民，古代賢人，有愧於古賢。。國醫有術難醫國〔伍註〕自以國醫活人，惜未能醫國。，人道瀕迂變道人註三〔伍註〕人道太過，則流於迂，便誤盡蒼生，有感於港府之措施失當也。。誰誤蒼生淪醜類註四，我哀赤子染胡塵註五。居夷猶作匡時計註六，何惜餘生劫後身註七。

賞析：這是一首自壽詩。詩中首聯訴說離家出外奮鬥三十載，期間歷盡滄桑與劫難；一介文人，閉門著述，立言而莫補時艱，有愧古賢。頷聯上句自愧有術醫病，無術醫國；下句諷治政者過於人道，淪爲修道者，以致治安敗壞。頸聯諷港府當局，管治失當，治安不靖，黑幫橫行；下聯哀痛純潔青年，盲目崇洋，習染歐風，強調個人主義。尾聯自述雖居異域，仍關懷國情國事，思考救國之道，已一把年紀，無需要珍惜其劫後餘生的身軀。本詩感懷身世，沉痛悲涼，藉七十七生朝自壽，緬懷過去，語多感慨！詩中語句白描，夾敘夾議，暢所欲言，波瀾起伏，高齡自壽不忘關心民瘼，關懷家國，令人敬佩！

註釋

註一　滄海歸來三十春：滄海歸來，寓意飽遭憂患與劫難歸來。

註二　立言未濟愧先民：立言，人生三不朽之一，立言指著述。《左傳・襄公二十四年》：「太上有立德，其次有立功，其次有立言，雖久不廢，此之謂不朽。」未濟，未完成。

註三　人道瀕迂變道人：人道，以人為本的主義。瀕迂，臨近、迫近；迂，迂腐，意謂迫近迂腐。

變道人，變成修道者，寬恕犯錯的人。此言人道太過，流於放縱。

註　四　誰誤蒼生淪醜類：醜類，壞人、惡人。《三國志・魏書・武帝志》：「致居官渡，大殲醜類。」

註　五　我哀赤子染胡塵：赤子，泛指善良年輕人；染胡塵，習染西方不良風氣。。

註　六　居夷猶作匡時計：君子居夷，未忘家國，尤思治國良策。

註　七　何惜餘生劫後身：雖以耋年，但未衰朽，願不惜劫後之餘生，以貢其愚。

乙酉元旦感賦

西望長安日已斜註一，中原猶是混龍蛇註二。誰教赤野無餘粟註三，仍向黃臺累摘瓜註四。
大道未行焉誓墓註五，孑遺待拯豈乘槎註六。雞鳴果有回天力註七，迎得祥和入漢家註八。

賞析：這是一首感時傷世詩。詩中首聯上句寓意日寇侵華敗象已露，南京偽政權日落西山；下句寓意亂世時代，龍蛇混雜，正邪難辨，社會紛亂。頷聯上句揭露當政者護國無力，引起鄰國覬覦野心，發動侵略，引起戰爭，烽煙四起，田野失耕，民無食糧；下句訴說老百姓仍不斷受苛索及壓迫，故有「仍向黃臺累摘瓜」之語。頸聯上句指出天下爲公的政治理念未踐行，豈能辭官歸去；下句指出百姓待拯，豈會乘槎遠去。尾聯祝願乙酉雞年，帶來雞鳴天下，掀起回天之力以維護國命，使得國家太平，社會祥和。本詩比興成句，寄意深遠，悲痛沉鬱，蘊藏憂國憂民的情懷。此外，詩中首句「西望長安日已斜」，展現詩人政治眼光銳利，察知日本侵華敗象已露，果然半年後日本宣佈無條件投降。

註釋

註一　西望長安日已斜：西望長安，長安，中國古都，寓意南京、中國。日已斜，侵華日軍漸衰。

註二　混龍蛇：即龍蛇混雜，指邪正、忠奸、賢愚的人混在一起。

註三　誰教赤野無餘粟：誰教赤野，誰教，誰使、誰令；赤野，乾旱的田野。無餘粟，沒有多餘的米粟。句喻誰使田野荒廢沒收成。

註四　仍向黃臺累摘瓜：黃臺，種黃瓜之臺稱黃臺。「黃臺摘瓜」，典出唐．高宗太子李賢〈黃臺瓜辭〉：「種瓜黃臺下，瓜熟子離離。一摘使瓜好，再摘使瓜稀。三摘猶自可，摘絕抱蔓歸。」累摘瓜，累，連續，連續摘瓜的結果是無瓜可摘。

註五　大道未行焉誓墓：大道未行，指天下為公的政治理念未實行。焉誓墓，焉，怎能；誓墓，指在墓前發誓，歸隱辭官，典出「羲之誓墓」。《晉書・王羲之傳》：「時驃騎將軍王述少有名譽，與羲之齊名，而羲之甚輕之，由是情好不協……述後檢察會稽郡，辯其刑政，主者疲於簡對。羲之深恥之，遂稱病去郡，於父母墓前自誓。」

註六　子遺待拯豈乘槎：子遺，殘存者、遺民。《詩・大雅・雲漢》：「周餘黎民，靡有子遺。」豈乘槎，乘槎，乘木筏。意謂豈會忍心乘木筏登天河去，再不問凡間事；乘槎，也寓意入朝為官或奉命出使。

註七　雞鳴果有回天力：雞鳴，雞乃德禽，除具守時美德外，也能喚醒天下，故雞鳴一聲天下白。《詩・鄭風・風雨》：「風雨如晦，雞鳴不已。」回天力，扭轉局勢的正能量。

註八　迎得祥和入漢家：祥和，祥瑞和平。入漢家，漢家，指中國。寄意戰事結束，和平降臨，百姓展顏。

庚寅元旦港寓口占

眼底滄桑似奕棋註一，機先一著註二繫安危。須從是處知非處〔伍註〕人能知非，方足克己，余年逾知非，尤宜自惕。，漫把無涯誤有涯〔伍註〕《莊子》曰：「以有涯隨無涯，殆矣。」。政惡猶如逾虎猛註三，廩盈寧復卹牛疲註四？春回恰又庚寅降註五，懷國他鄉讀楚辭註六。

賞析：這是一首感時抒懷詩。詩中首聯上句指出人生歷程如棋局變化，勝敗繫於「機先一著」，故行事宜謹慎及掌握時機，誤判時機者亡。頷聯寓意時刻警惕反省，知是知非，不斷優化，並且勿自滿，力求精益求精。頸聯上句指出惡政失道，猶如比虎更凶猛，寓意爲政以民爲本；穀倉盈滿就要體恤牛的辛勞，寓意感恩思源。尾聯上句點題庚寅元旦；下句寓意身居異域，讀楚辭而感懷家國。本詩意氣沉鬱，悲天憫人，境界高逸，道中有儒，儒中有道，情寄屈子。

註釋

註　一　眼底滄桑似奕棋：眼底滄桑，滄桑，言世事人事變化無常，典出成語「滄海桑田」。晉．葛洪《神仙傳．麻姑》：「麻姑自說云，接待以來，已見東海三為桑田。」寓意人生閱歷深，飽經憂患或變幻。似奕棋，似下圍棋，喻人生勝敗盛衰的變化。

註　二　機先一著：先一步掌握時機。

註 三 政惡猶如逾虎猛：典出「苛政猛於虎」。苛刻的政治管理，比老虎還要凶猛。

註 四 廩盈寧復卹牛疲：廩，倉廩，儲糧地方。盈，盈滿。寧復，就要。卹牛疲，卹，體卹；牛疲，牛的辛勞。

註 五 庚寅降：庚寅，虎年；降，降生。屈原《離騷》：「惟庚寅吾以降。」

註 六 楚辭：《楚辭》，是我國古代南方詩歌總集代表，成書於西漢末年，由劉向輯錄屈原、宋玉等人作品而成，共十六卷。《楚辭》文體風格獨特，稱騷體。

南京受日降喜賦一首 乙酉作於京

將軍奏凱騁龍媒註一，飛入京華曙色開註二。十萬橫磨嚴戍道註三，三千珠履競傳杯註四。

受降盛典光青史註五，祝捷歡聲動紫臺註六。位列五強長此奠註七，東夷片甲不須回註八。

賞析：這是一首感時抒懷詩。詩中首聯點題，描述何應欽將軍以勝利軍威勢，於天曉時分飛臨南京接受日軍代表投降。頷聯上句描述受降儀式的威武莊嚴場面；下句描述三千達官貴人，慶賀抗日成功，不停地舉杯互祝，場面熱鬧。頸聯上句描述抗日勝利受降大典儀式，永垂光輝，列入史冊；下句描述賓客情緒高昂，祝捷歡呼聲浪震天。尾聯指出抗日成功後，中國位列世界五強，從此日軍再不敢犯我疆土。本詩慷慨激昂，描寫細膩，情景活現，有如親在現場。此外，本詩正氣凜然，愛國情懷濃烈，遣詞練句貼意，對仗妙成。

註釋

註一　將軍奏凱騁龍媒：將軍奏凱，將軍，征戰將軍。奏凱，奏演勝利之歌。騁龍媒，騁，騁馳；龍媒，駿馬、天馬。《晉書・庾亮傳論》：「馬控龍媒，勢成其逼。」

註二　飛入京華曙色開：京華，南京，指何應欽將軍坐機飛入南京，剛值曙光初開。

註三　十萬橫磨嚴戍道：十萬橫磨，橫磨，指橫磨劍，其特色長大而鋒利，比喻精銳善戰的士卒。嚴戍道，嚴，威嚴；戍道，供軍方守戍的道路。此句形容武備威儀，十分壯觀。

註四　三千珠履競傳杯：珠履，指珠飾之鞋；三千珠履，喻達官貴人，冠蓋雲集。《史記》：「楚之春申君，有客三千餘人，其客上皆躡珠屐。」競傳杯，指慶功宴，頻舉杯互祝。

註五　受降盛典光青史：一九四五年九月九日九時，在南京中央陸軍軍官學校大禮堂，舉行日軍投降儀式，場面盛大莊嚴，中日軍政要人齊集，儀式進行順利，歷時十五分鐘，投降書由日方代表岡川寧次大將簽署，中方由何應欽總司令為代表在日軍投降書上簽署接受，簽署後儀式旋告結束。據載日軍總投降人數為一百二十八萬三千二百人，可謂史無前例。按：日軍投降儀式，於十五個戰區分別舉行。光青史，照亮歷史，永垂不朽。

註　六　動紫臺：紫臺，即紫臺宮，神仙或皇帝所居。動紫臺，形容喜悅歡聲震天。

註　七　位列五強長此奠：五強，是指聯合國中、英、美、法、蘇常任理事國。奠，奠定，中國自此奠定五強地位。

註　八　東夷片甲不須回：東夷片甲，東夷，指日軍；片甲，戰袍上的禦體鐵甲片。不須回，不須再回來，寓意戰爭從此結束。

國運重光喜而賦此以誌慶也

東夷北襲復南侵註一，荼毒生靈恨已深註二。叛黨詞人更媚敵註三，殘民奸吏競淘金註四。
覆巢猶望全完卵註五，報國常懷策反心註六。歷險含辛棲虎穴註七，八年苦旱遇甘霖註八。

賞析：這是一首感時抒懷詩。詩中首聯記述日本侵華策略，先北後南，兩面夾擊，致使生靈塗炭，死傷無算，仇恨極深。頷聯上句責汪僞政權媚日，建立南京僞政府；下句責奸官殘民自肥，貪污成風，即「競淘金」。頸聯上句哀憐身經戰火洗禮者，期盼他們安全無恙；下句言自己常懷報國之心，勸喻誤入歧路者重返正途。尾聯訴說歷盡艱辛，棲居虎穴，歷時八年，終見停戰和平。本詩作者慷慨沉痛，憤恨交作而成詩，雖云爲國運重光喜極而賦，然喜意不多，反而借詩諷刺日寇侵華、漢奸賣國、奸吏斂財之史實。詩中控訴日寇「東夷北襲復南侵」，荼毒生靈恨已深」，又諷汪精衛爲「叛黨詞人更媚敵」，亦斥發國難財之「殘民奸吏競淘金」，自己則「報國常懷策反心」，「歷險含辛棲虎穴」，戰事結束，國運重光，末句「八年苦旱遇甘霖」，聊以點題而已。

註釋

註　一　東夷北襲復南侵：東夷北襲，東夷，指日本；北襲，一九三一年九月十八日，日本發動九一八事變，占領東北，成立偽滿州國。一九三七年七月七日又發動蘆溝橋事變，中日雙方開戰，日軍攻陷平津，旋相繼攻占上海及首都南京，蔣介石遷都重慶。復南侵，日本侵華，兵分南北兩路，一九三八年十月十二日，日軍在廣東惠陽大亞灣強行登陸，計畫從南面出兵北上，會師北方南下的日軍。

註　二　荼毒生靈恨已深：荼毒生靈，指殘害百姓，傷害一切生命。《尚書・湯誥》：「罹其凶害，弗忍荼毒。」恨已深，指仇恨極深。

註　三　叛黨詞人更媚敵：叛黨詞人，詞人，即文人，指汪精衛，主和派領袖。媚敵，討好敵人。

註　四　殘民奸吏競淘金：殘民奸吏，殘害百姓的奸官。競淘金，積極求財，寓意貪腐嚴重。

註　五　覆巢猶望全完卵：覆巢，雀巢高處跌下已覆轉。全完卵，猶望覆巢之下，保全蛋卵完整無恙，這是很難的事實。寓意戰爭給社會帶來整體傷害，個別百姓不能倖免。南朝宋・劉義慶《世說新語・言語》：「大人豈見覆巢之下，復有完卵乎？」

註　六　策反心：指勸善之心，導人改邪歸正，這也是一種修行功德。

註　七　棲虎穴：寓意戰火到處，隨時遇上空襲與戰爭，棲居之處，有如虎穴，隨時遇難。

註　八　八年苦旱遇甘霖：八年苦旱，苦旱，指戰爭。遇甘霖，指戰爭結束，有如久旱逢雨。

對日和約有感

萬方如晦日西沉註一，驀又回光破夕陰註二。瀛海降旛猶未落註三，美人芳躅已常臨註四。

寖成膠漆同休戚註五，那管珍珠恨淺深註六。遺憾白皮註七書往事，卻教舊雨滯寒林註八。

賞析：這是一首感時抒懷詩。詩中首聯寓意八年抗日戰爭末期，雙方戰得天昏地暗之際，美國突然在日本廣島及長崎分別投下原子彈，爲戰爭結束帶來曙光。頷聯寓意日本剛宣佈投降，美國使團已常臨日本洽談。頸聯諷美日關係發展迅速，達到如膠如漆的地步，已忘記日軍偷襲珍珠港的仇恨。尾聯言無賴之徒，爲邀功而舉報往事，致令舊雨受影響，滯留在困境中。本詩比興成句，點而不破，詩旨深邃，語調滄桑，感慨萬千，尤以結句「卻教舊雨滯寒林」，令人欷歔不已！本詩辭藻新穎，夾敘夾議，一氣呵成，對仗工穩出奇，詩筆縱橫！

註釋

註一　萬方如晦日西沉：萬方如晦，天地黑暗。日西沉，夕陽西下。

註二　驀又回光破夕陰：驀又回光，忽然出現光明。破夕陰，打破黃昏的陰暗。

註三　瀛海降旛猶未落：瀛海降旛，寓意日本舉旗投降。猶未落，言降旗未落，時間短暫。

註四　美人芳躅已常臨：美人，指美國人。芳躅，足跡。已常臨，言美國人常去日本商議政務。

註五　寖成膠漆同休戚：寖成膠漆，膠漆，深厚堅固。指美日情誼深厚堅固。同休戚，休，吉慶、美善、福祿；戚，憂愁、不安、苦悶。同休戚，即苦樂與共。《後漢書・靈帝紀》：「備托臭味，庶同休戚。」

註　六　那管珍珠恨淺深：那管，不理會。珍珠，指日軍偷襲珍珠港事件，重創美國海軍基地，多艘軍艦嚴重損傷。恨淺深，寓意不理會往日仇恨的深與淺。

註　七　白皮：白皮，指賴皮人，無賴之輩。

註　八　卻教舊雨滯寒林：舊雨，指朋友。滯寒林，停滯在惡劣環境的困苦中。

石頭城[註一]即景

鍾山毓秀楚天秋[註二]，玄武湖光眼底收[註三]。翠柳千行遮紫陌[註四]，黃槐萬樹擁紅樓[註五]。

曉風輕拂芙蓉[註六]水，晚鷺戲翔葦荻洲[註七]。景物不殊人事改[註八]，六朝煙水古今愁[註九]。

賞析：這是一首寫景抒懷詩。詩中首聯寫景，著墨在南京「鍾山毓秀」、「玄武湖光」。頷聯續寫景物如：翠柳、紫陌、黃槐、紅樓。頸聯寫景如曉風、芙蓉水、晚鷺、葦荻洲。尾聯上句觸景傷情，感慨萬千，前賢所言「風景不殊，正自有山河之異」；下句「六朝煙水古今愁」，指南京見證六個朝代政權興亡，能不欷歔？本詩寫景爲主，尾聯爲詩旨所在。本詩辭藻雅樸兼行，描寫景物，細膩而生動，對仗工整，妙筆天成。

註釋

註一　石頭城：即南京。南京，簡稱「寧」，別稱頗多，如：建康、建業、金陵，秣陵、白下等。

註二　鍾山毓秀楚天秋：鍾山，位於玄武湖區境內，又名蔣山、紫金山、神烈山，江南四大名山之一，山色絕佳，有「鍾靈毓秀」之美譽。毓秀，指山川秀美，人才輩出。楚天，長江中下游一帶，即南方地區。

註三　玄武湖光眼底收：玄武湖，南京重要景點，中國最大的皇家湖泊公園，有金陵明珠美譽。眼底收，指湖光景色，盡入眼底。

註四　遮紫陌：遮，遮蓋；紫陌，京城郊外的馬路，稱紫陌。

註五　擁紅樓：擁，擁抱、圍繞；紅樓，南京景點之一。

註六　芙蓉：即荷花。

註七　晚鷺戲翔葦荻洲：晚鷺戲翔，夕照鷺鳥；戲翔，嬉戲地飛翔。葦荻洲，蘆葦淺灘。

註八　景物不殊人事改：景物不殊，不殊，不同；人事改，人與事均改變。劉義慶《細說新語・言語》：「過江諸人，每至美日，輒相邀新亭，藉卉飲宴。周侯中坐而歎曰『風景不殊，正自有山河之異！』皆相視流淚。唯王丞相。愀然變色曰：『當共戮力王室，克復神州，何至作楚囚相對？』」

註　九　六朝煙水古今愁：六朝煙水，六朝，三國至隋統一前的三百餘年，經歷六國王朝，即三國吳、東晉、南北朝的宋、齊、梁、陳。南京是這六個王朝的古都，物質文明發達，王室與顯宦聚居此地，生活奢靡，重享受，講派場，引致文風也纖弱華麗，而秦淮風月，浪漫如煙，情懷似水，在文人筆下，以六朝煙水、六朝金粉來形容南京風月韻事，可謂貼切。古今愁，歷史上共有十四個王朝建都於南京，分別是：孫吳、東晉、楚·桓玄、劉宋、南齊、南梁、漢·侯景、南陳、吳·杜伏威、南唐、明、南明、太平天國、民國。這十四個王朝合共四四二年，其中享國祚最長者為東晉一〇三年，最短者為漢·侯景半年。王朝的興替，見證歷史發展，予人欷歔！故言古今愁。

寒夏 丙戌四月申江旅邸口占

細雨寒風動客愁，江南四月似初秋。春光消失詩情冷，野哭註一平添劫火憂。

隱約殘陽明滅註二處，徘徊歧路快恩讎註三。支離國命餘鷄骨註四，猶有彈冠羡沐猴註五。

賞析：這是一首觸景傷時詩。是詩首聯「細雨寒風」、「初秋」，意境淒涼。頷聯傷春逝，「劫火憂」，令人欷歔。頸聯「殘陽明滅」，「徘徊歧路」，人境茫然。尾聯上句悲痛國命殘存，有如支離雞骨；下句諷小人恃勢害人，像猴子扮人作威作福，欺壓弱小。是詩蒼涼悲憤，辭藻嫻熟而有創意，句意展現濃厚的愛國情懷。本詩從景入題，進而傷時痛，悲國命，諷小人當道，令人悲憤！

註釋

註一　野哭：野外哭聲。唐・杜甫〈閣夜〉：「野哭千家聞戰伐，夷歌數處起漁樵。」

註二　明滅：忽明忽暗。

註三　快恩讎：快，痛快；恩讎，讎，通仇，恩怨。意謂解決恩怨為快事。

註四　支離國命餘鷄骨：支離，分散、散亂、衰殘瘦弱。宋・陸游〈病起書懷〉：「病骨支離紗帽寬。」國命，國家命運。餘雞骨，餘，剩餘；雞骨，雞骨頭。喻國家命運經戰亂後，支離殘弱，有如雞骨，只得生命空殼。

註　五　猶有彈冠羨沐猴：猶有，仍然有。彈冠，古人戴上帽子前，順手彈去冠上塵埃以保持潔淨。羨沐猴，羨，羨慕，希望自己也有；沐猴，沐浴的猴子。彈冠沐猴，猴子學人沐浴穿衣戴帽，虛有其表，此乃貶辭。

郤聘 某鉅公遣使勸復出以詩答之

塵襟滌盡解征衣註一，欲陟西山采蕨薇註二。手擷嶺梅香撲袖註三，身棲泉石澹忘機註四。

風潮接湧曾觀海註五，月色偷窺陡入幃註六。無奈宦情如止水註七，醉吟〈梁父〉掩柴扉註八。

賞析：這是一首酬答郤聘詩。詩中首聯直述解征衣，歸隱西山去，無意名位。頷聯上句以梅花自比，堅守耐寒氣節；下句「身棲泉石」，寓意淡薄生存，沒有機心。頸聯上句訴說曾經滄海，見慣大風大浪；下句寓意來使突臨到訪。尾聯表達宦情如水，無意復出，隱居避世，醉吟〈梁父〉，閉門謝客。本詩比興成句，意在言外，令人深思。詩中訴說郤聘，原因是歸隱，堅守氣節，宦情似水，無意復出，陳情懇切，高雅厚道，辭藻不亢不卑，以詩郤聘，在書函中頗爲鮮見。

註釋

註一　塵襟滌盡解征衣：塵襟，世俗的襟懷。滌盡，全部洗淨。解征衣，解除戰衣。

註二　欲陟西山采蕨薇：陟，登。西山，即首陽山，隱居的名山，在山西省縣南。相傳伯夷、叔齊恥食周粟，嘗隱居於此。采蕨薇，蕨與薇屬野蔬，隱士以之充飢。《詩．小雅．四月》：「山有蕨薇，隰有杞桋。」

註三　手擷嶺梅香撲袖：手擷，手摘；嶺梅，山嶺上梅花。香撲袖，梅香滿袖，寓意取梅花堅貞耐寒之德。

註四　身棲泉石澹忘機：身棲泉石，寓意寄居山水。澹忘機，澹，通淡、澹薄；機，機心，意謂澹薄一切，消除機心，無求無欲，隱士之風也。

註五　風潮接湧曾觀海：風潮接湧，狂風怒潮，連續性湧現。曾觀海，意謂曾觀滄海變動。

註六　月色偷窺陡入幃：偷窺，偷看。陡，突然；幃，幃簾。意謂月色突然偷偷地照入幃簾。寓意使者突訪。

註七　無奈宦情如止水：宦情，為官情志。如止水，即心如止水，平淡無求。

註八　醉吟〈梁父〉掩柴扉：醉吟〈梁父〉，〈梁父吟〉，又稱〈梁甫吟〉，世傳兩首，一首為漢樂府，流行於山東，作者佚名，蜀孔明好吟唱之。曲內容記述春秋齊相晏嬰以權謀助齊景公，剷除功高蓋主三大功臣的故事。另一首同名〈梁父吟〉為李白（七〇一～七六二）所作，內容記述懷才不遇者的不平心情。掩柴扉，柴扉，柴門，寓意關掩柴門，無須開門迎客。唐．王維〈山中送別〉：「山中相送別，日暮掩柴扉。」

己丑除夕在港度歲口占

重履桃源儼老漁註一（伍註）世人視港為桃源，余則為重來漁父矣。，雖非吾土亦安居註二（伍註）王粲登樓賦有「雖信美而非吾土兮，曾何足矣少留」之句，余嫌其狹故反之。。萍蹤未肯隨流去註三，菽水猶懽度歲除註四（伍註）余隱斯土，家費悉由兒輩任之，日耽吟詠一樂也。。小隱註五靜觀天下事，浪吟高臥枕中書註六。珠江風雨爐峰月註七，渾作黃粱意自如註八。

賞析：這是一首感時抒懷詩。詩中首聯上句以武陵漁夫自許，再度重臨「桃源」香港；下句「非吾土」的香港，尚可安居。頷聯上句自訴未肯隨波逐流；下句以「度歲除」點題，並以「菽水猶懽」讚揚兒女給予照顧。頸聯言小隱香港，可以「靜觀天下事」，又可以「浪吟高臥」及研習神仙得道之術。尾聯描寫珠江風雨之夜，及香港月夜，都是黃梁一夢，夢醒茫然無所得，不必介懷身世遭遇，總之隨緣而遇，心安理得。此詩用典淺白，但寄意深遠，別有懷抱。詩中顯示其人，潔身自愛，雖隱而不忘家國，故言「萍蹤未肯隨流去」、「小隱靜觀天下事」、「珠江風雨爐峰月」，可見其人心志。

註釋

註一　重履桃源儼老漁：重履桃源，再次蒞臨桃花源，寓意再臨香港。陶淵明〈桃花源記〉：「先世避秦時亂，率妻子邑人，來此絕境，不復出焉。」儼老漁，儼，好像；老漁，指〈桃花源記〉文中的武陵漁夫。

註二　雖非吾土亦安居：雖非吾土，一八四〇年，中英爆發鴉片戰爭，滿清政府大敗，簽訂不平等的南京條約，割讓香港給英國，香港淪為英屬殖民統治，故有非吾土之嘆！

註三　萍蹤未肯隨流去：萍蹤，指浮萍似的行蹤。隨流去，隨波逐流而去。

註四　菽水猶懽度歲除：菽水猶懽，菽，豆；菽水，豆與清水；猶，仍舊、尚且；懽，同歡。寓意克盡孝道，不能以侍養物質的貴賤作標準，就算以豆品和清水侍養父母，使父母歡心，也算孝道。《禮記．檀弓下》：「子路曰：『傷哉！貧也。生無以為養，死無以為禮也。』孔子曰：『啜菽飲水盡其歡，斯之謂孝。』」度歲除，歲除，年終最後一天。

註 五 小隱：言小住香港。

註 六 浪吟高臥枕中書：浪吟，豪放吟詠。清．袁枚《隨園詩話》引許渾句：「吟詩好似成詩骨，骨裏無詩莫浪吟。」高臥，隱居不仕。南朝．宋．劉義慶《世說新語．排調》：「卿（謝安）屢違朝旨，高臥東山，諸人每相與言：『安石不肯出，將如蒼生何？』」枕中書，道教書名，一名《元始上真眾仙記》，內容記述神仙道術為主，晉．葛洪撰。

註 七 爐峰月：香港最高山峰是太平山，別稱爐峰，爐峰月，指香港月夜。

註 八 渾作黃粱意自如：黃粱、即黃米，典見「黃粱一夢」，寓意人生富貴榮華，功名利祿，以及一切美好事物，有如夢幻，夢醒一切皆空。唐．沈既濟《枕中記》載士子盧生赴京考試不第，鬱鬱不樂，垂頭喪氣回鄉。在客店遇一道士，盧生大吐生命苦水，並語出富貴欲望，覺倦，道士以一瓷枕薦其頭。盧生馬上入夢，夢見功名富貴，嬌妻美艷，官場得意，步步高陞，兒孫滿堂，年活八十才得病，終於久治不癒而亡，斷氣時驚醒。道人仍在身旁，客店主人仍在燒飯未熟。此時的他，頓悟人生一切如夢幻，無須執著。意自如，意，心意、隨意；自如，指沒有障礙，不受約束。

書懷

少獵文名未足豪，半生憂患困蓬蒿[註一]。此身空負屠龍技[註二]，多難寧論汗馬勞[註三]。
落魄西南辭鶴板[註四]，傷心東北等鴻毛[註五]。匹夫也有興亡責[註六]，誰謂男兒肯自逃。

賞析：這是一首書懷遣志詩。詩中首聯回顧過去「少獵文名」，但「半生憂患」。頷聯上句自愧懷才未遇；下句指出國家多難，豈會空談立功報國。頸聯言思鄉辭官返里；下句斥日寇犯我東北，犧牲了不少無辜生命。尾聯表達男兒抱負，國家興亡，匹夫有責，豈敢逃避。本詩悲壯沉鬱，意氣縱橫，抒發個人抱負及愛國情懷，充分展現愛國詩人本色，令人欽佩！

註釋

註一　困蓬蒿：蓬與蒿都是野生雜草，寓意未遇。

註二　此身空負屠龍技：空負，辜負。屠龍技，春秋時代，朱泙漫學屠龍技於支離益，三年技成，而無所用其巧。《莊子．列禦寇》：「朱泙漫學屠龍於支離益，單（通殫）千金之家，三年技成，而無所用其巧。」

註　三　多難寧論汗馬勞：多難，指國家面對多災多難。《左傳・昭公四年》：「鄰國之難，不可虞也。或多難以固其國，啟其疆土；或無難以喪其國，失其守宇。」寧論，論，音倫，豈會講說。汗馬勞，汗馬功勞，指戰場上，騎著戰馬奔馳，流著汗冒生命之危，跟敵人作生死戰。《韓非子・五蠹》：「棄私家之事，而必汗馬之勞。」

註　四　落魄西南辭鶴板：西南，家鄉。落魄西南，言魂魄落在家鄉，即思鄉。典出宋・蘇軾〈醉落魄・述情〉：「家在西南，長作東南別。」辭鶴板，辭，辭職、辭官。意謂徵聘賢士的詔書。唐・王勃〈上絳州上官司馬書〉：「鸞扃停逸，頻虛不次之階；鶴板徵賢，累發非常之詔。」句意謂思鄉辭官。

註　五　傷心東北等鴻毛：傷心東北，此言日寇侵華，犯我東北，令人痛心；等鴻毛，言無辜犧牲者，其生命等於鴻毛那麼輕微。

註　六　匹夫也有興亡責：匹夫，平民中的男子。興亡責，指國家興盛與滅亡的責任。男兒的古訓是國家興亡，匹夫有責。

箴俗

平生不識王侯貴註一，清濁原分涇與渭註二。富貴無求奈我何，權威不屈其誰畏註三。
機心叵測註四亦徒然，天命註五非常終浪費。鼠輩渾同井底蛙註六，焉知國士蘊奇氣註七。

賞析：這是一首感時抒懷詩。詩中首聯自豪平生不攀附王侯，賦性高潔如渭水。頷聯述不求富貴，不爲利誘，對方無技可施；不畏權威，更不畏懼任何人。頸聯指出世途險惡，人心難測；天命安排非常態，只有隨緣，執著會徒費心思。尾聯諷無知鼠輩坐井觀天，不知國士氣質高尚，不屑與庸劣之輩爲伍。本詩白描，詞句雖然淺白，但具哲理，詩旨強調人品清與俗、貴與賤，鼠輩與國士，使庸劣而居高位的權貴，汗顏無地。

註釋

註一　王侯貴：王侯，王爵、侯爵。貴，顯貴，泛指顯貴之士。

註二　涇與渭：河道名，即涇水與渭水，涇水濁，渭水清。寓意品格高下。《魏書．蕭寶夤傳》：「涇渭同波，薰猶共器。」

註三　其誰畏：他畏懼誰。

註四　機心叵測：機心，心思機巧複雜，其心巧詐及功利。《莊子・天地》：「吾聞之吾師，有機械者必有機事，有機事者必有機心。機心存於胸中，則純白不備。」叵測，不可推測或度量。

註五　天命：上天主宰人的命運。《書・盤庚上》：「王有服，恪謹天命。」《論語・為政》：「子曰：『吾十有五而志於學，三十而立，四十而不惑，五十而知天命。』」

註六　鼠輩渾同井底蛙：鼠輩，惡徒。渾同，等同。井底蛙，寓意識見少。

註七　焉知國士蘊奇氣：焉知，怎知。國士，指國家才德兼備的傑出人才。蘊奇氣，蓄有奇特的氣質。

自適

山間月上景無邊[註一]，林下壺中興不淺[註二]。樹色青青酒味醇，花香襲襲[註三]鶯聲軟。

客來對弈[註四]復談禪，盜爲憐貧[註五]無擾犬。娛我文章且樂天[註六]，任他名利翻成繭[註七]。

賞析：這是一首寫景抒懷詩。詩中首聯寫月照山間景色，詩人獨酌林下。頷聯寫景，描寫樹色、酒味、花香、鶯聲。頸聯上句記述與訪客下棋、談禪；下句言寄居窮鄉地區，小偷卻步不至，門犬無須吠叫。尾聯自言以文章自娛，樂天知命，不理會別人名利豐厚。本詩押韻仄聲，平淡有致，作者以山色泉林爲伍，以詩酒文章自娛，不慕名利，客至則對奕談禪，山居自得其趣。

註釋

註　一　景無邊：景，景色；無邊，廣闊無盡頭。

註　二　林下壺中興不淺：言林下飲酒，興致濃厚。

註　三　花香襲襲：襲，通習，襲襲，近義為陣陣，花香襲襲，言花香陣陣迎風而來。

註　四　對弈：下棋。

註　五　盜為憐貧：此言盜賊憐恤貧困的人。

註　六　樂天：無憂慮，樂於順應天命。《易．繫辭上》：「樂天知命，故不憂。」《禮記．哀公問》：「不能安土，不能樂天；不能樂天，不能成其身。」鄭玄注：「不能樂天，不知已過而怨天也。」

註　七　名利翻成繭：翻成繭，繭，一般是指蠶蟲吐絲成繭。繭的意義可理解作繭自縛；或手或足部，皮膚經過磨擦成繭。名利翻成繭，可指名利如繭般越來越厚。

遷居感賦

枕山帶海沐長風[註一]，瀲灩光華[註二]在眼中。萬物靜觀[註三]當自得，群流動止[註四]亦相同。

蠖居屈蟄堪容膝[註五]，王道敦淳始愜衷[註六]。烈士壯心知未已[註七]，暮年奮發當爲雄[註八]。

賞析：這是一首詠物抒懷詩。詩中首聯上句寫景，描寫枕山、帶海、長風；下句描寫水波蕩漾。頷聯描寫「萬物靜觀」的感受；下句描寫「群流動止」的情況。頸聯上句點題，描述新居面積狹窄，僅可容膝；下句論仁政要敦厚、淳樸，才合民眾心意。尾聯自負年紀雖長，但抱負崇高，有如烈士雄心，不會停止，依然奮發向上。本詩藉遷居，寫景言志，內容平實，事物描寫細膩而生動，聲情跌宕。詩中末句：「暮年奮發當爲雄」，展現其救世雄心抱負，終生不泯，可爲詩旨所在。

註釋

註　一　枕山帶海沐長風：枕山帶海，靠山連海。沐長風，洗沐在長風中。

註　二　瀲灩光華：水波蕩漾，泛起光輝。

註　三　萬物靜觀：寓意靜觀萬物，就體會其樂趣，自覺得意。《禮記．中庸》：「君子無入而不自得焉。」

註四　群流動止：群流，同輩；動止，指起居作息。

註五　蠖居屈蟄堪容膝：蠖居屈蟄，蠖居，蠖伸而居；屈蟄，以曲求伸，以直求存，意謂居所面積小。堪容膝，只可容納足膝。

註六　王道敦淳始愜衷：王道，以道德仁義為治術。敦淳，敦厚淳樸。始愜衷，才合心意。唐．張九齡〈與生公遊石窟山〉：「造物良有寄，嬉遊乃合衷。」

註七　烈士壯心知未已：烈士，有遠大崇高抱負之士。壯心，雄心。知未已，明白到不會停止。三國．魏．曹操〈步出夏門行．龜雖壽〉：「烈士暮年，壯心不已。」

註八　暮年奮發當為雄：暮年，晚年。奮發，向上奮鬥發展。當為雄，雄，傑出英雄。

感懷有序

每懷家國，心憂如痗[註一]！嗟乎，地獄久困乎生靈，天誅[註二]未及於醜類[註三]。俯仰依人[註四]，自由受制。非自覺無以維新[註五]，守不變惟有待斃！儲才常培新血，救國更仗群黎[註六]。苟無文信國[註七]之正氣，孰肯寧爲玉碎[註八]？不有武鄉侯[註九]之賢能，則徒甘於坐待[註一〇]。而欲痛飲黃龍[註一一]，抑亦[註一二]難哉！因成一律，以抒所懷。

忍別湖山海外留，故園松菊幾經秋。夷居縱美非吾土註一三，市隱更難化俗流註一四。正氣孰賡文信國註一五，奇才難似武鄉侯註一六。夢魂猶記黃龍酒註一七，飯否老廉註一八悲白頭。

賞析：這是一首感時抒懷詩。詩中首聯訴說忍別祖國，居留異域，寄人籬下，不覺多年。頷聯上句慨嘆異域雖美，終非吾土；下句隱居鬧市，更難改變舊俗。頸聯上句悲嘆朝上正氣消沉，誰承傳文天祥的正氣；下句指人才難覓，當世誰具孔明的奇才？尾聯上句寓意夢魂猶記打敗日寇，痛飲黃龍；下句比興成句，訴說「廉頗老矣，尚能飯否？」寓意遺才已老，頭髮斑白。本詩沉痛蒼涼，悲遭逢國難，漂泊異域，訴說遊子心聲。詩中比興成句，用典而不俗套，化深奧爲淺白，句意容易理解，詩旨鮮明，尾聯「夢魂猶記黃龍酒」，可知其人愛國情懷之深厚。

註釋

註一　痗：憂思成病。

註二　天誅：上天的懲罰。《墨子・魯問》：「今舉兵以攻鄭，天誅其不至乎？」

註三　醜類：壞人、惡人。《三國志．魏書．武帝志》：「致居官渡，大殲醜類。」

註四　俯仰依人：即俯仰由人，受人擺佈。

註五　維新：改革

註六　群黎：百姓、人民。

註七　文信國：宋民族英雄文天祥，其〈正氣歌〉傳頌千古。

註八　寧為玉碎：典出「寧為玉碎，不為瓦全」，意謂寧為珍貴碎玉，也不為無損的平凡缸瓦。寓意寧保高尚情操犧牲，也不願苟且偷生。

註九　武鄉侯：即諸葛亮（一八一～二三四），字孔明，號臥龍，琅琊陽都（今山東沂南）人，三國時蜀相，著名軍事家、政治家，事蜀主鞠躬盡瘁，死而後已，獲劉禪封武鄉侯，死後又獲追封忠武侯，後世尊稱諸葛武侯。

註一〇　坐待：靜止等候。

註一一　痛飲黃龍：黃龍，地名，在今吉林省農安縣，乃金人要城。岳飛抗金，以直搗黃龍為志，並欲慶功痛飲於此。《宋史．岳飛傳》：「金將軍韓常欲以五萬眾內附。飛大喜，語其下曰：『直抵黃龍府，與諸君痛飲爾！』」

註一二　抑亦：也許、或許。

註一三　夷居縱美非吾土：夷居，指居住夷域或海外。此句典出：東漢・王粲〈登樓賦〉：「雖信美而非吾土兮，曾何足以少留。」

註一四　市隱更難化俗流：市隱，隱居於城市。《晉書・鄭粲列傳》：「夫隱之道，朝亦可隱，市亦可隱，隱初在我，不在於物。」化俗流，化解已流行的習俗。南朝宋・謝鎮之〈與顧歡書折夷夏論〉：「但久迷生死，隨染俗流，甦失正路，未悟前覺耳。」

註一五　正氣孰賡文信國：正氣，指行為光明正直的風骨。孰賡，誰人繼續。文信國，即文天祥，嘗封信國公。

註一六　武鄉侯：見上註九。

註一七　黃龍酒：見上註一一。

註一八　飯否老廉：句出宋・辛棄疾〈永遇樂・京口北主固亭〉：「廉頗老矣，尚能飯否？」

元日讀報有感——南北軍閥

東海潛龍註一蟄未飛，五湖風月夢依稀註二。九州豺虎狂爭鹿註三，四野鼠狐笑采薇註四。儒墨有容能兩立[註五]，陰陽互仗共全歸[註六]。老廉飯否嗟來暮[註七]，誰聽聖賢說是非[註八]。

賞析：這是一首感時抒懷詩。詩中首聯上句寓意生逢亂世，蟄伏未遇，下句緬懷往事，如在夢境依稀記得。頷聯上句憶述南北軍閥混戰；下句諷朝上貪吏恥笑廉潔清官。頸聯上句寓意儒墨學說殊途同歸；下句寓意求同存異，互相包容，和諧發展，衍生互利。尾聯嗟英雄暮年，來日苦短，對聖人的陳腔濫調，是是非非，不感興趣。本詩沉痛蒼涼，一腔熱淚，句意動人心魄，讀之不勝欷歔。此外，詩中白描比興兼用，字淺而義深，別有寄託。同時，俗中見雅，對仗工整。

註釋

註一　潛龍：言聖人在下位，隱而未顯，《易》：「潛龍勿用」。也寓意賢才失時不遇。《後漢書馬融傳》：「聘畎畝之羣雅，宗重淵之潛龍。」李賢注：「潛龍，喻賢人隱也。」

註二　五湖風月夢依稀：五湖，一般指洞庭湖（湖南）、鄱陽湖（江西）、太湖（江蘇）、巢湖（安徽）、洪澤湖（江蘇）。五湖風月，可泛指過去歲月或韻事。夢依稀，入夢猶隱約記起。

註　三　九州豺虎狂爭鹿：九州，指中國，另稱赤縣神州、華夏、中原；豺虎，豺狼老虎，寓意北洋軍閥，或寇盜或異族入侵者。杜甫〈憶昔〉：「九州道路無豺虎，連行不勞吉日出。」狂爭鹿，通「祿」，有祿則有祿位與權力。鹿性機巧，善跑，古代貴族聯群捕捉以作獸獵活動。《史記．淮陰侯列傳》：「秦失其鹿，天下共逐之，於是高材疾足者先得焉。」裴駰《史記集解》引張晏曰：「鹿喻帝位也。」

註　四　四野鼠狐笑采薇：四野，四方原野，泛指四方；鼠狐，典出「城狐舍鼠」，指城頭上狐狸，土地廟的老鼠，寓意奸吏。笑采薇，笑，譏笑；薇，隱士吃的野菜。句意謂貪奸的鼠狐之輩取笑採薇者之愚。

註　五　儒墨有容能兩立：儒墨，指戰國時代的儒家與墨家。有容，有所包容，即有容乃大。《孟子．滕文公下》：「楊墨之道不息，孔子之道不著。」兩立，二者共存。

註　六　陰陽互仗共全歸：天地之道，陰陽也，陰陽二氣，互相倚仗，共同發展，二者交感，衍生萬物。《淮南子．天文訓》：「陽生於陰，陰生於陽。」《素問．陰陽應象大論》：「陽生陰長，陽殺陰藏。」全歸，保身而得善名以終。

註　七　老廉飯否嗟來暮：老廉，指廉頗，戰國四大名將之一，趙人。飯否，吃飯怎樣？宋．辛棄疾

〈永遇樂・京口北主固亭懷古〉：「廉頗老矣，尚能飯否？」嗟來暮，嗟嘆歲月摧人老。

註　八　誰聽聖賢說是非：誰人來聽聖賢長篇大論，說是說非。

暮春夜雨

小樓聽雨夜無眠，百劫餘生哀樂年註一。深恐浮名徒駭俗註二，漫言經世莫回天註三。

平生未顯屠龍技註四，垂老慵爲逐鹿畋註五。春不我留情亦冷，心如止水靜如禪。

賞析：這是一首抒懷詩。是詩首聯起句「小樓聽雨」用以點題，次句指出人生痛苦在「百劫餘生」及哀樂中年。頷聯坦述「浮名」只可「駭俗」，於事無補；愧談「經世」救國，因回天乏力。頸聯惋惜平生無緣發揮所長，老來更懶於逐鹿政爭。尾聯有感人生春輝已過，壯志漸冷，心如止水，靜入禪定。是詩哀悼人生懷才不遇，「未顯屠龍技」就已踏入垂老之年。此際年老體衰，無心畋獵，最終只能「心如止水靜如禪」。此種人生際遇，殊爲普遍。本詩觸景生情，筆意縱橫，難掩感慨！

註釋

註一　哀樂年：指中年。人到中年，常受哀樂事所感動而情緒激動！《左傳．莊公二十年》：「哀樂失殃咎必至。」

註二　駭俗：震驚世俗。

註三　漫言經世莫回天：漫言，別說。經世，治理天下。《後漢書．西羌傳》：「計日用之權宜，忘經世之遠略，豈夫識微者之為乎？」莫回天，寓意沒有回天之力。

註四　屠龍技：春秋時代朱泙漫散盡家財，學屠龍技於支離益，三年技成，而無所用其巧，蓋世上無龍也。寓意徒治經世學，而莫補時艱。《莊子．列禦寇》：「朱泙漫學屠龍於支離益，單（通殫）千金之家，三年技成，而無所用其巧。」

註五　垂老慵為逐鹿畋：慵音庸，懶也。畋，音田，獵也。言垂老之身，不欲參與逐鹿政爭之事也。

靜觀自得

蒼山鬱鬱鎖煙霞註一，風捲殘陽急暮鴉註二。十丈軟紅叢穢處註三，一林慘綠戀春華註四。

詞人澤畔憐芳草註五，思婦樓頭惜落花註六。品類萬殊非自得註七，水雲深處是吾家註八。

賞析：這是一首寫景抒懷詩。詩中首聯寫景，上句描寫「蒼山」、「煙霞」；下句描寫「風捲殘陽」，「暮鴉」。頷聯上句描寫都市繁華的「十丈軟紅」，對偶「一林慘綠」，即一群慘綠少年。頸聯上句緬懷屈原澤畔行吟，下句對偶思婦惜落花。尾聯看破萬物得失，有歸隱之願。本詩起句不凡，清新平淡中見悽惋，上兩聯寫景，下兩聯抒懷，各聯對仗功穩流暢。

註釋

註一　蒼山鬱鬱鎖煙霞：蒼山，青山。鬱鬱，草木茂盛。鎖煙霞，瀰漫著煙霞。

註二　風捲殘陽急暮鴉：風捲殘陽，強風在夕陽下吹著。急暮鴉，指黃昏時，烏鴉急飛回巢或來回飛翔。

註三　十丈軟紅叢穢處：軟紅，指紅塵，車馬過後引起路塵飛揚，借喻名利之路。十丈軟紅，形容都市的繁華。叢穢處，叢，聚集、密集；穢，污穢，寓意繁華背後隱藏很多罪惡。

註四　一林慘綠戀春華：一林，一群。慘綠，指身穿暗綠色衣服的少年。戀春華，戀慕於短暫的春光華色。唐．張固〈幽閑鼓吹〉：「客至，夫人垂簾視之，既罷會，喜曰：『皆爾之儔也，不足憂矣！末座慘綠少年何人也？』答曰：『補闕杜黃裳。』」後用以形容打扮入時的翩翩少年，稱為慘綠少年。

註五　詞人澤畔憐芳草：詞人澤畔，詞人，指騷人，屈子也。屈子澤畔行吟，有《離騷》之作。《史記．屈原賈生列傳》：「屈原至於江濱，被髮行吟澤畔。顏色憔悴，形容枯槁。」憐芳草，憐，愛慕；芳草，寓意君子。《楚辭．屈原．離騷》：「何所獨無芳草兮，爾何懷乎故宇。」

註六　思婦樓頭惜落花：思婦樓頭，寓意思婦登樓望夫。思婦，指閨中思念遠行丈夫或思念征人之女子。惜落花，登樓見花落而自傷孤零。

註七　品類萬殊非自得：品類萬殊，指萬物種類各有不同。非自得，並非自己所愛好。宋．朱熹《近思錄》：「大抵學不言而自得者，乃自得也。有安排佈置者，皆非自得也。」

註八　水雲深處是吾家：水雲深處，乃隱士所欲，故以之為居處。此句見宋．曹勛《松隱集卷二十》〈天臺書事十三其九〉：「水雲深處是吾家，飯有餘麻飲有茶。」

詠史 唐．處士張祜註一

錦心繡口生花筆註二，三百詩成入帝宮註三。堪與劉蕡同屈蠖註四，任他元稹說雕蟲註五。

薦賢空負令狐意註六，獻賦難伸司馬衷註七。多少才人湮沒盡註八，君名猶在簡篇註九中。

賞析：這是一首詠史詩。本詩首聯讚揚中唐詩人張祜懷「生花筆」之才，獲節度史令狐楚（七六六～八三七）表薦給憲宗皇帝，並呈獻張詩三百首候評。頷聯上句述唐進士劉蕡於廷試中撰文痛陳時弊，開罪當朝權臣，終生鬱鬱不得志，類同「屈蠖」，寓意張祜命運與劉蕡同。下句諷元稹文人相輕，向帝進言諷張祜詩乃「雕蟲小技」，致令張祜未獲提拔。頸聯上句述張祜懷才受阻而未遇，空負令狐楚提拔心意。下句述司馬相如〈子虛賦〉，內容失實，卻為人讚賞，寓意無知者愛聽虛言媚辭。尾聯述古今不少人才，未見經傳，湮沒在歷史洪流中，而張祐則可堪告慰，名懸史冊，作品默默地發出光芒。本詩比興成句，詩旨深邃，別有懷抱，借古言今，自傷身世之作也。詩中用典豐富，夾敘夾議，可作史評。

註釋

註　一　張祜：張祜（約七八五～八四九），字承吉，中唐詩人，清河望族，家世顯赫，人稱張公子，有「海內名士」之譽。張氏志氣高逸，厭附炎趨勢，有用世之志，惜與宦情無緣，堪稱處士，隱居以終。其作品以〈宮詞〉得名，傳世得意之作如〈宮詞〉：「故國三千里，深宮二十年。一聲何滿子，雙淚落君前。」《全唐詩》收錄其詩三百四十九首。

註　二　錦心繡口生花筆：錦心繡口，指文思優美，詞藻華麗，〈宮詞〉正是這種風格，而張祜以〈宮詞〉得名。生花筆，指寫作技能超卓，筆頭生花。《開元天寶遺事．夢筆頭生花》：「李太白少時，夢所用之筆頭上生花，後天才贍逸，名聞天下。」

註　三　三百詩成入帝宮：天平軍節度使令狐楚嘗表薦張祜，並附呈張祜詩作三百首供帝主評閱，但「舉薦不捷」。

註　四　堪與劉蕡同屈蠖：劉蕡（音焚），字去華，唐．進士，於舉賢良方正廷試中，痛陳民苦及宦官專橫，切中時弊，惹宦官誣陷，貶柳州，客死任上。李商隱有〈哭劉蕡〉、〈哭劉司戶二首〉、〈哭劉司蕢〉悼之。同屈蠖，同，相同；屈蠖（音獲），別稱尺蠖，尺蛾的幼蟲，屬蛾科，節肢動物，身體細長，靠屈伸肢體前行，寓意委屈不得志。

註　五　任他元稹說雕蟲：張祜未獲帝主垂青，因受朝臣元稹阻撓，譏其詩為「雕蟲小巧，壯夫不為」。尤袤《全唐詩話．張祜》載元稹稟帝曰：「張祜雕蟲小技，壯夫不為。若獎掖太過，恐變陛下風教。」

註　六　薦賢空負令狐意：薦賢，推薦人才。空負，辜負。令狐意，令狐楚心意。史載令狐楚親自撰奏書及找人抄寫張祜三百首詩作，一併獻上朝廷予以舉薦，惜為元稹所阻而事不成。

註　七　獻賦難伸司馬衷：獻賦，漢司馬相如（約前一七九～前一一八）獻上〈子虛賦〉給漢武帝，因而獲賞識，但〈子虛賦〉內容失實，故有「子虛烏有」的典故傳世。司馬衷，司馬，指漢賦家司馬相如；衷，內心衷情。句意謂獻賦給皇帝的〈子虛賦〉，內容乃虛構而來，未能把真情表達於文章內。

註　八　湮沒盡：全部湮滅埋沒。

註　九　簡篇：典籍。古代文字書於竹簡。

哀文瞽[註一]

風雅衰微王跡熄[註二]，可憐天下遍文盲[註三]。魯靈殿毀長城壞[註四]，孔阜山頹大廈傾[註五]。

猶有書生癡衛道註六，任他豎子倖成名註七。文光一旦沖牛斗註八，終見千秋萬古情註九

賞析：這是一首詠人詩。此詩首聯點題文瞽，哀「風雅衰微」，文教失敗，致令文盲量增，故言「天下遍文盲」。頷聯上句寓意內之文治，外之武備，二者皆毀壞；下句寓意禮崩樂壞，典章失效。頸聯上句稱譽書生衛道挽救時弊，此書生暗喻己也；下聯諷「豎子」通過手段，僥倖成名而取得名利。尾聯寄望否極泰來，文教典章一旦復興，終見承傳道統禮教精神。是詩辭藻老練，通過比興技巧，化裁典故，句意委婉，推敲始得其義。

註釋

註一　瞽：有三義，瞎子、沒有識別力、古代目盲的樂官。

註二　風雅衰微王跡熄：風雅衰微，風雅，乃《詩經》的〈國風〉、〈大雅〉、〈小雅〉之別稱，也可泛指詩歌文化。衰微，衰弱不振。王跡熄，王者，聖王、天子；跡，同跡，形跡、事蹟、禮樂制度等；熄，消失、停止。跡熄而詩亡，指天子命人採詩四方以瞭解民情的制度消失。《孟子・離婁下》：「王者之跡熄而詩亡，詩亡然後春秋作。」《漢書・藝文志》：

「故古有采詩之官，王者所以觀風俗，知得失，自考正也。」

註　三　文盲：不懂文字的人，寓意沒有辨識力的瞽者。

註　四　魯靈殿毀長城壞：魯靈殿，典出「魯靈光殿」，寓意碩果僅存的人或事。魯，指山東．曲阜；靈光殿，殿名。東漢賦家王延壽〈魯靈光殿賦並序〉：「初，恭王始都下國，好治宮室，遂因魯僖基兆而營焉。遭漢中微，盜賊奔突，自西京未央建章之殿，皆見隳壞，而靈光巋然獨存。意者豈非神明依憑支持以保漢室者也。然其規矩制度，上應星宿，亦所以永安也。」毀，毀棄、毀壞。長城壞，典出「自毀長城」。長城乃抵禦外敵的屏障，自己予以毀壞，失去防禦力，終至自取敗亡。《南史．檀道濟傳》載宋武帝劉裕有一大將檀道濟，才大功高，文帝即位後因忌而殺之。道濟死前，「憤怒氣盛，目光如炬，俄而間引飲一斛，脫幘投地曰：『乃壞汝萬里長城。』」後來，魏人南伐，宋果然不保。

註　五　孔阜山頹大廈傾：孔阜山頹，孔阜，高大；山頹，山崩。大廈傾，高大建築物傾倒。此句典出成語山頹木壞，寓意德高望重的人死去。《禮記．檀弓》：「孔子蚤作，負手曳杖，消搖於門，歌曰：『泰山其頹乎，梁木其壞乎，哲人其萎乎。』既歌而入，當戶而坐。子貢聞之曰：『泰山其頹，則吾將安仰？梁木其壞、哲人其萎，則吾將安放？夫子殆將病也。』」

註　六　衛道：捍衛道統文化與倫理。

註　七　任他豎子倖成名：豎子，小子，對人一種蔑稱。倖成名，僥倖得名。

註　八　牛斗：星宿名稱，指天上牛宿和斗宿。

註　九　終見千秋萬古情：指自古至今的不滅情懷，句出杜甫〈趙王樓歌〉：「轉見千秋萬古情。」

諷精衛註一

當國詞人輕去國註二**，那堪回首錦江春**（伍註）「錦江」即川水。**。誰憐桃李曾僵代**（伍註）曾仲鳴是汪門桃李，以其師事汪也，而卒李代桃僵，以身殉私，汪宜悼也，情誰憐之。（曾仲鳴：（一八九六～一九三九），福建閩縣人，留法文學博士、國民政府秘書、汪精衛秘書等，姐曾醒為廣州執信中學首任校長。）**，自比楊花亦美新**（伍註）時人因汪反覆，目為水性楊花，譏而虐矣，余謂揚雄美新，遂貽詞人敗德之譏，汪之響應近衛，得此類是。（編者按：「新」為王莽國號，莽篡漢，揚為大夫，作〈劇秦美新〉，論秦之劇，稱新之美，時論譏之敗德。）**。爲借東風資近衛**註三（伍註）楊花欲借東風而資近衛。**，飄零南越悵前塵**（伍註）孰知飄零南越，終悟東風之無力，徒傷飄零而悵前塵亦可哀也。**。護林心事隨流水**（伍註）汪詞云：「嘆護林心事。付與東流……出水根寒，挐空枝老，同訴飄零。」**，負此冤禽劫後身**（伍註）冤禽名精衛，而汪之為黨歷史亦因此而負矣。**。**

賞析：這是一首論人詩。本詩首聯上句述「當國詞人」汪精衛，時爲國民黨副總裁，國防最高會議副主席，因政見與蔣介石不同，輕裝秘密離渝出走越南。下句詩意取杜甫句：「……萬方多難此登臨。錦江春色來天地，……」。日本侵華，雙方開戰不久，上海及首都南京相繼淪陷，政府遷都重慶，稱作陪都，汪氏作爲領導層要員，內外交困，面對萬方多難，內心惆悵，眼前錦江春色，亦無心賞覽，故言「那堪回首錦江春」。頷聯上句述汪精衛出走越南，遭槍手暗殺，豈料李代桃僵，學生曾仲鳴爲槍手誤殺，無辜做了替死鬼；下句述諷汪氏〈憶舊遊〉自比落葉，態似楊花，飄浮不定，及至組織僞政府，並作出「劇秦美新」言行。頸聯上句揭露汪氏有意取得日本信任而認同日相「近衛聲明」；下句述汪氏出逃越南，思量前塵往事，難免惆悵。尾聯述汪氏當年「護林心事」的救國情懷，如今已隨水逝去，辜負其志，空餘劫後惡名纏身。本詩描寫細膩，辭藻老練，敘議兼見。作者後嫌此詩明寫太顯，再以「王三娘子失節被棄」爲題，續詠一律，以寓諷刺之意，仍用眞韻。

註釋

註一　精衛：指汪精衛（一八八三～一九四四），原名汪兆銘，字季新，廣東三水人。年二十二中秀才，年二十三獲官費留學日本。其後認識孫中山，參加同盟會，投身革命，曾謀刺滿清攝政王載灃未遂，坐牢期間曾作詩言志：「慷慨歌燕市，從容作楚囚，引刀成一快，不負少年頭。」辛亥革命成功後獲釋，從此，踏上政治不歸路，其間曾是孫中山得力助手，也是總理遺囑的撰稿人，繼孫中山後是國民黨領袖人物。汪精衛一生周旋於政爭中，是是非非，成王敗寇，糾纏不休，最大污點是中日戰爭期間，在淪陷區南京組織親日政府，結果萬劫不復，獲漢奸污名，至死未休。汪氏死因，事緣於一九三五年被暗殺，腰部中槍，彈頭留腰未取，九年後彈患發作，赴日手術失敗而死，享年六十有一。

註二　當國詞人輕去國：當國，主持國政。詞人，文人。輕去國，輕裝離開國門。

註三　為借東風資近衛：東風，指日本。資，資助、支持。近衛，日本首相。

王三娘子失節被棄註一

國色如何不自珍註二，那堪回首錦江春註三。心傷桃李曾僵代註四，貌似楊花亦美新註五。
午夜夢殘恩欲絕註六，東風力薄露難均註七。根寒枝老飄零甚註八，恨比冤禽總未伸註九。

賞析：這是一首論人詩。本詩首聯上句「國色」，指汪氏詩文出眾，緣何不自珍惜。下句詩意取杜甫句：「……萬方多難此登臨。錦江春色來天地，……」。日本侵華，開戰不久，上海及首都南京相繼淪陷，政府遷重慶為陪都，汪精衛作為領導層要員，內外交困，面對萬方多難，內心惆悵，眼前錦江春色，亦無心賞覽，故言「那堪回首錦江春」。頷聯上句述汪精衛出走越南，遭槍手暗殺，豈料李代桃僵，學生曾仲鳴為槍手誤殺，無辜做了替死鬼；下句述汪氏反覆無常，行為似楊花，及至組織偽政府，並作出劇秦美新言行，即高度讚揚由日人操控新成立的偽政府。頸聯上句「午夜夢殘恩欲絕」，寓意午夜夢醒，思前想後，深感與當前蔣氏重慶國民政府已緣斷恩絕；下句申訴政治取向進退兩難，主戰勝無把握，主和當漢奸，故言「露難均」。尾聯上句訴說飄零，無能為力，取意汪精衛〈憶舊遊・落葉〉：「有出水根寒，挐空枝老，同訴飄零。」下句言汪氏以冤禽精衛自比，有志而不可實踐成功！本詩比興成詩，諷意含蓄，點而不破，可見功底。

註釋

註一　王三娘子失節被棄：王三娘子，原名王三巧，是名劇《珍珠衫》的女主角。《珍珠衫》改篇自劉夢龍《醒世名言》〈蔣興哥重會珍珠衫〉。

註　二　國色如何不自珍：國色，泛指美色冠絕當代，寓意汪具非凡才識。如何，為何。不自珍，不自我珍惜。

註　三　那堪回首錦江春：錦江春，四川錦江春天景色，典出唐．杜甫〈登樓〉：「花近高樓傷客心，萬方多難此登臨。錦江春色來天地，玉壘浮雲變古今。」此句隱喻錦江春色雖美，但時在「萬方多難」，焉得閒情欣賞？故言「那堪回首」。

註　四　心傷桃李曾僵代：心傷桃李，言汪精衛痛心學生曾仲鳴無辜替己代死。曾仲鳴（一八九六～一九三九），福建閩縣人，留法博士，留法期間，以師禮侍蔡元培及汪精衛學習詩文。歸國後，歷任國民政府秘書、汪精衛秘書、國民黨中央候補執行委員、中央政治會議副秘書長、鐵道部次長兼交通部次長等職。一九三八年十二月中旬末，汪精衛因與蔣介石不和，秘密從重慶經昆明出走越南河內，打算再到香港跟日本人商談合作事宜，事件被蔣介石偵知，派軍統赴河內予以截殺。時為一九三九年三月二十一日凌晨，軍統殺手按址採取暗殺行動，誤中副車，曾仲鳴李代桃僵，做了汪精衛的替死鬼。僵，其義死亡，僵代，代死，俗稱替死鬼。典出「李代桃僵」，指李樹代替桃樹去死。《古樂府．雞鳴》：「桃在露井上，李樹在桃旁，蟲來齧桃根，李樹代桃僵。」

註　五　貌似楊花亦美新：楊花，楊花輕飄，依風而動。亦美新，美，讚美；新，革新。王莽篡漢，稱國號「新」。此處句意隱喻讚美「新」朝政府，典出揚雄〈劇秦美新〉：「刮語燒書，弛禮崩樂，塗民耳目。……經井田，免人役，方甫刑，匡馬法……」文中指斥秦朝苛政，讚美新朝恩德。宋．洪邁《容齋隨筆》論評說：「世儒或以〈劇秦美新〉貶之；實則，此雄不得已而作也。其深意固可知矣。序所言配五帝冠三王，開闢以來未之聞，直以戲莽爾。」

註　六　午夜夢殘恩欲絕：夢殘，夢境非善美、夢境凌亂。恩，恩情、恩義。

註　七　東風力薄露難均：東風力薄，指能力薄弱。露難均，雨露難以平均分配。

註　八　根寒枝老飄零甚：根寒枝老，寒弱的樹根，無葉的枝幹。飄零甚，十分飄零孤單，寓意無能為力。此句典出汪精衛〈憶舊遊．落葉〉：「有出水根寒，拏空枝老，同訴飄零。」

註　九　恨比冤禽總未伸：冤禽，指精衛鳥，又名帝女鳥、誓鳥、志鳥。典故出自精衛填海，寓意精衛鳥銜石填海的志業，不可能成功。《山海經．北山經》：「發鳩之山，其上多柘木，有鳥焉，其狀如烏，文首，白喙，赤足，名曰：『精衛』，其鳴自詨。是炎帝之少女，名曰女娃。女娃游於東海，溺而不返，故為精衛，常銜西山之木石，以堙（音因，填塞）於東海。漳水出焉，東流注於河。」

哀南朝[註一]

笳鼓聲喧動客愁[註二]，南朝旦夕尚宸遊[註三]。玉樓暮夜闐車馬[註四]，金闕春光射斗牛[註五]。
宛在釜中魚得水[註六]，可憐檻外骨成邱[註七]。胭脂井畔巫山夢[註八]，贏得江河盡赤流[註九]。

賞析：這是一首述南朝滅亡的史詩。詩中首聯上句言大軍壓境，笳聲喧天，戰火逼近，遊子已動客愁；下句「南朝」點題，指出陳後主不顧國家安危，日夜出遊享樂。頷聯揭露皇族或權貴的華樓豪宅門前，每到入暮時分，車馬喧鬧，賓客進出頻繁；下句描述帝主居所，歡樂之聲震天。頸聯上句指出帝主危在頃刻，如釜中游魚，待烹仍懵然不知；下句述皇殿的檻外，兩軍已廝殺激烈，死傷無數，白骨壘壘，堆成山丘。尾聯述陳後主於敵兵殺入帝苑，倉皇連同張、孔二妃避入御園景陽井，後被發覺，救起時三人猶擁抱一起，往日風流如巫山春夢，南朝旋亡，在所難免帶來殺戮，血流成河。

本詩意境闊大，感情沉痛，詠物辭藻賦比興皆見，詩旨寄意深遠。本詩詠史，對於讀史的好處，唐太宗嘗言「以銅爲鏡，可以正衣冠；以史爲鏡，可以知興替；以人爲鏡，可以知得失」。

註釋

註一　南朝：南朝（四二〇年～五八九年）經歷宋、齊、梁、陳四個朝代，皆以建康（南京）為首都。

註二　笳鼓聲喧動客愁：笳鼓聲喧，喻意戰爭開始。動客愁，挑動起遊子的鄉愁。

註三　南朝旦夕尚宸遊：南朝，指南朝陳後主陳叔寶日夜荒淫，荒廢政務。尚宸遊，尚，仍在；宸遊，帝王出遊稱宸遊。

註四　玉樓暮夜闐車馬：玉樓，釋義有華樓、仙樓、妓館。暮夜，夜幕時分。闐車馬，闐，音田，盛貌，喧鬧聲。句意謂入暮時刻，華樓門前車馬聲喧鬧，賓客眾多。

註五　金闕春光射斗牛：金闕，天子所居的金碧住所。春光，指歡娛氣氛。射斗牛，斗牛，指天上的斗星和牛星，喻意歡樂聲喧震天。

註六　宛在釜中魚得水：宛在，彷彿在。釜中魚得水，釜，炊窩，典出「魚遊釜中」，喻意非常危急。

註七　可憐檻外骨成邱：檻外，宮欄外；骨成邱，邱，同丘，喻意死於戰火者眾，堆骨成山丘。

註八　胭脂井畔巫山夢：胭脂井，原名景陽井，又稱辱井。南朝陳後主荒淫好色，不理朝政，國勢日蹙，隋兵圍城仍與張貴妃、孔貴妃尋歡作樂，及至敵軍火燒帝殿景陽宮，三人倉皇躲入御園景陽井避禍，井口邊留下胭脂，卒被隋兵發現，救起眾人，二妃被殺。巫山夢，戰國時，楚懷王、襄王傳遊高唐，夢見巫山神女薦寢事。宋玉〈高唐賦〉：「妾在巫山之陽，高丘之臺，旦為朝雲，暮為行雨，朝朝暮暮，陽臺之下。」

註　九　赢得江河盡赤流：赤流，指血流成河。

廣州小北劫後寶漢茶寮紅棉獨存

憶自紅羊劫漢家註一，覆巢猶謂鼠無牙註二。穿墉毀物傷禾黍註三，越俎分肥剖豆瓜註四。
誰爲黃臺存碩果註五，豈知白屋出奇花註六。嶺南葆此英雄樹註七，無限丹心映晚霞註八。

賞析：這是一首詠物感時詩。日本侵華，起自一九三七年七七事變，繼而上海及南京失守，翌年十月廣州淪陷。詩中首聯上句述日寇侵華，掀起國難，故言「紅羊劫」；中日開戰之始，國軍連吃敗仗，老百姓已「覆巢」，危象紛呈，但華南報界，沒有危機感，輕視敵人，視之爲「鼠無牙」。頷聯指出樓房建築物及田野也受戰火摧殘；下句諷發國難財者，超越本分，牟取不當利益，做出賣國行爲，可爲浩嘆！頸聯哀國難當頭，國家元氣大傷，有如黃臺之瓜，碩果僅存，不宜再摘；下句「奇花」點題，即英雄樹，慣稱紅棉樹，意謂在平凡的住區裏，竟然出現此種奇花。尾聯欣慰嶺南保有這種英雄樹，寓意丹心與晚霞永遠互爲輝映。此詩詠物感時，比興成詩，言在意外，語氣沉痛，對仗工整自然。

註釋

註一　憶自紅羊劫漢家：紅羊，丙丁屬火，五行其色紅，未年地支屬羊，紅羊劫言國難也。劫漢家，日軍侵華之災。

註二　覆巢猶謂鼠無牙：覆巢，寓意已見危象。《後漢書·孔融傳》：「二子方弈棋，融被收而不動。左右曰：『父執而不起，何也？』答曰：『安有巢，毀而卵不破乎！』」猶謂，仍然說。鼠無牙，但有門齒。《詩經·召南·行露》：「誰謂鼠無牙，何以穿我墉。」中日開戰之始，華南報界，沒有危機感，輕視敵人，殊悖「臨事而懼」之明訓。

註三　穿墉毀物傷禾黍：穿墉毀物，墉，高牆、城牆。言樓房及建築物受到戰火摧毀。傷禾黍，指莊稼田野受到傷害；另一義指昔日宮室勝景之地，而今變為禾黍之田，不勝欷歔！寓意政治不利，兩京淪陷，粵漢繼之，滿目瘡痍，不勝故宮禾黍之感。

註　四　越俎分肥剖豆瓜：越俎分肥，肥，利益，超越本分職務而分取不當利益。聞有藉國難圖利者，可為浩嘆！剖豆瓜，剖開瓜而取豆，寓意國土被剖開而吞併。南朝宋．鮑照〈蕪城賦〉：「出入三代，五百餘載，竟瓜剖而豆分。」

註　五　誰為黃臺存碩果：黃臺，種黃瓜之臺稱黃臺。碩果，寓意巨大成果，或僅存在的成果。民生元氣已傷，而黃臺之瓜，再三摘之，尤可痛也。唐．章懷太子名作〈黃臺瓜辭〉：「種瓜黃臺下，瓜熟子離離。一摘使瓜少，再摘使瓜稀。三摘猶自可，摘絕抱蔓歸。」

註　六　豈知白屋出奇花：白屋，白茅草覆蓋之屋，平民屋也。《漢書．王莽傳》：「開門延士，下及白屋。」顏師古：「白屋，謂庶人以白茅覆屋者也。」出奇花，特異之花，指英雄樹。

註　七　嶺南葆此英雄樹：葆，通保；英雄樹，別稱紅棉樹，廣州市花，樹幹挺拔，矗立壯觀，花開紅色，具英雄本色。

註　八　無限丹心映晚霞：丹心，赤心也。映晚霞，此言永恆的丹心與晚霞互為輝映。

客途對月

烽煙漫野復何之註一，整頓乾坤會有時註二。討寇文章金石句註三，照人肝膽柏松姿註四。
他年此日當知我註五，舉世無儔欲伍誰註六？明月似憐孤客寂註七，飛觴對月且題詩註八。

賞析：這是一首感時抒懷詩。詩中首聯上句悲痛地訴說日寇侵華，遍地烽煙，漂泊他鄉，四處流離，沒有目的地；下句期盼戰爭結束，天下安定。頷聯上句述抗日文宣如同檄文，慷慨激昂，鏗鏘有力，振奮士氣，以配合前線戰情發展；下句自勉待人誠正，節操堅貞，有如松柏，逆景不凋。頸聯上句「他年此日當知我」，意有寄託；下句「舉世無儔」，凸顯其性格涯岸自高，不與俗世同流，嘗言「不遇知音，寧安鍼默」。尾聯上句擬人法，故言「明月似憐孤客寂」；下句「飛觴對月且題詩」，乃點題之句。全詩意氣縱橫，聲情跌宕，題材廣泛，從觸景傷情，以至家國情懷，及個人名節，都包羅在內，盡顯才情，可謂大手筆之作。

註釋

註一　烽煙漫野復何之：烽煙漫野，戰火瀰漫四方。復何之，之，去也，指再去何處？

註　二　整頓乾坤會有時：整頓乾坤，整頓，安定；乾坤，八卦卦名，乾卦與坤卦，即天地也。指安定社會秩序，使之恢復正常發展。會有時，總會有來臨的時刻。

註　三　討寇文章金石句：指聲討日寇文宣。金石句，文句鏗鏘有力，如金石，擲地有聲。《晉書．孫楚傳》：「嘗作天臺山賦，辭致甚工，初成，以示友人范榮期，云：『卿試擲地，當作金石聲也。』」

註　四　照人肝膽柏松姿：照人肝膽，待人真心誠意，無虛詐。《史記．淮陰侯列傳》：「臣願披腹心，輸肝膽，效愚計，恐足下不能用也。」柏松姿，柏樹與松樹四時不凋，枝葉繁茂，四時常青，寓意節操堅貞及長壽。南朝．宋．劉義慶《世說新語．言語》：「蒲柳之姿，望秋而落；松柏之質，經霜猶茂。」

註　五　他年此日當知我：當知我，定當明白我心意。

註　六　舉世無儔欲伍誰：無儔，無同輩。欲伍誰？與誰人為朋友？

註　七　明月似憐孤客寂：寓意孤客寂寞，唯明月來相伴。

註　八　飛觴對月且題詩：飛觴對月，舉杯邀月，雅興題詠。

逸廬詩詞文集鈔註釋

文化生活叢書
伍百年作品集1301A02

作者　伍百年
編註　方滿錦
發行人　林慶彰
總經理　梁錦興
總編輯　張晏瑞
責任編輯　張晏瑞
實習編輯　尤汶萱、沈尚立、林婉菁
徐宣瑄、章楷治、許雅宣
陳思翰、陳相誼、謝宜庭
封面設計　陳薈茗

出版　萬卷樓圖書股份有限公司
印刷　百通科技股份有限公司
發行　萬卷樓圖書股份有限公司　臺北市羅斯福路二段四十一號六樓之三
電話 (02)23216565　傳真 (02)23218698
香港經銷　香港聯合書刊物流有限公司　電話 (852)21502100
傳真 (852)23560735
ISBN　978-986-478-828-6
出版日期　二〇二三年四月初版一刷
定價　新臺幣一六〇〇元（全三冊，不分售）

逸廬詩詞文集鈔註釋

國家圖書館出版品預行編目資料

逸廬詩詞文集鈔註釋 / 伍百年著；方滿錦編註.
-- 初版 . -- 臺北市：萬卷樓圖書股份有限公司,
2023.04
冊；　公分.--（文化生活叢書・伍百年作品集；1301A02）
ISBN 978-986-478-828-6（全套：平裝）
848.7　　112005353

本書為臺灣師範大學國文學系2022年度「出版實務產業實習」課程成果。部分編輯工作，由課程學生參與實習。

逸廬吟草　上

逸廬詩詞文集鈔註釋

伍百年 著
方滿錦 編註

逸廬詩詞文集鈔註釋

第叁冊

癸卯年槐月

萬卷樓刊本

伍百年　著
方滿錦　編註

逸廬吟草　下

癸卯年槐月
萬卷樓刊本

第參冊　逸廬吟草　下

伍百年　著
方滿錦編註

七律

逸廬吟草　下

逸廬吟草　下

歌行

四言古詩

讀史有感

清拳匪之亂註一，兩宮蒙塵註二，十一國聯軍註三入京，遂啓列強武力侵略之漸。

上國靈臺任敵游註四，聯軍胡馬牧城頭註五。皇輿疾過千門柳註六，帝闕空懸萬户侯註七。

太息無人紓急難註八（伍註）當國事危急時，清廷懸重賞，以求紓國難之賢者，卒無以應。，須知比匪足貽憂註九（伍註）人之處世，比匪作親，猶不可也，而謀國者，竟引拳匪之義和團以自衛，可乎？亦哂矣。。和戎祇合肥丞相註一〇（伍註）合肥李鴻章，為和戎之使，時人有「宰相合肥天下瘦」之謠，是時紓難無人，和戎祇有肥丞相合為之耳，可傷！，生子徒慚孫仲謀註一一（伍註）清末少帝，多軟弱，曹阿瞞雖有「生子當如孫仲謀」之語，然袁子才撰餘杭宋村〈諸葛武侯廟碑文〉，則有「仲謀者，鄭為軟國，趙本孱王」之句，以貶之，譏其怯懦也。而清帝之怯懦，實比仲謀尤甚，可嘆！又《三國志．周瑜魯肅呂蒙傳》：「惜乎孫權之智短量小，而不能用也。」。

賞析：這是一首詠清亡史詩。詩中首聯點題，上句諷清廷無能，護國無力，皇室祭殿蒙辱，任敵人隨意亂闖，寓意清亡；下聯指：英、美、法、德、義、奧、日、俄、西、比、荷等十一國聯軍任意在紫禁城駐防及牧馬。頷聯上句描述清帝出宮倉皇逃命，疾過千門萬户；下句寓意朝上高官出逃，職位空懸。頸聯上句嘆息朝上無人可紓解當前國難；下句諷清廷依靠義和團抗洋，帶來連串憂患。尾聯上句諷清廷派遣聲名有虧的重臣合肥李鴻章爲外交談判代表；下句諷清末帝主年幼怯懦昏庸，不足成器，難以與三國吳主孫仲謀相比。是詩沉痛悲涼，鬱憤難平，以比興技巧，淋漓盡致描繪清亡。

註釋

註　一　拳匪之亂：發生於清末一九〇〇年間，別稱頗多，如庚子國變、庚子事變、庚子之亂、庚子拳亂、義和團之亂、義和團事件等。義和團成員稱拳民，貶稱拳匪。

註　二　兩宮蒙塵：兩宮，太后和皇帝或皇帝和皇后居所，稱宮，有東宮、西宮之分。蒙塵，皇帝皇后出逃皇宮，飽受風塵，稱蒙塵。

註　三　十一國聯軍：英、美、法、德、義、奥、日、俄、西、比、荷。

註　四　上國靈臺任敵游：靈臺，祭臺。上國靈臺，指皇族祭臺，莊嚴場所。任敵游，任由敵人闖入，寓意護國無力，終至國亡。

註　五　聯軍胡馬牧城頭：聯軍，指十一國聯軍。胡馬，胡人兵馬，即外族兵馬。牧城頭，牧，管理、掌控、放牧；意謂首都失陷，京城守衛已由外族軍隊守戍。聯軍入京，以紫禁城為牧馬場，可悲！

註　六　皇輿疾過千門柳：皇輿疾過，皇輿，帝君的高大車子。疾過，急促經過。千門柳，百姓家家戶戶門前種柳。此言國君倉皇乘輿逃命，經過百姓門前。

註七　帝闕空懸萬戶侯：帝闕，京城，朝廷；空懸，職位空懸，寓意逃亡官員者眾。萬戶侯，食邑萬戶的諸侯。

註八　太息無人紓急難：太息，嘆息。紓急難，紓解急難。

註九　須知比匪足貽憂：比，依附；匪，壞人。貽憂，留下憂患。意謂須知依附壞人就會帶來憂患。

註一〇　和戎祇合肥丞相：和戎，戎，泛指外族；朝廷以和睦策略交好外族，如和親或厚送禮物都是和戎方法。《左傳・襄公四年》：「公曰：『然則莫如和戎乎？』對曰：『和戎有五利焉。』」

註一一　生子徒慚孫仲謀：孫仲謀，孫權也。魏・曹操嘗讚譽孫權曰：「生子當如孫仲謀」。

聞蟲

大地回春萬象蘇註一，山居疑在輞川圖註二。柳梢雅集吟雲客註三，牀下潛藏泣露姝註四。入夜聲喧成鬧市註五，終宵覓食每窺窬註六。炎荒風物多奇異註七，聞道天堂是海隅註八（伍註）香江是海隅，結句點出「聞」字。

賞析：這是一首詠物抒懷詩。詩中首聯指出萬象回蘇的春天，山居地方，景色優美，如身在唐詩人王維故居輞川。頷聯上句描寫蟬鳴柳梢，下句描寫蟋蟀鳴於牀下。頸聯上句詠蚊鳴如鬧市；下句詠鼠輩夜出覓食。尾聯上句寓意西南省未開發地區，頗多原始風物；下句點出天堂其地是香江。本詩文字平淡質樸，描寫細膩生動，對仗工整，其內容反映香港早期山居情況。

註釋

註一　大地回春萬象蘇：萬象蘇，萬物蘇醒，此言春臨大地，萬物欣欣向榮。

註二　山居疑在輞川圖：輞川圖，唐．王維有別墅名輞川，有山水名畫「輞川圖」之作，首開以詩入畫之風，影響深遠。

註三　柳梢雅集吟雲客：柳梢雅集，此言蟬鳴於柳梢。吟雲客，蟬的別名。

註四　牀下潛藏泣露姝：此言蟋蟀潛藏於牀下作鳴。雌蟋又名泣露姝。《詩經．豳風．七月》：「十月蟋蟀入我牀下。」

註五　入夜聲喧成鬧市：此言蚊聲入夜聲音喧鬧，如同喧鬧市場。《漢書．中山靖王傳》：「夫眾煦漂山，聚蚊成雷。」

註　六　終宵覓食每窺窬：此言鼠輩入夜四出覓食及活動。窺窬，窺，偷視；窬，音愉，牆洞。

註　七　炎荒風物多奇異：炎荒，指西南省地區，炎熱荒遠。奇異，奇珍異品。

題阮玲玉女史遺像有序

人如無死，蛾眉[註一]同玉石之頑；天若有情，鮫淚溢滄溟之漲[註二]。興言及此，今古同慨！而況冰雪聰明，遊戲三昧[註三]，玲瓏美玉，謫降塵寰[註四]，歷劫殉情，舉世共仰，如斯俠骨，亦足千秋！爰爲之詩曰：

此身原是九華仙[註五]，爲了人間未了緣[註六]。甘露栽成連理樹[註七]，罡風吹散並頭蓮[註八]。

玲瓏美玉埋幽塚[註九]，縹緲芳魂返洞天[註一〇]。環佩不曾歸月夜[註一一]，空教季子惹情牽[註一二]。

賞析：這是一首題詠人物詩。詩中首聯點出阮玲玉前生來歷及下凡原因。頷聯惋惜本屬「甘露栽成連理樹」的天賜良緣，卻給無情的「罡風」吹散大好姻緣。頸聯指玲玉屍骨長眠幽塚，魂魄返回仙山。尾聯詠夫婿唐季珊痴情，月夜守候芳魂，奈何始終未見。本詩想像力豐富，情癡一片，句句動人心緒，哀憐依依，深情款款，對仗更覺巧妙天成，尾聯「環佩不曾歸月夜，空教季子惹情牽」，其情之痴，教人腸斷。

註釋

註一　蛾眉：泛指美女。

註二　鮫淚溢滄溟之漲：鮫淚，眼淚。溢滄溟，溢，充滿；滄溟，蒼天與大海。

註三　遊戲三昧：原為佛家語。遊戲，自在無礙。三昧，佛教重要修行之一，使心神平靜，一心專注，直至雜念全無。宋．釋道原〈景得傳燈靈〉：「扣大叔之室，頓然忘筌，得遊戲三昧。」

註四　謫降塵寰：仙人犯戒，被貶降凡間。

註五　此身原是九華仙：九華仙，仙女也，世稱九華仙子。九華山在安徽青陽縣，古稱陵陽山、九子山，自古為道佛聖地。唐．李白（七〇一～七六二）嘗遊此山，易名為九華山，沿用至今。九華山氣勢雄偉，有「東南第一山」之譽。此山奇秀，高出雲表，峰巒異狀，脫俗塵世，有如仙境，歷代詩人墨客，題詠不絕，詩詞歌賦達五百餘篇。據《真誥》卷一載：「太虛上真元君，金臺李夫人之少女。」宋．游九言〈赤棗子〉：「河漢澈，碧霄晴。九華仙子到凡塵。」

註六　為了人間未了緣：了，了結。未了緣，指凡間情緣未了。

註七　甘露栽成連理樹：甘露栽成，寓意以法雨灌溉栽培。連理樹，兩樹相連一起，寓意夫妻吉祥，故能連理。

註八　罡風吹散並頭蓮：罡風，勁風，寓意惡勢力。並頭蓮，即蓮花並蒂而生，寓意夫妻感情深厚。

註九　玲瓏美玉埋幽塚：玲瓏，精巧細緻，喻人則乖巧聰明。幽塚，幽深的墳墓。

註一〇　縹緲芳魂返洞天：縹緲芳魂，縹緲，高遠飄忽，隱隱約約；芳魂，魂魄。返洞天，洞天，仙山，包括十大洞天，三十六小洞天，七十二福地，構成道教仙境的主體部分。

註一一　環佩不曾歸月夜：環佩，女子所佩戴的飾玉，也喻美女。月夜聞環佩聲，其魂兮歸來。《禮記．經解》：「行步則有環佩之聲，升車則有鸞和之音。」唐．杜甫〈詠懷五蹟〉其三有句：「畫圖省識東風面，環佩空歸月夜魂。」

註一二　空教季子惹情牽：季子，指茶葉大王唐季珊。

記者節獻詩

無冕王帝善用兵註一，縱橫筆陣作長城註二。義嚴褒貶春秋法註三，人辨貞邪月旦評註四。

箴俗立言垂百世註五，移風示範賴群英註六。蒼生久苦陰霾蔽註七，仗發迅雷萬籟鳴註八。

賞析：這是一首題詠詩。詩中首聯點題，指出記者「無冕王帝」地位，其筆下文字，如兵馬佈陣，堅固如萬里長城，敵不可來犯。頷聯稱譽記者爲文公正嚴謹，行使春秋筆法，論人則辨明正邪忠奸。頸聯上句指記者規勸世俗，有立言不朽之功；下句讚揚記者可以移風易俗，推動社會進步。尾聯對記者作出寄望，指出蒼生久苦，民德消沉，邪氣漫天，期盼記者「仗發迅雷」，業界作出響應。本詩豪放雄健，詩筆縱橫，意氣高昂，聲情抑揚跌宕，辭藻老練，對仗工整。本詩旨寄託在尾聯「蒼生久苦陰霾蔽，仗發迅雷萬籟鳴」。

註釋

註一　無冕王帝善用兵：無冕王帝，對記者行業的抬舉稱呼。善用兵，兵，指文字力量，筆力千鈞。

註二　縱橫筆陣作長城：縱橫筆陣，指文筆如刀筆般鋒利，行文如破敵，有其陣勢。作長城，長城，堅固如萬里長城，敵不可來犯。

註三　義嚴褒貶春秋法：義嚴褒貶，義嚴，即義正辭嚴；褒貶，讚揚與貶抑。春秋法，即春秋筆法，孔子作《春秋》，而亂臣賊子懼，其理由是寓褒貶於曲折文筆中。所謂一字褒貶，微言大義是也，具體地說，例如殺、誅、弑各有意義，不可錯用。

註四　人辨貞邪月旦評：辨，辨析。貞，正也。貞邪，正邪、善惡。月旦評，品評高下優劣。月旦評又稱汝南月旦評、汝南月旦品，典出東漢汝南郡人許劭，主持每月一次品評當世人物或詩文字畫的品評會，例如評曹操「治世之能臣，亂世之奸雄」。此種品評會，影響深遠。

註五　箴俗立言垂百世：箴俗立言，箴，規勸。俗，世俗。立言，三不朽之一，指著書立說，給世人有所啟悟或遵從。垂百世，流傳後世。

註六　移風示範賴群英：移風示範，移風，轉變風氣。晉・潘岳〈笙賦〉：「樂所以移風於善。」示範，供學習的典範。賴群英，賴，倚賴，倚靠；群英，一群傑出精英。

註七　蒼生久苦陰霾蔽：蒼生，指百姓。陰霾蔽，天氣陰沉晦暗；蔽，遮蔽。

註八　仗發迅雷萬籟鳴：仗發迅雷，依賴發出快速的響雷。《論語・鄉黨》：「迅雷風烈必變。」萬籟鳴，萬籟，泛指自然界各種聲音，鳴，鳴響。全句寓意快速通報新聞，引起各界共鳴。

讀毛主席沁園春詞有感

傾師百萬獵中原[註一]，豪語春詞見沁園[註二]。元宋風騷猶遜色[註三]，漢唐文采尚微言[註四]。
偉其有願包天地[註五]，闊到無邊邁海門[註六]。獨惜眾生多苦惱[註七]，英雄竭慮洗啼痕[註八]。

賞析：這是一首詠物抒懷詩。詩中首聯上句稱譽毛主席氣度寬宏，雄才偉略，為民請命，傾師百萬，平定中原；下句沁園春詞牌點題，是詞風格豪放。頷聯總結毛主席對宋元及漢唐文化的評價，句意出自毛主席〈沁園春〉：「惜秦皇漢武，略輸文采；唐宗宋祖，稍遜風騷。一代天驕，成吉思汗，只識彎弓射大雕。」頸聯上句表彰毛主席抱負不凡，有包羅天地之志；下句指出毛主席氣度襟量宏闊，闊到無邊無涯。尾聯引用佛家眾生皆苦之語，英雄殫精竭慮解除民困。此詩豪情慷慨，風格豪邁，意氣縱橫，聲情激昂，頷聯及頸聯的對仗工整巧妙天成。

註釋

註一　傾師百萬獵中原：傾師百萬，動用軍隊一百萬。獵中原，指逐鹿中原。

註二　豪語春詞見沁園：言豪情壯語見載〈沁園春〉詞。

註　三　元宋風騷猶遜色：元宋風騷，元宋，元代和宋代；風騷，指《詩經》的〈國風〉與《楚辭》的〈離騷〉，《詩經》和《楚辭》乃我國南北韻文代表。風騷可泛指文學、詩文。猶遜色，意謂尚有不及。

註　四　漢唐文采尚微言：文采，指文章的光采；微言，隱微不顯，委婉諷諫的言詞。

註　五　偉其有願包天地：偉其有願，志願偉大。包天地，包羅天地。句意抱負包羅天地。

註　六　闊到無邊邁海門：闊到無邊，言襟懷氣量廣闊。邁海門，邁，豪邁；海門，海際天涯之處。句意言其氣量之廣。

註　七　獨惜眾生多苦惱：意取釋家眾生皆苦。

註　八　啼痕：指老百姓因戰火而流露的傷痛和淚痕。

遊京有感 甲申仲冬

孤芳疑與世相違註一，此日重來帶夕暉。出岫豈知雲尚滯註二，登樓惟見雪紛飛。
衝寒獨惜梅花瘦註三，拾級猶煩燭影微註四。省識秣陵註五新面目，昔時景物已全非。

賞析：這是一首遊眺感懷詩。首聯詩人孤芳自傲，與世相違，故地重臨，時在夕陽西下，意境孤寂。頷聯雲尙滯、雪紛飛，此景令人傷感。頸聯上句述說在嚴寒中，獨愛梅花清瘦之姿；下句言拾級登樓，燭光暗微，前路艱難。尾聯哀嘆世事滄桑，南京已轉新貌，往日景物亦已全非。是詩比興寄意，別有懷抱，景況傷感欷歔，對仗工整。

註釋

註一　世相違：與世俗的人與事互相違背。晉．陶潛〈歸去來兮辭〉：「世與我而相違，復駕言兮焉求？」

註二　滯：停留。

註三　衝寒獨惜梅花瘦：衝寒，冒著風寒。獨惜，特別喜愛。梅花瘦，梅花的孤疏之美。

註四　拾級猶煩燭影微：拾級，逐級登上。煩，煩惱。燭影微，寓意燈光不足，前路艱難。

註五　省識秣稜：省識，認識。秣稜，即南京。南京，簡稱「寧」，別稱頗多，如：建康、建業、金陵、石頭城、白下等。

濠江客邸遇清明

風聲遙把角聲註一傳，一念危巢便惘然。人哭清明流血淚註二，我悲寒食起烽煙註三。四郊多壘塋生棘註四，千隴無禾草蔓田註五。賦罷登樓註六心亦碎，烏啼註七月夜不成眠。

賞析：這是一首憂國傷時詩。是詩首聯以風聲、角聲，觸動詩情。頷聯「清明流血淚」，對偶「寒食起烽煙」，沉痛斷腸，悲悼不已！頸聯「壘塋生棘」，「千隴無禾」，揭露戰爭實況。尾聯「登樓心碎」，「烏啼月夜」，回應首句「風聲遙把角聲傳」，首尾呼應。全詩沉痛悽酸，憂國傷時，情同杜陵。

註釋

註一　角聲：指軍角之聲。

註二　血淚：形容極度悲痛之淚。

註三　我悲寒食起烽煙：寒食，清明前一日為寒食，民間稱禁煙節，該日一律禁生火煮食，只許冷食，故稱寒食節，其源說法不一。舊說晉文公流亡缺糧，下屬介之推為他割股療飢。他登位後封功群臣，忘記封賞介之推。介與母隱居深山，晉文公後經人提起此事，十分後悔，馬上派人登山搜索，但遍尋不獲。有人放火燒山，圖令介之推及其母逃火現身，結果母子二人被發現抱著槐樹而被燒死。晉文公得知，十分哀痛，為紀念介之推，下令該日家家戶戶不得生火，只許寒食，此為寒食節由來。唐・盧象〈寒食〉詩：「子推言避世，山火遂焚身，四海同寒食，千古為一人。」又《荊楚歲時記》：「《周禮・秋官・司烜氏》：『仲春以木鐸修火禁於國中。』注曰：『為季春將出火也。』今寒食準節氣是仲春之末，清明是三月之初，然則禁火蓋周之舊制也。」起烽煙，喻國家有戰火，觸景傷情，故悲。

註　四　四郊多壘塋生棘：壘，軍壘，用作防敵入侵。四郊多壘，四面郊野軍壘多，寓意戰爭激烈。塋，墳墓。塋生棘，塋墓長滿荊棘，此乃戰火關係，後人生死未知，墓草乏人清理。

註　五　千隴無禾草蔓田：隴通壟，田畝。千隴無禾，廣闊耕地無禾稻生長。草蔓田，禾田長滿藤蔓和野草。

註　六　賦罷登樓：指王粲登樓，思歸而作〈登樓賦〉。

註　七　烏啼：烏鴉啼叫。唐・張繼〈楓橋夜泊〉：「月落烏啼霜滿天，江楓漁火對愁眠。姑蘇城外寒山寺，夜半鐘聲到客船。」

西湖春夜書懷

湖上春光楚客[註一]遊，風輕雲淡雨初收。雙峰[註二]月影千株樹，萬頃煙波一葉舟。

夜泊梅林懷處士[註三]，醉吟秋水夢莊周[註四]。超然物外塵襟豁[註五]，樂與漁樵友鹿鷗[註六]。

賞析：這是一首遊西湖抒懷詩。是詩首聯從寫景入題，景是「湖上春光」、「風輕雲淡」、「雨初收」。頷聯續寫山月及湖光景象。頸聯懷古，從梅林處士聯想到對秋水莊周。尾聯「超然物外」，「友鹿鷗」，興寄歸隱。本詩觸景言志，描寫細膩，層次分明，詩旨在尾聯「超然物外塵襟豁，樂與漁樵友鹿鷗」，對仗工整平穩。

註釋

註一　楚客：楚大夫屈原蒙冤被貶，放逐他鄉，故稱楚客，亦即異鄉人。

註二　雙峰：指西湖的南高峰，北高峰。

註三　梅林懷處士：梅林，西湖十八景之一，在孤山。清．雍正《西湖志》：「放鶴亭在孤山之陰，宋，和靖處士林逋之故廬也，有墓在焉，上多古梅，舊傳逋於孤山植梅三百本，歲久不存，而後人補植者，今已成林……。亭歲久圮。嘉靖中縣令王釴重建，題曰『放鶴』。」林處士以梅為妻，鶴為子，傳為美談。處士，本指具才德的隱士，後泛指未曾做過官的士人。

註　四　醉吟秋水夢莊周：秋水，指莊子論辯名作《秋水》篇。是篇暢論天人關係、觀點角度、相反相成、自然無為。莊周，莊子名周，戰國時代，蒙國人，道家代表人物。

註　五　超然物外塵襟豁：超然物外，超然，脫離；物外，事物之外，不介入。宋．葉夢得《石林詩話》：「淵明正以脫略世故；超然物外為適；顧區區在位者；何足概其心哉？」塵襟豁，塵襟，世俗襟懷；豁，豁達。唐．黃滔〈寄友人山居〉：「茫茫名利內，何以拂塵襟。」

註　六　樂與漁樵友鹿鷗：漁樵：漁夫及樵夫。友鹿鷗，鹿鷗為友。宋．蘇軾〈赤壁賦〉：「漁樵於江渚之上，侶魚蝦而友麋鹿。」

玉臺[註一]月夜

遠山如畫錦雲[註二]開，桂魄吐光澈玉臺[註三]。鵲噪園林聲婉轉，江流汀渚勢縈迴[註四]。
月移竹影參棋局[註五]，風送花香入酒杯。醉後陶然[註六]忘俗慮，此身疑是寄蓬萊[註七]。

賞析：這是一首遊眺抒懷詩。是詩首聯寫景入題，起句遠山、錦雲，次句「桂魄吐光」。頷聯續寫景物，以「鵲噪園林」對偶「江流汀渚」。頸聯續以景入詩，以「月移竹影」對偶「風送花香」。尾聯因景抒逸懷，「忘俗慮」、「寄蓬萊」，乃詩旨所在。全詩寫景抒懷，景物刻劃細膩而生動，對仗工穩而活潑。

註釋

註一　玉臺：山名，在廣東新會。《新會縣志》載：「圭峰山頂挺拔玉立，其頂四方，故稱玉臺。」

註二　錦雲：絢麗的雲彩。

註三　桂魄吐光澈玉臺：桂魄，月亮。吐光，放光照耀。澈，點亮、明亮。

註四　江流汀渚勢瀠迴：汀渚，水中小州或水邊平地。勢瀠迴：勢，形勢、姿態；瀠迴，水流迴旋貌。宋．朱熹〈精舍閒居戲作武夷棹歌〉之九：「八曲風煙勢欲開，鼓樓巖下水瀠迴。」

註五　月移竹影參棋局：指月光照著棋盤如同參與棋局。

註六　陶然：舒暢喜悅，怡然自得。晉．陶淵明〈時運〉：「揮茲一觴，陶然自樂。」

註七　蓬萊：世傳渤海有三座神山：蓬萊、瀛洲、方丈。為仙人所居之處，即仙境。

遊湖獨釣

風清沙白水漣漪註一，萬頃澄波一釣絲。瀲灩湖光魚陡躍註二，玲瓏月色影潛移註三。
宵深煮鯉調牙譜註四，醉後騎驢唱竹枝註五。遊罷歸來情未已，高吟逸句入新詩。

賞析：這是一首寫景抒懷詩。首聯寫湖景，以「風清沙白」開題，續寫「澄波」及「釣舟」。頷聯寫湖光魚躍及月色影移之景，上下二聯構成一幅月下湖景圖。頸聯寫「煮鯉調牙」，共享美食，醉後騎驢，並唱竹枝詞爲樂，悠然自得。尾聯寫遊興未盡，賦詩遣興，「高吟逸句」以盡詩情。全詩寫景細膩，遣詞清新生動，對仗工整。

註釋

註一　漣漪：風吹水面引起的波紋。《詩經．魏風．伐檀》：「坎坎伐檀兮，寘之河之干兮，河水清且漣猗。」

註二　瀲灩：水波蕩漾泛光。《文選．木華〈海賦〉》：「溦滟瀲灩，浮天無岸。」陡躍，突然躍起。

註三　潛移：暗中變動。

註四　調牙譜：易牙食譜。易牙，春秋時，齊桓公寵臣，擅烹調。《孟子．子上》：「至於味，天下期於易牙。」

註　五　唱竹枝：竹枝詞，民歌之一類。

珠江風月

兩岸虹樓夾綠波註一，泝流到處動笙歌註二。電光月色爭輝映註三，鬢影衣香駁還過註四。
夷島獨存銅像峙註五，接隄橫渡鐵橋峨註六。祇餘風月今猶昔註七，人物孫洪異趙佗註八。

賞析：這是一首寫珠江夜景詩。詩中首聯寫兩岸紅樓楚館夾伴珠江水，江中花艇熱鬧，處處笙歌。頷聯描寫花艇燈光霓虹與天上月色相互輝映，衣香鬢影仕女往來頻繁。頸聯上句述海珠島經夷平發展，獨存近代名將程璧玉銅像；下句介紹珠海大橋連接兩岸。尾聯訴說珠江今古風月如一，但今天的孫中山及洪秀全兩位革命家的成就大別於漢南粵王趙佗。是詩層次分明，描寫細膩，涉及史地人物、建築物、江水月色等，據實反映昔日珠江風月，羊城繁華景象及其歷史發展。本詩雖然寫景，但在末句「人物孫洪異趙佗」，則見懷古意。

註釋

註一　兩岸虹樓夾綠波：虹樓，滿掛霓虹的高樓。夾綠波，兩岸夾著青綠色的流水。

註二　泝流到處動笙歌：泝流，逆水流而上，又稱溯流。動笙歌，吹笙唱歌。

註三　電光月色爭輝映：電光，指霓虹燈火。爭輝映，互相媲美光輝。

註四　鬢影衣香駁遝過：鬢影衣香，指婦女打扮華麗，髮飾衣服高貴。駁遝過，駁遝，連續不斷、盛貌；過，經過。遝，音踏。

註五　夷島獨存銅像峙：夷島獨存，夷島，夷平珠島；獨存，唯一存在。銅像峙，峙立海軍名將程璧光先生銅像。

註六　接隄橫渡鐵橋峨：接隄，接連隄岸，橫渡，橫過。鐵橋峨，鐵橋，指海珠橋；峨，高大。

註七　祇餘風月今猶昔：句意謂古今風月無改變。

註八　人物孫洪異趙佗：孫洪，指孫中山及洪秀全。異趙佗，異，不同，孫、洪、趙三人成就各不同。孫（中山）創共和、洪（秀全）主偏安、趙（佗）稱王南粵。

新會尋勝[註一]

出自北門古木森[註二]，通天橋上此登臨。圭峰落脈龍來躍[註三]，熊海朝宗馬駐駸[註四]。
旂鼓中原泉陡沸[註五]，風雲際會雨先淋[註六]。山靈呵護牛眠地[註七]，謝彼[註八]青鳥[註九]導我尋。

賞析：這是一首抒懷詩。首聯述尋勝途程經過，出自北門，朝通天橋而上。頷聯寫景，圭峰氣象萬千，峰巒起伏如龍躍。熊海浩瀚無涯，涵匯百川，波濤如萬馬奔騰。頸聯上句反映時局動盪，中原鼎沸，群雄並起；下句寓意風雲際會，就可以衍生甘霖，救援生靈。尾聯指出圭峰乃風水寶地，有山神守護，後人得庇蔭。此次尋勝順利，途遇青鳥鳴叫爲導遊，謹致謝忱。全詩雖然尋勝，其旨是「雨先淋」，寓意霖雨蒼生，顯見詩人抱儒家救世之志。是詩對仗工整，尤其是頷聯及頸聯意境豪放奔騰，剛健雄渾。

註釋

註一　新會尋勝：新會，廣東省中部。尋勝，游賞名勝。唐・李復言《續玄怪錄・張逢》：「策杖尋勝，不覺極遠。」

註二　古木森：指古樹繁密森然。

註　三　圭峰落脈龍來躍：圭峰，即新會圭峰山，毗鄰南海，主峰雲峰海拔五百四十五米，有高山湖泊，青山翠嶺，氣象恢宏，山勢雄偉，秀峰挺拔，山景、寺景及名勝古蹟頗多。落脈，術數用語，謂龍脈自高而下。《漢書．李尋傳》：「水為準平，王道公正修明，則百川理，落脈通。」句意謂圭峰山脈有龍躍氣勢。

註　四　熊海朝宗馬駐駸：熊海，在廣東新會。《新會縣志》載：「熊子山下，河流縱橫，潭江和西江支流在此匯入銀洲湖，故亦稱作熊海。」朝宗，百川以海為宗，喻小水流注大海。《書．禹貢》：「江漢朝宗於海。」孔穎達疏：「朝宗是人事之名，水無性識，非有此義。以海水大而江漢小，以小就大，似諸侯歸於天子，假人事而言之也。」駐，保持。駸，喻馬兒跑得快。句意謂熊海水流奔向大海，其勢有如群馬奔馳。

註　五　旂鼓中原泉陡沸：旂鼓中原，旂同旗，軍旗及戰鼓，乃戰爭兵具。中原，指中國。泉陡沸，山泉突然沸騰起來。寓意中原大張軍旗，戰鼓聲起，泉水也作出沸騰呼應。

註　六　風雲際會雨先淋：風雲際會，寓意風從虎，雲從龍，言人才在大時代中，為時所用。雨先淋，淋通霖，寓意霖雨先沐蒼生。

註　七　山靈呵護牛眠地：山靈，指山神。呵護、愛護、保護。牛眠地，指卜葬的風水寶地。

註　八　謝彼：感謝那。

註　九　青鳥：即青鳥，屬神鳥。神話傳說青鳥有責為西王母取食傳信。《山海經・西山經》：「又西二百二十里，曰三危之山，三青鳥居之。」

登圭峰[註一]

凌風造極直擎天[註二]，領袖羣峰帶百川[註三]。銀瀑冬和流化雨[註四]，玉臺春暖樹含煙[註五]。

龍潭往蹟曾身歷[註六]，熊海飛帆度眼前[註七]。綠護屏開透月亮[註八]，雲橫洞口衛林泉[註九]。

賞析：這是一首寫景詩。是詩首聯點題登峰，描繪圭峰的巍峨，其氣象是「凌風造極」而具擎天之力，及「領袖群峰」而帶領百川水流。頷聯寫景，如銀瀑化雨及春樹含煙。頸聯回憶「龍潭往蹟」及描寫「熊海飛帆」景象。尾聯描寫山屏透月及「雲橫洞口」之美。是詩四聯寫景為主，描述刻劃細膩，躍現一幅氣象萬千的山水畫，是詩對仗工穩有致。

註釋

註　一　圭峰：即廣東新會圭峰山，為岡州群山之冠，因形似圭璧故名圭峰。圭峰山為當地著名風景區，劃分為圭峰疊翠、玉湖春曉、玉臺晨鐘、綠護桃源、牽線過脈、龍潭飛瀑、山頂區和運動公園等八大景區。

註　二　凌風造極直擎天：凌風造極，凌風，乘風。造極，最高處。直擎天，擎，舉起。直擎天，寓意直舉撐天。

註　三　領袖羣峰帶百川：領袖羣峰，指最高的圭峰領導其他山峰。帶百川，帶，帶領；百川，形容很多川流。

註　四　銀瀑冬和流化雨：銀瀑冬和，和，即暖，指銀色的瀑布在冬天是暖和的。流化雨，形容瀑流散作雨水般飛下。

註　五　玉臺春暖樹含煙：玉臺，臺名，在新會圭峰山。《新會縣志》載：「圭峰山頂挺拔玉立，其頂四方，故稱玉臺。」樹含煙，形容山上的樹木，瀰漫著煙霧。

註　六　龍潭往蹟曾身歷：龍潭，指新會舊八景之一的「龍潭飛瀑」。往蹟，過往的事跡或足跡。曾身歷，曾親身經歷。

註　七　熊海飛帆度眼前：熊海飛帆，岡州（新會）八景之一。度眼前，越過眼前。

註　八　綠護屏開透月亮：綠護屏開，形容圭峰山之翠美，有如孔雀開屏。圭峰山勢雄偉，或如圭璧，蒼翠欲滴，綠蔭如蓋。「圭峰疊翠」為新會八景之首。山頂綠護屏，一馬平川，夾於圭峰、雲峰、叱石三峰間，成為「三山夾一屏」之勝景。透月亮，指月光透射到疊翠的山屏上，其景更美。

註　九　雲橫洞口衛林泉：雲橫洞口，指煙雲瀰漫山洞出口。圭峰山上常年水氣蒸騰，雲霧繚繞，山洞大小不一，雲霧瀰漫洞口。衛林泉，寓意煙雲瀰漫，好像守衛林木泉水。

江樓晚望

巍樓聳峙註一入雲霄，俯瞰江湄註二帶晚潮。不斷波瀾洶往蹟註三，無邊風月註四憶前朝。
人皆日暮趨餘熱註五，誰復歲寒識後凋註六。宇宙註七浮生渾一夢，春回頓覺凍全消。

賞析：這是一首寫景明志詩。是詩首聯寫巍樓入雲，江湄晚潮的景象。頷聯首句以波瀾起伏而勾起前塵往事；下句以風月美好而追憶前朝盛衰。頸聯寓意人各有志，有人珍惜生命餘下光輝，也有人堅守名節直到生命盡頭。尾聯寓意人生如夢，盛衰得失吉凶不斷交替出現，規律如嚴冬過去，凍氣全消，春暖即來，瑞氣祥和。本詩意境遠大，哲理深沉，借寫景而明志，如松柏後凋，身處逆境仍堅守名節，不易其志，並且寄意人生如夢，得失盛衰，不必介懷，否極泰來，有如冬去春來，此乃天道也。

註釋

註一　巍樓聳峙：巍樓，高樓。聳峙，高聳疊立。

註二　江湄：江邊。

註三　不斷波瀾淘往蹟：淘，淘洗、沖刷。往蹟，過去事跡。全句意謂一個接一個的波瀾不斷沖刷前浪，情景令人欷歔，易追憶前塵往事。

註四　無邊風月：無邊，即無盡頭。風月，即清風明月，泛指景色美好。

註五　人皆日暮趨餘熱：日暮，黃昏也。趨，趨向。餘熱，剩餘的熱能。寓意人生到暮年，趨向珍惜餘下的日子。

註六　誰復歲寒識後凋：歲寒，冬寒，寓意逆境。識後凋，識，明白，後凋，最後凋謝。寓意逆景中無損名節。《論語．子罕》：「歲寒，然後知松柏之後凋也。」

註七　宇宙：指上天下地。《淮南子．原道訓》：「橫四維而含陰陽，紘宇宙而章三光。」高誘注：「四方上下曰宇，古往今來曰宙，以喻天地。」

出京南還停驂[註一]滬瀆[註二]偕友遊兆豐公園留影題照二首

其一

駐馬梵王渡[註三]裏園，雖非吾土亦思存[註四]（伍註）典出東漢．王粲〈登樓賦〉云：「雖信美而非吾土兮，曾何足以少留。」余反其意而哂其隘，「匪我思存」（見《詩經．國風．出期東門》）。凭欄橋畔泉留影[註五]（伍註）拍照後，余復攝二幀，一橋畔憑欄，二花叢枕石。，枕石花叢鳥贈言[註六]。天地爲廬過客寓[註七]，人間得所[註八]即桃源。浮生到處都如夢，印象渾同爪著痕[註九]（伍註）吾之留影，其印象亦如雪泥鴻爪耳，人能達觀，到處都足存焉；人能樂觀，雖花鳥泉石，無不悅也。宋．蘇軾〈和子由澠池懷舊〉：「人生到處知何似？應似飛鴻踏雪泥。泥上偶然留指爪，鴻飛那復計東西。……」。

賞析：這是一首敘事抒懷詩。首聯點題遊兆豐公園，屬租界公園之一，詩人不忘故土，故有「雖非吾土亦思存」之語。頷聯憶述遊園情況。頸聯覺悟人居天地中，有如過客，能有停居之處，就是桃源樂土。尾聯慨嘆人生歷程如夢，相遇有如雪泥鴻爪，瞬間便無踪跡。本詩文字淺白，意境淡逸，感情眞摰，情景交融，並見愛國情懷，句子如「雖非吾土亦思存」，又見人生聚散哲理，句如「浮生到處都如夢」，故此不必執著，要看破緣來緣去。

其二 疊前韻（用疊字句）

蹌蹌濟濟註一〇兆豐園，惜別依依古道註一一（伍註）偕遊諸子，均當世之俊，聞余南歸，由京至滬，作長亭十里之送，留平原十日之飲，足感也，其中為詞壇耆宿者數輩，更為賡吟以志其盛。存。流水潺潺留有影，對花默默欲無言。彬彬禮節因同氣註一二，哀哀詞宗豈異源註一三（伍註）如譽虎、平一諸子，皆南社詞人且同籍也。豈異源，異源，不同源流，皆同道中人也。。裙屐翩翩情款款註一四，深深印入綠苔痕註一五。

賞析：這是一首送別詩。是詩首聯遊園話別。頷聯描寫依依之情，詞用「流水潺潺」及「對花默默」。頸聯言聯袂同遊者同聲同氣，皆當代「哀哀詞宗」。尾聯憶述依依惜別，離情眞摯，綠苔留痕。本詩是送別詩，洋溢著別情依依氣色，尤其是結句，「深深印入綠苔痕」，更得哀而不傷之美。

註釋

註一　停驂：驂，三頭馬車。停驂，即停車。

註二　滬瀆：上海市，簡稱滬。

註三　梵王渡：初名法華渡，又稱萬航渡，位處今上海市靜安區西萬航渡路，兆豐公園（租界公園之一）座落於此。

註四　雖非吾土亦思存：吾土，指國土。

註五　泉留影：泉水清澈，可照人留影。

註六　鳥贈言：鳥語比作贈客語。

註七　天地為廬過客寓：廬，簡陋房舍。劉伶〈酒德頌〉：「幕天席地，縱意所如。」清．譚瑩〈震北雷〉：「自將天地為廬舍，笑把江山作畫圖。」過客，旅客。李白〈春夜宴桃李園序〉：「天地者萬物之逆旅，光陰者百代之過客，而浮生若夢，為歡幾何。」

註八　所：居所。

註九　印象渾同爪著痕：渾同，即混同，其義等同。

註一〇　蹌蹌濟濟：人多而容止有節，威儀盛也。《詩．大雅．公劉》：「蹌蹌濟濟，俾筵俾幾。」

箋：「士大夫之威儀也。」

註一一　古道：傳統道統，信愛禮義等。

註一二　彬彬禮節因同氣：彬彬，文質兼備。《論語．雍也》：「質勝文則野，文勝質則史，文質彬彬，然後君子。」同氣，氣質相同。

註一三　袞袞詞宗豈異源：袞袞，眾多。詞宗，對文壇巨子的尊稱。

註一四　裙屐翩翩情款款：裙屐翻翻，裙，下裳。屐，木底鞋。裙屐，泛指時髦衣著；翻翻，飛翔貌，指衣履有致，具品味。情款款，情意誠摯融洽。

註一五　深深印入綠苔痕：指友誼的足印，深刻地在綠草苔階，並留下痕跡。

題西湖湖心亭

千頃煙波萬綠叢，一湖景物萃亭中註一。雙峰對峙凌霄漢註二，孤月初生帶晚虹註三。

消暑不嫌長夏日，開懷何必怯秋風。四時都有宜人處，妙境天然具化工註四。

賞析：這是一首寫景詩。詩中首聯描述湖水山景，並以萃亭作點題。頷聯描寫西湖十景之雙峰插雲及新月晚虹景色。頸聯描述襟懷自得，不嫌夏日，不怯秋風。尾聯指出四時皆有其天然美景。是詩平淡韻致，景情合一，意味深遠，對仗工整。

註釋

註一　萃亭中：萃，聚集。意謂人在湖心亭可以飽覽西湖風景。

註二　雙峰對峙：雙峰，是指南高峰及北高峰，雙峰插雲乃西湖十景之一。對峙，對立。

註三　帶晚虹：晚虹，又稱月虹，帶晚虹，指朦朧的月虹如帶掛在遠天。

註四　具化工：具，都、皆；化工，自然造化而成。唐・元稹〈春蟬〉詩：「作詩憐化工，不遣春蟬生。」

訪虛雲上人[註一]奕棋[註二]談禪

爲尋杖履[註三]訪山庵[註四]，入室猶聞佛語喃。妙解眞如憑覺力[註五]，先除僞妄及嗔貪[註六]。

塵心滌盡禪心現[註七]，國手興饒樂手談[註八]。天地渾同[註九]棋一局，預留歸著[註一〇]且停驂[註一一]。

賞析：這是一首敘事詩。是詩首聯以「訪山庵」、「佛語喃」爲點題。頷聯談禪，其辭

「眞如」、「覺力」、「僞妄」及「嗔貪」都是佛家禪理語。頸聯上句續談「塵心」與「禪心」；下句指出「國手」奕棋之樂。尾聯指出天地人生如棋局，宜著著小心，並預留歸著，掌握適時進退。本詩禪味十足，末句「預留歸著」一詞，蘊含禪理，可作人生箴言。

註釋

註一　虛雲上人：虛雲（一八四〇～一九七五）近代名高僧，一身而兼禪宗五宗法脈，弘揚佛教事業，成績斐然，為中國禪宗傑出代表。享年一百二十五歲。

註二　奕棋：即圍棋。

註三　杖履：長者用的手杖和鞋子，用作尊稱長者的稱謂。

註四　山庵：出家人居停處，即山寺。

註五　妙解真如憑覺力：真如，佛教術語，解說頗多。真，是真實不虛。如，是如常不變，合真實與如常，稱真如。另一解說真如：真是真相，如是如此，真相如此，故名真如。《法集經》謂：「真如者，名為空，彼空不生不滅。」真如也可理解為：「真如者，非實非虛，非真非妄，非有非無，非是非非，非生非滅，非增非減，非垢非淨，非大非小，非子非母，非方非圓，……。」憑覺力，即憑悟力。

註　六　先除偽妄及嗔貪：偽妄，虛假，不真實。嗔貪，佛家語，嗔，惱怒、衝動、欠約制力；貪，貪心。貪嗔和痴，稱貪嗔痴，佛家稱三毒、三垢、三火。

註　七　塵心滌盡禪心現：塵心，凡俗之心，熱衷名利。滌盡，去除淨盡。禪心，佛家語，清靜寂靜的心境。

註　八　國手與饒樂手談：國手，泛指國家級水平的手藝人仕，如球藝，棋藝等。與饒，饒有興味，十分有興趣。樂手談，樂，開心；手談，指下圍棋。

註　九　渾同：等同。

註一〇　歸著：下棋用語，著，著法，可理解為步也，先一著，即先一步，歸著，即後著，後一步。

註一一　停驂：驂，三頭馬車。停驂，即停車。

登覺苑[註一]

依稀此地已神遊，妙境莊嚴矗海頭[註二]。面壁[註三]思能消俗累，臨淵期不負清流[註四]。

飛昇未著雙鳧履[註五]，下筆難成五鳳樓[註六]。但得名山容小住，人間何必覓丹邱[註七]。

賞析：這是一首敘事抒懷詩。本詩首聯點題，「妙境莊嚴」隱喻「覺苑」。頷聯強調面壁以求心靈清靜，臨淵見清流，則思品格高潔。頸聯自知求道未成故無仙履，又愧於文章未達到五鳳樓水平。尾聯小住名山，已心滿意足，不須追求仙居。全詩氣骨淡逸，用典平實，對仗工整，通過登覺苑，悟出人生以情操品格爲尊貴，不必成仙成佛，或成文壇巨擘。此外，有緣與佛寺結緣，也是功德，不必追求仙居。

註釋

註一　覺苑：僧院。

註二　矗海頭：矗，直立、高聳。海頭，海邊。

註三　面壁：佛教用語，面對牆壁默望靜修。一般理解是面壁思過，自我檢討。

註四　臨淵期不負清流：臨淵，面對淵水。期不負，不會辜負。清流，清澈的流水，寓意情操高潔的君子，或喻政治清明。《三國志・魏志・桓階陳群等傳評》：「陳群動仗名義，有清流雅望。」又：宋・歐陽修《朋黨論》：「唐之晚年，漸起朋黨之論，及昭宗時，盡殺朝之名士，或投之黃河，曰：『此輩清流，可投濁流。』而唐遂亡矣。」

註　五　飛昇未著雙鳧履：鳧，音符，水鴨，或指能飛的野鴨。履，鞋。履鳧，泛稱鞋。傳說東漢・王喬，漢代河東郡人，嘗為葉縣令，相傳他有神仙之術，曾把雙履化成兩隻鳧鳥，乘坐去見皇帝。《後漢書・方術列傳上・王喬》：「王喬者，河東人也。顯宗世，為葉令。喬有神術，每月朔望，常自縣詣臺朝。帝怪其來數，而不見車騎，密令太史伺望之。言其臨至，輒有雙鳧從東南飛來。於是候鳧至，舉羅張之，但得一隻舄焉。乃詔尚方診視，則四年中所賜尚書官屬履也。」後因以鳧舄（音軾，厚鞋底），為仙履也。

註　六　下筆難成五鳳樓：五鳳樓，樓名，唐朝時建於洛陽，梁太祖朱溫予以重建，去地百丈，高入半空，上有五鳳翹翼。後世喻文章巨匠為造五鳳樓手。

註　七　丹邱：神仙所居之處。

春江泛棹

一夜東風萬象蘇註一，春波千頃任飛艫註二。浪花帶雨迎帆影註三，嶺樹連雲入畫圖註四。

大塊文章註五新境界，半山燈火老浮屠註六。壯心恰似禪心澈註七，如意何須擊唾壺註八。

賞析：這是一首寫景抒懷詩。本詩首聯寫景，上句「東風萬象蘇」，蘊含春意盎然之象，點題在下句「春波」、「飛艫」。頷聯續寫景，上句描寫「浪花」、「帆影」；下句描寫「嶺樹連雲」。頸聯續寫景物，以「大塊文章」對偶「半山燈火」。尾聯上句覺悟昔日壯心隨歲月流轉，趨向禪心境界，清澈平靜；下句語帶相關，人生如意就無須傷感，擊壺鳴志。本詩佈局層次分明，意境闊大，氣象豪放，用典嫻熟，遣詞精煉，對仗工整。

註釋

註一　一夜東風萬象蘇：東風，五行應五時，東風即春風。萬象，大自然一切事物與景象。唐・杜甫〈宿白沙驛〉詩：「萬象皆春氣，孤槎自客星。」蘇，同甦，蘇醒。

註二　任飛艫：艫，大船。任飛艫，指破浪航行的大船。

註三　浪花帶雨迎帆影：浪花帶雨，指船破浪而行，產生浪花如雨。迎帆影，隨伴船影。

註四　入畫圖：置入圖畫。

註五　大塊文章：大塊，大地，指大自然提供大量寫作材料，也可寓意長篇大論的文章。唐・李白〈春夜宴從弟桃李園序〉：「況陽春召我以煙景，大塊假我以文章。」

註六　老浮屠：屠，其義有四，可指佛佗、佛教、和尚、佛塔。老浮屠，指古老佛塔。

註七　禪心澈：禪心，佛家語，清靜寂靜的心境。澈，通曉、了悟、澈悟。

註八　擊唾壺：唾壺，痰壺。擊唾壺，形容情志激昂或悲憤，敲打唾壺，典出「唾壺擊缺」。《世說新語》：「王處仲（王敦）每酒後輒詠『老驥伏櫪，志在千里。烈士暮年，壯心不已。』」以如意打唾壺，壺口盡缺。

金陵雜感

秣陵註一夾道註二柳條新，今古茫茫註三又一春。三事官箴註四成往跡，六朝金粉註五有傳人。

枇杷巷裏多冠蓋註六，雉堞城邊尚棘榛註七。太息註八國魂呼不起，幾忘原是亂離身。

賞析：這是一首即事感懷詩。本詩首聯上句即以「秣稜」點題。頷聯諷官箴已失，六朝腐敗國運已臨。頸聯諷朝廷官爺沉迷秦樓楚館，邊防守將管理失職。尾聯哀國魂未醒，身遭國難，亂離漂泊，其情堪悲。全詩沉痛悲鬱，以比興筆法，痛斥朝官腐化，邊將失職，致令首都淪陷，黎民遭殃。本詩聲情沉痛，愛國精神活現紙上，有放翁遺風。

註釋

註　一　秣陵：秣陵，今稱南京，別名頗多，如金陵、建業、白下、石城、石頭城。南京有六朝古都及十朝都會之稱。六朝指東吳，東晉，南朝的宋、齊、梁、陳。十朝都會，即六朝加上南唐、明初、太平天國及中華民國，也曾建都於南京。

註　二　夾道：道路兩旁。

註　三　今古茫茫：現今與古代都是心情迷惘。宋．晏殊〈喜遷鶯〉詞：「勸君看取名利場，今古夢茫茫。」

註　四　官事三箴：為官三箴銘，即清、慎、勤。宋．呂本中《官箴》：「當官之法，唯有三事，曰清、曰慎、曰勤。知此三者，可以保祿位，可以遠恥辱，可以得上之知，可以得下之援。」

註　五　六朝金粉：六朝即吳、東晉、宋、齊、梁、陳等六個皇朝建都金陵。金粉，指綺麗繁華。

註　六　枇杷巷裏多冠蓋：唐代名妓薛濤能詩善文，人稱「女校書」，居成都萬里桷邊，住處植枇杷樹，後遂以枇杷巷比喻妓院。冠蓋，泛指官員的官服及車蓋，後泛指達官貴人。

註　七　雉堞城邊尚棘榛：雉堞，護城的鋸齒狀戰牆。棘榛，荊棘也，寓意邊防失敗，已無守衛，無人打理，棘榛蔓生。

註八　太息：嘆息。

蘇州胥門[註一]內謁[註二]伍相國[註三]祠二首

其一

臥薪恥粟賦歸與[註四]，偶到胥門謁子胥[註五]。忠孝兩全眞苦汝[註六]，鄉關久別竟愁予[註七]。可能異代聯桑梓[註八]，幸有豐功照簡書[註九]。是乃吾宗當一拜，於今何處覓專諸[註一〇]。

賞析：這是一首懷古詩。本詩首聯上句自訴「臥薪」、「恥粟」、「賦歸與」，一句三典；下句「謁子胥」點題。頷聯讚賞子胥爲父兄報仇，故言「忠孝兩全」；下句「鄉關久別」對比自己漂泊現況。頸聯述遠祖子胥與自己有「聯桑梓」之誼，即同族源；下句言子胥功業垂史冊。尾聯對祖宗尊敬而下拜，並愛屋及烏，聯想起曾爲伍子胥「士爲知己者死」的魚腸劍專諸。本詩謀篇有序，造句不凡，活用典故，對偶工巧。

其二

懸首東城事太冤註一一，丹心碧血照胥門註一二。昭關一夜鬚眉白註一三，越女多情日月昏註一四。

正國亡身君願死註一五，撫今追昔註一六我無言。驅馳萬里閒關客註一七，古寺低徊欲斷魂註一八。

賞析：這是一首懷古詩。本詩首聯述吳王夫差聽信讒言，誣伍子胥「內不得意，外倚諸侯」，卒被賜死，首級懸掛胥門示眾，委實冤枉。頷聯上句述伍子胥逃避楚平王追殺，途中一夜白頭，避過城門守衛而出關，投奔吳國去。下句言西施以美色迷惑吳王夫差，使其神昏顛倒，荒廢政務。頸聯惋惜伍子胥被賜死一事。尾聯自憐漂泊萬里，有幸得見祖宗祠，緬懷其事蹟，不禁神傷魂斷。全詩除據歷史述說伍子胥其人其事，也道出自己「驅馳萬里」的漂泊境況。

註釋

註　一　胥門：姑蘇城城門名字。

註　二　謁：晉見、拜見。《楚辭．劉向．九歎．遠遊》：「登崑崙而北首兮，悉靈圉而來謁。」

註　三　伍相國：伍子胥，嘗封相國，故有伍相國之稱謂。伍子胥（前五五九～前四八四），名員

（一作芸），字子胥，楚人，春秋末期吳國大夫、軍事家，官至輔政大臣、相國，封地於胥，又稱申胥。伍子胥之父兄曾遭楚平王殺害。伍子胥從楚逃吳，獲吳王闔閭重用。他大力發展水利，築建姑蘇城（今蘇州），至今蘇州有胥門，是為紀念他而命名的。西元前五〇六年，伍子胥領兵攻入楚都，掘楚平王墓，鞭屍三百，以報父兄之仇。吳國在伍子胥謀畫下，國力強大，成為諸侯霸主。闔閭死後，子夫差繼位，聽信諛臣讒言，誣子胥外倚諸侯，遂賜劍伍子胥自殺。伍子胥自殺前告知門客，他死後將其雙目掛在東門，以目睹越國兵馬入城滅亡吳國。夫差聞訊大怒，將其屍首以皮囊裹包棄投江中。吳人十分哀痛，立祠於江邊山上，山稱胥山。伍子胥死後九年，吳果然為越王勾踐所亡。

註四　臥薪恥粟賦歸與：臥薪，睡在柴枝上，以示刻苦自勵，忍辱負重。恥粟，氣節高尚，寧願餓死，也不願為無德者服務。典出「恥食周粟」，《史記・伯夷列傳》：「武王已平殷亂，天下宗周，而伯夷、叔齊恥之，義不食周粟，隱於首陽山，采薇而食之。」賦歸與，告歸，辭官歸里；與，同歟，感嘆虛字，即「吧」字。賦歸與，指辭官回去吧！《論語・公冶長》：子在陳曰：「歸與！歸與！吾黨之小子狂簡，斐然成章，不知所以裁之。」

註五　偶到胥門謁子胥：胥門，蘇州城門名字，用作紀念伍子胥；謁，進見。

註六 汝：你。

註七 予：我。

註八 可能異代聯桑梓：異代，不同年代。聯，聯上。桑梓，故鄉。

註九 簡書：寓意青史。

註一〇 專諸：專諸（？～前五一五），春秋時代，吳國著名刺客，受伍子胥之薦，助吳公子光（即吳王闔閭）刺殺吳王僚自立。專諸以進獻上品魚食給吳王僚，魚腹暗藏匕首，獻食之際，取出匕首成功刺殺吳王僚，但他也為衛士所殺。吳王僚死後，吳王闔閭登位，闔閭乃以專諸之子為卿。

註一一 懸首東城事太冤：伍子胥助吳王闔閭取得皇位，忠心耿耿，深得帝主寵信，言聽計從。豈料闔閭死後，其子夫差繼位，伍子胥屢勸勿伐齊及殺勾踐免留後患，但忠言未獲接納，結果吳為越所亡。伍子胥之死，事緣掌百官的太宰伯嚭與伍子胥有隙，向吳王夫差進讒，誣伍子胥「為人剛暴，少恩，猜賊，其怨望恐為深禍」，又誣他「內不得意，外倚諸侯」。「外倚諸侯」，即勾結外國勢力。夫差聞言大怒，乃賜劍令子胥自殺。死前，子胥告其舍人曰：「抉吾眼置之吳東門，以觀越之滅吳也。」可見憤恨之情！

註一二　丹心碧血照胥門：丹心，指赤誠的心。碧血，熱血，珍貴如璧玉。丹心與碧血奉獻國家。
《莊子・外物》：「萇弘死於蜀，藏其血，三年而化為碧。」胥門，紀念伍子胥的蘇州城門，寓意吳國。

註一三　昭關一夜鬢眉白：昭關一夜，典出「一夜白頭」。昭關，地名，位於安徽省含山縣城以北七點五公里，春秋時代吳楚交界，地勢險要，故有「雄踞吳楚」之稱。伍子胥本楚人，楚平王昏庸，聽信讒言，殺害其父兄，並斬草除根，對他追殺，子胥逃亡往吳，昭關乃必經之處，子胥急甚，惶恐出關被守兵認出面目，徹夜不眠在房內踱步，翌晨竟然一夜頭白，連鬚眉也白，成為一個老衰翁面貌，於是瞞過守城衛兵可以出關。

註一四　越女多情日月昏：越女，指西施。日月昏，日月，指吳王夫差；昏，昏迷、昏倒。句意謂西施以美色迷倒吳王夫差，使其不理朝政，政治昏暗。

註一五　正國亡身君願死：正國，正，同政，指治理國家。亡身，指伍子胥與吳王夫差政見不合，一向與他有隙的諛臣伯嚭乘機進讒誣他「外倚諸侯」。夫差誤信為真，賜劍予子胥，令其自盡。君願死，言伍子胥獲罪自殺，並無逃走和抗拒，死前囑舍人在他死後，挖其雙目懸掛在城門上，以觀越兵入城滅吳的情景。

註一六　撫今追昔：接觸當前事物，回想過去情景。

註一七　驅馳萬里間關客：驅馳，奔勞，策馬奔走。萬里，指長途。間關，狀聲詞，車行聲音。間關客，指車客。

註一八　古寺低徊欲斷魂：古寺，指伍相國祠。低徊，徘徊、流連。欲斷魂，言哀傷之極，似失去魂魄。

舟中寫懷

萬頃煙波拱北關[註一]，一船書畫泊南灣[註二]。胸中邱壑羅千古[註三]，眼底滄桑念九寰[註四]。

天雨欲來雲出岫[註五]，江風為導浪排山[註六]。紅輪起處陰霾斂[註七]，頓使蒼生盡破顏[註八]。

賞析：這是一首寫景抒懷詩。本詩首聯顯示詩人泛舟澳門南灣，其景是「萬頃煙波」、「一船書畫」。頷聯以比興句法下筆，見群巒起伏，詩成上句「胸中邱壑」，寄意抱負遠大，「羅千古」，言腹有詩書，通古識今。見滄海波濤，詩成「眼底滄桑」，寓意世情變幻無常，飽受歷練，「念九寰」，即惦念神州大地的祖國。頸聯上句「天雨欲來」，言國危徵象已見，「雲出岫」，寓意出山請纓救國。下句「江風為導」，寓意被抗日精神感召。浪排山，指士氣排山倒海。尾聯指太陽升起，陰霾散盡，眾生開懷。本詩比興爲詩，旨意深邃，風格豪邁，遣詞造句老練，對仗工整。

註釋

註一 萬頃煙波拱北關：萬頃煙波，形容滄海廣闊，一片茫茫。拱北關，指澳門拱北口岸。

註二 一船書畫泊南灣：書畫船，古已有之，供畫人活動或進行書畫買賣。南灣，澳門供商船停泊的一個海灣，今葡京附近。

註三 胸中邱壑羅千古：邱，同丘，小山。壑，山溝，胸中邱壑，意謂抱負遠大。羅千古，胸中包羅千古知識。

註四 眼底滄桑念九寰：眼底滄桑，滄桑，言世事人事變化無常，典出成語「滄海桑田」。晉·葛洪《神仙傳·麻姑》：「麻姑自說云，接待以來，已見東海三為桑田。」寓意人生閱歷深，飽經憂患或變幻。念九寰，心中牽掛九州大地，即心存國家之念。

註五 天雨欲來雲出岫：寓意事物演變徵兆，句意即山雨欲來風滿樓。出岫，出山。

註六 江風為導浪排山：江風，喻海風。導，帶領。浪排山，海浪奔流有如排山倒海。

註七 紅輪起處陰霾斂：紅輪起處，紅日升起之處。陰霾斂，指天氣陰晦，晦暗；斂，收斂。

註　八　頓使蒼生盡破顏：馬上使得老百姓開心歡笑。

次韻奉和梁任公師〈既雨〉註一

晴雨靡常註二關氣候，太空蒼莽註三本無心。假天示警前愚古註四，格物致知昔喻今註五。
春暖當如陶運甓註六，秋涼莫效屈行吟註七。不忘存歿高風義註八，彌覺師門教澤深註九。

賞析：這是一首唱和詩。本詩首聯指出晴天和雨天的無常規變化，乃氣候的自然現象，上天並無刻意操控。頷聯上句謂從前天意以晴雨示警，乃愚弄古人之說，不必相信；下句言探究事物原理，從而獲得知識，以古喻今，可作比較。頸聯上句寓意不甘悠閒，仿陶侃運磚以磨練身心；下句言失意之時，勿意志消沉如屈原，散髮行吟於澤畔。尾聯敬仰梁師任公高風節義，更感激梁師深厚的教化恩澤。本詩題材廣闊，從既雨變化談到師恩，一氣呵成，用典靈活曉暢，對仗工整。

附梁任公師〈既雨〉詩

既雨復晴晴復雨，誰從反覆驗天心。好秋散擲將逾半，貞士羈窮不自今。
臨水登山供悵望，搔頭負手費沉吟。猶嫌念死悲生意，不及江流一往深。

註釋

註一　既雨：該下雨時就下雨。

註二　靡常：無常，沒有固定規律。《尚書．咸有一德》：「天難諶，命靡常。」

註三　蒼莽：指無邊無際。《韓詩外傳》卷四：「所謂天，非蒼莽之天也；王者以百姓為天。」

註四　假天示警前愚古：假天，假，好像，指像天那樣。示警，以動作或信號讓人提高警覺。前愚古，愚弄古人。句意謂從前天意示警，乃上天作弄古人。

註五　格物致知昔喻今：格物致知，探究事物原理，從而獲得知識。《禮記．大學》：「致知在格物，物格而後知至。」昔喻今，借古比喻今。

註六　春暖當如陶運甓：陶運甓，甓，磚，典出「陶侃運甓」。陶侃，東晉大臣，於閒時，早上將磚搬出屋外，晚上再搬回屋內，以示勤奮，不懼往返重複。深層意義是不安悠閒，發奮功業。

註七　秋涼莫效屈行吟：秋涼，秋，代表肅殺、傷感。屈行吟，指屈原被貶，失意，澤畔行吟，其情可悲。

註　八　不忘存歿高風義：存歿，言生與死。高風義，風義，風骨義節。

註　九　彌覺師門教澤深：彌覺，更加覺得。師門，百年先生乃梁任公學生，故言師門。教澤深，教化恩澤深厚。

夢醒書懷柬嚴老註一

夢回聽徹玉笙寒註二，閒臥滄江強自寬註三。漱玉醉花詞綴藻註四，鬱金香草氣如蘭註五。琴樽北海容多士註六，絲竹東山薄一官註七。烈士壯心知未已註八，蒼生誰爲挽狂瀾註九。

賞析：這是一首酬贈抒懷詩。本詩首聯上句以夢回聽笙表達愴情；下句退隱滄江，雖然「強自寬」，但「笙寒」顯見落寞難言。頷聯上句「漱玉醉花」對仗「鬱金香草」，以李清照詞的高貴比照君子蘭草，對仗工整入神，非能手不能。李清照乃婉約詞派代表，後者蘭草香氣乃君子代表。頸聯以「孔北海容客」對仗「謝東山薄官」，可謂工整貼切。尾聯自傲壯心未已，有志力挽狂瀾以救蒼生。本詩用典豐富，句旨比興，別有寄託，對仗工整巧妙。

附章士釗詩贈伍百年

一代文光光映雪註一〇，百年妙筆筆如鐵註一一！聲搖五嶽作龍吟註一二，力掃千軍吏虎穴註一三；書法董狐正不阿註一四，詞宗司馬曾何別註一五？雄奇抗手李青蓮註一六，雅逸前身陶靖節註一七。

註釋

註一　嚴老：敬稱章士釗先生。章士釗（一八八一～一九七三），字行嚴，筆名黃中黃、青桐、秋桐，湖南善化人，《蘇報》主筆、律師、學者、教育家、政治家等，曾任北洋政府司法總長兼教育總長，國民政府參政會參政員，中華人民共和國全國人大常委會委員，全國政協常委，中央文史研究館館長。

註二　夢回聽徹玉笙寒：聽徹，聽至最後一遍曲。玉笙寒，指笙聲咽嗚蕩氣而傷情。此句出自南唐嗣主李璟〈攤破浣溪沙〉詞有句云：「細雨夢回雞塞遠，小樓吹徹玉笙寒，多少淚珠何限恨，倚欄杆。」

註三　閒臥滄江強自寬：閒臥滄江，句出杜甫〈秋興〉詩：「一臥滄江驚歲晚」之句。臥滄江，義同謝安臥東山。滄江，乃隱者所歸隱之處。強自寬，勉強自我寬懷安慰。

註　四　漱玉醉花詞綴藻：漱玉醉花，指李清照詞集《漱玉詞》及詞作〈醉花陰〉。詞綴藻，綴，點綴、綴飾；藻，指具文采的詞藻。李清照〈醉花陰〉辭藻清麗，膾炙人口，其千古名句：「莫道不消魂，帘捲西風，人比黃花瘦。」

註　五　鬱金香草氣如蘭：鬱金，乃香草植物，古人用作香料。氣如蘭，言鬱金的香氣如蘭花，蘭花乃花中君子。鬱金香，詞人以美人香草比之君子，唐．沈佺期〈獨不見〉有「盧家少婦鬱金香（一作堂）」句。

註　六　琴樽北海容多士：北海，孔融曾任北海相，時稱孔北海。容多士，容，寬待好客；士，士人。此句言孔融樽酒豪情，家中經常高朋滿座，座上多延名士，杯酒言歡。《後漢書．鄭孔荀列傳》：「必寬容少忌，好士，喜誘益後進。及退閒職，賓客日盈其門。常歎曰：『坐上客恆滿，樽中酒不空，吾無憂矣。』」

註　七　絲竹東山薄一官：此句言謝安（安石），嘯傲東山，寄情絲竹，不應徵辟。絲竹東山，絲竹，古代弦管樂器；東山，乃東晉謝安隱居不仕之處，典出「高臥東山」。南朝．宋．劉義慶《世說新語．言語》：「謝太傅語王右軍曰：『中年傷於哀樂，與親友別，輒作數日惡。』王曰：『年在桑榆，自然至此，正賴絲竹陶寫，恆恐兒輩覺，損欣樂之趣。』」薄一官，輕視拘拘一官位。明・王慎中〈章二州以侍御謫推興化府敘復揚州郡承二首其二〉：「雨露清時澤，無為薄一官。」

註　八　烈士壯心知未已：此句言英雄壯志遠大，典出唾壺歌。《世說新語》有載東晉・王敦，每酒後仿魏武帝曹操歌「老驥伏櫪，志在千里，烈士暮年，壯心不已」之句，並以玉如意敲打唾壺為節拍。

註　九　蒼生誰為挽狂瀾：蒼生，老百姓；謝安（字安石）隱東山，時有人「安石不出，如蒼生何？」之感，後謝安命謝玄出師，擊敗苻堅八十萬兵，積功至太傅，人謂其東山再起。挽狂瀾，即扭轉不利的局面，典出唐・韓愈〈進學解〉：「障百川而東之，迴狂瀾於既倒。」

註一〇　一代文光光映雪：文光，絢爛的文采。光映雪，言文光映雪，倍覺可愛。

註一一　百年妙筆筆如鐵：百年妙筆，稱許伍百年的巧妙文筆。筆如鐵，指史筆如鐵，直書其事。

註一二　聲搖五嶽作龍吟：指文章威力可搖動五嶽，聲勢有如龍吟。

註一三　力掃千軍夷虎穴：力掃千軍，指筆力橫掃千軍。夷虎穴，剷平虎穴。

註一四　書法董狐正不阿：書法董狐，書法，指記述歷史效法董狐。董狐，春秋時晉國史官，其人記史直筆書寫，如直書「趙盾弒其君」一事，孔子作出稱讚：「董狐，古之良史也，書法不隱，不隱盾之罪。」正不阿，公正不偏私。

註一五　詞宗司馬曾何別：詞宗司馬，西漢賦家司馬相如（約前一七九～前一一八）有賦聖、詞宗之譽。曾何別，並無分別。

註一六　雄奇抗手李青蓮：抗手，匹敵。李青蓮，李白（七〇一～七六二），號青蓮居士。

註一七　雅逸前身陶靖節：雅逸前身，雅逸，風雅飄逸。前身，前一輩。陶靖節，陶淵明（三六五～四二七），名潛，自號五柳先生，私謚靖節先生。

贈少川先生

河山劫後幾滄桑註一，爲愛漢家慕子房註二（伍註）余於丙子歲（一九三六），晤先生於滬，相與論天下事，言談微中，許為知言，並以子房見喻，想亦不忘漢旌之意也。。出處不隨人俯仰註三，去留猶繫國存亡註四。交鄰有道推先覺註五，與世無爭見獨長註六。自識荊州輕萬户註七，願供一瓣是心香註八。

賞析：本詩是一首酬贈詩。詩中首聯上句指出國難未平；下句關懷國運，見「國危則思良相」，故有「慕子房」之語。頷聯上句稱譽少川先生「出」與「處」，不仰人鼻息、不任人擺佈；下句續稱譽其人過去無論「去職」與「留任」，都關聯國家存亡。頸聯上句讚揚少川先生處理邦交有道，並能洞悉先機；下句稱許其人不戀名位而見譽國人。尾聯稱許少川先生媲美唐代韓荊州，受人尊崇；下句獻上心香一炷，以表達敬慕之情。本詩雖是酬贈詩，不忘家國熱忱，造句遣詞老練，讚誦據實得體，對仗工整。

註釋

註一　河山劫後幾滄桑：滄桑，言世事人事變化無常，典出成語「滄海桑田」。晉．葛洪《神仙傳．麻姑》：「麻姑自說云，接待以來，已見東海三為桑田。」寓意人生閱歷深，飽經憂患或時勢變幻。

註二　為愛漢家慕子房：漢家，大漢皇朝，寓意國家。慕子房，慕，思念。子房，即張良，漢高祖開國謀臣，有「謀聖」之稱，其人「運籌帷幄，決勝千里」，與蕭何、韓信並稱漢初三傑。

註三　出處不隨人俯仰：出處，出仕與退隱。《易經．繫辭上》：「君子之道，或出或處，或默或語。」俯仰，低頭與抬頭。句意謂無論出仕做官或退隱山林，不受別人左右，俯仰自決。

註四　去留猶繫國存亡：句意謂無論離任或留任，都繫連國家的生死存亡。《後漢書．和熹鄧皇后紀》：「其宮人有宗室同族若羸老不任使者……洛其去留。」

註　五　交鄰有道推先覺：交鄰有道，指與鄰國交往的原則和策略；先覺，事先察覺。

註　六　與世無爭見獨長：見獨長，即獨有專長。

註　七　自識荊州輕萬戶：荊州，對別人的稱呼，你的意思，句出李白〈與韓荊州書〉：「生不用封萬戶侯，但願一識韓荊州。」輕萬戶，輕，輕視；萬戶，指食邑萬戶的諸侯。

註　八　一瓣心香：一炷心香，喻心意虔誠，古人焚香溝通佛道，最重虔誠。

哭唐少老註一

憶自申江註二握別時，言猶在耳感相知註三（伍註）余於丙子（一九三六）秋與公挹別時，公握余手而言曰：「年來最喜晤子，子具子房之才，有安天下之志，但惜本人目下地皮沒有，無法安置棟柱耳。然天下人才與天下共之，稍有機緣，當介紹當局用子。」。量材謬許安天下註四，倚柱徒傷沒地皮註五。

千古心儀唯子產註六，九迴腸斷哭鍾期註七。能全晚節蓋棺定註八，舉國聾狂欲語誰註九。

賞析：這是一首輓詩。首聯追憶申江握別，未忘話別贈言。頷聯不忘唐老謬許安國濟世，時唐老已退出政壇，故言「沒地皮」。頸聯上句以春秋時代名相子產，比喻曾任內閣總理的唐紹儀；下句以鍾期比喻唐老。史載琴家伯牙知音者鍾期也，期死，伯牙痛哭腸斷，碎琴而終生不復彈，因世再無知音者。此句寓意唐老歿，詩人哀痛不已，故言「九迴腸斷」。尾聯上句述唐老「能全晚節」已是蓋棺定論，雖然這樣，但國人仍認知失控，「舉國聾狂」，不知向誰解說事實？此首輓詩，情感眞摯，修辭造句警練，對仗工整。

註釋

註一　唐少老：本名唐紹儀（一八六二～一九三八），字少川，廣東中山人，留美，清末郵傳部左侍郎，民初首任內閣總理，曾任北洋大學（現天津大學）及山東大學校長，也是復旦大學創辦人。唐氏一生活躍政壇，歷任要職，是著名的政治家、外交家。晚年居滬，退出政壇，不問世事，遊藝於古玩，年七十六死於政治暗殺。

註二　申江：上海黃浦江兩岸地區。

註三　相知：相互瞭解、知心。《楚辭．九歌．少司命》：「悲莫悲兮生別離，樂莫樂兮新相知。」

註四　量材謬許安天下：量材，材，同才，衡量才能。《後漢書．劉愷傳》：「協和陰陽，調訓五品，考功量才，以序庶僚。」謬許，錯誤地讚許（自謙之詞）。安天下，安定天下。

註五　倚柱徒傷沒地皮：倚柱徒傷，指倚柱而無奈嘆息。《戰國策·齊策》：「馮諼倚柱彈其劍而歌曰：『長鋏歸來乎！食無魚。』」沒地皮，即沒有地盆。

註六　千古心儀唯子產：千古，久遠年代，即自古以來。心儀，思慕敬佩、嚮往。唯子產，唯，唯一；子產，春秋時代著名政治家，思想家，任鄭國宰相，執政期間，革新政治，以民為先，剷除特權，制定一套完整的治國藍圖，公布「成文法」，給國家帶來中興，其以民為本治國理念，古今評價極高。孔子：「子產猶眾人之母也，能食之，不能教也。」漢·司馬遷：「子產之仁，紹世稱賢。」明·張居正：「子產鑄刑書，制田里，政尚猛，孔子稱之為惠人。」子產被後世視為宰相典範，有「春秋第一人」之稱。

註七　九迴腸斷哭鍾期：九迴腸斷，形容極度哀傷，心緒焦慮不安，憂思迴環往復。漢·司馬遷《報任少卿書》：「是以腸一日而九回，居則忽忽若有所亡。」哭鍾期，悲悼鍾子期。期與伯牙善，期死，好友伯牙失去知音，毀琴，從此不彈。

註八　能全晚節蓋棺定：中日戰發，或疑唐老失節，查無實據，今則蓋棺定論，疑者可以休矣。

註九　舉國聾狂欲語誰：此句套用梁任公「舉國猶狂欲語誰？」之句。聾狂，聾，指充耳不聞；

狂，精神失常。

贈李任潮將軍註一

叱吒當年萬里馳註二，清風兩袖一囊詩註三。運籌足擬蕭相國註四，鑄像寧忘范蠡祠註五。
獻策賈生無忝節註六，還家蘇子有誰知註七。丹心恥作封侯想註八，蒿目蒼生欲濟時註九。

賞析：這是一首酬贈詩。詩中首聯讚揚李任潮將軍能武能文，上句叱吒萬里，下句「一囊詩」，前者屬武，後者屬文。此外，「清風兩袖」，寓意李將軍清廉自持，財富僅得「一囊詩」。頷聯稱譽李將軍運籌帷幄，其兵略智慧媲美漢初三傑之一的蕭何；下句讚賞李將軍具范蠡之才，勳業光芒，獲黃金鑄像禮遇，備受朝野愛戴。頸聯述賈誼嘗上策痛陳時弊，其策並非諛文，故無失節，寓意李將軍賦性磊落光明，嫉惡如仇，耿直愛民，不懼權勢；下句典出「蘇武歸漢」，寓意李將軍忠心愛國，以祖國大業爲生命。尾聯上句引用李將軍名句「但令身許國，何必列王侯」，可見其人格偉大；下句表揚李將軍蒿目時艱，具濟世蒼生之志。全詩表達對故人敬慕之情，躍然紙上。詩中讚賞李任潮將軍文武兼備，人格清廉高尚，熱愛風雅，更愛國愛民。

註釋

註一　李任潮：李任潮（一八八五～一九五九），任潮，乃李濟深（原名李濟琛）別字，廣西梧州市龍圩區人，黃埔軍校副校長，原國民黨高級將領，數度反蔣，一九四八年任中國國民黨革命委員會主席，後歷任中華人民共和國中央人民政府副主席、中華人民共和國全國人民代表大會常務委員會副委員長、中國人民政治協商會議全國委員會副委員長。一九五九年逝於北京，享年七十四歲。

註二　叱吒當年萬里馳：叱吒，原指發怒斥喝，此處指將帥左右時局的威風氣勢。《史記．淮陰侯傳》：「項王暗噁叱吒，千人皆廢。」萬里馳，指為軍務南征北討，奔馳萬里。

註三　清風兩袖一囊詩：清風兩袖，寓意為官清廉，袖中除清風外，其餘一無所有。一囊詩，指一囊詩稿。李濟深具儒將之才，雅好吟詠，著有《李濟深詩文選》傳世。《全唐文．李賀小傳》：「李賀恆從小奚奴，騎距驢，背一古破錦囊，遇有所得，即書投囊中。」

註四　運籌足儗蕭相國：運用兵略的籌算，足可以比擬漢初蕭何。蕭何曾任丞相，制定法制。

註五　鑄像寧忘范蠡祠：鑄像，指黃金鑄像以示崇敬或紀念，典出《國語．越語下》：「遂乘輕舟，以浮於五湖，莫知其所終極。王（勾踐）命金工以良金寫范蠡之狀，而朝禮之。」寧忘，寧願忘記。范蠡祠，在浙江德清縣蠡山。《德清縣志》載：「昔范蠡扁舟五湖，寓居此地，屬三致千金之一。」范蠡祠為浙江德清縣景點之一。按：古人有生鑄像死立祠之舉。

註六　獻策賈生無忝節：獻策賈生，賈生，原名賈誼（前二〇〇～前一六八），西漢雒陽人，曾為長沙王太傅，世稱賈太傅、賈長沙，由於是著名學者，故又稱賈生。賈誼才華出眾，年二十二，已當上博士，是朝廷最年輕的博士，可說是少年得志，但卻惹來老臣妒忌和打壓，鬱憤而死，終年三十三，可謂英年早逝。賈誼屢上疏痛陳時弊，並提出解決策略，惜不為所用。其著者如〈過秦論〉、〈治範安策〉、〈論積貯疏〉等；無忝節，沒有辱於節操。

註七　還家蘇子有誰知：還家蘇子，指蘇武歸漢。蘇武（前一四〇～前六〇），字子卿，杜陵（陝西西安市東南）人，以中郎將身分奉漢高祖之命出使匈奴，歷盡艱辛，飽受屈辱，甚至自殺明志，幸不死。蘇武被放逐北海牧羊，過著非人道生活。據《漢書·蘇武傳》載匈奴王單于：「愈益欲降之。乃幽武，置大窖中，絕不飲食。天雨雪。武臥齧雪，與旃毛並咽之，數日不死。匈奴以為神，乃徙武北海上無人處，使牧羝。羝乳乃得歸。」其間已降匈奴的好友李陵也對他勸降，但蘇武始終持節不降，益令李陵自慼羞愧。蘇武在匈奴經歷十九年的漂泊與屈辱，始得回歸漢邦，全憑愛國熱忱，忠貞守節不屈，堅持到底，承傳國魂精神。

註　八　丹心恥作封侯想：丹心，赤誠報國之心。李濟深名句：「但令身許國，何必列王侯」可作此句注釋。

註　九　蒿目蒼生欲濟時：蒿目，極目遠望，寓意關懷世情；蒼生，指百姓、人民。欲濟時，有志濟助時艱。

寄草山元首註一四首

其一　失大陸

無限江山誤手中，一身成敗亦英雄。潮流後浪摧前浪，時代新風淹古風。得失先機爭一著，詐誠異處隔千叢註二〔伍註〕不以誠讓治國失敗之因。當年龍虎風雲會註三，歷史無情總是空〔伍註〕不早功成身退，終受歷史潮流所汰。

賞析：這是一首論人論史詩。本詩論蔣失大陸，首聯起句點題「江山誤手中」，次句論蔣氏「亦英雄」爲其歷史地位。頷聯論社會潮流與風尚的勝負，結果後浪推前浪，新風勝古風。頸聯論勝敗，上句言勝在機先；下句言勝在誠。尾聯感慨風雲際會，諷刺草山元首的詐而非誠，故言歷史無情。本詩論史評論蔣氏所謂「失大陸」的原因：社會思潮新勝舊，待民態度誠勝僞，謀事爭先勝被動。「詐」與「誠」，乃鮮明而強烈的對比，因此，詩人言外之意是，「失大陸」的根本原因在於蔣氏詐而非誠，失人心，失民心，那麼，其失敗的命運也是歷史的必然。本詩對仗工整，義理含蓄，點而不破，得詩三百遺音。

其二　知人難

知人則哲帝猶難註四，戎馬餘生力已殫註五。箴國更無如衛武註六，霸圖畢竟遜齊桓註七。
寡君雖未培多士註八，不穀何曾薄眾官註九。歷代遺臣爭殉節註一〇，豪門今尚面團團註一一。

賞析：這是一首論人論史詩。本詩論知人難。首聯上句點題知人難，尤其居上位者知人更難；下句言半生戎馬，倖存性命，氣力已疲。頷聯指出國無箴國諫言，因無如衛武之主；下句言功業不及齊桓公。齊桓公嘗一匡天下，九合諸侯，爲春秋五霸之首。頸聯對仗巧妙，尤其「寡君」對「不穀」，「培多士」對「薄眾官」，工整貼意。尾聯以「遺臣爭殉節」，比對當朝豪門「面團團」，形成強烈對比，十分諷刺。本詩各聯比興成句，意旨隱晦，點而不破，耐人尋味玩賞，能手爲之。

其三　守臺灣

草山權作註一二小南京，元首蒙塵責六卿註一三。文不雕龍非得士註一四，武無汗馬怎干城註一五。
雄才寡助終何補註一六，晚景彌傷乏守成註一七。國際戰雲猶未展註一八，臺灣已動鼓鼙聲註一九。

賞析：這是一首論人論史詩。本詩論蔣氏守臺灣。首聯上句點題守臺灣；下句言蔣氏敗走臺灣，問責六卿官將。頷聯上句諷士非雕龍，不可言得士，也寓意俊才擇賢主他去；下句諷武無戰功就委守城大任，寓意調將失度。頸聯寓意失道寡助，守成乏人。尾聯指戰雲未展，就已先動笳聲，寓意欠沈著冷靜，兵家之忌。全詩比興成句，反映史實，句意有脈絡可尋，辭藻別具新意，引人入勝。

其四　假外力

狡夷相伐[註二〇]利中華，誕說荒唐取眾嘩[註二一]。舍己依人成亦恥[註二二]，引夷制敵禍無涯。[註二三]
明亡往轍[註二四]徒遺恨，虢滅前車[註二五]實可嗟。鶴唳楚歌摧暮景[註二六]，黃臺屢摘一殘瓜[註二七]。

賞析：這是一首論人論史詩。本詩論蔣氏守臺倚外力。首聯諷斥無知無聊者所謂「狡夷相伐利中華」之說。頷聯「舍己依人成亦恥，引夷制敵禍無涯」，對仗工整而與事實相符，尤其「禍無涯」，影響深遠。頸聯「明亡往轍」對仗「虢滅前車」，史實相對，工整絕妙。尾聯悲憐臺灣，四面楚歌，日暮窮途，並屢遭挫敗，空餘黃臺殘瓜，其民之苦可知矣。全詩題材廣泛，今古兼用，各聯反映史實，尤其頷聯及頸聯貼切史實，最為精采，尾句悲天憫人，令人低徊！

註釋

註　一　草山元首：蔣介石在臺灣北投陽明山置有官邸名草山行館，有草山老人之號，至於稱「草山元首」，實屬罕見。

註　二　詐誠異處隔千叢：詐誠，詐，指奸詐、狡詐、虛偽、欺騙；誠，信也，《禮記．中庸》：

「誠者天之道也，誠之者人之道也。」又說「誠者，物之終始，不誠無物。」異處，不同之處。隔千叢，意謂隔千重。詐與誠是強烈對比，故言隔千重。

註　三　當年龍虎風雲會：風從虎，雲從龍，喻英雄人物在大時代中，各逞所能。《易．乾》：「雲從龍，風從虎。」

註　四　知人則哲帝猶難：知人則哲，知人，洞悉別人好壞；則哲，就是明智。帝猶難，帝指帝堯，猶難，也感到困難。《書．臯陶謨》：臯陶曰：「都，在知人，在安民。」禹曰：「吁，咸若時，惟帝其難之。知人則哲，能官人。」

註　五　戎馬餘生力已殫：戎馬餘生，戎馬，戰亂。餘生，倖存殘餘生命。力已殫，氣力已盡。

註　六　箴國更無如衛武：箴國，箴，規諫、規戒、箴儆。《國語．楚語上》：「昔衛武公年數九十有五矣，猶箴儆於國。」韋昭注：「箴，刺也；儆，戒也。」如衛武，指衛武公，春秋時代衛國賢君，以虛心納諫見稱於世。《國語．楚語》：「自卿以下至于師長士，苟在朝者，無謂我老耄而舍我，必恭恪于朝，朝夕以交戒我。聞一二之言，必誦志而納之，以訓導我。在輿有旅賁之規，位寧有官師之典，倚几有誦訓之諫，居寢有褻御之箴，臨事有瞽史之導，宴居有師工之誦。史不失書，矇不失誦，以訓御之。于是乎作〈懿〉戒以自儆也。」

註　七　霸圖畢竟遜齊桓：霸圖，霸業與雄圖。遜齊桓，遜，遜色，比不上；齊桓，齊桓公，春秋五霸之首。

註　八　寡君雖未培多士：寡君，臣下對別國稱呼己國君主。《國語・魯語上》：「展禽使乙喜以膏沐犒師，曰：『寡君不佞，不能事疆場之司，使君盛怒，以暴露於弊邑之野，敢犒與師。』」培多士，培，培養、培育、依靠；多士，眾多人才、百官。《詩經・大雅・文王》：「濟濟多士，文王以寧。」《文選・盧諶・答魏子悌》：「多士成大業，群賢濟弘績。」

註　九　不穀何曾薄眾官：不穀，古代君主、諸侯的謙稱。《左傳・僖公四年》：「齊侯曰：『豈不穀是為？先君之好是繼，與不穀同好，如何？』」薄眾官，薄，薄待、輕薄、壓迫；眾官，百官。

註一〇　殉節：古代國亡，士大夫為保存氣節而自殺；古代婦女於丈夫死後，若受欺凌，涉及貞節，不屈受辱而自殺，也稱殉節。

註一一　豪門今尚面團團：豪門，富豪權貴。面團團，臉面圓圓。魯迅《準風月談・外國也有》：「民國以來，有過許多總統和闊官了，下野以後，都是面團團的，或賦詩，或看戲，或念佛，吃著不盡。」唐・歐陽詢〈嘲長孫無忌〉詩：「索頭連背暖，漫襠畏肚寒。只緣心混

逸廬詩詞文集鈔註釋

混，所以面團團。」

註一二　草山權作：草山，指草山行館，在臺灣北投陽明山。權作，暫且當作。

註一三　蒙塵：古代天子失去政權，逃亡宮外。六卿：古代朝廷行政分工，由六個部門負責，即吏、戶、禮、兵、刑、工六部，其部以尚書為首，稱六卿。《書·甘誓》：「大戰於甘，乃召六卿。」

註一四　文不雕龍非得士：雕龍，雕，雕章琢句；龍，文采紛披。喻文筆雄健，文辭博大恢弘，不同凡響。非得士，士指具才德之人。全句意謂文不雕龍，才幹不傑出，得到亦非人才。有關「得士」的深究，可參考宋·王安石〈讀孟嘗君傳〉：「嗟乎！孟嘗君特雞鳴狗盜之雄耳，豈足以言得士？不然，擅齊之強，得一士焉，宜可以南面而制秦，尚取雞鳴狗盜之力哉？雞鳴狗盜之出其門，此士之所以不至也。」

註一五　武無汗馬怎干城：武，指武將。汗馬，戰馬奔馳出汗，形容勞苦征戰，其戰功稱汗馬功勞。宋·王讜《唐語林·補遺一》：「遂良出自草茅，無汗馬之功，蒙先帝殊遇，以有今日。」怎，怎樣、怎能。干城，干，盾牌；城，城牆，喻國土捍衛者。《詩經·周南·兔罝》：「赳赳武夫，公侯干城。」無戰功者去負責守城，後果堪虞！

註一六　雄才寡助終何補：雄才，傑出的才幹；寡助，缺乏援助，古名訓「得道多助，失道寡助」。終何補，結果於事無補。

註一七　晚景彌傷乏守成：晚景彌傷，晚年景況充滿悲傷。乏守成，缺乏後繼保持成果者。

註一八　未展：未展開。

註一九　鼓鼙聲：古代戰鼓聲。

註二〇　狡夷相伐：狡毒的外夷互相攻伐，中國古有六夷：東夷、西南夷、西羌、西域、南匈奴、烏桓、鮮卑等各族。

註二一　取眾嘩：嘩眾取寵。

註二二　舍己依人成亦恥：舍同捨，捨棄自己依賴別人，就算成功，也應感到可恥。

註二三　引夷制敵禍無涯：引入夷族勢力以制服敵人，將引致後患無窮。

註二四　往轍：轍，車轍，車輪過後留下的痕跡。往轍，指前車之轍。明．陳子龍〈兵垣奏議．通敵實出權宜疏〉：「歷階決事，應變無窮，不必更泥往轍，使敵謂秦無人耳。」

註二五　虢滅前車：虢滅，虢，春秋時代小國，與虞國相依。時晉國君主獻公有意滅虢，重禮賂虞，請求借路，以便出師，虞君不聽臣勸，禁不住厚賂引誘，借路給晉師出擊，結果晉師滅虢，回程時也把虞國滅掉。典出成語「假途滅虢」。《左傳・僖公二年》：「晉荀息請以屈產之乘，與垂棘之壁，假道於虞以伐虢。」前車，指前車可鑑。

註二六　鶴唳楚歌摧暮景：鶴唳，指風聲鶴唳，形容驚恐疑懼。楚歌，指四面楚歌，四面受敵，孤立無援。摧暮景，摧，摧促；暮景，黃昏景物，寓意光景將盡。

註二七　黃臺屢摘一殘瓜：此句典出唐高宗太子李賢〈黃臺瓜辭〉：「種瓜黃臺下，瓜熟子離離。一摘使瓜好，再摘使瓜稀。三摘猶自可，摘絕抱蔓歸。」殘瓜，指摘無可摘，殘瓜摘之無用。

贈湯恩伯[註一]將軍

大任從來匪異人[註二]，西平風範靄相親[註三]。八年奮武馳南北[註四]，百戰餘威泣鬼神[註五]。
蒿目山河猶破碎[註六]，攖心國土懼沉淪[註七]。艱虞賴有忠良在[註八]，砥柱狂流罔惜身[註九]。

賞析：這是一首酬贈詩。詩中首句讚揚湯恩伯將軍行事具承擔，親力親爲，其親和力有如唐將李西平，故言「西平風範靄相親」。頷聯指出湯將軍八年南征北討，奮勇抗日，其百戰聲威，動天地而泣鬼神。頸聯指出日寇侵華，罪惡深重，導致「山河破碎」，擔心國土沉淪而至國亡。尾聯述國難之際，慶幸忠良尚在，稱譽湯將軍其人不惜身命，「砥柱狂流」以挽國難。此詩正氣浩然，悲壯動人，愛國之情，瓣香放翁。

註釋

註一　湯恩伯：湯恩伯（一九〇〇～一九五四），字克勤，浙江武義人，黃埔畢業，陸軍二級上將，抗日名將，尤以南口戰役及臺兒莊大捷，勇挫日軍，聲名大噪，備受國人好評。但在豫湘桂戰役中，所部潰敗，受撤職留任處分。一九四九年，隨蔣介石退守臺灣，未受重用。一九五四年赴日治病，手術失敗致死，有說為日醫謀害，死後歸葬臺灣，享年五十四歲。

註二　大任從來匪異人：大任，重要職務或責任。匪異人，匪，非、不是；異人，別人。句意謂重要職務或使命從來自己承擔，並不是別人的工作。左丘明《左傳・襄公二年》：「楚君以鄭故，親集矢於其目，非異人任，寡人也。」

註三　西平風範靄相親：李晟（七二七～七九三），字良器。洮州臨潭人（甘肅省臨潭），擅騎射，勇武絕倫，唐中期討伐吐蕃名將，有「萬人敵」之號，屢獲戰功及平亂有功，迭次升擢，冊封平西郡王，世稱李西平。風範，風度器質可作模範，史稱李西平「器偉雄才」、「長於應變」。靄相親，和靄親切，重禮義。

註四　八年奮武馳南北：八年奮武，指八年抗戰，勇武殺敵。馳南北，戰場上奔馳，南征北伐。

註五　百戰餘威泣鬼神：百戰餘威，百戰之後，仍有未盡的威力。漢·賈誼〈過秦論〉：「始皇既沒，餘威震於殊俗。」泣鬼神，此言戰爭的激戰場面，驚天動地，鬼神為之號泣。

註六　蒿目山河猶破碎：蒿目山河，指極目山河。猶破碎，仍然支離破碎，未得完整。

註七　攖心國土懼沉淪：攖心，憂心。懼沉淪，意謂恐懼國土淪陷。

註八　艱虞賴有忠良在：艱虞，指艱難困苦的年代，如災荒與戰亂。清·朱琦〈感事〉詩：「艱虞正須才，孤憤亦徒爾。」忠良，指忠誠善良的朝臣。

註九　砥柱狂流罔惜身：砥柱，山名，又稱底柱山、三門山，在今河南三門峽市，當黃河中流，迎擋著激流矗立如柱，故名砥柱。狂流，激流也。罔惜身，罔，沒有；惜身，珍惜身體。意謂並無貪生怕死。

贈陳伯南總司令詩

記曾應試謁元戎註一，愧乏經綸獻與公註二。投筆方期援塞北註三，請纓未許去遼東註四。

讀書空抱澄清志註五，作吏仍持潔白躬註六。得失豈眞憑氣運，人能知命即英雄。

賞析：這是一首酬贈詩。首聯上句憶述當年陳濟棠招考人才，詩人獲選而相識；下句自謙愧乏貢獻經綸大計。頷聯述投筆北上抗日，但請纓遼東則未許。頸聯上句自述空抱澄清天下之志；下句述己爲官廉潔清白。尾聯寄語人生得失命運早已安排，不必介懷，君子知命，就能成就德業，亦英雄所爲也。本詩佈局層次分明，句意得體，不亢不卑，對仗工整巧妙！

註釋

註一　謁元戎，謁，進見、拜見。元戎，統帥。《詩・小雅・六月》：「元戎十乘，以先啟行。」朱熹集傳：「元，大也。戎，戎車也。」

註二　愧乏經綸獻與公：愧乏，慚愧欠缺。經綸，國事大計。《禮記・中庸》：「唯天下至誠，為能經綸天下之大經，立天下之大本，知天地之化育。」公，尊稱對方。

註三　投筆方期援塞北：投筆，棄文從武，立功疆場。典出《後漢書・班梁列傳・班超》：「班超家貧，常為官傭書以供養。久勞苦，嘗輟業投筆歎曰：『大丈夫無它志略，猶當效傅介子、張騫立功異域，以取封侯，安能久事筆硯間乎？』」方期，正希望。援塞北，支援北部邊塞抗敵。

註　四　請纓未許去遼東：請纓，纓，縛繩。請纓，即自告奮勇，講求發給長纓縛敵。《漢書．終軍傳》：「南粵與漢和親，乃遣軍使南越，說其王，欲令入朝，比內諸侯。軍（終軍）自請：『願受長纓，必羈南越王而致之闕下。』」未許，未批准；遼東，指遼東半島。

註　五　澄清志：治理國亂，安定天下的抱負。

註　六　作吏仍持潔白躬：做官仍然保持潔白的身軀，即操守廉潔。

賀友人五秩[註一]榮壽誌慶並序

吉年瑞月，忻逢嶽降之辰[註二]。上壽期頤[註三]，纔登大衍之數[註四]，前程似錦。韶華與德業俱高[註五]，後福齊天。梓萱共芝蘭之茂[註六]，謹申華祝[註七]，敬具俚詞[註八]，爲彰南國之光[註九]，坿獻東涯之集[註一〇]。後先輝映[註一一]，頓增閭里之榮[註一二]。文武兼資[註一三]，洵屬邦家之盛[註一四]。

先生文章政事[註一五]，肆外閎中[註一六]，叔度汪洋[註一七]，細流不擇[註一八]。希文憂樂[註一九]，報國爲先。北海開樽[註二〇]，夙負太邱之望[註二一]。南州設榻[註二二]，愧無孺子[註二三]之才。今逢五秩誕辰，具徵九疇錫福[註二四]。知非知命[註二五]，年華與德業俱深[註二六]。壽世壽民[註二七]，時會之和平永久[註二八]。謹效華祝[註二九]，勉賦俚詞[註三〇]，錄呈並郢正[註三一]。

嶽降剛逢大衍年[註三二]，元龍湖海壯懷宣[註三三]。詩名卻被勳名掩[註三四]，學術翻從治術傳[註三五]。

爲國壽公公壽世[註三六]，此身擎柱柱擎天[註三七]。百齡功業今纔半[註三八]，如日方中耀八埏[註三九]。

賞析：這是一首酬贈賀壽詩。本詩首聯上句點題賀五十大衍壽辰；下句稱頌壽翁是志氣宏大的滄海亢龍。頷聯上句評鑑壽翁的詩名與勳名；下句再評賞其學術與治術。頸聯對仗奇巧，以壽公壽世，對句擎柱擎天。按：百年先生別稱朝柱、擎天，何其巧也。尾聯鼓勵壽星功業未臻頂峰，尚可邁進！下句稱頌壽星當時得令，勳業如日方中，光芒耀八方。是詩風格豪放，才氣縱橫，辭藻嫻熟，用典化俗爲巧，對仗工整自然。

註釋

註　一　五秩：十年為一秩，五秩即五十歲。

註　二　忻逢嶽降之辰：忻逢，忻同欣，開心遇上。嶽降之辰，即誕辰，生日。嶽，大山，古傳中國有四嶽。堯舜時代，四嶽各有其部族首領，四嶽是東嶽泰山，南嶽衡山，西嶽華山，北嶽恆山。（按：四嶽加中嶽嵩山稱五嶽）《詩・大雅・崧高》：「維嶽降神，生甫及申。」鄭玄箋：「〔四嶽〕德當嶽神之意而福興，其子孫歷虞夏商，世有國土，周之甫也，申也、齊也、許也，皆其苗胄。」後世稱頌誕生或誕辰為嶽降，寓意偉人降生。

註　三　上壽期頤：上壽，即高壽。期頤，人壽以百歲為期；頤，侍養。百歲老人，生活不能自理，須賴別人照料侍養。西漢．戴聖《禮記．典禮上》：「百年曰期、頤。」

註　四　纔登大衍之數：纔，通才、剛剛、方、始。大衍之數，大者，太也，指太極；衍，演也，推演。《易．繫辭》：「大衍之數五十。」鄭玄注：「演也。」孔穎達疏：「推演天地之數。」演，即推算演繹，其數五十。

註　五　韶華與德業俱高：韶華，美好年華。德業，德行與功業。《後漢書．楊震傳》：「自震至彪，四世太尉，德業相繼。」

註　六　梓萱共芝蘭之茂：梓萱，梓，落葉喬木。萱，忘憂草，梓萱，其義是清雅榮貴。芝蘭之茂，芝蘭指優秀子弟；茂，茂盛數量多。

註　七　謹申華祝：謹申，謹，非常恭敬；申，表達心意；華祝，祝頌語，典出「華封三祝」，祝福別人多壽、多福、多男子。《莊子．天地》：「堯觀乎華。華封人曰：『請祝聖人，使聖人富，使聖人壽，使聖人多男子。』」

註　八　敬具俚詞：敬具，恭敬地獻上。俚詞，獻給別人文字自謙語。俚詞，粗俗文詞。

註　九　為彰南國之光：彰，表彰。南國，指華南地區。

註一〇　坿獻東涯之集：坿，同附。坿獻，附件獻上。東涯之集，明．翁萬達《東涯集》，是書「乃經世之文，非小儒所能及」。翁萬達，廣東潮州揭陽人，明中葉重臣，進士出身，官至兵部尚書、宣大總督。

註一一　後先輝映：後進與前輩相互拱托，益顯彼此成就。

註一二　頓增閭里之榮：頓增，立刻增加。閭里之榮，鄉里之光。

註一三　文武兼資：文才武略，及兼有智慧。（漢）班固《漢書．朱雲傳》：「平陵朱雲，兼資文武。」

註一四　洵屬邦家之盛：洵屬，確實。邦家之盛，國家之興盛。

註一五　文章政事：文章與政治事務。文章潤身，政事惠及萬物。

註一六　肆外閎中：肆外，奔放於外。閎中，博大於內。典出韓愈〈進學解〉：「生生之於文，可謂閎其中而肆其外矣。」

註一七　叔度汪洋：東漢．黃憲（一〇六～一五九），字叔度，東漢隱士，貧賤出身，品學超群，氣量宏大。汪洋，形容襟懷廣闊如大海。《楚辭．九懷．蓄英》：「臨淵兮汪洋，顧林兮忽荒。」王逸注：「瞻望大川，廣無極也。」

註一八　細流不擇：擇，拒絕。滄海之所以深，就是不拒絕細微的溪流，寓意具氣量包容。典出李斯〈諫秦逐客書〉：「河海不擇細流，故能就其深。」

註一九　希文憂樂：宋．范仲淹，字希文，蘇州吳縣人，進士出身，官至宰相；希文憂樂，出自范仲淹名句〈岳陽樓記〉：「先天下之樂而樂，後天下之憂而憂。」

註二〇　北海開樽：北海，孔融曾任北海相，時稱孔北海，寬容好客。此言孔融樽酒豪情，家中經常高朋滿座，座上多延名士，杯酒言歡。《後漢書．鄭孔荀列傳》：「必寬容少忌，好士，喜誘益後進。及退閒職，賓客日盈其門。常歎曰：『坐上客恆滿，樽中酒不空，吾無憂矣。』」

註二一　夙負太邱之望：夙負，過去已有。太邱之望，邱同丘，太邱指陳寔。陳寔（一〇四～一八七），字仲弓，東漢潁川許縣人，出身寒微，東漢官員，嘗太丘縣長，政聲卓著，百姓安居樂業，後世稱陳太丘。其人以清高有德，仁厚公正，聞名於世。望，聲望。

註二二　南州設榻：榻，藤床。東漢陳蕃官豫州，不接待賓客，唯徐穉來訪，特設一榻，徐去則捲掛之。徐穉為豫章人，有南州高士之稱，故以「南州榻」稱之。明．夏完淳〈放歌贈吳錦雯兼訊武林諸同志〉詩：「逢人便下南州榻，滿座還開北海樽。」

註二三　孺子：指小孩；圯上老人戲稱張良為小孩。《史記．留侯世家》：「留侯張良者，其先韓人也。良嘗從容步游於下邳圯上，有一老父，衣褐，至良所，直墮其履圯下，顧謂良曰：『孺子，下取履！』良愕然，欲毆之，為其老，強忍，下取履。父曰：『履我！』良業為取履，因長跪履之。父以足受，笑而去。」後來老人授傳兵書予張良，造就張良為西漢開國功臣。

註二四　具徵九疇錫福：具徵，才幹要求。九疇，《尚書》記載古代九條治國大法，得之者昌，失之者亡，分別是：五行、五事、八政、五紀、皇極、三德、稽疑、庶徵、五福。錫福，賜福。

註二五　知非知命：知非，明白過失、謬誤。《淮南子．原道訓》：「故蘧伯玉年五十，而有四十九年非。」知命，明白天命。《論語．為政》：「子曰：吾十有五而志於學，三十而立，四十而不惑，五十而知天命。」

註二六　俱深：皆深厚。

註二七　壽世壽民：造福國家，造福百姓。

註二八　時會：時時見到。《周禮．秋官．大行人》：「時會以發四方之禁，殷同以施天下之政。」鄭玄注：「時會，即時見也，無常期。」

註二九　謹效華祝：謹效，恭敬獻上。華祝，祝頌語，祝賀三多，典出「華封三祝」，祝福別人多壽、多福、多男子。《莊子．天地》：「堯觀乎華。華封人曰：『請祝聖人，使聖人富，使聖人壽，使聖人多男子。』」

註三〇　勉賦俚詞：勉賦，勉力書寫，自謙語。俚詞，粗俗文詞。

註三一　錄呈並郢正：錄呈，謄錄呈上。郢正，指正。

註三二　嶽降剛逢大衍年：嶽降，即誕辰，降生。嶽，大山，中國有四嶽，堯舜時代，四嶽各有其部族首領，四嶽是東嶽泰山，南嶽衡山，西嶽華山，北嶽恆山。《詩．大雅．崧高》：「維嶽降神，生甫及申。」鄭玄箋：「（四嶽）德當嶽神之意而福興，其子孫歷虞夏商，世有國土，周之甫也，申也、齊也、許也，皆其苗胄。」後世稱頌誕生或誕辰為嶽降。大衍年，指五十歲，《易．繫辭》：「大衍之數五十。」

註三三　元龍湖海壯懷宣：元龍湖海，元龍，泛指首領或豪傑，俊才之表表者。湖海，指龍活躍於江湖四海，霖雨蒼生。元．白樸《木蘭花慢》曲：「憶元龍湖海，尊俎地，笑談間。」壯懷宣，壯志抱負得以展露。

註三四　詩名卻被勳名掩：詩壇名氣卻被功勳名氣所掩蓋，其人文武兼備。

註三五　學術翻從治術傳：治術，治國之道。句意謂學術成就反由治道成就傳世。

註三六　為國壽公公壽世：為國壽公，壽，祝壽、祝福、保全。公，長者（壽星公）、公家；語意相關，除用作祝壽賀語外，也可寓意稱譽對方為國造福百姓。公壽世，公，對長者稱謂，壽世，造福天下。

註三七　此身擎柱柱擎天：此身擎柱，身軀如擎天巨柱。柱擎天，擎，支撐，身柱撐起天，典出「一柱擎天」，寓意擔當起天下重任。《唐・大詔令集・賜陳敬瑄鐵券文》：「卿五山鎮地，一柱擎天；氣壓乾坤，量含宇宙。」

註三八　百齡功業今纔半：百齡功業，百歲功勳事業。今纔半，現今才一半。康有為壽吳佩孚名聯：「牧野鷹揚，百歲功名才一半。洛陽虎踞，八方風雨會中州。」

註三九　如日方中耀八埏：如日方中，好像太陽剛在中午，其熱最強。寓意人生事業在此階段最旺盛；耀八埏，照亮八方。《漢書・司馬相如傳下》：「上暢九垓，下泝八埏。」顏師古注引孟康曰：「埏，地之八際也。言德上達於九重之天，下流於地之八際。」

贈故人

帷幄誰人爲國謀註一，從來陳力足安劉註二。蒼生不絕眞如縷註三，赤子無殊待決囚註四。
彈鋏歌殘家亦毀註五，迴天力弱杞殷憂註六。群倫引領澄清日註七，盍以神膠鎭濁流註八。

賞析：這是一首酬贈詩。首聯稱譽漢陳平善謀略，安定劉氏漢室。頷聯上句描述百姓生命柔弱如縷絲；下句言純眞無辜的百姓，惶恐不安，如同待處決犯人。頸聯上句言彈鋏失敗，有才未遇，牽連家庭亦毀；下句言事情失敗，迴天乏力，引致惶恐，杞人憂天。尾聯期盼當世英雄，群策群力，治理國家，使政治清明，效如神膠，澄清政治濁流。本詩比興成句，寄託深邃，語調沉痛，用典豐富，對仗巧妙絕倫！

註釋

註　一　帷幄：軍旅帳幕，供開會運籌兵略之用，典出「運籌帷幄」，運，謀策；籌，計算器，運籌，即謀算計劃。漢・司馬遷《史記・太史公自序》：「運籌帷幄之中，制勝於無形，子房計謀其事，無知名，無勇功，圖難於易，為大於細。」

註　二　從來陳力足安劉：陳力，有二義，其一，陳力，貢獻力量；其二，指漢初陳平的智力謀略。

足安劉，足以安定劉氏漢室。陳平的歷史評價，《史記．太史公自序》：「六奇既用，諸侯賓從於漢；呂氏之事，平為本謀，終安宗廟，定社稷。」

註 三 蒼生不絕真如縷：蒼生，指老百姓。不絕，不絕亡。真如縷，縷，線，柔弱。句謂老百姓生命雖不絕亡，但好像線般柔弱，寓意生命柔弱及危險。宋．蘇軾〈赤壁賦〉：「餘音嫋嫋，不絕如縷。」

註 四 赤子無殊待決囚：赤子，剛生嬰兒，泛指善良老百姓或人民。無殊，沒有差別。待決囚，待處決的囚犯。

註 五 彈鋏歌殘家亦毀：彈鋏，彈劍匣，典出「馮諼彈鋏」，馮諼是幸運者，懷才不遇，彈鋏而歌，竟然遇上孟嘗君垂注，可以食有魚，出有車，居有家。但如果彈鋏歌殘，歌殘的意思是未受貴人賞識和關顧，結果連家庭也受到毀壞。「馮諼彈鋏」典出《戰國策．齊策四》：「齊人有馮諼者，貧乏不能自存，使人屬孟嘗君，願寄食門下。孟嘗君曰：『客何好？』曰：『客無好也。』曰：『客何能？』曰：『客無能也。』孟嘗君笑而受之曰：『諾。』左右以君賤之也，食以草具。居有頃，倚柱彈其劍，歌曰：『長鋏歸來乎！食無魚。』左右以告。孟嘗君曰：『食之，比門下之客。』居有頃，復彈其鋏，歌曰：『長鋏歸來乎！出無車。』左右皆笑之，以告。孟嘗君曰：『為之駕，比門下之車客。』於是乘其車，揭其劍，過其友曰：『孟嘗君客我。』後有頃，復彈其劍鋏，歌曰：『長鋏歸來乎！無以為家。』左右皆惡之，以為貪而不知足。孟嘗君問：『馮公有親乎？』對曰：『有老母。』孟嘗君使人給其食用，無使乏。於是馮諼不復歌。」

註六　迴天力弱杞殷憂：迴天力弱，指挽回頹勢的力量薄弱；杞殷憂，殷，深切；杞憂，典出「杞人憂天」。《列子．杞人憂天》：「杞人有憂天地崩墜，身亡所寄，廢寢食者。」

註七　群倫引領澄清日：群倫，喻眾多同類。引領，帶領也。澄清日，指政治澄明清澈的一天。

註八　盍以神膠鎮濁流：盍，合、聚合、何不。神膠鎮濁流，鎮，鎮止、息止，〈哀江南賦〉：「阿膠不能止黃河之濁。」阿膠不能，神膠能之，此乃創意誇張之詞。

壽長官六秩大慶

孫陽一顧早空羣註一，大任當年付託殷註二。百粵地靈鍾間氣註三，六朝山色縵卿雲註四。北辰高拱無疆壽註五，南國長留不世勳註六。維嶽降神周甲子註七，貞元錫福遍榆枌註八。

賞析：這是一首酬贈詩。首聯上句述伯樂善相馬，寓意蒙賞識並付託大任。頷聯上句言廣東人傑地靈，人才輩出；下句述南京形勢龍蟠虎踞，六朝古都，山色祥雲縈繞，美不勝收。頸聯稱頌其功業倡隆，受民擁戴如北辰高拱，祝福萬壽無疆；下句續表揚其治粵的豐功偉績及建樹，永留青史。尾聯點題祝賀六十大壽，上天四時賜福，並惠及其家鄉。全詩四聯八句，典故豐富，詞藻言之有物，貼意得體，對仗工穩而流暢自然。

註釋

註　一　孫陽一顧早空羣：孫陽，即孫伯樂，世稱伯樂，春秋時著名相馬師。孫陽一顧，此言伯樂眼光獨到，善相良馬，一遇良馬，便已購去。空群馬，指良馬老早已被伯樂選去，空餘一群平庸的馬。唐．韓愈〈送溫處士赴河陽軍序〉：「伯樂一過冀北之野，而馬群遂空。夫冀北馬多於天下，伯樂雖善知馬，安能空其群邪？解之者曰：『吾所謂空，非無馬也，無良馬也。伯樂知馬，遇其良，輒取之，群無留良焉。雖謂無馬，不為虛語矣。』」唐．韓愈〈雜說〉：「世有伯樂，然後有千里馬。千里馬常有，而伯樂不常有。」

註　二　付託殷：交付任務非常誠懇殷切。三國．蜀．諸葛亮〈前出師表〉：「先帝知臣謹慎，故臨崩寄臣以大事也。受命以來，夙夜憂嘆，恐付託不效，以傷先帝之明。」

註　三　百粵地靈鍾閒氣：百粵，廣東一帶。地靈，土地山川的靈秀之氣。鍾閒氣，鍾，積聚；閒氣，傑出人才應天地運氣而生，稱閒氣，所以地靈就誕生人傑。閒讀澗。

註　四　六朝山色縵卿雲：六朝山色，南京乃六朝古都，地勢蟠龍虎踞，山色文化歷史悠久，景點處處，各具特色。縵，縈迴舒捲之貌；卿雲即慶雲，雲氣祥瑞，即和氣也。

註　五　北辰高拱無疆壽：北辰高拱，北辰即北極星，高拱，高高地環繞眾星，寓意政績為民愛戴，受到擁護。《論語．為政》：「譬如北辰居其所，而眾星共之。」無疆壽，無疆，無窮、永遠，恭賀別人生日，稱萬壽無疆，正是此意。

註　六　南國長留不世勳：南國，廣東的古別稱。長留，歷史長留。不世勳，世間罕有功勳。《後漢書．袁紹傳》：「詒太夫人不測之患，損先公不世之業。」

註　七　維嶽降神周甲子：維嶽，嶽，高山，此處指四嶽，即東嶽泰山、西嶽華山、南嶽衡山、北嶽恆山。古代天子巡狩四方，並朝見諸侯於此；降神，降神靈和氣。《詩．大雅．崧高》：「崧高維嶽，駿極於天，維嶽降神，生甫及申。」周甲子，一周甲子稱六十年。

註　八　貞元錫福遍榆枌：貞元錫福，貞元，語出《易．乾》：「元亨利貞」，古以元亨利貞喻春夏秋冬，也相應天道和人事的周而復始；錫福，即賜福。榆枌，寓意故鄉。榆，榆樹，枌，白榆樹。元．馬祖常〈北行〉詩：「家家收棗栗，處處種榆枌。」

勉抗日從征將士

已缺金甌未補時註一，國魂不絕類牽絲註二。待收黑水黃河域註三，掃盡紅丸白布旗。
毀盡南來東海艦註四，賡吟北定中原詩註五。岳家兵馬黃龍戰註六，從此威名懾四夷註七。

賞析：這是一首褒贈從征將士詩。詩中首聯上句慨嘆國土未整，國魂如牽弱絲，十分危急。頷聯期待抗日成功收回東北，打敗日寇，掃除日本旗。頸聯上句描述我軍擊沉南來的日本東海艦隊；下句寓意家祭時，告慰祖宗，日寇已敗。尾聯激勵從征戰士，威武如岳家，直搗黃龍，蕩平日寇，從此懾服四夷，不敢來犯。本詩慷慨激昂，洋溢愛國情懷，對從征戰士給予莫大的鼓舞和激勵！同時振奮人心，共同抗日，收復河山，重整國土！

註釋

註一　已缺金甌未補時：金甌，古為盛酒器具，已缺金甌，言國土破碎。未補時，指國土待收復重整。秋瑾〈鷓鴣天〉：「金甌已缺總須補，為國犧牲敢惜身。」

註　二　國魂不絕類牽絲：國魂不絕，國家的靈魂，氣質高尚長存，不會斷絕。類牽絲，類似；牽絲，即絲連不斷。

註　三　黑水黃河域：黑水，指黑龍江流域；黃河，中國第二長河。黑水黃河，泛指中國。

註　四　東海艦：指日本軍艦。

註　五　賡吟北定中原詩：賡吟，連續吟誦。北定中原詩，詩出陸游〈示兒〉：「王師北定中原日，家祭無忘告乃翁。」〔伍註〕愛國之情，至死不變，特引斯諺，以助國人。

註　六　岳家兵馬黃龍戰：岳家兵馬，指岳家軍。黃龍戰，黃龍地名，在今吉林省農安縣，乃金人要城。岳飛抗金，以直搗黃龍為志，並欲慶功痛飲於此。《宋史．岳飛傳》：「金將軍韓常欲以五萬眾內附。飛大喜，語其下曰：『直抵黃龍府，與諸君痛飲爾！』」

註　七　四夷：中國古代周邊民族如東夷、南蠻、西戎、北狄。

送別北伐軍

軍容如火耀旌旃註一，氣壯山河動義師註二。躍馬中原更北伐註三，揮戈落日又東馳註四。

上峰早已垂青眼註五，漢室何曾懼赤眉註六。高密威風今復睹註七，雲臺往蹟未爲奇註八。

賞析：這是一首送別詩，詩旨是送別北伐軍。詩中首聯描述「軍容如火」、「氣壯山河」。頷聯稱頌北伐軍饒勇善戰，既能「躍馬中原」，又能「揮戈落日」，並且馬不停蹄，既可北伐，又可東馳。頸聯上句指出這支軍隊備受上峰重視；下句述史關於漢室劉秀打敗作亂的赤眉軍，中興漢室。尾聯祝願領軍主帥，功同東漢開國功臣鄧禹高密侯，戰功彪炳，被冊封爲雲臺二十八將之首。是詩風格豪放，修辭精煉，對仗工整。

註釋

註一　軍容如火耀旌旂：軍容如火，形容軍容壯盛，如火如荼。《國語．吳語》：「萬人以為方陣，皆白裳、白旂、素甲、白羽之矰，望之如荼；……左軍亦如之，皆赤裳、赤旟、丹甲、朱羽之矰，望之如火。」耀旌旂，耀，照耀；旌旂，軍旂，旂同旗。

註二　氣壯山河動義師：氣壯山河，形容氣勢豪邁，有如巍巍高山、滾滾大河，十分壯觀。義師，指為捍衛正義的軍隊。

註三　躍馬中原更北伐：躍馬中原，躍馬，策馬奔馳；中原，中國中部地區。北伐，此言領師北上攻打地方割據的軍閥。

註　四　揮戈落日又東馳：揮戈落日，形容戰況激烈，由日至暮。《淮南子．覽冥訓》：「魯陽公與韓構難，戰酣日暮，援戈而之，日為之反三舍。」又東馳，軍隊又移師向東面進發。

註　五　上峰早已垂青眼：上峰，即上級。垂青眼，予以敬重和重視，另眼相看。《晉書．阮籍傳》：「籍又能為青白眼。見禮俗之士，以白眼對之。常言『禮豈為我設耶？』時有喪母，稽喜來弔，阮作白眼，喜不懌而去；喜弟康聞之，乃備酒挾琴造焉，阮大悅，遂見青眼。」

註　六　漢室何曾懼赤眉：漢室，漢代皇朝，為漢高祖劉邦建立。赤眉，指赤眉軍，寓意北方軍閥。赤眉軍卒為漢宗室劉秀所敗。。

註　七　高密威風今復睹：高密，指高密侯，鄧禹（西元二～五十八），東漢開國名將。鄧禹當年追隨劉秀打天下，備受器重，取捷北州，生擒銅馬軍大將，平定河東，名震關西，協助光武帝劉秀取得天下，居功第一，被冊封為雲臺二十八將之榜首，賜封高密侯，食邑高密、昌安、夷安、淳于四縣。今復睹，意謂當年鄧禹輝煌的威風戰功，於今可重見。

註　八　雲臺往蹟未為奇：意謂雲臺二十八將往日輝煌戰蹟的重演，並非奇事。

次韻勳銘先生[註一]詩 嵌字格

偏裨良材數萬千[註二]，將而知政史無前[註三]。虛懷論道鎔今古[註四]，克己崇文儗昔賢[註五]，
避祿諱功甘蟄伏[註六]，運籌臨陣燭機先[註七]，勳銘衆口喧南國[註八]，鼎盛韶華已樂天[註九]。

賞析：本詩次韻古勳銘先生詩，是一首酬唱詩（嵌字詩）。詩中首聯表揚古將軍具「將而知政」之才。頷聯續稱譽其人虛懷今古學識，又「克己崇文」，以前賢行誼爲榜樣。頸聯上句敬佩其人謙讓，「避祿諱功」，甘願「蟄伏」，不與人爭功；下句指出其軍略雄才，運籌帷幄，洞悉先機，故能屢建奇功。尾聯點題嵌字「勳銘」及「鼎華」。嵌字詩不難，難在自然，不生硬，以及言之有物，不浮誇，具眞實感。

註釋

註　一　勳銘先生：古鼎華（一八九四～一九八五），號勳銘，廣東伍華人，陸軍中將，畢業於保定陸軍軍官學校騎兵科第八期。

註　二　偏稗良材數萬千：偏稗良材，寓意文書人才。數萬千，指數量非常多。

註　三　將而知政史無前：將，指武將。知政，為政也，明察政務。《禮記．樂記》：「審樂以知

將。」史無前，即史無前例，以前並無發生過。

註　四　虛懷論道鎔今古：虛懷論道，道，學問、道理、哲理；胸襟廣闊，謙虛探討道理。鎔今古，融匯今古知識。

註　五　克己崇文儗昔賢：克己崇文，克己，克制自己，約束自己；崇文，崇尚文教、文治。儗昔賢，仿摹古代賢能之士。

註　六　避祿諱功甘蟄伏：避祿，辭官。三國・魏・嵇康〈六言・老萊妻賢名〉：「不願夫子相荊，相將避祿隱耕。」諱功，即避功，不居功。甘蟄伏，甘願隱伏不露。

註　七　運籌臨陣燭機先：運籌，謀算計劃。運，謀策；籌，計算器。漢・司馬遷《史記・太史公自序》：「運籌帷幄之中，制勝於無形，子房計謀其事，無知名，無勇功，圖難於易，為大於細。」臨陣，臨敵對陣。燭機先，預先明白事情發展的先兆。

註　八　勳銘眾口喧南國：勳銘，指功勳刻銘。眾口，公眾言論；喧南國，喧，喧傳、聲名威震；南國，華南地區。

註　九　鼎盛韶華已樂天：鼎盛韶華，生命最昌盛的美好時光。樂天，無憂慮，樂於順應天命。《易・繫辭上》：「樂天知命，故不憂。」《禮記・哀公問》：「不能安土，不能樂天；不能樂天，不能成其身。」鄭玄注：「不能樂天，不知已過而怨天也。」

京滬淪陷故人南來口占一律贈之

江南離亂憶荊州註一，滄海歸來又一秋註二。黃種相煎悲煮豆註三，蒼生待拯忍乘桴註四。跫然杖履臨香澥註五，盍以文章鎮濁流註六。回首京華冠蓋地註七，可憐胡馬牧城頭註八。

賞析：這是一首酬贈詩。詩中上句「憶荊州」，其歷史背景是日寇侵華，南京淪陷，國府遷都重慶作陪都；下句述飽歷滄桑，劫後南下又一年。頷聯上句悲痛中日同種而戰爭，煮豆相殘；下句言蒼生百姓遭逢喪亂，理應予以救助，但條件所限，無能為力，忍受內心壓力，黯然由水路乘筏以避兵禍。頸聯述杖履抵步香港，盼能扶持風雅，以文章遏止濁流。尾聯回首故都南京，本是繁華富裕之地，但現在京城已淪陷，城頭已為外族兵馬進駐。本詩沉痛傷感，讀之欷歔搖首，對仗工整流暢。是詩用語如「憶荊州」，「黃種相煎」、「胡馬牧城頭」，都顯露其濃烈的愛國情懷。

註釋

註　一　江南離亂憶荊州：離亂，流離戰亂，社會動盪。荊州，具戰略價值，為江南屏障。

註　二　滄海歸來又一秋：滄海歸來，寓意飽遭憂患與劫難歸來。又一秋，又一年。

註　三　黃種相煎悲煮豆：黃種，黃種人。相煎，互相煎迫、攻伐。悲煮豆，兄弟手足相殘，十分悲痛。曹植〈七步詩〉：「煮豆燃豆萁，豆在釜中泣。本是同根生，相煎何太急？」

註　四　蒼生待拯忍乘桴：忍乘桴，強忍著內心痛苦乘木筏浮海遠去。《論語．公冶長》：「子曰：『道不行，乘桴浮於海。從我者其由與？』」

註　五　跫然杖履臨香澥：跫然杖履，跫然，腳步聲；杖履，手杖和鞋子，形容拄杖舉步，寓意客途困難。香澥，澥即海，香澥即香海，指香港。

註　六　盍以文章鎮濁流：盍，疑問詞，何不？何故？文章，典章制度。《禮記．大傳》：「考文章，改正朔。」鄭玄注：「文章，禮法也。」孫希旦集解：「文章，謂禮樂制度。」《論語．泰伯》：「巍巍乎其有成功也，煥乎其有文章。」朱熹集注：「文章，禮樂法度也。」鎮濁流，鎮，遏止；濁流，品劣者、歪風。《舊五代史．梁書．李振傳》：「此輩自謂清流，宜投於黃河，永為濁流。」

註　七　回首京華冠蓋地：京華，京指京師、首都；華，華貴，對首都的美稱。首都乃人才文物薈萃之地。唐・杜甫〈夢李白二首・其二〉：「冠蓋滿京華，斯人獨憔悴。」冠蓋地，冠，冠帽；蓋，車蓋。形容仕宦，顯貴出入地方。

註　八　可憐胡馬牧城頭：胡馬，胡人兵馬，即外族兵馬。牧城頭，牧，管理、掌控。意謂首都失陷，京城守衛已由外族軍隊守戍。

卻聘退隱詩

名山事業自深藏註一，野處何須限首陽註二。運劫常虞秦火烈註三，道微誰是魯靈光註四。曾經滄海悲流濁註五，欲遯天涯避世狂註六。聊抱殘篇消永日註七，此身合住水雲鄉註八。

賞析：這是一首酬答詩。詩中首聯上句以著述爲「名山事業」作卻聘理由，並以點題；下句寓意隱居。頷聯上句憂慮於亂世時代，儒士易遭秦火災劫；下句直言正道衰微，誰能擔大任宏揚道統。當前衛道者魯靈光殿，碩果僅存。頸聯上句訴說曾在人海中飽遭歷練，悲痛人格敗壞者眾；下句有意退隱天涯，避開世俗狂態。尾聯上句以讀書寫作度日；下句有意隱居，故言「此身合住水雲鄉」。本詩清新雋逸，蒼涼淡雅，對仗工整，詩中訴說以「名山事業」、「此身合住水雲鄉」爲由，婉轉卻聘，可謂別開生面。

註釋

註一　名山事業自深藏：名山事業，寓意不朽著述，有如寶藏，藏之名山，供有道之人發掘。《史記．太史公自序》：「序略，以拾遺補蓺，成一家之言，厥協六經異傳，整齊百家雜語，藏之名山，副在京師，俟後世聖人君子。」自深藏，自然會隱藏起來，等候「後世聖人君子」發掘。

註二　野處何須限首陽：野處，荒野居處。《易．繫辭下》：「上古穴居而野處，後世聖人易之以宮室。」限首陽，限，局限；首陽，首陽山，位處河南省偃師市。商末，諸侯孤竹國國君死，太子伯夷及叔齊二兄弟，互讓王位，不果，登首陽山隱居。《史記．伯夷叔齊列傳》：「武王已平殷亂，天下宗周，而伯夷、叔齊恥之，義不食周粟，隱於首陽山，采薇而食之。及餓且死。」句意隱居避世，無須偈限於首陽山。

註三　運劫常虞秦火烈：運劫，災難、厄運。常虞，常常憂慮。秦火烈，秦火，指秦始王焚書坑儒事；烈，猛烈。唐．孟郊〈秋懷〉詩之十五：「秦火不爇舌，秦火空爇文。」宋．陸游〈鼠敗書〉詩：「坐令漢篋亡，不滅秦火厄。」

註　四　道微誰是魯靈光：道微，道德衰微的年代；魯靈光，即「魯殿靈光」，碩果僅存。句意謂在道德衰微的年代，誰是碩果僅存的正人君子。漢．王延壽〈魯靈光殿賦〉：「初，恭王始都下國，好治宮室，遂因魯僖基兆而營焉。遭漢中微，盜賊奔突，自西京未央建章之殿，皆見隳壞，而靈光巋然獨存。意者豈非神明依憑支持，以保漢室者也。」

註　五　曾經滄海悲流濁：曾經滄海，滄海，指人海，寓意曾在人海中歷練。悲流濁，悲痛人格敗壞者眾，有如混濁水流。《後漢書．臧宮傳》：「斬首溺死者萬餘人，水為之濁流。」

註　六　欲遯天涯避世狂：欲遯天涯，有意隱居在天之涯。避世狂，逃避亂世。

註　七　聊抱殘篇消永日：殘篇，殘留的詩文，意謂寄情讀書。消永日，消磨日子。

註　八　此身合住水雲鄉：水雲鄉，指水雲瀰漫，風景清幽之處，為隱者所居。

次穎龕原韻

十年湖海早相期[註一]，別久重逢在亂離。造物弄人[註二]情莫測，懷才傲世性難移[註三]。

舉棋一著關興替[註四]，運紀三遷有盛衰[註五]。行樂及時君記取，浪吟還報惜春詞[註六]。

賞析：這是一首酬唱和詩。詩中首聯描述亂離時代，十年久別重遇。頷聯「造物弄人」對仗「懷才傲世」，前者屬天，後者屬人，天人相對，巧妙工整。頸聯「興替」，指朝政策略結果；下句「運紀三遷」，指大自然的五運六氣，其演變有正常、太過、不及，太過與不及屬於異常，即病態也。尾聯共勉「行樂及時」及唱和「浪吟」。本詩命意高遠，情懷婉約，造句流暢，辭藻平淡，對仗工穩。

附穎盦原作

舊時吟侶渺難期[註七]，況在天涯更亂離[註八]。好句愛聞春可續[註九]，新詩愁感世全移[註一〇]。

相違久遠應顏改[註一一]，乍覿倥傯忽眼衰[註一二]。如此滄桑[註一三]正無奈，贈君唯有斷腸詞[註一四]。

註釋

註一　十年湖海早相期：湖海，人海、江湖。相期，相約。

註二　造物弄人：造物，即造化，義同命運。弄人，弄，作弄，無從掌握。

註三　懷才傲世性難移：懷才傲世，身懷才幹者，鄙棄俗世，不屑同流。性難移，本性難改變。

註　四　舉棋一著關興替：舉棋一著，即舉棋一步，寓意一個決定。關興替，關乎生死盛衰。

註　五　運紀三遷有盛衰：運紀三遷，運氣學術語，運紀，即運氣。運，指五行的木、火、土、金、水；氣，指大自然的風、寒、暑、濕、燥、火；三遷，遷，變也，三遷，即三變，三變是指太過、不及、平氣。平氣是沒有太過，也沒有不及，恰到好處。五運六氣在大自然日夜不停地進行三變，對大自然的物候，產生重要影響。

註　六　浪吟還報惜春詞：浪吟，豪放吟詠。還報，還須回報。惜春詞，唐．溫庭筠名詩〈惜春詞〉。惜，惋惜，惜春詞，惋惜春逝的傷情文學作品。

註　七　渺難期：渺，渺茫。渺難期，寓意會晤機會很渺茫。

註　八　況在天涯更亂離：況在天涯，何況在天涯各處一方。更亂離，更遇上戰亂流離的年代。

註　九　好句愛聞春可續：寓意詩句動人，堪反覆玩味，有如期盼可愛春天可以延長。

註一〇　新詩愁感世全移：愁感，憂愁的情緒。世全移，指世情世局完全改變。

註一一　相違久遠應顏改：相違久遠，沒有見面很久。應顏改，容顏應有所改變。

註一二　乍覿倥傯忽眼衰：乍，忽然。覿，迎面、見面、探訪。倥傯，匆忙急迫，困苦窘迫。《楚辭．九歎．思古》：「悲餘生之無歡兮，愁倥傯於山陸。」王逸注：「倥傯，猶困苦也。」

忽眼衰，忽然感到視力衰弱，寓意眼前景物太突然，出現老眼昏花現象。

註一三　滄桑：言世情人事變化無常，典出成語「滄海桑田」。晉・葛洪《神仙傳・麻姑》：「麻姑自說云，接待以來，已見東海三為桑田。」寓意人生閱歷深，人事或景物，變化都會很大，昔為滄海，今為桑田。

註一四　斷腸詞：婉約傷痕作品。

穎畬再以詩贈次韻和之

聯床話舊對孤燈註一，驀地忻逢註二月更明。臆蘊雄心人未老註三，詩參禪理鬼猶驚註四。書香世代江郎筆註五，國士才華岳氏兵註六。四美渾成眞氣象註七，春來正好作雷鳴註八。

賞析：這是一首酬唱和詩。詩中首聯描述聯床話舊，窗外明月高掛。頷聯上句自訴壯志未酬，雄心未老；下句稱譽故人詩境別具風格，可以「詩參禪理」，鬼神震撼！頸聯上句稱譽故人「書香世代」，具江淹文才；下句欣賞故人除有「國士才華」外，也具岳飛兵略智謀。尾聯述「良辰、美景、賞心、樂事」等四美具備，渾成新時機、新氣象，趁春來正好發出春雷以鳴告天下，振奮人心。本詩豪放雄健，意境廣闊，滄海見波濤，辭藻淺白，別具詩意，並裁化典故爲平淡，對仗工整自然。

附穎盦原作

旅邸譚詩共短燈註九，點頭眞諦示分明註一〇。織成雲錦尋常別註一一，縫就天衣神鬼驚註一二。

唐宋未聞堆砌語註一三，孫吳何用古呆兵註一四。性靈隨地無窮妙註一五，吟本吾胸韻籟鳴註一六。

註釋

註一　聯床話舊對孤燈：話舊，久別重逢傾談往事。

註二　驀地忻逢：驀地，突然、意外地。忻逢，忻，同欣，高興地相遇。

註三　臆蘊雄心人未老：臆蘊，胸中蘊藏。雄心，崇高的抱負，遠大的志向。

註四　詩參禪理鬼猶驚：參，摻雜、加入。禪理，佛教哲理。鬼猶驚，寓意動鬼神。

註五　書香世代江郎筆：書香世代，家門歷代都是讀書人家。江郎筆，即江淹筆。江淹，南朝人，少有文名，世稱江郎，傳獲異人授五色筆，故文采俊發。江郎筆，稱譽文筆出眾，文筆生花。

註 六　國士才華岳氏兵：國士，指國家才德兼備的傑出人才。宋．黃庭堅〈書幽芳亭〉：「士之才德蓋一國則曰國士。」《戰國策．趙策一》：「智伯以國士遇臣，臣故國士報之。」岳氏兵，即岳家軍，為岳飛所立，以戰鬥勇猛、紀律嚴明著稱，屢敗金兵，軍號「凍死不拆屋，餓死不擄掠」。金國主帥完顏兀朮戰敗歎曰：「撼山易，撼岳家軍難。」

註 七　四美渾成真氣象：四美，釋義頗多，可理解為「良辰、美景、賞心、樂事」，典出王勃〈滕王閣序〉：「四美具，二難並。」渾成，渾然自成。真氣象，真，純真、天真、自然；氣象，形象、景象、氣度，也可指文章風格氣韻。唐．韓愈〈薦士〉詩：「建安能者七，卓犖變風操，透迤抵晉宋，氣象日凋耗。」

註 八　春來正好作雷鳴：雷鳴，指春雷。春雷好發在驚蟄前後，驚醒萬物。元．吳澄《月令七十二候集解》：「二月節……萬物出乎震，震為雷，故曰驚蟄，是蟄蟲驚而出走矣。」

註 九　旅邸譚詩共短燈：旅邸譚詩，旅邸，旅館；譚，同談。共短燈，一起對著小燈。

註一〇　點頭真諦示分明：點頭真諦，點頭，表示認同；真諦，真理。示分明，表示清晰明白。《韓非子．守道》：「法分明，則賢不得奪不肖，強不得侵弱，眾不得暴寡。」

註一一　織成雲錦尋常別：雲錦，中國傳統絲製工藝品，有「寸錦寸金」之稱，其工藝承傳歷史已有一千六百多年。雲錦工藝繁複，顏色絢麗鮮艷如雲霞，因而得名。其工藝是「中華一絕」，公認「東方瑰寶」。尋常別，有別於一般。唐．劉禹錫〈烏衣巷〉：「舊時王謝堂前燕，飛入尋常百姓家。」此句讚譽伍百年先生詩作如雲錦，有別尋常。

註一二　縫就天衣神鬼驚：縫就天衣，縫就，縫製完成；天衣，仙女所穿，其特色是無縫，此為「天衣無縫」的典來。天衣常寓意詩文等作品全無瑕疵。神鬼驚，讚嘆語，作品巧奪天工，連鬼神也驚歎！

註一三　唐宋未聞堆砌語：唐宋，指唐詩宋詞。堆砌語，詞藻華麗乏味，典故生吞活剝，拉雜成句，詩詞大忌。

註一四　孫吳何用古呆兵：孫吳，指孫權，三國時代代表之一。古呆兵，清．曾國藩之兵略有活兵、呆兵之分。活兵者，進退開合，活兵也。呆兵者，屯縮一處，師老人還頑。此外，呆兵，拘泥於既定方針，消極駐守，缺乏機動性和應變能力。

註一五　性靈隨地無窮妙：性靈，天性靈智。南朝梁．劉勰《文心雕龍．原道》：「惟人參之，性靈所鍾，是謂三才。」無窮妙，沒有窮盡的奧妙。

註一六　吟本吾胸韻籟鳴：吟，吟詠。韻籟鳴，韻，和諧之音、風雅之音；籟，簫聲，泛指自然之聲，如天籟；鳴，舒發，鳴放，鳴叫。句意謂通過吟詠抒發心聲。

次穎盦百花生日[註一]避兵澳門有感原韻

避秦湖海阮郎狂[註二]，瀝酒花前亦自傷[註三]。異地風光翻有恨[註四]，故園春色繫惟桑[註五]。
催開鼙鼓聲盈耳[註六]，欲酌金罍淚滿觴[註七]。剩有牢愁憑解語[註八]，代將離緒訴東皇[註九]。

賞析：這是一首酬唱和詩。詩中首聯上句「避秦湖海」以點題避兵澳門；下句「瀝酒花前」以點題百花生日。頷聯「異地風光」，寓意「江山信美非吾土」，「翻有恨」，指愛國情懷未可磨滅；下句緬懷「故園春色」及風物。頸聯「催開鼙鼓」，言笳聲盈耳，戰爭開打；下句言戰爭帶來人命傷亡，生靈塗炭，不禁淚下滿杯。尾聯述說此牢愁訴向花兒，並請轉告天帝以祈得庇蔭。全詩感懷時局，避兵海外，藉百花生朝，禱告天帝，庇蔭人間太平。

附穎翕原作

天涯風雨正猖狂註一〇，如此花朝註一一太可傷。故國低頭餘涕淚註一二，新詩舉筆感滄桑註一三。
有懷掩抑難爲壽註一四，顧影飄零未忍觴註一五。節日那堪離亂度註一六，只憑鈴語問東皇註一七。

註釋

註一　百花生日：中國民間傳統節日，俗稱花神節，簡稱花朝。花神者，名字叫女夷，掌管天下名花，其人乃南嶽夫人魏華存之弟子。花神節確實日期，地域各異而不同，月份都在農曆二月，如二月十二日、二月十五日、二月二十五日。節日那天，家家戶戶除祭祀花神外，還郊遊賞花。《清嘉錄》：「二月十二日為百花生日。虎丘花神廟，擊牲獻樂，以祝仙誕，謂之花朝。」

註二　避秦湖海阮郎狂：避秦，逃避戰亂，避世隱居。阮郎狂，指阮籍佯狂避世。《晉書・阮籍傳》：「阮籍容貌瑰傑，志氣宏放，傲然獨得，任性不羈，而喜怒不形於色。」

註三　瀝酒花前亦自傷：瀝酒，灑酒地上，稟神祝願或起誓。亦自傷，也自己傷感。

註四　異地風光翻有恨：異地風光，異鄉風情景物。翻有恨，帶來哀痛，其情如元・王惲〈越調小桃紅・平湖樂〉：「江山信美，終非吾土，問何日是歸年？」

註　五　故園春色繫惟桑：繫惟桑，繫，繫念、牽掛。惟桑，祖宅。《詩．小雅．小弁》：「維桑與梓，必恭敬止。」《朱熹集傳》：「桑梓二木，古者五畝之宅，樹之牆下，以遺子孫給蠶食、具器用者也。」

註　六　催開鼙鼓聲盈耳：催開鼙鼓，催開，催促開始；鼙鼓，戰鼓。聲盈耳，聲音充耳。寓意戰爭即將發生。

註　七　欲酌金罍淚滿觴：欲酌金罍，罍，飾金酒器。淚滿觴，淚滿酒杯，寓意心情哀痛之極。

註　八　剩有牢愁憑解語：牢愁，憂愁、愁鬱。憑解語，寓意花能解語解愁。

註　九　代將離緒訴東皇：東皇，即東皇太一，簡稱太一（一作泰一），又稱太乙，亦即天帝，諸天神最高者。屈原〈九歌．東皇太一〉是一篇推崇東皇太一的名賦。

註一〇　天涯風雨正猖狂：風雨，寓意邪惡。猖狂，狂妄放肆。

註一一　花朝：百花生日。

註一二　故國低頭餘涕淚：故國低頭，低頭思念國家，不勝感觸。餘涕淚，其情悲哀，涕淚未止。

註一三　新詩舉筆感滄桑：舉筆，動筆。滄桑，言世情人事變化無常，令人欷歔，典出成語「滄海桑田」。晉．葛洪《神仙傳．麻姑》：「麻姑自說云，接待以來，已見東海三為桑田。」寓意人生閱歷深，飽經憂患或變幻。

註一四　有懷掩抑難為壽：有懷掩抑，有懷，有所感觸；掩抑，遏抑。難為壽，壽，祝賀壽辰。此言心緒不寧，難以向花神祝賀壽喜。

註一五　顧影飄零未忍觴：顧影飄零，此言身世飄零孤單。未忍觴，無興致飲悶酒。

註一六　節日那堪離亂度：離亂度，離亂，流離戰亂；度，度過。

註一七　只憑鈴語問東皇：鈴語，檐鈴的響聲。東皇，天帝。

和長山詞客中秋半夜遇風雨二首

其一

蟾宮吐艷色難遮[註一]，照徹塵寰玩物華[註二]。一片寒光籠大地，滿城銀燭耀千家。

澄心僾滌三江水[註三]，奮翼思乘八月槎[註四]。有日凌空登玉宇[註五]，鯫生無復興長嗟[註六]。

賞析：這是一首酬唱和詩。詩中首聯寫景，描寫月輝「蟾宮吐艷」、「照徹塵寰」。頷聯續寫景，上句「寒光籠大地」，下句「銀燭耀千家」。頸聯辭藻誇張，如「澄心」經三江水洗滌；下句「奮翼」高飛，思乘神話中的「海天飛船」。尾聯述漫遊太空，隨心所往，不再悲哀嘆息！本詩意境高闊，風格豪放，灑脫飄逸，辭藻誇張，幻想豐富。

其二

方喜澄光映綠波註七，胡爲如晦問嫦娥註八。風雲底事遷顏色註九，雷雨何因發厲歌註一〇。
豈代民生宣疾苦註一一，偏教月老註一二費張羅。從來天道渾難測註一三，收拾閒情隱竹坡註一四。

賞析：這是一首酬唱和詩。詩中首聯「澄光」轉「晦」，以點題「中秋半夜遇風雨」。頷聯上下句對仗工整，如「風雲」對「雷雨」、「底事」對「何因」、「遷顏色」對「發厲歌」。頸對上下句擬人化，風雨之聲，乃「代民生宣疾苦」之請求；下句言「月老費張羅」，作出妥善安排。尾聯述「天道難測」，風雨過後，月輝斜照竹坡。本詩辭藻淺白，以擬人法一問一答而成句，其精采處在於言之有物，寄意深遠。

註釋

註一　蟾宮吐艷色難遮：蟾宮吐艷，蟾宮，月亮；吐艷，放射月輝。色難遮，色，月的光輝；難遮，難以遮蓋。

註　二　照徹塵寰玩物華：照徹，照遍。塵寰，塵世、人世間。玩物華，玩，欣賞；《楚辭．九章．思美人》：「惜吾不及古人兮，吾誰與玩此芳草？」物華，景物美好。唐．杜甫〈曲江陪鄭八丈南史飲〉：「自知白髮非春事，且盡花樽戀物華。」

註　三　澄心儼滌三江水：澄心，清靜的心。儼，好像。滌，洗滌。三江水，長江水。古稱長江下游為三江之地。《尚書．禹貢》：「淮，海惟揚州。彭蠡既豬（瀦、渚），陽鳥攸居。三江既入，震澤底定。」南朝宋．盛弘之《荊州記》載：「長江上游為南江，中游為中江，下游為北江。」

註　四　奮翼思乘八月槎：奮翼，振翅高飛，喻人振奮而起。漢．賈誼〈鵩鳥賦〉：「鵩廼嘆息，舉首奮翼。」思乘，意想乘坐。八月槎，槎，木筏。晉．張華《博物志》卷十：「舊說云天河與海通。近世有人居海渚者，年年八月有浮槎去來，不失期。」

註　五　有日凌空登玉宇：凌空，騰飛空中。登玉宇，玉宇，以玉築成的殿宇，為天帝或仙人居所。南朝．梁．蕭綸〈祀魯山神文〉：「金壇玉宇，是眾妙之遊遨；丹崖翠幄，信靈人之響像。」

註　六　鯫生無復與長嗟：鯫生無復，鯫生，一解作見識淺陋的人，用作輕蔑讀書人；一解作小生，自謙之詞。唐·劉禹錫〈謝中書張相公啟〉：「豈唯鯫生，獨受其賜？」無復，不再。與長嗟，與，發出；長嗟，深長的嗟嘆。

註七　方喜澄光映綠波：方，正當。澄光，水色清澈泛光。映綠波，映照著翠綠色的水波。

註八　胡為如晦問嫦娥：胡為，為何。如晦，晦，隱晦、昏暗。問嫦娥，寓意隱晦地申訴哀情。

註九　風雲底事遷顏色：底事，此事，何事。遷顏色，變顏色。風雲底事遷顏色，寓意時局動盪，連風雲也起顏色變化。

註一〇　厲歌：聲情嚴厲的歌聲，寓意雷聲轟隆。

註一一　宣疾苦：申訴痛苦。

註一二　月老：掌凡間婚姻之神。

註一三　從來天道渾難測：天道，指大自然變化的道理。渾難測，十分難預測。

註一四　隱竹坡：隱居在坡地的竹林。

承江穎盦以詩慰問賦以謝之次原韻

一彎新月戰雲遮註一，前路茫茫未有涯註二。等待明時註三非此日，焉知皓魄註四照誰家。

離人翻恐貽長恨註五，思婦寧能釋短嗟註六。謝子臨存情特厚註七，奈何心緒已如麻註八。

賞析：這是一首酬唱和詩。詩中首聯訴說炮火連天，戰雲蔽月，「前路茫茫」，沒有去向。頷聯訴說戰爭進行正如火如荼，此日並非承平時刻，難料月輝照誰家。頸聯上句述離家別國的遊子，愁恨深長；下句言思婦憶夫，難免嗟嘆終日。尾聯感謝穎盦先生親臨慰問，無奈愁緒亂如麻！本詩沉痛悲涼，詩懷惆悵，痛恨戰火導致家人失散，未卜生死，心事煩亂如麻。

附穎盦原作

烽火岡州驀地遮註九，憐君愁損在天涯註一〇。迴腸整日因兒女註一一，睅炯深宵爲室家註一二。未必卵巢眞墮覆註一三，縱然詞賦漫咨嗟註一四。吉人自可邀神助註一五，且莫冰心付亂麻註一六。

註釋

註 一　戰雲遮：戰雲密佈。

註 二　未有涯：涯，邊際。《莊子．養生主》：「吾生也有涯，而知也無涯。」

註　三　明時：政治清明的時代。

註　四　焉知皓魄：焉知，怎知。皓魄，月輝。

註　五　離人翻恐貽長恨：離人翻恐，離人，離愁的人，指離家去國的人；翻恐，恐怕。貽長恨，貽，遺留、帶來；長恨，深長的愁恨。

註　六　思婦寧能釋短嗟：思婦，指懷念遠方丈夫的女子。寧能，怎能。釋短嗟，釋，釋放；短嗟，長嗟短嘆。

註　七　謝子臨存情特厚：謝子，謝，感謝；子，敬稱對方，感謝你。臨存，親臨慰問。情特厚，情誼特深厚。

註　八　奈何心緒已如麻：心緒，心情。已如麻，已心亂如麻。

註　九　烽火岡州驀地遮：岡州，新會古稱岡州。驀地，忽然地。遮，遮掩、遮蔽。句意謂戰火忽然地遮蔽新會。

註一〇　憐君愁損在天涯：愁損，憂愁、憂慮。天涯，指遠方。

註一一　廻腸整日因兒女：廻腸，內心焦慮不安，牽腸掛肚。南朝・陳・徐陵〈在北齊與楊僕射書〉：「朝千悲而掩泣，夜萬緒而迴腸，不自知其為生，不自知其為死也。」因兒女，因為兒女在岡州戰火區，牽掛不安。

註一二　眸炯深宵為室家：眸，眼睛；炯，光明。眸炯，此言張眼未眠。深宵，半夜。三國魏・陳琳〈止欲賦〉：「宵炯炯以不寐，晝舍食而忘饑。」為室家，為家庭。

註一三　未必卵巢真墮覆：卵巢，巢窩中的蛋卵。墮覆，墮下覆轉。

註一四　縱然詞賦漫咨嗟：詞賦，指詩詞。漫咨嗟，莫嘆息。《楚辭・天問》：「何親揆發，定周之命以咨嗟？」王逸注：「咨嗟，歎而美之也。」

註一五　吉人自可邀神助：吉人，善良的人。《易・繫辭下》：「吉人之辭寡，躁人之辭多。」吉人，也可指有福氣之人。《左傳・宣公三年》：「事聞姬、姞耦，其子孫心蕃。姞，吉人也，后稷之元妃也。今公子蘭，姞甥也。天或啟之，必將為君，其後必蕃。」

註一六　且莫冰心付亂麻：且莫，且勿。冰心，人品高潔，不熱衷名利。亂麻，心事亂如麻。意謂冰心勿受如麻心事所纏。

答穎盦 庚寅年

不期香滋逢江總註一，澤畔吟成類楚騷註二。屈屬庚寅靈以降註三〔伍註〕唐・駱賓王〈祭趙郎文〉：「惟靈降精辰象。」此靈字作神靈解。，君逾甲子氣接豪註四。

有涯歲月如珠露註五，無限滄桑享玉醪註六。貽我龍門司馬筆註七，鴻才雁序亦同曹註八。

賞析：這是一首酬應詩。詩中首聯記述故人不期而遇於香港，其人情志如屈子，常澤畔行吟抒懷。頷聯緬懷屈子降生於庚寅年，進而敬服故人年雖屆六十，但氣度豪情未減。頸聯上句慨嘆生命歲月如珠露，瞬間消逝；下句言人生飽歷滄桑，常以美酒遣懷。尾聯上句寓意感謝贈詩，使其動筆回敬詩作；下句述二人交誼，如雁行同飛，情如兄弟。本詩比興成句，言在意外，遣詞用字精練，詩旨深邃，對仗工整。

附穎盦原作

平生意氣交當代註九，不重功名重雅騷註一〇。似此才華堪世尚註一一，更無文采註一二比君豪。

論年我已傷遲暮註一三，遣日今猶嗜酒醪註一四。一語相知慰蘇李註一五，江山自古屬吾曹註一六。

註釋

註一　不期香溢逢江總：不期，未經約定；香溢，寓意香港、香海。溢，音誓。逢江總，江總，尊稱穎盦先生連職稱。

註二　澤畔吟成類楚騷：澤畔，湖澤旁邊。類楚騷，類，類似；楚騷，指屈原《離騷》之作。《史記・屈原賈生列傳》：「屈原至於江濱，披髮行吟澤畔。顏色憔悴，形容枯槁。」

註三　屈屬庚寅靈以降：屈屬庚寅，言屈子出生日屬於庚寅年（按：有關屈原的出身年份頗多說法，經文物出土考證以西元前三四〇年為定案，而出生月份，屈原作品明言孟春正月。）屈原《離騷》：「攝提貞於孟陬兮，惟庚寅吾以降。」靈以降，屈原，字靈均；降，降生。

註四　君逾甲子氣接豪：君逾甲子，君，尊稱對方；甲子，六十年為一甲子；逾甲子，超過六十歲。氣接豪，有氣概而具豪情。

註五　有涯歲月如珠露：有涯歲月，言生命有盡頭一天。如珠露，寓意生命短促如露珠。

註六　無限滄桑享玉醪：無限滄桑，滄桑，言世事人事變化無常，典出成語「滄海桑田」。晉・葛洪《神仙傳・麻姑》：「麻姑自說云，接待以來，已見東海三為桑田。」寓意人生閱歷深，飽經憂患或變幻。享玉醪，享受美酒。

註七　貽我龍門司馬筆：貽我，贈我。龍門司馬筆，指司馬遷，龍門人，司馬遷治史秉筆直書，立論公正，後世尊崇。

註　八　鴻才雁序亦同曹：鴻才，喻大才、卓越才能。雁序，兄弟情誼、先後有序、雁群飛行有序。同曹，同事。

註　九　平生意氣交當代：平生意氣，指平生志向與氣概。《管子．心術下》：「是故意氣定，然後反正。」交當代，結交當代時賢。

註一〇　雅騷：雅，指詩經的小雅、大雅；騷，指離騷。雅騷，也可指儒雅風騷。

註一一　堪世尚：堪，突出。堪世尚，突出當世。

註一二　文采：指文章的光采。

註一三　遲暮：晚年。

註一四　酒醪：泛指酒。

註一五　蘇李：蘇武與李陵。

註一六　吾曹：我們。

與江三論詩有序

自君之出註一矣！開卷理殘篇註二，覺古詩之可愛，與今者之可憐！其可愛也渾厚註三，其可憐也強牽；非薄今而媚古註四，實審美以崇賢註五。因狂吟以見志註六，恐認道註七而未堅註八。坿俚句註九以塵埃視聽註一〇。

豈吾子亦以其爲然？敬候左右註一一，願執吟鞭註一二。逸生謹上，唯照不宣註一三！

腹貯珠璣氣自華註一四，詩心敦厚淹浮誇註一五。明如秋月清於水，和比春風艷似花。

金石鏗鏘方是韻註一六，宮商凌亂不成家註一七。性靈醞藉難軒輊註一八，堆砌形同粉夜叉。

〔伍註〕君以堆砌為可醜，予亦云然！古人謂「村女簪花，謂之俗艷」。予謂：「夜叉傅粉，謂之奇醜。」其於吟壇之「強牽」、「堆砌」者，將毋同？一笑！

賞析：這是一首酬唱詩。詩中首聯稱譽江三「腹貯珠璣」、「詩心敦厚」。頷聯對仗工整，如「明如秋月」，對「和比春風」；「清於水」，對「艷似花」。頸聯指出詩作韻律如「金石鏗鏘」則爲優，如果「宮商凌亂」則「不成家」。尾聯指出詩作的思想與氣質，殊難論評高低，但堆砌則成鬼夜叉傅粉，奇醜也。本詩與友論詩，提出詩要「溫柔敦厚」、辭藻簡明、祥和有情、聲韻鏗鏘，具性靈韻藉，反對堆砌成句。

註釋

註一　出：出現、顯露。

註二　理殘篇：整理殘留的詩文。

註　三　渾厚：樸實淳厚。

註　四　薄今而媚古：輕視今人而諂媚古人。

註　五　實審美以崇賢：實際上通過審美眼光來崇敬前賢。

註　六　因狂吟以見志：狂吟，縱情吟詠。志，抱負。

註　七　認道：認識道理。

註　八　未堅：指根基未堅固。

註　九　坿俚句：坿，同附。俚句，粗俗文句。

註一〇　塵埃視聽：自謙俗句有如塵埃蒙蔽視聽。

註一一　敬候左右：書信用語，意謂恭敬地在你身旁聽候差遣。

註一二　吟鞭：效勞也，用於詩人，謙稱效勞之意。

註一三　唯照不宣：心照不宣。

註一四　腹貯珠璣氣自華：珠璣，珠寶玉石。《漢書．東方朔傳》：「宮人簪瑇瑁，垂珠璣，設戲車，教馳逐。」氣自華：氣質自然高上華貴。

註一五　詩心敦厚掩浮誇：敦厚，敦實厚道；掩浮跨，掩蓋虛浮誇大不實詩句。

註一六　金石鏗鏘方是韻：鏗鏘，聲音響亮，節奏明快。方是韻，才是韻律和諧而成章。

註一七　宮商凌亂不成家：宮商，宮，五音之一；商，五音之一。不成家，指五音不協調，不能成曲。

註一八　性靈醖藉難軒輊：性靈，指心靈、思想、情感。醖藉，君子的文雅氣質，含蓄不外露。難軒輊，難品評高低優劣。《詩．小雅．六月》：「戎車既安，如軒如輊。」

贈江三

獲識荊州註一已十年，當時風度各翩翩。君家夙擅江郎筆註二，喬梓同參活佛禪註三。

詩接風騷扶大雅註四，學承儒道繼前賢註五。昇平板蕩都同處註六，故國他鄉總有緣。

賞析：這是一首酬贈詩。詩中首聯憶述論交十年，當時彼此風度翩翩。頷聯稱許江三承家學，嫻熟文翰，父子信佛，共參活佛禪。頸聯稱頌江三酷愛詩文，推動文學發展，其人學儒學道，傳承道統文化精神。尾聯指出昇平年代與戰亂年代，都曾一起相處，無論海內海外總有緣相會。本詩領域廣闊，題材多元，層次有序，詩旨清晰，對仗平穩老練。

註釋

註　一　荊州：對別人的稱呼，義同識荊，認識你。李白〈與韓荊州書〉：「生不用封萬戶侯，但願一識韓荊州。」

註　二　君家夙擅江郎筆：夙，早就、平素。擅，精於、善於。江郎筆，即江淹筆。江淹，南朝人，少有文名，世稱江郎，傳獲異人授五色筆，故文采俊發。江郎筆，稱譽文筆出眾生花。

註　三　喬梓同參活佛禪：喬梓，父子也。《尚書大傳．梓材》：「商子曰：『喬者，父道也。』……『梓者，子道也。』」同參，一起師事，共同參與學習與研討。活佛禪，濟公活佛，又名濟公禪師、濟癲和尚，法號道濟（一一三〇～一二〇九），俗名李心遠，或稱李修緣，南宋臺州人。

註　四　詩接風騷扶大雅：風騷，指《詩經》的〈國風〉與《楚辭》的〈離騷〉。《詩經》和《楚辭》乃我國南北韻文代表。風騷可泛指文學、詩文。扶大雅，撐扶和推動詩歌的正聲發展。《詩大序》：「雅者，正也，言王政之所廢興也。政有小大，故有〈小雅〉焉，有〈大雅〉焉。」

註　五　學承儒道繼前賢：學術承傳儒家和道家，並繼承前賢心得。

註　六　昇平板蕩都同處：昇平，和平之世。板蕩，動盪之世，民心不安。都同處，都一起經歷。板蕩一詞，源出《詩經．大雅》，其中有〈板〉、〈蕩〉二篇，諷刺周厲王無道，帶來周室大壞，政治腐敗，民生痛苦。

朱汝珍[註一]聘三太史德配[註二]區夫人七秩雙壽徵詩次韻申祝並希郢政[註三]四首

其一

世業儒宗道不離[註四]，源清遠注瀣之湄[註五]。南還杖履關風雅[註六]，北仰文光發氣奇[註七]。
折獄明倫崇正義[註八]，變夷用夏具新知[註九]。詞林耆宿雕龍手[註一〇]，著筆生香百代期[註一一]。

賞析：這是一首酬唱賀壽詩。賀壽詩語貴吉祥。本詩首聯上句稱譽朱太史先世業儒尚道，宅居清遠，源清流遠，灣水清澈，地靈人傑，子孫爲宦，守官箴清廉之戒，故朱太史亦清官也。頷聯指出朱太史南還廣東，關心儒道文教發展事業；下句稱許其人文采清新脫俗。頸聯讚賞朱太史精通法律，爲官判案依法結合人倫及正義；下句稱譽其人改良西學，使之適合國情使用。結聯續稱賞朱太史爲學林前輩，工於文章，擅翰墨，流芳百代。朱汝珍乃末代榜眼，爲嶺南之光，齒德俱尊。本詩起句推譽其人先祖，繼而稱許其人之品學及專長，可謂無遺。此外，辭藻得體，用典創新，氣魄宏大，對仗工穩，都是本詩特色。

其二

文曲飄然侍帝旁[註一二]，平刑詎足盡其長[註一三]。鼎移肩道播桃李[註一四]，僑寓爲公繫梓桑[註一五]。

洙泗家聲能不墜[註一六]，陶朱步武亦何妨[註一七]。等身著作名山業[註一八]，將與寒梅競晚芳[註一九]。

賞析：這是一首酬唱賀壽詩。詩中首聯上句點出朱太史朝官地位，嘗爲朝廷主考官及溥儀帝國師；下句言稱許他辦案公平見長。頷聯指清亡後，朱太史肩負振興教育事業爲使命；下句言僑居香港，造福社會福利事業，並聯繫家鄉，關懷鄉情。頸聯上句稱許朱太史弘揚儒學，使國粹綿延流傳；下句讚揚朱太史仿商聖范蠡做個成功商人。尾聯上句表揚朱太史著述豐富，且是傳世經典之作；下句譽朱太史於清亡後，不事民國，書法題款從不寫民國，自言「決不吃民國飯」。此句言其晚節媲美寒梅芳香。全詩涵蓋朱太史一生事功，有如小傳，最突出處末句「將與寒梅競晚芳」，顯示其人重氣節。詩中的藻、旨、氣、聲、韻、律及對仗俱見作者功底深厚。

其三

陰陽煦嫗物咸章註二〇，明德從來動八荒註二一。木鐸金聲移俗習註二二，仙人玉尺把才量。註二三
進賢多士霑天祿註二四，和樂齊家協鼓喤註二五。福報允宜仁者壽註二六，庭前五桂更成行註二七。

賞析：這是一首酬唱賀壽詩。詩中首聯上句指出大自然的陰陽二氣，互相撫育，衍生各類物品；下句講述日光與月光自古以來照耀八方。頷聯上句推崇朱太史以「木鐸金聲」推行教化，取得移風易俗的成果；下句記述朱太史乃當朝主考官，負責選拔人才。頸聯稱許朱太史薦舉人才，同霑天祿之恩；下句言其家庭和諧快樂。尾聯上句點題祝壽，並祝福「仁者壽」；下句讚賞朱太史子孫昌盛及人才濟濟。本詩佈局層次分明，遣詞造句得體，用典雖多，但並不深奧，題材廣闊，對仗工整。

其四

幾人世亂得相安註二八，晚福如公正未殫註二九。繞膝方忻來日永註三〇，齊眉更覺古稀難註三一。

曾元善述知鴻鵠註三二，梁孟和鳴似鳳鸞註三三。祝嘏聲中逢國慶註三四，金甌待補兩重歡註三五。

〔伍註〕公之喆嗣請啟云：「本年九月值家嚴慈七十雙壽之辰，庸壽等意欲衣綵稱觴，稍申孺慕而家嚴慈以際茲屯難，不許鋪張。」等語，則待抗日勝利，金甌補闕之日，再補行慶祝國慶人瑞，兩重歡讌。

賞析：這是一首酬唱賀壽詩。詩中首聯欽羨朱太史於亂世時代，闔家平安團聚，晚福更享不盡。頷聯羨慕朱太史兒孫繞膝，幸福過日，老伴相隨，委實難得可貴。頸聯欣慰其曾孫元（玄）孫輩腹有詩書，言詞善述，志氣宏大，鴻鵠將至；下句羨慕朱太史夫妻恩愛如梁鴻孟光，又好比鸞鳳和鳴。尾聯上句言祝壽聲中，巧逢國慶；下句表達待戰爭結束，國土完整之日，再舉行雙慶盛宴。本首詩對前輩祝壽，題材全面，涉及時勢、夫婦、子孫，最難得的是賀壽不忘愛國情懷，故有「金甌待補兩重歡」之句。

附朱汝珍己卯（一九三九）七十初度感懷四首原作

其一

行年七十感支離註三六，折几寒氈處海湄註三七。烽火久延情已怯註三八，廉泉漸竭數眞奇註三九。
平生俯仰差無怍註四〇，素性拘迂亦自知註四一。何日腰鐮芟筍蕨註四二，故山父老早相期註四三。

其二

我祖基開冽水旁註四四，服疇奕葉百年長註四五。數傳秉鐸栽芹藻註四六，先考提戈衛梓桑註四七。
賤子敢云風矩在註四八，微名誰料歲功妨註四九。老傳家事成通禮註五〇，羨昔燕山五桂芳註五一。

其三

由來壽世藉文章註五二，老去多慚學殖荒註五三。一代詞林嘗著錄註五四，列邦刑法偶評量註五五。
滇湟考略搜殘簡註五六，洙泗淵源作引喤註五七。盈尺愧徒供覆瓿註五八，還期輪扁示周行註五九。

其四

朝朝竹報冀平安[註六〇]，四望雲山慮欲殫[註六一]。水涸魚銜枯索困[註六二]，風多烏覓穩枝難[註六三]。

誡兒莫作乘軒鶴[註六四]，顧我眞同鎩羽鸞[註六五]。年屆稀齡消酒債[註六六]，含飴梁案且爲歡[註六七]。

註釋

註一　朱汝珍：朱汝珍（一八七〇～一九四三），字玉堂，號聘三，又號隘園，粵清遠人。清光緒末科榜眼，授翰林編修，一九〇六～一九〇八年官費留日習法律，學成返國，擬定商業法，為清朝首居法官招聘主考官。二十年代居港，從事教育，創辦隘園學院，自任院長，又任清遠工商總會會長，先後講課於香港大學中文學院及香港學海書樓，一九三三年，任香港孔教學院第二任院長兼附中校長。一九四三年居北京，是年病故，享年七十三歲。著述豐富，參與創定《大清商律草案》、《大清民法草案》及纂修《德宗景皇帝實錄》，其他著述如《詞林輯略》、《本紀聖訓》、《中外刑法比較》、《愛山亭記》，編纂有《藏霞集》、《清遠縣志》和《陽山縣志》等，文章書法為一代名家。

註二　德配：尊稱人妻。

註三　郢政：修正、斧正，政，通正。

註四　世業儒宗道不離：世業儒宗，世代業儒，以儒為宗師。《史記・劉敬叔孫通列傳贊》：「叔孫通希世度務，制禮進退，與時變化，卒為漢家儒宗。」道不離，道，道學也；不離，離不開。

註五　源清遠注澥之湄：源清，源頭清澈，寓意下游之水也清澈，為官者，源清為訓。遠注，指恩澤流注遠大。另：朱太史為清遠人，隱露其籍里。澥之湄，海灣。澥，海之別名；湄，水邊。

註六　南還杖履關風雅：杖履，對長者的稱呼。宋・蘇軾〈夜坐與邁聯句〉：「幾哉今夕游，復此陪杖履。」關風雅，意謂關心詩文發展與傳承之事。

註七　北仰文光發氣奇：北仰文光，仰，仰望；文光，指文曲星之光，即文章光采。發氣奇，散發奇氣，奇氣是指文句修辭與意景創新脫俗。

註八　折獄明倫崇正義：折獄，判決訴訟案件。明倫，通曉人倫。崇正義，推崇守正合義。

註九　變夷用夏具新知：變夷用夏，意謂以中原文化潛移默化外族文化。夷，諸夏周邊民族；夏，中原民族。具新知，朱太史清末官費留日，視野廣闊，認同新學。

註一〇　詞林耆宿雕龍手：耆宿，對老前輩的稱呼。雕龍手，擅於辭章的文林高手。

註一一　著筆生香百代期：著筆生香，言筆墨生香，稱譽書法卓越。百代期，寓意傳百代。《晉書・阮種傳》：「德逮群生，澤被區宇，聲施無窮而典垂百代。」

註一二　文曲飄然侍帝旁：文曲，北斗七星的文曲星，主科舉考試，朱太史為我國首屆法官招聘主考官。飄然，自然閒適。侍帝旁，侍，隨侍；帝，指溥儀帝。朱太史嘗為清末帝溥儀老師。

註一三　平刑詎足盡其長：平刑，公平處理案件。詎足，詎，至也、止也；足，足夠、完全。盡其長，盡其所長。句意謂盡其能力公平處理案件。

註一四　鼎移肩道播桃李：鼎移，即九鼎遷移，據傳夏禹得天下，以九牧所獻之金鑄成九鼎，代表九州，也代表掌控九州。九鼎易手，代表朝代更易，指清亡。《南史．宋紀上．武帝紀論》：「桓溫雄才蓋世，勳高一時，移鼎之業已成，天人之望將改。」肩道，指肩負的使命。播桃李，桃李，指學生，即傳播教育，栽培學生。清亡後，朱太史以從事教育為使命。

註一五　僑寓為公繫梓桑：僑寓為公，指僑居香港為社會服務；繫梓桑，聯繫故里。朱太史嘗任清遠工商總會會長，並改名為清遠公會，註冊為慈善機構。

註一六　洙泗家聲能不墜：洙泗，山東省川流名稱，指洙水與泗水，在孔子故里。孔子嘗講學於洙水及泗水之間。家聲，孔門傳道之風。能不墜，寓意承傳孔子講學精神，使儒學不墜滅。

註一七　陶朱步武亦何妨：陶朱步武，陶朱，即陶朱公，原名范蠡，春秋末期政治家、商業家，曾助越王勾踐復國，打敗吳王夫差，功成身退，從事商業致富，三散家財，仍可成巨賈，是一位超級成功商人，有商聖之稱，世人以塑像供奉視之為財神。步武，古人以六尺為步，半步為武，意謂緊隨別人腳步，效法也。

註一八　等身著作名山業：等身著作，指著作豐富，疊起來等同身高。名山業，名山，如五嶽，名山業，即名山事業，不朽的著述，藏之名山，與名山共存。

註一九　將與寒梅競晚芳：此句譽朱太史於清亡後，不事民國，書法題款從不寫民國，自言「決不吃民國飯」。此句言其晚節比寒梅更芳香。

註二〇　陰陽煦嫗物咸章：陰陽煦嫗，陰陽，指天地陰氣與陽氣，萬物生於陰陽。煦嫗，撫育。此言陰陽互相撫育。物咸章，物，物類；咸，皆；章，茂盛也。《禮記》：「天地訢合，陰陽相得，煦嫗覆育萬物。」又《易經》：「品物咸章」。

註二一　明德從來動八荒：明德，光明之品德，如天德、月德等。動八荒，傳播八方。

註二二　木鐸金聲移俗習：木鐸，金口木舌的銅鈴，古代宣行政教者，振鈴召集百姓，另一義是指推行教化者。《論語．八佾》：「天將以夫子為木鐸。」金聲揚遠，感動人心。《孟子．萬章下》：「集大成者，金聲而玉振之也。金聲也者，始條理也；玉振之也者，終條理也。始條理者，智之事也；終條理者，聖之事也。」移俗習，指教化天下，移風易俗。

註二三　仙人玉尺把才量：典出「玉尺量才」，指嚴謹測試以選拔人才，寓意朱太史乃主考官，以玉尺量才。唐・李白〈上清寶鼎〉詩：「仙人持玉尺，度君多少才；玉尺不可盡，君才無時休。」清・金人瑞〈長夏讀杜詩有懷明人法師卻寄二十四韻〉：「金聲齊雅頌，玉尺辨毫釐。」

註二四　進賢多士霑天祿：進賢，薦舉賢能之人。《孟子・梁惠王下》：「國君進賢，如不得已。」多士，眾多的優秀人才。《詩經・大雅・文王》：「濟濟多士，文王以寧。」霑天祿，霑，同沾，霑恩，受天恩；天祿，即天祿獸，又名貔貅，古代五神獸之一，主招財進寶，受世俗歡迎。此獸龍頭、馬身、麟腳，形似獅子，毛色灰白，會飛，形態凶猛威武。

註二五　和樂齊家協鼓喤：和樂齊家，此乃儒家修身齊家的道統文化。《中庸》：「詩曰：『妻子好合，如鼓琴瑟；兄弟既翕，和樂且耽；宜爾室家，樂爾妻孥。』」協鼓喤，協，協調；鼓，鐘鼓；喤，聲之和也。寓意家庭成員和諧。《詩經》：「鐘鼓喤喤。」

註二六　福報允宜仁者壽：福報，福德報應。《史記・張儀列傳》：「夫造禍而求福報，計淺而怨深，逆秦而順楚，雖欲毋亡，不可得也。」允宜，合宜。仁者壽，仁慈者長壽。《論語・雍也》：「智者樂，仁者壽。」

註二七　庭前五桂更成行：庭前五桂，言家中人才輩出，如古人五子登第。桂，古人登進士第，稱折桂。更成行，言家中子弟人才成行出眾。朱太史生有五子，皆成才。

註二八　幾人世亂得相安：相安，相處平安，無衝突。

註二九　晚福如公正未殫：殫，盡也。句意羨慕朱太史晚福不盡。

註三〇　繞膝方忻來日永：繞膝，兒孫繞膝。方，正當、在。忻，同欣，喜悅、忻慰。來日永，言來日方長。

註三一　齊眉更覺古稀難：齊眉，典出「舉案齊眉」，案是木托盤，內盛食物，齊眉遞上給對方以示尊敬和恩愛。《後漢書・逸民列傳・梁鴻傳》：「遂至吳，依大家皋伯通，居廡下，為人賃舂。每歸，妻為具食，不敢於鴻前仰視，舉案齊眉。」古稀，指人生七十古來稀。

註三二　曾元善述知鴻鵠：曾元，指曾孫，元孫（玄孫），泛指子孫輩。善述，善於表達詞令，見請啟（按：請柬）有「則待抗日勝利，金甌補闕之日，再補行慶祝國慶人瑞，兩重歡讌」之語。知鴻鵠，讚譽子孫輩志氣宏大，有如鴻鵠。《史記・陳涉世家》：「陳涉少時，嘗與人傭耕，輟耕之壟上，悵恨久之，曰：『苟富貴，勿相忘。』傭者笑而應曰：『若為傭耕，何富貴也？』陳涉嘆息曰：『嗟乎，燕雀安知鴻鵠之志哉！』」

註三三　梁孟和鳴似鳳鸞：梁孟，梁鴻與妻孟光。梁，東漢隱士，扶風平陽（陝西咸陽）人，與妻相敬如賓，夫妻典範。《後漢書．列女傳．梁鴻妻》：「共遯逃霸陵山中。此時王莽新敗之後也。鴻與妻深隱，耕耘織作，以供衣食；誦書彈琴，忘富貴之樂。……妻每進食，舉案齊眉，不敢正視。以禮修身，所在敬而慕之。君子謂：『梁鴻妻好道安貧，不汲汲於榮樂。』」和鳴，一鳴一應，相應和諧。鳳鸞，泛指鳳凰之類神鳥，雄為鳳，雌為凰，寓意佳偶。

註三四　祝嘏聲中逢國慶：祝嘏，祝壽。朱太史誕辰在十月（即舊九月）與國慶同時。

註三五　金甌待補兩重歡：金甌，指國土，待補，意謂待戰事完結，補請壽讌。兩重歡，雙喜也，指戰爭完結，國土重光，一喜也，另一喜，朱太史壽辰。

註三六　支離：漂泊。唐．杜甫〈詠懷古蹟〉詩五：「支離東北風塵際，漂泊西南天地間。」也可寓意體質羸弱。《晉書．郭璞傳》：「是以不塵不冥，不驪不騂，支離其神，蕭悴其形，形廢則神王，跡粗而名生。」

註三七　折几寒氈處海湄：折几寒氈，几，同幾，寒氈、薄氈，禦寒力弱，薄氈需折疊幾重使用，指寒士清苦生活。處海湄，居海邊，寓意香港。

註三八　烽火久延情已怯：烽火久延，戰火延續長久。情已怯，心情驚怯。

註三九　廉泉漸竭數真奇：廉泉漸竭，指泉水漸漸乾竭，水為萬物之母，水漸竭，影響發展。寓意經濟衰退或財力漸竭，也可寓意民間官場貪腐成風，清廉已失。《南史・胡諧之傳》：「帝（宋明帝）言次及廣州貪泉，因問柏年（范柏年）：『卿州（梁州）復有此水不？』答曰：『梁州唯有文川、武鄉、廉泉、讓水。』」數真奇，命數真奇特，出乎意料。唐・劉禹錫《贈尹果毅》詩：「問我何自苦，可憐真數奇。」此句寓意經濟困難，此乃出乎意料的命數安排。

註四〇　平生俯仰差無怍：平生俯仰，平生行為。差無怍，幾乎並無慚愧。《孟子・盡心》：「仰不愧於天；俯不怍於人。」

註四一　素性拘迂亦自知：素性拘迂，素來性格拘泥迂腐，守舊。

註四二　何日腰鐮芟筍蕨：腰鐮，腰間掛鐮刀。芟筍蕨，芟，除草也。筍蕨，竹筍與蕨草。寓意返里生活。

註四三　故山父老早相期：故山父老，指故鄉父老。早相期，早相約。

註四四　我祖基開洌水旁：我祖基開，言祖宗開創基業，落戶清遠。洌水旁，洌，通洌，指清遠靠近長江水系、珠江水系、珠江三角洲區和江北區。

註四五　服疇奕葉百年長：服疇，服田業，從事農活。奕葉，累世、世代。百年長，年代長遠。此言早期世代務農。

註四六　數傳秉鐸栽芹藻：數傳秉鐸，數傳，數代；秉，主持，掌控。鐸，木鐸，古人執木鐸以施教，稱掌教化官員為「秉鐸」、「司鐸」。栽芹藻，栽培；芹藻，水芹和水藻，比喻貢士與才學之士。栽芹藻，寓意教學，培育人才。《詩經・魯頌・泮水》：「思樂泮水，薄采其芹……思樂泮水，薄采其藻。」

註四七　先考提戈衛梓桑：先考提戈，先考，尊稱亡父；提戈，戈，古長柄兵器，朱太史父親朱猷章為五品武官。衛梓桑，保衛故鄉。

註四八　賤子敢云風矩在：賤子，謙稱自己。敢云，膽敢說。風矩在，風度，家風存在。

註四九　微名誰料歲功妨：微名，自謙名不足道。歲功，一年的農事收穫；妨，妨礙。句意謂自愛聲名，不敢行差踏錯，以權謀私，故年入不多。

註五〇　老傳家事成通禮：老傳家事，古來傳授家庭事務給子孫。《曲禮》：「七十曰老而傳。」通禮，慣禮。

註五一　羨昔燕山五桂芳：羨昔燕山，羨慕昔日五代後晉諫議大夫竇燕山。竇燕山原名竇禹鈞，家教嚴謹，有五子，聰穎早慧，文行並優。五桂芳，桂芳，即芳桂，指功名科第。五桂芳，言其五子登科，時稱竇氏五龍。

註五二　由來壽世藉文章：壽世，造福世人。文章，經國之大業，有壽世之功，三不朽之立言，是指文章。

註五三　老去多慚學殖荒：慚，同慚，慚愧也。學殖荒，言學業荒廢，未夠用功。《左傳・昭公十八年》：「夫學，殖也，不殖，學將落。」此乃朱太史自謙未夠用功之語。

註五四　一代詞林嘗著錄：嘗著錄，曾著述。朱太史一生著作等身，參與創定《大清商律草案》、《大清民法草案》及纂修《德宗景皇帝實錄》，其他著述如《詞林輯略》、《本紀聖訓》、《中外刑法比較》、《愛山亭記》，編纂有《藏霞集》、《清遠縣志》和《陽山縣志》等，文章書法為一代名家。

註五五　列邦刑法偶評量：列邦刑法，各國刑法。偶評量，偶然評述，乃自謙之辭。朱太史早年留日習法律，有《中外刑法比較》之作，屬於專業著作。

註五六　湞湟考略搜殘簡：湞湟，湞水與湟水，皆在清遠。湞水，亦稱洌江；湟水，稱湟江，清設湟江巡司。考略，考正。搜殘簡，搜集殘編斷簡資料作考證。朱太史嘗致力編纂《清遠縣志》及《陽山縣志》，對於地理水域也作深入研究。

註五七　洙泗湲源作引喤：洙泗湲源，洙水、泗水，川流名稱，在孔子故里。孔子嘗講學於洙水及泗水之間，代稱孔子及儒家。湲源，水流貌。作引喤，引喤，古代高官出行，其侍從在前高聲喝道，通告路人。

註五八　盈尺愧徒供覆瓿：盈尺，指尺稿、著作。愧徒，只是慚愧。供覆瓿，瓿，缸，指文稿用作覆蓋醬缸，喻著作毫無價值，或不被人重視，其實謙稱自己作品。《漢書・揚雄傳下》：「鉅鹿侯芭常從雄居，受其《太玄》、《法言》焉，劉歆亦嘗觀之，謂雄曰：『空自苦！今學者有祿利，然尚不能明《易》，又如《玄》何？吾恐後人用覆醬瓿也。』雄笑而不應。」

註五九　還期輪扁示周行：輪扁，另一稱輪邊，春秋時代齊國著名造車工人。示周行，顯示大路。《詩・小雅・大東》：「佻佻公子，行彼周行。」朱熹集傳：「行，大路也。」

註六〇　朝朝竹報冀平安：朝朝，朝早；竹報，指家書或書信報告平安。唐・段成式《酉陽雜俎續集・支植下》：「北都惟童子寺有竹一窠，才長數尺。相傳其寺綱維每日報竹平安。」冀，期望。

註六一　四望雲山慮欲殫：四望雲山，寓意望雲山而思家國。慮欲殫，慮，心思；殫，盡也。

註六二　水涸魚銜枯索困：水涸，水乾涸。魚銜枯索，生存渺茫。困，困境。《韓詩外傳・卷一》：

「枯魚銜索，幾何不蠹。二親之壽，忽如過隙。思念已故雙親。」

註六三　風多鳥覓穩枝難：風多，風大。穩枝難，穩枝，安穩樹枝；難，困難。寓意世局不穩，民生不易，安居更難。

註六四　誡兒莫作乘軒鶴：乘軒鶴，軒，車軒。《左傳》載春秋時，鄭懿公好鶴，鶴有乘軒者，此言勿無功受祿，惹人話柄。

註六五　顧我真同鎩羽鸞：鎩羽鸞，鎩羽，羽毛脫落；鸞，與鳳凰、金雞同屬身分高貴的鳥，朱太史自傷身世。

註六六　年屆稀齡消酒債：稀齡，人生七十古來稀，故言稀齡。消酒債，酒客愛酒，還酒債是美化之語。

註六七　含飴粱案且為歡：含飴粱案，含飴，典出「含飴弄孫」；飴，糖果，以糖果逗孫為樂。《後漢書．明德馬皇后紀》：「吾但當含飴弄孫，不能復知政事。」粱案，指粱鴻、孟光夫妻二人，相敬如賓，舉案齊眉，成為後世美談。《後漢書．粱鴻傳》：「東漢隱士粱鴻妻，孟光，嫻淑溫婉，事夫舉案齊眉，恭敬節樸。」且為歡，姑且作為歡喜之事。

贈國醫林國安學長

髫齡共硯早相知註一，廿載分襟註二惜別離。高躅良駒註三千里去，不才駑馬一旬馳註四。
出山幸遂還山願註五，篋國仍需問國醫註六。回首西窗同剪燭註七，南天惆悵望歸期註八。

賞析：這是一首酬贈詩。詩中首聯上句憶述童年同學友情深厚，視爲知己；下句惋惜別離廿年。頷聯稱許學長人品高尚，才幹潛質有如千里馬，能日行千里；下句自謙平庸，十日始能抵目的地，相對良駒一日而到，相差極大。頸聯上句言問世以來並無建樹，不如歸隱以償宿願；下句言醫國之事，由國醫執行。尾聯惦念過去曾剪燭夜聚，今也悵望南天，盼早日相敘。是詩憶念故人，眞情流露，推許學長潛質深厚，乃國醫之才，自問平庸，宜返泉林。本詩辭藻運用嫻熟，詩旨隱晦，別有懷抱，對仗工整，聲韻律俱佳。

註釋

註 一 髫齡共硯早相知：髫齡共硯，髫，音條，古代兒童額前的頭髮。髫齡，兒童。共硯，同學的雅稱。相知，相互瞭解、知心。《楚辭・九歌・少司命》：「悲莫悲兮生別離，樂莫樂兮新相知。」

註　二　分襟：分開離別。

註　三　高躅良駒：高躅，品行高尚者。《晉書．隱逸傳．贊曰》：「養粹巖阿，銷聲林曲。激貪止競，永垂高躅。」良駒，指千里駒，日行千里。

註　四　不才駑馬一旬馳：不才，自稱之詞。駑馬，平凡的馬。不才駑馬，自喻身分平凡。一旬，十天；馳，策馬奔馳。《淮南子．齊俗》：「騏驥千里，一日而通；駑馬十舍，旬亦至之。」

註　五　出山幸遂還山願：出山，出仕；還山，歸隱。

註　六　箴國仍需問國醫：箴，規諫。箴國，寓意治國箴言。國醫，古人上醫治國，中醫治人，下醫治病。《國語．楚語上》載衛武公箴儆於國。衛武，指衛武公，春秋時代衛國賢君，以虛心納諫見稱於世。《國語．楚語》：「自卿以下至于師長士，苟在朝者，無謂我老耄而舍我，必恭恪于朝，朝夕以交戒我。聞一二之言，必誦志而納之，以訓導我。在輿有旅賁之規，位寧有官師之典，倚几有誦訓之諫，居寢有褻御之箴，臨事有瞽史之導，宴居有師工之誦。史不失書，矇不失誦，以訓御之。於是乎作〈懿〉戒以自儆也。」

註　七　回首西窗同剪燭：西窗剪燭，古代朋友夜聚，點燭照明。剪燭，燃點蠟燭須剪掉多餘燭蕊，以保持燭光明亮。唐．李商隱〈夜雨寄北〉詩：「何當共剪西窗燭，卻話巴山夜雨時。」

註八　南天惆悵望歸期：望歸期，非常渴望得知歸家日期。

次韻李秘書贈詩

一老皤然繫我思註一，鳳麟同此不逢時註二。擎天力絀愧爲柱註三。去日心愴感遇詩註四。
千古靈均憐共命註五，三年李白喜相知註六。洛鐘響處迴天地註七，王道晚成莫怨遲註八。

賞析：這是一首酬贈詩。詩中首聯述故人繫思，同悲具才而生不逢時。頷聯上句訴說面對政海動盪，自愧有擎天一柱之名；下句言過去心情愴痛，嘗以詩抒發感遇情懷。頸聯上句喻身世遭遇，命同屈原；下句寓意二人交情如李白（七〇一～七六二）贈汪倫有句：「桃花潭水深千尺，不及汪倫送我情」。尾聯盼別後友情如洛鐘，有響有應，並祝故人大器晚成。本詩贈別，感情眞摯動人，用典化腐朽爲神奇，辭藻貼意，對仗工穩自然。

附李秘書原作

室邇人遐有所思註九，落花又到餞春時註一〇。伏波難免明珠謗註一一，巷伯曾歌貝錦詩註一二。

韞櫝懷珍原待價註一三，杜門韜晦豈求知註一四。匆匆三載同舟雅註一五，文字交深我恨遲註一六。

註釋

註一　一老皤然繫我思：皤然，頭髮斑白。唐．白居易〈白髮〉詩：「白髮生來三十年，而今鬚鬢盡皤然。」繫我思，寓意故人情誼纏繞腦海。

註二　鳳麟同此不逢時：鳳麟，鳳凰與麒麟，罕有鳥獸，喻傑出人才。漢．揚雄《法言．問明》：「或問鳥有鳳，獸有麟，鳥獸皆可鳳麟乎？」同此，同樣。不逢時，生不逢時。

註三　擎天力絀愧為柱：擎天，力強可撐天，伍百年別稱伍朝柱，號擎天。力絀，即力弱，撐天有心無力。愧為柱，慚愧名字稱柱。

註四　去日心愴感遇詩：心愴，傷心悲愴。感遇詩，遇物抒情的詩。唐．陳子昂有二十八首感時傷世之作──〈感遇詩〉。元．楊士弘《唐音》：「感遇云者，謂有感而寓於言，以攄其意也。」又：「感之於心，遇之於目，情發於中，而寄於言也。」

註五　千古靈均憐共命：靈均，屈原字靈均。共命，同樣命運和遭遇。

註六　三年李白喜相知：三年李白，李白三年為官在長安。相知，相交知心，相互了解，知心。《楚辭．九歌．少司命》：「悲莫悲兮生別離，樂莫樂兮新相知。」

註　七　洛鐘響處迴天地：喻同類事物，相互一響一應，同聲同氣。南朝・宋・劉義慶《世說新語・文學》：「殷荊州曾問遠公：『《易》以何為體？』曰：『《易》以感為體。』殷曰：『銅山西崩，靈鐘東應，便是《易》耶？』」

註　八　王道晚成莫怨遲：王道，正道。晚成，大器晚成。

註　九　室邇人遐有所思：室邇人遐，室，居宅；邇，近；遐，遠。言思念深，卻不能相見。

註一〇　落花又到餞春時：餞春，江南舊俗，立夏備食品為春餞行，即所謂送春也。吳藕汀〈立夏〉詩：「無可奈何春去也，且將櫻筍餞春歸。」

註一一　伏波難免明珠謗：伏波，漢代將軍名號之一，東漢大將馬援曾任此職稱，故又稱馬伏波。馬援（西元前十四年～四十九年），字文淵，扶風郡茂陵（今陝西興平市東北）人，十二而孤，少有大志，重義疏財，受遇於劉秀，屢建邊功，拜伏波將軍，封新息侯。馬援認為「男兒要當死於邊野，以馬革裹屍還葬，何能臥床上，在兒女子手中邪？」年六十二，猶老當益壯，領兵遠征武陵蠻夷，客死征途，朝廷派人調查及承接軍務，遭小人狀告馬援戰略錯誤而致失敗，又誣之前出兵交趾期間，大肆搜刮珍珠滿車而歸。其實所謂珍珠，實則是薏米，可用作消暑利濕解毒作用。小人誣稱「南土珍怪」。馬援死後蒙上不白之冤，累及妻兒受冤，案情涉及薏米當珍珠的貪污案件，幾經波折始得平反，證實誣告，史稱薏苡明珠案、薏苡之謗。

註一二　巷伯曾歌貝錦詩：巷伯，巷，宮巷；伯，掌管宮巷事務之長，居於宮巷，掌宮內事，巷伯也稱寺人，屬於太監身分。貝錦詩，見載於《詩經．小雅．巷伯》：「萋兮菲兮，成是貝錦。」萋菲，花紋交錯的樣子，貝錦，指五色斑斕的織錦，有如彩貝般美麗。意謂進讒言者，羅織罪名傷害無辜者。此詩作者巷伯（寺人）傷於讒言。《毛詩序》：「〈巷伯〉，刺幽王也，寺人傷於讒，故作是詩也。巷伯，奄官兮（也）。」作者巷伯曾受誣陷，遭讒言而獲罪，慘受宮刑，故有是篇之作，以伸訴不平。漢．鄭玄．箋：「喻讒人集作已過以成於罪，猶女工之集采色以成錦文。」後人以貝錦比喻讒言。

註一三　韞櫝懷珍原待價：韞櫝懷珍，韞，收藏；櫝，盒子。懷珍，懷有珍寶。原待價，待價而沽。《論語．子罕》：「有美玉於斯，韞櫝而藏諸？求善賈而沽諸？」寓意懷才待伯樂。

註一四　杜門韜晦豈求知：杜門韜晦，杜門，閉門；韜晦，隱藏才能，不使外露。豈求知，豈會僅是求學問那麼簡單。

註一五　匆匆三載同舟雅：同舟雅，同舟，同舟共濟；雅，美化詞，如雅緣、雅會，又如一面之雅，即一面之緣。

註一六　文字交深我恨遲：指詩文相互切磋，情誼深厚，有相逢恨晚之慨。

某鉅公函邀敘舊並索觀存稿賦詩答之

懶步侯門怕曳裙註一，病中惟擁滿床書註二。昔賢反近時賢遠註三，浩氣能存習氣除註四。

世亂愈知藏拙註五好，士窮難免舊交疏註六。一腔孤憤堪誰語註七，半卷殘篇付蠹魚註八。

賞析：這是一首酬答詩。詩中首聯上句「懶步侯門」，即表明不攀附權貴，屈身當食客；下句託言有病，只可倚床以書為伍。頷聯，寓意所交者皆古賢，而時賢相對少接觸，此表明婉轉拒見之意；下句「浩氣」，寓意氣節能存，壞習慣能改。頸聯世亂藏拙，乃婉轉表達無意把詩稿獻醜；下句士窮交疏，進一步表達閉門謝客之意。尾聯明言雖然一腔孤憤，但仍自得其樂，其「半卷殘篇」詩作，寧可束之高閣，供書蟲蛀食，也不拿出獻醜。是詩旨要婉拒侯門鉅公之請，大抵其人德不配位，故無意予以結納。詩中四聯八句，一氣呵成，句句都是婉轉拒見，辭藻運用得體，態度溫文婉拒，表現出涵養高尚，令人尊重。

註釋

註　一　懶步侯門怕曳裾：懶步侯門，懶得舉步入顯貴之門。曳裾，曳，牽拉著；裾，衣服之後襟，意思謂不願手拉衫角，侍立一旁，聽候差遣，形同食客行為。唐．李白〈行路難〉三首之二：「彈劍作歌奏苦聲，曳裾王門不稱情。」也作「曳裾侯門」，即依附權貴門下，仰人鼻息。

註　二　病中惟擁滿床書：身體有病，在病床上看書度日。

註　三　昔賢反近時賢遠：昔賢，古代賢士；反近，反而親近。時賢遠，當代賢士相對疏遠。

註　四　浩氣能存習氣除：浩氣能存，能保存浩然正氣。習氣除，指除去世俗的俗氣，如阿諛奉承文化。

註　五　藏拙：隱藏缺點。

註　六　舊交疏：舊朋友疏遠，少往來。

註　七　一腔孤憤堪誰語：孤憤，孤高嫉俗而生憤慨之情。《史記．老子韓非列傳》：「〈韓非〉悲廉直不容於邪枉之臣，觀往者得失之變，故作〈孤憤〉」。司馬貞索隱：「孤憤，憤孤直不容於時也。」堪誰語，可向何人訴說。

註　八　蠹魚：蠹魚，蛀書蟲。以書蟲自喻，實則讀書度日。

祝首長五秩[註一]壽辰

三祝九如大衍年[註二]，群倫屬望豈徒然[註三]。唯憑廟略安天下[註四]，賴有神機靖塞邊[註五]。
多士壽公公壽世[註六]，一生酬國國酬賢[註七]。百齡功業今纔半[註八]，長此威名薄海宣[註九]。

賞析：這是一首祝壽詩。詩中首聯點題五十賀壽，恭賀三祝及九如；下句言同儕亦作如此祝賀。頷聯讚揚壽星具廟略及神機，乃治國安邦人才。尾聯稱譽壽公治國獲賢才支持；又讚頌壽公一生爲國及任用賢才。此詩雖爲祝壽詩，但焦點卻在讚揚治國成就及任用賢才。詩中境界宏博，辭藻雄厚，不落俗套，對仗工穩。

註釋

註一　五秩：十年為一秩，五秩即五十歲。

註二　三祝九如大衍年：三祝，是指祝頌別人：多富、多壽、多男。《莊子．天地》：「堯觀乎華。華封人曰：請祝聖人，使聖人富，使聖人壽，使聖人多男子。」九如，祝壽用語，指：如山、如阜、如陵、如岡、如川之方至、如月之恆、如日之升、如松柏之蔭、如南山之壽。《詩經．小雅．天保》：「如山如阜，如岡如陵，如川之方至，以莫不增。吉蠲為饎，是用孝享。禴祠烝嘗，于公先王。君曰卜爾，萬壽無疆。神之弔矣，詒爾多福。民之質矣，日用飲食。群黎百姓，遍為爾德。如月之恆，如日之升。如南山之壽，不騫不崩。如松柏之茂，無不爾或承。」大衍年，年數五十。大衍之數，大者，太也，指太極；衍，演也，推演。《易．繫辭》：「大衍之數五十。」鄭玄注：「演也。」孔穎達疏：「推演天地之數。」演，即推算演繹，其數五十。

註三　群倫屬望豈徒然：群倫，眾多同類；屬望，期待、注目。《後漢書．李固傳》：「既拔自困殆，龍興即位，天下喁喁，屬望風政。」豈徒然，怎會是枉然呢？

註四　唯憑廟略安天下：廟略，指朝廷的謀略。安天下，安定天下，社會和諧。

註五　賴有神機靖塞邊：神機，出神入化的機變策略。靖，使其安定、平靜；塞邊，邊疆地方。

註六　多士壽公公壽世：多士壽公，多士，指人才濟濟；壽，祝福，祝壽；公，尊稱長者為公。公壽世，壽世，救世。

註七　一生酬國國酬賢：酬國，報國；國酬賢，言國家任用賢才。

註八　百齡功業今纔半：功業，為國家建立的功勳與事業。漢．賈誼〈過秦論〉：「千秋功業然而成敗異變，功業相反也。」今纔半，現在才一半。

註　九　薄海宣：薄海，薄，到達，到達海內外廣大地區。《書・益稷》：「州十有二師，外薄四海，咸建五長。」孔穎達疏：「外迫四海，言從京師而至於四海也。」宣，宣傳，宣遍出名。

呈賀右老長者八秩華誕詩啓

長者道席：當禹甸[註一]萬方多難之際，值吾公八旬初度之辰，敬祝　純嘏[註二]！壽比南山！公爲革命先驅，文壇之耆宿，名高北斗，舉措關乎安危，德望孚[註三]於中外，耄勤[註四]政事，喜靈光[註五]之當朝，健筆箴規[註六]，儼衛武之儆國[註七]。晚昔親謦欬[註八]，如挹春風[註九]，茲獻蕪詞[註一〇]，伏希　亮察，無任欽遲[註一一]。恭叩　鈞安，唯照不宣[註一二]！

耄勤政事功開國[註一三]，人瑞同欽大耋年[註一四]。下筆有神文載道[註一五]，立言無慝士稱賢[註一六]。

志侔衛武司箴儆[註一七]，書法張芝草聖傳[註一八]。遐壽深謀經略策[註一九]，憂勞矜式公爲先[註二〇]。

賞析：這是一首祝壽賀詩。是詩首聯讚揚于右任前輩的功勳及其受世人敬重。頷聯稱許右老立言著述，垂範後世，受譽於士林。頸聯推崇于老的司法及書法成就。尾聯表彰于老以「遐壽」八十，仍爲國憂勞，謀劃治道，令人敬佩！本詩通過賀壽，表揚革命前輩于右任老先生一生不朽的三德功業。是詩風格雄健，活化典故，遣詞造句嫻熟，結構嚴緊，首尾呼應，對仗工穩。

註釋

註　一　禹甸：夏禹時，中國劃分九州，稱「禹甸」，後世以之代稱中國。《詩經·小雅·信南山》：「信彼南山，維禹甸之。」

註　二　純嘏：祝壽賀辭，其義大福。《詩經·小雅·賓之初筵》：「錫爾純嘏，子孫其湛。」

註　三　孚：信服。

註　四　耄勤：老年仍勤勉不懈。《書·大禹謨》：「耄期倂於勤。」

註　五　靈光：神奇光輝、朝廷恩澤。

註　六　箴規：勸戒規諫。

註　七　儆衛武之儆國：儆，儆如。衛武，指衛武公，春秋時代衛國賢君，以虛心納諫見稱於世。《國語·楚語》：「自卿以下至于師長士，苟在朝者，無謂我老耄而舍我，必恭恪于朝，朝夕以交戒我。聞一二之言，必誦志而納之，以訓導我。在輿有旅賁之規，位寧有官師之典，倚几有誦訓之諫，居寢有褻御之箴，臨事有瞽史之導，宴居有師工之誦。史不失書，矇不失誦，以訓御之。於是乎作〈懿〉戒以自儆也。」儆國，寓意治國。

註　八　謦欬：談笑與行為。《莊子・徐無鬼》：「莫以真人之言，謦欬吾君之側乎！」謦欬，音磬咳。

註　九　如挹春風：如沐春風、如抒春風。

註一〇　茲獻蕪詞：茲獻，現獻上。蕪詞，自謙詞，蕪雜之詞。

註一一　欽遲：敬仰、敬重。

註一二　唯照不宣：照，明白。宣，公開宣告。即心照不宣。

註一三　耄勤政事功開國：耄勤，老年仍勤勉不懈。《書・大禹謨》：「耄期倂於勤。」功開國，于右任為革命前輩，中華民國開國元勳之一，任監察院長多年。

註一四　人瑞同欽大耋年：人瑞，百瑞老人。同欽，世所欽敬。大耋年，古人年八十稱耋，泛指老年人。《易・離》：「九三，日昃之離，不鼓擊而歌，則大耋之嗟，凶。」

註一五　下筆有神文載道：下筆有神，文思敏捷，下筆如有神助。文載道，指文章弘揚聖賢之道。宋・周敦頤《通書・文辭》：「文所以載道也，輪轅飾而人弗庸徒飾也，況虛車乎！」

註一六　立言無慝士稱賢：立言，可傳後世的精闢的言論或學說，常見於著書立說。《左傳・襄公二十四年》：「太上有立德，其次有立功，其次有立言，雖久不廢，此之謂不朽。」無慝，無惡意，寓意揚善。士稱賢，士林讚譽。

註一七　志倅衛武司箴儆：志倅，志，抱負；倅，相等、求取。衛武，指衛武公，春秋時代衛國賢君，以虛心納諫見稱於世。《國語．楚語》：「自卿以下至于師長士，苟在朝者，無謂我老耄而舍我，必恭恪于朝，朝夕以交戒我。聞一二之言，必誦志而納之，以訓導我。在輿有旅賁之規，位寧有官師之典，倚几有誦訓之諫，居寢有褻御之箴，臨事有瞽史之導，宴居有師工之誦。史不失書，矇不失誦，以訓御之。於是乎作〈懿〉戒以自儆也。」司箴儆，司，掌管；箴儆，規戒。于右任掌管監察院長多年。

註一八　書法張芝草聖傳：張芝，字伯英，東漢書法家，擅草書，有「草書之祖」之稱，其草書稱「今草」。草聖傳，指于右任的草書承傳張芝。

註一九　遐壽深謀經略策：遐壽，高齡、高壽。晉．葛洪《抱樸子．對俗》：「知龜鶴之遐壽，故效其道以增年。」深謀，深遠謀劃。經略策，指治民治世之策。

註二〇　憂勞矜式公為先：憂勞，憂慮勞苦、憂患勞苦。矜式，示範、敬重和效法。《孟子．公孫丑下》：「我欲中國而授孟子室養弟子以萬鍾，使諸大夫國人皆有所矜式。」公，敬稱長者，指于右任。為先，率先為第一位。

壽林翼中[註一]先生八十大慶有序

大學有云：「有斐君子，終不可諠兮」[註二]，道盛德至善[註三]，民之不能忘也。先生曩長百粵政，盛德流播，民到於今稱之。藹藹吉人，當邀天祿，謙謙君子，自強不息，壽啓所謂繫於天與人者各半，余亦云然！值此天下泯棼，神州多難，處危疑震撼[註四]之局，正撥亂反治之機，則小隱渭濱之尚父，中興唐室之汾陽，當爲蒼生所託命也。豈徒栽桃李而蔭桂蘭已哉。爰獻小詩，爲先生壽。詩曰：

盛德於今眾不忘[註五]，緝熙敬止仰謙光[註六]。吉人藹藹邀天祿[註七]，君子休休克自強[註八]。
小隱渭濱姜尚父[註九]，中興唐室郭汾陽[註一〇]。程門道學行南國[註一一]，桃李桂蘭兩競芳[註一二]。

賞析：這是一首賀壽詩。詩中首聯稱譽壽星道德令人景仰，其人行事光明、安分、謙虛、受人尊敬。頷聯上句讚揚壽星和善，獲天賜福祿；下句讚揚壽星具君子之風，待人寬容，並能自我發奮圖強。頸聯上句推許壽星具姜尚之才識；下句推許壽星其功勳有如唐代郭子儀。尾聯上句表揚壽星興學育才，弘揚孔孟道統文化；下句讚揚壽星子孫及學生皆成材。本詩乃賀壽詩，語貴吉祥，其讚頌內容涉及個人道德文章、功勳、道統文化傳承、人才培育等方面。是詩比興成句，典故深入淺出，句意理解容易，詩旨清晰。

註釋

註一　林翼中：林翼中（一八八七～一九八四），名家相，廣東合浦人。近代政界名人，歷任政府要職、廣東省民政廳廳長、參議會議長、參與創辦私立珠海大學、香港崇正總會理事長。

註二　有斐君子，終不可諠兮者：斐君子，斐，文采，寓意才德兼備的謙謙君子。終，永遠；諠，忘記。

註三　道盛德至善：寓意大道盛行，德行就會達到至佳境界。

註四　危疑震撼：危疑，懷疑、不信任、疑懼。震撼，劇烈振動。

註五　盛德於今眾不忘：盛德，指品德高尚。《易・繫詞》：「日新必之謂盛德。」眾不忘，民眾不會忘記。

註六　緝熙敬止仰謙光：緝熙敬止，緝熙，緝，不斷；熙，光明，寓意行事光明。敬止，敬，恭敬；止，目標、位置，寓意敬其至善目標。《詩經・大雅・文王》：「穆穆文王，於緝熙敬止。」仰謙光，仰，景仰；謙光，尊者謙虛而見其美德。《易・繫詞下》：「謙，尊而光。」

註七　吉人藹藹邀天祿：吉人藹藹，吉人，善人；藹藹，溫和。邀天祿，邀，取得；天祿，天賜的福祿。

註　八　君子休休克自強：君子休休，休休，寬容。克自強，克，能夠；自強，自我圖強奮發。

註　九　小隱渭濱姜尚父：小隱渭濱，小隱，短暫隱居；渭濱，渭水海邊。相傳姜尚年八十遇文王於渭濱。《韓非子．喻老》：「文王舉太公於渭濱者，貴之也。」姜尚父，即姜子牙，別稱尚父，是周文王、周武王的軍師，有功於周，受封於齊，是姜齊的始祖，後世稱為武聖、兵家之聖。

註一〇　中興唐室郭汾陽：中興，中途振興，由衰轉盛。郭汾陽，即唐．郭子儀（六九七～七八一），華州鄭縣人，祖籍山西太原，政治家、軍事家，先後平定安史之亂及絳州兵變，封汾陽王。其後，回紇入侵，長安失陷，郭子儀解救，收復長安，其後吐蕃、回紇再入侵，郭子儀單騎出擊，說退回紇，並擊潰吐蕃，穩住關中，被尊為尚父、進位太尉、中書令，死後追封太師。

註一一　程門道學行南國：程門，指北宋程頤，浸淫孔孟之學有成，稱程學，復經南宋朱熹南傳，在閩發揚光大，稱閩學，其學與二程關係，稱程朱學派。

註一二　桃李桂蘭兩競芳：桃李桂蘭，桃李，指學生；桂蘭，指子孫。兩競芳，寓意兩者皆優秀。

壽胡專員母李太夫人七秩誕辰

喜聞王母降瑤池註一，正值蟠桃盛會註二時。有子祖鞭註三成國士註四，太君韋幔是經師註五。
鲊封示儉廉隅礪註六，兕酌承歡祿養宜註七。爲祝稀齡珠履集註八，海天孄彩映瓊卮註九。

賞析：這是一首酬贈賀壽詩。詩中首聯點題賀壽，典用王母蟠桃壽宴爲比興，顯示場面隆重。頷聯讚譽太君夫人教子有方，子爲國士，而母則爲經師。頸聯上句讚賞太君夫人教子節儉及方正；下句讚賞子盡孝道，善體親心，承歡膝下，並以俸祿養親。尾聯述道賀嘉賓皆珠履之客，太君夫人神采生輝，爲賓客勸酒。本詩筆力雄渾，用典嫻熟，句意深邃，雖然是賀壽詩，但仍見傳承道統倫理文化，及弘揚志士愛國精神。

註釋

註　一　瑤池：傳說神話中，瑤池是西王母所居之處。《山海經校注》：「西王母雖以崑崙為宮，亦自有離宮別窟，遊息之處，不專住一山也。」

註　二　蟠桃盛會：古代神話傳說，每年三月三日，是西王母生辰，瑤池舉辦「蟠桃盛會」宴請眾仙。

註　三　祖鞭：祖逖的鞭子。祖逖（二六六～三二一），東晉北伐著名將領，與劉琨「聞雞起舞」，成為歷史佳話，世稱祖劉。《晉書．劉琨傳》：「吾枕戈待旦，志梟逆虜，常恐祖生先吾著鞭。」祖鞭，是勉人努力進取之意。

註　四　國士：國家才德兼備的傑出人才。

註　五　太君韋幔是經師：太君韋幔，太君，對古代官員母親的封號。幔，紗幔，古人講課，習慣降下紗幔或幃簾。經師，經學老師。此句典出「韋幔傳經」。前秦太常韋逞之母宋氏（名失傳），家傳周官學，苻堅令學生一百二十人，由宋氏下幔講授，周官學得以承傳，是我國首位經學女博士。《晉書．列女傳．韋逞母宋氏》載前秦苻堅：「嘗幸其太學，問博士經典，乃憫禮樂遺闕。……《周官禮注》未有其師。……太常韋逞母宋氏世學家女，傳其父業，得《周官》音義，今年八十，視聽無闕，自非此母無可以傳授後生。於是就宋氏家，立講堂，置生員百二十人，隔絳紗幔而受業，號宋氏為宣文君，賜侍婢十人。《周官》學復行於世，時稱韋氏宋母焉。」

註　六　鮓封示儉廉隅礪：鮓封示儉，鮓，腌製魚；封，密閉；示儉，以示儉約。《晉書．列女傳．陶侃母湛氏》：「侃少為尋陽縣吏，嘗監魚梁，以一坩鮓遺母。湛氏封鮓及書責侃曰：『爾為吏，以官物遺我，非惟不能益吾，乃以增吾憂矣。』」廉隅礪，廉隅，指稜角，不方正；

礪，磨煉，寓意品行方正不苟，需經過磨練才得。《周禮．考工記．輪人》：「欲其幬之廉也。」漢．鄭玄注：「幬，幔轂之革也。革急則裹木廉隅見。」《禮記．儒行》：「近文章，砥礪廉隅。」

註　七　兕酌承歡祿養宜：兕酌承歡，兕酌，兕，音巳，盛酒和飲酒的器皿；酌，酌酒；承歡，迎合人意，使其歡心，如侍奉父母，如承歡膝下。祿養宜，祿養，古人認為俸祿為養親之資；宜，適宜、恰當。

註　八　為祝稀齡珠履集：稀齡，七十歲長者，所謂人生七十古來稀。珠履，珠飾之履，用作讚美賓客之用；集，會集，喻參加宴會者不凡。

註　九　海天媊彩映瓊巵：媊，星宿名，金星（太白星）之妻。海天媊彩，彩，光輝，意謂媊星光彩照耀海天以示吉祥，取海天共長之意。映瓊巵，映，映照；瓊巵，對酒的美稱。甘氏《星經》曰：「太白上公，妻曰女媊。女媊居南斗，食厲，天下祭之。曰明星。」

訪王維輞川山莊故址有句

駐馬尋幽詣輞川註一，過廬必式禮岡前註二。生時原是詩天子註三，醉月更爲酒聖賢註四。

雅號如君眞足羨註五，威名似子假頭纏註六。尚留翰墨三千卷註七，各領風騷五百年註八。

賞析：這是一首詠物詩。詩中首聯點題，其詞如「詣輞川」、「過廬」、「禮岡前」。頷聯稱譽王維乃詩壇領袖，並爲酒聖。頸聯讚揚王維的詩壇成就，有「詩天子」、「酒聖賢」的雅號，其威名如名貴頭飾，光芒奪目。尾聯稱許王維著述豐富，影響後世深遠。本詩風格清新平易，白描成句，語意淺易純厚，聲情跌宕有致，對仗工整自然。

註釋

註一　駐馬尋幽詣輞川：駐馬尋幽，駐馬，下馬；尋幽，找尋幽勝。詣輞川，詣，造訪；輞川，在陝西西安市藍田縣輞川鎮。唐詩人王維築有輞川山莊於此。

註二　過廬必式禮岡前：過廬，廬，居宅，經過王維故居。必式，必，必定；式通軾，古代車廂前扶手橫木，如遇上行禮需要，則扶木行禮以示禮儀。禮岡前，禮，敬禮；岡前，山岡前。

註三　詩天子：詩壇天子。清．陸鳳藻《小知錄．文學》：「王昌齡集，王維詩天子，杜甫詩宰相。」按：唐．王昌齡有詩天子之譽。

註四　酒聖賢：王維詩作涉及酒者，不勝枚舉，如：〈送別〉：「下馬飲君酒，問君何所之。」

〈渭城曲〉：「勸君更進一杯酒，西出陽關無故人。」酒聖賢，美化愛酒者用語。

註　五　雅號如君真足羨：雅號，雅稱別號。羨，羨慕。

註　六　威名似子假頭纏：威名，王維以詩名於世，有詩佛之稱。假頭纏，頭戴纏頭飾物。句意謂威名奪目，如頭戴飾物。

註　七　尚留翰墨三千卷：三千卷，言傳世著作豐富。

註　八　各領風騷五百年：各領風騷，風騷，指風雅騷情的詩文。此句詩謂，各自領導詩文發展成一代風氣，影響後世五百年。句出清．趙翼〈論詩〉五首之二：「江山代有人才出，各領風騷五百年。」

清明贈表弟梁翊 集吳梅村句

長笛聲聲欲斷魂，江城細雨碧桃村。十年笑語連床話，四節頻加戚里恩註一。

獨客登臨傷廢壘，此生那得恨長門註二。相逢萬事從頭問，欲滴椒漿註三淚滿樽。

賞析：這是一首清明酬贈詩。是詩集清．吳梅村詩而成，詩中首聯以「欲斷魂」、「細雨」作點題。頷聯憶述十年交情與親屬四季關懷之情。頸聯上句自訴生逢亂世，戰火頻年，故言「登臨傷廢壘」；下句寓意人生未遇，備受冷落。尾聯上句久別經年，相逢即每事問；下句言清明祭祖，追念先人，情不自禁，潸然淚下，沾滿酒杯。本詩語言白描，直抒胸臆，情意懇切，對仗工整自然。

註釋

註一　四節頻加戚里恩：四節，四季，一年四節，即春、夏、秋、冬。頻加，不斷。戚里恩，親戚鄰里的恩澤。

註二　恨長門：長門，漢殿名，漢武帝冷落陳皇后，后居長門殿，千金買賦，由司馬相如（約前一七九～前一一八）執筆，寫成〈長門賦〉，帝讀後甚受感動。後世以長門恨，寓意受冷待。

註三　椒漿：即椒酒，用作祭神。《楚辭．九歌．東皇太一》：「蕙肴蒸兮蘭藉，奠桂酒兮椒漿。」

待曉

乍起殷雷破寂寥註一，背燈帷共影相招註二。遲遲鐘漏註三愁初轉，淡淡星辰望欲迢註四。
儘有鉏麑驚假寐註五，那勞祖逖蹴中宵註六。鴻濛再闢天雞叫註七，會看人間萬劫消。

賞析：這是一首寫景抒懷詩。首聯寫景，上句描述雷聲劃破靜夜，下句寫室內孤清情況。頷聯續寫孤清，上句寫更漏牽愁，下句透露情在悵望「淡淡星辰」。頸聯用典比興，以鉏麑撞樹言義，下句以祖、劉起舞言志。尾聯關愛蒼生，期盼乾坤再造，解除眾生苦惱。意境遼闊，佈局層次分明，造句奇特而不見生澀，頸聯比興意旨含蓄，對仗工整，末聯不忘蒼生，乃詩旨所在。

註釋

註　一　長夜殷雷破寂寥：殷雷，轟鳴的雷聲。漢．王延壽〈魯靈光殿賦〉：「動滴瀝以成響，殷雷應其若驚。」破寂寥，指雷聲驚破靜夜。

註　二　背燈帷共影相招：寓意燈影、帷影共對一起如打招呼。

註　三　遲遲鐘漏：遲遲，緩慢；鐘漏，報時鐘聲。

註　四　淡淡星辰望欲迢：淡淡星辰，指星光淡淡；望欲迢，迢，遠也。寓意星光淡淡，望遠方始見。

註　五　儘有鉏麑驚假寐：鉏麑，春秋時晉國著名力士，也是刺客，生卒不詳。嘗奉晉靈公命行刺趙盾，後來發覺趙盾是個為國事而敬業的君子，不忍下手，自撞樹而死，典見鉏麑觸樹。《左傳・晉靈公不君》：「宦子（趙盾）驟諫。公（晉靈公）患之，使鉏麑賊之，晨往寢門闢矣。盛服將朝，尚早，坐而假寐。麑退，嘆而言曰：『不忘恭敬，民之主也，賊民之主，不忠；棄君之命，不信。有一於此，不如死也。觸槐而死。』」驚假寐，意謂驚怕打瞌睡而誤事。

註　六　那勞祖逖蹴中宵：祖逖（二六六～三二一），字士稚，范陽郡遒縣人，東晉傑出軍事家，嘗與劉琨聞雞起舞。蹴中宵，蹴，踩、踏；中宵，半夜。《晉書・祖逖傳》：「范陽祖逖，少有大志，與劉琨俱為司州主簿，同寢，中夜聞雞鳴，蹴琨覺曰：『此非惡聲也！』因起舞。」

註　七　鴻濛再闢天雞叫：鴻濛，中國古代神話載盤古開闢天地之前，世界一團混沌狀，那個時代稱鴻濛時代。天雞，指天上司晨的雞。南朝・梁任昉《述異記》：「東南有桃都山，上有大樹，名曰桃都，枝相去三千里。上有一天雞，日初出，光照此木，天雞則鳴，群雞皆隨之鳴。」

七言排律

異人行

香爐峰註一上一奇人，湖海歸來不染塵註二。萬里奔馳求碩果註三，三朝興廢識前因註四。屠龍技竣迴天地註五，倚馬文成駭鬼神註六。策杖臨流心曠遠註七，典裘沽酒骨嶙峋註八。行吟澤畔仍懷楚註九，隱遯桃源卻避秦註一〇。每值江頭花月夜註一一，先傳國手杏林春註一二。無家權且棲山麓註一三，失地何須問水濱註一四。芳草幽蘭猶克葆註一五，寸陰尺蠖註一六總求伸。任他顯赫寧無死註一七，從古英雄自有眞註一八。士到窮時方辨道註一九，誰能壽世註二〇即爲仁。中原文物多殘闕註二一，上國衣冠註二二累革新。不羨時賢三部曲註二三，依然故我一儒巾註二四。千秋大任註二五催人老，萬籟悽聲註二六入耳頻。責繫興亡註二七猶未盡，時逢離亂倍交親註二八。兵宜戢也行唯義註二九〔伍註〕兵猶火也，不戢將自焚，不得已而行兵必以義。，民可由之政以循註三〇。萬劫難磨心耿耿註三一，一經相授語諄諄註三二。功言德立成三業註三三，智勇仁註三四全在一身。天命靡常如演易註三五，人生不朽盍書紳註三六。胸中不盡滄桑感，眼底曾無社稷臣註三七。仕若從公當建樹註三八，師如離道曷傳薪註三九。

蒼生莫挽乘桴客註四〇，赤子將爲入幕賓註四一。世運推移爭逐鹿註四二，天人應順見翔麟註四三。

斯文王道經南國註四四，神武帝星位北辰註四五。忠厚千般留地步註四六，和平百福自天申註四七。

賞析：這是一首七言排律抒懷詩，共有四十八句。本詩豪放曠達，波瀾有致，題材廣泛，從個人修身、抱負、經歷、時人時事，以至國家民族的福祉，都一一以夾敍夾議的筆法予以申述。本詩的辭藻淺易而不俗氣，句意比興，如「屠龍技竣迴天地」、「行吟澤畔仍懷楚」、「不羨時賢三部曲」等。

註釋

註一　香罏峰：香港島最高山峰是太平山，狀似香爐，故稱爐峰。罏，通爐。

註二　湖海歸來不染塵：湖海歸來，寓意歷盡滄桑歸來。不染塵，塵，塵俗，寓意情操與氣節不為外物所動。

註三　碩果：巨大成果或成績。《易・剝》：「上九，碩果不食，君子得輿，小人剝廬。」高亨注：「喻貨利在前而不取。」

註四　三朝興廢識前因：三朝興廢，指夏、商、周三個王朝的興盛與沒落。識前因，明白其原因。

註　五　屠龍技竣迴天地：屠龍技竣，竣，完成，指學成絕世屠殺猛龍技術。寓意學成經世之學。迴天地，扭轉乾坤。句意謂學成屠龍絕技，貢獻力量，扭轉乾坤，改變形勢，為蒼生謀福祉。

註　六　倚馬文成駭鬼神：倚馬文成，寓意文思敏捷，倚靠著戰馬，迅速之間，即可完成文章。南朝宋．劉義慶《世說新語．文學》：「桓宣武北征，袁虎時從，被責免官。會須露布文，喚袁倚馬前令作。手不輟筆，俄得七紙，殊可觀。東亭在側，極歎其才。袁虎云：『當令齒舌閑得利。』」駭鬼神，動鬼神。

註　七　策杖臨流心曠遠：策杖臨流，策杖，扶手杖。三國魏．曹植〈苦思行〉：「策杖從我游，教我要忘言。」臨流，面對流水。心曠遠，心胸曠達開闊。

註　八　典裘沽酒骨嶙峋：典裘沽酒，典裘，典當皮裘；沽酒，買酒。唐．李白〈將進酒〉：「五花馬，千金裘，呼兒將出換美酒。」骨嶙峋，嶙峋，山石重疊聳峭；骨嶙峋，清瘦見骨，寓意剛毅正直，情操具風骨。

註　九　行吟澤畔仍懷楚：行吟澤畔，澤畔，湖澤水邊，泛指失意流落湖澤水邊的詩人，觸景傷情，吟詠抒懷。仍懷楚，仍然懷念故國楚王，可見其忠。

註一〇　隱遯桃源卻避秦：隱遯桃源，隱遯，隱居；桃源，泛指和平純樸，與世無爭的地方。卻避秦，卻，正好；避秦，逃避戰亂，避世隱居。

註一一　每值江頭花月夜：江頭，江岸。每當明月照著江岸上的花兒。

註一二　先傳國手杏林春：先傳，指醫道早已傳授。《論語．子張》：「君子之道，孰先傳焉，孰後倦焉。」國手，技藝達國家級水平，如醫道、棋藝等。杏林春，杏林，對中醫界的代稱或讚頌語，如杏林春滿、杏林妙手等。東晉．葛洪《神仙傳》：「君異居山間，為人治病，不取錢物，使人重病癒者，使栽杏五株，輕者一株，如此數年，計得十萬餘株，郁然成林……」杏林春，讚揚醫生醫術高明，著手回春，疾病痊癒。

註一三　權且：暫且。

註一四　水濱：岸邊。《左傳．僖公四年》：「昭王之不復，君其問諸水濱。」

註一五　芳草幽蘭猶克葆：芳草幽蘭，芳草，香草，比喻忠貞或賢德之士；幽蘭，生於幽谷的蘭花，比喻人品高雅。猶，尚可；克，能夠；葆，古同保，保護。猶克葆，尚可保護自己。

註一六　寸陰尺蠖：寸陰，指短小時間，易為人忽略；尺蠖，蟲名，身長二、三寸，屈曲身體而行，以屈曲求伸展，寓意君子不遇，屈身求隱，以退為進，候時機展抱負。《周易．繫辭》：「尺蠖之屈，以求信（伸）也。」清．黃景仁：「事業寸陰惜，身名尺蠖潛。」

註一七　任他顯赫寧無死：任他顯赫，隨便他權勢與聲名顯著巨大。寧無死，難道不會死亡嗎？

註一八　自有真：真，指真誠，不虛。

註一九　士到窮時方辨道：士到窮時，士，讀書人；窮，窮厄、困難。方辨道，才明辨道理。

註二〇　壽世：造福世界。

註二一　殘闕：殘缺。《漢志》：「雖曰高帝置，但年代闊遠，文字殘闕，無從考見所徙之年月耳。」

註二二　上國衣冠：上國，敬稱偉大的中國；衣冠，代表文化文明。中國歷史文化悠久，衣冠服飾可見一斑。《尚書正義》注「華夏」：「冕服華章曰華，大國曰夏。」《左傳．定公十年》疏云：「中國有禮儀之大，故稱夏；有服章之美，謂之華。」

註二三　不羨時賢三部曲：不羨時賢，不羨，不會羨慕；時賢，指識時務者。三部曲，指阿諛奉承的吹、拍、捧。

註二四　一儒巾：儒巾，讀書人的頭巾，儒巾乃古讀書人的服飾之一。一儒巾，一個讀書人。

註二五　千秋大任：千秋，不同應用，不同理解，如年代久遠、特色長處、壽辰敬辭、人死用語；大任，重要責任。千秋大任，通常指對國家民族的使命感。

註二六　萬籟悽聲：萬籟，指自然界萬物發出的聲響。悽聲，哀痛聲。萬籟悽聲，言萬般哀痛聲。

註二七　責繫興亡：責任關聯興盛與滅亡。

註二八　倍交親：倍，加倍；交親，相互交往和親近。

註二九　兵宜戢也行唯義：兵宜戢也，戢，音輯，止也、收起，兵器宜收起，寓意息兵。行唯義，行兵要合義有理。

註三〇　民可由之政以循：此句意謂，百姓可放心去做，不過，要依循政策指導。《論語・泰伯》：「民可使由之，不可使知之。」

註三一　心耿耿：言極為忠誠，即忠心耿耿。

註三二　語諄諄：語言誠懇，教誨不倦。

註三三　功言德立成三業：指立德、立功、立言三不朽。《左傳・襄公二十四年》：「太上有立德，其次有立功，其次有立言，雖久不廢，此之謂不朽。」

註三四　智勇仁：儒家三達德。《中庸》云：「智、仁、勇三者，天下之達德也。」

註三五　天命靡常如演易：天命，上天主宰人的命運。《書・盤庚上》：「王有服，恪謹天命。」靡常，沒有常規，沒有一定的變化規律。漢・班彪〈北征賦〉：「故時會之變化兮，非天命之靡常。」如演易，有如推演易道，易的特色是變，無法掌握。

註三六　盍書紳：盍，何不、為何；書紳，書，寫；紳，古士大夫束腰之大帶，把牢記的話寫在大腰帶上，牢記別人說話也稱書紳。盍書紳，何不把需要牢記的說話記錄下來。

註三七　社稷臣：社稷，指土臣和穀臣，後泛稱國家。社稷臣，國家重臣。《史記・袁盎晁錯列傳》：「絳侯所謂功臣，非社稷臣。社稷臣，主在與在，主亡與亡。」

註三八　仕若從公當建樹：仕若從公，從公，治理公務，做官若能秉公處理公務。當建樹，該當有成就或功績。

註三九　師如離道曷傳薪：師如離道，老師如違背道義。曷傳薪，曷，何、豈、怎麼；傳薪，傳遞薪火。寓意老師要守道，才可傳承學問。

註四〇　蒼生莫挽乘桴客：莫挽，莫拉，勿阻止。唐・杜甫〈前出塞〉詩九首之六：「挽弓當挽強，用箭當用長。」乘桴客，乘木筏避世的人。桴，木筏，典出《論語・公冶長》：「孔子曰：『道不行，乘桴浮於海，從我者，其由與？』」

註四一　赤子將為入幕賓：赤子，指純善有志者。入幕賓，參與機要的幕僚。《晉書・郗超傳》：「謝安與王坦之嘗詣溫論事，溫令超帳中臥聽之，風動帳開，安笑曰：『郗生可謂入幕之賓矣！』」

註四二　世運推移爭逐鹿：世運，國家氣運。漢・班彪〈王命論〉：「驗行事之成敗，稽帝王之世運。」推移，指時代的盛衰與替及變化。《後漢書．楊震傳》：「王者心有所惟，意有所想，雖未形顏色，而五星以之推移，陰陽為其變度。」爭逐鹿，逐，追逐；鹿，通「祿」，有祿位就有權力。鹿性機巧，善跑，古代貴族聯群捕捉以作獸獵活動。《史記．淮陰侯列傳》：「秦失其鹿，天下共逐之，於是高材疾足者先得焉。」裴駰《史記集解》引張晏曰：「鹿喻帝位也。」

註四三　天人應順見翔麟：天人應順，即天人相通合一。見翔麟，翔，飛翔；麟，麒麟獸，瑞獸，代表吉祥。

註四四　斯文王道經南國：斯文王道，斯文，釋義頗多，泛指溫文爾雅、文化、文人等；王道，以仁政思想治政。劉勰《文心雕龍．史傳》：「昔者夫子閔王道之缺，傷斯文之墜，靜居以歎鳳，臨衢而泣麟。」經南國，經，管治；南國，泛指華南地區。

註四五　神武帝星位北辰：神武帝星，寓意國君或領袖。位北辰，地位崇高，眾星之尊。《論語．為政》：「子曰；『為政以德，譬如北辰，居其所而眾星拱之。』」

註四六　留地步：留有餘地，以示仁德。

註四七　自天申：申，同伸，伸長，延伸。《中庸．十七章》：「詩曰：『嘉樂君子，憲憲令德，宜民宜人，受祿於天，保佑命之，自天申之。』故大德者必受命。」

故人途次甘肅六盤山來書道所苦賦此以勉之

車行峻嶺註一若登天，峭壁巉巖註二路蜿蜒。俯瞰西京同彈子註三，遙瞻北海一弓弦註四。
黃砂入口饑難食註五，白露侵膚倦不眠註六。失足眞堪身作粉註七，凝眸疑是眼生煙註八。
自離百粵馳關內註九，曾過三秦註一〇達塞邊。跋涉風塵註一一軀愈健，飄零雨雪意彌堅註一二。
艱虞不撓凌霄志註一三，勞苦原應爲國宣註一四。絕域追踪班定遠註一五，豪情遑讓李延年註一六。
雄心萬仞高於頂註一七，直步六盤逕造巔註一八。從此出頭眞莫敵註一九，願君猛著祖生鞭註二〇。

賞析：這是一首七言排律酬贈詩。本詩屬於豪放派詩作。詩中把登甘肅六盤山之艱辛歷程，所見所聞，鉅細不遺，予以刻劃入微地描寫，而且細膩生動，其句如「遙瞻北海一弓弦」、「凝眸疑是眼生煙」。詩中對故人爲國辛勞，予以鼓勵，其句如「艱虞不撓凌霄志，勞苦原應爲國宣」；「絕域追踪班定遠，豪情遑讓李延年」、「從此出頭眞莫敵，願君猛著祖生鞭」。本詩用典，化俗爲雅，予人新鮮感。

註釋

註一　峻嶺：高而陡的山。

註二　巉巖：險峻的山巖。

註三　俯瞰西京同彈子：西京，古都之一，即西安，古稱鎬京，長安。彈子，彈珠，形狀細小。

註四　遙瞻北海一弓弦：遙瞻，遙望；弓弦，弧狀。

註五　黃砂入口饑難食：此言風砂大，米飯混砂難下咽。

註六　白露侵膚倦不眠：此言寒氣嚴重，肌膚受侵，雖倦不能眠。

註七　身作粉：粉身碎骨。

註八　凝眸疑是眼生煙：凝眸，定眼，目不轉睛。眼生煙，指煙霧大，有如眼出煙。

註九　自離百粵馳關內：百粵，粵，古通越，百粵廣義泛指中國南方沿海地區，狹義指廣東。馳關內，奔馳邊關地方。

註一〇　三秦：陝西古稱。

註一一　跋涉風塵：跋涉，登山涉水，路途艱鉅。《詩・鄘風・載馳》：「大夫跋涉，我心則憂。」毛傳：「草行曰跋，水行曰涉。」跋涉風塵，意謂長途跋涉。

註一二　意彌堅：意志更堅強。

註一三　艱虞不撓凌霄志：艱難不能阻撓沖天抱負。

註一四　為國宣：指為國宣勞，效勞、出力。

註一五　絕域追蹤班定遠：絕域追蹤，絕域，邊遠地方；追蹤，仿效前人。班定遠，即班超（西元三十二～一〇二），字仲升，陝西咸陽人，東漢著名軍事將領及外交家。奉命北伐匈奴及出使西域，屢立奇功。三十一年間，收復西域五十多個國家，官至西城都護，封定遠侯，世稱班定遠。

註一六　豪情遑讓李延年：遑讓，不遑多讓，不遜息。李延年，西漢樂官，漢武帝寵妃李夫人之兄，精音律，擅譜軍樂，大壯軍威，激發戰士豪情，其軍樂特色是揉合西域音樂的慷慨激昂色彩。

註一七　雄心萬仞高於頂：雄心萬仞，一仞八尺，言雄心極高。高於頂，高至頂峰。

註一八　直步六盤逕造巔：直步六盤，步，登上，直接登上六盤山。逕造巔，逕，直接，此言直接到達山巔。

註一九　從此出頭真莫敵：出頭，出人頭地。真莫敵，沒有人可以敵得上。此言登山巔而自豪。

註二〇　願君猛著祖生鞭：猛著，搶先猛打。祖生鞭，即祖逖的鞭子。寓意騎馬搶先發鞭前進，超越別人，勉人努力發奮。《晉書．劉琨傳》：「吾枕戈待旦，常恐祖生先吾著鞭。」

哭家韜君註一

別君方十旬註二，轉眼成千古。憶昔訂交時，太史同修譜註三。
不才註四佐元戎，吾子官省府。與子道分揚註五，從公由一戶註六。
新鶴註七恰通車，連袂歸故土註八。揮麈挹清風註九，維桑親化雨註一〇。
持節涉重洋註一一，睦鄰唯德輔註一二。對酒論英雄，勗註一三我以光祖註一四。
恨我未成名，斯人不復睹。哀族更哀鄉，夢魂知我苦。

〔伍附記〕家大光韜君，新會橫江鄉人也，與余同宗里。君少抱大志，卒所業於清季北京大學，以百里侯註一五宦遊甘陝註一六，有循聲註一七。鼎革後，爲家博士廷芳、朝樞喬梓註一八記室註一九，累遷註二〇粵市省府秘書長，廣州教育局長，以勤敏和善見賞於博士喬梓。及朝樞使美，君充參贊註二一，仍好學不厭，在美獲碩士學位，與美總統胡佛友善，相與留影。君賦性純摯註二二，大得華僑愛戴，復能佐大使折衝樽俎註二三之間，克盡睦鄰之道。歸國後，爲瓊崖註二四特區教育司長。因西南政潮註二五牽動，不獲蒞任，即家居韜養註二六，曾創辦世界語學校於羊石。舉凡教育建設與夫福國利民諸政，靡不殫其力註二七以赴之，而於鄉黨宗族之人，息事寧人之舉，尤必恭敬桑梓註二八，樂與維持。余憑家太史叔葆註二九之介，獲交於君。時爲全省伍氏修族譜事，而往還益密。余嘗爲總司令部記室，與省府同一官舍。嗣註三〇新會鶴山公路通車，行開路典禮，承邑宰註三一吳鳳聲之邀，君與余同車參預其盛。讌席間嘗論當世英雄，君與太史謬許余爲後起之秀，恨余未成名。而君與太史及梯雲諸子，先後歸道山，其哀感爲何如也。故余挽註三二君聯語，有三春喪三賢之句。詎註三三至誠所格註三四，君喪未匝旬註三五，而於夢魂中示余，以未來之阨註三六，不旋踵而事見，豈家老博士所譚（同談）靈魂學之足徵歟，何若是之巧也。然君之遇我也亦厚矣。生平知己，其逝也猶篤念故人，余安能不爲之慟註三七哉？君與太史，既以不才爲才，亦惟有砥德礪行註三八，期有所建樹，以慰君等在天之靈，使家聲之不墜耳。百年泣記

賞析：這是一首輓詩。是詩陳辭懇切，洋溢感情，其衷情所訴由訂交經過，往生者德行功業，及對百年先生的鼓勵與期盼，都一一陳說，滿紙哀思，令人感動！

註釋

註一　韜君：即新會伍大光（一八八七～一〇三六），司法院秘書長。

註二　十旬：一旬，十天；十旬，一百天。

註三　太史同修譜：太史，官名，明清稱翰林。修譜，修撰族譜。

註四　不才：不成才，對自己的謙稱。

註五　分揚：目標不同，分路各行。典出「分道揚鑣」。《魏書．河間公齊傳》：「洛陽我之豐沛，自應分路揚鑣。自今以後，可分路而行。」

註六　從公由一戶：從公，辦理公務。由一戶，在同一門戶。

註七　新鶴：今之新會區，鶴山市，廣東省管轄。

註八　連袂歸故土：連袂，即聯袂，句意謂一起回故鄉。

註九　揮塵挹清風：塵，音主，古人以鹿尾或其他動物尾塵拂。揮塵，即談話，古人清談，常揮塵以為談助，後稱傾談為揮塵。挹清風，抒清風。

註一〇　維桑親化雨：維桑，父祖所建的住宅，泛指住宅。《詩．小雅．小弁》：「維桑與梓，必恭敬止。」〈朱熹集傳〉：「桑梓二木，古者五畝之宅，樹之牆下，以遺子孫給蠶食、具器用者也。」親化雨，親自；化雨，滋養萬物的時雨，喻循循善誘，教化學生。《孟子．盡心上》：「君子之所以教者五，有如時雨化之者，有成德者，有達財者，有答問者，有私淑艾者。」趙岐注：「教之漸漬而浹洽也。」

註一一　持節涉重洋：持節，持，持備；節，古代使臣出使的憑證。涉重洋，遠涉海外。

註一二　睦鄰唯德輔：睦鄰，和睦鄰里。唯德輔，唯獨是以品德去輔助完成。《尚書・蔡仲之命》：

「皇天無親，唯德是輔。」

註一三　勗：勉勵。

註一四　光祖：光宗耀祖。

註一五　百里侯：古代縣官，管轄範圍一百里。

註一六　甘陝：甘肅和陝西。

註一七　循聲：政聲，指為官有政聲。

註一八　喬梓：父子也。

註一九　記室：書記。

註二〇　累遷：屢次升官。

註二一　充參贊：充，充任。參贊，相當於政務顧問。

註二二　純摯：純潔真摯。

註二三　折衝樽俎：折，折退、使之後撤；衝，衝車、衝鋒車，戰車一種。折衝，退卻敵人攻城的戰車。《呂氏春秋・召類》：「夫脩之於廟堂之上，而折衝乎千里之外者，其司城子罕之謂乎？」高誘注：「衝，車。所以衝突敵之軍，能陷破之也……使欲攻己者折還其衝車於千里之外，不敢來也。」樽俎，古代盛裝酒肉的器皿。指在杯酒宴會間，運用外交策謀，制敵取勝，解決衝突。《戰國策・齊策五》：「此臣之所謂比之堂上，禽將戶內，拔城於樽俎之間，折衝席上者也。」

註二四　瓊崖：海南島。

註二五　西南政潮：一九三二年二月，掌握軍政大權的蔣介石，扣押國民黨元老時任立法院長的胡漢民於南京湯山，造成國民黨內部分裂，出現反蔣派和中央派（擁蔣）。兩粵元老將領陳濟棠及李宗仁等成立行政機關，稱國民政府西南政務委員會及國民黨中央執監委員會西南執行部，合稱西南兩機關，不聽命蔣介石，形成兩廣半獨立局面。一九三六年五月胡漢民身故，兩廣對峙南京政府也於同年七月結束，政還中央，陳濟棠被免職，下野赴歐美考察。

註二六　韜養：即韜光養晦，其義是隱藏才能，不使外露。

註二七　靡不瘁其力：靡，無。瘁其力，盡其力。句意謂無不盡其力量去處理。

註二八　桑梓：故鄉。《詩經・小雅・小弁》：「維桑與梓，必恭敬止。」

註二九　叔葆：即伍叔葆，清末翰林，人稱伍太史，古樂會創辦人之一，詩作見《宋臺秋唱》，嘗結緣新界粉嶺蓬瀛仙館。

註三〇　嗣：主持。

註三一　邑宰：縣令。

註三二　挽：同輓，追悼往生者，如輓聯。

註三三　詎：豈料。

註三四　至誠所格：真誠所感通。

註三五　未匝旬：匝旬，十天；未匝旬，未滿十天。

註三六　阨：同厄，厄運、困境。

註三七　慟：極悲哀。

註三八　砥德礪行：砥，細膩磨刀石。礪，粗糙磨刀石。砥德礪行，即磨練品格和行為。《淮南子・道應》：「文王砥德修改，三年而天下二垂歸之。」《史記・伯夷傳》：「閭巷之人，欲砥行立名者，非附青雲之士，惡能施於後世哉？」

海寧潮[註一]觀潮時口占

怪哉海寧潮，潮來時有訊[註二]。宛如匹練橫[註三]，波闊起伏進[註四]。
次第[註五]變其形，一變千軍陣[註六]。迎拒撲翻騰[註七]，千手揮白刃[註八]。
再變萬馬馳，聲威同雷震。三變若銀龍[註九]，夭矯[註一〇]上下滾。
忽峙[註一一]似冰山，矗立勢雄峻[註一二]。威懾[註一三]水鳥羣，驚飛疾於隼[註一四]。
勢洶俄頃間[註一五]，一傾勢便隕[註一六]。眾生相萬般[註一七]，奇變在一瞬[註一八]。
潮去復潮來，旋遠或旋近[註一九]。詭譎如雲波[註二〇]，年年尚守信。
太息[註二一]世之人，寡信潮亦哂[註二二]。

賞析：這是一首寫景詠物詩。本詩豪放縱橫，波瀾起伏，氣勢奔躍，辭藻簡練，描寫細膩，神態活現，觀潮如身在現場，好句不勝枚舉，如「一變千軍陣」、「千手揮白刃」。詩末寫景寄意，描寫海寧潮「年年尚守信。太息世之人，寡信潮亦哂」，對於寡信輕諾者，能不汗顏？

註釋

註　一　海寧潮：海寧潮又名錢江潮，位置在浙江省杭州灣，錢塘江入海處。海寧潮雄奇壯觀，波瀾起伏，變態萬千，天下奇觀。宋蘇東坡有詩：「八月十八潮，壯觀天下無，鯤鵬上擊三千里，組練長驅十萬夫。……」觀潮最佳時日是每年農曆八月十八日。

註　二　有訊：有信息。

註　三　宛如匹練橫：宛如，好像、彷佛。匹練橫，形容波浪如長幅白練布橫掃過來。

註　四　起伏進：指海浪一起一伏前進。

註　五　次第：依次序進行。

註　六　千軍陣：形容軍隊陣勢龐大。

註　七　撲翻騰：撲，撲上；翻騰，打滾。

註　八　白刃：白刀子。

註　九　三變若銀龍：三變，指多變；若銀龍，龍能變。《說文解字．龍部》：「龍，鱗蟲之長，能幽能明，能細能巨，能短能長，春分而登天，秋分而潛淵。」

註一〇　天矯：指舒展屈折皆自得。

註一一　忽峙：忽然聳峙。

註一二　勢雄峻：氣勢雄偉險要。

註一三　威懾：威勢使對方恐懼懾服。

註一四　隼：鳥類一種，亦稱鶻鳥，經訓練可助打獵。隼音准。

註一五　俄頃間：片刻之間。

註一六　隕：消失、死亡。

註一七　眾生相萬般：眾生，人民、百姓，泛指萬物生靈。相萬般，喻相貌雖多而不相同。

註一八　奇變在一瞬：突變在一眨，寓意變化在極短時刻。

註一九　旋遠或旋近：旋轉遠去或旋轉迫近。

註二〇　詭譎如雲波：詭譎，奇怪、奇異。《文選・王褒〈洞簫賦〉》：「趣從容其勿述兮，騖合還以詭譎。」如雲波，似雲彩和水波，奪目可觀。

註二一　太息：嘆息。《楚辭・屈原・離騷》：「長太息以掩涕兮，哀民生之多艱。」

註二二　寡信潮亦哂：寡信，少信用。潮亦哂，哂，嘲笑。哂，粵音診，國音審。

敵機轟炸羊城感賦 一九三八年六月六日

鐵鳥蔽空來註一，彈落如雨屑註二。毀室九仟間，榱崩註三柱又折。
罹難註四三萬人，肢殘命更絕註五。血滿五羊城註六，骨聚千堆雪。
覆巢變山坵註七，陷處成窟穴註八。大道不通行，薄棺註九紛陳列。
死者永冤沉，生者痛離別。傷者徒呻吟，醫者救難徹註一〇。
四野腥氣熏註一一，午夜悲慘冽。習習陰風吹，沉沉魂魄結。
雲山景寂寥，珠海流嗚咽註一二。人道既淪亡，國際空饒舌註一三。
黃種自相殘，白人誰不悅。鷸蚌久相持註一四，漁人笑我拙註一五。
獻機復獻金註一六，都是民膏血註一七。仰首觀青天，我機嘗一瞥註一八。
防弛口悠悠註一九，望救心切切註二〇。呼天天不聞，空負人心熱註二一。
民命等蜉蝣註二二，哀哉我遺孑註二三。驅盡木屐兒註二四，待補金甌缺註二五。
踏破富士山註二六，長存氣凜冽註二七。

註釋

註一　蔽空來：遮蔽滿天空而來。

註二　雨屑：微雨。

註三　榱崩：指屋子的椽崩斷，喻塌屋。

註四　罹難：遇災難死亡。

註五　絕：死亡。

註六　五羊城：廣州別稱五羊城，簡稱羊城。

註七　覆巢變山坵：覆巢，指屋塌。山坵，坵同丘，小山。

註八　窟穴：洞穴。

註九　薄棺：薄板棺材。

註一〇　救難徹：救治難徹底，因醫藥短缺。

註一一　四野腥氣熏：四野，四方。腥氣熏，血腥氣味薰天，寓意傷亡嚴重。

註一二　珠海流嗚咽：言珠江流水聲似哭泣，悲悼傷亡者。

註一三　空饒舌：饒舌，嘮叨、多嘴。空饒舌，指空言沒有實際行動。

註一四　鷸蚌久相持：兩者相爭，堅持不放，結果兩敗俱傷，讓第三者得利，典出「鷸蚌相爭，漁翁得利」。《戰國策．燕策二》：「蚌方出曝，而鷸啄其肉，蚌合而拑其喙。鷸曰：『今日不雨，明日不雨，即有死蚌。』蚌亦謂鷸曰：『今日不出，明日不出，即有死鷸。』兩者不肯相舍，漁者得而并禽之。」

註一五　拙：笨拙。

註一六　獻機復獻金：抗日時代，海外華僑及國人不分階層紛紛捐款救國。

註一七　民膏血：人民的脂肪和血，寓意幾經勞苦，所換取的代價。《新唐書・陸贄傳》：「農桑廢於追呼，膏血竭於笞捶。」

註一八　嘗一瞥：一瞥，看一眼，時間短速。意謂只曾迅速地看一眼，以後便沒有蹤影。

註一九　防弛口悠悠：防弛，防備鬆懈。口悠悠，說話不斷。

註二〇　心切切：心願非常迫切。

註二一　空負人心熱：辜負百姓內心的熱誠。

註二二　等蜉蝣：等，等同。蜉蝣，水生生物，生命短速，朝生暮死。

註二三　遺子：殘存者，遺民。《詩・大雅・雲漢》：「周餘黎民，靡有孑遺。」

註二四　木屐兒：指日人，日人愛穿木屐，嘲稱木屐兒。。

註二五　金甌缺：國土未完整。

註二六　踏破富士山：踏破，踏平。富士山，在倭國。
註二七　長存氣凜冽：長存，指浩氣長存。氣凜冽，正氣嚴肅，有威勢。

思親曲 十月初十先考誕辰作此懺過

親恩深似海，少小懵何知。及長親將耄註一，謀生又別離。
晨昏誰定省註二，孝道已全虧。欲養親不在，終身徒自悲。
回憶親生我，勞苦並憂危。提攜與鞠育註三，防疾更防飢。
幼年就外傅註四，爲我擇嚴師。冀作克家子註五，希成跨竈兒註六。
既憂兒怠惰註七，復恐兒呆癡。遊子久未返，倚閭註八以望之。
親待我則厚，我報親已遲。一旦椿萱謝註九，相見邈無期註一〇。
百身如可贖註一一，萬死亦何辭。縈懷夢中見，醒後徒驚疑。
耿耿難入寐註一二，紛紛淚如絲。終天長抱恨，與恨永難彌。
無怪昔賢傷親逝，開卷怕讀蓼莪詩註一三。寄語世間爲子者，事親報恩須及時。

賞析：這是一首憶母抒懷詩。本詩白描質樸，句意淺易，感情眞摯，動人肺腑，追念親恩，其句如「提攜與鞠育，防疾更防飢」，易起共鳴。親恩未報，後悔不已，故此「耿耿難入寐，紛紛淚如絲」。本詩除憶親抒懷外，亦具社會教育意義，其結句「寄語世間爲子者，事親報恩須及時」，可作德育鍼言。

註釋

註　一　耄：長者八十至九十歲稱耄。《左傳．隱公四年》：「老夫耄矣，無能為也。」

註　二　定省：子女向親長早晚問安，稱晨昏定省。

註　三　鞠育：養育。《詩經．小雅．蓼莪》：「父兮生我，母兮鞠我，拊我畜我，長我育我。」

註　四　就外傳：古代學童出外就學，所跟從之老師稱外傳。

註　五　冀作克家子：冀，希望。克家子，繼承祖業的子弟。

註　六　跨竈兒：比喻兒子成就勝過父親。《詩律武庫．跨竈撞樓》引三國魏．王朗《雜箴》：「家人有嚴君焉，井竈之謂也，是以父喻井竈。或曰：竈上有釜，故生子過父者，謂之跨竈。」

註　七　怠惰：懈怠懶惰。

註　八　倚閭：靠著閭巷大門。父母殷切子女回家，倚著閭巷大門等候。《戰國策．齊策六》：「女朝出而晚來，則吾倚門而望；女暮出而不還，則吾倚閭而望。」

註　九　椿萱謝：椿樹言父，萱樹為母。謝，枯謝，寓意父母往生。椿萱並茂，寓意父母健在。椿為父，典出《莊子．逍遙遊》：「上古有大椿者；以八千歲為春；八千歲為秋。」萱為母，典出《詩經．衛風．伯兮》：「焉得諼草，言樹之背。」諼同萱，萱草可忘憂。

註一〇　邈無期：邈，遙遠。遙遠無期。

註一一　百身如可贖：此言孝子以一百個身體，贖回母親生命，都會去做。

註一二　耿耿難入寐：耿耿，心中掛懷不安，所以難入睡。

註一三　蓼莪詩：典出《詩經》，言孝道名篇。古人嘗言讀〈蓼莪〉詩不墮淚者，非孝子也。《詩經．小雅．蓼莪》：「父兮生我，母兮鞠我，拊我蓄我，長我育我，顧我復我，出入腹我，欲報之德，昊天罔極。」

門人方滿錦購得先師所著《飲冰室全集》呈閱予雒誦註一師書有感而作長五古

遺著重雒誦，不禁淚雙垂。四十五年來，念師無已時。

思成與思永註二，吾師跨竈兒註三。學成獻祖國，成永留西岐註四。
我師及其子，所學兼華夷。文化界巨人，師當之無疑。
哲人有哲嗣，小人固嫉之。巢覆卵難全，心爲成永危。
祈天祐成永，安全如所蘄註五。更禱師之靈，護之以靈旗。
幸獲償所願，天道果無私。永任教清華，成作工程師。
塤篪蒙庥祐註六，吉人災難離。衣食兩無缺，所學克施爲註七。
緣師及父祖，積善由好施。廉隅註八向所守，眞理闡無遺註九。
遺書贈世人，人皆以爲奇。我昔列門牆註一〇，杖履註一一常追隨。
訓我以八德註一二，範我以四維註一三。勉我成通才，勗註一四我爲良醫。
天下爲己任，窮達志不移。餘力以學文，旁及詩賦詞。
治學貴有恆，從政職無虧。愛民如赤子，宅心本仁慈。
溫故更知新，博學尤愼思。舉凡師所傳，篤行罔敢欺註一五。
弱冠任法曹註一六，廉貞克自持註一七。壯歲佐元戎註一八，運籌適機宜註一九。
宦遊京滬間，群黎口留碑註二〇。逆知廈將傾註二一，苦口進良規註二二。

忠言每逆耳註二三，國士徒愴悲註二四。
失策長城毀，蟲鶴任驅馳。百萬師卷甲，千里失城池。
豪門遁異域，全局剩殘棋註二五。老子蓬萊去，骨肉棄邊陲。
醜類天誅稽註二六，鼠狐地獄羈。識時爲俊傑，包胥哭秦師註二七。
文士投炎荒註二八，武夫拊肉髀註二九。子牙居海澨註三〇，蘇武苦天涯註三一。
白梅凋北郭，黃菊冷東籬。冬暖兒號寒，年豐妻啼飢。
長才無所用，大節未曾靡註三二。經年懷家國，一朝望新曦註三三。
未悖註三四師門訓，徒辜師厚期註三五。憶昔難忘昔，念茲永在茲註三六。
對書長太息，掩卷欲語誰？

七十六歲白首門生朝柱伍百年

賞析：這是一首憶任公師抒懷詩。本詩白描樸實，如同白話，字淺義明，主要內容可概分爲四段，首段憶述任公「四十五年來，念師無已時」。繼而愛屋及烏，憶述任公次子思永（考古學家）及任公長子思成（建築學家）情況，其句如「永任教清華，成作工程師」。第二段憶述任公師訓勉，其句如「勉我成通才，勗我爲良醫。天下爲己任，窮達志不移。」第三段憶述人生經歷及世情，其句如「弱冠任法曹，廉貞克自持」、「忠言每逆耳，國士徒愴悲」。第四段追憶師恩，「未悖師門訓，徒辜師厚期」，並引任公名句「舉國猶狂欲語誰」，改爲「掩卷欲語誰」作結。

註釋

註一　雒誦：反覆誦讀。雒，通絡。清・戴名世〈方百川稿・序〉：「得盡讀兩人之文，往往循環雒誦，不忍釋去。」

註二　思成與思永：思成（一九〇一～一九七二），任公長子，著名建築學家。思永（一九〇四～一九五四），任公次子，著名考古學家。

註三　跨竈兒：寓意兒子勝父親。

註四　西歧：陝西省歧山縣。

註五　蘄：通祈，祈求。

註六　塤篪蒙庥祐：塤篪，寓意兄弟。塤，樂器，梨形；篪，樂器，笛狀。庥，蔭也，蒙庥祐，獲庇祐、獲保護。

註　七　克施為：克，能、克服。施為，作為、實行、行事。

註　八　廉隅：行為端正不苟且。《漢書・元后傳》：「不修廉隅，好酒色。」

註　九　闡無遺：解釋清楚沒有遺漏。

註一〇　門牆：師門。

註一一　仗履：手杖與鞋子，對長者的敬稱。

註一二　八德：忠、孝、仁、愛、信、義、和、平。

註一三　四維：禮、義、廉、恥。管子《管子・牧民》：「四維不張，國乃滅亡。」四維八德乃國民道德教育的基礎。

註一四　朂：勉勵。

註一五　篤行罔敢欺：篤行，實行。罔敢欺，不敢欺騙。

註一六　弱冠任法曹：法曹，司法官員。《新唐書・百官志》：「法曹，司法參軍事，掌鞫獄麗法，督盜賊，知贓賄沒人。」

註一七　廉貞克自持：貞，正也。廉貞，廉潔公正。

註一八　壯歲佐元戎：元戎，元帥。

註一九　運籌適機宜：運籌，謀算計劃。運，謀策；籌，計算器。漢．司馬遷《史記．太史公自序》：「運籌帷幄之中，制勝於無形，子房計謀其事，無知名，無勇功，圖難於易，為大於細。」《漢書．陳勝項籍傳》：「坐運籌策，公不如我。」適機宜，適，適合；機宜，時機、時宜。魏．嵇康〈與山巨源絕交書〉：「吾不如嗣宗之賢，而有慢弛之闕，又不識人情，闇於機宜。」

註二〇　群黎口留碑：群黎，百姓。口留碑，即口碑，口頭稱賞頌揚也。

註二一　逆知廈將傾：逆知，預知。傾，傾倒。

註二二　苦口進良規：良規，有益的規諫。

註二三　忠言每逆耳：好的規勸，不能順應接受。

註二四　國士徒愴悲：國士，國家才德兼備的傑出人才。愴悲，悽愴悲痛。

註二五　殘棋：指棋局到了尾聲，也是決勝負的時刻。

註二六　醜類天誅稽：醜類，壞人、惡人。《三國志．魏書．魏帝志》：「致居官渡，大誅殺醜類。」天誅，天意的懲罰。稽，責難、留止、查考。清．紀常《愛吟草》卷下，周廷采〈讀常君殉難遺詩題後〉：「到處甘棠思拜召，蠢彼醜類稽天誅。」

註二七　包胥哭秦師：包胥，即申包胥，春秋後期楚國大夫，其人品行高尚，重信義，與伍子胥善。時諸侯混戰，吳伐楚，楚大敗，形勢危急，楚大夫申包胥赴秦求救，秦哀公反應冷淡，無意出兵救楚。申包胥「立於庭牆而哭，日夜不絕聲，勺飲不入口」，在秦庭痛哭七晝夜，感動了秦哀公出兵到楚國解圍。《春秋左傳》記其事，稱「申包胥哭秦庭」。

註二八　炎荒：南方炎熱偏遠地方。

註二九　拊肉髀：拊，通撫，拍、輕擊。拊肉髀，表示嘆息，指久處安逸或閒散，無所作為而發出慨嘆。

註三〇　子牙居海澨：子牙，指姜子牙（約前一一五六～約前一〇一七），呂尚。海澨，海濱。

註三一　蘇武苦天涯：蘇武（前一四〇～前六〇年），杜陵人，漢武帝時持節出使匈奴，被扣留，屢遭威迫利誘迫使投降，但他守節不從，被放逐到冰天雪地的北海牧羊，其間備嘗折磨，甚至以冰雪解飢止渴，李白有詩詠蘇武：「渴飲月窟冰，飢餐天上雪。」蘇武經歷十九年始獲釋返漢，獲朝廷褒揚其愛國情操，被列為麒麟閣十一功臣之一。享年八十餘歲。

註三二　靡：同糜，糜爛、腐敗。

註三三　新曦：清晨陽光。唐韓愈〈南山詩〉：「新曦照危峨，億丈恆高袤。」

註三四　未悖：未違背。

註三五　徒辜師厚期：徒辜，空辜負。厚期，深厚期望。

註三六　念茲永在茲：意謂念念不忘師訓，永遠在懷念。《尚書・大禹謨》：「帝念哉！念茲在茲，釋茲在茲。名言茲在茲，允出茲在茲，惟帝念功。」

悼朝俊先生

山川毓秀靈[註一]，雋才早通籍[註二]。交親推腹心[註三]，人天今永隔[註四]！
胡君實瑋奇[註五]，厥德固純白[註六]。胸羅范甲兵[註七]，治軍岳風格[註八]。
故廬方陸沉[註九]，海澨營郊宅[註一〇]。蠖屈以求伸[註一一]，暢論匡時策[註一二]。
大言雖炎炎[註一三]，寸衷常惻惻[註一四]。論文許知音，論交稱莫逆[註一五]。
淬礪且藏鋒[註一六]，欲飛先斂翮[註一七]。小別曾幾時？聞病勢已革[註一八]。
慟哭[註一九]喪斯人，天心寧堪測[註二〇]！哀國復哀君，臨風思遺則[註二一]。

賞析：這是一首悼念故人詩。本詩悼亡同鄉故人，有「交親推腹心」之誼。詩中情感眞摯坦率，前半部敬仰故人品格，其句如「胡君實瑋奇，厥德固純白」；頌揚故人治軍才幹，其句如「胸羅范甲兵，治軍岳風格」；又得知故人晚年甘於淡薄，其句如：「海澨營郊宅」、「蠖屈以求伸」。詩中後半部憶述與亡友交誼，句子如：「論文許知音，論交稱莫逆」。詩中動人悼亡句如：「慟哭喪斯人，天心寧堪測」，結句「哀國復哀君，臨風思遺則」，其情悲惻斷魂！

註釋

註一　山川毓秀靈：山川，指朝俊先生祖籍開平。毓秀靈，毓，孕育；秀，優秀人才；靈，指天地靈氣。意謂人傑地靈，山川孕育優秀人才。

註二　雋才早通籍：雋才，傑出人才，雋通俊。通籍，記名籍於宮門，以核身分進出，指當官。

註三　交親推腹心：交親，好友交往。推腹心，即推心置腹，以誠相待。

註四　人天今永隔：即天人相隔，永不復見。

註五　瑋奇：奇特、卓異。

註六　厥德固純白：厥，其也。德，品德。固純白，固然純潔無疵。

註七　胸羅范甲兵：胸羅，胸中羅列。范甲兵，宋．范仲淹兵馬。范仲淹嘗治兵抗西夏。宋．朱子《三朝名臣錄》七引〈名臣傳〉云：「仲淹領延安，養兵畜銳，夏人聞之，相戒曰：『今小范老子腹中自有兵甲，不比大范老子可欺也。』戎人呼知州為老子，大范謂雍也。」當時民謠有「軍中有一范（范仲淹），西夏聞之驚破膽」。

註　八　治軍岳風格：言治軍具岳家軍風格，以戰鬥勇猛，紀律嚴明著稱。

註　九　陸沉：埋沒。

註一〇　海澨營郊宅：海澨，海邊。營郊宅，營築郊區住宅。

註一一　蠖屈以求伸：蠖，蟲名，身長二、三寸，屈曲身體而行，以屈曲求伸展，寓意君子不遇，屈身求隱，以退為進，候時機展抱負。《周易・繫辭》：「尺蠖之屈，以求信（信，通伸）也。」

註一二　匡時策：匡，正也。指救世謀略、政策。

註一三　大言雖炎炎：大言，正大的言論。炎炎，猛烈也。《莊子・齊物論》：「大言炎炎，小言詹詹。」

註一四　寸衷常惻惻：寸衷，微小心意。常惻惻，經常悲傷。

註一五　莫逆：言朋友交情要好，彼此心意相契合。

註一六　淬礪且藏鋒：淬礪，刻苦鍛鍊。淬，磨鍊。礪，磨刀石。且藏鋒，且收斂光芒。

註一七　斂翮：收攏羽翼。

註一八　勢已革：指病情已危急。

註一九　慟哭：哀痛大哭。

註二〇　天心寧堪測：天心，天意。《書・咸有一德》：「克享天心，受天明命。」怎可預測。句意指天意難測。

註二一　遺則：留傳下來的法則。

亂離行

亂離倍苦日悠悠[註一]，行止兩難不自由。離家蹙同喪家犬[註二]，亂困酷似楚人囚[註三]。
富者憂掠貧者餓，惡人強暴閭人愁[註四]。市廛衰落米珠貴[註五]，啼飢號寒鬧不休。
急徵稅役如星火，可憐蟻民類馬牛。平時武士猛於虎，戰時捷足奔如猴。
焦敵未能先焦土[註六]，妙略舉世眞無儔[註七]。失地何足算，無家有山頭。
君不見烽火連天燒晝夜，又不見荒城蔓草侵危樓。
敗瓦通衢[註八]殘骸在，腥風處處骨成丘。
吁嗟乎！命生不辰逢劫運，堪傷人命等蜉蝣[註九]。

賞析：這是一首亂離詩。本詩內容可分三部分，上半部揭露老百姓於戰亂期間，流離失所，「行止兩難不自由」，到處流浪如同「喪家犬」；居處「酷似楚人囚」，治安不靖，「富者憂掠貧者餓，惡人強暴閭人愁」，物價米珠薪貴，兒童「啼飢號寒鬧不休」。

本詩中半部批判政府「急徵稅役如星火」，痛恨平日作威作福「猛於虎」的武士，「戰時捷足奔如猴」，又諷刺當局焦土政策，適得其反，其句如「焦敵未能先焦土，妙略舉世眞無儔」。

本詩下半部揭露亂離社會慘況，其句如「君不見烽火連天燒晝夜，又不見荒城蔓草侵危樓。」「敗瓦通衢殘骸在，腥風處處骨成丘。」「吁嗟乎！命生不辰逢劫運，堪傷人命等蜉蝣」。

本詩風格沉痛悲涼，句意感人，讀後不勝憤慨！此外，本詩詩體屬七古，具古風長短句特色，其句如「君不見烽火連天燒晝夜，又不見荒城蔓草侵危樓」、「吁嗟乎！命生不辰逢劫運，堪傷人命等蜉蝣」。本詩白描質樸，辭藻淺易，據實反映亂離社會的民生實況及對政府時弊作出批判。

註釋

註　一　日悠悠：言日子過得很長，並帶思慮憂愁。

註　二　纍同喪家犬：纍同，逼近。喪家犬，無家可歸的狗。《史記・孔子世家》：「孔子欣然笑曰：『形狀，末也。而謂似喪家之狗，然哉！然哉！』」

註三　楚人囚：泛指囚犯、戰犯。《晉書・王導傳》：「當共戮力王室，克復神州，何至作楚囚相對耶？」

註四　閨人：婦女或妻子。

註五　市廛衰落米珠貴：市廛衰落，市場店鋪殘舊。米珠貴，穀米價格有如珍珠般昂貴。廛，音纏。

註六　焦土：指戰時焦土兵策，兩國交戰，燒毀本土一切物資設施，不留給敵軍可用。

註七　無儔：沒有可與之相比。漢・蔡邕《彈棋賦》：「不遲不疾，如行如留，放一敝六，功無與儔。」

註八　通衢：通街、滿街。

註九　等蜉蝣：等，等同。蜉蝣，水生生物，生命短速，朝生暮死。

難民曲

行人相顧皆失色，武士軍前聞殉國。退兵盡燬車與橋，縱有川資[註一]行不得！

矧[註二]又逃生剩一身，關山僕僕歷風塵，奔馳十日未果腹，路上相逢不像人。

倉皇歸鄉恰天曙，家人避亂走他處，遍詢鄰右闃[註三]無人，憊軀[註四]斜倚門前樹。

賞析：這是一首亂離詩。本詩沉痛悽酸，白描成句，描寫細膩，揭露遊子走難回鄉，途中歷程艱辛，其句如，「奔馳十日未果腹」，及至歸家，始知「家人避亂走他處」，只有「憊軀斜倚門前樹」，十分悲痛與無奈。

註釋

註一　川資：旅費。清．薛福成《庸盦筆記．馬端敏公被刺》：「忽有跪伏道左求助川資者，一武生，端敏同鄉也。」

註二　矧：況且。

註三　闃：靜也。粵音隙，國音去。

註四　憊軀：疲勞的身軀。

濠江避亂寄寓南園綠天軒，春色滿園，綠竹夾室，偶憶古人「座中佳士左右脩竹」句，因以爲詠。

左右脩竹護小齋註一，座中之士佳乎佳，我來此地偶作客，造物爲我早安排。
生平所居必有竹，性復愛蓮兼愛菊，蓮竹同著君子稱，菊如逸士棲巖谷。
逸廬主人號逸生，傷時嫉俗厭浮名。恰與白沙同里趣註二，築廬小隱古岡城註三。
紫水黃雲供嘯傲註四，梅妻鶴子同高蹈註五，蓮竹爲友菊陶情，不負此生逸其號。
豈知生也不逢辰，禍結兵連春復春註六，亞陸戰雲瀰禹甸註七，山林難寄亂離身。
曩歲鐵蹄踏北闕註八，去年烽火侵南粵註九。離家王粲註一〇走濠江，他鄉愁對故鄉月。
家園不住住南園，且住園中綠天軒註一一。竹繞軒齋空亦碧註一二，避秦疑入武陵源註一三。
滿園此日皆春色，倍切懷人更思國，懷人思國兩悠悠，說到胡塵註一四恨未休。

賞析：這是一首避亂濠江抒懷詩。本詩前半部，平淡自然，下半部沉痛悲涼。寫作技巧以白描爲主，如同口語，句意清晰，雖有用典，但辭藻簡易，容易理解。言爲心聲，從詩中，得知作者其人「性復愛蓮兼愛菊」、「傷時嫉俗厭浮名」。作者生逢亂世，其詩訴說「禍結兵連春復春」，指控日寇南北兩路夾擊中國，其句如「囊歲鐵蹄踏北闕，去年烽火侵南粵」。詩人身世如同王粲，其句如「離家王粲走濠江，他鄉愁對故鄉月」，並且「懷人思國兩悠悠，說到胡塵恨未休」，顯見其痛恨日寇殊深。

註釋

註　一　左右脩竹護小齋：脩竹，脩，通修，高大的竹子。護小齋，圍繞小書齋。

註　二　恰與白沙同里趣：白沙，明．陳獻章（一四二八～一五〇〇），廣東新會白沙里人，世稱白沙先生。陳白沙一代大儒，有聖道真儒、聖道南宗、嶺南一人之美譽。同里趣，同一鄉里旨趣，志趣。

註　三　古岡城：今之新會，古稱岡州。

註　四　紫水黃雲供嘯傲：紫水黃雲，乃新會代稱，標誌著該處山水之美，很多名勝都冠上紫字，如紫水橋、紫竹里、紫源村……。供嘯傲，可供放歌長嘯，悠然自得。

註　五　梅妻鶴子同高蹈：梅妻鶴子，宋處士林逋（和靖）隱居杭州孤山，植梅養鶴為伴，因無妻無子，故稱梅妻鶴子，生活悠然自得。同高蹈，同隱居。

註　六　禍結兵連春復春：禍結兵連，接連用兵，戰禍不絕。漢．蔡邕〈難夏育講伐鮮卑議〉：「禍結兵連，不得中休。」春復春，一年又一年。

註　七　瀰禹甸：瀰，充滿、瀰漫。禹甸，中國之代稱。《詩・小雅・信南山》：「信彼南山，維禹甸之。畇畇原隰，曾孫田之。」毛傳：「甸，治也。」

註　八　曩歲鐵蹄踏北闕：曩歲，往年。鐵蹄，馬足釘有鐵掌，此為戰馬裝備，寓意武裝力量。踏北闕，踏，踐踏；北闕，是古代宮殿北面牌樓，朝臣上書之處，或朝廷、宮禁別稱。

註　九　南粵：古代廣東省別稱南粵、南越。

註一〇　王粲：王粲（一七七～二一七），字仲宣，山陽郡高平縣（今山東省微山縣城鎮）人。東漢末年文學家，建安七子之一，為蔡邕賞識。他先依劉表，未獲重用，後投曹操，大受器重，賜爵關內侯，其後升遷為軍謀祭酒，曹魏建國後升侍中。惜英年早逝，終年四十有一，著有《王侍中集》傳世。

註一一　綠天軒：居所名稱，即南園綠天軒。

註一二　竹繞軒齋空亦碧：軒，有窗的長廊或小屋。齋，書齋。空亦碧，指天空亦碧朗。

註一三　避秦疑入武陵源：避秦，逃避戰亂，避世隱居。武陵源，即桃花源，在湖南張家界，風景名區之一。陶淵明〈桃花源記〉：「先世避秦時亂，率妻子邑人，來此絕境，不復出焉。」

註一四　胡塵：胡地塵沙，屬外族地方。北周・庾信〈王昭君〉詩：「朝辭漢闕去，夕見胡塵飛。」

豪富行

一年三百六十日，日日惟聞苦與疾，民間疾苦何其多？權貴豪富何其逸註一？
勞逸不均苦樂殊，年年變亂所由出，如火益熱水益深註二，瘡痍滿目憑誰恤註三？
爭城以戰殺盈城註四，午夜猶聞野哭聲註五，強者揚威弱者死，蓬門喋血豪門生註六，
孑遺留守因命賤，攜孥去國是公卿註七，貴人美眷凌空去註八，一擲萬金註九不足驚。
平時早備錦囊計註一〇，囊括民膏註一一換外幣，此日壯遊五大洲，豪情韻事傳國際，
江山民命等鴻毛註一二，笑擁黃金抱佳麗，吁嗟乎註一三，可憐黃帝億兆註一四之子孫！
死者如螻蟻註一五，生者不知人間是何世!?

賞析：這是一首感時傷世詩。本詩白描成句，辭藻坦率自然，句意清晰，老嫗可解。詩中指出，戰爭期間，富豪與貧者形成強烈對比，其句如「強者揚威弱者死，蓬門喋血豪門生」、「孑遺留守因命賤，攜孥去國是公卿」，又例如「江山民命等鴻毛，笑擁黃金

抱佳麗」。在修辭技巧上，本詩末段以歌行長短句兼用而成，其句如「吁嗟乎，可憐黃帝億兆之子孫！」又例如「死者如螻蟻，生者不知人間是何世！」這些引句，讀之令人悲痛。此篇白描鋪述，用字淺白，貧富對比強烈，詩中描寫豪門巨室之毫無心肝者，足與難民曲互相輝映。

註釋

註 一 逸：安逸。

註 二 如火益熱水益深：意謂水深火熱，形容生活極端艱難痛苦。《孟子．梁惠王下》：「簞食壺漿，以迎王師，豈有他哉？避水火也。如水益深，如火益熱，亦運而已矣。」

註 三 瘡痍滿目憑誰恤：瘡痍滿目，滿眼是戰爭後遺，或天災後到處殘破不堪的景象。唐．杜甫〈北征〉詩：「乾坤含瘡痍；憂虞何時畢？」憑誰恤，恤，憐憫，憑何人憐憫。

註 四 爭城以戰殺盈城：意謂爭奪城池的戰爭中，被殺死的人遍佈城中。《孟子．離婁》：「君不行仁政而富之，皆棄於孔子者也。況於為之強戰？爭地以戰，殺人盈野；爭城以戰，殺人盈城。此所謂率土地而食人肉，罪不容於死。」

註 五 野哭聲：野，四方，言四方傳來悽哭聲音。唐．杜甫〈閣夜〉：「野哭千家聞戰伐，夷歌數處起漁樵。」

註　六　蓬門喋血豪門生：蓬門，指窮苦人家。喋血，遍地流血，傷亡嚴重。豪門生，豪門，富貴人家；生，生存，安全。

註　七　攜孥去國是公卿：攜孥去國，孥，妻子兒女的統稱；去國，出國。公卿，即三公九卿，高官階級。

註　八　貴人美眷凌空去：意謂顯貴人家及其嬌美妻子乘飛機出國。

註　九　一擲萬金：指揮霍或豪賭。

註一〇　錦囊計：即錦囊妙計。錦囊，織錦製造的袋子。唐．李白〈潁陽別元丹丘之淮陽〉：「我有錦囊訣，可以持君身。」

註一一　囊括民膏：括，同刮。囊括，席捲一切。民膏，人民的脂肪。謂奪盡人民的血汗資產。

註一二　等鴻毛：等，相當。鴻毛，鴻雁的毛，身體極輕，微不足道。

註一三　吁嗟乎：有所感觸的嗟嘆詞，或表示感嘆的發語詞。《文選．潘岳．西征賦》：「驅吁嗟而妖臨，搜佞哀以拜郎。」《文選．李陵．答蘇武書》：「嗟乎！子卿！陵獨何心，能不悲哉！」

註一四　億兆：一千億為一兆。

註一五　螻蟻：螻蛄和螞蟻，喻力量微小，微不足道。《後漢書．馬融傳》：「小臣螻蟻，不勝區區。」

抗戰詞 古體

男兒生兮當報國，憤且憂兮國難亟註一，昂頭長嘯向天鳴，叱咤一呼註二天變色，天胡此醉假疆胡註三，忍將生靈供翦屠註四，同種視爲征服地，丈夫恥作亡國奴，礪註五我精神揚我武，恢吾失地光吾祖，須知眾志可成城註六，勸君勉受苦中苦。

賞析：這是一首感時傷世詩。本詩慷慨激昂，振奮人心，辭藻白描，容易理解。是詩創作於抗日戰爭時代，詩中起句已不凡，發出強烈報國吶喊，其句「男兒生兮當報國，憤且憂兮國難亟」，對鼓舞抗日精神，極具鼓吹力。其他句子如「丈夫恥作亡國奴」、「恢吾失地光吾祖」、「須知眾志可成城」，都是激勵人心的好句。

註釋

註　一　國難亟：亟，急切、急迫。言國難急迫緊張。

註　二　叱咤一呼：怒喝一聲。

註　三　天胡此醉假彊胡：天胡此醉，胡，為何；醉，不清醒。假彊胡，假，給予、借助；彊胡，彊，通強，強大的胡兵。意謂蒼天為何如此不清醒，幫助強胡。

註　四　蘄屠：屠殺。唐．李華〈弔古戰場文〉：「馮陵殺氣，以相蘄屠。」

註　五　礪：磨刀石。礪，指奮發。

註　六　眾志可成城：即眾志成城，志，志向，力量；城，城牆，意謂集合眾人力量，就可建成堅固的城牆，抵禦外力或解決困難。

守拙歌

笑君枉有十尋木註一，不及淇園註二一竿竹。空教自負不凡材，大廈將傾獨碌碌註三。

竹爲君子節凜然註四，直道虛心懷若谷註五。不羨君有富貴花，豈若陶令東籬菊註六。

秋深芳菊枝凌霜註七，春盡花殘徒悵觸註八。不怕君家鷹犬註九強，何如我之鵠與犢註一〇。

鷹揚犬逐一時雄[註一一]，害羣傷類肆其毒[註一二]。一朝勢隕仇紛尋[註一三]，循環相報何其酷。
黃鵠一舉千里飛[註一四]，奮翮長空神且速。初生之犢鬥虎狼[註一五]，致力田疇[註一六]民食足。
世間利害兩相乘[註一七]，守拙爲仁[註一八]終獲福。烈士殉名貪殉財[註一九]，惟有知足能不辱[註二〇]。
淡泊明志[註二一]慕聖賢，學優而仕[註二二]懷家國。達爲霖雨蒼生沐[註二三]，隱則餐霞遯王屋[註二四]。
說什麼王氣埋金[註二五]，美人如玉[註二六]。一霎時福兮禍伏[註二七]，渺兮芳躅[註二八]。

賞析：這是一首感時抒懷詩。本詩豪放自然，韻押仄聲，益見聲情激昂，末四句以騷體長短句作結，可謂別有韻致。本詩一氣呵成，聲情跌宕，易起共鳴。作者生逢亂世，守拙避險，強調淡薄知足，其句如：「竹爲君子節凜然」、「豈若陶令東籬菊」、「淡泊明志慕聖賢」、「惟有知足能不辱」。亂世時代，惡勢力橫行，作者指出「不怕君家鷹犬強」、「鷹揚犬逐一時雄，害羣傷類肆其毒」。在志業方面，作者「達爲霖雨蒼生沐，隱則餐霞遯王屋」，展現傳統知識份子「窮則獨擅其身，達則兼善天下」的儒家思想。

註釋

註一　十尋木：尋，通梫，木名似槐；古量度單位，一尋為八尺，十尋為八十尺。此句自嘲枉有大材。

註　二　淇園：古代衛國園林名，產竹。

註　三　大廈將傾獨碌碌：大廈將傾，高大的樓房，快將倒塌，形勢十分危急。寓意國難危急，快將崩潰。獨，只、唯；碌碌，平庸無奇。寓意國難當頭，表現平庸。

註　四　節凜然：氣節正直，令人敬畏。

註　五　直道虛心懷若谷：直道，正道，正直道理。虛心，不自滿。懷若谷，襟懷有如山谷般深廣，寓意謙虛。

註　六　豈若陶令東籬菊：陶令，陶淵明。東籬菊，典出陶淵明〈飲酒〉其五：「採菊東籬下，悠然見南山。」

註　七　凌霜：抵抗霜寒，寓意品格高潔，堅貞不屈。

註　八　徒棖觸：只有感觸。

註　九　鷹犬：權貴爪牙。

註一〇　鵠與犢：鵠，通鶴，鳥名，善飛。犢，小牛，初生之犢不畏虎。

註一一　鷹揚犬逐一時雄：鷹揚犬逐，鷹揚，揚威勢，逞威風；犬逐，放犬追逐。一時雄，稱雄一時。

註一二　害羣傷類肆其毒：害群，傷害群體。《魏書．高句麗傳》：「卿宜宣朕旨於卿主，務盡威懷之略，揃披害羣，輯寧東裔，使二邑還復舊墟，土毛無失常貢也。」傷類，傷害同類。肆其毒，任意殘害和毒害。晉．劉琨《遺石勒書》：「劉聰父子，戎狄凡才，乘釁肆毒，寇虐人神。」

註一三　一朝勢隕仇紛尋：一朝勢隕，隕，墜落，消失，一旦勢力消失。仇紛尋，仇家紛紛來尋仇。

註一四　黃鵠一舉千里飛：黃鵠鳥，一飛千里，寓意有才幹的人，一旦有所行動，便能成就大業。

註一五　初生之犢鬥虎狼：犢，初生小牛，初生之犢不畏虎，言膽大，無所畏懼，泛用於年輕人不畏權勢。鬥虎狼，跟老虎豺狼般的惡勢力鬥爭。

註一六　致力田疇：努力於田地農耕工作。《國語．周語下》：「田疇荒蕪，資用乏匱。」

註一七　世間利害兩相乘：相乘，言利害互為生克，不容對方太過，太過就有克制產生。

註一八　守拙為仁：儒家思想強調克己為仁，能守拙也是一種克己表現，故稱仁。《論語．顏淵》：「克己復禮，為仁。一日克己復禮，天下歸仁焉。」拙，笨拙、不靈巧。

註一九　烈士殉名貪殉財：烈士殉名，指烈士為維護公益而死，留下良好聲名。《莊子．駢拇》：「小人則以身殉利，士則以身殉名。」貪殉財，殉，通徇，此言貪夫徇財，為財而死。《史記．伯夷列傳》：「貪夫徇財，烈士徇名。」

註二〇　知足能不辱：知道滿足就不會受到羞辱。《老子》：「知足不辱，知止不殆，可以長久。」

註二一　淡泊明志：指不追求名利，甘於平淡，以表明自己志趣高潔。《淮南子．主術訓》：「是故非澹泊無以明志，非寧靜無以致遠。」

註二二　學優而仕：學習有好成績表現，就可從政為官。《梁書．劉顯傳》：「穎脫斯出，學優而仕。」

註二三　達為霖雨蒼生沐：達，顯貴得志。霖雨，甘霖，喻恩澤；蒼生沐，意謂恩澤廣披百姓。

註二四　隱則餐霞遯王屋：隱則餐霞，歸隱時則以朝霞為食，寓意生活有如修練吐納，無欲無求。遯王屋，遯，遯隱；王屋，山名，九山之一，又稱天壇山，位於河南省濟源市。山中有洞，深不可入，洞中有如王者之宮，故名王屋。山上主峰有石壇，軒轅黃帝祭天於此。漢魏時被列為十大洞天之首，有「天下第一洞房」之美譽。王屋，泛指修道之山。

註二五　王氣埋金：古傳金陵地下埋金。宋．周應合、馬光祖《景定建康志》：「金陵何為而名也，考之前史，楚威王時，以其地有王氣，埋金以鎮之，故曰金陵。」金陵即南京、建康、建業……。

註二六　美人如玉：美人如寶玉般可愛。

註二七　一霎時福兮禍伏：一霎時，頃刻間。福兮禍伏，禍福無常，福禍互為因果，福臨禍生，禍去福至。老子曰：「得其所利，必慮其所害；樂其所成，必顧其所敗。人為善者，天報以福；人為不善者，天報以禍也。故曰：禍兮福所倚；福兮禍所伏。」

註二八　渺兮芳躅：渺：渺茫。芳躅，前賢名流的遺跡。《史記・萬石張叔傳・索隱述贊》：「敏行訥言，俱嗣芳躅。」

哭鄭雪庵註一先生 庚寅五月

中山鄭子曰雪庵，壯歲浪跡美之南。倦遊海外烏知返，遍交當世世味諳註二。南北紛馳還歇浦註三，識余於滬共停驂註四（伍註）由葉夏聲介紹識余，時余居國際飯店，君寓東亞樓頭。。詡註五爲奇士交恨晚，耿耿連宵抵掌談註六（伍註）君復陪章士釗先生來國際飯店晤余，咸謬稱余為當今奇士。。談近百年雋逸事註七，鄭子言時我酒酣。酒杯放下狂態作，上下古今窮討探。滔滔不竭波濤湧註八，氣欲凌霄壓曉嵐註九（伍註）此為君諛頌之語。。惜未濡筆註一〇爲之紀，此時追憶有餘甘。嗟余啣命走香澥註一一，君送南浦期以覃註一二。依依一別成永訣註一三，噩訊註一四傳來淚眶含。天胡醉奪此良友註一五，折余羽翼摧余楠註一六。彈指老成存有幾註一七，能解絃音不二三註一八。聞君疾革註一九猶刀割，剜却心頭殭似蠶註二〇（伍註）君經三次刀割而歿，余聞之亦心猶刀割矣。。短景浮生同花壽註二一，花壽之促促於曇註二二。鍾期一逝牙琴歇註二三，子雲知己有桓譚註二四。噫嘻吁嗟已矣乎註二五！君今長別我何堪？

賞析：這是一首悼亡友抒懷詩。本詩悼亡，沉痛悲涼，和淚成詩，感情眞摯，動人肺腑。詩中緬懷相識經過，「識余於滬共停驂，詡爲奇士交恨晚」，二人投契甚歡，「耿耿連宵抵掌談」，無所不談，「上下古今窮討深」。是次暢談，別後「追憶有餘甘」。豈料「依依一別成永訣」，作者悲痛不已，頓感「折余羽翼摧余楠」。本詩末句「噫嘻吁嗟已矣乎」，連用七感嘆虛字，此種修辭技巧，頗爲鮮見。

註釋

註　一　鄭雪庵：廣東中山人，生卒不詳，嘗為康有為《從甲午到戊戌：康有為《我史》鑒註》一書作跋。

註　二　世味諳：諳，明白。此言明白世情味道。

註　三　歇蒲：黃浦江之別稱。

註　四　停驂：勒馬不前、下車。

註　五　詡：大言也。

註　六　耿耿連宵抵掌談：耿耿連宵，耿耿，明亮寧靜；連宵，整夜。抵掌談，抵掌，拍掌，言談投契。

註　七　雋逸：意味深長。

註　八　滔滔不竭波濤湧：滔滔不竭，說話滔滔不停。波濤湧，寓意言談滔滔不停，有如波濤洶湧，越來越激昂。

註　九　氣欲凌霄壓曉嵐：氣欲凌霄，指豪氣情緒欲沖天。壓曉嵐，曉嵐，曉，天明；嵐，山間霧氣；言豪氣縱橫，壓倒山間霧氣。

註一〇　濡筆：蘸筆書寫。

註一一　嗟余啣命走香澥：嗟，嗟嘆；啣命，奉命。走香澥，去香港。

註一二　君送南浦期以覃：南浦，南面水邊，水路分手之處。屈原《九歌・河伯》：「子交手兮東行，送美人兮南浦。」期以覃，覃，悠長，意謂期望前程遠大。

註一三　永訣：永別、死別。晉・潘岳〈楊仲武誄〉：「臨穴永訣，撫櫬盡哀。」

註一四　噩訊：死訊。

註一五　天胡醉奪此良友：醉，不清醒，意謂蒼天為何如此不清醒，奪去此良友生命。

註一六　摧余楠：摧余楠，楠木質堅，寓意支柱，指摧毀我的支柱。

註一七　彈指老成存有幾：彈指老成，彈指，言時間短促；老成，指德高望重前輩。《後漢書・和帝紀》：「今彪聰明康彊，可謂老成黃耉矣。」李賢注：「老成，言老而有成德也。」存有幾，尚有幾人？

註一八　能解絃音不二三：能解絃音，寓意知音者，不過二、三人。

註一九　疾革：病情危急。《禮記・檀弓下》：「衛有大史曰柳莊，寢疾。公曰：『若疾革，雖當祭必告。』」鄭玄注：「革，急也。」

註二〇　剜却心頭殭似蠶：剜却心頭，剜却，刀刮；心頭，指心頭肉，寓意極度心痛。殭似蠶，殭斃似蠶，蠶死後，屍體不化，稱殭蠶。

註二一　花壽：花的壽命。

註二二　促於曇：曇，雲氣，稱雲曇，易散。促於曇，生命如雲曇，很快消散。

註二三　鍾期一逝牙琴歇：鍾期，即鍾子期，期死，好友伯牙失去知音，毀琴，從此不彈。典出「伯牙廢琴」，伯牙，春秋時代名樂師，他有一知音摯友鍾子期。二人交誼甚篤，伯牙善琴，子期善聽，伯牙視子期為知音。其後，子期身故，伯牙認為天下再無知音，遂碎琴不復再彈，寓意知音難遇。列禦寇《列子・湯問》：「伯牙善鼓琴，鍾子期善聽。伯牙鼓琴，志在登高山，鍾子期曰：『善哉，峨峨兮若泰山。』志在流水，鐘子期曰：『善哉！洋洋兮若江河。』伯牙所念，鍾子期必得之。伯牙游於泰山之陰，卒逢暴雨，止於岩下，心悲，乃援琴而鼓之。初為霖雨之操，更造崩山之音，曲每奏，鍾子期輒窮其趣。伯牙乃舍琴而歎曰：『善哉！善哉！子之聽夫志，想像猶吾心也。吾於何逃聲哉？』」

註二四　子雲知己有桓譚：子雲，即揚雄（前五十三～十八），字子雲，西漢末文學家、哲學家。揚雄哲學思想頗多爭議，其友桓譚（前二十三～五十六）對其學說論點甚為欣賞，可稱知己。桓譚字君山，東漢初名學者，長於音樂及政治，其貴古賤今之說，《新論・閔友》載：「揚雄作玄書，以為玄者，天也，道也。言聖賢制法作事，皆引天道以為本統，而因附續萬類、王政、人事、法度，故宓羲氏謂之《易》，老子謂之道，孔子謂之元，而揚雄謂之玄。」《漢書・揚雄傳》：「揚子之書文義至深，而論不詭於聖人。」

註二五　噫嘻吁嗟已矣乎：文言文感嘆虛字用語。

惜逝 端午南歸悼故人亦自傷

惜往逝兮註一逝者已往乎西遊註二，賦歸來兮來者復歸於南陬註三。西遊一去兮不復返，南陬三遷曷勝憂註四。昔嘗共棲止註五，相濟切同舟註六。

溘然註七成永訣註八，長此恨悠悠。吁嗟乎註九，歎逝者其已矣兮註一〇，等人生於蜉蝣註一一。豈因世之溷濁兮註一二，曾不願以少留。傷羽翮之摧折兮註一三，值滄海之橫流註一四。茝蘭萎於空谷兮註一五，剩野卉之盈疇註一六。懷孤憤以嫉俗兮註一七，實曲高而寡儔註一八。思隱遯以高蹈兮註一九，將踵武乎巢由註二〇。但舉世之泯棼兮註二一，烽煙已漫乎神州註二二。去吾土其夷狄兮註二三，儼南冠之楚囚註二四。矧先民之多艱兮註二五，忍恝然而乘桴註二六。鄙肉食者之貪婪兮註二七，恥屠狗之封侯註二八。懼與傖夫爲伍兮註二九，貽吾黨之奇羞註三〇。懍大道其將絕兮註三一，守殘闕而罔休註三二。凌絕頂以縱目兮註三三，慨壯志之莫酬註三四。不隨駑馬之跡兮註三五，必欲駕乎驊騮註三六。乘騏驥以馳騁兮註三七，尋遺則於孔孟註三八。倘世與我而相違兮註三九，弔屈子於江頭註四〇。登西臺而慟哭兮註四一，傾餘蘊之煩憂註四二。苟靈爽其不昧兮註四三，魂來饗於斯樓註四四。

賞析：這是一首悼亡詩。是詩追憶亡友，其句如：「昔嘗共棲止，相濟切同舟。」詩中自傷身世，其句如「懷孤憤以嫉俗兮」、「思隱遯以高蹈兮」，並指出身遭國難，句子如「烽煙已漫乎神州」，批評權貴句子如：「鄙肉食者之貪婪兮，恥屠狗之封侯。」本詩點題端午句子如「弔屈子於江頭」。詩人悼念亡友忠烈，比作宋代文天祥，其句如「登西臺而慟哭兮，傾餘蘊之煩憂」。本詩藉端午悼亡友，進而自傷身世及悲憐家國不幸，陳情懇切，語意憯惻悽愴，惆悵斷腸，動人心魄！本詩屬七古騷體，句子不受格律所限，長短皆見，其起句「惜往逝兮逝者已往乎西遊，賦歸來兮來者復歸於南陬」，已見濃烈騷體詩風。

註釋

註一　惜往逝兮：惜，惋惜；往逝，去世；兮，助語詞、慨嘆語氣，相當於：啊！呀！常見於古代詩賦。

註二　西遊：言駕鶴西遊，即往生、死亡。

註三　南陬：荒遠偏僻的南方。陬，音鄒，山腳，角落。

註四　曷勝憂：不勝擔憂。

註　五　棲止：寄居、停留。

註　六　相濟切同舟：即同舟共濟。相濟，互助。切，一定。

註　七　溘然：突然。

註　八　永訣：死別。

註　九　吁嗟乎：有所感觸的嗟嘆詞，或表示感嘆的發語詞。《文選・潘岳・西征賦》：「驅吁嗟而妖臨，搜佞哀以拜郎。」《文選・李陵・答蘇武書》：「嗟乎！子卿！陵獨何心，能不悲哉！」

註一〇　已矣兮：表示絕望的慨嘆詞語，如罷了、算了、完結。兮，助語詞。

註一一　蜉蝣：水生生物，生命短速，朝生暮死。

註一二　溷濁兮：溷濁，污濁。《楚辭・屈原・離騷》：「世溷濁而不分兮，好蔽美而嫉妒。」宋・蘇軾〈祭歐陽文忠公文〉：「豈厭世溷濁，絜身而逝乎。」

註一三　傷羽翮之摧折兮：羽翮，羽翼。摧折，折斷。句寓意哀痛羽翼折斷，失去飛翔能力。

註一四　值滄海之横流：值，正值。滄海之横流，滄海，指滄茫大海；横流，泛濫，喻時局不安動盪。

註一五　茝蘭萎於空谷兮：茝蘭，茝與蘭，香草名，寓意君子、人品高潔，典出「沅茝澧蘭」。《離騷・九歌・湘夫人》：「沅有茝兮澧有蘭。」萎於空谷，萎謝於荒谷。

註一六　剩野卉之盈疇：剩，剩餘。野卉，野生花草。盈疇，充滿田地，寓意田地荒廢。

註一七　懷孤憤以嫉俗兮：懷，內心懷有。孤憤，猶憤世，憎惡，不滿當前社會。嫉俗，仇視社會習俗。

註一八　實曲高而寡儔：實曲高，實際上是調子太高，懂得欣賞者少。寡儔，缺少同伴。

註一九　思隱遯以高蹈兮：思隱遯，思考隱居避世。高蹈，遠行。《左傳・哀公二十一年》：「公及齊侯、邾子盟於顧。齊人責稽首，因歌之曰：『魯人之皋，數年不覺，使我高蹈。唯其儒書，以為二國憂。』」杜預注：「高蹈，猶遠行也。」

註二〇　將踵武乎巢由：將踵武，踵，繼也；武，跡也；將會踏著前人足跡前進，寓意繼承或效法前賢事業。《楚辭・離騷》：「忽奔走以先後兮，及前王之踵武。」巢由，指巢父與許由，堯帝時隱士，堯讓位給二人，皆不受。後世泛指隱居不仕者。

註二一　但舉世之泯棼兮：舉世，當前世界。泯棼，紛亂。

註二二　烽煙已漫乎神州：言戰火瀰漫中國。

註二三　去吾土其夷狄兮：去吾土，離開國土。夷狄，古指外族、異族。意謂離開國土，去異域。

註二四　儼南冠之楚囚：儼，好像。南冠，南人之冠，楚在南，故南冠即楚冠。楚囚，楚國囚犯。

註二五　矧先民之多艱兮：矧，況且。先民，指古代先賢。《詩．大雅．板》：「先民有言，詢於芻蕘。」朱熹集傳：「先民，古之賢人也。」多艱，指非常多艱難。

註二六　忍恝然而乘桴：忍恝然，忍，忍心，具不願意成分；恝然，淡然。乘桴，乘木筏，寓意隱居。

註二七　鄙肉食者之貪婪兮：鄙肉食者，鄙，鄙陋、目光短視；肉食者，吃肉者，寓意位高而俸祿高者《左傳．莊公十年》：「肉食者鄙，未能遠謀。」

註二八　恥屠狗之封侯：恥，恥笑。屠狗封侯，屠狗，屠狗夫，出身低微，老粗輩。《史記．樊噲列傳》：「舞陽侯樊噲者，沛人也，以屠狗為事。」封侯，獲封侯爵官位。

註二九　懼與傖夫為伍兮：恐懼跟貧賤粗鄙的人為伍。

註三〇　貽吾黨之奇羞：給我輩人帶來極大的羞恥。

註三一　懍大道其將絕兮：懍，畏懼。畏懼聖賢大道將絕亡。

註三二　守殘闕而罔休：守殘闕，闕通缺，即抱殘守闕，抱著過去的殘舊和闕漏的道理不放，篤信古道古學。罔休，沒有停止。《漢書．劉歆傳》：「猶欲抱殘守缺，挾恐見破之私意，而無從善服義之公心。」

註三三　凌絕頂以縱目兮：登上最高之頂，極目遠望。

註三四　怵壯志之莫酬：怵，擔心、恐懼。壯志未酬，言一生抱負未完成。

註三五　不隨駑馬之跡兮：駑馬，資質駑鈍的馬。跡，足跡。

註三六　必欲駕乎驊騮：驊騮，紅色駿馬，能一日千里。《莊子．秋水》：「騏驥、驊騮，一日而千里。」

註三七　乘騏驥以馳騁兮：騏驥，良馬也。《淮南子．齊俗》：「騏驥千里，一日而通；駑馬十舍，旬亦至之。」馳騁，騎馬奔馳。

註三八　尋遺則於孔孟：尋，尋找、追尋。遺則，前代留下法則。孔孟，孔子、孟子。

註三九　倘世與我而相違兮：倘，倘若。相違，互相避開。《左傳．成公十六年》：「有淖於前，乃皆左右相違於淖。」

註四〇　弔屈子於江頭：憑弔屈原於江邊。

註四一　登西臺而慟哭兮：西臺，臺名，在浙江省富春山，宋末文天祥抗元兵敗被害在西臺。八年後，部屬謝翱與友人登臺痛哭拜祭，並作輓詞〈登西臺慟哭記〉以抒發亡國之痛及對文天祥崇敬之情。寓意以輓文天祥心情來憑弔故人。

註四二　傾餘蘊之煩憂：傾訴蘊藏心中剩餘的煩憂。

註四三　苟靈爽其不昧兮：苟，假如；靈爽，神靈；不昧，光明、不晦暗、不忘。

註四四　魂來饗於斯樓：魂魄來此樓饗用祭品。饗，通享。

哀哉民國卅註一八年

中華舊邦歲五千，誕生民國三十有八年。武漢義師革清鼎註二，粵寧蜂起勢駢肩註三。
政制共和稱總統，就位金陵孫逸仙註四。袁領清兵疾南下，威懾寧漢矢在弦註五。
革命軍容非壯盛，自慚無力搗幽燕註六。項城志在移清祚註七，勒兵趦趄註八竟不前。
由是南北議和帝遜位註九，孫退袁進迺受禪註一〇。都建燕京遂一統，名爲民主實專權。
洪憲改元旋隕滅註一一，紛爭南北禍八埏註一二。黎曹徐馮段接踵註一三，北洋政局卒難全註一四。
西南開府於百粵註一五，偏安轄境如一拳註一六。孫逝胡繼蔣崛起註一七，七軍北指揮長鞭註一八。
共和再造還建業註一九，文恬武嬉樂陶然註二〇。東夷伺隙侵東北註二一，鐵蹄踏遍禹甸之幅員註二二。由寧而漢復走蜀註二三，國都流亡已三遷。支撐圮廈註二四憑民氣，官家屢敗匿西川註二五。
倭奴驕貪不知足，鯨吞亞陸慾吞天註二六。原子彈投糜廣島註二七，倭皇俯首我凱旋。
舉國狂歡爭祝捷，望治彌殷眼欲穿註二八。內期建設嶄新之中國，外躋五強之列赫國聯註二九。

否極轉泰圖更始註三〇，涸魚渴馬得甘泉註三一。黎民美夢正如此，一聲霹靂墜深淵。
國共和談破裂後，黨爭燄烈漫烽煙。命如螻蟻填人海註三二，國號而今亦絕緣。
無限蒼生新歲月，有涯歲月兩岸連。兩岸連，哀哉民國三十有八年！

賞析：這是一首詠史詩。自滿清亡後，「政制共和」，孫中山爲臨時大總統，定都南京，北洋軍閥首領袁世凱恃功不服，經議和後，「孫退袁進迺受禪」，以北京爲首都。袁世凱登總統位後，野心稱帝，各省群起激烈反對，袁氏大受刺激而暴斃。中原無主，南北地方軍閥割據地盤，自立管轄政府，北方「黎曹徐馮段接踵」，南方「西南開府於百粵」。一九二五年三月十二日，孫中山死於肝癌，蔣介石掌軍政大權，領軍北伐成功，並消弭南方勢力，「共和再造還建業」。豈料日本早已對中國領土覬覦，一九三七年七月七日在蘆溝橋發動侵華戰爭，「東夷伺隙侵東北」，其策略南北夾擊，「鐵蹄踏遍禹甸之幅員」，可憐國都三遷，最後以四川爲基地，詩句指出「國都流亡已三遷」，「官家屢敗匿西川」。由於「倭奴驕貪不知足，鯨吞亞陸慾吞天」，繼而貪勝不知輸，偷襲美國海軍基地珍珠港，炸毀不少美艦及戰機，死傷三千多人，美國還以顏色，在日本廣島、長崎投下原子彈，日方傷亡慘重，宣佈無條件投降。此際「舉國狂歡爭祝捷，望治彌殷眼欲穿」。不過，旋內戰爆發，「國共和談破裂後，黨爭燄烈漫烽煙」，結果解放勝利，「無限蒼生新歲月」，蔣氏敗走臺灣。本詩辭藻描白，文字樸實淺易，據史詠述，縷述條理分明，扼要記述史事，可作史詩看。

註釋

註　一　卅：即三十，音薩。

註　二　武漢義師革清鼎：義師，為正義而成立的軍隊。武漢義師，一九一一年十月十日，武昌革命成功，之所以成功，各地義師響應，一舉成功。革清鼎，革去清廷國鼎。古代國鼎象徵王朝，國鼎被推倒，象徵王朝滅亡。

註　三　粵寧蜂起勢騈肩：粵寧蜂起，廣東與南京力量群起；勢騈肩，騈，並，言勢力並肩一起。

註　四　就位金陵孫逸仙：一九一二年一月一日孫中山在南京就任臨時大總統。

註　五　威懾寧漢矢在弦：威懾，威勢懾服；寧漢，南京與武昌；矢在弦，箭在弓弦上，寓意危急，隨時發射。

註　六　搗幽燕：搗：攻打；幽燕，古稱河北及遼寧一帶為幽燕。

註七　項城志在移清祚：項城，袁世凱（一八五九～一九一六），字慰廷，號容庵，河南項城縣人，故別稱袁為項城。祚，帝位。

註八　勒兵趦趄：勒兵，指揮軍隊暫停前進。趦趄，猶疑觀望，欲前不前。《三國志·蜀志·張裔傳》：「乃以裔為益州太史，徑往至郡。闓遂趦趄不賓，假鬼教曰：『張府君如瓠壺，外雖澤而內實麤，不足殺，令縛與吳。』於是遂送裔於權。」

註九　帝遜位：清帝溥儀退位，計二六八年清廷基業結束。

註一〇　孫退袁進迺受禪：孫退袁進，指孫中山退出當了二個月零九天的臨時大總統職位，改由袁世凱繼上，就任第二屆臨時大總統，於一九一二年三月十日在北京就職，並定北京為首都。迺受禪，迺，同乃，受禪，新王帝或新部落首長繼位稱受禪。《孔叢子·雜訓》：「夫受禪於人者則襲其統，受命於天者則革之。」

註一一　洪憲改元旋隕滅：一九一六年一月一日，袁世凱恢復帝制，廢中華民國，改國號為中華帝國，一九一六年起為洪憲元年。袁世凱稱帝消息一經傳出，舉國嘩然。雲南將領蔡鍔、唐繼堯、李烈鈞率先宣告雲南獨立，成立軍政府，並與西南五省組織護國軍，發表討袁檄文，力數袁氏二十大罪狀，獲各省紛紛響應，相繼獨立，並加入討袁行列。一經交戰，護國軍屢敗袁世凱的北洋軍。此際，袁世凱招架無力，推行帝制不到三個月迫得取消，共做了八十三天皇帝，無奈地恢復中華民國年號，但仍任大總統職位。不過，國內討袁聲勢依然浩大，袁世凱大受刺激，同年六月六日突然身故，袁世凱集團力量旋告瓦解。

註一二　紛爭南北禍八埏：八埏，八方邊遠之地。袁世凱死後，其北洋軍勢力在北方分裂為皖系、奉系、直系。皖系以段祺瑞為領袖，直系以馮國璋，曹琨為領袖，奉系以張作霖為領袖。南方軍閥也分為三系，即桂系、滇系、粵系。桂系以陸榮廷為領袖，滇系以唐繼堯為領袖，粵系以陳炯明為領袖。南北各系軍閥割據一方，為了搶奪對手地盤，經常發動戰爭，北方軍閥有北方軍閥混戰，南方軍閥有南方軍閥混戰。軍閥混戰，其時段由袁世凱死年一九一六年六月六日起計，至一九二八年十二月二十九日張學良東北易幟歸順中央止，歷時十二年的南北軍閥混戰，才告結束。蔣介石領導國民革命軍，自一九二六年七月九日開始北伐戰爭，至一九二八年十二月二十九日，歷時近二年半結束。軍閥混戰，帶來社會動盪，民生痛苦，削弱國家元氣，誘惑外國侵華野心，禍根源於此。

註一三　黎曹徐馮段接踵：接踵，接續下去。黎曹徐馮段，此五人是民初北方軍閥領袖，依次得勢是：黎，即黎元洪；曹，即曹琨；徐，即徐世昌；馮、即馮國璋；段，即段祺瑞。

註一四　北洋政局卒難全：此言北洋政局最終滅亡。

註一五　西南開府於百粵：開府，古代政府高官（如三公、大將軍）在地方上成立府署，選置僚屬。《三國．魏．阮籍》〈辭蔣太尉辟命奏記〉：「開府之日，人人自以為掾屬。」西南開府：一九三一年十二月三十日由反蔣的桂系、粵系及國民黨元老在廣州成立西南政府，取代舊有的廣州國民政府。西南政府不聽命南京中央政府，歷時五年，直至抗日前夕，陳濟棠下野，軍政回歸南京中央，西南政府才告瓦解。

註一六　偏安轄境如一拳：西南政府管轄範圍只有廣東、廣西、雲南、貴州、福建五省，地域面積並不廣，有如一拳頭那麼大，言其小也。

註一七　孫逝胡繼蔣崛起：孫、胡、蔣，即孫中山、胡漢民、蔣介石。

註一八　七軍北指揮長鞭：七軍北指，七軍，乃古代軍隊編制，常見如三軍、六軍。唐代兵制，編有中軍一軍、左、右虞候各一軍、左、右廂各二軍，共七軍。國民革命軍初為七個軍，後增至八軍，北伐時，以兩廣為根據地，兵分三路，向北方進軍。揮長鞭，指揮鞭策馬進發。

註一九　共和再造還建業：北伐成功，統一中原，共和國政體得以恢復，首都重返南京（建業）。

註二〇　文恬武嬉樂陶然：文恬武嬉，恬，安恬；嬉，嬉戲；指文官安閒自得，武官游蕩玩樂，諷官員貪圖逸樂，不關心國防。唐·韓愈〈進撰平淮西碑文表〉：「相臣將臣，文恬武嬉，習熟見聞，以為當然。」

註二一　東夷伺隙侵東北：東夷，指日本。伺隙，等待時機。侵東北，侵犯我國東北境地，如東北三省，即遼寧省、吉林省、黑龍江省。一九三一年，日軍在東北發動九一八戰爭，霸占我國東北三省。一九三七年七月七日發動蘆溝橋事變，乘勢侵華，總計近代日本侵華前後共十四年（一九三一～一九四五）。

註二二　鐵蹄踏遍禹甸之幅員：鐵蹄，言日軍兵馬。禹甸，夏禹時，中國劃分九州，稱「禹甸」，後世以之代稱中國。《詩經·小雅·信南山》：「信彼南山，維禹甸之。」幅員，疆域。

註二三　由寧而漢復走蜀：指首都流徙過程，由南京遷武漢，繼而遷四川。

註二四　支撐圮廈：圮，倒塌，支持倒塌的大廈。

註二五　官家屢敗匿西川：西川，古稱益州，今四川中西部。此句言國軍屢敗，敗走四川藏匿。

註二六　鯨吞亞陸慾吞天：鯨吞亞陸，指日本野心侵吞亞州大陸。慾吞天，日本的貪慾是侵占整個世界。

註二七　糜廣島：糜，粉碎。此言美國原子彈粉碎整個日本廣島。廣島是日本著名工業重鎮。

註二八　望治彌殷眼欲穿：望治彌殷，望治，希望國家得到整治；彌殷，更加殷切。望眼穿，即望眼欲穿，盼望極度殷切。

註二九　外躋五強之列赫國聯：外躋五強之列，此言中國對外登上世界五強之列，在聯合國是常務理事國，故言「赫」。赫，即顯赫，有聲望地位。

註三〇　否極轉泰圖更始：否，卦名，主凶；否極，言凶卦壞到極點。轉泰，泰，卦名，主吉。否極轉泰，寓意凡事壞到極點，就會轉吉。圖更始，意謂從新開始。

註三一　涸魚渴馬得甘泉：此言乾涸的魚，口渴的馬，得到甘味泉水，寓意絕處逢生。

註三二　命如螻蟻填人海：此言生命如螻蟻般脆弱，葬身人海。

維壬子年正月二十六日爲　梁任公先師百周年紀念日夢寐見之以詩述懷

我師生異常兒幼岐嶷[註一]，天才天授非人力。齠齡鄉黨[註二]稱神童，賦性剛強如矢直[註三]。四歲能讀四子書[註四]，五歲毛詩[註五]已稔識。六至七齡通五經[註六]，八歲學文抒胸臆[註七]。九歲能綴[註八]千字文，十二游泮初奮翼[註九]。十七己丑舉孝廉[註一〇]，斯時文名動京國。主考鄉試李尚書[註一一]（端棻），心驚師才重師德。以妹許字成姻親，抵掌論政深相得。弱冠問學康師門

逸廬吟草　下

註一二，耳目一新開茅塞註一三。〔伍註〕以上見「師三十自述」一文中。清政不修弱且窳註一四，外侮紛乘蹙疆域註一五。帖括取士錮儒林註一六，敗壞人才心腐蝕註一七。公車上書格帝心註一八〔伍註〕德宗光緒帝甚感動。，百日維新遭鬼殛註一九〔伍註〕新政為頑固群臣環攻，又遭西太后破壞。。袁賊辜恩泄機謀註二〇，賣主媚后違帝敕註二一〔伍註〕袁世凱奉德宗密諭，敕令袁率兵圍頤和園，迫西太后同意新政，豈料袁竟將機謀泄於西太后之心腹佞臣榮祿，西太后遂興大獄，殺六君子譚嗣同等於柴市，康梁避禍遠適異國。。西后凶頑過呂雉註二二，忍將六子謀戕賊註二三。幽囚清帝於瀛臺註二四，更任權監肆凌迫註二五〔伍註〕西太后囚德宗於瀛臺，以寵監李蓮英監視之，對德宗百般凌虐，迫西后病革時，更鴆弒德宗，此為光緒三十四年之秘辛也。。禍不旋踵清亦亡註二六，終見銅駝生荊棘註二七。漢族重光政共和，袁氏陰懷心叵測註二八。乙卯帝制竟自爲註二九，風悲日昏天地黑。我師討賊草雄文註三〇，國民皆有所矜式註三一。雲南義師動地來註三二，帝制毒焰於焉熄。再造共和舉世崇，不朽之功同禹稷註三三。師昔避禍涉重洋，遊蹤所歷遍南北〔伍註〕師（梁啟超）昔避禍遠涉東西洋、南北美，及澳加等國，遊蹤遍歷寰宇。。等身著述貽世人註三四〔伍註〕梁啟超宣揚大同理論，著作等身，以貽世人，革新中華文化，迎合世界新思潮，以促進現代化，厥功甚偉。，革新文化盡天職。欲使世界臻大同註三五，浩氣長存永無極註三六。紀念吾師百周年註三七〔伍註〕歲次壬子（一九七二年），正月二十六日為先師誕辰百周年紀念日，余此時夢寐見之，爰作此詩，以示不忘云爾。，至今夢寐恆追憶註三八。於戲世界機運屢推移註三九，大野玄黃變顏色註四〇。劣者敗兮優者勝，弱者之肉強者食。國際已無正氣存，邪說紛呶肆讒慝註四一。吾將奮筆醒黃魂註四二，醒我黃魂解困惑。

賞析：這是一首悼亡抒懷詩。本詩起句不凡，其首句「我師生異常兒幼岐嶷」。詩中前半部概述任公求學歷程，年十七舉孝廉，其後，「弱冠問學康師門」。由於清室積弱，屢受外侮，康梁二人，在北京連同千餘太學生，上萬言書痛陳時弊及改革，史稱「公車上書」。光緒帝甚受感動，允諾改革，推行維新運動，可惜百日維新便告結束，罪在袁世凱密告慈禧太后，故詩句指出「袁賊辜恩泄機謀，賣主媚后違帝敕」。太后聞訊，囚禁光緒，殺害六君子，康梁各自亡命海外。清亡後，國體變更，「漢族重光政共和」，但「袁氏陰懷心叵測」，野心推行帝制，全國激烈反對，「我師討賊草雄文」，獲全國響應，率先「雲南義師動地來，帝制毒焰於焉熄，再造共和舉世崇」。梁師除在政治上，「不朽之功同禹稷」，在文化上，「等身著述貽世人，革新文化盡天職」。在本詩中，作者有意承其志業，當前「國際已無正氣存，邪說紛呶肆譏慝」，詩末結句坦言：「吾將奮筆醒黃魂，醒我黃魂解困惑。」本詩豪放縱橫，氣勢凌厲，聲情跌宕，條分縷析，扼述近代史，全詩五十八句，一氣呵成，令人讚歎！

註釋

註　一　岐嶷：形容小孩才智出眾，聰慧異常。《晉書．簡文帝紀》：「幼霈岐嶷。」

註　二　齠齡鄉黨：齠，兒童換牙。齠齡，泛指兒童。鄉黨，鄉里。

註　三　賦性剛強如矢直：賦性，品性。如矢直，如箭直。

註　四　四子書：即四書，乃儒家典籍，包括：《論語》、《大學》、《孟子》、《中庸》。

註　五　毛詩：《詩經》別稱，秦始皇焚書坑儒後，一度失傳。到漢代，傳《詩經》者凡四家，分別是：《齊詩》、《魯詩》、《韓詩》和《毛詩》。前三家已失傳，傳世者僅毛亨、毛萇的《毛詩》版本。

註　六　通五經：通，通曉、通悟。五經，儒家經典，即《詩經》、《尚書》、《禮記》、《周易》、《春秋》，簡稱詩、書、禮、易、春秋。

註　七　抒胸臆：抒發胸中襟懷、抱負及情感。

註　八　能綴：能撰寫。

註　九　十二游泮初奮翼：十二游泮，泮，大學學宮稱泮，西周時代已有。游泮，明清科舉制度，經州縣考試及格者升讀於學宮。梁啟超十二歲中秀才，故言十二游泮。初奮翼，奮翼，初露頭角，就能振翅高飛。

註一〇　十七己丑舉孝廉：十七己丑，十七，年十七；己丑，指一八八九年，光緒十五年。舉孝廉，舉，中舉、考上。孝廉，科舉制度官名，初期職能是「觀大臣之能」，學習行政事務。然後按品能表現再分配職務。孝廉官制，始於西漢武帝，孝廉的意義是「孝順親長，廉能正直」。明清年代，孝廉用作對舉人的雅稱。

註一一　李尚書：即李端棻（一八八三～一九〇七），字苾園，貴州省貴陽人。晚清著名政治家、教育家，北京大學首倡者，戊戌政變領袖，有近代教育之父之稱。

註一二　弱冠問學康師門：弱冠，古稱二十歲為弱冠之年。康師門，康有為門下。

註一三　耳目一新開茅塞：耳目一新，指所聽所見的知識，大別從前，感到非常新鮮。開茅塞，打開被茅草阻塞的徑路，寓意開通已閉塞的思路。《孟子．盡心下》：「山徑之蹊間，介然用之成路；為間不用，則茅塞之矣。今茅塞子之心矣。」

註一四　清政不修弱且窳：清政不修，清政府政治不修明。弱且窳，殘弱與敗壞。窳，音羽。

註一五　外侮紛乘蹙疆域：外侮紛乘，外，外敵。侮，恃強凌弱。紛，紛紛、不斷。乘，乘虛侵犯。蹙疆域，蹙，迫近。蹙疆域，侵犯疆土。

註一六　帖括取士錮儒林：帖括取士，即八股文的科舉考試，盛行於明清。八股文強調格式、對仗，命題取自四書五經，以艱深僻險為對象。錮儒林，錮，禁錮。儒林，學術界。句意指八股文考試作用於禁錮士人思想，不得越範。

註一七　敗壞人才心腐蝕：清之錮才腐心政策之害，早見於明．顧亭林《日知錄》有云：「八股之害等於焚書，而敗壞人才，有甚於咸陽之郊，所坑者但四百六十餘人也。」。

註一八　公車上書格帝心：公車上書，晚清末年，一八九四年中日爆發甲午戰爭，中國慘敗，翌年被迫簽訂喪權辱國的馬關條約，消息傳出，舉國嘩然，時留京來自各省應試的舉人，悲憤交集，痛恨清廷腐敗無能，名儒康有為及其學生梁啟超帶領千餘名各省舉人，齊集都察院抗議，並聯名向清光緒帝遞交萬言書，痛陳時弊及改革，內容焦點在拒和、遷都、變法三大項，史稱「公車上書」。所謂「公車」，是舉人的代稱。這稱呼始於漢代，漢代有「舉孝廉」官制，人員來自地方推舉，並需至京師報到，由政府派出公車接載，沿途威風觸目，遂有公車代稱孝廉的稱謂。格天心，格，糾正、匡正。天心，指光緒帝的心意。

註一九　百日維新遭鬼殛：百日維新，又稱戊戌變法、戊戌維新、維新變法、維新運動，是清光緒二十四年（戊戌年）由光緒帝主導，推行的政治改革運動。是次改革倡議者，以康有為及梁啟超為首，並受到朝廷維新派支持。遭鬼殛，遭，遭受。鬼，指慈禧太后及保守派官員。殛，誅殺、懲罰。

註二〇　袁賊辜恩泄機謀：袁賊辜恩，袁賊，指袁世凱；辜恩，辜負皇恩。泄機謀，指向西太后泄漏機要計劃。

註二一　賣主媚后違帝敕：賣主媚后，賣主，指出賣光緒帝；媚后，獻媚西太后。違帝敕，違背光緒帝旨令。敕，皇帝旨令。

註二二　西后凶頑過呂雉：西后，即慈禧太后，居西宮，故稱西太后。凶頑，凶惡愚頑。過呂雉，惡行超過呂雉。呂雉，名娥姁，漢高祖劉邦元配，生一子（漢惠帝）一女（魯元公主）。歷史對呂雉治政雖有肯定一面，但其狠毒表現卻駭人。劉邦死後，其子惠帝登位，呂雉從此專政十五年，儼如帝皇，首開女姓臨朝稱制之先河。她掌權後，誅殺劉氏宗室皇親，任意廢立及謀害太子，對開國功臣大開殺戒，如趁漢高祖劉邦出外親征之際，乘機誘殺漢初三傑之一的韓信。她對高祖生前寵幸的妃嬪一律囚禁，不許出宮，又虐殺高祖寵妃戚夫人，下令砍其手腳、挖其眼珠、熏聾耳朵、迫喝啞藥，然後棄置廁所，稱她為人彘，讓其掙扎痛苦至死，手段之殘酷，令人震慄，並派人暗放鴆藥於酒中，毒殺戚夫人之子劉如意。此外，呂雉大封呂氏宗親，任用親信爪牙監控朝臣，弄得人人自危。呂雉罪行，可謂罄竹難書。

註二三　忍將六子謀戕賊：六子，指戊戌六君子，分別為譚嗣同、林旭、楊銳、楊深秀、劉光第、康廣仁。戕賊，殺害。《孟子．告子上》：「如將戕賊杞柳而以為桮棬，則亦將戕賊人以為仁義與？」維新政變因袁世凱洩密而告敗，六君子被捕處斬，康梁亡命海外。

註二四　幽囚清帝於瀛臺：此言光緒帝被囚禁於瀛臺。瀛臺，即瀛洲，有海中仙島之稱，位置在北京清故宮西苑太液池。

註二五　更任權監肆凌迫：任，任命；權監，指太監李蓮英。肆，放縱、恣意；凌迫，欺凌壓迫。

註二六　禍不旋踵清亦亡：旋踵，掉轉腳跟，形容時間短速。

註二七　終見銅駝生荊棘：銅駝，銅製駱駝，古代置放宮門外。荊棘，多刺灌木，泛指野草叢生。銅駝滿佈荊棘，寓意改朝換代，國土淪亡。《晉書．索靖傳》：「靖有先識遠量，知天下將亂，指洛陽宮門銅駝，歎曰：『會見汝在荊棘中耳？』」

註二八　袁氏陰懷心叵測：陰懷，陰險，表面和善暗裡奸詐，不懷好意。

註二九　乙卯帝制竟自為：乙卯帝制，乙卯年即一九一五年，袁世凱恢復帝制。竟自為，竟然自己稱帝。

註三〇　我師討賊草雄文：雄文，氣勢雄健的文章，如討檄文之類。伍百年先生自註：民國四年乙卯，袁氏洪憲稱帝，先師草檄討袁，全國回應，中外震動。師（梁啟超）更命門人蔡松坡返滇，策動雲南省都督唐繼堯、貴州省都劉顯世、四川省長戴戡等反袁，師復親詣南京，遊說長江三省巡閱使馮國璋，曉以大義。馮本屬袁之心腹大將，但馮接納梁師建議，即按兵不動，拒袁出兵之請。師見長江流域已定，乃遄返廣東，與廣西都督陸榮廷及前兩廣總督岑春煊，合組兩廣討袁司令部於肇慶，師任都參謀長，章士釗副之，余兄朝樞任政務廳長，由是各省討袁之義師紛起，袁知大勢已去，一氣之下，吐血身亡，帝制之禍遂息。

註三一　國民皆有所矜式：矜式，尊敬效法。《孟子．公孫丑》：「我欲中國而授孟子室，養弟子以萬鍾，使諸大夫國人，皆有所矜式。」

註三二　雲南義師動地來：義師，維護正義而興起的軍隊。《後漢書．列女傳．董祀妻傳》：「海內興義師，欲共討不祥。」

註三三　不朽之功同禹稷：不朽，不會磨滅、永存。禹稷，夏禹與后稷。夏禹有功於治水，受舜帝禪讓而為夏朝開國國君。后稷，姬姓名棄，黃帝玄孫，周朝始祖，嘗受虞舜命為農官，教民耕稼，稱為后稷。

註三四　等身著述貽世人：等身著述，著作數量加疊起來如身高，代表著述豐富。貽世人，流傳給世人。

註三五　臻大同：臻，達到。大同，和平安樂，人人平等的理想世界。《呂氏春秋・有始覽・有始》：「天地萬物，一人之身也，此之謂大同。」

註三六　浩氣長存永無極：浩氣，正氣，正直剛健之氣。《孟子・公孫丑》：「吾善養浩然之氣。」無極，無窮盡、無邊界，無所不在。

註三七　紀念吾師百周年：梁啟超出生於一八七三年二月二十三日（正月二十六日），一九七二年恰逢一百周年。

註三八　恆追憶：經常追思。

註三九　於戲世界機運屢推移：於戲，嘆氣詞。機運，時機命運。《魏書・蕭寶夤傳》：「蕭寶夤深識機運，歸誠有道。」

註四〇　大野玄黃變顏色：大野玄黃，大野，廣大的原野；玄黃，玄，黑色。玄為天色，黃為地色。《易・坤》：「夫玄黃者，天地之雜也，天玄而地黃。」變顏色，指天地變色，不吉之兆。

註四一　邪說紛呶肆讒慝：邪說紛呶，邪說，邪惡不正確的言論；紛呶，紛亂喧嘩。肆，放肆、恣意；讒，讒言；慝，邪惡、奸邪。恣意造謠，進邪惡讒言以害人。《呂氏春秋・慎大覽・貴因》：「讒慝勝良，命曰戮；賢者出走，命曰崩。」

註四二　吾將奮筆醒黃魂：奮筆，揮筆直書。醒黃魂，喚醒民族精神。

黃花節

黃花之節胡爲來？喚醒國魂亦壯哉！三月廿九襲督署註一，烈士熱血灑塵埃。

滿虜震驚疆吏怯註二，革命呼聲響如雷。黃花岡上埋烈骨，漢族民心皆奮發。

前仆後繼舉義旗註三，誓掃胡塵張撻伐註四。革命花開遍九州註五，革命策源在東粵註六。

漢人要復舊山河，壯士氣吞胡天月註七。越年起義於武昌，清帝遜位國重光。

追懷七十二烈士，擲卻頭顱爲國殤註八。生經白刃頭方貴註九，死葬黃花骨亦香註一〇。

賞析：這是一首詠史革命詩。本詩慷慨激昂，正氣凜然，振奮人心，易起共鳴。詩中首句點題已見不凡，其句曰：「黃花之節胡爲來？喚醒國魂亦壯哉！」詩中激昂情志，躍現紙上，其句如「烈士熱血灑塵埃！滿虜震驚疆吏怯，革命呼聲響如雷」，又如「黃花岡上埋烈骨」、「誓掃胡塵張撻伐」、「革命花開遍九州」、「擲卻頭顱爲國殤」，尤其是尾聯「生經白刃頭方貴，死葬黃花骨亦香」，其詩情更見驚天地，泣鬼神！此二句套用自黃花崗烈士墓聯，亦妙用也。

註釋

註　一　督署：總督衙門。總督，掌理地方事務。

註　二　疆吏怯：疆吏，清制，巡撫為封疆大吏，掌理邊疆事務。怯，怯懼、畏懼。

註　三　前仆後繼舉義旗：前仆後繼，指作戰時，前面的戰士倒下，後面的同志繼續向前衝，形容不怕犧牲，奮勇向前。舉義旗，高舉起義的旗幟。唐．駱賓王〈代徐敬業討武氏檄〉：「順宇內之推心，爰舉義旗，以清妖孽。」

註　四　誓掃胡塵張撻伐，誓掃胡塵，矢志驅逐滿人出國土。胡塵，胡兵，喻滿人。張撻伐，張，施行；撻伐，攻打。《詩經．商頌．殷武》：「撻彼殷武，奮伐荊楚。」

註　五　九州：中國。

註　六　革命策源在東粵：策源，發源。東粵，廣東。

註　七　壯士氣吞胡天月：氣吞，豪氣地吞下。胡天月，胡人的明月。氣吞胡天月，寓意勇猛地消滅清軍。

註　八　國殤：為國犧牲。南朝宋．鮑照〈代出自薊北行〉：「投軀報明主，身死為國殤。」

註九　生經白刃頭方貴：白刃，鋒利的刀。《中庸》：「天下國家可均也；爵祿可辭也；白刃可蹈也；中庸不可能也。」白刃可蹈，蹈，踏也，言白刃雖然鋒利，但仍有人不畏死而踏過去，即所謂赴湯蹈火是也。頭方貴，寓意生命為正義而犧牲才覺可貴。

註一〇　死葬黃花骨亦香：黃花，指黃花崗，此處遍植黃花，別有香氣。骨亦香，言忠骨埋葬此地，倍感自豪。

新樂府[註一]　四首　步雲點[註二]晴格

其一　何處是吾家

白雲月，紫水花。一朝風雨，黯淡無華。護花人遠去，浮雲月尚遮。憔悴天涯有恨，佯狂酒醉流霞[註三]。江風扇枕[註四]鄉思切，何處是吾家？

賞析：這是一首感懷詩。本詩平淡有致，感情真摯，文字淺易，描寫遊子思鄉情況，以詩題「何處是吾家」作結句。

其二一　到處是吾家

忘憂草，解語花，人生行樂，珍重韶華，壺中囊日月註五，林下話桑麻，達則蒼生沐雨註六，退之王屋餐霞註七，神乎其猶龍也矣註八，到處是吾家。

〔伍註〕以上二首於亂離違難之際，途次口占，創為此格，抒寫愁懷，姑補錄之，以當紀實。

賞析：這是一首感懷詩。本詩辭藻淺白，詩意平淡，如「壺中囊日月，林下話桑麻」，又如「達則蒼生沐雨，退之王屋餐霞」，不過，「達則蒼生沐雨」，寓意作者顯達時不忘國家民族，別有救國懷抱，殊爲難得。是詩詩題「到處是吾家」，也是詩的結句。

其三　徒悵秣陵秋

雲中鶴，海上鷗，飛翔閬苑註九，嬉逐江頭註一〇，恥與雞羣立註一一，不爲世網囚註一二，哂彼貪夫殉利註一三，任他屠狗封侯註一四，一朝勢落成春夢註一五，徒悵秣陵秋註一六。

賞析：這是一首感時傷世詩。本詩比興成句，寄意深邃。百年先生潔身自愛，「恥與雞群立」，諷刺南京當國者，若不為群眾造福，徒事黨爭，縱使如何富貴，轉眼成空，其不自由處，為世網所羈，枉用心機，曾[註一七]鷗鶴之不如！結果落得惆悵京華，一場春夢而已，足為主政者當頭一棒！世人每為名韁利鎖所縛，世網俗累所囚，何有自由？宜乎為鶴鷗所笑。所謂名利權威，一旦勢落，便成陳跡，徒供後人憑弔，何爭逐為？此詩之旨意也。

其四　醉眼看狂流

煙波動，月影浮，興亡史蹟，湧上心頭，盛事稱三代[註一八]，霸圖懾五洲[註一九]，忠佞恩讎瞬汰[註二〇]，賢愚善惡全休[註二一]，空餘後浪推前浪，醉眼看狂流。

賞析：這是一首感時傷世詩。本詩哲理深邃，寓意歷史無情，淘汰一切，但歷史也如洪流，不斷向前發展，也帶來不斷革新。詩中首句「煙波動，月影浮」，謂每於煙波蕩漾月影浮沉之際，使人乍起今古興亡滄桑變幻之感，如中國之盛治，輒稱三代（三代指夏商周），列強之霸圖，威懾五州（暗指拿破崙、威廉二世、希特勒、史達林之輩），惟轉瞬之間，煙消雲散，不論忠佞恩讎，賢愚善惡，俱爲時代所淘汰，則野心家亦可以休矣！此詩旨在諷刺世界黷武主義之侵略者，不應違反時代潮流，妄爭霸權，貽害人類，莫再蹈列強霸主之覆轍，否則亦不免爲洪流所淘汰。

註釋

註　一　新樂府：即新題樂府，相對古樂府而言，以新題材寫時事的樂府詩，無需入樂。新樂府始於杜甫，為元次山、顧況等繼承，又得白居易，元稹等倡導，在詩壇革新運動史中，取得到豐碩的成果。

註　二　步雲點睛格：乃百年先生新樂府詩之創格，詩題為五言句，全詩十句，共有五偶句，押韻在二、四、六、八、十句末字。首偶句為三言，次偶句為四言，三偶句為五言，四偶句為六言，五偶句之首句為七言，次句為五言。從三言句起依次遞加至七言句，謂之步雲；第五偶句之五言收句，以之為題目，謂之點睛。全詩押韻在偶句。

註　三　流霞：泛指美酒也。北周・庾信〈衛王贈桑落酒奉答〉：「愁人坐狹邪，喜得這流霞。」流霞，一作神仙飲料。漢・王充《論衡・道虛》：「曼都曰：『有仙數人，將我上天，離月數里而止……口飢欲食，仙人輒飲我以流霞一杯，每飲一杯，數月不飢。』」

註　四　扇枕：指扇風涼枕。

註　五　壺中囊日月：典出「壺中日月」，指道家無為的清靜生活，亦指退隱的悠閒生活。唐‧李白詩〈下途歸石門舊居〉：「何當脫屣謝時去，壺中別有日月天。」世傳神話故事，東漢張天師有弟子名為張申，其人就是神仙壺公。他有一酒壺，只要唸動真言咒語，壺裡便展現日月星辰，藍天大地，亭臺樓閣等奇景，尤有更奇者，張申夜睡其中，脫離塵囂生活，進入另一清靜無為世界。

註　六　達則蒼生沐雨：達，顯達。蒼生，百姓、生靈。沐雨，降雨沐浴生靈。

註　七　退之王屋餐霞：退，歸隱。王屋，山名，九山之一，又稱天壇山，位於河南省濟源市。山中有洞，深不可入，洞中有如王者之宮，故名王屋。山上主峰有石壇，軒轅黃帝祭天於此。漢魏時被列為十大洞天之首。王屋，泛指修道之山。餐霞，指修仙學道，餐食日霞。《漢書‧司馬相如傳下》：「呼吸沆瀣兮餐朝霞。」顏師古注引應劭曰：「《列仙傳》陵陽子言春〔食〕朝霞，朝霞者，日始欲出赤黃氣也。夏食沆瀣，沆瀣，北方夜半氣也。並天地玄黃之氣為六氣。」

註　八　神乎其猶龍也矣：此言高深莫測，變化如龍。東漢‧王充《論衡》：「孔子曰：『遊者可為網，飛者可為矰。至於龍也，吾不知其乘風雲上升。今日見老子，其猶龍乎！』夫龍乘雲而上，雲消而下。物類可察，上下可知。」

註　九　飛翔閬苑：閬苑，仙人所居，在崑崙山之巔。鮑照〈舞鶴賦〉：「指蓬壺而翻翰，望崑閬而揚音。」

註一〇　嬉逐江頭：指群鷗在江邊嬉戲追逐。

註一一　恥與雞羣立：不屑站立在雞群中。意謂不與俗人混在一起。

註一二　不為世網囚：不為世俗禮教，倫理道德所約束。三國・魏・嵇康〈答難養生論〉：「奉法循理，不絓世網。」

註一三　哂彼貪夫殉利：哂，嘲笑。彼，他。貪夫殉利，貪夫，貪財的人。殉利，為利益而死。《東周列國志》七十三回：「貪夫殉利，簞豆見色。春秋爭弒，不顧骨肉。」

註一四　任他屠狗封侯：任他，那管他。屠狗封侯，職業屠狗的下層人仕，也可封侯拜相。《史記・樊噲列傳》：「舞陽侯樊噲者，沛人也，以屠狗為事。」

註一五　一朝勢落成春夢：指權勢地位一朝失去，從前的權位有如春夢一場。

註一六　徒悵秣陵秋：秣陵，南京也。

註一七　曾：竟、簡直。

註一八　盛事稱三代：盛事，盛世。稱三代，值得稱道的有夏、商、周。《論語．衛靈公》：「斯民也，三代之所以直道而行也。」

註一九　霸圖懾五洲：霸圖，稱霸的雄圖，（暗指拿破崙、威廉二世、希特勒、史達林之輩）。懾五洲，懾，震懾；五洲，世界各地。

註二〇　忠佞恩讎瞬汰：忠佞，忠貞與奸佞。恩讎，讎同仇，恩德與仇怨。瞬汰，瞬眼之間被淘汰，即瞬眼成過去。

註二一　全休：全部結束。

陷廣州 仿樂府

十月念一陷廣州註一，九天撤兵疾如流註二。數十萬人立疏散，烽煙四起散無由註三。難民窘極怨載道註四，咸怨當局怯無謀。辱沒革命策源地註五，賤視遺孑同馬牛註六。官封舟車據私用，百姓何處得扁舟。蟻聚隄邊朝復暮註七，陡見船來爭先附註八。強者衝鋒捷足登註九，弱者被擠難舉步註一〇。兒啼婦哭聲震天，或溺於水死於路。

或賂舟子登船旁，僥倖得之如慈航註一一。寧計破鈔與失物註一二，苟全性命冀還鄉註一三。
中流回首紅羊劫註一四，劫火沖霄痛斷腸。可憐家業成灰燼，留此殘生，後顧更茫茫！

賞析：這是一首戰亂感時詩。本詩悲憤交集，透過詩歌發出怒吼，爲民眾抱不平。一九三八年十月二十一日，日軍大舉攻入廣州，四處破壞，擄掠姦淫，殺人縱火，樓房處處焚燒，守軍不敵，四散逃亡，百姓惶恐終日，爭相逃命，一日之間，廣州旋告淪陷。事後究查其因，原來駐防部隊獲指示撤退，故以詩諷之，其句是「九天撤兵疾如流」，可憐城內「數十萬人立疏散，烽煙四起散無由」，又諷政府官員公器私用，詩句指出「官封舟車供私用」，百姓無船可用，雲集碼頭，船至則蜂擁衝上，秩序大亂，「強者衝鋒捷足登，弱者被擠難舉步」，險象橫生，場面駭人，「兒啼婦哭聲震天，或溺於水死於路」。廣州居民「可憐家業成灰燼，留此殘生，後顧更茫茫」！本詩沉痛悲憤，造句悽酸，白描寫實，揭露廣州淪陷時，社會混亂，日軍暴行，當局無能，百姓驚慌逃命的慘況，令人慘不卒睹！

註釋

註一　十月念一陷廣州：念，即廿，二十也。一九三八年十月二十一日，日軍大舉入城，四處破壞，擄掠姦淫，殺人縱火，樓房處處焚燒，守軍不敵，四散逃亡，百姓惶恐終日，爭相逃命，一日之間，廣州旋告淪陷。

註二　九天撤兵疾如流：九天，古傳天有九重，第九重乃最高之處，泛指權力最高者。撤兵，退兵。疾如流，快如流水。

註三　散無由：言不知散去何處。《漢書．刑法志》：「其民所以要利於上者，非戰無由也。」

註四　難民窘極怨載道：窘極，即困極。怨載道，即怨聲載道。《後漢書．李固傳》：「前孝安皇帝內任伯榮、樊豐之屬；外委周廣、謝惲之徒，開門受賂，署用非次，天下紛然，怨聲載道。」

註五　辱沒革命策源地：意謂污辱了廣州在近代素有革命策源地的美譽。

註六　賤視遺子同馬牛：卑賤地對待老百姓如同馬牛。

註七　蟻聚隄邊朝復暮：蟻民聚集在碼頭隄岸，由朝至黃昏候船出海逃命。

註八　陡見船來爭先附：陡見，突見。爭先附，此言爭先靠附上船。

註　九　捷足登：急快步登船。

註一〇　弱者被擠難舉步：體弱者被擠迫不能動，舉步艱難。

註一一　慈航：佛教用語，佛、菩薩以慈悲之心，普度眾生脫離輪迴的苦海。南朝梁．蕭統〈開善寺法會〉詩：「法輪明暗室，慧海渡慈航。」

註一二　寧計破鈔與失物：不會計算破財與失去的物件。

註一三　冀還鄉：希望返回故鄉。

註一四　紅羊劫：泛指國難。紅羊：丙丁午未乃戰亂凶年，丙丁屬火，五行其色紅，未年地支屬羊。

歌行註一

木屐兒註二歌　紀念八一三註三

木屐兒，木屐兒，橫挑戰禍欲胡爲！本屬同文復同種註四，自煎同根撤藩籬註五。

鬩牆招侮註六殊非計，舉目誰親漫恃勢註七。既襲南滿掠遼陽註八，侵攫註九臺灣與高麗。

滿則招損註一〇之謂何？利之所在必有弊！必有弊！

君不見威廉之二世註一一，窮兵失國走天涯。又不見法之拿破崙，稱雄踏破歐羅巴註一二。

卒阨於俄遭慘敗註一三，五洲雖大難爲家。須知謙者方受益，驕貪必敗奚足誇註一四。

勿謂天下莫予毒註一五，或者天命在中華。一舉蕩平爾三島註一六，直搗東京碎櫻花註一七。

櫻花碎，倭人悔。爾時雖悔亦已遲，嗟爾東夷何憒憒註一八。

賞析：這是一首抗日詩歌。本詩慷慨激昂，豪情澎湃，振奮人心，本詩韻腳平仄兼用，益見聲情跌宕，剛健嘹亮，激勵國人抗日，極具鼓舞作用。日寇侵華，血痕未乾，每誦至「或者天命在中華，一舉蕩平爾三島，直搗東京碎櫻花，櫻花碎」，不禁令人熱血沸騰，義憤塡膺！

註釋

註　一　歌行：詩體之一，音節、格律自由，形式富於變化，可五言、七言、雜言。

註　二　木屐兒：指日人，日人愛穿木屐，嘲稱木屐兒。

註　三　八一三：即八一三事變，又稱「第二次上海事變」，發生在一九三七年八月十三日，為中日戰爭中淞滬會戰的開端和導火線。按：「第一次上海事變」，又稱「淞滬戰爭」，發生在一九三二年一月二十八日，日軍於該日晚上突襲上海閘北。十九路軍在軍長蔡廷鍇、總指揮蔣光鼐的率領下，奮起抵抗。

註　四　同文復同種：中日同文同種，《史記．秦始皇本紀》有載秦始皇二十八年（西元前二一九年）：「齊人徐福等上書，言海中有三神山，名曰蓬萊、方丈、瀛洲，仙人居之。請得齋戒，與童男女求之，於是遣徐福發童男女數千人，入海求仙人。」《史記．淮南衡山列傳》也載秦始皇：「遣振男女三千人，資之五穀種種百工而行。徐福得平原廣澤，止王不來。」相傳徐福登陸之處，即今之日本。

註　五　撤藩籬：撤走邊界屏障。漢．賈誼〈過秦論下〉：「楚師深入，戰於鴻門，曾無藩籬之難。」

註　六　鬩牆招侮：兄弟相爭易招外侮。《詩經・小雅・常棣》：「兄弟鬩於牆，外禦其務。」鬩，音益，吵鬧。

註　七　漫恃勢：勿仗勢欺人。

註　八　既襲南滿掠遼陽：南滿，指滿州國，在中國東北，是日本人的傀儡政權。遼陽，地名，在遼寧省中部。

註　九　侵攫：侵襲和奪取。

註一〇　滿則招損：即滿招損，自滿則招來損害。《尚書・大禹謨》：「滿招損，謙受益，時乃天道。」

註一一　威廉之二世：德皇威廉二世（一八五九年一月二十七日〜一九四一年六月九日），第一次世界大戰策動者，意欲征服全球，做世界霸主。戰爭結束後成為戰犯，亡命中立國荷蘭，直至一九四一年病逝。

註一二　歐羅巴：即歐洲。

註一三　卒阨於俄遭慘敗：卒，卒之。阨，阨運。俄，俄國。遭慘敗，此言法國拿破崙對俄戰爭，兵敗於滑鐵盧。

註一四　奚足誇：奚，為何、為什麼，疑問語氣。奚足誇，指為何自我誇讚。

註一五　莫予毒：意謂沒有人怨恨我、傷害我。毒，怨恨、傷害。莫予毒，典出「人莫予毒」。《左傳．宣公十二年》：「公曰：『得臣猶在，憂未歇也。困獸猶鬥，況國相乎！』及楚殺子玉，公喜而後可知也。曰：『莫余毒也已！』是晉再克而楚再敗也，楚是以再世不竟。……」

註一六　三島：代指日本。

註一七　櫻花：日本國花。

註一八　憒憒：昏庸。漢．班固《詠史》：「百男何憒憒，不如一緹縈！」

自曉[註一]歌

閒來歌自曉，心皎皎[註二]。在山本優遊，出仕儼作[註三]籠中鳥。公門原亦可修行[註四]，道高愈防魔引挑[註五]。貪泉和色關[註六]，易使人紛擾。任教智與愚，不惑[註七]者殊少。君不見白浪滔滔，紅塵渺渺[註八]。

浪淘去霸業奸雄註九，塵掩盡秦宮吳沼註一〇。爭什麼富貴浮華，戀什麼佳人窈窕註一一。

一霎時撒手西歸註一二，黃泉魂繞註一三。祇剩得芳草綠楊，煙雲縹緲。

那時始悟色空註一四，未免遲了，何如及早回頭，掃陰霾光被四表註一五。

廣結善緣，禍端不肇註一六。勿使造惡因，孽債總歸趙註一七。

鋤奸殛淫註一八，天道昭昭註一九。不知機註二〇，彭祖亦殤註二一。

能聞道顏回非夭註二二，永絕貪嗔痴註二三。功德註二四誠非小，從今一念註二五拯蒼生，定占祥和兆註二六。

賞析：這是一首警世詩歌。本詩旨在警醒世人，慎防「貪泉和色關」，勿爭「霸業奸雄」、「秦宮吳沼」、「富貴浮華」、「佳人窈窕」，其理是「一霎時撒手西歸」，什麼都沒了，「祇剩得芳草綠楊，煙雲縹緲」。故此，人生在世，宜「廣結善緣」、「勿使造惡因」，並且「永絕貪嗔痴」，此「功德誠非小」，往後生活「定占祥和兆」！本詩文字淺白，警世意義深厚，有益於世道人心！

註釋

註　一　自曉：曉，明白、通曉。東漢．王充《論衡．實知篇》：「不學自知，不問自曉。」

註　二　皎皎：潔白、明亮。宋．曾鞏〈明妃曲〉之一：「喧喧雜虜方滿眼，皎皎丹心欲語誰？」

註　三　儼作：好像。

註　四　公門原亦可修行：公門，官署、衙門。寓意為官者，一念之間，可作清官或貪官，全憑自我修行。《了凡四訓》：「身在公門好修行。」

註　五　道高愈防魔引挑：道高愈防，指道高一尺，魔高一丈，有道君子，更須小心嚴防。魔引挑，魔鬼挑引。《文選．揚雄〈解嘲〉》：「高明之家，鬼瞰其室。」李善注引李奇曰：「鬼神害盈而福謙。」劉良注：「是知高明富貴之家，鬼神窺望其室，將害其滿盈之志矣。」

註　六　貪泉和色關：貪財與女色。貪泉另一釋義，喻為人節操高尚，光明正大，不懼誘惑。《晉書．良吏列傳．吳隱之》：「朝廷欲革嶺南之弊，隆安中，以隱之為龍驤將軍、廣州刺史、假節，領平越中郎將。未至州二十里，地名石門，有水曰貪泉，飲者懷無厭之欲。隱之既至，語其親人曰：『不見可欲，使心不亂。越嶺喪清，吾知之矣。』乃至泉所，酌而飲之，因賦詩曰：『古人云此水，一歃懷千金。試使夷齊飲，終當不易心。』及在州，清操踰厲，常食不過菜及乾魚而已，帷帳器服皆付外庫，時人頗謂其矯，然亦終始不易。」

註 七　不惑：不受迷惑。

註 八　紅塵渺渺：紅塵，俗世。渺渺，茫茫之意。

註 九　浪淘去霸業奸雄：淘，沖洗。霸業奸雄，霸業，非以仁德得來的事業。奸雄，指以手段竊取高位者，或大奸大惡而具權謀者。

註一〇　塵掩盡秦宮吳沼：塵掩盡，塵泥掩蓋了。秦宮，秦朝國都宮殿，為項羽所焚。吳沼，沼，污池，此言吳王夫差宮室變為污池。此言國亡慘象。

註一一　窈窕：窈窕，皎美文靜。《詩經．周南．關雎》：「窈窕淑女，君子好逑。」

註一二　撒手西歸：指死者的亡魂歸去西方極樂世界。

註一三　黃泉魂繞：黃泉，也稱九泉，人死後所居之處。魂繞，指魂牽夢繞，形容十分思念。

註一四　悟色空：明白有與無的哲理。眼前所見一切，可稱色。所謂空，假象，據《般若波羅蜜多心經》解釋說：「色不異空。空不異色；色即是空，空即是色。受，想，行，識，亦復如是。」

註一五　掃陰霾光被四表：掃陰霾，掃除陰沉晦暗之氣。光被四表，光被，光，盛德善行；被，遮蓋；四表，四方，泛指天下。此言恩德善行遠播四方。

註一六　禍端不肇：禍端，災禍根源。不肇，不發生。

註一七　歸趙：歸還原主。典出「原璧歸趙」。

註一八　鋤奸殛淫：鋤奸，誅滅奸惡的人。殛淫，殛，誅殺、懲罰；淫，淫惡。

註一九　天道昭昭：言天理光明公正，善惡分明。

二〇　不知機：不明白事理的機兆與機變。

註二一　彭祖亦殤：彭祖，上古神話傳說人物，年壽八百；殤，幼夭命短。典出「齊彭殤」。齊，指生命長短等量齊觀；彭，指彭祖；殤，幼夭。《莊子．齊物論》：「天下莫大於秋毫之末，而太山為小；莫壽於殤子，而彭祖為夭。」

註二二　能聞道顏回非天：能聞道，能夠理解天道真理。《論語．理仁》：「朝聞道，夕死可矣。」顏回非天，可理解為顏回並非天命承傳者。孔子承天命繼承聖道，接其繼承者，乃天命安排。顏回，孔子最得意弟子，期望他承傳道統，弘揚德教，奈何顏回早死，孔子傷痛甚，哀痛說：「噫！天喪予！天喪予！」所謂「天喪予」，即天亡我也！孔子之所以痛心，乃後繼無人。

註二三　永絕貪嗔痴：永絕，永遠戒除；貪嗔痴，佛家語，稱三毒，又稱三垢、三火，此三毒殘害身心，乃罪惡根源，故又稱三不善根。貪，貪欲；嗔，任意發怒；痴，無知魯莽。

註二四　功德：佛家常用語，即功業與德行，泛指念佛、誦經、布施、放生等善事。《禮記・王制》：「有功德於民者，加地進律。」鄭玄註：「律，法也。」

註二五　一念：一個念頭，瞬息之間。

註二六　定占祥和兆：占，占卦，根據卦象徵兆以知吉凶。祥和兆，占得祥和徵兆。《周易・乾・文言》說：「元者，善之長也，亨者，嘉之會也。利者，義之和也。貞者，事之幹也。君子體人足從長人，嘉會足以合禮，利物足以和義，貞固足以幹事。君子行此四德者，故曰乾元亨利貞。」又說：「乾元者，始而亨者也。利貞者，性情也。乾始能以美利利天下。」

思隱遯

文章自有價，富貴如浮雲。世亂時變心獨潔，人賢物忌嫉多聞註一。

天才自古遭挫折，國事於今愈紛紜註二。思脫塵緣騎鶴去註三，不教孤鶴逐雞羣註四。

君不見滔滔黃河水，黃河之濁竟如此。欲清黃河阿膠微註五，磊落襟期徒負耳註六。

何如躬耕隱南陽[註七]，樂與漁樵共棲止[註八]。或將披髮入北山[註九]，友彼山靈鶴作子[註一〇]。
任他理亂總不知，風流儒雅即吾師[註一一]。安步當車無罪貴[註一二]，獨立飄飄與世遺[註一三]。
或繼李愿歸盤谷[註一四]，丈夫不遇之所爲[註一五]。或招謫仙相對飲[註一六]，斗酒狂吟百篇詩[註一七]。
充耳不聞蒼生苦，從今弗管遍地是瘡痍[註一八]。自有公卿當國事[註一九]，國事何勞我憂思。
憂國傷時徒自苦，眾醉獨醒究何補[註二〇]。
吁嗟乎[註二一]，強鄰壓境兮方黷武[註二二]，朝野酣歌兮尚歡舞[註二三]。
九州道路兮多豺虎[註二四]，八荒雖大兮無淨土[註二五]。
世無周文兮起尚父[註二六]，江湖渾濁而莫可言兮誰足爲伍[註二七]。
唯莊周之逍遙兮誠不朽於千古[註二八]。

賞析：這是一首歸隱抒懷詩。本詩描述亂世時代，訴說歸隱心聲。詩人深信文章有價，其人世變獨潔，「恥與雞群立」。當前朝上綱紀敗壞，有如黃河濁水，無法澄清，邦無道則隱，只有躬耕南陽，「樂與漁樵共棲止」、「獨立飄飄與世遺」，過的是詩酒生活，其詩有言，「或招謫仙相對飲，斗酒狂吟百篇詩」，對外界悲情社會，「充耳不聞蒼生苦，從今弗管遍地是瘡痍」，至於國家大事，「自有公卿當國事，國事何勞我憂思」。但詩人始終愛國，直言強敵壓境，朝上仍醉生夢死，其詩指出：「吁嗟乎，強鄰壓境兮方黷武，朝野酣歌兮尙歡舞」，滿朝文武，由上而下，豺虎當途，以詩諷曰：「九州道路兮多豺虎。」如斯政治，亟需周文王這樣的明主與賢相才可中興國家，但可惜「世無周文兮起尙父」，瞻望前景，國運堪虞！環顧四周，世途險惡，誰可爲伍？只有以莊周逍遙觀自我開解！本詩筆力縱橫，意氣凌厲，或敘或議，或悲或憤，皆見功底深厚！在格律上，揮灑自如，不受羈勒。

註釋

註一　人賢物忌嫉多聞：人賢物忌，忌，猜忌，寓意賢者易招忌。嫉多聞，嫉，憎恨；多聞；聞指見聞與學識。

註二　愈紛紜：寓意議論紛紛。

註三　思脫塵緣騎鶴去：思脫塵緣，遠離塵俗。騎鶴去，寓意騎鶴任飛翔，自由自在。

註四　不教孤鶴逐雞羣：不教，就不用。句寓意不屑混立雞羣中。

註五　欲清黃河阿膠微：黃河濁水，自古亦然，《抱朴子》有載傳聞投阿膠可使濁水變清，可惜阿膠微小，不能發揮功效。寓意志欲澄清天下，可惜力量微小，欲為之事難成也。山東東阿縣有井，以其水煮膠，名阿膠，能止濁流。不過，南北朝・庾信〈哀江南賦〉則說：「阿膠不能止黃河之濁。」

註　六　磊落襟期徒負耳：磊落，形容胸懷坦蕩，明亮貌。南朝・宋・劉義慶《世說新語・豪爽》：「桓既素有雄情爽氣，加爾日音調英發，敘古今成敗由人，存亡繫才，其狀磊落，一坐歎賞。」襟期，襟懷、志趣。徒負耳，徒負，辜負；耳，句末用字表示限制，意同「而已」、「罷了」。

註　七　何如躬耕隱南陽：躬耕，彎身種田。典出諸葛亮未遇劉備前，隱居河南南陽。諸葛亮〈出師表〉：「臣本布衣，躬耕於南陽。」

註　八　樂與漁樵共棲止：漁樵，水與山，寓意寄情山水，與山水一起生活，即隱居不出。清・陳世驥《琴學初津》：「《漁樵問答》曲意深長，神情灑脫，而山之巍巍，水之洋洋，斧伐之丁丁，櫓歌之欸乃，隱隱現於指下。迨至問答之段，令人有山林之想。」

註　九　或將披髮入北山：披髮，散髮，寓意隨意儀容。北山，即鍾山，在南京，著名景區。

註一〇　友彼山靈鶴作子：友彼山靈，山靈，山神，寓意以山神為友。鶴作子，典出「梅妻鶴子」，宋處士林逋（和靖）隱居杭州孤山，植梅養鶴為伴，因無妻無子，故稱梅妻鶴子，生活悠然自得。宋・沈括《夢溪筆談・人事二》：「林逋隱居杭州孤山，常畜兩鶴，縱之則飛入雲霄，盤旋久之，復入籠中。逋常泛小艇，游西湖諸寺。有客至逋所居，則一童子出應門，延客坐，為開籠縱鶴。良久，逋必棹小船而歸。蓋嘗以鶴飛為驗也。」

註一一　風流儒雅即吾師：風流，具文采而坦蕩。儒雅，溫文爾雅。北周・庾信〈枯樹賦〉：「殷仲文風流儒雅，海內知名，世異時移，出為東陽太守。」此句詩出自唐・杜甫〈詠懷古蹟五首其二〉：「搖落深知宋玉悲，風流儒雅亦吾師。」

註一二　安步當車無罪貴：安步當車，寓意步伐安穩當作乘車。無罪貴，寓意無犯罪就是最高貴的。此言安貧樂道，平安是福。西漢・劉向《戰國策・齊策四》：「晚食以當肉，安步以當車，無罪以當貴，清靜貞正以自虞。」

註一三　獨立飄飄與世遺：飄飄，指飄浮不定。與世遺，被現實世界遺棄。宋・蘇軾〈前赤壁賦〉：「飄飄乎如遺世獨立，羽化而登仙。」

註一四　或繼李愿歸盤谷：李愿，唐著名隱士，與韓愈、盧仝友好。李愿厭惡官場，歸隱盤谷，在山西太行山南面。韓愈撰文誌其事，有名篇〈送李愿歸盤谷序〉之作，序云：「太行之陽有盤谷，盤谷之間，泉甘而土肥，草木叢茂，居民鮮少。或曰：『謂其環兩山之間，故曰盤。』或曰：『是谷也，宅幽而勢阻，隱者之所盤旋。』友人李愿居之。」遂使不見經傳的李愿留名後世。

註一五　丈夫不遇之所為：言未遇伯樂賞識，有志難伸，歸隱而去，理當所為。

註一六　或招謫仙相對飲：謫仙，李白也，字青蓮，有詩仙之譽，好酒。

註一七　斗酒狂吟百篇詩：古人詩酒一家，能詩者必好酒。此句出自杜甫〈酒中八仙歌〉：「李白斗酒百篇詩，長安市上酒家眠。」

註一八　從今弗管遍地是瘡痍：弗管，不管。瘡痍，環境遭受破壞，指戰爭或自然災害後，到處殘破不堪，百姓哀號，慘不忍睹。

註一九　自有公卿當國事：公卿，指朝廷上的三公九卿，他們掌理國家大事。

註二〇　眾醉獨醒究何補：此言眾人皆醉我獨醒，究底於事無補。

註二一　吁嗟乎：有所感觸的嗟嘆詞，或表示感嘆的發語詞。《文選．潘岳．西征賦》：「驅吁嗟而妖臨，搜佞哀以拜郎。」《文選．李陵．答蘇武書》：「嗟乎！子卿！陵獨何心，能不悲哉！」

註二二　強鄰壓境兮方黷武：強鄰壓境，強鄰，日軍；壓境，日軍進犯東北，華北已危。方黷武，日軍此際強行攻伐。

註二三　朝野酣歌兮尚歡舞：朝野，政府與民間。晉・張協〈詠史詩〉：「昔在西京時，朝野多歡娛。」尚歡舞，仍在歌舞尋歡，未有危機感。唐・柳宗元〈天對〉：「咸道厥死，爭徂器之。翼鼓顛御，歡舞靡之。」

註二四　九州道路兮多豺虎：九州，指中國，另稱赤縣神州、華夏、中原；豺虎，豺狼老虎，喻凶狠殘暴當權者或寇盜或異族入侵者。杜甫〈憶昔〉：「九州道路無豺虎，連行不勞吉日出。」

註二五　八荒雖大兮無淨土：八荒，即八方，八個方向，猶天下也。李斯〈過秦論〉：「囊括四海之意，并吞八荒之心。」無淨土，指沒有寧靜太平的地方。

註二六　世無周文兮起尚父：寓意慨歎當世主事者並無周文王的襟懷器識，知人善任而起用人才。周文，周文王，姓姬名昌，周朝開國君主，一代明君。起尚父，周文王起用姜子牙為太師，尊為師尚父。姜子牙（約前一一五六～約前一〇一七），呂氏，名尚，字子牙，號飛熊，獲周文王起用，周朝開國元勛，著名軍事家，有兵家鼻祖、武聖、百家宗師等美稱。

註二七　江湖渾濁而莫可言兮誰足為伍：江湖渾濁，指世情渾濁不潔，奸佞處處。莫可言，沒有話可說。誰足為伍，誰人可以與他結伴為伍。

註二八　唯莊周之逍遙兮誠不朽於千古：唯莊周，唯，只有；莊周，莊子，名周，戰國時代宋國蒙人，曾任漆園吏，為道家學派代表，與老子齊名，世稱老莊，其〈逍遙游〉洋溢哲理，影響後世深遠，乃千古不朽名篇。

四言古詩

詠史十二則（從唐虞時代到近代）

一　唐虞註一

巍巍聖業註二，稽古唐堯註三。渾忘大德註四，帝力迢迢註五。
蕩蕩虞帝註六，舜樂曰韶註七。澤被法立註八，乃命皋陶註九。

賞析：這是一首讚頌堯舜時代的詠史詩。本詩歌頌唐堯帝及虞舜帝。唐堯時代，世稱治世，帝位繼承傳賢不傳子，首開禪讓制度先河，其偉大功業如天高。堯帝修行，物我兩忘，其人重德律己，受人尊敬，咸稱大德。舜帝恩澤廣闊，推動韶樂發展，命臯陶制定司法，施行法治，百姓蒙澤。

二　夏

滔滔洪水，泛泛橫流。天生神禹註一〇，平治九州註一一。

迺鑄九鼎[註一二]，垂以千秋[註一三]。揖讓風寢[註一四]，傳子啓猷[註一五]。

賞析：這是一首詠夏禹時代的詠史詩。舜帝時，洪水泛濫，夏禹治水有功，獲舜帝禪讓帝位。夏禹治水「平治九州」，乃制九州鼎，一鼎象徵一州，上刻該州地形及山川名勝，九鼎代表中國。夏禹死後，子啓登位，打破禪讓之風，爲世襲制度之始。夏傳位十七，末帝夏桀暴虐荒淫，爲商湯所敗。

三　商

般棄三仁[註一六]，罔協其親[註一七]。微子去國[註一八]，箕子辱身[註一九]。
比干諫死[註二〇]，迺失厥民[註二一]。殷隕湯德[註二二]，周有十人[註二三]。

賞析：這是一首詠商湯時代的詠史詩。本詩指出商亡原因，乃紂王荒淫無道，三位賢臣：微子、箕子、比干，棄而不用，造成「微子去國」，投奔周武王，箕子裝瘋保命，重臣比干苦勸紂王改邪歸正，紂王大怒，將其賜死。紂王暴虐，失去百姓擁護，並敗壞遠祖商湯王的威德。結果，周武王伐紂，取得天下，其十位賢臣功不可沒。

四　周秦

周先畜德註二四，鳳鳴於岐註二五。以革商鼎註二六，以啓周基註二七。

垂統八百註二八，姬氏乃衰註二九。秦以暴得註三〇，三户亡之註三一。

賞析：這是一首詠周秦時代的詠史詩。本詩起句歌頌周武王祖宗積德，主政期間，鳳凰受其德政感動，鳴於岐山，寓意周室興隆的吉兆。商亡周興，始於周武王姬發，經歷三十七世傳至周赧王姬延而亡，歷時八百年，爲歷代國祚最長朝代。盛極必衰，周室衰弱，地方諸侯割據一方，不聽命周天子，諸侯互相攻伐和兼併，經歷春秋戰國時代，最後秦統一天下，但秦王無道，結果「楚雖三戶，亡秦必楚」。

五　漢

炎炎漢胄註三二，火德王劉註三三。赤帝之子註三四，實命所攸註三五。

天命靡常註三六，惟德是庥註三七。三章約法註三八，民可使由註三九。

賞析：這是一首詠漢史詩。劉邦乃炎帝子孫，建立漢朝，有炎漢或炎劉之稱。炎五行屬火，其色赤，故劉邦別稱赤帝，此乃天命安排。天命無私，無常態，只庇蔭有德之士，查劉邦登位之初，與民約法三章，並順應民意。

六　三國、晉

漢室將傾註四〇，隳（音輝）於桓靈註四一。三分鼎足註四二，蜀德惟馨註四三。武侯盡瘁註四四，辛隕厥星註四五。曹移漢祚註四六，晉享其成註四七。

賞析：這是一首詠三國史詩。漢朝乃劉邦繼秦之後另一個大一統王朝，前期為西漢，後期為東漢，共歷二十九個王帝，享國祚四百零七年。東漢末代二個王帝為漢桓帝及漢獻帝，時地方割據有魏、蜀、吳三個國家，「鼎足而三」。魏、蜀、吳三個君主中，以劉備才德最優秀馨香。劉備得孔明輔助，孔明〈出師表〉嘗言：「鞠躬盡瘁，死而後已。」其後孔明病逝五丈原，應驗上述兩句話。漢末，漢獻帝無能，在受壓迫下禪位給曹丕，故有「曹移漢祚」之句，其後司馬炎篡魏，建立晉朝。

七　六朝、隋、唐、五代、宋

晉世以降註四八，六朝紛張註四九。隋一其統註五〇，踵之以唐註五一。
既颺武功註五二，更曜文光註五三。殘餘五代註五四，宋襲其亡註五五。
崇厥理學註五六，儒道復昌註五七。

賞析：這是一首詠六朝、隋、唐、五代、宋等五朝史詩。晉上承三國，下啓五胡十六國和南北朝。所謂六朝指三國東吳、東晉、宋、齊、梁、陳，這六個朝代皆以建康（南京）爲首都。隋文帝楊堅冒起北方，統一南北，唐接踵其後。唐代文治武功，赫赫輝煌，武功媲美漢代，文學發展，爲歷代之冠。盛極必衰，唐末殘唐五代後梁、後唐、後晉、後漢、後周，依次興亡，最後宋太祖趙匡胤一統天下，建立宋朝。宋重文輕武，崇尚理學，儒、佛、道之學亦蓬勃，文學發展與唐齊名，例如唐詩宋詞並稱。

八　宋、金、元

岳王威武註五八，歁歁將軍註五九。南宋耎國註六〇，高宗孱君註六一。

梁木摧毀註六二，狼犬成羣註六三。元滅金宋註六四，信國流芬註六五。

賞析：這是一首詠南宋、金、元三朝史詩。宋分南北，靖康之難前稱北宋，靖康之難後稱南宋。南宋威武將軍，以岳飛爲代表。南宋重文輕武，君孱國弱，遇上外敵，不堪一擊。岳飛乃國之棟梁，爲奸相秦檜所害，朝上奸佞成群，忠良受害。崛起北方的蒙古，鐵蹄南下中原，吞金滅宋。宋臣文天祥兵敗被俘，不爲利誘威迫所動，壯烈犧牲，其獄中遺作〈正氣歌〉，流芳至今。

九　明

胡人入主註六六，運不百年註六七。洪武崛興註六八，毆彼腥羶註六九。

金陵定鼎註七〇，嗣徙幽燕註七一。煤山殉國註七二，明祚乃遷註七三。

賞析：這是一首詠明朝史詩。蒙古入主中原，不及百年便結束。明太祖朱元璋崛起抗元隊伍，擊退蒙軍，取得天下，定都南京。太祖死，建文帝登立，厲行削藩，燕王朱棣起兵作亂，攻入帝都南京，建文帝失踪，史稱靖難之變。朱棣造反成功，登上帝位，是爲明成祖，定都北京。明末國勢日蹙，關外後金虎視眈眈，國內民變不斷，民變領袖李自成，兵破北京城，思宗倉皇出京，逃至北平煤山（今景山），懸樹自縊殉國，明旋亡。

十 清

清竊明社註七四，三將封藩註七五。揚州慘屠註七六，嶺表繁冤註七七。

辛亥革命註七八，勢攝中原註七九。清社之屋註八〇，惟孫與袁註八一。

賞析：這是一首詠清朝史詩。明亡後，金人女眞族入主中原，封賞助清開國有功者：明叛將吳三桂封爲平西王；耿精忠封爲靖南王、尚可喜封爲平南王。南明抗清，以揚州十日最爲慘烈；其次是廣州也曾遭十日屠城之災。一九一一年，辛亥革命爆發，全國紛紛響應。促使清廷之亡，其核心人物南方以孫中山爲代表，北方以袁世凱爲代表。

十一　民國

迺[註八二]建民國，日月重光[註八三]。旋分南北[註八四]，庶政參商[註八五]。
東夷伺隙[註八六]，凌我鄉邦[註八七]。勝后內戰[註八八]，又變玄黃[註八九]。

賞析：這是一首詠民國史詩。清亡後，民國立，國土重光，然而南北各有政權，各自爲政。日人一直伺隙冒險犯難，侵占我領土。抗日勝利後，內戰繼起，戰爭重演。

十二　現局

孰非孰是，誰枯誰榮。功罪未判，留竢後評[註九〇]。
若保赤子[註九一]，民具恆情[註九二]。濡毫以待[註九三]，懷我蒼生[註九四]。

賞析：這是一首詠現勢時局詩。詩中指出兄弟互爭，是非、榮枯、功罪，自有史評。期盼以民爲本，保赤子、知民情而解民困。筆墨爲記，吾愛吾民！十二則詠史，上起唐虞，中歷漢唐，下迄現代，詩之體式，本孔子刪書，斷自唐虞之意，仿《詩經》四言古體述史。

註釋

註　一　唐虞：指上古時代的唐堯帝及其繼任者虞舜帝，世稱唐虞時代、堯舜時代。堯帝與舜帝都是古代五帝之一，地位崇高，備受當世及後世推崇。堯舜時代，世稱治世，帝位繼承傳賢不傳子，首開禪讓制度先河。《論語．泰伯》：「唐虞之際，於斯為盛。」

註　二　巍巍聖業：巍巍，高大、偉大。《論語．泰伯》：「巍巍乎！舜禹之有天下也而不與焉。」何晏集解：「巍巍，高大之稱。」聖業，帝王事業。

註　三　稽古唐堯：考察古代堯帝時代的事蹟。《尚書．堯典》：「曰若稽古帝堯，曰放勛，欽明文思安安，允恭克讓，光被上下，格於上下。」

註　四　渾忘大德：渾忘，可理解為修行功夫已達物我兩忘的境界。大德，指德行高尚，另一義指對出家人的禮稱。

註　五　帝力迢迢：帝力，皇帝的權力。迢迢，遙遠貌。

註　六　蕩蕩虞帝：蕩蕩，遠大廣闊。虞帝，即舜帝，國號有虞。蕩蕩虞帝，言其恩澤遠大廣闊，德名滿天下。

註　七　舜樂曰韶：韶樂，上古名樂舞，世傳舜帝所作，其特色是結合禮，成為禮樂文化，故此盡善盡美。韶樂別稱「大韶」、「韶箾」、「簫韶」。韶樂內容歌頌舜帝之德能繼堯帝。據《尚書．益稷》載：「簫韶九成，鳳凰來儀。」韶樂備受孔子欣賞，《論語．述而》：「子在齊聞韶，三月不知肉味，曰，不圖為樂之至於斯也！」又據《論語．八佾》記載：「子謂韶，盡美矣，又盡善也。」

註　八　澤被法立：澤被，言恩澤施加於某事物。被，通披。法立，制定法制。澤被法立，言立法治國，民見其恩澤。

註　九　乃命皋陶：皋陶，舜帝名臣，制樂掌刑，是中國司法鼻祖，上古四聖之一。（堯、舜、禹、皋陶）舜帝盛讚皋陶，《尚書．大禹謨》：「汝作士，明於五刑，以弼五教，期於予治。刑期於五刑，民協於中，時乃功，懋哉！」

註一〇　天生神禹：神禹，指大禹。有關大禹的出生，頗多神話爭議，大禹經父親鯀剖腹而生。《山海經．海內經》：「洪水滔天。鯀竊帝之息壤以堙洪水，不待帝命。帝令祝融殺鯀於羽郊。鯀復生禹。」復通腹。又《全上古三代秦漢三國六朝文》輯《歸藏．啟筮》載：「鯀殛死，三歲不腐，副（剖）之以吳刀，是用出禹。」

註一一　平治九州：平治，平定、治理。九州，夏禹獲舜禪讓，取得天下，劃分為九州，即冀州、兗州、青州、徐州、揚州、荊州、梁州、雍州、豫州。九州代表中國，又別稱赤縣神州、華夏、中原等。

註一二　迺鑄九鼎：迺，乃也。鼎乃國寶，夏禹用天下九牧所貢之金（一說青銅）鑄成九鼎，鼎上刻有各州地理環境，貢賦定數，名勝代表等，鼎重千鈞，每州一鼎，擁有九鼎者代表擁有中國。

註一三　垂以千秋：千秋，千年，寓意後世。指聲名史蹟留芳後世。

註一四　揖讓風寢：揖讓，禪讓，讓位於賢。風寢，風，風氣，作風；寢，停止。揖讓風寢，此言禪讓之風停止，改為世襲。

註一五　傳子啟猷：猷，法則。傳子世襲制度，始於夏禹傳子啟。

註一六　殷棄三仁：商末，紂王荒淫無道，三位仁德之士，稱之殷末三仁，或稱殷末三賢，遭受棄用。他們是微子、箕子、比干。孔子《論語．微子》曰：「微子去之，箕子為之奴，比干諫而死，殷有三仁焉。」

註一七　罔協其親：沒有協助其親屬紂王。

註一八　微子去國：微子名啟，殷末商丘人，紂王長兄。初封地於「微」（今陝西眉縣地境內），爵位是子爵，故稱微子。殷末紂王無道，微子屢勸諫無效，遂離殷投奔周武王。殷亡後，獲周成王封地於宋（今河南商丘），爵位是公爵。

註一九 箕子辱身：箕子，子姓，名胥餘，商朝宗室，紂王叔父，官太師，封於箕（今山西太谷、榆社一帶）屢勸諫紂王，觸怒紂王，將其囚禁。他披頭散髮，裝瘋，「佯狂為奴」，雖坐囚而可存命。周武王克殷後，箕子獲釋。漢．司馬遷《史記》有載箕子晚年曾統治朝鮮。平壤置有箕子陵。

註二〇 比干諫死：比干（約前一一一〇～前一〇四七），沫邑（今河南衛輝）人，子姓，名干，封於「比」（今山東曲阜一帶），故稱比干。比干幼聰穎，勤奮好學，年二十輔政當太師，輔主帝乙，又受托孤輔帝辛（紂王），為宰相。他是紂王叔父，前後輔助二主，主政四十年，為朝廷重臣。商末，紂王暴虐荒淫，橫征暴斂，比干對其苦諫三日不去，紂王大怒，問其何所恃，比干曰：「恃善行仁義所以自恃。」紂王怒曰：「吾聞聖人心有七竅信有諸乎？」遂殺比干剖視其心，死年六十三歲。比干因諫而死，為國守忠，其氣節令周人敬佩，死後獲追封國神。

註二一 迺失厥民：迺通乃；厥，其也，即乃失其民。

註二二　殷隕湯德：殷，指殷紂王。隕，敗壞。湯德，指商朝開國君主湯武王之恩德。商湯王乃一代賢君，其聲譽卻為亡國君主紂王敗壞。史載湯武王恩澤除惠民外，還惠及禽獸，其「網開三面」史蹟，為後世津津樂道。《呂氏春秋》載他「行大仁慈，以恤黔首，反桀之事，遂其賢良，順民所喜，遠近歸之，故王天下」。

註二三　周有十人：周武王有十位能臣，分別是：周公旦、召公奭（音式）、太公望、畢公、榮公、太顛、閎夭、散宜生、南宮適、文母（一說文王之后太姒、另一說武王之妻邑姜）這十位能臣平亂有功，也有「十亂」之稱。《書．泰誓》：「予（十武王）有亂臣十人，同心同德。」

註二四　周先畜德：周先，指周代祖先，周文王始祖為公劉。畜德，涵積陰德。《史記．周本紀第四》：「公劉雖在戎狄之間，復脩后稷之業，務耕種，行地宜，自漆、沮度渭，取材用，行者有資，居者有畜積，民賴其慶。百姓懷之，多徙而保歸焉。周道之興自此始，故詩人歌樂思其德。」

註二五　鳳鳴於岐：岐，地名，岐山，陝西省岐山縣鳳凰山。此句詩典出「鳳鳴岐山」。相傳周文王主政之際，岐山有凰凰棲息鳴叫，其原因受周文王的德政所吸引而來，寓意周室興盛的吉兆。《竹書紀年》：「文王夢日月著其身，鸑鷟鳴於岐山……後有鳳凰銜書，游文王之都。」

註二六　以革商鼎：革，革除。商鼎，鼎，即國鼎，代表皇朝，鼎在國在，國亡則鼎易手。此句寓意周武王推翻商紂王朝。

註二七　以啟周基：建立周朝基業。

註二八　垂統八百：言基業傳世八百年，實數七七九年。周朝有「西周」（約前一〇四六～前七七一）及東周（前七七〇～前二五六）之分，周平王東遷之前稱西周，東遷以後稱東周。

註二九　姬氏乃衰：姬氏，指周天子姓姬。乃衰：指周室衰亡。

註三〇　秦以暴得：暴得，武力得之。此言春秋戰國時代，秦打敗六國，統一天下。

註三一　三戶亡之：三戶，三戶人家。典出「楚雖三戶，亡秦必楚」。《史記．項羽本紀》：「夫秦滅六國，楚最無罪。自懷王入秦不反，楚人憐之至今，故楚南公曰：『楚雖三戶，亡秦必楚』也。」

註三二　炎炎漢胄：炎炎，指威武堂堂。漢胄，漢族後裔。漢代，也稱炎漢或炎劉。

註三三　火德王（音旺）劉：火德，即漢朝。以五德（五行）推算皇朝興替之說，始於春秋戰國時代陰陽家鄒衍。王劉，指劉邦王有天下。《後漢書‧光武帝紀》：「壬子，起高廟，建社稷於雒陽，立郊兆於城南，始正火德，色尚赤。唐代章懷太子李賢註：「漢初土德，色尚黃，至此始明火德，幟尚赤，服色於是乃正。」

註三四　赤帝之子：赤帝即炎帝，上古五帝之一，因以火德王，故稱赤帝。漢‧高誘注《淮南子‧時則》：「赤帝，炎帝，少典之子，號為神農，南方火德之帝也。」《史記‧高祖本紀》有載劉邦斬白蛇故事：「嫗曰：『吾子，白帝子也，化為蛇，當道，今為赤帝子斬之，故哭。』」赤帝子，指劉邦其人。

註三五　實命所攸：寓意實在是天命所安排。

註三六　天命靡常：靡常，即無常，沒有固定變化規律。漢‧班彪〈北征賦〉：「故時會之變化兮，非天命之靡常。」

註三七　惟德是庥：德，指品格高上。庥，庇蔭、庇護。庥，音休。寓意品德高尚，才得到上天的庇護。其義與「唯德是輔」同，見《尚書‧蔡仲之命》：「皇天無親，唯德是輔。」

註三八　三章約法：漢高祖劉邦初入咸陽，建立威信，與民約法三章，共同遵守。法，法律；三章即三條。《史記‧卷八‧高祖本紀》：「與父老約，法三章耳：殺人者死，傷人及盜抵罪。」

註三九　民可使由：使，用也，民若可供使用，則任由他進行技巧發揮，不必限制。《論語・泰伯》：「民可使由之，不可使知之。」

註四〇　漢室將傾：傾，覆滅。漢朝宗室將要覆滅。

註四一　隳於桓靈：隳，音輝，崩毀。桓靈，漢末桓帝及靈帝，桓靈並稱始見於三國諸葛亮〈出師表〉：「先帝在時，每與臣論此事，未嘗不嘆息痛恨於桓靈也。」

註四二　三分鼎足：指魏、蜀、吳三國，鼎足而三。魏以曹操為首，蜀以劉備為首，吳以孫權為首。

註四三　蜀德惟馨：蜀德，蜀，四川；劉備，字玄德，都四川。惟，只有。馨，芬芳。言劉備才德最優秀。《尚書・君陳》：「至德馨香，感於神明。黍稷非馨，明德惟馨。」

註四四　武侯盡瘁：武侯，諸葛亮，蜀相。劉備戰死白帝城後，諸葛亮受命托孤輔幼主劉禪，獲封漢中武鄉侯，並開府治事。亮死，謚號為忠武侯，後世稱諸葛武侯。盡瘁，竭盡心力。《詩・小雅・北山》：「或燕燕居息，或盡瘁事國。」毛傳：「盡力勞病，以從國事。」諸葛亮〈出師表〉：「鞠躬盡瘁，死而後已。」

註四五　卒隕厥星：卒，最後。隕，死亡。厥，其也。星，指生命，古人命懸於天，各有其星，星隕，言生命結束。

註四六　曹移漢祚：曹，指曹操、曹丕父子。移，篡奪政權。漢祚，漢朝皇位和國統。

註四七　晉享其成：指晉朝開國君主司馬炎，魏相司馬昭之長子，昭死，繼承其位，擁軍政大權自重，迫魏元帝曹奐（曹操孫）禪讓，改國號晉，是為晉武帝。

註四八　晉世以降：猶言晉代以來。《後漢書．逸民傳序》：「是以堯稱則天，不屈穎陽之高；武盡美矣，終全孤竹之絜。自茲以降，風流彌繁。」

註四九　六朝紛張：六朝，指三國至隋統一前的三百餘年間，經歷了六個王朝的興替，依次為三國吳、東晉和南朝的宋、齊、梁、陳，史稱六朝，這六個王朝皆建都於建業（南京）。紛張，意謂六個王朝依次張列出現。

註五〇　隋一其統：隋文帝楊堅統一南北，建立隋。

註五一　踵之以唐：踵，接續。李淵，隴西城紀人，具胡人血緣，與隋煬帝為表兄弟。隋末，帝主煬帝昏庸腐敗，朝政失常，天下大亂，煬帝為部下所殺。太原留守李淵及其子李世民乘亂起兵。李淵嘗擁立煬帝之孫楊侑為恭帝，其後又迫其禪讓帝位，取得皇位，國號唐，都長安，世稱唐高祖。

註五二　既颺武功：既，既然。颺，通揚、顯颺、宣颺。武功，軍事功績。《詩．大雅．文王有聲》：「文王受命，有此武功。既伐於崇，作邑於豐。」鄭玄箋：「武功，謂伐四國及崇之功也。」

註五三　更曜文光：曜，照耀、顯耀。文光，絢爛的文采。此言唐代文學發達，尤以詩學最具時代特色。

註五四　殘餘五代：唐亡以後，中國出現一個大分裂的年代，即所謂五代十國（狹義九〇七～九七九年，廣義為九〇二～九七九年）。五代十國的出現，是唐末藩鎮割的延續。唐末，發生黃巢之亂，動搖唐室基業，本為叛民的朱溫降唐，聯合驍將李克用平定黃巢之亂有功，獲唐僖宗賜名「全忠」，獲封官重用，嘗為汴州刺史，又封為梁王。其後朱溫擁兵謀反，迫唐哀宗禪讓，自立為帝，國號梁，史稱後梁，為五代的開始。梁亡後，中原地區相繼出現四個王朝，分別為後唐、後晉、後漢、後周。上述五個王朝都自稱繼承大統，為正朔王朝，其首都除後唐建都於洛陽外，其餘四個王朝皆建都於開封。在五代時期，非中原地區，各地軍閥也擁兵自重，各自建立政權，地區勢力較大者有十，史稱十國，分別是：前蜀、後蜀、吳、南唐、吳越、閩、楚、南漢、南平、北漢。十國的地區勢力分佈以南方為主，北方只得北漢。

註五五　宋襲其亡：西元九六〇年，後周殿前都點檢趙匡胤，乃軍事最高統帥，發動陳橋兵變，黃袍加身，篡後周建立北宋，五代至此結束。宋太祖趙匡胤登帝位後，國家仍未統一，其對外用兵的軍事策略是「先南後北」，打過無數次的大小戰爭，耗時十八年，始得蕩平南北地方政權，完成統一大業，是繼唐之後的正朔王朝。

註五六　崇厥理學：宋代重文輕武，詞學及理學最具時代特色。以理學以言，它是儒、道發展的延續，並且揉合佛學精粹。理學又稱宋學、新儒學，其學揉合了儒、道、佛的哲理。厥，其也。

註五七　儒道復昌：理學發展到宋代，大鳴大放，派系林立，奉為理學正宗的有濂、洛、關、閩四派。濂學以周敦頤為代表；洛學以程顥、程頤為代表；關學以張載為代表；閩學以朱熹為代表。此外，邵雍的百源學派、陸九淵的象山學派及呂祖謙的浙東學派都各具特色。北宋理學人才輩出，其著者如北宋五子，即周敦頤、程顥、程頤、張載、邵雍。宋代理學始於周敦頤，集大成者乃南宋閩學朱熹也。宋代理學是儒學、道學發展的延續，並且更上層樓，承先啟後，影響深遠，明代的王陽明及朱舜水皆受影響，尤其是後者東渡日本講學，將王學精神遠傳海外。

註五八　岳王威武：岳飛乃南宋抗金名將，封武昌開國公，死後追謚武穆，後追封鄂王，改謚忠武，故後世稱他為岳武穆、武穆王、岳忠武王。岳飛治兵嚴謹，也嚴於律己，正氣凜然，其詞〈滿江紅〉可見其人。

註五九　趪趪將軍：趪，音黃，威武而勇敢。將軍，指岳飛，可惜未獲善用，並為奸相秦檜所害。漢．班固〈十八侯銘〉：「趪趪將軍，威蓋不當。」

註六〇　南宋耎國：耎，音義同軟。耎國，國力軟弱。南宋國力軟弱無能，偏安江南，宋高宗先以建康（南京）為都，後遷臨安（杭州），在正統王朝中，疆域版圖最小。《戰國策．楚策一》：「鄭魏者，楚之耎國。」

註六一　高宗孱君：宋高宗趙構，宋室第十位君主，宋徽宗第九子，宋欽宗之弟，獲封康王，是南宋首位君主。孱君，指孱王，懦弱無能之君王。《史記．張耳陳餘列傳》：「趙相貫高、趙午等年六十餘，故張耳客也。生平為氣，乃怒曰：『吾王孱王也。』」

註六二　梁木摧毀：指國家棟樑岳飛慘遭奸相殺害。梁，通樑。

註六三　狼犬成羣：寓意一群凶狠奸狡之輩，指秦檜等人。秦檜，江寧府人，進士，兩度為相，獨攬相權十九年，滿朝都是他的黨羽，所謂狼犬成群，朱子《朱子語錄》指出：「舉朝無非秦之人，高宗更動不得。」明言帝主高宗動不得朝臣的差遣或去留，皆因秦檜包庇。

註六四　元滅金宋：蒙人崛起大漠，南下中原，先滅金，後滅宋，統一中國。

註六五　信國流芬：信國，指文天祥，抗元名將，嘗獲封信國公，故稱文信國，其〈正氣歌〉，傳頌後世。流芬，即流芳，指美名流傳後世。

註六六　胡人入主：胡人，中國古代對外族人的泛稱，句意是指蒙古人。入主，指元世祖忽必烈進入中原作統治者，國號大元，都大興（今北平）。

註六七　運不百年：自一二七一年起，蒙古人入主中原，年運不及百年，到了一三六八年便結束，前後共九十七年。

註六八　洪武崛興：洪武，乃明太祖朱元璋建國年號。崛興，興起。

註六九　敺彼腥羶：敺，同驅，寓意朱洪武抗元成功，驅趕蒙古人出關外。腥羶，指北方蒙古人。

註七〇　金陵定鼎：金陵，別稱南京。定鼎，即定都；鼎，指國鼎，乃國家寶器，代表國家。明太祖朱元璋，稱洪武帝，是明朝開國君主，建都於南京。《左傳・宣公三年》：「成王定鼎於郟鄏，卜年七百，天所命也。」

註七一　嗣徙幽燕：嗣，其後。徙，遷徙。幽燕，北平，古稱幽燕。明成祖朱棣乃明代第三位君主，經靖難之役，取得帝位後，改元永樂，還都北平。

註七二　煤山殉國：明末李自成兵破北京，思宗倉皇出京，逃至北平煤山（今景山），懸樹自縊殉國。

註七三　明祚乃遷：祚，君位。遷，遷徙、改變。寓意明亡。

註七四　清竊明社：竊，盜取。社，社稷，寓意國家。滿州人竊取明室政權，國號清。

註七五　三將封藩：三將指吳三桂、尚可喜、耿精忠，他們皆漢人，棄明投清，助清開國有功，曾平定李自成之亂及平定南方抗清的舊明勢力。清廷為了犒賞這些異族功臣，予以封藩，吳三桂封平西王，鎮守雲南，兼轄貴州；尚可喜封平南王，鎮守廣東；耿精忠封靖南王，鎮守福建。

註七六　揚州慘屠：南明抗清，以揚州十日最為慘烈。弘光元年（一六四五）四月，清豫親王多鐸兵圍揚州，時兵部尚書史可法負責守城，寫下遺書殉國，率軍奮戰，戰況慘烈，屍橫滿街，及至城破，清兵入城須踏屍而過，史可法被俘，拒降就義，死年四十五。清入城後，多鐸報復之前城內軍民頑抗，下令屠城十日，死者八十餘萬，屠城慘況，詳見史可法幕僚王秀楚《揚州十日記》。

註七七　嶺表繁冤：嶺表，指嶺南地區。繁，眾多。冤，冤仇、冤恨。順治六年十月，清兵馬大舉南下廣州，城內死守，圍城十月始得攻陷，城破後，清軍統帥靖南王尚可喜，下令屠城十日，時廣州人口約四十萬，死難者約占五分之一。

註七八　辛亥革命：辛亥，中國年曆，辛亥年，即一九一一年，清朝則為宣統三年。辛亥革命，是指辛亥年十月十日武昌起義，革命成功，結束二千多年的帝制，締造了亞洲第一個民主國家。

註七九　勢攝中原：中原，中國。一九一一年十月十日，爆發武昌起義，各省紛紛響應，聲勢浩大，震驚國人。

註八〇　清社之屋：清社，清廷。屋，亡也。《禮記．郊特牲》：「是故喪國之社屋之，不受天陽也。」以屋覆蓋社，寓意亡國。

註八一　惟孫與袁：促使清廷之亡，核心人物南方是孫中山，北方是袁世凱。

註八二　迺：乃也。

註八三　日月重光：指國家動亂後，國土光明再臨。

註八四　旋分南北：旋，不久。南北，指南方軍閥及北方軍閥，互為對峙。

註八五　庶政參商：庶政，國家政務。參商，星宿名稱，參星，居西方，商星，居東方，二星此出彼沒，不得相見。此言南北各自為政。《文選．曹植．與吳季重書》：「面有逸景之速，別有參商之闊。」

註八六　東夷伺隙：東夷，日本人。伺隙，窺伺時機，進犯我國土。

註八七　凌我鄉邦：凌，侵犯。鄉邦，國土。一九三七年七月七日爆發蘆溝橋事件，開啟中日戰爭，歷時八年，最後日本在一九四五年八月十五日宣佈投降。考日本侵華早於一九三一年九月十八日在中國東北地區策動九一八事件，翌年三月成立滿州國，故此，日本侵華的年數該是共十四年。

註八八　勝后內戰：一九四五年八月十五日，日本宣佈無條件投降，中日戰爭結束，旋國共內戰，持續至一九四九年，全國解放，內戰才告一段落。

註八九　又變玄黃：寓意戰爭，《周易．坤》：「龍戰於野，其血玄黃。」玄黃另一義，是指天地顏色。《易．坤》：「夫玄黃者，天地之雜也，天玄而地黃。」

註九〇　留竢後評：竢，待也。寓意留待後世評論。

註九一　若保赤子：赤子，剛生嬰兒，泛指善良老百姓或人民。

註九二　民具恆情：恆情，常情。《福惠全書．筮仕部．起程》：「互相爭嚷，亦世俗恆情耳。」

註九三　濡毫以待：指毫筆蘸墨以待用。

註九四　懷我蒼生：懷，思念。蒼生，一切生靈、老百姓。

論治道三則

其一

日方徂西[註一]，將焉往兮[註二]？終既往矣[註三]，又將安歸[註四]？

賞析：此詩以日落談治道，寓意治道順天道，順自然。

其二

天生斯文[註五]，未之或泯[註六]。道其興也[註七]，執中而不隕[註八]。

賞析：此首詩寓意天地之發展，以執中為本，即天之六氣，地之五行，其發展不能太過或不及，此種文化智慧，與生俱來，故此不會泯滅。堯舜時代，推行執中政治，至今沿用，不用則弊亂叢生。

其三

靄然仁者註九，唯德是親註一〇。天地之大德註一一，澤彼蒸民註一二。

賞析：此首詩寓意爲政以愛民、生民爲本，此乃天德，百姓蒙澤。

註釋

註　一　日方徂西：徂，往也。太陽西下。

註　二　將焉往兮：寓意將去何處。《楚辭・遠遊》：「高陽以邈遠兮，余將焉所程？」

註　三　終既往矣：最終既然往去。

註　四　又將安歸：安，疑問詞。寓意又如何返歸？

註　五　天生斯文：斯文，泛指文人、雅士、文學、也可指禮樂教化、典章制度。

註　六　未之或泯：泯，消除。未曾有過消除。

註　七　道其與也：言治道興盛。

註　八　執中而不隕：中，中庸。隕，隕滅。治道執中持平，無過與不及，典章制度就不會泯滅，國命永遠延續。《尚書・大禹謨》：「維精維一，允執厥中。」

註　九　藹然仁者：藹然，對人和善。仁者，仁德之人。唐・韓愈〈答李翊書〉：「人義之仁，其言藹如也。」

註一〇　唯德是親：寓意只有具品德之人，就會得到天道眷助。義同「唯德是輔」，見《尚書・蔡仲之命》：「皇天無親，唯德是輔。」

註一一　天地之大德：大德，大功德，天地生養萬物，可稱大德。《易・繫辭上》：「天地之大德曰生。」

註一二　澤彼蒸民：澤，恩澤。彼，彼等、那群。蒸民，平民、百姓。恩澤給予那群百姓。

弭亂[註一]三則

其一

日沒而黯[註二]，月昃而霜[註三]。黯兮慘惻[註四]，霜兮蒼茫[註五]。哀彼亂矣[註六]，我心孔傷。[註七]

賞析：此詩言大自然有日沒、月昃之遇，而眾生亦會遭逢黑暗與霜寒，忍受慘惻與悽愴，對他們的不幸遭遇，內心哀痛之極。盼亂後平復，有如黑夜過去，送別霜寒，天曉光明重臨。

其二

止戈爲武註八，我武維揚註九。大勇則仁註一〇，繼絕存亡註一一。毋滋他族註一二，繫於苞桑註一三。

賞析：此詩言中華天威，熱愛和平，國防堅牢，外敵卻步，仁政文化道統深厚，國運綿延，異族不敢來犯，國土根深柢固，如繫苞桑，不可動搖。

其三

藹爾君子註一四，蹌蹌蹌蹌註一五。蕩乎巍乎註一六，惟虞與唐註一七。及見君子註一八，永錫乎家邦註一九。

賞析：此詩寓意國運昌隆，四海昇平，有賴仁政惠民，以偉大的堯舜德政爲範，能有仁德君子治政，則永爲家邦之幸！

註釋

註一　弭亂：平息動亂。

註二　日沒而黯：日沒，日落。黯，昏暗。

註三　月戾而霜：月戾，月亮西斜，天將曉而見霜。唐・王昌齡〈朝來曲〉：「月戾鳴珂動，花連繡戶春。」

註四　黯兮慘惻：黯，天地昏暗。慘惻，憂傷悽惻，境況憂傷悽惻。晉・陸機〈愍思賦・序〉：「一載之間，而喪制便過。故作此賦，以紓慘惻之感。」

註五　霜兮蒼茫：蒼茫，遼闊遙遠。寓意四野曉霜茫茫。

註六　哀彼亂矣：指哀痛時亂。

註七　我心孔傷：心孔，心竅。心孔傷，指哀痛達心竅。明・于謙〈五七祭文〉：「子之逝也，奄經五七。我心孔傷，夜以繼日。」

註八　止戈為武：止字和戈字合成而為武字，寓意停止干戈，就是武力的最高境界。左丘明《左傳・宣公十二年》：「非爾所知也。夫文，止戈為武。」

註九　我武維揚：武，指威武；揚，發揚。寓意我軍威武精神要發揚。《尚書・泰誓中》：「我武維揚，侵於之疆。」

註一〇　大勇則仁：以仁愛為本而行公義的事，稱大勇。《孟子．梁惠王下》：「王曰：『寡人有疾，寡人好勇。』……文王一怒而安天下之民……而武王亦一怒而安天下之民。今王亦一怒而安天下之民，民惟恐王之不好勇也。」

註一一　繼絕存亡：使瀕臨斷絕和滅亡者繼續存在。《公羊傳．僖公十七年》：「桓公嘗有繼絕存亡之功，故君子為之諱也。」

註一二　毋滋他族：毋，同無、勿。滋，引發、使。他族，別國。此句深層意義是勿讓異俗迫近國土。先秦．左丘明《左傳．隱公十一年》：「無滋他族，實逼處此，以與我鄭國爭此土也。」

註一三　繫於苞桑：繫，縛、扣、結。苞桑，桑樹的根，寓意我國土根深柢固。《易．否》：「其亡其亡，繫於苞桑。」孔穎達疏：「若能其亡其亡，以自戒慎，則有繫於苞桑之固，無傾危也。」

註一四　藹爾君子：藹，和善。爾，你、你等。

註一五　蹌蹌蹌蹌：蹌蹌，人物眾多貌；蹌，與鏘同，走也。蹌蹌，指步履有禮莊重。蹌蹌蹌蹌，指進退有節，恭敬有禮。《詩・大雅・公劉》：「蹌蹌濟濟，俾筵俾幾。」《鄭玄箋》：「士大夫之威儀也。」

註一六　蕩乎巍乎：蕩，浩大、廣大。乎，助語嘆詞。巍，高大。《論語・泰伯》：「大哉堯之為君也！巍巍乎！唯天為大，唯堯則之。蕩蕩乎，民無能名焉。」巍巍蕩蕩，形容道德崇高，恩澤博大。

註一七　惟虞與唐：虞，虞舜，舜帝，五帝之一，受禪讓於堯帝，國號有虞；唐，唐堯，堯帝，五帝之首，遠古帝嚳次子，初封於陶，後又封於唐，登位後，其號堯，史稱唐堯，在位百年，一代賢君，行德政，禪位於舜，開禪讓制度之始。

註一八　及見君子：君子，泛指品德高尚者。《詩經・鄭風・風雨》：「風雨如晦，雞鳴不已。既見君子，云胡不喜。」

註一九　永錫乎家邦：錫，通賜，永錫，永遠賜給。家邦，泛指國家。

六言詩

題四美[註一]圖二首

其一　張麗華[註二]（髮光可鑑）西施[註三]（捧心含顰）合圖

梳就鳴蟬薄鬢[註四]，妝成墮馬垂鬟[註五]。鳳眼顰含秋水[註六]，蛾眉愁鎖春山[註七]。

賞析：這是一首詠物詩。本詩首二句詠南朝張麗華，其人以髮光照人稱艷，髮式梳成「蟬鬢」或「墮馬髻」，更見創意；末二句詠西施，其人以眼稱譽，眼以鳳眼爲佳，眼光如秋水，愁鎖眉頭之美，西施皆有。

其二　楊玉環[註八]（捧硯）趙飛燕[註九]（妙舞）

唐姬羞花婀娜[註一〇]（玉環），漢妃蓮步輕盈[註一一]（飛燕）。
翠袖暗香留硯[註一二]（玉環），紅粧尤物傾城[註一三]（飛燕）。

賞析：這是一首詠物詩。本詩諷楊貴妃與趙飛燕二美，皆紅顏禍水，迷惑帝君，以致國亡。本詩首句詠楊貴妃有羞花之貌，次句詠趙飛燕體態輕盈；第三句詠楊貴妃爲李白（七〇一～七六二）磨墨題詩，墨香盈袖；末句詠趙飛燕有傾城之容。

註釋

註　一　四美：指張麗華、西施、鄭袖、趙飛燕。是詩四美有別於一般所指西施、王昭君、貂蟬、楊玉環。

註　二　張麗華：南朝陳後主陳叔寶寵妃，髮長七尺，濃黑如漆，光亮照人，粧罷臨檻，遠望如仙。其人特聰慧，容色端麗，才辯強記，善候人主顏色，工厭魅（咒術）之術，假鬼道以惑後主，淫亂朝政。陳末，隋兵攻入宮殿，兵荒馬亂之際，陳後主與張麗華及孔貴妃躲入宮井，終為隋兵發現，游繩救起時，三人仍摟作一團。陳亡，晉王楊廣欲納張麗華為妃，但為長史高熲所阻，並以禍水不祥予以處死。

註　三　西施：春秋時代越國美女，中國古代四大美女之首，本名施夷光，一般稱西施，或尊稱西子，平民出身，自幼隨母浣紗江邊，故又稱浣紗女。其人天生麗質，傾國傾城。時國君越王勾踐為吳王夫差所敗，屈膝投降，受盡凌辱。回國後，謀臣文種建議美人計復仇，覓得西施為助，予以培訓三年歌舞，經范蠡獻送吳王。吳王一見大喜，日夜沉迷美色，荒廢朝政。另一方面，勾踐志切復仇，臥薪嚐膽，整軍經武，終敗夫差。勾踐復仇後，西施隨范蠡泛舟五湖，不知所踪。史載西施之美，為人津津樂道者如：西子捧心、沉魚落雁。

註　四　梳就鳴蟬薄鬢：魏文帝曹丕宮人莫瓊樹始製蟬鬢髮型，望之縹緲如蟬翼之薄。晉・崔豹《古今注》：「魏文帝宮人絕所愛者，有莫瓊樹、薛夜來、田尚衣、段巧笑四人，日夕在側。瓊樹乃製蟬鬢，縹緲如蟬，故曰蟬鬢。」

註　五　妝成墮馬垂鬟：墮馬垂鬟，指墮馬髻，髮型之一，始於漢，後漢梁冀妻孫壽作墮馬髻。鬟，《說文》鄭珍注：「謂盤髮如環。」又《後漢書・梁冀傳》載梁冀妻孫壽：「色美而善為妖態，作愁眉啼妝、墮馬髻。」

註　六　鳳眼顰含秋水：鳳眼，美稱女子眼目。顰，皺眉。秋水，指眼神晶瑩。宋・王觀〈卜算子〉：「水是眼波橫，山是眉峯聚。」

註　七　蛾眉愁鎖春山：娥眉，指女子，即西施。春山，雙眉。西施心痛，捧胸皺眉，愁鎖雙眉，此際益增其美，引發東施效顰，頓見其醜。《莊子・天運》：「故西施病心而顰其里，其里之醜人見而美之，歸亦捧心而顰其里。」

註　八　楊玉環：楊貴妃（七一九～七五六），小字玉環，蒲州永樂（今山西永樂）人，中國古代四大美人之一的「羞花」，初為唐玄宗第十八子壽王李瑁的王妃，後出家為女道士，道號太真。還俗後，獲玄宗寵愛，封貴妃。安史之亂起，安祿山占據長安，玄宗與貴妃等人出逃四川，及至馬嵬驛，將士嘩變，要求處死楊國忠及貴妃以謝天下，玄宗無奈賜死二人。

註　九　趙飛燕：趙飛燕，漢代美女，中國古代四大美人之一，與唐代楊玉環齊名，所謂「燕瘦環肥」是也。趙飛燕原名宜主，出身貧寒，父為樂工，父亡後，流落長安，與妹妹合德以編織草鞋為生，後為趙姓官員收養，姐妹二人輾轉到了阿陽公主宮當侍女，並習歌舞。宜主天生體態輕盈，舞姿悅目，翩然欲飛，故改名「飛燕」。姐妹二人，皆有艷名，傳遍一時，同被召入宮為「婕妤」（女官名），並獲成帝寵愛，姐妹二人「貴傾後宮」。趙飛燕雖獲漢成帝專寵二十年，並曾封后，但成帝死後，權勢旁落，事涉宮闈鬥爭，其妹自殺而死。六年後，哀帝臨朝，王莽當政，她被廢為庶人，負責為漢成帝守陵，終難忍辱自殺而亡。

註一〇　唐姬羞花婀娜：唐姬，姬，美稱女子，唐代美女。羞花，典故出自楊玉環在後宮花園賞花，玉環容顏千嬌百媚，連花兒也自嘆不如，花瓣自動收卷，不敢開花，以免比照楊玉環顏容而獻醜，事聞於玄宗，召見驚為天人，玉環因而獲寵。婀娜，形容女子身姿優雅，美態畢露。

《文選・曹植・洛神賦》：「華容婀娜，令我忘餐。」

註一一　漢妃蓮步輕盈：漢，漢王。妃，君王正配為后，側配為妃。蓮步輕盈，蓮步，美稱女子步態，指趙飛燕舉步輕飄如燕。

註一二　翠袖暗香留硯：香，指墨香，楊玉環曾為李白捧硯，讓李白即席題詩，完成傳誦後世的〈清平調〉三首。楊玉環捧墨，故墨香滿袖。

註一三　紅妝尤物傾城：紅妝尤物，紅妝，形容美女鮮麗；尤物，絕色的美女。傾城，此乃貶語，形容美女魅力可使君王失去城池。漢・李延年詩：「北方有佳人，絕世而獨立，一顧傾人城，再顧傾人國。寧不知傾城與傾國，佳人難再得。」《詩經・大雅・瞻印》：「哲夫成城，哲婦傾城。」

哀戰禍　調寄過秦樓

紫塞風掀註一，黃河濤湧註二，驀地戰雲飛展註三。狼煙蔽野註四，鮫淚註五流泉，瞬即物移星換註六。回溯漢代文章註七，周室綱常註八，煙雲終散。賸蕭蕭易水註九、纍纍殘骨，浪鳴風捲。還有恨，北地臙脂註一〇，南朝金粉註一一，宛似註一二失羣孤雁。新時貴顯註一三，舊日池臺，又是一番留戀。陵谷緣何變遷註一四，王氣煙消註一五，侯門註一六夢幻。見歸鴉落日，九曲迴腸百轉註一七。

賞析：這是一首哀戰亂詞。本詞上片寫外敵犯邊，「戰雲飛展」、「狼煙蔽野」，可惜戰敗，句見「物移星換」，文章綱常，即典章法制與倫理制度，皆「煙雲終散」，空餘「蕭蕭易水、纍纍殘骨，浪鳴風捲」，供人憑弔。下片寫往日繁華氣象，淪爲蕭條景象，其悽涼如「失羣孤雁」。詞中諷「新時貴顯」，一朝得意，對「舊日池臺」，又是一番留戀」。末五句哀痛戰禍，帶來亡國氣象，場景慘澹，內心悲痛，肝腸寸斷！本詞與寄深遠，豪放沉鬱，悲壯蒼涼，有辛詞遺調。

註釋

註　一　紫塞風掀：紫塞，北方邊塞。晉．崔豹《古今注．都邑》：「秦築長城，土色皆紫，漢塞亦然，故稱紫塞。」風掀，指風潮、事端。

註　二　濤湧：波濤洶湧。

註　三　驀地戰雲飛展：驀地，忽然。戰雲飛展，戰爭迅速展開。

註　四　狼煙蔽野：狼煙，戰火。野，原野，指戰火遮蔽原野。

註　五　鮫淚：鮫人之淚，即傳說中美人魚之淚珠，泛指眼淚，或龍眼別稱。《洞冥記》：「〈吠勒國人〉乘象入海底取寶，宿於鮫人之舍，得淚珠，則鮫所泣之珠也，亦曰泣珠。」

註　六　物移星換：指事物與時空都改變。

註　七　回溯漢代文章：回溯，回顧。文章，典章制度。《論語．泰伯》：「巍巍乎其有成功也，煥乎其有文章。」朱熹集注：「文章，禮樂法度也。」

註　八　周室綱常：周代三綱五常。三綱，《白虎通義》：「君為臣綱，夫為妻綱，父為子綱。」五常，仁、義、禮、智、信。三綱五常，乃古代名教觀，即名分與教化，以維繫社會秩序的穩

定和發展。

註　九　蕭蕭易水：蕭，空餘；蕭蕭易水，蕭蕭，指風聲。易水，河流名，在河北省易縣，燕太子送別荊軻處。《戰國策・燕策三》：「風蕭蕭兮易水寒，壯士一去兮不復返。」

註一〇　北地臙脂：臙，同胭，臙脂，本為草名，其色紅，能作顏料及化妝品。北地臙脂，泛指北方美女。《五代詩話・稗史彙編》：「北方有焉支山，上多紅藍草，北人取其花朵染緋，取其英鮮者作胭脂。」

註一一　南朝金粉：南朝，宋、齊、梁、陳等朝，偏安江南，所謂金粉，指生活綺靡繁華。

註一二　宛似：好像。

註一三　新時貴顯：新時，指新時代。貴顯，高貴顯要的人。

註一四　陵谷緣何變遷：陵，大土山。谷，山谷。緣何，為何。陵高谷低，為何高下變易位置，寓意環境變遷。

註一五　王氣煙消：寓意從前帝王氣象，已如輕煙般消逝。

註一六　侯門：顯貴人家。

註一七　九曲迴腸百轉：九曲迴腸，形容極度哀傷，心緒焦慮不安，憂思迴環往復。腸百轉，指腸子轉動嚴重，亦即憂慮嚴重。漢・司馬遷〈報任少卿書〉：「是以腸一日而九回，居則忽忽若有所忘。」

哀戰詞　調寄浪淘沙

鞞鼓[註一]響頻頻，血濺江濱[註二]，沙蟲猿鶴恨淪湮。師去無名[註三]傷國力，史責緣因！　猶復迫其民，驅使侵鄰，豈知黷武[註四]侮亡身。鷸蚌相持[註五]仍不悟，笑煞[註六]美人。

賞析：這是一首戰亂詞。上片描述戰爭慘狀，其句如「血濺江濱，沙蟲猿鶴恨淪湮」，並斥敵寇出師無名，終受歷史批判。下片諷倭帝役其兵馬侵略東亞鄰國，下場敗亡。詞末句指出中日戰爭，正是鷸蚌相持，美國漁利。本詞悲憤沉痛，動人心魄！末句「笑煞美人」，點而不破，興味呼之若出。

註釋

註　一　鞞鼓：戰鼓。

註　二　江濱：江邊。

註　三　師去無名：出師無名。

註　四　黷武：濫用武力、好戰。《三國志・蜀書・張翼傳》：「[姜]維議復出軍，唯翼庭爭，以為國小不宜黷武。」

註　五　鷸蚌相持：鷸，鳥類之一。蚌，貝殼水產之一。相持，守持不放。雙方爭持不放，兩敗俱傷，便宜第三者。《戰國策》：「蚌方出曝，而鷸啄其肉。蚌合而拑其喙。鷸曰：『今日不雨，明日不雨，即有死蚌。』蚌亦謂鷸曰：『今日不出，明日不出，即有死鷸。』兩者不肯相舍，漁者得而并擒之。」

註　六　笑煞：形容非常開心。

哀災黎[註一]　調寄憶秦娥

傷哉劫，兵災瀰漫狂潮烈，狂潮烈！田園淹沒，戰場流血。　朱門[註二]深夜猶歌舞，哀鴻遍野[註三]聲悲切，聲悲切！憑誰拯溺？救亡存絕。

賞析：這是一首戰亂詞。上片描述戰火殘酷，百姓的「田園淹沒」，戰士傷亡，故言

「戰場流血」。下片諷刺權貴於國難進行如火如荼之際，仍在醉生夢死，其句指出「朱門深夜猶歌舞，哀鴻遍野聲悲切」。句末，詩人悲痛地呼援，「憑誰拯溺？救亡存絕」。本詞蒼涼悲鬱，陳情哀切，斷人肝腸！詞中最特出之處，揭露權貴朱門於國難之際，還有心情沉湎聲色，「深夜猶歌舞」。

註釋

註一　災黎：災民。

註二　朱門：紅漆大門，泛指富貴人家。晉・葛洪《抱樸子・嘉遯》：「背朝華於朱門，保恬寂乎蓬戶。」

註三　哀鴻遍野：哀鴻，哀鳴的大雁，寓意流離失所災民。遍野，到處、各地原野。

哀慘勝　調寄雙雙燕

宇涼氣肅註一，看殘日西沉，海平川靜。王師註二奏凱，待把那乾坤整註三。兵甲天河洗淨註四。重光後，依然隻影。盈眸血淚魂牽，冷月寒蟬風定。

誰梗註五？還當自省註六。楚漢乍風雲註七，戰場相競註八。鬩牆燃萁註九，愧對父娘遺命。贏得東鄰註一〇慘勝。想先烈，長眠難瞑註一一。泱泱註一二上國雄風，試問幾時獅醒。

賞析：這是一首戰亂詞。上片寫景，如「殘日西沉，海平川靜」，寓意敵軍投降，和平降臨，但「依然隻影」，環境悽清，其句如「冷月寒蟬風定」。下片沉痛指出「鬩牆燃萁」之痛，「愧對父娘遺命」。最令人傷痛的，句子如「想先烈，長眠難瞑」。最後，對國家作出厚望，不禁吶喊「泱泱上國雄風，試問幾時獅醒」。本詞沉痛悲涼，吟懷悽切，心摧腸斷，和淚而成。

註釋

註一　宇涼氣肅：宇涼，宇，天空，秋涼的天空。南朝・齊・謝朓〈奉和隨王殿下〉之二：「閒階塗廣露，涼宇澄月陰。」氣肅，秋氣肅殺。

註二　王師：即帝王之師。《詩・周頌・酌》：「於鑠王師，……拒逆王師。」

註三　乾坤整：乾坤，天地也；整，整理、整頓。意謂整頓政務，即澄清天下，安定社會。

註四　兵甲天河洗淨：兵甲，武器。此言兵器已用天河水洗淨，不再動用，寓意從此戰爭結束。唐・杜甫〈洗兵馬〉：「安得將士挽天河，淨洗甲兵長不用。」

註　五　梗：阻礙發展。

註　六　自省：自我反省。

註　七　楚漢乍風雲：楚漢，項羽與劉邦。乍，突然；風雲，紛爭。

註　八　相競：互相競逐。

註　九　鬩牆燃萁：鬩，爭鬥；牆，室內；鬩牆，兄弟不和。《詩經・小雅・常棣》：「兄弟鬩於牆，外禦其務。」燃萁，指燃燒萁萁作薪。曹植〈七步詩〉：「煮萁燃萁萁，萁在釜中泣，本是同根生，相煎何太急。」

註一〇　東鄰：日本，位處中國之東。

註一一　瞑：閉目。

註一二　泱泱：氣勢宏大。

避亂　調寄搗練子

猿鶴劫[註一]，劫清流[註二]，劫到沙蟲[註三]亂未休，太息[註四]國魂呼不起，滿江烽火逐行舟。

賞析：這是一首戰亂詞。詞中沉痛指出國難當頭，社會上層人仕及平民百姓都同遭劫難，並且戰火不息。本屬泱泱大國，今日屢受外敵欺凌，在戰爭中，國力頹弱畢露，尤其是海防更甚，故有「滿江烽火逐行舟」之句，不禁嘆息「國魂呼不起」，令人心痛！本詞沉痛悲涼，感慨萬分！

註釋

註一　猿鶴劫：猿鶴，指君子。劫，劫難。晉·葛洪《抱朴子》：「周穆王南征，一軍盡化，君子為猿為鶴，小人為蟲為沙。」

註二　劫清流：劫，劫難。清流，清澈的流水，寓意情操高潔的君子，或喻政治清明。《三國志·魏志·桓階陳群等傳評》：「陳群動仗名義，有清流雅望。」又：宋·歐陽修《朋黨論》：「唐之晚年，漸起朋黨之論，及昭宗時，盡殺朝之名士，或投之黃河，曰：『此輩清流，可投濁流。』而唐遂亡矣。」

註三　沙蟲：寓意平凡的人。晉·葛洪《抱朴子》：「周穆王南征，一軍盡化，君子為猿為鶴，小人為蟲為沙。」

註四　太息：嘆息。

湘江靜　史梅溪（史達祖）　孤調　余作

絡緯驚秋啼露井[註一]。正班姬[註二]，扇塵初凝。南樓素月[註三]，西窗淚蠟[註四]，照一懷悽冷。客路幾星霜，河陽鬢[註五]，不堪臨鏡。青尊[註六]自酌[註七]，朱絃暗揮[註八]，長吟怨，悵重聽。

夜未央[註九]，更漏永[註一〇]。印空階[註一一]，亂零花影。徘徊對此，潸然涕落[註一二]，似銀瓶秋綆[註一三]。綠水噀寒香[註一四]，相思在，故園三徑[註一五]。誰憐倦旅，飄搖漸遠，憂襟待整[註一六]。

賞析：這是一首觸景抒懷詞。上片首句寫秋聲「絡緯驚秋啼露井」，開引班姬秋扇見棄。此際晚上，素月與淚蠟冷照愁人，贏得「一懷悽冷」。自傷飄零終老，臨鏡悲白頭。借酒消愁，揮弦遺懷，其景況情懷如班姬因遭冷落，作〈怨歌行〉披露心聲，但於事無補，贏得長門怨，「悵重聽」。下片首四句寫孤清冷落之景，句如「夜未央，更漏永，印空階，亂零花影」，身處其中，不禁觸景傷情而「潸然涕落」。續寫還鄉心願，句如「相思在，故園三徑」，了結官場折腰之苦。結句自憐家園久別，鄉愁待整。上片寄意才人未遇，下片自憐悽清境況。情景交融，辭藻雅麗而不見浮艷，興寄含蓄，風格婉約，瓣香梅溪。

註釋

註 一 絡緯驚秋啼露井：絡緯，蟲名，即紡織娘，每到秋涼就發出哀鳴，其聲似紡線中。此句出自唐．李白〈長相思〉：「絡緯秋啼驚井闌。」露井，沒有覆蓋的井。

註 二 班姬：班婕妤，名不詳，漢成帝嬪妃，班固祖姑，西漢才女。著作大多散佚，僅存〈自悼賦〉、〈擣素賦〉、〈怨歌行〉三篇。

註 三 素月：皓月。

註 四 淚蠟：蠟燭燃燒時，滴下的蠟油似淚珠。北周．庾信〈對燭賦〉：「銅荷承淚蠟，鐵鋏染浮煙。」

註 五 河陽鬢：寓意年華老去，身心已衰，鬢髮衰老。晉．潘岳，年三十二即見白髮斑白，嘗為河陽令，其髮稱「河陽鬢」。

註 六 青尊：酒杯。

註 七 自酌：自飲。

註 八 朱弦暗揮：朱弦，琴弦。暗揮，輕彈。

註 九 夜未央：央，盡，寓意未到天亮。《詩．小雅．庭燎》：「夜如何奇？夜未央。」

註一〇　更漏永：更，報時單位，一夜分五更。漏，漏壺，古代滴水計時器。永，長夜。

註一一　印空階：寓意月照空階。明．文徵明〈楊儀部君謙纂述之餘頗修靜業瞻對無由悵然成〉：「春到梅花開小閣，夢回涼月印空階。」

註一二　潸然涕落：潸然，流淚的樣子。涕落，流涕。《詩經．小雅．大東》：「睠言顧之，潸然出涕。」

註一三　銀瓶秋綆：銀瓶，銀製的瓶子，這兒指汲水器。秋綆，秋，寓意弱小；綆，汲水用的桶繩。銀瓶秋綆，形容流涕如打水井，十分誇張。

註一四　綠水噀寒香：綠水，指秋天的川流。噀，音遜，噴水。寓意山川綠水噴出寒香味兒。

註一五　故園三徑：故園，故鄉。三徑，徑，小路，隱士居處。晉．陶淵明〈歸去來辭〉：「三徑就荒，松菊猶存。」

註一六　憂襟待整：憂襟，愁懷。待整，待平復。南北朝．江淹〈雜體詩謝僕射混游覽〉：「信矣勞物化，憂襟未卻整。」

過秦樓　仄韻選官子

塵鎖蛛窗註一，蘚封蛩砌註二，寂寂閑門秋晚。涼飆入幕註三，斷梗敲檐註四，冷落故親紈扇註五。吟翫註六尚想當時，絃歈詩沈註七，舊情都換。問如今何處，煙輕雲澹註八，海寬天遠。

猶自註九有，染黛生綃註一〇，膩脂羅帕註一一，怎奈註一二淚痕還滿。珠圍翠繞註一三，錦薦香溫註一四，付與水流雲散註一五。惆悵南廔唳鴻註一六，撩亂註一七誰聽，孤飛無伴。對荒城落日，應是愁腸寸斷。

賞析：這是一首觸景抒懷詞。上片首五句寫蒼涼秋景秋聲，觸景生情，想起「冷落故親紈扇」，不勝悵惘！往日吟玩雅集，都「絃歈詩沈」，情景不再，昔日舊遊，「海寬天遠」，不知何處！下片寫依依離情，羅帕「淚痕還滿」，往日綺膩香溫生活，都「付與水流雲散」。今也，此身如「南廔唳鴻」，吵耳無人理會，「孤飛無伴」、「荒城落日」之悽酸景象，最使人「愁腸寸斷」。此詞風格婉約，辭藻典雅，意境悽酸孤清，落墨在人生歷程的順逆得失，不勝感慨！

註釋

註一　塵鎖蛛窗：指塵埃密佈蛛網的窗子。

註二　蘚封蛩砌：蘚封，蘚，泛指苔蘚植物；封，密閉。蛩砌，蛩，蝗蟲，蟋蟀的別名；砌，臺階。臺階長滿綠苔，蟋蟀在鳴。

註三　涼飆入幕：涼飆，秋風。入幕，吹入簾幕。

註四　斷梗敲檐：梗，植物的枝或莖，斷梗，飄流不定。敲檐，指敲打屋檐。

註五　冷落故親紈扇：故親，舊日喜愛。紈扇，宮扇、羅扇、團扇。南朝．梁．江淹〈雜體詩．班婕妤〈詠扇〉〉：「紈扇如團月，出自機中素。」

註六　吟翫：翫，同玩，吟詠玩賞。

註七　絃歇詩沈：絃歇，絃歌停止。詩沈，詩風沈沒。

註八　澹：通淡。

註九　猶自：仍然。

註一〇　染黛生綃：黛，青黑色。生綃，指未經漂、煮、洗的絲織品，用作畫布、畫卷。

註一一　賸脂羅帕：賸脂，賸，通，剩；脂，脂粉。羅帕，絲織方巾，女子隨身物，即香帕。

註一二　怎奈：無奈。

註一三　珠圍翠繞：珠，珍珠。翠，翡翠。形容富貴婦女穿戴珍珠翡翠，妝飾華麗。

註一四　錦薦香溫：錦薦，織錦製造的薦。香溫，芳香溫柔。此言墊物高貴。

註一五　水流雲散：似水流去，似雲散去。寓意事物已成過去。

註一六　南廔嗥鴻：廔，屋脊。嗥鴻，鴻雁鳴叫之聲，其聲淒厲動人。

註一七　撩亂：紛亂。

望太平　調寄解珮令

英雄豪氣，書生結習註一。竟，消磨歲月曾過半。滄海歸來，訪故舊，煙消雲散。此身如，魯靈光殿註二。

回天無力，匡時註三無計，把餘生，寫成文獻。垂老心情，最堪慰，藐躬註四還健。假天年註五，太平重見。

賞析：這是一首抒懷詞。上片訴說半生「英雄豪氣」與書生習氣，在外滄桑經年，歸來「訪故舊，煙消雲散」。下片慚愧「匡時無計」，唯有立言著述，流傳後世。期盼在有生之年，重見太平盛世。本詞蒼涼婉約，遣詞嫻熟，結句不忘家國。言爲心聲，從「匡時無計」、「寫成文獻」、「假天年，太平重見」數語，可知其人抱負以國家民族爲寄託。

註釋

註一　結習：習氣、積習；佛教指煩惱。

註二　魯靈光殿：魯，指漢景帝時魯恭王劉餘；靈光殿，殿名，劉餘所建。後來，漢室衰微，殿多毀損，獨靈光殿無損，故言魯靈光殿，碩果僅存。寓意故舊凋零，孤身獨存。

註三　匡時：匡正時弊。

註四　藐躬：孱弱的軀體。藐，孱弱；躬，身體。

註五　假天年：假，上天賜給。天年，可指百歲。《黃帝內經・上古天真論》：「盡終其天年，度百歲乃去。」

弔金陵[註一]　調寄念奴嬌　仍用東坡赤壁原韻　依薩天錫石頭城懷古格律

六朝王氣[註二]，儘消磨[註三]，在那細腰尤物[註四]。辜負了龍蟠虎踞[註五]，只賸寒流殘壁[註六]。敵騎潮來[註七]，豪門瓦解[註八]，似日溶冰雪。眼前光景，又看誰是人傑？　見大好河山，烽煙[註九]瀰漫，惟有雄心發！百萬仁師蠭湧[註一〇]處，誓把么麼[註一一]殲滅！爲國宣勞[註一二]，弔民伐罪[註一三]，繫此千鈞髮[註一四]。凱歌齊唱，便重光故都月[註一五]。

賞析：這是一首懷古詞。上片首三句惋惜六個王朝的氣運敗於「細腰尤物」。南京本來地勢氣象萬千，「龍蟠虎踞」，但而今只剩得「寒流殘壁」，其因是敵軍攻勢如潮水般湧至，豪門巨宅，如冰雪般迅速融化。如斯情景，誰是人傑可解救？下片描述大好河山，遍地烽煙，只有奮起殲敵雄心。我「百萬仁師」，「弔民伐罪」，誓把來犯的「倭寇」殲滅。屆時齊唱凱歌，慶祝重光國土！本詞蒼涼沉鬱，氣韻跌宕，文詞雄健，一氣呵成，不減辛陸愛國情懷。

註釋

註一　金陵：今稱南京，別名頗多，如秣稜、建康、建業、白下、石城、石頭城等。

註二　六朝王氣：六朝即三國・吳、東晉、宋、齊、梁、陳等六個皇朝，皆建都金陵。其地有王氣，故言六朝王氣。金陵一詞由來，宋・周應合、馬光祖《景定建康志・金陵辨》：「金陵何為而名也，考之前史，楚威王時，以其地有王氣，埋金以鎮之，故曰金陵。」

註　三　儘消磨：儘，最、極；消磨，消失磨滅。

註　四　尤物：絕色美女。

註　五　龍蟠虎踞：形容山勢像神龍般盤曲，又好像猛虎蹲坐著。南京位於江蘇省西部，東依寧鎮山脈，地勢險固，風景秀麗，其山川有龍蟠虎踞之氣象。

註　六　只賸寒流殘壁：賸，通剩。寒流殘壁，寒流，寒風凜凜。殘壁，敗毀的牆壁。

註　七　敵騎潮來：敵人的馬隊如潮水般湧來。

註　八　豪門瓦解：豪門貴宅遭破壞，權貴四散。

註　九　烽煙：戰火。

註一〇　蠭湧：也作蜂擁。

註一一　么麼：貶詞，小東西，指倭寇。

註一二　宣勞：盡力效勞。

註一三　弔民伐罪：弔民，安撫百姓；伐罪，攻伐罪惡者。《孟子．滕文公下》：「誅其罪，弔其民，如時雨降，民大悅。」

註一四　繫此千鈞髮：繫，綁、聯繫。千鈞，三十斤為一鈞，即三千斤。髮，一根頭髮，寓意一根頭髮綁三千斤重物，形容形勢非常危急。《列子．仲尼》：「夫無意則心同。無指則皆至。盡物者常有。影不移者，說在改也。髮引千鈞，勢至等也。」

註一五　重光故都月：寓意重光故土。

京陷　調寄憶江南

秦淮月，今又向誰圓，猶是南朝金粉地，已非昔日艷陽天，鶴唳蔣山[註一]巔。

賞析：這是一首懷古小令詞。本詞哀痛南京淪陷，昔日繁榮如「艷陽天」，悵如今「猶是南朝金粉地」，令人痛心。本詞婉約有致，末句「鶴唳蔣山巔」，韻味深沉。

註釋

註　一　鶴唳蔣山：唳，鶴鳴聲音。蔣山，即鍾山、又名紫金山、神烈山，中國江南四大名山之一，位在南京市玄武區。

懷國思鄉　調寄御街行

王郎有恨登樓賦註一。客地裏，懷鄉土。謂非吾土也無歡，恰似籠中鸚鵡。少陵奔蜀註二，長安回溯註三，無限傷心處。

而今搖落棲清渚註四。憶故國，傷禾黍。天涯漂泊望歸時，情緒宛同王杜註五。烽煙漫野，啼痕遍地，赤子註六憑誰護？

賞析：這是一首懷國思鄉詞。上片寫建安七子之一王粲離鄉別井，流寓荊州，客地懷鄉，有句「謂非吾土也無歡，恰似籠中鸚鵡」。離鄉別井心情，唐詩聖杜甫也曾離長安奔蜀，無限傷心。下片訴說生活艱困，「棲清渚」，漂泊天涯，憶國思鄉，情同王粲、杜甫。當前遍地烽煙，「啼痕遍地」，百姓憑誰保護？本詞婉約蒼涼，懷古傷今，自憐身世，申訴民間疾苦，雖潦倒天涯，仍關心民瘼，未泯愛國之心，結句牽掛「赤子憑誰護」，令人感動！

註釋

註一　王郎有恨登樓賦：王郎，指王粲（一七七～二一七），其詩賦為建安七子之冠，與曹植齊名，世稱曹王。王粲流落荊州，久客思歸，登樓四望，不勝感觸，作賦遣懷，寫成千古不朽的〈登樓賦〉。賦中名句如「雖信美而非吾土兮，曾何足矣少留」，常為詩人所套用。

註二　少陵奔蜀：杜甫，號少陵野老，奔赴四川，在成都築杜甫草堂，居停多年，頗多憂國傷時之作。

註三　回溯：回顧。

註四　清渚：渚，小洲。清渚，淺水小洲。

註五　宛同王杜：如同王粲、杜甫。

註六　赤子：剛生嬰兒，泛指善良老百姓。

閨怨　調寄祝英臺近

倚欄看，花影亂，飛絮撲池畔。風雨終宵，深院落紅滿。聽來杜宇註一聲聲，愁添思婦，對斯景，幾回腸斷。

積閨怨。空房獨奏琵琶，此愁更難遣。寫盡離情，寄與負心漢。立殘楊柳風前註二，望窮秋水註三，又不見，傳書歸雁。

賞析：這是一首思婦閨怨詞。上片寫思婦於風雨之夜，倚欄愁看花影、飛絮、落葉之飄零情景，加上杜鵑哀啼，益添愁緒。下片描寫思婦雁書訴哀情，可惜「望窮秋水」，不見「傳書歸雁」。本詞婉約傷懷，情深綢繆，詞意悽酸，教人腸斷！

註釋

註一　杜宇：即杜鵑鳥，情鳥之一，傳為古蜀帝精魂化身，每到春耕啼鳴，提醒農民作業，其聲哀切。

註二　立殘楊柳風前：此句套用自近代粵省名人江孔殷題廣州南園酒家名聯：立殘楊柳風前，十里鞭絲，流水是車龍是馬。望斷琉璃格子，三更燈火，美人如玉劍如虹。

註三　望窮秋水：窮，盡也。秋水，指眼睛。眼睛望盡，形容殷切期望。

凝陰淹春和[註一]　調寄攤破浣溪沙

風雨連天料峭寒[註二]，東皇匿跡[註三]任花殘。多少蒼生怨零落，意闌珊[註四]。　此日陰霾籠禹甸[註五]，他年春色滿人間。待得陽和蘇萬類[註六]，破愁顏。

賞析：這是一首寫景抒懷詞。上片寫景，描述春逝，出現春寒料峭，「風雨連天」，春神護花無力，任由花木受摧殘。與此同時，無數生命也飽受摧殘而零落。下片首句寫陰霾籠罩中國大地，期盼明年春天降臨，就可「春色滿人間」，陽和之氣蘇醒萬物，使蒼生「破愁顏」。本詞風格婉約含蓄，以花殘比喻蒼生怨，顯非風花雪月之作。「春色滿人間」、「陽和蘇萬類」、「破愁顏」數句，充分展現愛民情懷。

註釋

註一　凝陰淹春和：凝陰，陰雲凝聚成的陰氣。淹春和，淹蓋春天的和氣。南朝·宋·謝靈運〈撰征賦〉：「彌晝夜以滯淫，怨凝陰之方結。」

註二　料峭寒：微寒，形容春寒。

註三　東皇匿跡：東皇，春神。匿跡，隱藏縱跡。寓意春天已過。

註四　意闌珊：即意氣闌珊，興致已低下。

註五　禹甸：即華夏九州。夏禹時，中國劃分九州，稱「禹甸」，後世以之代稱中國。《詩經·小雅·信南山》：「信彼南山，維禹甸之。」

註六　陽和蘇萬類：陽和，陽和的春氣。蘇，蘇醒。萬類，各種生命生態。

憶京華　調寄調笑令

將曉，將曉，夢中怕聞啼鳥。醒時腸斷南朝註一，癡望長安遠遙。　遙遠、遙遠，難見漢宮池苑！

賞析：這是一首懷古小令詞。本詞風格婉約有致，詞境蒼涼悲痛，詞旨憶故都。故都沉淪，夢魂縈繞，詞中「腸斷南朝」、「長安遠遙」、「難見漢宮」，皆有寄意，乃皇朝之傷心地也。

註釋

註　一　南朝：南朝（四二〇～五八九），中國歷史上四個南方王朝，即宋、齊、梁、陳，建都於南京。

玉漏遲　用元好問原韻

隔江芳訊杳註一，天涯怕聽，斷腸啼鳥！奮翮註二將飛，奈世網註三偏纏繞。誰賞霓裳絕唱註四？畢竟也，難諧時調註五！啼與笑，皆非所可，任他狂嘯。　曾經百鍊千錘，縱哀樂中年註六，壯心還少。〈梁父吟〉註七成，天下便三分了。今古興亡一例，但只見，西風殘照。還未曉。故苑落紅註八多少？

賞析：這是一首觸景抒懷詞。上片訴說天涯淪落，隔江故舊芳訊杳然，杜宇啼聲淒厲，遊子斷腸。本可振翅高飛，逍遙萬里，奈何世網纏繞，不能成事。在芸芸文藝中，曲高絕唱文化，未合時調，誰能賞識？這好像唐玄宗時傳頌的〈霓裳羽衣曲〉，到中唐已不合時調，靜「寂不傳」。此際時機未合，啼與笑的表態皆非所宜，只有縱情嘯叫。下片訴說歷盡滄桑，經世態千鍊百錘，縱使已屆「哀樂中年」，仍壯心不老。想當年，諸葛亮年廿七，風華正茂，好爲〈梁父吟〉，助蜀主劉備三分天下。今古王朝的興替，結局都是一樣，最後只見景象衰敗沒落。現時尙未天明，昨夜風雨，故苑落花多少？本詞婉約含蓄，別有懷抱，辭藻精練，寄意深遠，有商隱〈無題詩〉的餘韻。

註釋

註一　芳訊杳：音訊消失。

註二　奮翮：奮翅。

註三　奈世網：奈，無奈。世網，指道德、禮教、人情的限制。

註　四　霓裳絕唱：指〈霓裳羽衣曲〉，此曲樂調優美，構思精妙，傳為唐玄宗所作，供貴妃楊玉環作舞蹈表演。到中唐，此曲「寂不傳矣」。安祿山作亂，火燒大明宮，曲譜燒燬，故失傳。白居易〈霓裳羽衣舞歌〉有句：「千歌萬舞不可數，就中最愛霓裳舞。」絕唱，文藝創作達最高水平。

註　五　難諧時調：諧，諧和、融洽。時調，世俗正流行的曲調或論點。

註　六　縱哀樂中年：縱，縱使。哀樂中年，人到中年以後，常為生離死別等哀樂事情而情緒激動。南朝．宋．劉義慶《世說新語．言語》：「謝太傅語王右軍曰：『中年傷於哀樂，與親友別，輒作數日惡。』王曰：『年在桑榆，正賴絲竹陶寫，恆恐兒輩覺，損欣樂之趣。』」

註　七　〈梁父吟〉：即〈梁甫吟〉，流行於山東古代民謠。梁甫，山名，在泰山下，死人葬於此，唱梁父吟，亦葬歌也，歌詞傳為諸葛亮所作，其題材取自春秋齊相晏嬰以「二桃殺三士」的史事。《三國志．蜀書．諸葛亮傳》：「亮躬耕隴畝，好為〈梁父吟〉。」

註　八　故苑落紅：故苑，泛指昔日帝王御苑。落紅，落花。

月夜書懷　調寄〈水調歌頭〉仍用東坡中秋原韻

君子化猿鶴[註一]，劫火勢燎天[註二]。衣冠文物寧忍[註三]，回首話當年？此日天涯寥落[註四]，珍重餘生晚節。獨耐枕衾寒[註五]，留得蘖躬[註六]在，浩氣滿人間。　見明月，穿牖户[註七]，慰愁眠。許多心事，難與明月共團圓！客地風光信美[註八]，遊子衷懷難説，待得破甌[註九]全，了此平生願，把酒對嬋娟[註一〇]。

賞析：這是一首觸景抒懷詞。上片描述君子遇難於浩劫中。回首當年，有道者寧忍一時之逆境，倖免於難。今日天涯浪跡，尤爲「珍重餘生晚節」。雖然孤單飢寒，但孱軀尚健，可以享受人間浩然正氣。下片寫遊子晚上見明月臨窗，觸景生情，感慨神傷，心事煩擾，難與明月共圓！身處客地，信美但非吾土。舉杯對月，祝願故國重圓，「了此平生願」！本詞風格婉約，感情眞摯，情景交融，文辭描寫細膩，將身處大時代的文人，漂泊異地的心情景況，表露無遺。句中的「珍重餘生晚節」、「浩氣滿人間」、「待得破甌全，了此平生願」，尤爲感人！

註釋

註　一　君子化猿鶴：指君子死於戰禍。晉・葛洪《抱朴子》：「周穆王南征，一軍盡化，君子為猿為鶴，小人為蟲為沙。」

註　二　燎天：形容火勢猛烈，燃燒上天。

註　三　衣冠文物寧忍：文物衣冠，指太平盛世，文人眾多，文化鼎盛。寧忍，寧可忍受。

註　四　寥落：衰落，稀疏。

註　五　獨耐枕衾寒：指獨自忍耐枕與衾俱寒。

註　六　藐躬：孱弱身軀。

註　七　牖戶：窗戶。

註　八　信美：確是美好。東漢・王粲〈登樓賦〉：「雖信美而非吾土兮，曾何足以少留。」

註　九　破甌：已破的瓦器或酒器。

註一〇　嬋娟：美好月亮。宋・蘇軾〈水調歌頭〉：「但願人長久，千里共嬋娟。」

題康南海[註一]梁任公[註二]輓詞　調寄一剪梅

川竭山頹萎哲人[註三]。政待維新[註四]，君失良臣。兩枝健筆撼乾坤[註五]，文質彬彬[註六]，學子莘莘[註七]。　師弟生逢命不辰[註八]。師道攸尊[註九]，人道攸親[註一〇]，天將大道屬斯文[註一一]，留得芳芬，泐厥貞珉。[註一二]

賞析：這是一首悼詞。上片表彰康、梁爲哲人、爲良臣、功在維新，爲健筆、爲雅士、爲良師。下片慨嘆任公生不逢辰。其人尊重康師，愛親情，承大道愛國愛民，其人豐功偉績，宜泐石永存，以資表揚，永垂不朽。本詞以雄健之筆，表彰前賢，直書其人其事，具董狐風範。

註釋

註　一　康南海：康有為（一八五八〜一九二七），廣東南海人，世稱康南海。光緒進士，清末維新變法主要發起人，與弟子梁啟超發動戊戌變法，事敗為清廷通緝，亡命海外。清亡後，他反對共和，嘗與張勳合作，發動兵變，擁立宣統帝，是為張勳復辟，事件為段祺瑞討伐而失敗，整個運動前後歷時十二天。一九二七年，康有為於宴後病卒，著有《萬木草堂叢書》、

《康有為全集》等書傳世。

註 二 梁任公：梁啟超（一八七三～一九二九），廣東新會人，字卓如，號任公，又號飲冰室主人，世稱梁任公，為近代著名政治家、思想家、文學家、史學家。任公記憶力特強，八歲學文，九歲能輟千言，十七歲中舉，嘗與其師康有為在北京聯合各省舉人，發動公車上書，提出政改，策動戊戌變法，事敗亡命日本。滿清亡後，始得返國。他先後反對袁世凱稱帝，張勳復辟等。他倡導新文化，支持五四運動，著《飲冰室集》。

註 三 川竭山頹萎哲人：川竭山頹，川，河川；竭，乾枯。山頹，山塌、山崩。萎哲人，萎，死亡；哲人，偉人。西漢．戴聖《禮記．檀弓上》：「泰山其頹乎！梁木其壞乎！哲人其萎乎！」

註 四 政待維新：即政治需要革新，摒棄舊制度。《詩經．大雅．文王》：「周雖舊邦，其命維新。」

註 五 兩枝健筆撼乾坤：兩枝健筆，指康、梁二人的文筆雄健。撼乾坤，指筆戰於報章，震撼社會。

註 六 文質彬彬：指君子文雅樸實有禮。《論語．雍也》：「質勝文則野，文勝則史，文質彬彬，然後君子。」

註　七　學子莘莘：莘莘，眾多貌。《國語．晉語四》：「周詩曰：『莘莘徵夫，每懷靡及。』」

註　八　不辰：生命不得其時。《詩．大雅．桑柔》：「我生不辰，逢天僤怒。」

註　九　師道攸尊：師道，指傳道、授業、解惑。攸尊，所尊崇。

註一〇　人道攸親：人道，為人之道。《易．繫辭下》：「有天道焉，有人道焉。」攸親，攸，所也，所親愛。

註一一　天將大道屬斯文：天將大道，典出《孟子》：「天將大任降斯人也。」斯文，這個人。

註一二　泐厥貞珉：泐，銘刻、雕刻。厥，其。貞，正。貞珉，指堅美而可作石刻的石塊。

調寄臨江仙

紅杏秋灣移植後，那堪風雨摧殘。幾回搖曳出牆垣註一。可憐花弄影，春去竟無言。

昔號尚書今冷落，天涯莫睹長安。瑤池仙侶意闌珊。美人芳手摘，遺棄草坪間。

賞析：這是一首詠物詞。上片寫景，描述紅杏移植，不「堪風雨摧殘」，竟然風情地「搖曳出牆」，時空轉變，「可憐花弄影」後，春去無言，紅杏風姿也告終。下片寫尙書遭受冷落，發放天涯，遠離長安。瑤池仙侶也意氣闌珊，憂慮自己，終須有日給美人親手摘下，丟棄草坪中。本詞風格委婉有致，文字描白淺易，但詞意深邃，令人尋味！

註釋

註一　牆垣：牆壁。

創格新詞答購債

月當頭，光如雪，他鄉愁對故鄉月。誰知懷國深情，悽愴欲絕。醉眼眺胡天[註一]，腥風掃落葉。　說哀鴻，鵑啼血[註二]。聲聲偏向愁人說。愁人搖落江湄[註三]，心長力竭。自有恨難平，憑誰解涸渴[註四]？

賞析：這是一首創格詠物詞。上片寫遊子「愁對故鄉月」，情寄祖國，懷資用罄。下片描述遊子向愁人哀請買債，但「愁人搖落江湄」，心力已竭，滿懷恨事，尚須別人「解涸渴」。本詞典雅含蓄，得知上一代落難文士非常顧存自尊與體面。買債一俗事，竟然涉及遊子、故鄉月、懷國深情、哀鴻、鵑啼血、愁人、恨難平，展現家國情懷，作者愛國心之濃烈，可見一斑！

註釋

註　一　眺胡天：眺，眺望、遠望。胡，泛指外族人；胡天，外族人天空。眺胡天，即眺望遠方塞外天空。

註　二　鵑啼血：鵑，即杜鵑鳥，其啼聲悽切，時見嘴角有血，故稱杜鵑啼血。張華注引漢・李膺《蜀志》：「戰國末，杜宇在蜀稱帝，號望帝，為蜀除水患有功。後年老禪位於相鱉靈，處西山而隱，修道而化為杜鵑鳥，春至則啼，啼至血出，聞者淒惻。」

註　三　搖落江湄：流落江邊。

註　四　涸渴：乾燥。宋・歐陽修〈亳州乞致仕第一表〉：「加之肺腑渴涸，眼目眊昏，去秋以來，所苦益增。」

滿江紅

錦繡山河，傷今日，四圍荊棘。休誇說，龍蟠虎踞[註一]，已成陳跡。萬里戰塵迷望眼，八年抗戰終殲敵[註二]。嘆五強[註三]，美景一曇花[註四]，空追憶！　殘月照、鍾山碧。劍氣動[註五，江流赤註六。誒天河傾瀉註七，滓灰全滌註八。壯士誰無匡復志註九，匹夫也有興亡責。問幾時，攬轡定中原註一〇，重經國？

賞析：這是一首感時傷懷詞。上片寫錦繡山河，飽經戰火洗禮，帶來「四圍荊棘」，切勿誇說南京有龍蟠虎踞之勢，這已是歷史陳跡！當年漫天戰雲，烽火遍野，八年抗日戰爭中，舉國齊心殲敵，最後獲勝。中國地位提升至國際五強之一，可惜美景曇花一現，空餘追憶。下片一、二句寫殘月照南京鍾山。三、四句寫戰爭帶來血流成河。接著描述戰爭結束，軍需兵器宜清洗收藏。男兒報國效忠，乃理所當然之事。結句期盼有日實踐澄天下之志，可以經世救民！本詞沉痛悲壯，洋溢愛國熱情，志士之作也。

註釋

註　一　龍蟠虎踞：龍蟠，形容山勢像神龍般盤曲。虎踞，好像猛虎蹲坐著。南京位於江蘇省西部，東依寧鎮山脈，地勢險固，風景秀麗，其山川有龍蟠虎踞之氣象。諸葛武侯論金陵地形曰：「鍾阜龍蟠，石城虎踞。」（鍾阜、即鍾山，今名紫金山，中山陵在此。石城，即石頭城，亦稱金陵、建業、白下、秣陵、均南京之古名也。）

註二　終殲敵：終於殲滅日寇。

註三　五強：聯合國五常任理事國，即中、英、美、法、蘇。

註四　曇花：夜間開花，開花時間很短，故有曇花一現之語。

註五　劍氣動：寓意戰爭，揮動刀劍。

註六　江流赤：赤，血，寓意血流成河。

註七　竢天河傾瀉：竢，等到。天河傾瀉，寓意兵器經天河傾水洗淨，戰爭結束。唐．杜甫〈洗兵馬〉：「安得壯士挽天河，淨洗甲兵長不用。」

註八　滓灰全滌：滓灰，渣滓塵灰。全滌，全部洗掉。

註九　匡復志：挽救及復興國家於危難的志向。宋代．蘇泂〈秋夜有感〉：「平生匡復志，老去未能休。」

註一〇　攬轡定中原：攬轡，控御馬韁，前往目的地；定中原，平定中原，以實踐志向。《後漢書．范滂傳》：「滂登車攬轡，慨然有澄天下之志。」

調寄好事近兩闋

其一

聽野哭聲嘶註一，疑是杜鵑啼血註二。胡騎八年蹂踐註三，念征人遙別。

一朝奏凱喜相逢，攜手望明月。待細訴離情緒，奈空勞饒舌註四。

賞析：這是一首感時傷懷詞。上片開首以哭聲比喻鵑聲，具歸去團聚之意。此際日本侵華八年，百姓慘遭蹂躪踐踏，遙念將士出征行役之苦。下片寫戰爭勝利，欣喜相逢，攜手團圓共看明月。共訴離情別緒，可惜情緣有盡，一切成空言。本詞婉約多情，沉痛傷懷，結句「待細訴離情緒，奈空勞饒舌」，令人感慨！

其二

嘆舊夢難溫，獨耐衾涼如鐵。惆悵懷人長夜，正更殘燈滅。

江風扇枕註五怯寒潮，心冷淚還熱。莫被東鄰註六譏笑，自虧冰霜節註七。

賞析：這是一首感時傷懷詞。上片寫別後長夜懷人，傾訴相思之苦，句如「舊夢難溫」、「衾涼如鐵」。下片首二句續寫依依之情，雖然衾寒孤獨，但「心冷淚還熱」。莫給日人諷笑，自損冰霜氣節！寓意自我奮發圖強。本詞哀怨纏綿，風格婉約，結句「莫被東鄰譏笑，自虧冰霜節」，句意深邃，乃警語也。

註釋

註一　聽野哭聲嘶：野，民。聲嘶，聲啞，形容哭聲沙啞。

註二　杜鵑啼血：杜鵑，鳥名，又名杜宇、子規。古傳為蜀王杜宇之精魂所化。春末夏初晝夜啼鳴，其聲哀切。宋・鮑照〈擬行路難〉詩之六：「中有一鳥名杜鵑，言是古時蜀帝魂。其聲哀苦鳴不息，羽毛憔悴似人髡。」

註三　胡騎八年蹂踐：胡騎八年，指日本八年侵華。蹂踐，蹂躪踐踏。司馬遷《史記・項羽本紀》：「王翳取其頭，餘騎相蹂踐爭項王，相殺者數十人。」

註四　饒舌：嘮叨、多話。

註五　扇枕：撥風吹涼枕頭。

註六　東鄰：日本，位處中國之東。

註七　冰霜節：形容人的氣節如冰霜般高潔。

憶故園　調寄解語花

桃唇吐艷，柳眼含春，無限幽情惹。舊時臺榭[註一]。芳踪去，一任故園荒野。殘垣斷瓦。焉復得，文筵徹夜[註二]。花月妍〔伍註〕余昔主持逸社吟壇時，於文酒筵中，對花賞月，與各文友以「花月爭妍」四字為題，分為詩、文、詞、賦，當時傳為佳話。，猶記依稀，綵筆[註三]曾描寫。

滄海歸來剎那。嘆風流雲散，湮此華廈[註四]。更摧禾稼。難忘處，名手字題廬舍〔伍註〕名手題字贈詩，故園逸廬額字，為譚延闓先生所題。。詩哦逸社〔伍註〕逸社額字，為康有為先生所題；逸廬吟草詩集，為章士釗先生所題。。今日裡，戰塵胡馬[註五]。棼亂中，飄泊天涯，且寄情風雅。

賞析：這是一首感時傷懷詞。上片描寫春日故園桃柳盛開，幽情無限。自別故園後，園內無人管理，已成荒野。園中亭臺樓榭，變成「殘垣斷瓦」。昔日雅集，難再復得。當日文人徹夜雅會，花月競妍的情景，依稀猶記，並曾綵筆揮毫。下片訴說歷盡滄桑歸來的一刹那，頓感往日盛會，已「風流雲散」，不知所踪。故居的華廈大宅湮沒在時空中，田地莊稼，也受到摧殘。最難忘掉的是故宅逸廬橫額、逸社詩社題名，皆是名人題贈。今日外敵犯境，兵荒馬亂，「飄泊天涯」，未忘「寄情風雅」。

註釋

註　一　臺榭：臺，方形且高的建築物；榭，臺上有屋。泛指樓臺建築物。《尚書・泰誓上》：「惟宮室臺榭，陂池侈服，以殘害於爾萬姓。」

註　二　文筵徹夜：文筵，文人雅會；徹夜，整夜。

註　三　綵筆：寓意文才美妙。《南史・江淹傳》：「（江淹）又嘗宿於冶亭，夢一丈夫自稱郭璞，謂淹曰：『吾有筆在卿處多年，可以見還。』淹乃探懷中得五色筆一以授之。爾后為詩絕無美句，時人謂之江郎才盡。」

註　四　湮此華廈：湮，埋沒。華廈，華貴大宅。

註　五　戰塵胡馬：戰塵，戰爭；胡馬，胡人兵馬。《漢書・匈奴傳下》：「胡馬不窺於長城，而羽檄不行於中國，不亦便於天下乎！」

春煦林間憶故園　調寄畫堂春二首

其一

十年猶自滯他鄉。空辜金谷蘭房註一。故園桃李競春芳註二。偏遇風狂。　杜宇註三悲啼徹夜，柳絲難繫韶光。惜花人，爲落紅註四傷。恨煞東皇註五。

賞析：這是一首感時傷懷詞。上片訴說遊子十年闊別家園，辜負家中花園雅居。遙想故園在春日桃李盛開，互競春芳，可惜遇上狂風吹襲，大煞風景。下片寫遊子思鄉心切，情同鵑啼永夜。時光易逝，柳絲難以繫住歲月。落花使惜花人傷感，連主管東風歲氣的東皇也非常懊惱！本詞婉約有致，悽怨纏綿，字淺意深，別有幽情。

註釋

註一　空辜金谷蘭房：空辜，辜負。金谷，指金谷園，西晉名園，為權貴石崇所建。蘭房，高雅房宅、女子香閨。

註二　故園桃李競春芳：指故園春日，桃李盛開，花香陣陣，暗寫桃李爭春。

註三　杜宇：又名蒲卑，古蜀帝君，死後號望帝，善農耕。傳死後精魂化作杜鵑鳥，每逢春耕時期，以叫聲催促蜀人播種。另一傳說，杜宇帝位被迫禪讓給治水有功的宰相鱉靈，隱於岷山，死後精魂化作杜鵑鳥，悲鳴不忘復國。《太平寰宇記》：「望帝自逃之後，欲復位不得，死化為鵑，每春月間，晝夜悲鳴。蜀人聞之曰：我望帝魂也。」

註四　落紅：落花。

註五　恨煞東皇：恨煞，懊惱之極；東皇，指司春之神，另一解東洋皇軍。

其二　原調仍用七陽韻

一輪紅日出東方，無端威懾鄰疆[註一]。霎時[註二]殘照入橫塘[註三]。只剩回光。　縱得珍珠慰寂寥[註四]，終教玉石俱傷[註五]。櫻花零落弔斜陽[註六]。羨煞[註七]蘭芳。

賞析：這是一首感時傷懷詞。上片首二句寓意日本侵犯鄰國，其力弱如「殘照入橫塘」，空餘回光返照。下片寫日軍偷襲珍珠港成功，美軍還擊，在日本投下兩枚原子彈，致令廣島、長崎「玉石俱傷」。日本殘破不堪，在殘照中黯然神傷，即「櫻花零落弔斜陽」，宣告投降，君子感到高興。本詞委婉傷懷，情景交融，描寫細膩，寄意含蓄，令人深思！

註釋

註　一　威懾鄰疆：威懾，威嚇攝服。鄰疆，指鄰國。言日侵朝鮮。

註　二　霎時：極短時間。

註　三　橫塘：泛稱水塘。

註　四　珍珠慰寂寥：饋贈珍珠以安慰寂寞。唐．江采萍（梅妃）〈謝賜珍珠〉：「長門盡日無梳洗，何必珍珠慰寂寥。」

註　五　終教玉石俱傷：終教，終，最後。教，得到。玉石俱傷，義近玉石俱焚。玉石，喻貴與賤，賢與愚；俱傷，皆受創傷。

註　六　弔斜陽：憑弔在夕陽中。

註　七　羨煞蘭芳：羨煞，極度喜歡。蘭芳，指賢人。

哀水災　調寄臨江仙

滄海橫流掀駭浪，無端波及民間。滿途餓殍註一少生還。空餘庭院靜，猶自水潺潺。惟有朱門多肉食，那知稼穡註二奇艱。痌瘝註三不抱抱紅顏註四。時賢註五歌舞樂，野老淚痕斑。

賞析：這是一首感時哀水災詞。上片描述水災嚴峻，洪水掀起駭浪，「波及民間」，引致「滿途餓殍」，水浸庭院，空置無人。下片述豪門富貴，肉食豐富，不知農稼艱辛，縱情與紅顏作樂。賢達仍在歌舞歡樂，可憐年紀老邁的百姓愁食住，臉上淚痕斑斑。本詞白描寫實，揭露水災窮富懸殊生活。

註釋

註一　餓殍：餓死的屍體。

註二　稼穡：稼，耕種；穡，收割，泛指農耕工作。《詩經．魏風．伐檀》：「不稼不穡，胡取禾三百廛兮。」

註三　痌瘝：疾病、病痛。

註四　紅顏：泛稱美女。

註五　時賢：才德之士、社會賢達。

暮春登香爐峰　調寄水龍吟

爐峰絕頂登臨，銀河耿耿註一天邊月。清風入抱，塵襟浣滌註二，胸懷皎潔。前度劉郎註三，重來崔護註四，衷情誰說？聽簫聲夜奏，肝腸悽絕，人易老，心如割！　浪淘許多人傑。有誰來，謳歌前哲註五？浮生若夢，豪情如幻，春光一瞥註六。曠古難逢，伊周註七奇遇，功豐名烈。恨凌煙註八誤我，滄桑歷倦，豈求聞達？

賞析：這是一首觸景生情詞。上片描寫爐峰暮春夜景，天上「銀河耿耿」，襯托著天邊明月，此際清風滌盡塵慮，「胸懷皎潔」。此次重登爐峰，景在人渺，別有衷情。陣陣簫聲入耳，其聲哀怨，令人「肝腸悽絕，人易老，心如割」。下片描寫山下香海，浪湧不斷，流水如歲月，淘去不少英雄豪傑。這些先賢，誰來憑弔？生命如夢，豪情如虛幻，迅速即逝。自古以來，商代伊尹與周代公旦二位名相，皆獲豐功偉蹟，從未相遇。自感功名誤我，歷盡滄桑，「豈求聞達？」本詞婉約清新，情景動人，感慨萬千，衷情哀怨，詞旨深邃，發人深省。

註釋

註一　耿耿：光明安靜。

註二　塵襟浣滌：塵襟，世俗的襟懷。浣滌，洗滌。

註三　前度劉郎：指之前離去的人又再來。劉，指唐代劉禹錫。唐．劉禹錫〈再游玄都觀〉：「種桃道士今何處，前度劉郎今又來。」

註四　崔護：崔護（七七二～八四六），字殷功，博陵人，進士及第，唐末詩人。唐．孟棨《本事詩．情感》：「唐崔護清明郊遊，至村居求飲。有女持水至，含情倚桃佇立，明年清明再訪，則門庭如故，人去室空。因題詩曰：『去年今日此門中，人面桃花相映紅。人面不知何處去，桃花依舊笑春風。』」此詩〈題都城南莊〉，傳頌至今。

註五　謳歌前哲：謳歌，歌頌，以歌唱或言辭來讚美。《楚辭．屈原．離騷》：「甯戚之謳歌兮。齊桓聞以該輔。」前哲，先賢。

註六　一瞥：迅速地看一眼。

註七　伊周：商代的伊尹與周代的周公旦。

註八　凌煙：指凌煙閣。唐太宗為表彰二十四功臣而築高閣，名為凌煙閣，上藏功臣畫像。

隱居　調寄菩薩蠻

綠楊夾岸環山水，紅樓獨峙深林外。中有雅人居，鼓琴聲疾徐。　清歌颺註一白雪，釃酒註二邀明月。斯景儘流連，長吟懷樂天註三。

賞析：這是一首隱居抒懷詞。上片寫景，景中有綠楊、夾岸、山水、紅樓、深林、雅人、鼓琴聲。下片首二句續寫景，以清歌、白雪曲、釃酒、明月爲描寫對象，末句以緬懷偶像白樂天作結。本詞婉約淡雅，景物交融，下片「白雪」一詞，寓意具才而曲高和寡。「釃酒邀明月」一句，語出太白「舉杯邀明月」，情致豪逸。「長吟懷樂天」，隱喻與白居易同病相憐，失於政而寄情詩酒山水。

註釋

註一　颺：通揚，飛揚。

註二　釃酒：濾酒、斟酒。《詩・小雅・伐木》：「伐木許許，釃酒有藇。」

註三　樂天：白居易（七七二～八四六），祖籍山西太原，生於河南新鄭，中唐詩家代表，字樂天，晚號香山居士、醉吟先生，詩平易近人，老嫗能解，著有《白氏長慶集》。

覺塵註一　調寄蝶戀花

天地如廬註二何藐小。天上紅輪註三，宛若燈光照。命比蜉蝣判壽夭註四，繁華轉眼成虛渺註五。文物衣冠優孟俏註六。霸業雄圖，留與人憑弔。蠻觸註七相爭終亦了，鬩牆註八更被芳鄰笑。

賞析：這是一首詠物抒懷詞。上片慨嘆「天地如廬何藐小」，天上太陽如燈照，日明夜暗；萬物生命如蜉蝣，朝生暮死；世間繁華，轉眼成空。下片指出「文物衣冠」雖稱盛世，也有人爲虛假一面。歷史上的「霸業雄圖」，豐功偉績，不會永存，最終也成歷史陳跡，供人憑弔。故此，蠻觸爲小故而相爭，最終宜了結。兄弟同血胤，相爭則被別人恥笑。本詞白描說理，洋溢儒道哲理，一切得失，皆是虛幻，故此以和爲貴，尤其是手足，更應和諧團結，免遭外侮。末句「鬩牆更被芳鄰笑」，最爲警世，對兄弟失和者有如當頭棒喝！

註釋

註一　覺塵：佛家語，遠離五欲六塵，契合菩提正覺。意指眾生迷途知返，返迷歸悟，志求解脫。

唐・圭峰宗密禪師（七八〇～八四一）：「背覺合塵，攀緣外境，為不禮敬。心不攀緣外境，背塵合覺，為歸依禮敬也。」

註　二　天地如廬：廬，廬舍、家。寓意以天地為家。晉・劉伶〈酒德頌〉：「行無轍跡，居無室廬，幕天席地，縱意所如。止則操卮執觚，動則挈提壺，唯酒是務，焉知其餘？」

註　三　紅輪：太陽。

註　四　命比蜉蝣判壽夭：蜉蝣，昆蟲之一，生命最短，朝生暮死。命比蜉蝣，即命如蜉蝣。判壽夭，判，判定，斷定；壽夭，壽限。清・惲敬《說仙上》：「有朝夕為壽夭者，蜉蝣是也。有三十日為壽夭者，蟬是也。」

註　五　虛渺：虛幻渺小。

註　六　文物衣冠優孟俏：文物衣冠，寓意太平盛世，文化興盛，文人眾多。《隋書・百官志》：「於時三川定鼎，萬國朝宗，衣冠文物，足為壯觀。」優孟俏，優孟，人名，春秋楚人，宮廷樂人，善辯，滑稽多智，好談笑諷諫，善仿扮他人，維俏維妙。漢・司馬遷《史記・滑稽傳・優孟傳》：「楚相孫叔敖卒，其子貧乏，優孟著敖衣冠，仿敖舉止，見莊王以動之，王遂召敖之子封之。」俏，俊俏、俏像。

註七　蠻觸：是指蝸牛頭上兩角互打，寓意兩國本身力量弱少，還作互爭之鬥。典出「蠻觸爭雄」，《莊子．則陽》：「有國於蝸之左角者，曰觸氏；有國於蝸之右角者，曰蠻氏。時相與爭地而戰，伏屍數萬，逐北，旬有五日而後反。」

註八　鬩牆：鬩，爭鬥。牆，室內。鬩牆，兄弟不和。《詩經．小雅．常棣》：「兄弟鬩於牆，外禦其務。」

登泰山　調寄浪淘沙令

文化五千年，錦繡山川。黃河澎湃出其前註一。四海九州如禹甸註二，逐鹿中原註三。東嶽昔封禪註四，勢欲擎天註五。思覲日出陟峰巔註六。光被蒼生天下樂註七，己後人先註八。

賞析：這是一首詠物感時詞。上片歌頌中華文化偉大，豐厚的土地資源有「錦繡山川」、「黃河」、「四海九州」、「禹甸」，鍾靈毓秀，人才輩出，孕育出各類英雄豪傑相互競逐。下片讚嘆泰山爲五嶽之首，自古帝王祭天地於此。泰山「勢欲擎天」，雄視天下，峰頂觀日出，可見光芒照亮天下，爲眾生帶來希望與歡樂。此種襟懷正如范仲淹所言「後天下之樂而樂」。本詞風格豪放，氣韻雄健縱橫，末二句「光被蒼生天下樂，己後人先」，可見其人抱負。

註釋

註 一 黃河澎湃出其前：黃河澎湃，指黃河洪流聲勢浩大。出其前，出，顯露，即展現眼前。

註 二 禹甸：禹，夏禹；甸，土地。禹甸，泛稱中國。

註 三 逐鹿中原：逐，追逐。鹿，通「祿」，有祿位則有權力。鹿性機巧，善跑，古代貴族聯群捕捉以作獸獵活動。《史記．淮陰侯列傳》：「秦失其鹿，天下共逐之，於是高材疾足者先得焉。」裴駰《史記集解》引張晏曰：「鹿喻帝位也。」中原，泛稱中國。

註 四 東嶽昔封禪：東嶽，即泰山。昔，從前。封禪，古代帝王泰山築壇祭天為封，在梁父山祭地為禪。《史記．封禪書》：「古者，封泰山禪梁父，七十二家。」《大戴禮．保傅》：「以封泰山而禪梁父，朝諸侯而一天下。」

註 五 擎天：擎，舉起。寓意撐起天。

註 六 陟峰巔：陟，登上。峰巔，山上最高處。

註 七 光被蒼生天下樂：被，通披，披上。光被蒼生，喻溫情照著世間生命。天下樂，泛指天下人快樂。

註八　已後人先：指享樂人先已後。宋・范仲淹〈岳陽樓記〉：「先天下之憂而憂，後天下之樂而樂。」

憶江南兩闋

其一

攜菊酒，同陟宋王臺[註一]。極目秦淮無限恨！棲身異地有餘悲。楚客[註二]問歸期。

賞析：這是一首遊眺懷鄉詞。本詞寫遊子登宋王臺，有去國懷鄉之感。作者自傷身世，漂泊異域，遙望秦淮，惆悵歸期未有期，不勝欷歔！本詞風格婉約悽涼，詞句感人。

其二

風落帽[註三]，從此換甃盔[註四]。華胄[註五]男兒成勁旅，中原父老望旌旗[註六]。簞食[註七]待王師。

賞析：這是一首遊眺抒懷詞。本詞旨在鼓勵中華兒女於國難當頭之際，趁風吹帽落，儒帽換戎帽，棄筆持戈，成爲戰場勁旅，保衛國土，同時沉痛地指出貧困的老百姓極需王師馳援。本詞風格豪放，沉雄悲壯。

註釋

註一　陟宋王臺：陟，登高，登上。宋王臺，位於香港九龍城區馬頭涌海旁，有一石碑刻有宋王臺三字以紀念南宋皇帝趙昺被元軍追殺，流亡於此。

註二　楚客：楚大夫屈原蒙冤被貶，放逐他鄉，故稱楚客，亦即異鄉人。唐．李商隱〈九日〉：「不學漢臣栽苜蓿，空教楚客詠江蘺。」

註三　風落帽：典出「孟嘉落帽」，形容才子名士的風雅灑脫，才思敏捷。《晉書．孟嘉傳》：「九月九日，溫（桓溫）燕龍山，僚佐畢集。時佐吏並著戎服。有風至，吹嘉帽墮落，嘉不之覺。溫使左右勿言，欲觀其舉止。嘉良久如廁，溫令取還之，命孫盛作文嘲嘉，著嘉坐處。嘉還見，即答之，其文甚美，四坐嗟歎。」

註四　鍪盔：鍪，音牟，釜也。古代炊器，青銅製，圓底斂口，反唇，流行於漢。盔，音規，古代武士所戴的頭盔。

註　五　華冑：華，華人，漢族；冑，後代子孫。《左傳．襄公十四年》：「謂我諸戎，是四嶽之裔冑也。」

註　六　旌旗：旌，綵旗；旌旗，旗子的統稱。《周禮．春官．司常》：「凡軍事，建旌旗，及致民置旗弊之。」

註　七　簞食：簞，竹碗。食，食物。形容生活貧困。《論語．雍也》：「一簞食，一瓢飲，在陋巷，人不堪其憂，回也不改其樂。」

卜算子　秋雨

荷老葉垂珠，楓冷枝懸壁，簷滴依痕落玉階，渾似人嘆息！羈旅每思鄉，遊子嗟行役，寄跡夷疆久避兵，歸去知何日。

賞析：這是一首遊子思鄉抒懷詞。上片寫景，並借簷珠滴玉階之情景，予以擬人化，寫成「渾似人嘆息」之句，十分感人。下片寫遊子行役，寄跡異域，哀嘆歸家無期！本詞風格婉約，觸景傷懷，滿紙鄉愁。

何滿子　有懷

歲歲吹簫陌上，年年壯志蒿萊註一。賦賣長門競舞筆註二，庾郎往事可哀註三！欲擁貔貅虎旆註四，難尋腕底風雷註五。

萬木蒼苔註六凋零，青山故國心摧。細雨紅樓相望遠，斜陽頹閣註七低徊。惆悵遙天遠水，幾時幽夢重回。

賞析：這是一首有志難伸的抒懷詞。上片「壯志蒿萊」，其志是霖雨蒼生，可惜未遇，抱負成爲「蒿萊」，誠可悲也。第三、四句自憐失意，要靠賣弄文墨，盼有人賞識予以千金買賦。詩人感懷漂泊生涯，際遇如庾信。上片末二句「欲擁貔貅虎旆，難尋腕底風雷」，隱寓懷才未用，雖有風雷筆力，也未遇時機發揮。下片開首觸景傷情，景是「萬木蒼苔」、「青山故國」情是「凋零」、「心摧」。三、四句也是景情並述，景是「細雨紅樓」、「斜陽頹閣」，情是「相望遠」、「低徊」。最後第二句寫惆悵心情沉重有如「遙天遠水」，結句以壯志降臨比作「幽夢重回」。本詞風格婉約，旨意含蓄，用典高尚，未見俗氣，以情見勝。

註釋

註一　蒿萊：野草、雜草。南朝・宋・范曄《後漢書・向栩傳》：「及到官，略不視文書，舍中生蒿萊。」

註二　賦賣長門競舞筆：賦賣長門，漢殿名，漢武帝冷落陳皇后，后居長門殿，千金買賦，由司馬相如（約前一七九～前一一八）執筆，寫成〈長門賦〉，帝讀後甚受感動。後世以長門恨，寓意受冷待。競舞筆，舞筆，指舞文弄墨。南朝・梁・劉勰《文心雕龍・議對》：「若不達政體，而舞筆弄文，支離構辭，穿鑿會巧。」

註三　庾郎往事可哀：庾郎，指庾信（五一三～五八一），字子山，小字蘭成，南陽新野人，南北朝文學家，出身官宦門第，「幼而俊邁，聰敏絕倫」，年十九已獲朝廷重用，可自由出入梁朝宮禁。侯景之亂，任建康令，兵敗，走江陵，梁元帝即位，仍獲官職，奉命出使西魏，被羈留長安，屈辱仕敵國，後又仕北周，其遭遇坎坷不斷，其內心哀痛流露於〈哀江南賦〉，故此，唐・杜甫〈詠懷古跡〉其一，有「庾信平生最蕭瑟」之句。

註四　貔貅虎旆：貔貅，中國古代民間傳說吉祥神獸，凶猛威武，具辟邪、開運之功，普受民間喜愛。虎旆，泛指旗旌。虎旆，即虎旗。

註　五　腕底風雷：寓意筆下文章的威力有如風雷。

註　六　蒼苔：青色的苔蘚。

註　七　頹閣：指樓閣崩壞。

散曲

【越調．憑欄人】二首

其一

明河秋色斂嵐煙註一，陟彼爐峰註二望遠天。當頭月初圓，故鄉在那邊。

賞析：這首散曲憑欄人，四句四韻，屬於小令。曲中寫爐峰晚眺秋色，銀河閃閃，山上瀰漫嵐煙。此際當頭明月初圓，不禁遙望故鄉，黯然惆悵！此情如李白（七〇一～七六二）舉頭望明月，低頭思故鄉！本曲寫遊子觸景生情，惆悵思鄉。曲句清新自然，感情真摯。

其二

思鄉瘦損減纖腰，魂夢關山骨也銷註三。何時掉蘭橈註四，凱歌激雲霄註五。

賞析：這是一首遊子懷鄉小令。曲中首二句寫遊子思鄉情切，牽連情志寡歡，形體嚴重瘦減，魂斷骨消。末二句言未知何時買棹回家，盼戰爭勝利，舉國歡騰，聲動雲霄。本曲愁懷婉約，情意動人，描寫細膩，家國氣息濃烈。

註釋

註一　斂嵐煙：斂，藏也。嵐煙，薄霧，意即瀰漫薄霧。

註二　陟彼爐峰：陟彼，爬上、登上；彼，那。爐峰，即太平山，為香港島最高山峰，其狀似香爐。

註三　魂夢關山骨也銷：意謂思鄉情切，靈魂與作夢也惦記家鄉。骨也銷，銷，同消，消失、銷蝕。

註四　掉蘭橈：掉，搖動、擺動、掉頭；蘭橈，船槳。意謂搖動船槳回家去。

註五　澈雲霄：澈，通徹，穿透。雲霄，天上雲端。

【正宮．醉太平】

遣懷

花間蟋蟀鳴，天上月華註一生，芸窗註二夜靜更風清，看怎消磨良辰美景。莫教荒了陶潛徑註三，莫教渴了相如病註四。焚香瀹茗誦黃庭註五，深宵萬慮澄註六。

賞析：這是一首散曲，八句八韻，寫景抒懷。前四句寫景爲主，後四句抒懷寄意。本曲清新平淡，意境高逸。

註釋

註一 月華：月光。

註二 芸窗：書齋。

註三 陶潛徑：寓意歸隱或厭官歸里。典出晉·陶淵明〈歸去來辭〉：「三徑就荒，松菊猶存。」

註四 莫教渴了相如病：莫教，莫非。渴了相如病，相如病，即糖尿病，古稱消渴病。漢·司馬相如患有消渴病，文人以相如病代稱消渴病或糖尿病。《史記·司馬相如列傳》：「相如口吃而善著書，常有消渴。」

註五 焚香瀹茗誦黃庭：瀹茗，煮茶。誦黃庭，誦讀《黃庭經》。

註六 萬慮澄：極多思慮澄空。澄，澄空、澄清、澄靜。

【正宮·脫布衫】桃花園記

泛漁舟，垂釣溪邊。逐游鱗，蕩槳晴川。竟渾忘遠近，忽逢夾岸桃花現。

【小梁州】

更見那芳草美鮮。境妙如仙。捨舟登陸欲窮源。循途轉，有屋舍良田。

么篇　縱橫阡陌聞雞犬，往來男女樂怡然。睹異客，忻相見。悉漁父來意，爭款接，問何年。

煞尾　避秦忘卻亂離日，斯地堪稱眾樂園。此間人都無貴賤，沒有恩怨，幸勿揚言，免外來侵害生變。

賞析：這是一首套曲。曲中文字淺白，刻劃細緻，意境樸實，折射老百姓追尋太平心聲，結句「免外來侵害生變」，可爲明證。

輓聯

輓伍大光先生聯 乙亥年三月

荏苒三春，兄與叔葆梯雲三子均亡，慨羣賢撒手紅塵，崖海屢星沉，親族感懷頻墮淚；

（編按：叔葆即伍叔葆、梯雲即伍朝樞）

後先兩載，君繼澤如少白兩公以歿，痛諸彥離魂紫府，圭峰更月落，鄉關回首倍傷心。

（編按：澤如即鄧澤如、少白即陳少白）

代民衆報撰「七七抗戰建國紀念大會輓殉難軍民聯」兩則

其一

憶昔盧溝事變，禍起東鄰，胡馬襲堯封，四海毒痛哀此日！

迄今薤露歌殘，聲聞北斗，沙蟲瀰禹甸，九州光復在何期？

其二

週年來從成字著眼，不成功，也成仁，殊路同歸，總屬至誠酬祖國；
此日後以盡瘁爲心，非盡智，則盡力，分工合作，惟憑斯義勗邦人。

輓黃慕松先生

生有自來　勳名偕雲山並峙
死無遺憾　德業與珠海同流

題陳章甫先生遺像贊

粵軍耆碩　允武允文　教澤所被　桃李成羣　致力革命　樹立殊勳
夙夜匪懈　矢慎矢勤　登堂瞻仰　彌覺誾誾　流風遺績　永葆芳芬

輓陳章甫先生聯

柳塞快談兵，南服戰功青史在；

峴山齊墮淚，古來名將白頭稀！

代唐少川先生擬輓徐固卿老聯 民國二十五年九月撰於上海

辛亥光復，首功獨崇，畢生顚頇驅馳，尚有文章驚海內；
丙子星沉，前型猶在，後死艱難奮鬥，每聞鼙鼓哭天涯。

輓段芝泉先生

平復辟，造共和，對德宣戰參加，公誠不朽；
因逃禪，得解脫，眾生失去領導，我將安歸。

祭先烈聯 作於南京

合長江珠海黃河，掀駭浪狂潮，淘盡古今豪傑去，豐功偉績，付與東流，祇贏得芳草晚潮，殘碑斷碣，聊供後人憑弔耳；
看遼陽榆關黑水，被暴風烈日，侵凌華夏版圖來，木屐鐵蹄，踏破北闕，問幾時揮戈落日，完璧全甌，不負前輩期望耶？

輓綏北陣亡將士聯

殲彼么麼，誓以精誠酬祖國；
固吾牧圉，更憑忠烈勗邦人。

丁亥中秋故友余穉敬先生仙遊輓句

誕日月，籍同鄉，去歲歸同舟，今日同餐成永訣；
生有涯，證有道，亢宗慶有子，中秋有恨弔斜陽。

輓龍思鶴先生

治學晉淳，才爲世重；
化民成俗，政繫人思。

輓汝公老先生千古　弟劉侯武　伍百年

八秩差三年，天不憖遺一老；
九疇全五福，名更彪炳千秋。

代杜之杕先生輓胡漢民

同庚同學復同寅，卅載交親，一朝永訣；
哀國哀民更哀友，五權憲法，千古遺規。

輓少裴宗兄千古

同宗同志復同寅，卅載交親，一朝永訣；
尚武尚文更尚義，八旬上壽，五福全歸。

輓三兄千古

國難未平，卓爾經綸，空期渭水；

典型猶在，飄然風致，悵望珠江。

代朗正輓三兄千古

樽酒昔聯歡，剪燭西窗，猶憶風神爽朗；
人琴今已杳，梅殘東閣，祇餘月晚橫斜。

輓易秋兄千古

京滬昔交遊，共許人間有國士；
宋臺求解脱，恥爲聖上作家奴。

輓務滋先生母駱太夫人聯

遐齡逾周甲九年，方冀萱草忘憂，豈料春寒歌薤露。
節後花朝經六日，詎報婺星隱曜，偏逢國難失慈雲。

聯語

傳家之聯

惜食惜衣，並非惜財乃惜福；
求名求利，莫如求己勝求人。

南京前國府主席林森於植樹節徵聯（以古今名人屬對）

林森植森林，森林直賴林森植；
李密種密李，密李重生李密種。（伍註）本人以此應徵而獲冠軍

自曉聯三首

其一

任他逐利爭名，轉眼便成陳跡；（假風光，虛幻相）
看我安貧樂道，明心即見本來。（眞面目，菩提心）

其二

看透大千色相，相相是幻；（幻情幻景）
了卻幾重心事，事事求全。（全始全終）

其三

盡人道，格天心，道心不息；（自強不息）
種善因，泯惡果，因果相成。（相生相成）

自勉聯四首

其一

先儒假我滋多士；
後聖於今有幾人。

其二

本懷德以懷刑，恩威並濟；
由讀書而讀律，學仕兼優。

其三

讀律書懼刑，讀兵書懼戰，讀儒書兵刑不懼；
耕堯田憂水，耕湯田憂旱，耕心田水旱無憂。

其四

心澄無雜念；
佛度有緣人。

自負聯

縱有並世機雲，亦不肯焚其筆硯！

現無立朝伊呂，孰堪當迓以蒲輪？

自惕聯　嵌「知識」二字蜂腰格入

入世方知辛與酷，

出言應識愼而謙。

後記

近五十年來，每逢七月暑假，腦海不期然浮現伍百年先生的影子。他容貌威嚴而夾正氣，兩目炯炯有神，令怯疚者生畏，又精神矍鑠，思維反應敏銳，語言清晰有力，不苟言笑，一望而知是道岸君子。

我與伍百年先生結緣於一九七零年夏天，那時我是一個二十一歲的年輕小伙子，而伍老已是七旬又四的長者。記得那年七月初，在同硯伍鳳儀小姐引見下，我登門拜訪，呈上五律一首請求斧正，蒙悉心指點，尤其在詩境佈局、謀篇練字、詩旨寄託等方面，伍老都詳徵博引，論古述今，滔滔不絕，一口氣從下午二時講到七時，爲我上了一課詩學縱橫談，使我獲益不少，尤其最令我驚嘆的，其人記憶力特強，如此高齡，仍能一字不漏背誦〈小園賦〉，可說是奇才。

至於我的五律詩作，經伍老潤飾後，其句如下：

後記

題畫（山水）

尺素羅邱壑，傳神莫若君。
懸崖泉化雨，峻嶺樹含雲。
雀躍迎春禧，鴉歸帶夕曛。
端倪從靜出，樂道不求聞。

詩中首聯上句言邱壑之志；次句言造福蒼生，精神永傳後世。頷聯首句寄意人生處世，懂得懸崖立馬，退而春風化雨，教學傳道；次句取意《論語・述而》：「用之則行，舍之則藏。」此言含雲卷舒由我。頸聯首句言珍重青春；次句述夕陽尤有美景，寄意到老不忘東山之志，有如謝安晚年隱居東山，仍關心國家安危。尾聯上句典出明賢陳白沙「靜中養出端倪」之悟道語；次句言君子處世，進退適時，安貧樂道。

是詩經修訂後，意旨含蓄，蘊含處世之道，當時年輕的我，忽略其潤飾另有寄意，直至在整理其遺稿時，發現一張毛筆便箋，始省悟過來，字箋云：「余是日（七月四日）爲方滿錦君修正其題畫五言律詩，竟三易其稿，（另列）爲余生平少見之事，詩成，甚愜余意，因此詩關係方君前程甚大，後必有驗。是日接見方，大致尚存良好印象，然初晤，仍待觀其後之一切，乃何決其成就爲何？但總屬有爲之青年也。詩註另日詳釋之。」之後每閱此便箋，心緒惘然，感激長者對我的期望，並且經常自省德業，以善爲務，發奮向上，恐負前輩厚望。

我從游伍老三年，以醫道爲主，文學爲副。在醫道方面，伍老誨我大醫精誠，並須融滙諸子學問，以儒家仁愛精神對待病家，以法家精神判病，以名家精神辨証，以兵家智慧組織方藥，以陰陽家精神通曉天地變化之道，醫家所謂上知天文，下知地理，中通人事，以道家精神延生保命，還有以釋家精神慈悲眾生等。他指出上醫治國、中醫治人、下醫治病，其術在中和。考中和之道乃中國文化的核心，其源可遠溯至堯舜時代，迭經禹、湯、文、武、周公、孔子，再經孟、荀承傳，以及歷朝發展和發揚光大，成爲道統文化精神。經伍老指出醫道以中和爲本的理念，激發我長期浸淫在這方面研究，先後完成著述《黃帝內經中和思想研究》及《先秦諸子中和思想研究論集》，二書已付梓行世。

在文學方面，伍老除工詩詞、文賦、小說外，也擅書道。他身處亂世時代，重視文

後記

人風骨氣節，常常以金代詩家元遺山作爲談論對象，在此影響下，促使我對元遺山產生濃厚興趣，矢志對其人作出深入研究，經多年努力下，著成《元好問之名節研究》及《元好問論詩三十研究》二書，並已刊行，後者更二次再版。

回顧當年青春少艾的我而認識伍百年先生，他年屆七十四，歲月不居，其逝如流，眨眼到今天我也年齡七十四，是一個攬鏡撲面寒的老人，斯情斯景，能不欷歔？

當前風雅凋敝，詩道式微，衛道者搖首，際此伍百年先生冥壽一百二十六年，我整理伍老的遺稿，編成《逸廬詩詞文集鈔註釋》一書，旨在承傳詩道文化，並謹以此作爲紀念。

方滿錦　寫於香江

二〇二二年農曆十月十四日

逸盧詩詞文集鈔註釋

文化生活叢書
伍百年作品集1301A02

作者 伍百年　　責任編輯 張晏瑞
編註 方滿錦　　實習編輯 尤汶萱、沈尙立、林婉菁
發行人 林慶彰　　徐宣瑄、章楷治、許雅宣
總經理 梁錦興　　陳思翰、陳相誼、謝宜庭
總編輯 張晏瑞　　封面設計 陳薈茗
出版 萬卷樓圖書股份有限公司　　印刷 百通科技股份有限公司
發行 萬卷樓圖書股份有限公司
臺北市羅斯福路二段四十一號六樓之三
電話 (02)23216565　傳真 (02)23218698
香港經銷 香港聯合書刊物流有限公司
電話 (852)21502100
傳真 (852)23560735
ISBN 978-986-478-828-6
出版日期 二〇二三年四月初版一刷
定價 新臺幣一六〇〇元（全三冊，不分售）

國家圖書館出版品預行編目資料

逸廬詩詞文集鈔註釋 / 伍百年著；方滿錦編註.
-- 初版 . -- 臺北市：萬卷樓圖書股份有限公司,
2023.04
冊；　公分.--（文化生活叢書・伍百年作品集；1301A02）
ISBN 978-986-478-828-6（全套：平裝）
848.7　　112005353

本書為臺灣師範大學國文學系2022年度「出版實務產業實習」課程成果。部分編輯工作，由課程學生參與實習。